JOGADA CERTA

JOGADA CERTA

LIZ TOMFORDE

Tradução de Isabela Sampaio e Emanoelle Veloso

Rocco

Título original
THE RIGHT MOVE
Windy City Series – Book Two

Edição brasileira publicada mediante acordo com Sandra Dijkstra
Literary Agency e Sandra Bruna Agência Literária SL.

Imagens de abertura de capítulo: Freepik

Direitos para a língua portuguesa reservados
com exclusividade para o Brasil à
EDITORA ROCCO LTDA.
Rua Evaristo da Veiga, 65 – 11º andar
Passeio Corporate – Torre 1
20031-040 – Rio de Janeiro – RJ
Tel.: (21) 3525-2000 – Fax: (21) 3525-2001
rocco@rocco.com.br | www.rocco.com.br

Printed in Brazil/Impresso no Brasil

Preparação de originais
BEATRIZ GUTERMAN

CIP-BRASIL. CATALOGAÇÃO NA PUBLICAÇÃO
SINDICATO NACIONAL DOS EDITORES DE LIVROS, RJ

T618j

Tomforde, Liz
Jogada certa / Liz Tomforde ; tradução Isabela Sampaio, Emanoelle Veloso. - 1. ed. - Rio de Janeiro : Rocco, 2025. (Windy city ; 2)

Tradução de: The right move
ISBN 978-65-5532-579-9
ISBN 978-65-5595-381-7 (recurso eletrônico)

1. Ficção americana. I. Sampaio, Isabela. II. Veloso, Emanoelle. III. Título. IV. Série.

25-98426.1 CDD: 813
CDU: 82-3(73)

Gabriela Faray Ferreira Lopes - Bibliotecária - CRB-7/6643

Para Marc, Allyson, Paige e Camille,

Um dos temas deste livro é a busca por amizades
que nos nutrem, e não as que nos sugam.
Obrigada por serem as pessoas que nutrem a minha vida.

Playlist

trust – thuy feat. RINI

Be Alone – Blxst

Every Good Girl – Blxst

First Time Thing – Calabasas

nirvana – Dylan Reese feat. Phabo

Concentrate – Lucky Daye

Morning – Marc E. Bassy

slower – Tate McRae

Let Me Love You – Mario

Overrated – Blxst

Naked – Ella Mai

Better – Khalid

Still – Lecrae feat. DaniLeigh

ALL MINE – Brent Faiyaz

Keep Comin' Back – Blxst

All Me – Kehlani feat. Keyshia Cole

Try Me – Jason Derulo feat. Jennifer Lopez

Easy – Camila Cabello

Change Your Life – Kehlani feat. Jhené Aiko

Butterflies – ASTN

1

Ryan

Não me considero um sonhador. Não no sentido tradicional da palavra, pelo menos. Meus sonhos são alcançáveis, podem virar realidade em algum momento, não são ideias romantizadas do impossível.

Existem homens feitos que se ajoelham e rezam para seus deuses por esses quarenta e oito minutos de basquete. E eu? Não enalteço o destino nem deixo as coisas por conta do acaso. Acredito em trabalho árduo e dedicação. Minha vida segue um plano. As oportunidades surgem no meu caminho porque eu me propus a buscá-las.

Meus colegas de time, por outro lado, certamente romantizam o conceito de campeonato se acham que podem começar a primeira semana de treino tão fora de forma assim.

— Dom, você tem que sair desse bloqueio duas vezes mais rápido. Está parecendo uma lesma. Passou o verão inteiro fazendo o quê?

— Vivendo minha vida, Shay. Devia experimentar qualquer dia desses.

Dom Jackson, o nosso pivô, se curva com as mãos nos joelhos enquanto tenta recuperar o fôlego, assim como todos os outros caras que chamo de colegas de time.

Uso minha camisa de treino para enxugar o suor da testa enquanto um dos novatos me passa a bola da cabeça do garrafão.

— Vamos tentar de novo.

— Ryan, já faz uma hora que o treino acabou. Alguns de nós temos esposas e filhos esperando em casa — diz o nosso ala-armador veterano, Ethan Jeong, do canto da quadra, com as mãos na cintura.

— É, e alguns de nós temos encontros com… — Dom olha para um dos caras mais novos na lateral. — *Qual é o nome dela mesmo?* — pergunta, gesticulando com a boca. — Raquel! Alguns de nós temos encontros com mulheres lindas chamadas Raquel.

Dou uma olhada nos meus colegas. Todos estão exaustos, menos eu.

— Tudo bem — digo, desistindo. — Vamos parar por aqui.

— Graças a Deus! — Dom dá meia-volta, joga as mãos para cima e tira a camisa ensopada de suor. O restante do time corre para o vestiário.

— Ainda estamos na pré-temporada, Ryan. — Ethan põe a mão no meu ombro para me consolar. — Eles vão tomar jeito.

— Já estou cansado de perder. A gente não consegue nem ganhar um jogo de repescagem para chegar aos playoffs. Passei o verão inteiro treinando duas vezes por dia para ficar em forma para a temporada. O resto do time precisa chegar ao meu nível.

— Eles nunca vão chegar ao seu nível. É por isso que você vai se tornar um dos grandes, mas, como novo capitão, precisa ser respeitado por eles. E não estou me referindo ao seu talento no jogo. — Ele recua alguns passos e segue o restante do time. — Além disso, não quero que você se desgaste demais. Preciso que me carregue nas costas e me consiga um anel de campeão para que eu possa me aposentar.

Ethan esboça um sorriso antes de entrar no vestiário.

Ele é gente boa. Um homem de família. Pai de três filhos e veterano de longa data da NBA. Foi capitão do time pelos últimos sete anos, mas pediu para sair esta temporada para conciliar melhor o trabalho com a vida pessoal.

E, na semana passada, conquistei o título de novo capitão dos Devils, o time da NBA de Chicago.

Eu sabia que um dia isso ia acontecer. Só não sabia que seria aos vinte e sete anos e antes da minha quinta temporada na liga. Ainda tenho muita coisa para aprender a essa altura, e agora carrego o peso de ser o líder do time, dentro e fora da quadra.

O gerente-geral dos Devils foi contra a promoção, só que não é assim que as coisas funcionam por aqui. Nosso capitão é escolhido pelo voto do time, e, com o apoio unânime dos meus colegas, ganhei o título.

Quero ser bom para os meus colegas, mas também quero ser respeitado não só por quão bem eu jogo. Já recebo elogios de sobra pelo meu talento em toda a liga. Dediquei minha vida ao basquete, sacrifiquei relacionamentos e boa parte dos meus vinte anos por esse esporte, e dá pra ver.

Ano após ano, quebrei meus próprios recordes na busca pela grandeza, sem permitir que distrações me desviassem do meu objetivo: ser um dos melhores jogadores de basquete de todos os tempos.

Mas é um desafio e tanto, já que sou conterrâneo do próprio GOAT. Os cartazes com títulos pendurados pelo United Center me lembram dos bons resultados que vieram antes de mim e dos anos de jejum desde então, o que me instiga a me destacar.

Preciso que meus atletas levem o jogo tão a sério quanto eu. Preciso que eles vivam, comam e respirem o basquete do jeito que eu faço, se quisermos ter alguma chance nesta temporada. Mas como expressar isso sem soar como o armador mandão que conhecem tão bem? Agora, como líder do time, preciso descobrir como me comunicar com eles de um jeito que nunca consegui antes, porque dizer "Prestem atenção, eu sou o melhor jogador com quem vocês já dividiram uma quadra" não é o caminho certo quando se é capitão de um time.

Não sou exatamente próximo de nenhum dos meus colegas, a não ser de Ethan, então o resultado da votação me deixou um tanto surpreso. Meu talento sempre falou por mim, e consegui me safar sendo controlador em quadra sem maiores problemas, mas agora tenho outro título a carregar, e não sei bem como me ajustar a isso.

— Casey! — chamo um dos estagiários, que vem correndo na minha direção. — É esse seu nome, né? Casey?

— Sim, sr. Shay.

Reviro os olhos.

— Me chama de Ryan, de Shay ou de literalmente qualquer coisa, menos "sr. Shay". Tem algum compromisso? Preciso de alguém para pegar meus rebotes.

— Eu, hm... Eu... Então, minha mãe...

— Você tem compromisso ou não?

— Não — responde, balançando a cabeça às pressas. — Posso pegar os rebotes, sr. Shay. — Em seguida, arregala os olhos. — Ryan! Posso pegar seus rebotes, Ryan.

Com passos nervosos, ele vai até a cesta e se posiciona abaixo da rede, vestido com uma bermuda cargo cáqui e uma camisa polo com o emblema do nosso time. Não deve ter mais do que dezoito ou dezenove anos, mas a equipe o faz se vestir como um quarentão.

Eu me dirijo para a linha de lance livre, onde planejo ficar até completar pelo menos cem arremessos, mas, no arremesso setenta e seis, as portas da nossa quadra particular se abrem.

— Ry! — grita minha irmã. — Já faz duas horas que o treino acabou. Eu passei no apartamento procurando você.

— Oi, Vee!

O arremesso número setenta e sete mal toca na rede ao passar pelo aro. Casey pega o rebote e me devolve a bola.

— Você já treinou de manhã. O que está fazendo?

— Melhorando meus lances livres.

Minha irmã gêmea para a poucos passos de mim, com a mão na cintura. Não chego a olhar na direção dela, mas, de canto de olho, vejo que está balançando a cabeça em um gesto de reprovação, os cachos acompanhando o movimento.

— Qual é seu nome? — pergunta ela ao estagiário.

— Casey.

— Pode deixar comigo agora, Casey. — Stevie intercepta o passe dele para mim e assume o lugar de Casey debaixo da cesta.

Nervoso, o estagiário olha da minha irmã para mim.

— Você tem quem te leve para casa? Já está tarde. — Minha irmã gêmea é um amor de pessoa, ao contrário de mim. Eu nem me toquei que talvez o garoto não tivesse carona para casa.

— Tenho, sim. Minha mãe está me esperando de carro no estacionamento.

— Ryan! — Stevie me repreende. — A mãe dele está esperando.

— Eu não sabia! — rebato, levantando as mãos. — Foi mal, cara.

Casey balança a cabeça rapidamente.

— Foi uma honra, sr. Shay.

Olho feio para ele.

— Quer dizer, Ryan. Foi uma honra, Ryan Shay. Pode contar comigo sempre que precisar.

Casey se despede da gente com um aceno constrangido antes de sair às pressas pela porta principal.

Stevie se vira para mim, ainda debaixo da cesta.

— A mãe dele estava esperando — comenta com uma risada. — Não é uma fofura?

— Uma fofura — respondo sem emoção, batendo palmas e pedindo a bola que está apoiada no quadril dela.

— Quantos faltam? — Ela passa a bola, lançando-a direitinho na altura da minha mão.

Depois de vinte e sete anos juntos e inúmeros treinos de rebote comigo, minha irmã já é craque no assunto.

Faço mais uma cesta, e então respondo:

— Vinte e dois.

Ela me devolve a bola.

— E aí? Já cansou do Zanders? Está pronta para voltar para casa?

— Ha-ha — responde minha irmã em tom seco. — De jeito nenhum. Sou louca por aquele cara.

Esboço um sorriso orgulhoso. Evan Zanders, que achei que se mostraria um completo imbecil, provou ser justamente o oposto. Ele joga hóquei profissional no time de Chicago, e minha irmã o conheceu ano passado, quando era comissária de bordo do avião da equipe. Os dois mantiveram o relacionamento por baixo dos panos até o início do verão, mas os últimos quatro meses se resumiram a uma sequência interminável de demonstrações públicas de afeto da parte deles.

Stevie foi morar com ele, por sorte num apartamento em um prédio em frente ao meu, e, por mais que eu goste de estar certo, fico feliz por ter me enganado completamente em relação ao Zanders. Ele alegra minha irmã como eu nunca tinha visto antes e a ajuda a ter confiança para ser quem é de verdade. É difícil odiar um cara que é a melhor coisa que já aconteceu na vida da nossa pessoa favorita.

E, verdade seja dita, nós dois também viramos bons amigos.

— Bem, eu diria que ele é igualmente louco por você, talvez até mais.

Minha irmã apoia a bola no quadril.

— Eu sei. Não é incrível?

Balanço a cabeça com um risinho e bato palmas para pedir a bola de volta.

Não dá para negar que sou outro cara na presença da minha irmã. Sou o homem que eu era antes da fama e da fortuna. Diferente do que muita gente esperaria de um jovem recrutado na primeira rodada do Draft, o dinheiro nunca me subiu à cabeça, mas me deixou mais desconfiado e paranoico do que a maioria das pessoas imagina. Stevie é a única pessoa em quem confio de olhos fechados, e ter essa liberdade, não sentir necessidade de estar sempre alerta, me permite ter um momento para relaxar. Ser eu mesmo.

— E aí, o que me conta? — A bola passa pela rede em mais um arremesso certeiro. — O que é tão urgente a ponto de você vir até aqui e treinar rebote comigo?

Stevie não me passa a bola. Em vez disso, abraça-a no peito.

— Preciso pedir um favor.

Estendo as mãos para receber a bola, mas ela se recusa.

— Que favor?

— Então, lembra que eu me mudei?

— Sim, Vee. Tenho certeza de que me lembro que agora eu moro sozinho.

— No seu apartamento gigantesco, lindo e maravilhoso, que fica vazio sempre que está viajando. — Os olhos dela brilham.

— E?

— Você se lembra da minha amiga Indy, né? Minha ex-colega de trabalho.

— A garota que apareceu no nosso apartamento e passou a noite inteira aos prantos e que depois vomitou nos meus sapatos na única outra vez que a encontrei? Difícil esquecer.

— Foi porque ela flagrou o namorado com outra — Stevie me lembra. — Os pais dela se mudaram para a Flórida, sabe...

— Não.

— Ryan — protesta Stevie. — Eu nem pedi nada ainda.

— Eu sei. E já estou te cortando antes que peça. Você sabe que eu sou péssimo em te dizer não, então não vou nem deixar você terminar. Ela não vai morar comigo.

— Ry, ela não tem para onde ir. Foi promovida no trabalho, mas vai ter que abrir mão se não conseguir achar um lugar para morar aqui. Você sabe como a gente ganha mal.

— Você ganha o suficiente para bancar sua moradia.

— Ela... — Minha irmã hesita. — Ela está passando por uns problemas financeiros e não tem como morar sozinha aqui. Chicago é uma cidade cara.

— Então que vá viver encostada na casa de uma amiga. Eu nem a conheço direito, só sei que foi traída e que não sabe beber.

— Ryan, não faz assim. Você tem um apartamento gigante e passa metade do tempo viajando a trabalho. A Indy viaja a trabalho tanto quanto você. A temporada de hóquei é a mesma do basquete. Vocês mal vão se ver.

— Não.

— Por que não?

— Porque uma coisa era você morando comigo. Você é minha irmã e minha melhor amiga, mas eu não quero dividir apartamento com ninguém. Você sabe como eu considero meu tempo em casa sagrado. Fim de papo. — Em seguida, bato palmas para pedir a bola e terminar meus arremessos diários.

Mas, decepcionada, Stevie baixa os ombros, dá meia-volta e se dirige para a saída, levando embora minha bola.

— Vee, que merda é essa? Preciso terminar os arremessos.

— Então você que pegue os rebotes sozinho. — Ela segue em direção à saída, sem se dar ao trabalho de olhar para trás.

— Você não pode ficar brava comigo por dizer não.

— Não estou brava. Só decepcionada. Será que é tão difícil assim se importar com alguém ou alguma coisa além dessa bola laranja?

— Eu me importo com *você* — lembro a ela, mas Stevie dispara pelas portas duplas que levam ao corredor e larga a bola no canto antes de sair.

Merda.

Tento não me importar com a ideia de decepcionar os outros. As expectativas que nutrem em relação a mim nunca são mais altas do que as minhas próprias. Mas minha irmã gêmea? A opinião dela é a única que importa, além da minha.

Corro atrás de Stevie.

— Vee — eu a chamo enquanto abro as portas para o corredor. Ela já está quase na saída, mas se vira para mim. — Me diz por que eu tenho que fazer isso. Está mesmo tão chateada? Por que isso é tão importante para você?

— Você não tem que fazer nada, mas ela é minha amiga. Foi minha *primeira* amiga aqui na cidade. Você sabe como tive dificuldade de fazer amizades, porque no fundo todo mundo só queria se aproximar de você. Bem, a Indy virou minha amiga sem segundas intenções, e, se ela não conseguir um lugar que possa bancar, vai ter que morar com os pais na Flórida. Eu não quero que ela vá embora de Chicago e não sei como posso ajudar de outra forma. O cara com quem Indy estava planejando se casar a traiu e foi ela que teve que sair de casa. Ela precisa de uma vitória.

Por que minha irmã sempre tem que mexer com meus malditos sentimentos assim? Se qualquer outra pessoa tivesse feito o mesmo discurso, eu não me comoveria nem um pouquinho, mas, quando sai da boca de Stevie, minha determinação vai por água abaixo. Quero dar a ela tudo o que ela quiser. Por minha causa, minha irmã teve dificuldade de fazer amizades verdadeiras, e agora está me dando uma chance de compensar isso, mesmo que só um pouco.

— Eu confio nela — prossegue Stevie. — Você também pode confiar.

Eu me importo muito mais com a felicidade de Stevie do que com a minha. Verdade seja dita, já desisti da ideia de felicidade na minha vida, o que faz com que a frase seguinte escape da minha boca:

— Só para deixar claro, eu não quero fazer isso.

— Eu sei.

— Precisamos estabelecer uma data de saída.

Stevie esboça um sorrisinho enquanto os olhos começam a brilhar.

— Quero algum tipo de contrato temporário, e ela vai pagar aluguel. Nada de ficar na minha aba.

— Claro que ela vai pagar aluguel. Mas será que pode ser um valor acessível? Afinal, você não está precisando desse dinheiro.

Aqui estou eu, fazendo um favor à minha irmã, e ela ainda vem me pedir condições especiais.

— É um esquema temporário. Ela não vai morar comigo para sempre.

— Entendido. — Stevie mal consegue segurar o sorriso. — Já te disse que você é a minha pessoa favorita no mundo inteirinho?

— Tá bom, tá bom. — Volto para a quadra. — Agora vem pegar rebote para mim. Ainda faltam cinquenta lances livres.

— Você disse que faltavam vinte e poucos.

Sigo em direção à linha de lance livre sem me dar ao trabalho de olhar para trás.

— Pelo jeito, perdi a conta enquanto deixava minha irmã me convencer a acolher uma garota aleatória no meu apartamento.

O sorriso radiante de Stevie se estende ao tom de voz.

— Cinquenta, então.

2
Indy

— Não.

— Como assim, "não"?

— Não, ué. Não vou morar com seu irmão.

Stevie semicerra os olhos, confusa.

— Por que não?

— Hmm, deixa eu pensar. Porque é uma péssima ideia. — Sim, morar com o irmão da minha melhor amiga parece até um enredo tirado diretamente de um dos meus romances favoritos. Sem contar que o tal irmão é Ryan Shay, estrela do basquete que parece ter saído de um dos meus sonhos eróticos. Só que mais importante que tudo isso… — Porque ele me odeia.

— Ele odeia quase todo mundo. — Ela dá de ombros, como se não fosse nada, o que é meio alarmante.

— Eita, como ela é convincente.

Stevie se senta no sofá do quarto de hotel enquanto eu termino de preparar meu café da manhã no fogão de uma boca. Graças à frigideira horrorosa que o hotel disponibilizou, minha salsicha vegetariana mais parece um cocô de cachorro.

Um toque a mais de sabor, digo a mim mesma, na esperança de conseguir aguentar mais um pouco a estadia neste hotel.

— Sei que o Ryan é meu irmão, então talvez eu esteja sendo tendenciosa, mas ele é ótimo. Claro, pode até parecer meio frio, porque não é do tipo que expressa emoções, mas é um cara legal. Eu te amo e você é minha melhor amiga. Ryan e eu temos o mesmo DNA, o que significa que ele também vai acabar te amando. Um dia.

— Bela lógica, Vee.

— É pura ciência.

Como não me dou ao trabalho de responder, ela continua:

— Vocês dois viajam tanto a trabalho que mal vão se esbarrar. Além disso, ele não tem namorada, então não precisa se preocupar com garotas aleatórias entrando e saindo do apartamento.

Arqueio uma sobrancelha.

— Só porque ele não namora não significa que não transe com ninguém. Quer dizer, você já olhou pra cara do seu irmão?

— Não quero pensar nisso, obrigada. — Ela faz uma careta de nojo. — O que quero dizer é que ele nunca levou ninguém pra casa, e olha que eu morei naquele apartamento por quase um ano.

Provavelmente ele só pega garotas nas viagens. Inteligente. E seria legal não ter que me preocupar com garotas aleatórias na minha própria casa, para variar.

— Já ofereci nosso apartamento, mas você também não quer morar lá. Zee tem dois quartos extras — prossegue ela.

— Vee — digo com um suspiro. — A última coisa que eu quero é segurar vela, que dirá ouvir vocês dois transando feito coelhos toda vez que a gente volta de viagem. Sério, estou bem. — Eu me sento no pufe ao lado da mesinha de centro com meu café da manhã nas mãos. — Dá uma olhada nessas opções. — Jogo uma pilha de anúncios na mesa e torço para que meu futuro lar esteja ali, já que são os únicos lugares que tenho condições de bancar nesta cidade.

Quanto mais recortes Stevie folheia, mais difícil fica esconder a incredulidade.

— Indy, nem pensar. Você não pode morar em nenhum desses lugares. Alguns são suspeitos pra caramba, e olha isso. — Ela começa a ler um dos anúncios. — Homem de cinquenta e poucos anos procura mulher na casa dos vinte para dividir apartamento.

— Eu sou uma mulher na casa dos vinte e o aluguel aí é só quinhentos dólares ao mês! — Como um pedaço da minha salsicha vegetariana, mas está superqueimada, então acabo cuspindo de volta no prato.

— É, provavelmente porque você teria que pagar o resto do aluguel de outro jeito.

— Eca. — Arranco a página da pilha, amasso bem e a jogo no prato junto com o lixo intragável.

— Indy. — Stevie suspira e larga os papéis no colo. — Por favor, vai morar com o Ryan. Se não por você, então por mim. Eu não ia conseguir dormir sabendo que você está morando em um desses lugares. Você pode me mandar mensagens com atualizações diárias de como estão as coisas, e posso manter o Ryan na linha, se precisar.

Pego o celular e decido mandar uma mensagem para ela agora mesmo.

Eu: *Atualização do dia: se você me obrigar a morar com seu irmão, eu vou sexualizar ele sempre que surgir uma oportunidade. Vou te mandar mensagem todo santo dia lembrando que ele é o cara mais gostoso que já vi. Todo dia, você vai ficar sabendo o quanto eu quero que Ryan faça todo tipo de baixaria comigo.*

Stevie pega o celular e faz uma careta.

Em seguida, pisca os olhos rapidamente, como se quisesse apagar a imagem que se formou na mente dela.

— Vou arriscar aqui e torcer para que você esteja blefando.

— Bem, vai ser divertido.

— Se você for morar com meu irmão, seremos vizinhas!

Não consigo conter o sorriso que se forma nos meus lábios ao pensar em morar na rua em frente à da minha ex-colega de trabalho e o namorado dela. Eu amo os dois juntos, e pude assistir de camarote o relacionamento deles se desenvolver na temporada de hóquei passada. Por mais que eu vá sentir saudade dela nas viagens este ano, fico feliz que ela e Zanders não precisem mais esconder o namoro. Um amor assim não deveria ser secreto.

— Seria legal — concordo.

— Viu só? Além disso, sua cafeteria favorita fica a dois quarteirões de distância, e o porteiro do Ryan é um amor de pessoa. Você vai adorá-lo.

Por mais que a ideia de morar num apartamento de luxo no centro de Chicago, com todas as comodidades que se possa imaginar, pareça a realização de um sonho, não consigo topar de imediato.

Acho que, em parte, é porque ainda estou tentando me convencer de que voltar para Chicago é uma boa ideia. Cada esquina, cada prédio, cada rua me lembra dele. É isso que acontece quando passamos a vida toda amando uma pessoa. Todas as lembranças acabam a incluindo.

E agora só me resta sofrer por uma versão da minha vida que não existe mais.

Depois de ter entrado em casa e flagrado Alex com outra pessoa, tive que fazer um esforço imenso para terminar a temporada de hóquei no ano passado. Mas, assim que os Raptors ganharam a Copa Stanley, joguei minhas coisas num depósito, fiz minhas malas e fui para a nova casa dos meus pais na Flórida, de frente para a praia. Passar o verão por lá foi uma ótima trégua para o coração partido, mas voltar para a cidade onde a minha vida inteira desmoronou é como começar o processo de cura do zero, apesar de o choque inicial ter acontecido há seis meses.

E, depois de passar algumas semanas morando neste hotel e treinando duas novas comissárias de bordo para trabalhar comigo, ainda não tenho certeza se voltar foi a escolha certa.

Como se conseguisse ler minha mente, Stevie muda de assunto.

— A primeira viagem da temporada começa daqui a poucos dias. Está preparada?

— Tão preparada quanto dá para estar com uma tripulação de novatos. Ver os jogadores de hóquei tirando a roupa em todos os voos não vai ser a mesma coisa sem você.

Ela inclina a cabeça e me dá aquele sorriso fofo que só Stevie sabe dar.

— Parte de mim vai sentir saudade de voar, mas vou principalmente sentir falta de você e do Zee enquanto estiverem viajando. Se bem que estou animada para ver todos os jogos locais do Ryan esse ano. Qual é a sensação de ser a nova chefe dos comissários e mandar em todo mundo?

— É esquisito. Nunca pensei que estaria no comando do avião dos Raptors no meu segundo ano, mas estou empolgada. E, sem dúvida, feliz da vida porque a Tara foi embora de vez.

— Demitida por confraternização. — Stevie ri. — Que ironia.

Existe uma regra estrita dizendo que as comissárias não devem socializar com os passageiros: os Raptors, o time de hóquei de Chicago da NHL. E, no ano passado, Tara, a antiga chefe dos comissários, fazia questão de esfregar isso na cara de Stevie sempre que podia. Na verdade, aceitei a promoção em parte para flexibilizar um pouquinho essas regras. Ainda é totalmente proibido namorar, transar ou se envolver com o time, mas agora podemos ser amigos. Meio que precisei mudar as regras, já que o namorado da minha melhor amiga é o capitão alternativo e nós nos vemos demais para fingir que não somos amigos.

— Também vai ser bom passar uns dias fora de Chicago — acrescento.

— Como assim? Você passou o verão inteiro na Flórida. Faz pouquíssimas semanas que voltou.

Um longo silêncio nos envolve enquanto olho fixamente para o colo.

— Ah, Ind. Eu sou uma idiota mesmo. Isso não tem nada a ver com morar com o Ryan, né? Se você não quer estar em Chicago, eu entendo. Sério, entendo mesmo. Estava tentando te ajudar a ficar na cidade ao arrumar um lugar para você morar, mas nem pensei que talvez não quisesse ficar aqui.

— Você não é idiota. É uma boa amiga. É que a ficha está começando a cair, sabe? Estar de volta, sabendo que posso topar com o Alex a qualquer momento, me dá embrulho no estômago. Mas, ao mesmo tempo, estou cansada de deixar a decisão dele afetar tanto a minha vida.

Eu estava a ponto de aceitar um emprego na Flórida e me mudar para lá em definitivo antes de receber a ligação a respeito da promoção. Naquela noite, Alex tirou tudo de mim: meu futuro, meu apartamento, meu grupo de amigos. Eu não ia deixar que ele tirasse isso também.

— Indy, eu entendo — diz ela com carinho. — De vez em quando, ir embora é mais fácil. Tem certeza de que quer ficar? Em Chicago?

— Eu quero me sentir melhor — respondo, levantando a cabeça. — Talvez estar de volta em Chicago, onde tudo aconteceu, me obrigue a encarar a situação e me curar mais rápido.

— Bem, se você mudar de ideia e resolver que a Flórida é melhor para você agora, eu te ajudo a arrumar as malas. Mas espero que aceite a oferta do Ryan. Ele não vai cobrar um aluguel mais caro do que você tem condições de pagar. Assim, pode juntar dinheiro. As coisas vão mudar, mas acho que pode ser para melhor.

— Você não contou para ele…

— Claro que não — interrompe Stevie.

Olho à minha volta e listo rapidamente os itens no meu quarto de hotel. Um frigobar tão pequeno que preciso fazer compras a cada três dias, porque os produtos de tamanho normal não cabem. A mala com a qual estou vivendo, já que não há cabides suficientes no armário para o meu guarda-roupa exorbitante. Toalhas tão pequenas que mal cobrem meu cabelo.

Sinto falta de ter um lugar fixo, mesmo que o tal lugar fixo seja compartilhado com um dos homens mais atraentes que já vi na vida. Só encontrei Ryan Shay duas vezes em todos esses meses, mas ninguém esquece um rosto ou um corpo daqueles. No entanto, se eu pudesse desejar só uma coisa agora, seria que nós dois nos esquecêssemos das últimas vezes em que nos vimos.

— Se eu soubesse que ia morar com o cara um dia, teria feito uma primeira e uma segunda impressão melhores.

Os olhos verde-azulados de Stevie brilham enquanto ela contrai os lábios, tentando segurar o riso. Minha esperança era de que ela aliviasse minhas preocupações e me dissesse que seu irmão gatíssimo nem se lembrava de mim.

— Ele não esqueceu, né?

— Nem um pouco.

* * *

Levei só dez minutos para sair do quarto de hotel com minhas coisas e outros vinte para esvaziar meu depósito. O caminhão de mudança ficou tão vazio que foi constrangedor. Triste perceber que vinte e sete anos de vida não enchem nem meio caminhão.

Todos os móveis e eletrodomésticos que compramos ao longo dos seis anos que nós passamos juntos ainda estão no nosso apartamento. Quer dizer, no apartamento *dele*, e eu me resignei a começar do zero e tentar ficar bem em relação a isso. Não notei a ausência das minhas coisas quando fui passar o verão com meus pais, mas é impossível não reparar que tenho praticamente nada agora que estou no apartamento de Ryan.

No *meu* apartamento.

Se bem que este apartamento é tão vazio que me dá a impressão de estar sentada no meio de um museu, e talvez seja por isso que minha falta de pertences seja tão evidente. Ele também não tem muita coisa.

O apartamento dele é impecável e minimalista. Preto e branco, sem nenhum toque de cor à vista — tirando minhas roupas espalhadas pela sala enquanto tento me organizar. *Tento* é a palavra-chave.

Já estive aqui algumas vezes desde que conheci Stevie, mas eu nunca tinha achado o lugar tão vazio e... solitário. Stevie é tão vibrante quanto eu. Parece que todas as cores foram embora junto com ela.

Por outro lado, a vista é de tirar o fôlego. O contorno dos edifícios e o pôr do sol no Navy Pier me distraíram por uma hora inteira quando cheguei aqui.

Minha exploração independente me leva à cozinha. Há uma cafeteira individual com uma caneca já posicionada embaixo, pronta para a próxima manhã, eu acho. Louças — quatro pratos grandes, quatro pratos pequenos e quatro tigelas — pretas, como se tivessem vindo em conjunto, como se ele nunca fosse receber mais pessoas do que isso em casa. Não me surpreendo ao abrir a primeira gaveta: quatro colheres, quatro facas e quatro garfos, provavelmente comprados num kit pequeno.

Entendo que ele viaja a trabalho tanto quanto eu, mas e se ele quiser chamar amigos para uma visita? Ou se resolver trazer uma mulher para passar a noite e ela estiver com fome, mas ele ainda não tiver lavado a louça da véspera?

Eu não vejo sentido nisso, mas algo me diz que Ryan Shay acredita que ter o mínimo para sobreviver é mais prático.

De volta à sala, passo o dedo pela estante de livros, torcendo, rezando para encontrar uma camada de sujeira ou de poeira. Algo que me diga que esse cara é humano, e não um robô, como o resto do apartamento sugere.

Não vejo uma única foto na casa, mas há inúmeros livros. As prateleiras estão cheias de todo tipo de livro motivacional ou de autoajuda que se possa imaginar, e estão organizados por... Ah, sério mesmo? Por ordem alfabética do sobrenome de cada autor. Esse cara é um monstro que provavelmente corre maratonas por diversão e dá barrinhas de cereais no Halloween.

Quando tiro o dedo da estante, vejo que está limpo. Nem um grão de poeira.

Já odeio este lugar.

O clique na porta da frente interrompe meus movimentos.

Era para ele passar a noite toda fora, participando de algum evento chique da cidade. E era para eu ter tempo de arrumar minha bagunça, pendurar minhas roupas no armário e organizar meus livros antes que ele voltasse. O apartamento está caótico, e eu estava torcendo para conseguir causar uma terceira impressão melhor em Ryan Shay.

Começo a chutar as pilhas de roupas para formar uma só, tentando ocupar o menor espaço possível, na esperança de que ele não repare na bomba que explodiu em sua casa desde que me mudei para cá, duas horas atrás.

— Que. Porra. É. Essa? — O tom dele é seco e controlado.

Em uma tentativa de me recompor, afasto os fios de cabelo desgrenhados do rosto e abro meu sorriso mais encantador. Sempre funciona.

— Oi… — Eu me viro com um aceno, mas o gesto morre no ar quando vejo o dono do apartamento parado na porta.

Já encontrei Ryan duas vezes. Em uma ele estava sem camisa e, na outra, com trajes informais em um bar. Mas agora? Está usando um terno sob medida. Pelo amor de Deus, não tem como eu morar aqui.

De alguma forma, o tom escuro do terno preto com riscas de giz bem discretas faz os olhos verde-azulados parecerem ainda mais vibrantes. A pele marrom-clara e as sardas são iguais às da irmã gêmea, mas garanto que nunca olhei para Stevie do jeito que estou olhando para o irmão dela agora. Enquanto lambo os lábios, observo o cabelo dele — castanho e recém-raspado nas laterais, com um pouco dos cachos característicos dos Shay no topo.

A mãe de Ryan e de Stevie é branca, com a pele cheia de sardas, olhos azuis e cabelo acobreado. O pai é um homem negro e alto, de cabelos pretos cacheados. Os gêmeos Shay são uma combinação do pai e da mãe, mas Ryan e Stevie parecem ter herdado os mesmos traços.

Como já deixei escapar nas duas vezes em que nos encontramos, Ryan Shay é um gato. Pode até ser um robô, mas é o robô mais sexy que já vi na vida.

— Indy — diz ele, me tirando do transe.

Fecho a boca, cruzo as pernas e o encaro nos olhos.

— Hmm?

— Perguntei o que raios aconteceu no meu apartamento.

— Ah. — Dou uma risada constrangida. — Então, eu estou dando uma organizada.

— Uma organizada?

— Aham. — Aponto para o caos que criei no chão da sala. — Nas minhas roupas.

— Se isso é o que você chama de organização, não sei se esse esquema vai rolar.

Começo a rir da piada antes de perceber que, infelizmente, Ryan não está brincando. Está falando sério.

Ele pendura as chaves no ganchinho perto da porta, como o monstro organizado que é, e se dirige para o quarto sem me olhar de novo.

A terceira impressão está indo para o saco, assim como as duas primeiras.

— Estava pensando que de repente amanhã a gente podia tomar café da manhã juntos — intervenho às pressas, antes que ele entre no quarto e passe a noite toda enfurnado ali.

Ryan não se dá nem ao trabalho de me olhar quando chega à porta.

— Não.

— Seria legal para nos conhecermos melhor, sabe, já que vamos morar juntos agora.

— Não.

— Então tá, nada de café da manhã. Você é um cara ocupado. Que tal um almoço? Ou vai ver você não come. Robôs não se alimentam.

— O quê?

Esse comentário finalmente chama a atenção dele. Ryan vira a cabeça na minha direção e crava os olhos da cor do oceano nos meus.

Engulo em seco.

— Brincadeirinha. Foi só uma piada. — Solto mais uma risada sem graça. — Café? Seria bacana conhecer melhor a pessoa com quem vou morar. Quem sabe a gente até não faz amizade?

Ele semicerra os olhos.

— Tudo bem, nada de amizade. — Levanto as mãos num gesto defensivo. — Nada de amizade. Nada de comida. Nada de diversão. Saquei.

Ele deixa escapar uma risada baixinha e, num primeiro momento, o som me agrada, pois tenho a impressão de que talvez Ryan me ache engraçada. Mas, em seguida, percebo que é uma risada condescendente.

— Vamos esclarecer as coisas. Eu não quero você aqui. Não te convidei para vir para cá, e só deixei você se mudar porque é amiga da minha irmã e, por minha causa, ela não tem muitas amizades. Eu gosto do meu espaço e, se dependesse só de mim, moraria sozinho. Então, não, Indiana, nós não vamos ser amigos. Vamos coexistir no mesmo apartamento até você conseguir resolver sua situação, enquanto eu cumpro meu dever de irmão.

Ele entra no quarto e fecha a porta com um pouco mais de força do que o necessário.

Porra, essa doeu.

A terceira impressão foi pior do que as duas primeiras.

3
Ryan

Merda.

Encosto a cabeça na porta do quarto e fecho os olhos, arrependido.

Acabei sendo cruel, e não pretendia ser. Na verdade, passei todo o caminho até aqui repetindo para mim mesmo que deveria ser gentil e tentando pensar em alguma saudação idiota para ela.

Seja bem-vinda ao lar. Não, isso dá a entender que é *nosso* lar.

Que bom que está aqui. Mentira. Não acho nada bom.

Se precisar de alguma coisa, é só avisar. Não me avise. Dê seu jeito.

Todas as frases que ensaiei soavam exatamente assim: ensaiadas.

O plano que bolei era simples: dizer "Vou fazer uma cópia da chave para você" e ir para o quarto, onde poderia ter um momento a sós.

Mas aí eu a vi ali, descalça no meio da minha sala, com um casaco de moletom tão grande que ainda não tenho certeza se ela estava usando alguma roupa por baixo. O cabelo loiro estava preso numa trança que caía por cima do ombro, mas boa parte dos fios estava solta e bagunçada. Os olhos castanhos eram mais afáveis do que eu lembrava, e isso só serviu para me irritar.

Meus colegas de time passaram a noite inteira me azucrinando com essa história da mudança dela para cá. Eles só a viram uma vez, uns cinco meses atrás, e eu achava que a impressão que ela tinha deixado foi de ter vomitado nos meus sapatos naquela noite. Mas, infelizmente, a única lembrança que têm é do espetáculo de mulher que Indy é.

Eu já sabia que ela era bonita. Não sou cego, mas não tinha como ser tão bonita quanto eles se lembravam. Eu estava certo de que estavam exagerando.

Mas não era exagero.

Assim que entrei no apartamento, percebi meu erro. Eles tinham razão: ela é deslumbrante, e eu odeio isso.

Não sou do tipo que se distrai fácil, mas, se eu pudesse dar vida à minha distração perfeita, teria a cara dela.

Não tem como alguém assim morar aqui. Não quero *ninguém* morando aqui. Eu preciso do meu espaço. Este apartamento é meu único refúgio contra as pressões externas. Preciso me concentrar durante minha primeira temporada como capitão, e não sei como vou conseguir fazer isso se a pessoa que divide o apartamento comigo parece ter acabado de sair da praia, com aquelas pernas bronzeadas, os cabelos dourados e as roupas coloridas espalhadas pelo meu chão.

Que se foda. Preciso ir ao ginásio.

Talvez eu estivesse um pouco mais calmo se tivesse tido um momento para relaxar e me preparar para chegar em casa e receber uma nova companheira de apartamento, mas eu não tive um minuto de paz esta noite. Passei o tempo todo sendo observado, o que me deixou constantemente tenso.

Normalmente, os olhares vêm de fãs e jornalistas, atentos a cada movimento meu, só que, desde que fui promovido, Ron Morgan, o gerente-geral do time, tem me encarado com mais desdém do que o normal.

Ron gostava de mim nos meus três primeiros anos jogando para ele, ou pelo menos gostava tanto quanto um chefe pode gostar de um funcionário cujo salário abocanha boa parte do orçamento anual e que ainda não levou o time a um campeonato, muito menos aos playoffs.

Mas o desprezo descarado de Ron começou mesmo no inverno passado, depois que fiz o favor de acompanhar a sobrinha dele à estreia de um filme. A sobrinha, que é praticamente como uma filha para ele, tinha se metido em alguma encrenca com a justiça, e quer jeito melhor de limpar a imagem de alguém do que convocando o bom-moço Ryan Shay?

Era para ser só uma noite, um evento, mas o problema começou quando o favor deixou de ser só esse. Passou a ser algo constante, e recusei todos os pedidos para sair com a sobrinha dele desde então, usando minha irmã como uma espécie de escudo contra a família Morgan.

"Bem que você podia acompanhar a Lesley naquela festa beneficente." Não posso. Já convidei minha irmã.

"Fim de semana no lago para fechar o ano. Todo mundo vai levar alguém. Você pode levar minha sobrinha." Não posso. Stevie já pegou minha vaga de acompanhante.

"A Lesley está caidinha por você. Por que não a convida para o jantar do time na sexta?" Ah. Que droga. Bem que eu queria, mas minha irmã está animadíssima para ir e não posso dar um bolo nela.

A ideia de usar Stevie como meu date de mentirinha funcionou bem o ano inteiro, mas aí ela teve que se apaixonar. E não por qualquer cara, mas por alguém que está em noventa por cento dos eventos dos quais eu participo, porque ele também é um nome de peso no meio esportivo de Chicago. Sem a ajuda dela, ficou na cara que o verdadeiro motivo de eu não continuar saindo com a sobrinha de Ron era simplesmente falta de vontade, e foi aí que a indiferença dele se transformou em antipatia descarada.

Essa aversão piorou ainda mais no fim da temporada, quando Ethan deixou o cargo e o time me elegeu capitão, apesar de Ron ter deixado bem claro que era contra. Mas eu não namoro, não namoro ninguém desde a faculdade, e não vou mudar isso só para agradar o homem que paga meu salário, ainda mais por se tratar de uma mulher por quem eu genuinamente não tenho nenhum interesse.

Era de se imaginar que Ron fosse gostar da minha ambição. Só tenho um objetivo em mente: levar Chicago à vitória em um campeonato pela primeira vez em décadas e conseguir um troféu de MVP da temporada para mim. Isso significa nada de mulheres, pouquíssimos amigos e não perder minha meta de vista. Não deixar ninguém se aproveitar do meu nome ou de quem vou me tornar no mundo do basquete.

Já aconteceu antes, e nunca mais vou cometer o mesmo erro.

Porra, preciso treinar. Esquecer o caos que foi minha noite e o desastre que se apoderou do meu apartamento enquanto estive fora.

Tiro o paletó e o penduro no lugar dele dentro do armário — entre o preto e o cinza-escuro. Depois, tiro o relógio e o guardo cuidadosamente na gaveta da mesa de cabeceira, na caixinha de veludo que o acomoda toda vez que eu o tiro.

Treinar um pouco de arremesso vai me acalmar, agora que meu apartamento parece provocar o efeito oposto em mim. Mas, antes que eu consiga trocar o terno pelo short de academia, ouço um chorinho vindo da sala que me paralisa.

Só pode ser brincadeira.

Por que raios deixei essa garota vir morar aqui? Ah, é claro: Stevie. Preciso aprender a dizer não para minha irmã, porque ser incapaz de fazer isso me rendeu uma loira chorosa na minha sala de estar.

Vou ignorar. Seria mais constrangedor para ela do que qualquer outra coisa se eu fosse lá para ver se está tudo bem. Será que as coisas que eu falei foram tão cruéis a ponto de levá-la às *lágrimas*? Até agora, só vi essa garota chorar ou beber até cair, então acho que não é de surpreender que esteja toda emotiva de novo.

Mais um chorinho e um som de soluço abafado atravessam a porta fechada e invadem meu peito.

Você não deve nada a ela.

Ignore. Ignore. Ignore.

Não consigo. Adoraria ser esse tipo de cara, mas não sou.

Respiro fundo e abro a porta do quarto para ver como está minha nova companheira de apartamento.

A loirinha está sentada no meu sofá, abraçando os joelhos enquanto esconde o rosto entre os braços cruzados, e não sei que merda dizer para acalmá-la. Como faço para controlar a situação? Nem conheço essa garota.

Diga algo gentil, algo reconfortante.

— Você é sensível.

Ela levanta a cabeça na mesma hora, e vejo que os olhos castanhos estão vermelhos e inchados.

— Valeu pela observação, Ryan. Você é bem perspicaz mesmo.

Ok, claramente fiz o comentário errado.

— Por quê?

Ela franze as sobrancelhas.

— Por que o quê?

— Por que você é tão sensível?

— Por que você é tão frio?

Mudo de abordagem, porque ela não vai conseguir essa resposta tão fácil assim.

— O que aconteceu?

— O que aconteceu? — Ela dá uma risada condescendente. — O que aconteceu?! — Ela sobe o tom enquanto se levanta do sofá. Fico olhando aquelas pernas quilométricas e não consigo deixar de imaginar como seria tê-las ao redor da minha cintura.

Porra, agora não, Ryan.

Ela é alta para uma garota. E, no momento, meio assustadora também.

— O que aconteceu é que minha vida foi para os quintos dos infernos, tá? Desculpa, não consigo controlar as emoções porque o merda do meu namorado me traiu com uma garota qualquer do trabalho depois de seis anos de relacionamento! E fui eu que perdi o apartamento por causa disso. Não tenho condições de morar sozinha nessa cidade e agora estou no apartamento do irmão da minha melhor amiga... que também não me quer aqui! Você acha que eu quero isso? Claro que não! Eu quero minha vida antiga de volta.

Encostado relaxadamente na porta do meu quarto, observo o minissurto.

Se bem que *mini* talvez não seja a palavra certa.

— Que merda estou fazendo aqui? — pergunta para si mesma, bem baixinho.

Em seguida, olha para mim, esperando que eu responda alguma coisa, mas não faço a menor ideia de como agir perto de alguém tão sensível. Ela é bem assustadora.

— Você está certo — diz ela. — Eu sou sensível, sim. Mas, pelo menos, não sou uma porra de um robô! — Indy aponta para mim. — Pelo menos, eu tenho sentimentos. Quando foi a última vez que você sentiu alguma coisa?

— Bem, no momento, estou me sentindo... entretido.

— Qual é o seu problema? — dispara ela. — Você é um monstro. E vê se reorganiza sua maldita estante de livros. Pelo sobrenome do autor? Você é doente.

Tento segurar o sorriso, tento de verdade, mas ele escapa por um dos cantinhos da boca.

— Para de rir de mim!

Balanço a cabeça.

— Não estou rindo.

Ela respira fundo para se acalmar e passa a mão pelo casaco de moletom que parece uns cinco números acima do tamanho dela.

— Vou sair daqui. A gente não se conhece, e você está certo. Você não pediu para que eu viesse para cá e não é justo com você. Amanhã à noite viajo a trabalho, mas volto daqui a alguns dias e pego minhas coisas. Vou embora de Chicago.

— Não vai, não.

— Como é que é?

— Você não vai se mudar daqui. Vou mandar fazer uma cópia da chave para você, Indiana.

Depois de finalmente dizer a frase que ensaiei a noite inteira, entro no quarto e fecho a porta.

Ela tem razão, eu não a quero aqui. Mas está errada em um detalhe: não sou um monstro. Está na cara que ela está passando por um momento complicado, o tipo de momento que mexe comigo, e não posso mandá-la para a rua. Não sou esse tipo de cara, por mais que eu quisesse ser agora.

De repente, um barulhão na minha porta. Um sapato, talvez.

— Meu nome *não* é Indiana!

É, eu *realmente* queria ser esse tipo de cara agora.

* * *

Acordo antes do despertador e, assim que chego à porta do quarto só de cueca, me dou conta de que não posso mais andar pelado pelo apartamento.

Depois de vestir um short de basquete e uma camiseta velha, vou até a sala. Indy já limpou toda aquela bagunça, mas o apartamento não parece mais o mesmo de poucos dias atrás.

Passei um bom tempo sozinho. Dividir o apartamento com Stevie pelos nove meses em que ela esteve aqui foi um alívio em meio ao silêncio de antes, mas a quietude voltou quando ela se mudou. Eu gosto de ter momentos sozinho. Na verdade, esse tipo de coisa me fortalece. Mas a diferença no ambiente esta manhã e a presença de outra pessoa aqui não me parecem ser a pior coisa que já aconteceu comigo. Não é tão alarmante quanto eu imaginei que seria.

A porta do outro lado da sala está entreaberta. O pedacinho visível de tinta amarela chega a machucar meus olhos, graças ao sol da manhã de Chicago que bate nas paredes. Não há mais nenhuma cortina naquele quarto. Stevie usou suas próprias cortinas modernosas durante a estadia aqui, mas, antes e depois desse período, mantive o espaço fechado.

Mas a porta do novo quarto de Indy não fecha totalmente por causa dos livros e das roupas espalhados pelo chão, impedindo-a de bater.

Aprendi outra coisa sobre ela durante nosso terceiro encontro. Além de ser emotiva e não saber beber, Indy também é bagunceira. Muito bagunceira.

Além disso, gosta de cores, lembro a mim mesmo. Fica bem evidente em meio ao meu apartamento todo preto e branco. Os vestidos amontoados na soleira têm tons de lilás e estampas florais, mas acho que o principal culpado pelo bloqueio da porta é a sandália rosa de tiras que se destaca por baixo dos tecidos vibrantes.

Talvez esse seja o sapato que deixou uma marca na porta do meu quarto ontem à noite.

4

Indy

— Sério mesmo? — Afundo o rosto no travesseiro para tentar proteger meus olhos do sol forte que invade as janelas do quarto. — Por que não tem cortina aqui?

O sol bate nas paredes amarelas do meu novo quarto de forma direta. Preciso perguntar a Stevie por que raios ela escolheu uma cor tão insuportavelmente matinal para o cômodo, pois sei que não existe a menor possibilidade de isso ser obra do Sr. Descolorido.

Não sei que horas são. Não instalei nada no meu novo quarto, incluindo o despertador, e só Deus sabe onde o meu celular foi parar. Mas, a julgar pelo nascer do sol absurdamente brilhante invadindo o quarto, dá para saber que é cedo demais para estar acordada.

Hoje eu tenho um voo noturno, o primeiro da temporada, e preciso dormir. Não sou do tipo matinal de qualquer maneira, muito menos nos dias em que tenho que virar a noite trabalhando.

Dormi mal à beça. No chão, com um travesseiro e duas mantas pequenas. Não tenho cama nem colchão ainda e, por teimosia, me recusei a dormir no sofá de Ryan depois do desastre de ontem à noite.

Preciso sair para comprar algumas coisas. É estranho começar do zero, mas não tenho a menor vontade de usar o colchão ou as roupas de cama de onde flagrei Alex com outra.

Só de pensar no nome dele, já sinto aquela dor no peito que gosta de se esconder por algum tempo, até um simples lembrete trazer à tona um tsunâmi de sofrimento.

Pego o celular que está incomodando minhas costas e semicerro os olhos, tomando cuidado para não me cegar com o brilho da tela.

Eu: *Atualização do dia: por que raios este quarto é da cor de um pintinho?! Queria que sua cama ainda estivesse aqui. O Zanders é rico o suficiente pra comprar outra para o quarto de hóspedes de vocês. Ah, e seu irmão é um cuzão.*

Stevie: *Bem, pelo menos assim não vai querer transar com ele!*

Eu: *Quando foi que eu disse isso? Eu leio romances. Tenho uma queda por cuzões.*

Como Stevie não responde, me pergunto quantas atualizações diárias ela vai aguentar antes de me bloquear.

Afundo a cabeça e cubro os olhos com o travesseiro na esperança de conseguir mais umas preciosas horinhas de sono, mas, assim que o cheiro de café fresco chega ao quarto, entro em estado de alerta. O aroma já é tentador por si só, mas, misturado ao som do bacon fritando, levanto-me na mesma hora e tropeço na bagunça do chão para ir até a cozinha. Eu não como esse tipo de coisa, mas, caramba… que cheiro maravilhoso.

— Bom dia — diz Ryan, sem se dar ao trabalho de desviar os olhos do fogão.

— Sim, está bom mesmo — murmuro ao me sentar à ilha da cozinha.

Uma camiseta sem mangas e um short de basquete compõem o visual, mas a roupa não chega a passar uma vibe boy lixo. A camiseta parece tão velha e surrada que ele deve ter cortado as mangas simplesmente porque o tecido já estava cheio de furos — algo surpreendente para alguém tão arrumadinho quanto ele. De qualquer forma, não vou reclamar, já que dá para ver os músculos bem definidos através do corte, e os quadríceps volumosos que dão asas à minha imaginação. Já estou aqui pensando em tudo que aquelas pernas poderosas seriam capazes de fazer.

Caramba, ele é todo musculoso.

Ryan finalmente se vira para mim e me flagra admirando o corpo dele antes de olhar para o meu peito. Acho que deveria ter vestido um sutiã. Graças a esta regata fininha com estampa de carinhas sorridentes, não sou a única a cumprimentar meu novo companheiro de apartamento hoje.

— Nós não somos muito fãs de sutiã?

— Nós? Eu, pessoalmente, não gosto de usar com pijama, mas cada um sabe de si. — Ergo as mãos num gesto de rendição. — Sem julgamentos.

Ele me lança um olhar impassível antes de pôr uma caneca fumegante de café na bancada à minha frente, além de um prato com ovo mexido, bacon e torrada integral.

Levanto a cabeça e nossos olhares se cruzam. Os olhos verde-azulados cravam-se nos meus, esperando que eu diga alguma coisa, mas não consigo. O ar de frustração que ele demonstrava ontem à noite perdeu um pouco da força e agora ele parece mais leve, mais gentil.

— Você queria que a gente tomasse café da manhã juntos — Ryan me lembra, indicando o prato com um gesto de cabeça.

Ele se lembrou, por mais que eu já tivesse me esquecido do assunto após meu leve surto. Depois da noite de ontem, imaginei que hoje fosse ser recebida com um aviso de despejo, não com um café da manhã caseiro.

Esta refeição é uma oferta de paz. E, por mais que Ryan tenha sido bem babaca, eu joguei um sapato em sua porta, então não sei se é ele quem deveria estar pedindo desculpa.

— Foi o rosa? — pergunta Ryan, desviando minha atenção do quarto dele.

— Hã?

— O sapato que você jogou na minha porta. Foi a sandália rosa? — Ele aponta para a bagunça na minha porta.

Acho que eu deveria me sentir constrangida, mas não é o caso.

— Provavelmente. Esse é meu sapato de não levar desaforo pra casa.

Ele esboça um leve sorriso, mas não tenho nenhuma expectativa de ganhar um sorriso genuíno. Aprendi bem rápido que Ryan Shay não me acha engraçada nem charmosa.

Ele me oferece um garfo enquanto se posiciona do outro lado da bancada, só que, antes de começar a comer, lava as duas panelas que usou, seca tudo e as devolve ao lugar certo.

— Desculpa por ontem à noite — finalmente digo, de boca cheia. — Vou limpar a marca que deixei na sua porta.

Ele não responde e, em vez disso, desvia a atenção para o prato enquanto começa a comer.

— Não gosta de bacon? — pergunta, apontando o garfo para o meu prato.

— Sou vegetariana.

Horrorizado, ele olha nos meus olhos antes de pegar meu bacon e enfiá-lo naqueles lábios deliciosamente carnudos.

— E não bebe café?

— Eu amo café. Mas não bebo quente. Estou esperando esfriar para depois colocar um pouco de gelo. E creme. Muito creme.

Ele franze as sobrancelhas, provavelmente se perguntando como acabou com a companheira de apartamento mais complicada do mundo.

— Você só bebe café gelado? E no inverno?

— Pode estar fazendo vinte graus negativos e eu ainda vou estar com meu cafezinho gelado na mão, usando luvas de inverno.

— Você é fã da Starbucks? Meio básica, não acha, Indiana?

Semicerro os olhos ao ouvir aquele nome.

— Já ouviu a expressão "diferentona"?

Ele faz que sim discretamente.

— Pois é, nada a ver comigo. Não tenho nada de especial. Sou básica ao extremo. Já tive a fase botinha Ugg. Já tive a fase calça skinny. Gosto de livros de romance, de café com mais creme do que cafeína, e chego até a tirar fotos bem *aesthetic* do meu prato toda vez que vou a um restaurante.

Percebo um discreto movimento no peito dele e me parabenizo mentalmente por ter arrancado uma risadinha silenciosa de Ryan Shay.

Terminamos o café da manhã em silêncio. Ryan não olha para mim, mas não consigo deixar de observá-lo enquanto come. É um cara bonito mesmo. Mandíbula quadrada com uma leve barba por fazer. Lábios carnudos que me levam a imaginar o quanto são macios. Olhos claros e brilhantes. Sedutores, por mais que não seja sua intenção. Ryan não é o cara mais simpático, nem o mais extrovertido, mas, mesmo assim, é atraente. O mais estranho é que ele nem se dá conta.

— Que foi? — pergunta, sem olhar para mim.

Não me envergonho por ter sido pega no flagra, então mantenho o olhar fixo nele.

— Você tem amigos?

— Tenho.

— Não tem muita coisa na sua cozinha. E se seus amigos vierem jantar e não tiver pratos ou talheres suficientes?

— Não encontro meus amigos aqui.

— Onde você os encontra?

— No treino ou nos jogos.

— Você está falando dos seus colegas de time.

— Eu trabalho demais para não considerar meus colegas de time amigos. A Stevie também é minha amiga.

— Sua irmã gêmea.

— E o Zanders.

— Seu provável futuro cunhado.

— Aonde você quer chegar, Indy? — pergunta Ryan, em um tom exasperado.

Dou de ombros, relaxada.

— Lugar nenhum. Só estou tentando te conhecer melhor. Qual é sua cor favorita?

— Preto.

— Eu meio que achava que robôs curtissem mais um prateado.

Ele abre um sorriso falso.

— Engraçadinha.

— Por que você não tem um cachorro ou outro bichinho de estimação para te fazer companhia? Deve se sentir sozinho morando aqui sem ninguém.

— Tenho alergia a cachorros. E não me sinto sozinho.

— Ah, verdade. Tinha me esquecido da sua alergia. Você deve ter irritado bastante o cara lá de cima para merecer uma alergia dessas, hein? Por que não adota um gatinho, então? Algo para cuidar.

— Não preciso de nada nem ninguém para cuidar e não preciso de companhia extra. Gosto de ficar sozinho.

— Eu amo flores. Posso comprar algumas para você. Ou uma planta. Talvez você se sinta mais masculino com uma planta. Algo que vá crescer apesar da sua personalidade fria.

— Você é… *ousada* demais para alguém que chegou aqui ontem e ainda não assinou um contrato de aluguel. E faz muitas perguntas.

— Você me acha demais?

— Você pulou uma palavra no meio e abstraiu o resto, né? — Ryan arqueia a sobrancelha, sem achar nenhuma graça.

— Só estou tentando te conhecer melhor.

Ele me observa por um tempo.

— Então tá. Minha vez.

Eu me endireito.

— Ah, que divertido! Colegas de apartamento se entrosando. Manda ver.

— Me conta sobre seu ex e por que você não tem onde morar.

Merda. Pelo jeito, resolveu começar com o pé na porta.

— Minha cor favorita? Que bom que perguntou. Lavanda.

— Não foi isso que eu perguntei.

Resignada, solto um longo suspiro e digo:

— Você já me acha um desastre. Tem certeza de que quer ouvir os detalhes?

— Tenho.

Ele me olha fixamente. Ao perceber que talvez a sinceridade seja uma condição não negociável para morar aqui, resolvo contar tudo.

— Meu ex e eu moramos juntos por bastante tempo. Namoramos um tempão, e tudo acabou há mais ou menos seis meses, quando cheguei em casa mais cedo de uma viagem a trabalho e o flagrei na nossa cama com outra.

A mandíbula de Ryan se mexe como se ele estivesse rangendo os dentes.

— Já sei de quase tudo isso. Quanto tempo é um tempão?

— Seis anos.

Ele arregala os olhos verde-azulados.

— Vocês passaram seis anos juntos?

— Pois é, mas nos conhecemos desde sempre.

— Seis anos e vocês ainda não estavam casados nem noivos?

— Estávamos chegando lá. Ele já tinha o anel. Eu estava só esperando que estivesse pronto para dar o próximo passo.

Não consigo parar de olhar para o prato, porque a situação é humilhante. Eu amava nossa história de amor. Era algo que nos tornava únicos, conectados. Amigos de infância que se casam. Eu estava animada para um dia mostrar nossas fotos do jardim de infância no nosso casamento.

Mas agora? Agora é vergonhoso. Nós nos conhecíamos há vinte e dois anos, passamos seis deles namorando, e mesmo assim não consegui fazer o cara se casar comigo. Não fui capaz nem de fazê-lo ser fiel.

— Ninguém nunca deveria ter que implorar para o outro estar pronto para um futuro juntos — diz Ryan, com mais ternura do que ele tinha previsto, eu acho.

— Apesar da decoração do seu apartamento, a vida nem sempre é preto ou branco, Ryan.

— Quando o assunto é amor, é, sim. Ou vocês querem ficar juntos ou não querem. Seis anos e uma vida inteira de lembranças é tempo mais do que suficiente para saber. Ele estava te enrolando. Você precisa seguir em frente.

— Caramba. Meio cruel, hein? Eu estou tentando.

— Não está nada. Não de verdade. Ontem à noite você estava chorando por causa dele. Você pode até dizer que foi porque eu fui um babaca e o que eu disse foi insensível, mas foi por causa dele. Você está morando aqui por causa dele, e isso te magoa. Ele não queria você. O cara provou isso ao demorar seis anos para te pedir em casamento e praticamente gritou esse desinteresse aos quatro ventos quando resolveu transar com outra na cama de vocês. Por isso, sim, Indiana, é preto ou branco. Bola pra frente. Ele não merece nada de você, nem mesmo as lágrimas.

Ignoro o apelido e sinto a raiva borbulhar dentro de mim.

— Seria legal se tivesse um pouquinho mais de tato ao abordar o assunto, coleguinha. Você não faz a menor ideia de como é ter seu futuro inteiro arrancado das suas mãos e ter que começar do zero.

Ele engole em seco, sem desviar os olhos dos meus.

— Vai por mim, sei melhor do que qualquer um.

Merda. A vulnerabilidade estampada naquele rosto irritantemente bonito me diz que toquei num ponto fraco.

Suavizo o tom de voz.

— Sabe que meu nome não é Indiana, né? Esse apelido não faz o menor sentido. Isso sem falar que é mais comprido que Indy.

— Seu nome é Indy mesmo?

— Indigo, na verdade. Mas prefiro Indy.

— Indigo? Tipo a cor?

— Sim, tipo a cor. Meus pais estavam numa fase interessante quando eu nasci. Tiveram uma filha e resolveram chamá-la de "Indigo".

— Então quer dizer que seu nome é Azul?

É a primeira vez que eu ouço uma risada genuína de Ryan. Por mais que esteja rindo de mim e não comigo, gosto do som.

— Meu nome é Indy — lembro a ele. — Então, será que dá pra parar com o apelido de Indiana, que não faz o menor sentido?

Ele sorri. Um sorriso perfeito, de orelha a orelha, sem nenhum filtro. O filho da mãe é tão sortudo que tem até covinhas.

— Claro. Vou parar de usar o apelido, Indigo.

— Não. Nem pensar. É Indy, só Indy.

Ele pega meu café, que já está em temperatura ambiente, joga um pouquinho na pia, vira para a geladeira e enche a minha caneca de gelo. Em seguida, pega uma garrafinha de leite e põe tudo na minha frente.

— Não tenho nenhum creme, então espero que leite sirva. Você não é intolerante a lactose também, né?

Percebo uma leve tensão nos olhos dele ao me encarar, como se não tivesse condições de lidar com mais uma coisa que eu não como ou bebo.

— Leite está ótimo. Obrigada.

— Vamos falar do aluguel.

— Você ainda quer me deixar morar aqui depois de eu ter jogado um sapato na sua porta e ter te contado o desastre colossal que é a minha vida?

— Não sei se eu usaria a palavra *quero*, mas é só um esquema temporário. Até você conseguir se reerguer.

Temporário. Estou cansada de tudo na minha vida ser temporário. Eu quero estabilidade e um futuro, mas estou cem por cento tranquila com a perspectiva de esta situação ser temporária. Ryan não vai conseguir me tolerar por muito tempo, de qualquer maneira. Dá para sentir.

— Ok, vamos falar do aluguel.

Ele pega nossos pratos, agora vazios, e começa a lavá-los na pia.

— Quanto você tem condições de pagar?

Não é sempre que me sinto constrangida, mas dois dos meus momentos mais constrangedores envolveram Ryan Shay, então vamos acrescentar mais um à lista. Como é que eu vou dizer para um dos caras mais atraentes que eu já vi na vida qual é meu salário? A julgar pelo apartamento, está na cara que ele nunca passou por nenhum aperto financeiro, pelo menos não desde que foi selecionado para o time de Chicago. Este lugar é fenomenal e eu não ganho o suficiente nem para alugar o armário de roupa de cama.

De cabeça baixa, pergunto:

— Meu orçamento máximo ou o quanto eu consigo bancar e ainda conseguir comer e abastecer meu carro?

— Quanto você pode pagar por mês e ainda conseguir juntar dinheiro para ter o seu próprio apartamento e bancar todas as suas despesas adicionais com conforto?

Ryan põe os pratos e talheres no escorredor ao lado da pia.

— Mil? — É uma pergunta, não uma afirmação. Isso forçando a barra, já que tenho apenas sete meses para juntar dinheiro, mas posso sobreviver à base de miojo.

Ele arqueia a sobrancelha.

— Minha irmã disse que você estava com problemas financeiros. Daria para você arrumar outro lugar para morar por mil dólares. A ideia de morar aqui é justamente para economizar.

Catorze mil. Tenho sete meses para juntar catorze mil dólares, isso se tudo correr bem. Eu sabia que tratamento de fertilidade era uma coisa cara, e estava ciente de que isso provavelmente estaria no meu futuro. O que eu não tinha planejado era, aos vinte e sete anos, ter que pagar por um congelamento de óvulos depois que o amor da minha vida, a pessoa que achei que seria o pai dos meus filhos, resolveu transar com outra.

Meu médico avisou que deveríamos ter começado a tentar anos atrás, mas Alex não estava pronto. Não chego a culpá-lo, porque eu também não estava, mas ele fazia questão de ficar me atiçando com todo aquele papo de "quero começar a tentar em breve". Por causa disso, não corri atrás de congelar os óvulos antes, quando ainda tinha acesso ao plano de saúde dos meus pais. Não, ele foi lá e resolveu enfiar o pau em outra pessoa um ano após eu ter perdido o direito ao plano deles.

Baixa Reserva Ovariana — um jeito bem formal de dizer que os meus ovários estão envelhecendo mais rápido que o restante do corpo.

Por mais que meu corpo ainda tenha vinte e tantos anos, meus óvulos já estão prestes a se aposentar, graças à herança genética da minha mãe. Se eu quiser manter aberta a opção de um dia ter filhos biológicos, preciso agir pra ontem. E, como não posso me dar ao luxo de pedir licença do trabalho, meu plano é juntar, juntar e juntar dinheiro até o próximo verão — quando acaba a temporada de hóquei.

Ryan tira um bloquinho e uma caneta de uma gaveta. Imagino que essa deveria ser a "gaveta da bagunça" dele, mas as canetas do cara estão enfileiradas e cada coisa tem seu lugar certinho. Psicopata.

No topo da página, escreve *Contrato de locação temporária da Indigo.*

Em seguida, sublinha a palavra "temporária" duas vezes.

Não sei o que é mais irritante: o lembrete escancarado de que ele não me quer aqui ou ele me chamando de Indigo em vez de Indy.

Ele escreve o primeiro item: *Aluguel.*

— O que acha de quinhentos dólares por mês? — pergunta, apoiando-se nos antebraços com a caneta acima do papel.

Tento ao máximo não ficar olhando para as veias saltadas que percorrem os braços musculosos de Ryan enquanto analiso a oferta, mas ele realmente é uma distração.

Quinhentos dólares por mês? Não chega nem perto do que deveria me cobrar. Não deve nem cobrir os gastos a mais que vou gerar nas contas dele.

Na verdade, talvez ele queira que eu fique aqui e esse seja o seu jeito de me convencer, vai saber? Eu consigo bancar quinhentos dólares por mês.

— Mas só… — prossegue, enquanto minha mente ainda tenta remoer possíveis significados ocultos nas palavras dele. — Se você colocar quinhentos dólares na poupança todo mês para arranjar seu próprio apartamento.

Deixa pra lá. Ele vai me cobrar uma mixaria para que eu vá embora daqui o quanto antes. É generoso de sua parte, de qualquer forma, e eu não sou nenhuma mártir. Se ele quiser me bancar, vou deixar com muito prazer. O cara claramente tem dinheiro para isso. Mal sabe ele que, por mais que eu vá abastecer minha poupança, o dinheiro vai para outro lugar.

— Fechado.

Os olhos dele se iluminam e a pele forma ruguinhas bem discretas nos cantos, mas ele não sorri completamente.

— Você não vai bater boca comigo? Não vai se oferecer para pagar mais?

— Não. — Dou de ombros. — Acho que você consegue bancar minha estadia sem nenhum problema, Ryan Shay.

Ele volta a atenção para o bloco de notas e esboça um sorriso ao *escrever US$ 500 + US$ 500 na poupança* ao lado de *Aluguel*.

Próximo item: *Regras*.

E lá vamos nós.

— Deixa eu adivinhar. Tenho que fazer silêncio a partir das 20h30 e, antes de todo jogo em casa, você faz um pequeno sacrifício humano sobre o qual ninguém pode descobrir.

— Engraçadinha.

Encosto a bochecha na palma da mão com um sorriso.

— Se continuar repetindo isso, Shay, vou acabar ficando toda metida.

— Nada de visitas — diz ele, anotando a mesma coisa no papel.

— Não posso receber amigos?

— A Stevie pode vir.

Dou uma risadinha, sem acreditar no que estou ouvindo.

— E o Zanders — acrescenta, como se realmente estivesse me dando mais opções. — Alguns dos meus colegas de time também.

Arqueio as sobrancelhas, animada.

— Um apartamento cheio de jogadores da NBA? Tô dentro.

— Não pra você.

— Você é muito sem graça.

— Não quero desconhecidos aqui — prossegue ele. — Então, nada de trazer visitas para passar a noite.

— Você *realmente* é muito sem graça. Já está com ciúmes, Ryan? Só estamos morando juntos há doze horas e já não suporta a ideia de ver outro homem comigo. É isso?

Ele aponta o dedo para mim e o gira, me indicando.

— Esse seu jeitinho aí funciona? É assim que você leva a vida?

— Está falando do meu jeitinho charmoso de ser? Funciona há vinte e sete anos, meu bem.

Ele esboça mais um leve sorriso. Ora, ora, se isso não é a coisa mais viciante que já vi na vida.

— Eu não estou tentando ser empata foda. Pode fazer o que quiser — diz, e as palavras não me descem bem. Eu tinha curtido a ideia de dividir apartamento com um cara possessivo, que não suportaria me ver com outro homem porque ele mesmo me queria.

— Só que faça em outro lugar — prossegue. — Não quero desconhecidos por aqui. Sem querer parecer babaca, mas eu não consigo ir a lugar nenhum sem ser reconhecido. Meu apartamento é meu refúgio, meu único momento de privacidade, e não estou disposto a abrir mão disso. Então, nada de visitas. Quanto a isso, sou irredutível.

— Eu entendo — digo, como se não fosse nada. — Trabalho com um time profissional de hóquei, lembra? Sei como é todo esse lance de viver sob os holofotes.

— Não, você não entende. É diferente. É muito mais extremo do que qualquer coisa que os caras dos Raptors já tenham passado.

Um momento de silêncio paira sobre nós enquanto ele me encara fixamente, sem desviar o olhar. Não cheguei a dar minha stalkeada básica em Ryan Shay na internet, mas talvez devesse ter feito isso. Parece que tem mais a dizer, só que não quer passar uma imagem de atleta profissional metido a besta, e agora quero entender o que deixou subentendido.

Quando conheci o irmão de Stevie, seis meses atrás, tive que me controlar para não pesquisar o nome dele na internet. Ele era, sem sombra de dúvida, o homem mais atraente que eu já tinha visto, mas, além disso, não gostava de mim. E isso me incomodou mais do que estou disposta a admitir. Eu não queria saber nada dele porque ele não queria saber nada de mim.

— Nada de visitas — concordo.

— Promete?

Pelo jeito, esse lance de receber uma desconhecida em casa é um grande passo para ele. Eu não tinha me dado conta. Estava levando todo esse novo arranjo na esportiva, só que claramente ele não encara a situação da mesma forma.

Eu me endireito na cadeira, torcendo para que ele perceba que estou levando o assunto a sério agora.

— Prometo.

Ryan solta um suspiro de alívio enquanto escreve *Nada de visitas* ao lado de *Regras*. Em seguida, emenda com um *Nada de amizade. Nada de comida. Nada de diversão*, fazendo referência ao comentário que fiz durante minha desastrosa terceira impressão.

Ora, vejam só. Ryan Shay tem senso de humor.

— E quanto às *suas* visitas? — pergunto, antes que a gente mude de assunto. — Onde é que você… *entretém* suas visitas?

Ele me encara, e o olhar vai descendo pelo meu rosto, passeia pelo pescoço e se demora um pouco mais no meu peito. Em seguida, morde o lábio inferior, e meus mamilos ficam duros com toda aquela atenção, chegando ao ponto de pressionar contra a blusinha fina.

Ryan abre um sorrisinho malicioso e, puta merda, que sorriso lindo.

— O que está tentando perguntar?

Pelo amor de Deus, a voz dele chegou a ficar rouca.

Engulo em seco e cruzo as pernas para tentar conter a pulsação repentina que aquele sorriso extremamente sensual me causou.

— Estou perguntando… — Hesito, como se a ideia de saber onde Ryan Shay transa já não estivesse provocando um incêndio entre as minhas pernas. Limpo a garganta e tento de novo. — Só estava aqui pensando…

Ele se debruça na bancada, aproximando-se sem tirar os olhos de mim.

— Está querendo saber onde eu transo, Indigo?

Não. Não vamos seguir por esse caminho. Ryan não vai assumir o controle da situação. Eu posso constrangê-lo com meu jeito extrovertido. Ele não tem o direito de se insinuar com todo esse lance controlador e essa voz sedutora e sair me perguntando se quero saber sobre sua vida sexual. Eu quero, nossa, como eu quero, mas não.

— Na verdade, não — digo, endireitando a postura. — Não me parece algo que eu tenha interesse em saber.

— Tem certeza? — Ele indica meus seios com um aceno de cabeça.

Com toda certeza meus mamilos querem saber onde Ryan Shay transa. Estão praticamente rasgando minha regata de tanta vontade de descobrir. Dois rostinhos sorridentes estampados no tecido estão perfeitamente alinhados e tão projetados que parecem prestes a gritar para que meu colega de apartamento diga logo onde ele transa, se não é aqui.

Bufando, passo as mãos nos mamilos para ver se recuam.

— Que merda é essa, Ryan? Era para você ser tímido quando o assunto é garotas.

— Eu não sou *tímido*. Você que me pegou de surpresa sendo tão direta nas primeiras vezes em que nos vimos. — Ele endireita a postura. — Mas eu não recebo ninguém pra passar a noite aqui. Acho que você não precisa saber de mais nada além disso.

Bem, então tá. Um limite foi claramente estabelecido.

Ele anota o terceiro item, que parece ser o último: *Assinatura*. Em seguida, passa o bloco de notas e a caneta para mim.

— Só isso? — pergunto, sem acreditar muito. — Pagar quinhentos dólares por mês e não trazer visitas?

— Além disso, não faça barulho quando chegar tarde de viagens, e eu vou fazer o mesmo. Seja legal com o porteiro. Também podíamos tentar resolver esse lance da bagunça.

Arqueio a sobrancelha.

— Aí já é pedir demais.

Desvio a atenção para o bloco de notas à minha frente e resolvo assinar logo, antes que ele acrescente novas regras com as quais não vou concordar. Até agora, está tudo tranquilo, e gostaria que continuasse assim.

Ryan arranca a folha do bloco e prende nosso contrato de aluguel na geladeira com um ímã, para que nós dois possamos vê-lo. Todos os dias. Enquanto eu morar aqui.

— A gente se vê quando você voltar de viagem. — Ele pega mais um pouco de café e vai para o quarto.

— Espera, acabou? Durou só meia hora. Não precisa se esconder no quarto.

— Estou de boa.

— Eu posso… posso preparar um almoço para a gente! — sugiro rapidamente, deixando bem claro meu desespero por um pouquinho de tempo de qualidade. Que patética.

— Eu tenho treino.

— Ah, tá.

Ele para na porta do quarto, se vira para mim e me olha dos pés à cabeça enquanto eu permaneço sentada no banquinho, desesperada por um pouco de atenção. Será que percebe o quanto eu dependo da companhia de alguém, ou será que supõe que eu quero a atenção dele em específico? Porque não tem nada a ver com ele. Só não quero ficar sozinha.

Seus lábios se curvam de novo, mas desta vez não há diversão nenhuma naquele sorriso discreto. É só pena.

E, pela terceira vez desde que conheci Ryan Shay, ele se esconde no próprio quarto, longe de mim.

5
Indy

— Indy, quero que saiba que se estiver precisando de um lugar para ficar, a minha cama está disponível. — Rio, defensor do Chicago Raptors pelo terceiro ano, está sentado no banco de bar ao meu lado, virado para mim e ignorando os dois colegas de time do outro lado da mesa. — Nem precisa pagar aluguel. Eu ficaria feliz, *animadíssimo*, de te receber.

— Caramba, Rio — diz Zanders com uma risada. — Supera. Ela já tem onde ficar. A Indy não vai morar com você.

Todos nós começamos a rir da decepção estampada no rosto de Rio, mas ele já sabia minha resposta desde quando me ofereceu seu apê de solteirão em junho.

— Obrigada, Rio. — Sentada ao seu lado em um bar no centro de Edmonton, passo o braço pelos ombros dele. — Mas dividir apartamento com outra pessoa não é fácil, e eu não quero estragar nossa amizade.

Faço questão de enfatizar a palavra *amizade*.

Seus olhos verdes começam a brilhar.

— Sabe como é esse lance de amizade, né? Dizem que os melhores casais começam como…

Eu envolvo o pescoço dele com o braço e coloco a palma da mão em sua boca para silenciá-lo.

— Não vai rolar, cara.

Sinto um sorrisinho atrevido se abrir por baixo da minha mão.

— A esperança é a última que morre, Indigo.

Por mais que eu saiba que nunca aconteceria nada entre mim e Rio, eu não arriscaria nossa amizade. Rio é novinho demais, fofo demais e ingênuo demais para ser qualquer coisa além de um amigo, mas, mesmo que tivesse a minha idade e sua casa não vivesse cheia de festas e partidas de Xbox até altas horas, eu realmente amo ter a amizade dele.

Além disso, não tenho mais nada a ceder para ninguém. Alex levou tudo embora. A única coisa que talvez eu pudesse oferecer é uma relação física, algo que enterrasse de vez o relacionamento com meu ex, mas não existe a menor possibilidade de eu deixar que Rio saiba disso.

Ele vai se oferecer e eu vou acabar dizendo não… de novo.

Quando voltou para sua casa, em Boston, Rio passou o verão todo entrando em contato comigo para saber como eu estava. E, por mais que no ano passado eu o tenha considerado um cara infantil, bobo e hiperativo, quando eu menos esperava, ele foi virando um ótimo amigo ao longo dos quatro meses de pausa entre uma temporada e outra. Rio se preocupa de verdade comigo, por mais que passe 99% do tempo brincando.

— Brincadeirinha. — Rio esbarra o ombro no meu. — Fico feliz que você esteja se ajeitando.

— E o que está achando do prédio até agora? — pergunta Maddison, o capitão dos Raptors, sentado do outro lado da mesa com Zanders.

— É lindo e extravagante, estou tentando não me acostumar demais com essa vida de luxos, mas só passei uma noite lá e já estou me apegando.

Maddison sorri.

— Acho legal você estar por perto. O Ryan é gente boa.

Ele mora com a família na cobertura do prédio de Ryan, e Zanders e Stevie moram do outro lado da rua. A casa de Rio fica a uns vinte minutos de distância, mas Maddison tem razão: é legal estar cercada de amigos. Isso ameniza um pouco o incômodo de estar sozinha, por mais que eu tenha acabado de me mudar para a casa de um estranho.

— Tudo bem aí, Zanders? — pergunto ao defensor do outro lado da mesa, que bebe lentamente a cerveja quente e faz beicinho.

— Estou com saudade da Stevie.

A gente tenta se controlar, tenta de verdade, mas todo mundo acaba deixando escapar umas risadinhas.

Os meninos jogaram ontem em Vancouver e amanhã têm jogo em Edmonton. Esta é a primeira noite de folga da viagem, mas a situação está bem diferente para Zanders em comparação com a temporada passada. Há um ano, ele estava livre e desimpedido. Agora, está aqui, se lamentando em uma mesa de bar porque está com saudade da namorada que não vê há quarenta e oito horas.

— Mas ela foi para o jogo de estreia do Ryan em casa hoje, o que é legal. — Zanders me passa o celular para mostrar uma foto do número cinco na quadra de basquete, mas eu faço questão de não olhar por muito tempo. — E como foi sua primeira noite no apartamento com ele?

— Eu não acredito que você mora com Ryan Shay — resmunga Rio, batendo a testa na mesa bem de leve. — Como é que eu posso competir com isso?

Reviro os olhos para o drama.

— Para dizer a verdade, Ind, não sei quem estou invejando mais. Se fosse qualquer outro cara, eu o odiaria, mas estamos falando de Ryan Shay. Eu queria é estar no seu lugar.

Eu me viro para Zanders.

— Respondendo à sua pergunta, ele me fez chorar.

— Vou matar ele — decide Rio.

— Calminha aí. Não sei se foi necessariamente culpa do Ryan. Acho que estou passando por um momento difícil de maneira geral.

Os três sabem o motivo e me lançam sorrisos compassivos, como quem pede desculpas. Odeio isso.

— O que ele fez? — pergunta Zanders.

— Disse algo do tipo: "Eu não quero você aqui e só estou fazendo isso para cumprir meu dever de irmão."

— Ai. — Maddison faz uma careta.

Zanders intervém:

— O Ryan é um cara legal, mas não é como você. Não é a pessoa mais receptiva do mundo com gente nova e só sabe fazer as coisas do próprio jeito. Basicamente só se importa com basquete e com a Stevie. Dá uma chance a ele. Ele vai se tocar... assim espero.

— Ele gosta de *você* — comento, apontando para Zanders. — Vocês são próximos. Como fez para conquistá-lo?

— Ele me odiava, lembra? Só melhorou comigo depois que percebeu que eu estava apaixonado pela irmã dele, mas, mesmo assim, levou um tempo para a gente se conhecer melhor. O cara é fechado mesmo.

— Entendo que o Ryan esteja fazendo isso pela Stevie e que não tem nada a ver comigo, mas eu estou morando com um cara que preferia estar morando sozinho. É constrangedor e desconfortável.

— Quer saber? — prossegue Zanders. — Achei que essa situação fosse ser desastrosa, mas de repente você acaba fazendo bem para o Ryan. Vai forçá-lo a sair da toca. Ele vai ser obrigado a passar tempo com alguém que não seja um colega de time ou a irmã. Talvez conviver com alguém normal o faça ter um pouquinho mais de fé na humanidade.

— Ah, Zee. Você me acha normal?

— Você fica ali no limite. — Ele sorri com o copo na boca enquanto termina a cerveja.

— Ele me disse que eu não podia levar visitas para casa. Estranho, né?

— Ind — Rio me interrompe, me olhando com desconfiança. — Você sabe alguma coisa sobre o cara com quem está dividindo apartamento?

Está na cara que não sei o bastante, a julgar pelos três pares de olhos que me observam com cautela, como se eu não estivesse enxergando uma peça importante do quebra-cabeça.

Nas últimas noites, tentei dar uma investigada na vida de Ryan pela internet, só que, toda vez que aquele rosto lindo surgia na minha tela, eu ficava nervosa demais para seguir em frente. Não sei direito o que eu estava procurando ou o que eu esperava descobrir, mas parte de mim quer conhecer Ryan de forma espontânea, e não através de manchetes espalhadas pela internet.

— O que quer dizer? — Olho ao redor, em busca da resposta. —É porque ele é um atleta profissional? Sei como é. Sou amiga de vocês três, não sou? Eu sei que tem muita atenção em cima de vocês.

Zanders balança a cabeça.

— É meio diferente.

— Meio? — diz Rio, em tom de deboche. — Ryan Shay foi o principal nome para entrar na liga pela Carolina do Norte, um time que ganhou dois campeonatos nacionais seguidos com ele. Ele está entre... O que vocês acham? — Rio volta a atenção para Maddison e Zanders. — Os top cinco, talvez top três da liga? E isso porque ainda não ganhou um anel nem um troféu de jogador mais valioso. Duvido que consiga sair de casa sem ser reconhecido. Esses caras aqui são grandes nomes da NHL e são conhecidos na cidade toda — comenta Rio, apontando para os colegas de time do outro lado da mesa. — Mas não chega nem perto do que Ryan Shay enfrenta.

— Lembra o caos que foi com a Stevie ano passado, quando a mídia descobriu que eu estava namorando? — Zanders me pergunta. — Então, quando o Ryan vira manchete, não estamos falando de repercussão nacional. A notícia se espalha pelo mundo todo. Ele tem motivos para manter uma imagem impecável. Todos os holofotes estão em cima dele.

Engulo em seco e pergunto:

— Ele é realmente tão famoso assim?

— Sinto até pena. — Maddison balança a cabeça. — Nós dois somos capitães dos nossos respectivos times e estamos na mesma cidade, mas eu nunca vou ter que lidar com o mesmo tipo de pressão e atenção que fazem parte da vida dele.

— Zanders, quanto você ganha?

— Sério, Rio?

— Posso ver na internet. Estou tentando provar um argumento.

— Onze e meio.

— Doze — Maddison entra na conversa, ostentando o próprio salário, cheio de si.

Zanders lhe dá o dedo do meio enquanto tenta segurar o sorriso.

— Está vendo? — Rio se vira para mim. — Se somar o salário de dois dos maiores nomes da NHL, dá quase vinte e quatro milhões de dólares por ano. Ryan Shay ganha o dobro. Pô, o cara tem contratos com marcas de tênis e patrocínios que provavelmente valem ainda mais.

— Rio, você é realmente apaixonado pelo meu futuro cunhado, né?

— Sem sombra de dúvida. — Ele desvia a atenção para Maddison. — Como é saber que ele mora no andar de baixo?

— Parece uma piada. — Maddison ri. — O cara ganha tanto dinheiro que poderia comprar o prédio inteiro.

— Por que ele mora lá, então? — finalmente intervenho. — O apartamento é lindo, mas se ganha tão bem…

— Porque ele é um cara prático — Zanders me lembra. — Não se permite nenhum luxo.

Quatro pratos, quatro jogos de talheres, quatro tigelas. Uma organização que beira a loucura. Levar a vida de forma tão certinha como Ryan faz é autocontrole ou uma forma de autopunição?

Tudo começa a fazer sentido quando me lembro de como ele foi grosso na noite em que chegou em casa e viu a bagunça que eu tinha feito. Eu abalei sua estrutura, sua rotina. Ele deixou de ter controle no único espaço em que encontra conforto.

E eu sou a colega de apartamento maluca que jogou um sapato em sua porta.

Não consigo nem imaginar como é levar a vida desse jeito, sem nunca poder baixar a guarda porque o mundo todo está de olho nele. Mas se aquele apartamento é o único lugar em que pode relaxar, então a prisão minimalista em preto e branco onde ele mora não vai dar conta do recado.

Está decidido. Vou trazer um pouco de cor para a vida de Ryan Shay, nem que seja a última coisa que eu faça.

* * *

Já estava amanhecendo quando saí do aeroporto. Entre a vitória na prorrogação em Edmonton e a passagem pela alfândega, acabei chegando em Chicago horas depois do planejado. Pegar um café me pareceu uma boa ideia. Quer dizer, é sempre uma boa ideia, ainda mais por ser meu primeiro dia inteiro no apartamento e eu ter uma bagunça para arrumar. Sem contar que estou na esperança de passar um tempo com meu novo colega de apartamento hoje, então quero estar o mais animada possível, já que estou empenhada em fazer Ryan Shay gostar de morar comigo — nem que seja a última coisa que eu faça.

— Quer uma bandejinha para viagem? — pergunta o barista.

— Sim, por favor. Seria ótimo. Obrigada.

— Indy? — Ouço alguém atrás de mim me chamar enquanto organizo os copos. — Meu Deus, Indy, é você?

Ao me virar, vejo um grupo de garotas: minhas amigas. Amigas de infância.

— Maggie? Oi! — eu grito, abraçando-a na mesma hora. — Que saudade. Oi, gente. — Olho por cima do ombro dela antes de abraçar mais três amigas de longa data. — Que saudade de vocês! O que estão fazendo aqui no centro tão cedo?

Maggie hesita, parecendo triste.

— A gente... hm... a gente vai comprar os vestidos de madrinha.

— Ah.

— Desculpa. Eu teria te convidado. Realmente não sabia que você já tinha voltado para Chicago. Achei que ainda estivesse na Flórida.

— Eu mandei mensagem quando voltei. Mandei mensagem para todas vocês.

— Bom, vem com a gente! Foi perfeito termos encontrado você hoje.

Olho para o meu uniforme. Preciso trocar de roupa, preciso dormir. Queria que ela tivesse me avisado antes, assim eu poderia ter me planejado.

— Mags — interrompe Angie —, a reserva é para quatro pessoas.

— Não tem problema — comento com um sorriso forçado. — Acabei de chegar de uma viagem de trabalho e ainda não dormi. Preciso trocar de roupa. Tenho um dia cheiíssimo pela frente — minto. — Só... me avisem qual vestido escolherem pra eu saber qual comprar.

— Estou com saudades, Ind. — Maggie faz carinho no meu braço. — Vamos marcar alguma coisa em breve com todo mundo? Já faz um tempão.

— Sim, claro. — Solto um suspiro de alívio. — Estou morrendo de saudade de vocês todas. Ainda estão indo na noite de quiz do Scouts às quartas? Vou ficar aqui na cidade essa semana. Posso ir!

As garotas trocam olhares nervosos.

— Estamos, sim... — Angie hesita.

Maggie inclina a cabeça com um olhar solidário.

— Mas o Alex continua indo, e você sabe como os meninos são próximos.

— Ah, sim. Claro, são mesmo. — Sinto um nó na garganta e adoraria jogar a culpa no cansaço ou no fato de ser uma pessoa emotiva, mas essa doeu.

Desde novinhos, formamos um grupão de amigos inseparáveis. Ninguém nunca se afastou, e nós desenvolvemos o que imaginei que fosse um laço inabalável e uma amizade para a vida toda. Maggie e Kevin começaram a namorar pouco depois de mim e do Alex, e os outros casais foram se formando nos anos seguintes. Achei que estaria com essas pessoas durante toda a vida. Achei que fosse criar meus futuros filhos ao lado dessas mulheres, mas agora parece que fui excluída. Como se eu que tivesse traído meu parceiro depois de seis anos juntos.

— Vamos marcar uma noite das garotas em breve, tá? — sugere Maggie. — Quando os meninos estiverem ocupados.

Abro mais um sorriso forçado, porque é isso que eu faço.

— Com certeza. E você e o Kevin, estão bem?

— Ótimos! Quer dizer, planejar casamento não é muito a praia do Kevin, mas estamos ótimos. — Ela chega mais perto para cochichar no meu ouvido. — Ele me disse que podemos começar a tentar na lua de mel.

Maggie se afasta com olhos arregalados e animadíssimos, e por "tentar" claramente quis dizer engravidar. Ela não faz ideia dos meus problemas de fertilidade, nenhuma das amigas do grupo faz, mas suas palavras jogam sal na ferida sem querer.

— Que... que incrível, Mags.

— Ah! Que bom que te encontrei. — Ela enfia a mão na bolsa. — Eu não sabia para onde enviar isso. Não sei onde você está morando, mas aqui está o convite. Você faz parte do casamento, então sabe de todos os detalhes, mas queria que você recebesse um.

Pego o envelope marfim.

— Obrigada. Estou muito animada por vocês dois. — Meu sorriso está longe de ser genuíno, e me sinto péssima por isso.

— Onde é que você está morando, afinal? — pergunta Angie.

Com o irmão da minha amiga, que por acaso é podre de rico, tão gostoso que chega a doer e joga basquete no time que meu ex-namorado idolatra.

— Estou na casa de um amigo do trabalho.

Todas elas me lançam sorrisos de pena.

— Você vai ajudar no chá de panela, né? E na despedida de solteira, caso esteja na cidade? Vou precisar da sua ajuda com o tema e a decoração. Com a comida também. — Maggie ri. — Com tudo. Você é a melhor organizadora de festas que a gente tem.

É o papel que eu criei para mim mesma. Anfitriã. Coordenadora de eventos. Aquela que sempre faz questão de enaltecer aniversários e promoções. A amiga que gosta de comemorar cada momento emocionante das pessoas da sua vida, dar a elas um momento de reconhecimento para que saibam como são especiais. Aquela que se certifica de que todos à sua volta se sintam bem consigo mesmos.

Eu realmente amo fazer isso, mas me dói um pouco lembrar que nenhum dos meus amigos, tirando Stevie, me parabenizou pela minha própria promoção.

Forço mais um sorriso e digo a Maggie:

— Claro que vou. Tudo que você precisar.

— Você está bem? — pergunta ela em voz baixa.

Ela está falando sério? Não, não estou bem. Minha vida inteira virou de pernas para o ar por causa de uma decisão que outra pessoa tomou. Fiquei sem ter onde morar e sem cama onde dormir por causa da decisão de outra pessoa. A vida que imaginei para mim e a família que visualizei no meu futuro desapareceram graças à decisão de Alex.

Mas, antes que eu possa responder, Maggie acrescenta:

— O Alex vai ao casamento, então eu superentendo se você não se sentir à vontade. Mas vocês dois têm direito a levar um acompanhante cada, então espero que isso amenize a situação.

Como assim? Isso quer dizer que Alex vai usar o convite extra? Será que faria uma coisa dessas? Já está na cara que não sei nada sobre o homem com quem achei que fosse me casar, então não tenho respostas para essas perguntas.

Ela aperta o meu braço de leve.

— Você não consegue perdoá-lo? Queria que tudo voltasse a ser como era antes. O grupo inteiro saindo junto.

— O quê? — Forço uma risada. — Maggie, ele transou com outra na nossa cama.

E nunca me pediu perdão nem se desculpou.

— Ele cometeu um erro.

Lágrimas indesejadas queimam meus olhos, porque eu quero sair para experimentar vestidos de madrinha, quero ir à noite do quiz às quartas-feiras e quero que minhas amigas fiquem do meu lado, não do de Alex, nessa situação. Isso faz de mim uma pessoa horrível? Acho que não. Sinto que é o mínimo que posso pedir.

Pego a bandejinha de cafés rapidamente e enfio o convite debaixo do braço.

— Foi ótimo ter visto vocês. Me mandem fotos dos vestidos mais tarde, tá? Divirtam-se. — Meu sorriso forçado me acompanha até a porta, onde consigo segurar as lágrimas até chegar ao lado de fora.

Caramba, essa doeu. Por que estou sendo punida? Por que parece que estou perdendo as minhas amigas? Elas deveriam odiá-lo. Foi ele que fez isso com a gente. Estão do lado dele só porque os namorados delas ainda são amiguinhos do Alex? E eu?

Será que estou sendo irracional? Talvez Ryan tenha razão. Talvez eu seja emotiva demais mesmo, mas isso realmente me magoou.

Eu tenho dois quarteirões. Dois quarteirões para ficar chateada antes de ter que me recompor. Dois quarteirões até chegar ao apartamento de Ryan, onde preciso ser a Indy feliz e divertida, pois estou na casa dele e a vida que ele leva fora daquelas quatro paredes já é estressante por si só. Ele precisa que o próprio lar seja um refúgio. Precisa de uma amiga.

E agora, mais do que tudo, eu também preciso.

— Srta. Ivers, seja bem-vinda de volta. — O porteiro de Ryan abre a porta do saguão para mim.

Paro na frente dele e ponho minha mala de lado.

— Dave. Posso te chamar de Dave? — No crachá está escrito David.

— Claro que pode.

— Gosta de café com leite? Porque trouxe um para você, da minha cafeteria preferida ali na esquina. — Tiro o copo dele da bandejinha e lhe entrego.

— Adoro um bom café com leite. Muito obrigado. — Ele segura o copo de papel com as duas mãos.

— Acho que nós vamos ser amigos, Dave. — Pego a alça da mala e entro pela porta aberta.

— Acho que tem razão, srta. Ivers. Chegou uma entrega para você. Já está lá em cima.

Ryan disse que ia deixar a cópia da chave que mandou fazer para mim debaixo do capacho, mas, quando saio do elevador e faço a curva, dou de cara com ele abrindo a porta do apartamento.

— Oi! — digo num sussurro empolgado, pois não quero fazer muito barulho a esta hora da manhã.

Quando Ryan se vira para mim, reparo que ele está ridiculamente gostoso sem nem se esforçar. Com roupas informais e um boné virado para trás, arrasta a própria mala para o corredor.

Eu, por outro lado, estou horrorosa. Virei a noite acordada, ainda estou de uniforme e preciso tirar a maquiagem borrada. Não costumo deixar nenhum desconhecido me ver sem minha máscara de perfeição, mas que se dane. O cara vai morar comigo. Ele vai ver coisa pior.

— Oi. — Ryan engole em seco e põe a mochila no ombro. — Eu estava me perguntando por onde você andava.

Estava, é?

— O time jogou até tarde e foi um pesadelo passar pela alfândega. — Aponto para a bandeja na minha mão. — Trouxe café para você. — Sorrindo de orelha a orelha, passo a cafeína para ele. — Está indo para onde?

— Treinar. Depois pego um voo para o jogo em Milwaukee. — Ele começa a andar pelo corredor.

— Ah. — Está ficando dificílimo disfarçar as decepções de hoje. — Bem, boa sorte!

— Volto daqui a dois dias. A chave está debaixo do tapete — fala, sem olhar para trás.

Sinto as lágrimas arderem em meus olhos sem nenhum motivo aparente. Estou simplesmente exausta e, devo admitir, me sentindo muito sozinha.

Eu até ligaria para Stevie para ver se ela topa fazer alguma coisa, mas Zanders praticamente sumiu do avião assim que aterrissamos, então já sei que está ocupada.

— Indigo — Ryan me chama do outro lado do corredor. Não sei por que respondo ao apelido, mas, quando dou por mim, já estou me virando para encará-lo enquanto ele põe a cabeça para fora do elevador. — Valeu pelo café.

Sorrio para ele ao entrar no apartamento vazio.

O envelope marfim parece pesar uma tonelada debaixo do braço. O fardo de saber que vou encontrar Alex em breve me dá um aperto no peito. Será que ele vai levá-la? Será que estão juntos ou foi só uma vez? Minhas supostas amigas já a conheceram?

Eu já. Vi a garota várias vezes. Ela era estagiária na assessoria financeira do Alex. Estive com ela na festa de Natal da empresa no ano passado e elogiei o vestido de chiffon verde-sálvia que estava usando. Não me arrependo. O vestido era lindo mesmo. Será que os dois já estavam transando naquela época?

Maggie está linda na foto do convite. Ela e Kevin estão felizes e eu estou feliz por eles. De verdade. Mas uma parte invejosa de mim queria que fosse eu. A ideia era nós planejarmos nossos casamentos juntas, mas, em vez disso, não cheguei nem a ser convidada para experimentar vestidos de madrinha. E não é do casamento que eu sinto inveja. É do futuro: o que vem depois do grande dia. Eu quero o restante da minha vida mais do que qualquer outra coisa.

Nossa, sou uma péssima pessoa por estar me sentindo assim. Eu me orgulho de ser uma boa amiga, mas hoje não. Depois eu ainda me espanto por terem me excluído.

Prendo o convite na geladeira com um ímã para não me esquecer em momento algum de que, até dia 2 de fevereiro, preciso estar preparada para encontrá-lo.

O ponto alto da minha manhã é a encomenda da Amazon que me espera na bancada da cozinha. É claro que um colchão inflável não é tão bom quanto uma cama de verdade, mas estou com a grana curta e é melhor do que dormir direto no chão.

Tenho bastante coisa para fazer hoje, mas a motivação para ficar acordada e dar um jeito na minha vida deu uma murchada, então guardo meu *iced latte* na geladeira e deixo para tomar depois. Preciso dormir. Mais tarde eu lido com a realidade do quarto bagunçado e da solidão neste apartamento.

O sol já entra pela frestinha da porta do meu quarto, o que me faz lembrar de que minha primeira tarefa depois do cochilo é comprar cortinas. Minhas roupas e meus sapatos ainda estão no chão, mas foram colocados num canto só, abrindo um caminho que antes não existia.

De repente, outra coisa me chama a atenção.

Ao olhar para a parede oposta, dou de cara com a cama mais linda que já vi na vida. Travesseiros macios como nuvens e um edredom branco criam um vórtice no qual quero me jogar e nunca mais sair. É uma cama deslumbrante e novinha em folha, sem nenhum vestígio da minha antiga vida ou relacionamento.

É minha.

E foi Ryan que comprou.

Para alguém que não se importa com nada nem com ninguém, foi um gesto bastante atencioso.

Meus olhos começam a arder por conta das lágrimas que se acumulam ali, pois sou chorona mesmo e não consigo evitar. Pode me julgar. Mas essa é uma das atitudes mais gentis e atenciosas que já tiveram comigo em um bom tempo, e não tenho nem palavras para expressar o que significa para mim. Ainda mais depois de uma manhã difícil.

Passo a mão pelo tecido macio e pego o celular. Não sou do tipo que vai fingir estar incomodadíssima com o fato de ser uma compra cara e exagerada nem demonstrar choque por um multimilionário ter gastado dinheiro comigo. Mas me sinto grata, sem dúvida.

Eu: *Você comprou uma cama para mim?*

Alguns segundos depois, os três pontinhos dançam na tela.

Coleguinha: *Você precisava de uma.*

Resposta prática.

Eu: *Muito obrigada, Ryan.*

Vejo um toque de lavanda por baixo da pilha de travesseiros. Lençóis novos, na minha cor favorita. Não sei nem como processar o que estou sentindo ao descobrir que ele se lembrou desse detalhe.

Como não responde, mando mais uma mensagem, porque foda-se, eu quero falar com ele.

Eu: *Doeu muito comprar algo sem ser preto ou branco?*

Coleguinha: *Quase morri.*

Eu: *Essa é sua linguagem do amor? Dar presentes?*

Coleguinha: *Nada nessa situação tem a ver com amor, Indigo. Você estava precisando de uma cama. Não fica tentando ver coisa onde não tem.*

Eu: *Aham. Toma cuidado, Ryan. Se continuar me fazendo gentilezas, tipo preparar meu café da manhã e comprar roupas de cama, vou começar a achar que você quer que eu fique ou sei lá.*

Coleguinha: *Tenho que ir pro treino.*

Bela forma de sair pela tangente, rapaz.

Coleguinha: *Arruma seu quarto, aquilo está um perigo.*

Minhas bochechas chegam a doer de tanto sorrir.

Ryan Shay não odeia totalmente a minha presença aqui.

6

Ryan

— O voo sai às dez. Estejam lá no máximo às nove e meia. — Phil, o coordenador do time, lança um olhar incisivo para Dom.

— Por que está olhando para mim? — pergunta, todo inocente no chão da quadra, suado do treino da manhã.

— Se você se atrasar de novo, a multa vai cantar.

— Phil. Philip. Você me ama e sabe disso, meu parceiro.

— Você é a maior dor de cabeça da minha vida e é por sua culpa que estou ficando careca. Minha esposa está puta com você por ter me tirado da cama ontem à noite.

— A Suzanne também me ama. E olha só, pelo menos não dirigi depois de beber. Fui responsável e te liguei para ir me buscar.

Phil se vira para mim.

— Faz ele chegar no aeroporto no horário certo, tá bom, Shay?

— Pode deixar.

Phil balança a cabeça e se retira.

— Amo aquele cara. — Dom suspira.

— Aonde vocês foram ontem à noite?

— No Sway — Ethan responde por ele.

— Você também foi?

— De jeito nenhum. A Annie teria pedido o divórcio se eu fosse para a farra na noite anterior a uma viagem, mas bem que o Dom tentou.

— Ah.

— Você queria ir? — questiona Dom. — Você quase nunca sai com a gente, então nem pensei em te chamar. Foi mal, cara.

Balanço a cabeça.

— Sem problemas. Eu queria ficar em casa.

Ethan e eu somos os únicos caseiros do time. Ele porque tem uma esposa e três filhos e eu porque sair de casa e correr o risco de render manchetes negativas quase nunca vale a pena. A última vez foi quase um desastre. Dei um soco em um ex-colega de time por ter tratado Stevie mal e, felizmente, o namorado da minha irmã assumiu a culpa para desviar o foco de mim. Mas eu não tinha me ligado que já recusei tantos convites dos meus colegas que eles nem me chamavam mais.

Dom podia ter me ligado nem que fosse para pedir uma carona. Bom, ele não sabia que passei boa parte da noite em claro, me perguntando por que minha nova companheira de apartamento ainda não tinha chegado, mas foi o que aconteceu.

Tenho que ficar mais dez minutos com gelo no ombro antes de poder tomar um banho e ir para o aeroporto, então fico jogando conversa fora com alguns colegas de time. Dom nos conta da pegação que rolou nos fundos da boate ontem à noite e Ethan nos dá detalhes de como foi o recital de dança da filha mais velha.

Os dois extremos do nosso time: pegação em boates e recitais de dança infantil. Não sei onde me encaixo entre esses dois caras. É difícil me identificar com qualquer pessoa quando a única coisa que me importa é levar o time aos playoffs.

— Ethan — grita nosso gerente-geral do outro lado do ginásio. — A Caroline está animada para o jantar na segunda.

Ron Morgan abre um maldito sorriso de orelha a orelha para o ex-capitão do time, que está ao meu lado.

— A Annie também está empolgada — responde Ethan. — Podemos levar alguma coisa dessa vez?

— Está tudo sob controle! A Caroline vai preparar aquela torta de ruibarbo que você tanto ama.

— Caramba! — Ethan joga a cabeça para trás. — Mal posso esperar. — Ele sorri e o cumprimenta com um rápido aceno.

— Que merda foi essa? — pergunto.

— Que foi o quê?

— O que acabou de acontecer. "A Caroline está animada para o jantar na segunda."

— É exatamente isso. A esposa dele está animada para jantar na segunda.

— Como foi que você conseguiu ficar tão amiguinho dele? O cara me odeia. — Assim que olho para trás, vejo Ron falando com o técnico. A testa franzida e o semblante decepcionado estão de volta, substituindo rapidamente o sorriso frouxo que exibia ao falar com Ethan.

— Desse jeito mesmo. Por causa da Caroline. O cara se derrete todo quando o assunto é a esposa, e ela ama a Annie. Já faz anos que saímos, os quatro, em casal. Basta conquistar a Caroline para fisgar o Ron também.

Faço que sim com a cabeça.

— A Caroline é ótima. Deve ser fácil.

Ele dá uma risada condescendente.

— Você não tem a menor chance, cara. Ela não dá a mínima para basquete. O assunto nunca surge na mesa de jantar, e você não sabe falar de outra coisa. Ela é muito ligada à família, os dois são, e o Ron só nos convidou pela primeira vez porque a Caroline queria conhecer a Annie. Ela é a única mulher que acompanha o time desde sempre, então eu deveria mesmo era agradecer à minha esposa por ter caído nas graças do Ron.

— Uau — diz Dom, alto o suficiente para chamar a minha atenção, olhando fixamente para um ponto atrás de mim. O restante do time segue o exemplo e se vira para a entrada do ginásio.

— Cacete.

— Meu Deus — dizem em coro.

Quando me viro, não posso dizer que fico feliz ao ver Indy entrando no prédio como se fosse dona do lugar, com um vestido lilás leve — adequado para o dia atipicamente quente de outubro. Os tênis brancos de cano alto da Converse têm bordados coloridos e ela arrumou o cabelo e a maquiagem, transformando-se em uma mulher totalmente diferente da que eu deixei no apartamento há algumas horas.

— Shay, você é o cara mais sortudo do mundo. Por favor, me diz que está comendo ela.

Viro a cabeça para o meu colega de time de forma brusca.

— Cala a porra da boca.

— Bom, se você não investir, eu vou.

— Dom — adverte Ethan, tentando conter o riso. — O Ryan está prestes a explodir, então acho melhor maneirar, cara.

Quando volto a atenção para Indy, vejo que ela está observando as instalações. Por mais que claramente esteja fora da sua zona de conforto, não parece nem um pouco nervosa. E aí está mais uma coisa que logo aprendi sobre Indy: ela fica à vontade em lugares onde não deveria estar. Acho que a garota nem sabe o que é sentir vergonha.

Vários pares de olhos acompanham a beldade de cabelos loiros enquanto Ethan me observa, entretido.

— Parem de olhar para ela — advirto. — Vão tomar um banho, vão para o aeroporto ou arrumem qualquer coisa para fazer que não seja olhar para ela. Indy não está disponível.

— Então você *está* comendo ela. — Dom acena com a cabeça num gesto de aprovação.

— Não, eu não estou *comendo ela*. E nenhum de vocês vai também. Parem de olhar, senão ela vai ser a última coisa que vão ver na vida.

— Uuuuuh. O Shay Protetor chegou, e a irmã dele não está nem por perto. Alguém precisa anotar essa data. A história está acontecendo diante dos nossos olhos, gente. Ryan Shay se importa com alguém que não seja a Stevie e com algo que não seja basquete.

— Dom, você vai tomar uma surra. Se não for do Ryan, vai ser de mim mesmo. — Ethan balança a cabeça para o nosso pivô, repreendendo-o.

Ignoro a respostinha que Dom dá e vou correndo atrás de Indy, que já vem entrando na nossa área de treino.

— Posso saber o que está fazendo aqui? — pergunto, conduzindo-a pelo braço para o canto do ginásio.

— Oi pra você também.

— Como foi que você entrou aqui? O treino é fechado.

Ela aponta para o próprio rosto e gira o dedo.

— Eu tenho meu charme. Lembra?

É claro que minha colega de apartamento, confiante do jeito que é, conseguiu convencer os seguranças a entrar no nosso treino fechado, enquanto os portões lá fora vivem abarrotados de fãs loucos para conseguirem uma foto ou um autógrafo.

Ela olha fixamente para a bolsa de gelo amarrada no meu ombro.

— O que aconteceu?

— Nada. Indy, você não pode ficar aqui.

Sinto vontade de acrescentar um "ainda mais vestida assim", mas mesmo que ela estivesse vestindo um saco de batatas, todos os meus colegas de time ainda ficariam encarando-a.

Ela me mostra uma chave.

— A chave que você mandou fazer para mim não funcionou. Saí para comprar cortinas e, quando voltei, não consegui entrar.

— Tem certeza? — Pego a chave da mão dela.

— Absoluta.

— Tá bom. Eu te dou a minha, mas você precisa sair daqui.

— Shay! — Ouço meu nome lá dos escritórios, que ficam na parte de cima da quadra. — Vem aqui. Quero falar com você.

Ron Morgan está na porta de seu escritório, com as mãos enfiadas nos bolsos da calça social.

— Merda — disparo, me virando para Indy. — Fica aqui. Não dê um passo e não fale com ninguém.

— Está de mau humor hoje, hein — murmura ela enquanto eu me afasto correndo.

Estendo a mão ao chegar ao escritório.

— Sr. Morgan.

— Shay, já te conheço há quatro anos. Me chama de Ron. — Ele aperta minha mão.

— Com todo respeito, senhor, prefiro chamá-lo de sr. Morgan.

— É claro que sim. Você e seus "senhor" e "senhora". Sempre com esse jeito caipira de ser.

Ele fica me encarando com olhos semicerrados. Eu estaria mentindo se dissesse que esse homem não me intimida. Pode até ser mais baixo do que eu, mas meu futuro está nas mãos dele. Continuo aqui pelo tempo que ele quiser, e, assim que não quiser mais, vou ser transferido. É assim que as coisas funcionam neste mercado. Eu valho uma nota e meu salário ocupa boa parte do orçamento dele. Tenho plena noção de que ainda não consegui nenhuma vitória em campeonatos e não levei sequer o time aos playoffs para compensar o investimento.

— Temos uma coletiva de imprensa marcada para antes do jogo de amanhã. Nós dois vamos responder perguntas sobre seu papel como capitão e o que esperamos do time na temporada, então se prepare.

— Sim, senhor.

— E Shay, tenta ter um pouco de personalidade durante a coletiva. Sim, nós vamos falar de basquete, mas você é o rosto do time agora, e eles querem conhecer Ryan Shay de verdade.

— Que tipo de perguntas eu devo esperar?

— Não sei. Coisas sobre a sua família. O quanto você gosta da cidade. O que achou da sua promoção. O que *eu* achei da sua promoção.

Sinto o tempo parar com aquela indireta tácita em seu tom de voz.

Foda-se, chegou a hora. Melhor perguntar de uma vez.

— E *o que* o senhor achou da minha promoção?

Ele solta um suspiro profundo e resignado.

— Tenho certeza de que você sabe o que eu achei.

Balanço a cabeça.

— O que foi que eu fiz para o senhor ter tanta antipatia por mim? É só porque não quis continuar saindo com a sua sobrinha? Não teve nada a ver com ela...

— Não. Claro que não. Você me acha tão mesquinho assim? Eu não tenho *antipatia* por você, Shay, mas também não acho que você tenha o perfil adequado para liderar esse time. Para ser um bom capitão é preciso mais do que ser o jogador mais talentoso em quadra. Tem a ver com família, camaradagem. Você é uma pessoa reclusa, o que não é um problema, só que não é o tipo de liderança que eu procuro para a minha organização. Não fiquei incomodado por você ter parado de sair com a minha sobrinha. Ela é difícil, até para mim, mas sei por experiência própria o impacto que uma mulher pode ter na vida de um homem. Eu estava torcendo para que você conhecesse alguém em algum momento e mudasse. Para que você estivesse pronto para essa função quando chegasse a hora. Veja só o exemplo do Ethan. O cara é um baita atleta, mas o verdadeiro talento dele é ser amigável com o restante do time, e eu sei que muito disso veio depois que conheceu a Annie. Não acho que você esteja pronto para isso, Shay.

Caramba. Fala mais porque foi pouco.

Como se já não tivesse acabado de me fazer sentir minúsculo, ele ainda sorri e acena enquanto Ethan sai do ginásio.

Sinceramente, foda-se. Eu sou o cara mais dedicado do time inteiro. Sou *melhor* do que qualquer um deste time, mas Ron é contra mim só porque não tenho *namorada*? Ou porque não me acha gentil o suficiente e joga a culpa disso no fato de eu não ter uma mulher na minha vida.

Uma parte bem pequena de mim quer que me troquem de time. Se essa é a opinião dele a meu respeito, então que me transfira. Mas logo lembro que Stevie mora aqui agora e que não vai a lugar nenhum, já que Zanders assinou um contrato de sete anos com os Raptors, então preciso fazer isso funcionar. Preciso acertar as coisas.

— Na verdade, senhor, eu *já* conheci uma pessoa.

Que porra foi essa que eu acabei de dizer?

Ron ri.

— O quê?

Em vez de responder, porque não tenho coragem de repetir a mentira, apenas faço que sim com a cabeça.

— Shay, você joga para mim há quatro anos. Acho que eu saberia se você estivesse saindo com alguém.

— É recente.

— Bem, e é sério?

Se é sério? É seriamente insano, igual a mim, porque sou um completo imbecil de achar que conseguiria sustentar essa mentira.

— Aham. É.

— Mal vejo a hora de conhecê-la — prossegue Ron, semicerrando os olhos. — Na semana que vem. No banquete de outono. Sua presença é obrigatória e você vai levar sua *namorada*. Tenho certeza de que a Caroline vai querer conhecê-la também.

Estou ferrado. Completamente ferrado. Como é possível que minha solução para o problema tenha sido arrumar uma namorada falsa? Por que não podia apenas me comprometer a tentar melhorar minha liderança e fim de papo?

Não dá nem para usar a desculpa de levar minha irmã no lugar da minha namorada inexistente porque o banquete de outono é um evento beneficente organizado pelos quatro grandes times de Chicago, e Stevie vai estar lá com Zanders.

Um lampejo de cabelo loiro e tecido cor de lavanda chama a minha atenção. Indy continua onde eu a deixei, balançando os quadris de leve e mexendo a cabeça enquanto olha o celular.

Faço uma careta de arrependimento. É uma péssima ideia, mas, que se dane, agora não tem mais volta.

— Se quiser, o senhor pode conhecê-la agora mesmo — digo, apontando para Indy, que está distraída e completamente alheia à mentira gigantesca que estou inventando sobre ela.

— É ela? Bem, então me apresente, Shay.

Limpo a garganta.

— Indy — eu a chamo, acenando. — Pode vir aqui rapidinho?

Ela se aproxima de nós com passos levemente saltitantes, e torço para que veja o pedido de desculpas no meu sorriso forçado.

— Indy, este é o gerente-geral dos Devils, Ron Morgan.

— Prazer em conhecê-lo — diz ela com um sorriso radiante, porque é claro que não se importa nem um pouco em conhecer gente nova.

Ponho a mão na base de suas costas. É a primeira vez que a toco de verdade, e ela se enrijece com aquele contato na hora.

— Sr. Morgan, esta é a Indy… minha namorada.

O sorriso da minha colega de apartamento desaparece na mesma hora.

— Que maravilha conhecer a moça que finalmente conquistou nosso Ryan Shay. — Ele a observa e, por mais que Indy talvez não perceba pelo tom, eu sei que Ron está tentando entender essa história. Está tentando me pegar no pulo.

Por favor, entra na onda, Indigo, imploro com os olhos.

Ela fica em silêncio, chocada.

— Tenho certeza de que ela também está feliz em conhecer o senhor — interrompo rapidamente o silêncio que se estende. — Mas ela já está indo embora. — Com a mão que já está em suas costas, eu a guio em direção à saída.

— Ah, mas já? — pergunta Ron. — Que pena.

— Pois é. Ela tem que ir. — Dou um empurrãozinho nas costas de Indy, desesperado para que ela aperte o passo e se mande daqui.

— Calma, chuchuzinho. — Ela sai do transe e me segura, envolvendo minha cintura com os dois braços. — Como eu vou aguentar dois dias sem você? A gente nunca passou tempo longe um do outro, meu docinho. Vou morrer de saudade.

Ela aninha a cabeça no meu ombro sem o gelo e me olha com uma piscadela.

Eu vou matar essa garota.

— Ah, que graça vocês dois. — Ron ri.

— Ah, é cem por cento o Ryan. O cara mais fofo que já conheci. E sentimental! Sabia que ele é supersentimental?

— Não fazia ideia. Por aqui, o Shay é sempre muito comedido.

— Ah, mas ele é sentimental com S maiúsculo! Chora muito também. Chegou a chorar de soluçar na primeira vez que a gente fez am…

Cubro a boca de Indy com a mão.

— Temos que ir. A gente se vê no avião, sr. Morgan.

Eu a conduzo em direção à saída sem soltá-la.

— Mal vejo a hora de revê-la no banquete de outono na semana que vem, Indy!

Indy dá tchau para Ron por cima do ombro como uma louca, mas não pode responder porque eu me recuso a tirar a mão da sua boca até estarmos longe dos meus colegas.

— O que você pensa que está fazendo? — Disparo assim que ficamos a sós no corredor vazio do lado de fora do ginásio. — E qual é a dos apelidos de comida?

— O que *eu* estou fazendo? O que *você* pensa que está fazendo? Sua *namorada*?

— Porra — desabafo, andando de um lado para outro no corredor estreito. — Eu entrei em pânico.

— Bom, então vê se *sai* do pânico e conta a verdade para ele.

— Não posso.

— Não pode? — Ela dá uma risada condescendente. — Como assim, não pode?

— Olha, Indy. Meu futuro está nas mãos daquele homem. Não dá para eu chegar lá e dizer que menti descaradamente. Ele acabou de me falar que não acha que eu tenha o perfil adequado para liderar o time. Disse que não sou amigável e que passo muito tempo sozinho.

— Parece que ele te conhece bem *demais*.

— Preciso do apoio dele. Não posso passar o resto da minha carreira jogando para um gerente-geral que não me acha adequado para a função. Só preciso que você vá a esse evento comigo e conquiste a esposa dele, aí o Ron vai mudar de ideia a meu respeito. A Caroline é o ponto fraco dele. Se ela virar sua fã, ele também vira.

Indy ri.

— Depois eu que sou sentimental e dramática.

— Nunca te chamei de dramática.

— Eu sei. — Ela dá de ombros. — Acrescentei isso porque queria um motivo para chamar *você* de dramático. E você é mesmo. Agora vai lá com sua personalidade de robô e dá um jeito nisso.

Respiro fundo.

— Indy. É só uma noite. Um evento. Me quebra esse galho.

— Não. É esquisito demais! Não posso fingir ser sua namorada.

Ok, eu menti. Ela é dramática, sim. Não tem nada demais nessa história.

— Você quer que eu me ajoelhe e implore ou algo assim?

— Agora que você tocou no assunto… — Ela inclina a cabeça e me avalia dos pés à cabeça. — Até que não seria ruim saber como você fica de joelhos, Shay.

— Indy, por favor.

— Que coisa ridícula. A gente fala disso quando você voltar.

— Perfeito. Ótimo. Só estou pedindo uma noite.

— Vai lá pegar sua chave para eu poder me jogar na minha nova cama caríssima.

— Esse cara que te comprou uma cama deve ser incrível. Deve até dar vontade de retribuir o favor. Parece ser uma pessoa maravilhosa.

Indy revira os olhos.

— Ele acaba de cair no meu conceito.

7

Ryan

Nosso primeiro jogo fora de casa foi um sucesso. Consegui um triplo-duplo, o que não acontece com tanta frequência. Não tenho nenhum problema com pontos ou assistências, já que lidero meu time nas duas categorias, mas rebotes são outro papo. Com 1,91 metro, sou alto no mundo real, mas, na NBA, sou um dos caras mais baixinhos da liga. Meu corpo sofre toda vez que entro no garrafão, mas as dores valem a pena sempre que consigo passar de fininho por um pivô ou faço um arremesso de três pontos por cima de um gigante de mais de dois metros.

Eu estaria mentindo se dissesse que o jogo de ontem não me marcou, no entanto. Passei a manhã com meu ombro me matando, depois de várias faltas não marcadas. Não sei se é por causa da minha altura ou algo do tipo, mas sinto que em alguns jogos não recebo a mesma consideração em relação a lances perigosos. Faltas que seriam óbvias para qualquer outro candidato a MVP não chegam nem a ser marcadas no meu caso, e a dor no corpo vem com tudo no dia seguinte.

Mas pior do que o ombro é a minha mente, que está a mil por hora desde que saí de Chicago. Tirando minha irmã, eu nunca deixei ninguém ficar na minha casa, e ainda não sei se posso confiar em Indy. Ela não parece ser mal-intencionada e Stevie confia nela, mas as pessoas podem nos surpreender. Dar a ela acesso irrestrito ao meu apartamento é impactante, para dizer o mínimo. Tive que me segurar para não ligar para minha irmã e pedir que ficasse lá durante a minha ausência, mas sei que Stevie ficaria decepcionada com minha desconfiança infundada em relação à amiga.

Então, no caminho de volta para casa, o único pensamento que me consome é a esperança de que Indy não tenha encontrado algo que possa usar contra mim depois ou informações que possa vender para ganhar uma grana rápida. Sei que estou sendo paranoico, mas não é por falta de motivo, e alguém na minha posição precisa estar sempre de olho. Não posso baixar a guarda.

Pego a chave que está debaixo do tapete e entro em casa. O apartamento está silencioso, mas todo iluminado. É cedo, e o sol começa a surgir em meio aos prédios do centro de Chicago, mas não é o suficiente para iluminar o espaço. Ao que parece, Indy deixou todas as luzes acesas antes de ir dormir, o que é simplesmente maravilhoso. Além de ter uma nova colega de apartamento, ela ainda vai deixar minha conta de luz nas alturas.

Tem algo diferente aqui dentro. Não sei se é porque tem uma mulher dormindo no outro quarto, mas a energia ao meu redor mudou. Conforme meus olhos vão se adaptando à iluminação, percebo toques de cor que sei que não são meus.

Uma manta de tricô lilás em cima do sofá.

Um copo cor-de-rosa reutilizável com um canudo ao lado da minha caneca.

Uma quantidade tão absurda de almofadas no meu sofá que não sobra espaço para sentar.

Cortinas amarelas com malditos pompons na minha janela panorâmica.

Plantas. Muitas plantas, desde suculentas na minha estante de livros até uma árvore enorme e frondosa no cantinho perto da janela.

E por falar na minha estante, ela virou uma porra de um arco-íris. Meus livros foram completamente reorganizados e parecem ter dobrado em quantidade desde que saí. Indy pegou minha estante organizada com tanto capricho e fez parecer como se tivesse sido atingida pelo vômito de um unicórnio, reordenando-a por cor, do vermelho ao roxo. Por que raios um livro intitulado *Investimento para iniciantes* deveria estar no meio de dois livros com homens sem camisa na capa? Porque todos são laranja?

E por que tem caras pelados na minha estante, porra?

Ela é romântica. Claro que é romântica. Esperou seis anos por um pedido de casamento que nunca aconteceu. Gosta de flores e roupas femininas. Eu deveria ter imaginado.

Agitado, começo a circular pelo apartamento. Ter deixado Indy se mudar para cá foi um erro. Ela passou quarenta e oito horas sozinha e já dominou tudo. Para onde quer que eu olhe tem alguma coisa dela. Algo que ela mexeu ou mudou. As cores se espalharam por cada canto da casa, mas, de forma geral, tem *Índigo* demais por aqui.

Odiei. Dá para sentir na pele o controle fugindo das minhas mãos. Minha compostura de sempre está sendo substituída pela ansiedade, e eu preciso do meu espaço de volta. Preciso que seja meu.

— Indy! — grito em meio ao silêncio. Estou pouco me fodendo para o horário. Eu tenho que dar um jeito nisso. — Indigo, acorda!

— O que aconteceu com o nosso combinado de não fazer barulho ao voltar de viagem? Estou dormindo!

Bato na porta dela.

— Indy, eu juro por Deus. Se você não sair daí agora, eu vou entrar no seu quarto.

— Fique à vontade! Eu durmo pelada.

Ah.

Ofegante, não consigo falar mais nada. Apoio as mãos nas laterais da porta enquanto a imagem invade minha mente. Indy, pelada. Na minha casa. Na cama que *eu* comprei para ela. Estranhamente, o calor se mistura à frustração que pulsa pelo meu corpo e, de repente, estou tão excitado que quase fico tonto com a quantidade de sangue que desce às pressas. Não sei bem quanto tempo faz que não vejo uma mulher nua na minha frente, mas o choque que sinto no pau me lembra de que já faz tempo para caralho.

Afasto as imagens da cabeça e respiro fundo para me concentrar. Aquele corpo nu, provavelmente impecável, é a última coisa em que preciso pensar no momento.

Ela abre a porta de pijama e o susto me tira dos devaneios.

— Sabia que ia dar certo. Uma mulher pelada na sua casa é praticamente seu maior medo. — Ela passa por baixo do meu braço e vai para a cozinha. — Não é possível que você acabou de me acordar sem ter trazido café.

— Que porra aconteceu com o meu apartamento?

— Como assim? — Ela liga a cafeteira, sem se virar para mim.

— Por que você espalhou suas tralhas pela casa inteira?

— Porque eu moro aqui.

— Você tem um quarto.

— Você também.

Meu Deus, é como falar com uma criança.

— Mantenha suas coisas no seu quarto.

— Você quer que eu deixe minha xícara de café no quarto? — Ela levanta o copo, tentando não rir.

— Bom... — Eu hesito. — Tá bom, isso pode ficar, mas o resto... Eu gosto do meu espaço do meu jeito, Indy.

— Do seu jeito chato, você quer dizer. Ryan, a sua casa parecia uma cela de prisão. Precisava de um pouquinho de vida.

— Tem uma porra de uma árvore na minha sala!

— Na verdade, é uma figueira-da-índia, e ela está aí porque essa janela fica voltada para o leste e bate a quantidade perfeita de sol. É uma área muito iluminada, mas não pega sol tão direto. Minha janela é voltada para o norte. Lá, a planta não sobreviveria. Então, que tal respirar fundo agora, graças ao oxigênio que ela fornece?

Que porra é essa?

— Que foi? — pergunta ela, botando o café quente na geladeira para esfriar. — Eu não sou nenhuma Barbie loira desmiolada, não.

— Eu não falei nada.

— Nem precisava. Sua cara de choque já disse tudo. A maioria das pessoas acha isso, e aparentemente você também.

Suavizo o semblante. Não acho isso de jeito nenhum, mas ela é uma mulher linda e eu estaria mentindo se dissesse que isso não foi a primeira coisa que percebi.

— Achei que você gostasse mais de flores do que de plantas. — Minha tentativa de mudar o tom da conversa está longe de ser sutil, mas, por algum motivo, por mais que ela tenha assumido o controle do meu apartamento, sou eu quem está se sentindo culpado.

— Gosto mais, sim, mas flores costumam dar mais trabalho e, como viajo muito, nem sempre consigo cuidar delas.

— Eu poderia... — digo, coçando a nuca. — Talvez eu pudesse ajudar você a cuidar delas.

O que é que eu estou fazendo? Eu a tirei da cama para que meu apartamento voltasse ao normal e agora aqui estou, me oferecendo para regar suas malditas flores e assim permitindo que ela bagunce ainda mais o apartamento.

Mas eu preciso de um favor dela, e acabei me estressando com toda essa gritaria.

— Faria isso? — Ela se endireita, levemente esperançosa.

Merda. Com essa reação, não posso mais voltar atrás.

— Claro. — Dou de ombros.

— Obrigada, Ryan! Faz muitos anos que não consigo ter flores frescas em casa. Ai, que ótimo! Tem uma banquinha muito fofa que vende flores aqui pertinho. Vou lá hoje mesmo!

Entendi. Sei ler nas entrelinhas. O babaca com quem ela morava antes não se oferecia para cuidar das flores quando ela viajava a trabalho, então não dava para ter nenhuma.

Foda-se esse cara. Na minha opinião, infidelidade é coisa muito séria. A pessoa torna-se automaticamente irredimível. Talvez seja por isso que estou fazendo tudo que disse que jamais faria, como permitir que essa garota more na minha casa e facilitar ao máximo a vida dela.

A situação que ela está enfrentando mexe comigo, e se ter flores no apartamento vai fazer Indy feliz, então acho que está na hora de aprender a ser o louco das plantas.

Caramba, como foi que ela conseguiu me convencer a fazer isso?

— Você vai ter que me ensinar o que fazer — lembro a ela.

— Pode deixar. — Ela assente rapidamente com a cabeça e, empolgada, dá a volta pela bancada da cozinha para me abraçar. Os braços envolvem meu pescoço e ela cola o corpo no meu.

Eu congelo com os braços nas laterais do corpo enquanto ela me abraça mais forte, não me dando nenhuma chance de escapar. E nem sei se eu quero escapar. O abraço dela é surpreendentemente relaxante, e o nervosismo em relação às mudanças no meu apartamento já está bem longe. Faz um tempão que ninguém me toca, e sei que isso é platônico e não passa de um abraço, mas eu já tinha até me esquecido de como é bom ser abraçado por uma mulher.

— Me abraça, Ryan — ela murmura no meu ombro.

Com cuidado, ponho as mãos nas costas de Indy e quase a cubro por completo. Mas, pelo visto, ainda não é suficiente, porque ela não me solta nem deixa o abraço acabar.

Encosto a bochecha na dela e deslizo até o pescoço, onde o cabelo loiro me envolve como uma cortina. Um cheirinho tropical, talvez de coco, invade meus sentidos enquanto eu inspiro. Por fim, deslizo as mãos pela cintura dela e a puxo para mais perto.

Sinto dois pontos rígidos pressionando a parte de cima do meu abdômen, e sua excitação inesperada acaba reacendendo a minha.

Indy é mais alta que a média das mulheres, deve ter por volta de 1,75 metro, e o volume na minha calça está perigosamente próximo do alto de suas coxas. Eu sei que ela está sentindo, mas não se afasta.

Nossa, como eu sou patético. Estou tão carente de contato humano que chego a ficar de pau duro com uma porra de um abraço.

— Como foi que você conseguiu me convencer a fazer isso sendo que eu te acordei com a intenção de tirar suas tralhas da minha sala? — sussurro no ouvido dela.

Assim que ela se afasta, já sinto falta do contato físico.

— É aquele meu jeitinho charmoso de ser.

Bem que eu queria poder discordar.

— Se quiser que eu tire as cortinas, troque as plantas de lugar e leve o cobertor para o quarto, sem problemas. Eu estava lendo no sofá ontem à noite e acabei deixando por lá. Foi mal.

Ela anda pela cozinha com naturalidade, tirando ovos e bacon da geladeira, além de uma salada de frutas que eu tinha preparado outro dia. Em seguida, tira minha caneca da cafeteira e a entrega para mim com um sorriso radiante, como se eu não tivesse acabado de acordá-la aos gritos.

— Bom dia, aliás.

— Você está animada demais para alguém que não se considera uma pessoa matinal.

— Bem, se eu me deixar levar pelo mau humor toda vez que você me perturbar de manhã, eu nunca mais vou ser feliz. — Ela dá meia-volta, quebra alguns ovos na frigideira e usa outra para preparar o bacon.

Eu me sento na bancada e me endireito, tentando disfarçar a ereção enquanto a observo.

— Achei que você fosse vegetariana.

— Sou mesmo. Mas você não é, e estou preparando seu café da manhã.

— Não precisa fazer isso. Acordei você aos berros. — Passo a mão pelo rosto. — Sei me virar.

— Claro que sabe. Mas eu gosto de cuidar das pessoas. É meio que a minha marca registrada. — Ela me dá um sorriso por cima do ombro.

Porra, ela é linda.

Bebo meu café em silêncio enquanto ela cozinha. Verdade seja dita, eu queria ter preparado o café da manhã dela de novo. Da última vez, ela pareceu ter ficado bem impressionada, e foi uma delícia vê-la comendo minha comida tão feliz.

— As cortinas podem ficar. As plantas, as almofadas e a manta também. Mas você vai ter que tirar os homens pelados da minha estante.

As costas dela tremem de rir.

— Combinado. Mas você bem que podia aprender umas coisinhas com meus namorados literários. Se bem que o ar taciturno e misterioso você já tem.

— E a beleza avassaladora também — acrescento.

Ela me serve o café da manhã com um sorriso astuto.

— Até que você dá pro gasto, eu acho.

Indy se senta ao meu lado e, não vou mentir, é uma sensação agradável. Fazer uma refeição com ela, passar a manhã juntos. Claro, provavelmente eu me sentiria assim com qualquer pessoa, mas admito que é bom chegar em casa e ter alguém aqui, pra variar.

— Falando em namorados… — Puxo o assunto com cautela.

— Por favor, me diz que você contou a verdade para o gerente-geral.

— Não exatamente.

— Ryan! — Ela inclina a cabeça, decepcionada, e revira os olhos para mim de um jeito muito bonitinho.

— Ele falou de você em três momentos diferentes durante a viagem. É como se estivesse me testando para ver se é verdade.

— Porque não é! — Indy esconde o rosto com as mãos. — Que ideia de jerico. Vai ser dez vezes pior quando ele descobrir que você estava mentindo.

— Ele não vai descobrir.

— Ah, não? — Ela dá uma risada condescendente. — Assim que bater os olhos na gente, ele vai saber que é mentira.

— Eu sou bom em fingir em público. Por favor, Indigo. Me quebra esse galho.

Ela põe um morango na boca, o que chama minha atenção para aqueles lábios cor-de-rosa.

— Para alguém que adora estar no controle de tudo, é muito bom ver você implorar.

Olho incisivamente para ela.

— Não tem nenhuma outra garota que possa fingir ser sua namorada? Ou, que tal essa ideia: arruma uma de verdade!

— Eu não confio em ninguém e não namoro. E nem pense em sugerir que eu finja e deixe alguma pobre coitada acreditar que é verdade. Não posso enganar ninguém assim. Mas, no seu caso, não seria enganação, porque isso… — Aponto para mim e para ela. — Nunca vai virar algo a mais.

— Já entendi o recado. — Ela desvia o olhar do meu. — Não posso. Vou trabalhar.

— Você já vai estar aqui para o banquete de outono. Todos os times de Chicago vão estar na cidade.

— Arrumei um segundo emprego. Preciso trabalhar nessa noite.

— Um segundo emprego? Qual?

— Motorista de aplicativo. Encaixa direitinho com meu cronograma de voos. Posso trabalhar quando estou na cidade.

— Indy, não… isso é… pode ser perigoso.

— É tranquilo. — Ela revira os olhos. — Eu preciso do dinheiro extra e de quebra ainda posso bater papo com as pessoas no meu carro a noite inteira. Para mim, é como um sonho virando realidade.

Não dá para listar todos os motivos pelos quais acho isso uma péssima ideia agora, então proponho:

— Eu pago o valor que você ganharia nessa noite.

Ela bufa.

— Não vou deixar você me *pagar* para sair com você. Não sou uma garota de programa. Caramba. — Ela se levanta do banco e sai de perto de mim.

Merda. Claramente foi a proposta errada a se fazer.

Eu a pego pelo pulso e falo, suavizando o tom:

— O que eu posso fazer?

— Nada. Não é que eu não queira te ajudar, mas não posso. Além de ter que trabalhar, você é famoso, Ryan. Tipo, famoso pra caralho.

— E você tem medo de virar manchete. — Claro que tem. Ela viu o que minha irmã passou no ano passado.

— Não. Nem um pouco, para dizer a verdade. Acho que seria divertido, mas acabei de sair de um relacionamento de seis anos. Se ele descobrir…

— Ótimo. Deixa ele achar que estamos juntos. Que se foda aquele cara.

— Não é isso o que eu quero dizer.

Após um momento de silêncio, Indy olha para a mão que segura seu pulso. Ela fica imóvel por alguns segundos, e eu reúno toda a minha força de vontade para não acariciar aquela pele macia com o polegar.

Quando ela se desvencilha, me arrependo na mesma hora. Que porra estou fazendo?

— Minha amiga vai se casar em pouco tempo e tanto eu quanto ele estamos envolvidos — comenta ela, pegando um convite preso na geladeira e o deslizando por cima da bancada. — Preciso me concentrar em encontrar um acompanhante de verdade para esse evento, não em ser a namorada de mentirinha de outra pessoa. Não posso ser fotografada com você em uma noite e depois levar um cara aleatório para o casamento. Depois de ser vista com Ryan Shay, o astro da NBA, qualquer outro cara seria dar um passo para trás.

Levo a mão ao peito.

— Indigo, assim você me deixa lisonjeado.

— Estou falando sério, Ryan. Eu já me sinto a chacota do meu grupo de amigos.

— Como assim?

— Deixa pra lá. — Indy balança a cabeça e volta a pendurar o cartão na geladeira. — Olha, estou tão ruim da cabeça por causa do Alex que não consigo nem pensar em ter outro relacionamento agora, quem sabe até nunca mais. Não sei se conseguiria fingir. Me desculpa, mas não posso ajudar você.

Não sei o que dá em mim. Talvez sejam os lábios de Indy, no momento virados para baixo, ou a tristeza nos olhos castanhos que parecem prestes a chorar. Pode ser a ideia de o ex dela achar que saiu vitorioso dessa história. Só sei que a frase sai da minha boca antes que eu tenha tempo de pensar direito.

— Quando é o casamento?

— Por quê? — Ela parece desconfiada.

— Só me responde.

— Dois de fevereiro.

Pego o celular e dou uma olhada na minha agenda. Nenhum jogo marcado, nem na cidade nem fora. Tenho treino, mas posso escapar.

— Eu acompanho você no casamento.

Após um segundo de pausa, ela cai na gargalhada, tão profunda e incontrolável que parece vir do fundo da alma.

— Qual é a graça?

— Você. — Ela respira fundo. — Isso foi hilário.

Espero ela sossegar o facho.

— Não estou brincando.

O sorriso dela é amplo e radiante, do tipo que não morre depois de uma crise de riso tão genuína.

— Está, sim.

— Tira a noite de folga. Você pode me acompanhar no banquete e eu te acompanho no casamento. Tenta fingir da melhor forma possível. Assim, os dois saem ganhando. Se o bostinha do seu ex vai levar alguém, de jeito nenhum eu vou deixar você ir sozinha.

Ela para de sorrir assim que a ficha cai.

— Você está falando sério mesmo. Ryan, mentir para o seu gerente-geral é uma coisa, mas mentir para os meus amigos de infância é outra totalmente diferente. Eles me conhecem bem demais. Vão saber que é tudo encenação.

— Bem, então parece que vamos precisar treinar. Se tudo der certo, Ron e Caroline Morgan vão nos convidar para jantares de família.

Em estado de choque, Indy volta a se jogar no banco ao meu lado.

— Você está falando sério mesmo.

— Seríssimo.

Ela fica imóvel e boquiaberta, olhando para o nada. Praticamente dá para ver as engrenagens girando naquela cabeça loira.

— Por acaso esse seu ex, seja lá qual for o nome dele, é fã de basquete?

— O nome é Alex, e sim. Ele e os amigos são muito fãs de basquete. Ele quase teve um treco quando descobriu que sou amiga da sua irmã.

Normalmente, detesto a ideia de alguém achar que pode usar Stevie para se aproximar de mim. Minha carreira dificultou muito a vida e as amizades da minha irmã, até ela conhecer a loirinha sentada ao meu lado, que não ligava a mínima para o que eu fazia da vida. Mas saber que o ex de Indy é meu fã vai tornar todo esse papo de fingir ser namorado dela mais prazeroso.

— Tira esse sorriso travesso do rosto. — Ela empurra minha cabeça de brincadeira.

— Não consigo. Vai ser divertido.

Ela tenta disfarçar o próprio sorriso enquanto revira os olhos, mas eu sei que já a convenci.

— Indy, por favor. Uma mão lava a outra. Você lava a minha e eu lavo…

— Eca. Não fala desse jeito.

— Tá bem. Você me faz um favor e eu retribuo. Vou ser o melhor namorado de mentira que você já teve.

— O primeiro e único.

— Isso é um sim?

— É um talvez. — Ela faz uma pausa e massageia as têmporas. — Eu vou ao banquete com você como um teste. O resto a gente vê depois.

— Combinado.

— Mas precisamos estabelecer algumas regras.

— Tipo…?

— Tipo o que vamos fazer quando você inevitavelmente se apaixonar por mim. Devo te rejeitar de um jeito delicado ou aproveitar todas as novas emoções que você vai sentir quando perceber que está caidinho por mim?

Deixo escapar uma risada.

— Não precisa se preocupar com isso. Com a parte emocional ou com a parte de se apaixonar.

Ela solta um suspiro dramático.

— É o que todos dizem.

— Então está combinado. Você é minha namorada de mentira.

— Calma aí. Se eu for considerar a ideia de te levar para esse casamento, vou precisar transformar você em um dos meus namorados literários antes.

Arqueio a sobrancelha.

— Ah, fala sério. Já que é para atuarmos, então que seja pra valer. Você sabe inflar as narinas de raiva?

Quase boto o café da manhã para fora.

— O quê?

— Se você me vir do outro lado do salão conversando com outro cara, preciso que me olhe intensamente e infle as narinas. Ou que cerre os dentes e contraia a mandíbula.

— Indigo…

— Você sabe grunhir?

— O quê?

— É, não sei direito como é o som, mas todos os meus namorados literários vivem grunhindo. Ah! E você consegue intensificar o olhar?

— Intensificar o olhar?

— É. Quando for fingir estar bravo ou excitado, pode intensificar o olhar?

— Não, não sei como intensificar a porra do meu olhar. Que tipo de porcaria você anda lendo?

— Não jogue hate nos meus livros. Bem que você poderia aprender algumas coisinhas com eles. E são muito mais interessantes do que suas prateleiras de masoquismo.

Não consigo segurar o riso.

— Você acha que ler livros pra me tornar uma pessoa melhor é uma forma de autoflagelo?

Ela vira o banco na minha direção.

— Com certeza. Alguém realmente curte ler aquele tipo de coisa?

— Não jogue hate nos meus livros de desenvolvimento pessoal.

— Meus livros poderiam ser considerados livros de desenvolvimento pessoal. — Eu a olho fixamente. — Tá bom, tá bom. — Ela levanta as mãos num gesto de rendição. — Mas se um dia você quiser aprender como fazer uma mulher gozar três vezes no mesmo capítulo, pode contar comigo.

Já faz um tempinho, mas com certeza nunca tive nenhuma dificuldade de fazer uma mulher gozar.

Ela dá a volta na bancada e pega um bloco de notas e uma caneta da gaveta.

— Vamos fazer uma lista. Não, vamos fazer uma lista de *metas*. Para você. Se você conseguir zerar a lista toda, eu te levo ao casamento. — Ela fala enquanto escreve. — Como Ser um Namorado Literário.

— Não vou ser tão ruim a ponto de precisar de uma lista para ser um namorado aceitável.

Ela me ignora e continua a fazer uma coluna numerada na lateral esquerda da folha.

— Tá bom. Então você também vai ganhar uma lista de metas.

— Eu? — Ela dá uma risada, incrédula. — Passei praticamente minha vida inteira em um relacionamento. Acho que já domino o assunto.

— Sim, mas você faz ideia de como ficar sozinha?

O sorriso dela desaparece.

— O quê?

— Quando foi a última vez que você ficou sozinha, sem ter ninguém para cuidar?

— Por que isso importa?

— Não estou julgando. Só estou perguntando. Quando foi a última vez que você só teve que pensar em si mesma?

— Isso não tem nada a ver com o nosso esquema.

A postura sempre confiante de Indy muda, revelando sua vulnerabilidade. Ela desvia os olhos castanhos e olha para a parede enquanto evita minha pergunta.

— Ind...

— Nunca. Tá bom? Eu nunca fiquei sozinha.

Eu já imaginava. Além do fato de ela sempre querer companhia, seu relacionamento de longa data parecia vir de uma vida inteira, bem antes dos seis anos oficiais.

Impaciente, estendo a mão até ela me passar, contra a vontade, uma folha de papel e uma caneta.

— Vou fazer uma lista de metas para você também.

Escrevo o título e entrego a folha para ela. Um sorriso finalmente aparece nos seus lábios.

— Como Ser uma Mulher Indy-pendente. — Ela arqueia a sobrancelha. — Você sabe como eu amo livros de autoajuda.

Ela relaxa um pouco, aliviando a tensão entre nós.

— Você pode me ensinar a estar com alguém, desde que eu possa te ensinar a ficar sozinha. Ou pelo menos a se priorizar.

— Tudo bem — ela finalmente concorda. — Acho justo.

Cada um começa a trabalhar na lista do outro.

A minha é bem simples: fazer tarefas do dia a dia sozinha. Sair para jantar sozinha. Assistir a um filme que queira ver sozinha. Ir ao mercado e comprar apenas o que ela quer comer. Dormir sem empilhar travesseiros do outro lado da cama para fingir que não está sozinha.

Talvez fique surpresa com o último item, quando perceber que eu reparei nesse detalhe assim que ela abriu a porta do quarto hoje, mas talvez um pouco de responsabilização lhe faça bem.

— Pronto. — Ela olha para a lista com orgulho.

Passo a minha pela bancada e pego a dela.

A lista de Indy começa de forma relativamente inofensiva e razoável: *dançar uma música lenta juntinhos, sentir-se confortável com toques físicos casuais, planejar um encontro*, com um *em público* entre parênteses.

— Os parênteses eram realmente necessários?

— Eram. Pelo que te conheço, é capaz de você planejar um jantar aqui, nesta bancada, para que a gente não precise sair de casa.

Ok, então ela me conhece um pouco melhor do que eu imaginava. Volto a ler minha lista: *Demonstrar certo ciúme.*

Tenho fortes suspeitas de que demonstrar ciúme não vai ser o problema — disfarçar é que vai ser.

O último item da lista é: *Me beijar.*

— Indy, o último item...

— É inegociável. Eu não vou aparecer no casamento sem que você me toque ou beije pelo menos uma vez. Pode ser só um selinho, tanto faz, mas toda essa história não vai parecer convincente sem nenhuma demonstraçãozinha pública de afeto.

Balanço a cabeça.

— Não me sinto confortável fingindo intimidade.

— Ryan, é só um beijo. Não significa nada.

— Para mim significa. Não vou fingir essa parte.

Porra, mas que vergonha. Um homem de vinte e sete anos recusando o beijo de uma mulher maravilhosa. Mas não consigo forjar uma coisa dessas. Eu não sou assim.

— Então tá — diz ela, desistindo. — Sem beijos.

Desvio o olhar, incapaz de encará-la.

— Obrigado.

Ela limpa a garganta.

— Como é que você sabia dos travesseiros?

Ao levantar a cabeça, vejo Indy olhando fixamente para a lista que fiz para ela.

Aponto para o quarto dela com o polegar e digo:

— Eu vi sua cama.

— Faz seis anos que não durmo sozinha. Tenho dificuldade de dormir numa cama vazia. Faço isso nos hotéis também.

— Pode riscar esse item. — Tento pegar a lista de volta.

— Não. — Ela afasta o papel de mim. — Você está certo. Preciso dar um jeito nisso. Dormir sozinha faz parte da minha vida agora. É melhor eu me acostumar com isso sem ter que fazer uma parede de travesseiros para me enganar.

Ela pega nossas listas e as pendura na geladeira, ao lado do contrato de aluguel. Os três papéis escritos à mão evidenciam nosso relacionamento bizarro.

Indy inclina a cabeça e os observa.

— Se prepara, Shay, eu sou uma namorada gastadeira. De mentirinha ou não. É mais forte do que eu.

— Que bom que eu tenho dinheiro, então.

Ela dá um tapinha brincalhão na bancada.

— É isso que eu gosto de ouvir!

Pego nossos pratos vazios e começo a lavá-los na pia.

— Você já deixou alguma louça parada por um minuto? Não precisa lavar tudo no segundo em que termina de usar. Não tem problema relaxar um pouco, Ryan.

— Eu gosto de espaços organizados.

— Ah, cê jura? — Indy fica um instante em silêncio e percebo que está de olho em mim. — *Por que* você não namora? Você poderia ficar com qualquer garota que quisesse. Tem todo esse seu lado protetor que é bem sexy. E ainda por cima cozinha e limpa.

Congelo com o prato na mão e deixo a água correr. Indy sempre foi bem direta em relação ao que pensa de mim, mas ouvir que ela me acha sexy é outra história. Talvez por estarmos começando a nos conhecer e morarmos juntos, as palavras tenham mais peso. Mas pode ser que eu só esteja analisando mais do que devia a garota do outro lado da bancada, cuja companhia talvez eu aprecie mais do que deixo transparecer.

— Não tenho tempo agora. Tenho coisas mais importantes para resolver antes.

— Então um dia você vai?

— Talvez depois que eu me aposentar. Não sei. Nunca pensei muito no assunto.

Mentira. Mentira deslavada. Já faz anos que penso nessa decisão. Se um dia eu me abrir desse jeito de novo, vai ser bem depois da minha aposentadoria. Vai ser quando eu for só uma nota de rodapé nos livros de história. Vai ser quando eu puder sair de casa sem me sentir um animal exposto no zoológico. Vai ser quando a única coisa que alguém tiver a ganhar de mim for eu mesmo.

Mas isso só *se* eu me abrir de novo.

— Tomara que sim — diz ela em voz baixa. — Você seria bom para alguém. Faria alguém feliz. Dá pra sentir.

Meu lado desconfiado já está remoendo o significado oculto das palavras dela. *Por causa da grana que você ganha.* Ou *você é tão famoso que qualquer garota amaria estar do seu lado.* Mas o sorriso gentil de Indy ao me observar lavando a louça me faz querer acreditar no meu instinto. Quero acreditar que ela quis dizer que eu, como homem, como uma pessoa comum, faria alguém feliz. Já fazia um bom tempo que eu não deixava esse pensamento invadir minha mente.

8
Indy

Coleguinha: *Você tem um vestido para amanhã à noite? Esses eventos são meio chiques.*

Está na cara que Ryan ainda não me conhece muito bem, porque eu tenho uma roupa para todo tipo de situação possível.

Casamento? Confirma.

Funeral? Confirma.

Evento beneficente formal com os times profissionais de Chicago? Confirma.

Uma tarde na livraria, dando uma olhadinha como quem não quer nada nas estantes, com ar despojado e acadêmico, quando, de repente, um homem lindo faz contato visual comigo do outro lado do corredor, abre um sorriso tímido e ergue o mesmo livro que está nas minhas mãos? Bem específico, mas, sim, eu também tenho roupa para isso.

Adoraria comprar um vestido novo, mas estou com a grana curta ultimamente.

Eu: *Devo ter alguma coisa no armário.*

Coleguinha: *E eu aqui prestes a oferecer para a minha namorada gastadeira a chance de levar meu cartão de crédito para dar uma voltinha.*

Eu: *Pensando bem, tenho quase certeza de que meu guarda-roupa inteiro se perdeu na mudança.*

Coleguinha: *Estranho, já que a porta do seu quarto ainda não fecha de tanta roupa no chão.*

Eu: *Ah, então é lá que elas foram parar! Para a sua sorte, já estou preparada para o evento.*

Coleguinha: *Ótimo. Indigo, preciso te contar uma coisa.*

Ah, meu Deus. O que foi agora? Minha mente dispara, imaginando as infinitas possibilidades. *Aconteceu uma coisa com a Stevie. Você precisa se mudar. Achei outra pessoa que prefiro ter como namorada de mentira.*

Essa última possibilidade tem invadido meus pensamentos várias vezes ao longo da semana: Ryan mudar de ideia e desistir do nosso acordo. Porque, sendo totalmente sincera comigo mesma, eu quero que dê certo. Talvez eu até considere que estou desesperada para que dê certo, graças ao medo constante de aparecer sem ninguém no casamento de Maggie e dar de cara com Alex acompanhado *dela*.

Eu: *???*

Coleguinha: *Matei suas flores.*

Meu peito relaxa com uma estranha sensação de alívio. Ele está sendo bem dramático, mas vou entrar no clima.

Eu: *Ryan!*

Coleguinha: *Eu tentei! Juro que tentei mantê-las vivas, mas acho que reguei demais e acabei afogando todas. Aí, quando fui à lojinha hoje para comprar flores iguais, na esperança* *de que você não percebesse, eles não tinham. Então comprei uma flor chamada susan-de--olhos-pretos... que é o nome de flor mais estranho possível.*

Abro um sorriso tão largo que as bochechas chegam a doer. Não tem nada mais fofo do que imaginar Ryan Shay, astro da NBA, saindo do apartamento e enfrentando as ruas de Chicago para substituir minhas flores, que ele se esforçou tanto para manter vivas que acabou *regando demais*. É como se eu fosse uma criancinha cujos pais não queriam magoar e achavam que eu não fosse perceber que a cada semana tinha um peixinho dourado novo no meu aquário.

Coleguinha: *Desculpa.*

Eu: *Sem problemas. Eu também gosto de susan-de-olhos-pretos. Obrigada por ter tentado.*

Coleguinha: *Estou indo aquecer. A gente se vê em casa.*

Pego meu livro na mesinha de cabeceira. Preciso de um namorado fictício para me distrair do quanto gostei de ter lido um "a gente se vê em casa" do meu colega de apartamento bem real.

Já é o terceiro livro que leio na semana, e não saberia dizer qual deveria ser a aparência física dos protagonistas, porque, em algum momento, todos acabam tendo 1,91 metro, pele marrom-clara, olhos da cor do oceano e mania de organização.

Não sei o que está acontecendo. Sim, eu sinto atração pelo Ryan. Sempre senti atração pelo Ryan, só que esta semana ele invadiu meus pensamentos mais do que deveria.

Talvez seja a ideia de fingir que estamos juntos ou o simples fato de dividirmos o mesmo teto que está provocando todas essas fantasias irreais na minha cabeça, mas o culpado mais provável é aquele abraço que demos na cozinha semana passada, quando eu senti um certo volume lá embaixo.

Ele estava duro. Nós estávamos abraçados e ele estava duro.

O problema é só que eu estou reprimida e frustrada porque Alex foi o último homem com quem estive. O *único* homem com quem estive. Faz quase sete meses que eu não transo, a questão é só essa. Estou morando com um cara deslumbrante, atlético, alto e que sabe cozinhar. O estranho seria se eu *não* estivesse pensando nessas coisas.

Vai passar. Só preciso descobrir como dissociar sexo de amor. Nunca fiz isso antes, mas estou tão exausta e tão machucada que meu coração não tem mais nada para oferecer. Enquanto isso, meu corpo vive me lembrando de que tem algo errado. Que eu tenho vinte e sete anos e não consigo ter um orgasmo há sete meses. Estou me sentindo quebrada, em vários sentidos, e quase desesperada para provar a mim mesma que não estou.

Uma partida normal à noite na Costa Oeste significa um voo muito tarde para casa hoje. Ryan está na Costa Leste, então o jogo dele começa em quinze minutos, e de repente a ideia de ver o suor escorrendo por seu corpo na minha televisão parece ser a única forma possível de passar o tempo até eu ter que sair da cama e vestir meu uniforme de trabalho.

Após uma busca rápida, o jogo aparece na TV do meu quarto. O camisa cinco está num canto da quadra durante o aquecimento, com duas bolas de basquete nas mãos, cada uma quicando no piso de madeira com rapidez e precisão. Com movimentos sutis, ele muda a direção das bolas. Entre as pernas. Em volta delas. Pelas costas. Dedos longos e finos ditam cada movimento.

Precisão. Poder. Controle.

O Ryan Shay que veste o uniforme dos Devils se parece bastante com o que divide apartamento comigo. Comanda o próprio espaço, sem deixar ninguém chegar perto o suficiente para afetá-lo. Mas e se aparecesse alguém e roubasse uma daquelas bolas da mão dele? Não faria sentido. Ele só está aquecendo sozinho, afastado dos outros jogadores. Mas será que ele ficaria irritado com a perda de controle, igual ao dia em que quis gritar comigo por eu ter feito algumas mudanças no apartamento?

Ele estava tão aborrecido e frustrado, mas eu consegui acalmá-lo. Uma onda de vitória inundou minhas veias quando nos sentamos para tomar café da manhã juntos, quando ele me abraçou, quando se ofereceu para regar minhas flores enquanto eu viajo a trabalho. E, no fim das contas, ele ainda aceitou que eu deixasse um pouco de cor no seu apartamento tão sério, e tenho quase certeza de que ele não odiou minha presença ali.

O jogo começou há cinco minutos e não consigo tirar os olhos dele. Eu já sabia que ele era bom pela fama que tem, mas ele é quase como um deus para alguns dos fãs. Os torcedores de Boston superam os de Chicago no jogo, mas a maioria dos que estão de vermelho e preto ostentam o sobrenome dele.

Ele é incrível. Elegante. Comedido. Mesmo quando as jogadas não saem como ele quer ou quando as marcações são injustas, Ryan mantém as emoções sob controle. Parece pequeno na tela, mas seu talento e sua habilidade se sobressaem.

É sexy pra cacete.

Esse é o tipo de controle de que eu gosto. Todos na quadra respondem a ele. É ele quem cria as jogadas. É ele quem toma as decisões. Ele está no comando e eu não consigo olhar para mais ninguém.

Ele sofre uma falta no contra-ataque, mas ainda consegue finalizar a bandeja, o que o leva à linha de lance livre.

Com muita calma e serenidade, ele se posiciona para o lance livre e, quando levanta a camisa para enxugar o suor da testa, eu me sinto o menos calma e serena possível. Seu peito sobe e desce enquanto ele recupera o fôlego. O suor escorre, formando pequenas cascatas que se perdem nos músculos tensos do abdômen definido. Um caminho de pelos escuros abaixo do umbigo me leva a imaginar até onde vai.

Seus músculos abdominais se contraem de forma rápida e definida, e não consigo deixar de pensar em como ficariam tensos se estivessem em cima de mim. Em como os braços dele tremeriam ao se equilibrar. Será que conseguiria manter seu tão precioso controle? Ou será que me deixaria arrancá-lo dele, tornando-se selvagem e indomável?

As cortinas estão fechadas, o quarto está escuro. A única luz no ambiente é o brilho da televisão. Ninguém ia saber. Talvez um alívio mais do que necessário me ajude a parar de ficar cobiçando o homem que dorme do outro lado do corredor. Talvez a atração avassaladora desapareça tão rápido quanto apareceu.

Vou descendo os dedos e os enfio por baixo do short de algodão. Já estou com calor. Meu dedo do meio roça o clitóris, que está inchado e cheio de desejo e estou molhada. Estou molhada para cacete por causa do cara que divide apartamento comigo. Com movimentos circulares, imagino que meus dedos são os dele. Os dedos que se flexionam e se movimentam com tanto controle que comandam um jogo todo. Imagino aquelas mãos dominantes e poderosas. O jeito como dominaram meu corpo ao me abraçar. Como eu queria que aquelas mãos tivessem descido até chegarem à minha bunda. Qual seria a sensação de ser levantada por ele, de enganchar as pernas ao redor de sua cintura enquanto ele me carrega para a cama. O peso do corpo dele em cima do meu. A solidez das pernas prendendo as minhas no colchão.

Nossa, que delícia.

O corpo dele, brilhando de suor. Os olhos verde-azulados dilatados e loucos de desejo. Minhas mãos percorrendo suas costas, os dedos cravados na pele e nos cabelos. Seus fios loiros caindo por cima dos olhos e grudando na testa.

Espera. O quê?

Os olhos da cor do oceano são substituídos por olhos castanhos. As pontas dos dedos calejadas dão lugar a mãos macias, que nunca trabalharam em nenhum lugar que não fosse um escritório. Cabelos loiros substituem os castanhos de Ryan, e meu corpo é substituído pelo dela.

Não estou mais aqui. Estou na porta do quarto, revivendo o pior dia da minha vida. Ele, dentro dela, na nossa cama. Ela gritando o nome dele — o nome que pertencia a mim. O ritmo e o compasso dele, a forma como estava tão absorto que nem ouviu a porta da frente abrir, nem me viu parada ali, vendo aquela cena. Porra, o jeito que ela gozou e nenhum dos dois percebeu minha presença. Eu fiquei paralisada, em choque e sem acreditar que estava vendo o único homem que já amei na vida fazer outra pessoa gozar.

Já era. O momento passou. Impossível recuperar a excitação. Ele arruinou o clima, assim como arruinou nosso relacionamento, nosso futuro, nossa história, do mesmo jeito que arruinou todos os orgasmos que venho tentando ter nos últimos sete meses.

Toda vez que chego perto, a imagem invade minha imaginação e não tem mais jeito. Não consigo. O momento vai embora tão rápido quanto surge e eu não consigo gozar há sete malditos meses por causa dele.

9

Ryan

— Que porra é um "*meet cute*"? — pergunto ao me sentar no sofá da sala, falando alto o suficiente para que Indy me ouça de dentro do quarto e em meio à música alta que está ouvindo.

— É a maneira como um casal se conhece. Normalmente é uma história fofa sobre quando se esbarraram por acidente, ou quando dois cachorros acabam enrolando as guias nas pernas dos donos para que eles finalmente fiquem cara a cara.

Que bom que Indy está no quarto de porta fechada, então não vê o leve sorriso que se abre nos meus lábios. Um terno sob medida, um par de abotoaduras e um Rolex ficam meio deslocados ao lado do meu sorriso bobo ao ouvir minha colega de apartamento de vinte e sete anos fazer referência a *101 Dálmatas*.

— Acho que, se alguém perguntar como nos conhecemos, a gente conta a verdade — decido. — Você chegou no meu apartamento aos prantos, depois ficou babando pela minha beleza quando me viu sem camisa na cozinha. Por fim, vomitou nos meus sapatos. É fofo o suficiente para você?

No intervalo entre uma música e outra, Indy pergunta:

— Já te lembrei hoje do quanto você é péssimo?

— Só duas vezes.

Agora há uma leve sensação de conforto entre nós, talvez porque eu precise confiar nela o suficiente para fingir que temos um relacionamento, e vice-versa. Para o nosso azar, mal nos vimos esta semana, pois tanto ela quanto eu tivemos que viajar, então só nos restou alinhar a história do nosso namoro faltando cinco minutos para sairmos para o banquete de outono.

Ela fala em voz alta:

— E se a gente falar que você viu a melhor amiga da sua irmã de longe e na mesma hora soube que ela era a pessoa certa? Eu te rejeitei um monte de vezes, porque é claro que eu faria isso. Mas você ficou me seguindo feito um cachorrinho perdido até eu ceder e sair com você por pena.

— E lá se foi a ideia de contar uma história realista.

— Eu acho que a maioria das pessoas acreditaria. — Ela abre a porta do quarto. — Que tal?

Assim que ela sai do quarto, a primeira coisa que eu vejo são as unhas dos pés pintadas de lilás nas sandálias brancas de salto. Admirado, percorro as longas pernas bronzeadas, embora só uma esteja totalmente exposta hoje, graças à fenda perigosamente alta na coxa. O brilho do cetim cor-de-rosa envolve seu corpo, e eu não entendo a engenharia da coisa, mas o vestido se sustenta perfeitamente com uma única alça no ombro.

Fico imaginando em quanto tempo o vestido cairia até os pés dela, revelando o que tem por baixo, se a alça escapulisse do ombro.

— Ryan.

— Hmm. — Forço os olhos a encontrarem os dela.

— Eu perguntei o que você achou. — Ela estende os braços e aponta para si mesma.

Pelo amor de Deus, controle-se.

Faço que sim com a cabeça, me levanto do sofá e ajeito o terno.

— Você está linda, Indigo.

— Você também está lindo.

Meu peito sobe e desce.

— Meu objetivo era ser intimidador, majestoso e charmoso.

Indy se aproxima de mim e, entre sua altura natural e os centímetros extras dos saltos, ficamos quase olho no olho.

— Da próxima vez a gente dá um jeito nisso.

Reúno toda a força de vontade do mundo para manter as mãos nas laterais do corpo, quando na verdade tudo que elas querem é segurar os quadris dela. Imagino como o cetim seria geladinho ao toque, como ela ficaria pequena sob meu toque. Indy é a perfeição em pessoa, linda e feminina, mas nós moramos no mesmo apartamento e ela é a melhor amiga da minha irmã. Só podemos nos tocar quando estivermos na presença de olhares curiosos. *Só* na presença de olhares curiosos.

As unhas das mãos pintadas de lilás, no mesmo tom das dos pés, ajustam a minha gravata e não consigo deixar de observá-la. As pálpebras brilham, as bochechas estão rosadas e os cílios parecem mais escuros que o normal. Talvez seja o ângulo, mas eles são a moldura perfeita para os olhos cor de uísque concentrados na minha gravata.

— Bom trabalho com a maquiagem.

Ela levanta a cabeça bruscamente e franze as sobrancelhas, confusa.

Aponto para meu próprio rosto.

— A maquiagem. Ficou bonita em você.

— Que comentário estranho.

— Por quê?

— Porque você deveria dizer que gosta de mim ao natural ou alguma coisa do tipo. É a opinião típica da espécie masculina.

— Bem, o que posso fazer? Não sou como os outros caras.

Ela percebe o tom de deboche da frase clichê, revira os olhos e solta uma risadinha discreta.

— De vez em quando você é engraçado, Shay.

— Você gostou da sua maquiagem? Levou muito tempo fazendo?

Indy mantém os olhos fixos na minha gravata, não em mim.

— Sim.

— Pois é. Então, acho que você deveria saber que fez um bom trabalho.

As bochechas rosadas ficam vermelhas.

— Obrigada.

— Qual é sua altura? — pergunto em voz baixa, porque ela está a poucos centímetros da minha boca.

— Um metro e setenta e cinco, e não, não vou usar saltos mais baixos.

— Por que eu pediria uma coisa dessas?

Ela termina de ajeitar minha gravata, mas as mãos permanecem ali, os dedos fingem estar ocupados.

— Porque agora só estou poucos centímetros mais baixa do que você.

— Não ligo.

Ao olhar para baixo, vejo as bochechas dela pegarem fogo de novo.

Se continuar desse jeito, teria sido melhor avisar a ela que nem precisava ter passado blush.

— É melhor a gente ir. — Indy segue em direção à porta e pega sua bolsa minúscula no caminho.

— Esqueceu o casaco — lembro a ela.

Ela se vira com atitude, exibindo aquele vestido rosa brilhante.

— Não vou levar. A beleza tem seu preço, e essa roupa precisa ter o momento dela.

* * *

Indy tremeu o caminho inteiro graças à curta caminhada do apartamento até o carro. Cheguei a oferecer meu paletó, mas ela recusou, dizendo que, se for para ser fotografada ao meu lado, então que seja com este vestido. Eu não a culpo, porque *cacete, que vestido*, mas todo mundo vai me achar um babaca por deixar minha convidada congelar na friaca da noite de Chicago.

— Preparada? — pergunto ao pararmos em frente ao hotel chique que vai receber o banquete de outono. E, por mais que a pergunta seja direcionada a Indy, por dentro estou me perguntando a mesma coisa.

Fora o encontro de favor com a sobrinha de Ron no ano passado, não fui fotografado com nenhuma mulher desde que me mudei para Chicago, e agora estou começando a me arrepender de arrastar Indy para essa loucura. Minha vida está sempre exposta, e eu odeio isso. O anonimato é uma raridade, e estou prestes a acabar com o dela.

— É, acho que sim. — Ela fala baixinho, embaçando o vidro de trás enquanto olha fixamente para a multidão de fotógrafos lá fora.

A imagem de Stevie surge nos meus pensamentos. Não consegui protegê-la do olhar inquisidor da imprensa na primavera passada, e me lembro vividamente do impacto emocional que essa situação teve nela. Minha irmã era uma garota comum e fiz de tudo para mantê-la longe dos holofotes, mas, assim que descobriram que Stevie estava namorando Evan Zanders, a vida dela virou de cabeça para baixo por várias semanas.

E agora estou prestes a fazer isso com a melhor amiga dela, de propósito.

Se bem que eu duvido que as especulações sobre minha vida amorosa ganhem tanto destaque quanto o que aconteceu com Zanders. Não sou playboy. Não sou espalhafatoso. Nunca ostentei minha vida de solteiro do jeito que ele fazia, mas mesmo assim é arriscado demais.

— Harold, dê a volta — digo ao motorista. — Vamos voltar para casa, por favor.

Indy vira a cabeça para mim na mesma hora.

— O que você está fazendo?

— Não posso deixar você ir lá fora comigo. — Inquieto, esfrego as mãos nas coxas enquanto espero Harold sair da fila de carros e nos levar para casa.

Indy põe a mão na minha em um gesto natural, impensado. Como se já tivéssemos nos tocado e nos consolado centenas de vezes no passado.

— O que houve?

Fico olhando para as nossas mãos, a dela pequena em comparação com a minha. E, por mais que ela tenha uma personalidade forte e ousada, é também sensível. Tem sentimentos. Muitos.

— Você é uma pessoa normal, Indigo.

Ela esboça um sorriso.

— Você está muito observador esta noite, Shay.

— Ser normal é especial. Eu não vou ser o culpado por você perder sua privacidade. Ainda mais por causa de algo tão bobo quanto um namoro de mentira.

Meu motorista vira o volante para voltar à rua principal.

— Não se atreva a dirigir. — As palavras de Indy são duras e cheias de autoridade, o que faz Harold me lançar um olhar nervoso pelo retrovisor.

Ele é meu motorista há quatro anos e eu nunca o tinha visto virar a casaca tão rápido quanto agora, enquanto a loira ao meu lado lhe dá ordens.

Ela se vira para mim e aquela fenda provocante no vestido expõe suas pernas bronzeadas.

— Eu entendo que você quer ser deixado em paz e está preocupado comigo. — Ela me dá um tapinha no peito. — Muito fofo da sua parte, aliás, mas eu gosto de gente. Estou empolgada. Você não está me obrigando. Eu *quero* ir.

— Indy...

— Do que você está com medo? Claro, provavelmente vão pipocar umas manchetes e talvez meu nome seja divulgado, mas e daí? Vai durar um dia, talvez dois. Quando forem fuçar a minha vida, vão descobrir que frequento noites de quiz, gosto de bordar nas horas vagas e leio livros picantes. Ninguém se importa comigo. Eu não sou você, Ryan. *Você* é venerado. Então, por favor, me deixa ir lá socializar um pouquinho porque estou sedenta por atenção.

O bom humor ilumina seus olhos castanhos entusiasmados.

— Você borda?

— Com orgulho.

— Sua vovozinha. — Ela sorri com o comentário e eu abro um sorriso relaxado. — Tem certeza?

— Eu não depilei e hidratei cada centímetro do meu corpo para voltar para casa agora. Sim, tenho certeza.

Volto a fazer contato visual com Harold e assinto com a cabeça.

Assim que o carro para, minha porta virada para rua é aberta.

Eu saio e volto a abotoar o paletó enquanto os flashes iluminam o céu escuro. Ouço meu nome ser chamado aos gritos, as câmeras ofuscam a visão, mas mantenho a concentração. Dou a volta pelo carro até chegar ao lado de Indy e detenho o porteiro quando ele toca a maçaneta.

— Pode deixar.

Ele assente com educação e recua com as mãos cruzadas nas costas.

Abro um pouquinho a porta de Indy, dando a mim mesmo um instante para conferir se ela está realmente tranquila quanto a isso antes de revelá-la ao mundo inteiro. Aqueles lábios em forma de coração estão abertos em um sorriso animado e os olhos brilham de entusiasmo. Sempre tenho receio dessas noites quando surgem no meu calendário, mas ela parece estar nas nuvens.

Os fotógrafos e os paparazzi atrás de mim estão desesperados para conseguirem um registro, mas não me interessa impressioná-los nem convencê-los. Não estamos fazendo isso por eles. Só preciso garantir que estejamos impecáveis quando inevitavelmente encontrarmos Ron Morgan.

Indy segura minha mão e sai do carro com tanta elegância e graciosidade que todos aqueles medos e preocupações voltam a me atormentar.

Porque ela está tão perfeita que ninguém vai acreditar que é minha namorada.

Uma chuva de flashes nos atinge quando pisamos no tapete que leva ao hotel. Indy entrelaça os dedos nos meus como se estivesse muito acostumada com aquilo, mas eu não sei como lidar com a situação. Não pensei direito. Normalmente, eu entro às pressas para escapar do alvoroço, mas não dá para apressar Indy com esses saltos e enquanto todos os olhos estão voltados para ela.

Indy desfila com leveza e eu a acompanho todo travado, completamente desconfortável. É óbvio que ela é deslumbrante, mas o espetáculo impecável que está proporcionando aqui é muito diferente da versão que eu vejo em casa.

Não sei bem o que pensar.

— Ryan Shay, uma foto!

— Aqui!

— Ryan, aqui!

Minha convidada para no tapete e me faz parar também.

— O que está fazendo? — pergunto.

Ela sorri para a multidão.

— Relaxa e posa comigo — diz entre os dentes.

Eu me viro para a fileira de fotógrafos enquanto ela põe a mão no meu peito.

— Eu não poso — respondo baixo o suficiente para mais ninguém ouvir.

— Você não quer ser convincente? Entrar correndo não vai convencer ninguém.

Ela está certa. Ron já acha que estou mentindo. Se eu trago uma convidada e afirmo que é minha namorada, mas só a ostento por alguns minutos na frente dele, ele vai perceber.

Por isso, fico imóvel, abro um sorriso e deixo Indy se apoiar em mim.

— Me abraça.

— Não.

— Ryan — ela me adverte, sem tirar o sorriso do rosto. E como é que ela consegue falar com tanta clareza com os dentes cerrados? Caramba, poderia ser ventríloqua. — Você não vai entrar em combustão espontânea se encostar numa mulher. Põe o maldito braço em volta de mim.

Respiro fundo e a envolvo com o braço, pousando a mão em uma altura respeitosa: na região da escápula.

— Desce mais.

Abaixo da escápula.

Sinto a irritação emanar do corpo dela enquanto sua mão encontra a minha e a puxa para a cintura. Por fim, Indy cola o corpo no meu peito e vende a cena.

Como é possível que ela seja tão boa nisso?

— Me beija — diz baixinho. — Na bochecha. Na testa. Tanto faz.

— De jeito nenhum.

— Me beij...

Estendo a mão e me despeço da multidão com um rápido aceno.

— Obrigado, pessoal. Tenham uma boa noite.

Sem soltar a mão de Indy, eu a puxo em direção ao hotel. Preciso dar o fora daqui.

Ela suspira.

— Temos muito trabalho pela frente.

* * *

Só mais uma hora.

Sustente o sorriso falso por mais uma hora. Seja o queridinho do basquete por mais uma hora. Vou ter todos os holofotes sobre mim por mais uma hora, mas depois vou poder ir para casa e relaxar.

Faz vinte minutos que venho repetindo essas frases na minha mente enquanto Indy e eu rodeamos o salão para cumprimentar os detentores de ingressos para toda a temporada, o alto escalão da equipe e os caras que eu conheço dos outros grandes times da cidade.

Mais um homem aleatório me dá um tapinha nas costas ao passar por nós.

— Ótimo jogo ontem, rapaz. — Já o vi em outros eventos. É um fã endinheirado, e tenho certeza de que pagou uma nota para estar aqui hoje.

Respondo com um leve aceno de cabeça.

— Obrigado, senhor.

Assim que ele se afasta o suficiente para não nos ouvir, Indy se vira para mim.

— Por que está tão tenso? Você pode sorrir, sabia? — Ela põe as mãos nos meus ombros e os empurra para baixo. — Relaxa um pouco e vamos nos divertir. — Ela observa o ambiente à nossa volta com brilho nos olhos.

— Eu não *relaxo* nesse tipo de evento.

— Por que não?

Porque não confio em ninguém.

Mas, ironicamente, antes que eu possa responder, uma das poucas pessoas em quem confio chama a minha atenção do outro lado do recinto, abrindo caminho até nós.

— Ryan Shay! — diz ele animado, apertando minha mão e botando a outra no meu ombro. — Não acredito que te peguei num evento desses antes de você escapulir.

— É bom te ver, Kai.

Kai Rhodes é um cara legal e um baita jogador de beisebol. Como lançador titular dos Windy City Warriors, Kai assinou um dos maiores contratos da história da MLB na temporada passada, quando seu período de negociações o trouxe a Chicago. Nós temos o mesmo agente, que conseguiu um apartamento para ele no meu prédio, e não sei explicar exatamente por que gosto tanto do cara, mas gosto.

Kai seria incapaz de fazer mal a uma mosca, e acho que minha simpatia por ele tem a ver com a guinada que sua vida deu ao longo dos últimos meses e como ele lidou bem com as responsabilidades. O cara poderia estar indo em festas toda noite e tirando vantagem da própria fama, mas, em vez disso, fica em casa cuidando do filho como pai solteiro.

— E quem é ela? — Kai volta a atenção para a mulher ao meu lado.

Não a olha de forma invasiva, mas respeitosa, como quem diz: "Você é uma das mulheres mais bonitas que já tive o prazer de ver na vida."

Eu disse que gostava dele, mas, se não parar de olhar para ela logo, não tenho nenhum problema em retirar minha declaração.

Infelizmente, somos tão próximos que não posso marcar território chamando Indy de namorada.

— Essa é a Indy, ela divide apartamento comigo. — Aponto para ela, mas não tiro a outra mão da base das suas costas.

Kai aperta a mão dela e seus olhos brilham como se tivesse acabado de encontrar a futura mãe dos seus filhos.

— Meu nome é Kai, mas pode me chamar de Ás.

— Ás? Por que o apelido?

— Sempre fui o melhor lançador do time. Tenho boas mãos. O toque perfeito. Caso tenha ficado curiosa.

E essas *boas mãos* ainda não soltaram a minha namorada de mentira.

— Ok, acho que já deu de aperto de mão, cara. — Eu me coloco entre eles, posicionando o corpo levemente em frente a Indy e interrompendo o contato visual.

Kai parece um golden retriever: boa-pinta, óculos de armação preta e sorriso carismático. Não preciso que ele sorria assim para Indy, ainda mais porque eu não sorrio o suficiente para ela.

Ele dá uma risadinha.

— Entendido.

E fica na cara que entendeu mesmo. Nem eu sei exatamente o quê, mas ele percebe que não é para tentar nada com ela.

— Vai ficar quanto tempo aqui?

— O suficiente para cumprir minhas obrigações contratuais — diz ele, balançando a cabeça. — Tenho que ir para casa e liberar a babá.

— Achei que você tivesse demitido a última.

— Demiti mesmo. Contratei outra, mas provavelmente vou demitir em breve também.

— Você tem filho? — pergunta Indy, transbordando de empolgação.

— Tenho, um menino. — Kai sorri de orelha a orelha. — Max. Tem oito meses. — Como o pai coruja que é, ele pega o celular e começa a rolar a galeria infinita de fotos.

Não o julgo. Max é um dos bebês mais bonitinhos que eu conheço.

— Você não tem um menino. Você tem um *bebê*. — Indy suaviza o tom de voz e abre um sorriso radiante ao ver as fotos no celular de Kai.

— É — diz ele com um suspiro. — E ele está em busca de uma mãe.

— Pelo amor de Deus. — Dou uma risada. — Tenta ser um pouco mais sutil, porra.

O jogador de beisebol de 1,93 metro reage com um sorriso nada inocente.

Indy franze a testa na mesma hora.

— Cadê a mãe dele?

E, como tenho noção do quanto ela é emotiva, sei que está prestes a ficar com os olhos marejados só de saber que existe um bebê por aí sem a mãe por perto.

Kai me dá um tapinha no ombro.

— Seu *colega de apartamento* vai adorar te contar a história toda, tenho certeza. Preciso sair de fininho daqui. Vai ficar muito tempo ainda?

Nós dois olhamos ao redor do salão.

— No máximo uma hora.

— Você é melhor do que eu. — Kai se vira para a mulher ao meu lado. — Indy, foi um prazer te conhecer. Vê se dá um jeito de fazer nosso amigo aqui se divertir, viu?

E, com isso, vejo Kai sair à francesa pela porta lateral sem ser notado. Morro de inveja.

— Ryan Shay, então quer dizer que você tem um amigo *de verdade*? — Não respondo à provocação, mas percebo que Indy está de olho nele. — E aí, qual é a do Clark Kent do beisebol?

Cabelo escuro. Óculos de armação preta. Alto. Ele se encaixa no perfil, sem contar que é gente boa. Procuro qualquer sinal de interesse no semblante de Indy, mas ela parece estar apenas genuinamente curiosa.

— Nós temos o mesmo agente. Ele se mudou para cá na primavera passada e descobriu que tinha um filho quando a ex o largou na porta da casa dele e se mandou.

— Espera, o Max realmente não tem mãe?

Reviro os olhos.

— Não se deixe enganar. Kai está feliz criando o filho sem ela. E o Max poderia ter qualquer mãe que quisesse. Várias mães. Mas o Kai é superprotetor. É basicamente o cara mais legal do mundo, contanto que você não seja a babá do momento. Ele demite uma babá dia sim, dia não. Mas, tirando isso, eles estão bem.

— Que tipo de mulher simplesmente larga o bebê desse jeito? — O queixo de Indy começa a tremer. Mas, logo em seguida, ela olha por cima do meu ombro e respira fundo. — Depois a gente conversa. Está na hora do show, namorado.

Ela abre um sorriso forçado para — imagino eu — meu gerente-geral. Respiro fundo e me viro.

— Sr. Morgan. — Estendo a mão para cumprimentá-lo.

— Shay. — Ron aperta minha mão antes de apontar para a mulher ao seu lado. — Já conhece minha esposa, Caroline.

— Claro. Que bom vê-la, sra. Morgan. — Eu me viro para Indy com a mão pairando no ar, sem saber qual nível de contato é apropriado ou convincente, então acabo dando uns tapinhas no braço dela, como um pré-adolescente com medo de pegar piolho. — Esta é minha namorada, Indy.

Indy me encara sem expressão. Não nos conhecemos tão bem, mas o olhar que ela me lança é inconfundível. *Você é péssimo nisso. Não tem ideia do que está fazendo.* E, claro, como estamos falando de Indy, acrescento o toque especial dela: *Você tem mesmo tanto medo assim de garotas?*

Ela força outro sorriso e se vira para Caroline com a mão estendida.

— É um prazer conhecê-la.

— Digo o mesmo.

Sempre gostei de Caroline. Ela é gentil e quebra um pouco o ar intimidador de Ron. O cara se derrete todo na presença dela.

— Adorei seu vestido — elogia Indy.

— Também adorei o seu. Esse tom de rosa é um charme.

As duas mulheres engatam numa conversa amigável, da qual tento participar, mas o olhar penetrante do homem que paga meu salário me distrai.

Ron me observa e, em seguida, se concentra no espação entre mim e minha convidada. Claramente não está nada convencido, e minha linguagem corporal deixa muito claro que nunca encostei nessa mulher antes, a não ser por um abraço ou toques inocentes.

É impressão minha ou está quente aqui? Parece quente pra cacete aqui dentro. Puxo o colarinho da camisa, tentando afrouxá-lo, mas o olhar de reprovação de Ron me queima. Esse teatrinho mudou de propósito: não quero mais fingir um relacionamento para conseguir a aprovação dele; quero sair ileso dessa mentira colossal que eu inventei.

O homem gasta boa parte do orçamento do time no meu salário, e olha que eu ainda nem levei a equipe aos playoffs. Por quanto tempo ele ainda estará disposto a investir em mim? Em que momento vai apostar em um cara mais novo, que talvez seja um diamante bruto, mas que vai custar muito menos? Se ele descobrir que isso aqui é uma farsa elaborada para conquistá-lo, imagino que essa opção não esteja tão distante.

Indy sorri de orelha a orelha enquanto conversa com Caroline. Não desvia os olhos nem interrompe a conversa, mas tira minha mão do colarinho e entrelaça nossos dedos.

— Você foi ao jogo de ontem? — pergunta Caroline.

— Não deu. — Indy cruza o outro braço sobre o corpo e segura minha mão com as duas dela. Ela é espontânea, deslumbrante e muito, muito boa nisso. — Eu estava viajando a trabalho, mas vi pela TV. Ele é incrível.

Espera. Ela assistiu ao jogo no quarto do hotel?

— Você gosta do seu trabalho? Viajar com os Raptors. Parece divertido.

— Eu amo meu trabalho, mas, quando estou viajando, sinto saudade de casa. — Ela me dá um sorriso cheio de afeto, mas eu sei que não é real. Sei que tudo isso é encenação, mas, porra, estaria mentindo se dissesse que não mexeu comigo.

— Você vai estar na cidade quinta que vem? — pergunta Caroline à mulher do meu lado. — Tínhamos combinado um jantar com Ethan e Annie nesse fim de semana, mas, de última hora, o Ron foi convidado para fazer um discurso na universidade onde ele estudou. Vamos para Hanover amanhã, mas, se vocês dois pudessem jantar com a gente semana que vem, seria maravilhoso.

— Hanover? Hanover, em Nova Hampshire? — pergunta Indy, voltando a atenção para Ron. — Você estudou em Dartmouth?

Ele arqueia as sobrancelhas.

— Estudei, sim.

Ela assente com a cabeça, em tom de aprovação.

— Você tem cara de quem estudou numa universidade da Ivy League.

Percebo um movimento quase imperceptível nos lábios de Ron, mas, para um cara como ele, é o equivalente a um sorriso de orelha a orelha.

Indy pode pedir o que quiser. Não sei nem expressar o quanto eu devo a ela por esta noite.

— Era a faculdade dos meus sonhos.

Quase quebro o pescoço de tão rápido que me viro para ela, mas aí me lembro de que somos namorados e que deveria saber esse tipo de coisa.

— É uma faculdade difícil de entrar. Taxa de admissão muito baixa.

— É verdade. — O sorriso radiante de Indy perde a força, mas ela se recupera mais rápido que talvez eu tenha imaginado.

Neste momento, estou começando a perceber que não sei quase nada sobre esta mulher, mas queria muito saber.

Ela se volta para Caroline.

— Desculpe. Desviei totalmente do assunto. Eu *vou* estar na cidade quinta que vem e nós simplesmente adoraríamos jantar com vocês.

Não vejo nenhum sinal de testa franzida no semblante de Ron, tirando as linhas de expressão que se formaram no seu rosto por conta de todas as decepções já vividas. Mas eu nunca o vi parecer tão receptivo, e tudo isso é graças a Indy.

Embora ela esteja agindo de um jeito mais formal que de costume, nada a ver com a garota que encontrei chorando no meu apartamento. Espero que saiba que a única coisa que precisa fingir aqui é o nosso relacionamento.

— Ela é uma graça, Shay — diz Ron para mim, e é a primeira vez que sou envolvido na conversa.

E é então que a ficha cai. Indy vem conduzindo a situação com confiança e graciosidade, enquanto eu estou parado feito um dois de paus, os dedos rígidos e esticados em contato com os dela, que estão entrelaçados nos meus de forma relaxada.

— Como vocês se conheceram? — pergunta ele.

Merda. Nós falamos sobre isso. Sabíamos que o assunto ia surgir, mas não escolhemos qual resposta dar.

— Nós… — Indy e eu falamos ao mesmo tempo, mas eu paro e a deixo continuar, porque confio nela para nos tirar dessa.

— A irmã dele apresentou a gente.

Perfeito. Simples. Direto ao ponto.

Quando ela olha para mim, torço para que perceba minha gratidão.

— Ah, eu conheço esse olhar — cantarola Caroline. — Seus dois pombinhos. Tem mais coisa nessa história, não tem?

Ela não faz ideia.

— Tem — respondo, limpando a garganta, porque é a primeira vez que eu falo em sei lá quanto tempo. Envolvo a cintura de Indy com o braço e a puxo para mais perto. Ao falar, olho bem nos olhos dela. — Mas preferimos manter os detalhes só entre nós.

Os olhos castanhos de Indy brilham de alívio ao ver que finalmente dei uma dentro hoje.

— Vocês são uma fofura. Indy, mal posso esperar para ver você no jantar semana que vem. Estamos planejando algo um pouco diferente.

— Mal posso esperar. Foi maravilhoso conhecê-la. — Ela encosta a cabeça no meu ombro.

— Shay. — Ron estende a mão para apertar a minha, e parte daquela desconfiança foi embora. Ele claramente ainda tem dúvidas, mas parece estar considerando a possibilidade de que toda essa história seja verdadeira, em vez de acreditar logo de cara que seja uma mentira deslavada.

Enquanto eles se afastam, finalmente solto o ar de tanto alívio.

— Você foi incrível, Indigo.

— E você foi podre. Temos muito trabalho pela frente se eu realmente for considerar a ideia de levar você para o casamento.

— Você sabe que pode ser você mesma nessa situação, né? Não precisa ser tão contida e perfeitinha. Eles vão gostar de você de qualquer jeito.

Ela dá de ombros.

— Estou acostumada a interpretar a namorada babona que sempre tem a coisa certa a dizer. Foi quase instintivo.

* * *

— Não acredito que você ainda está aqui. — Ethan passa mais uma taça de champanhe para Annie, sua esposa, enquanto fala comigo. — Nunca vi você ficar tanto tempo num evento de trabalho.

— É porque ele tem uma namorada deslumbrante para ostentar. — Annie aponta a taça na direção de Indy.

No momento, Indy é o centro das atenções do bar, rodeada por alguns dos jogadores dos Raptors. Observo aquele sorriso contagiante, aqueles olhos castanhos e gentis, aquela linguagem corporal tão confiante. E então, de repente, a ficha cai: ela trabalha com aqueles caras toda vez que viaja.

Nossa, eles devem adorá-la.

Indy não estava mentindo. É realmente uma pessoa muito sociável, e de repente me pego sentindo uma pontinha de inveja de sua capacidade de ser tão aberta.

— É mentira, Ann.

— Eu sei, eu sei — diz Annie, desdenhando do comentário do marido. — Mas não custa sonhar. Imagina só o Ryan com uma namorada de verdade. Para mim, seria o paraíso ter alguém para me fazer companhia nos eventos do time, em vez do rodízio de peguetes que os outros jogadores trazem.

— Desculpa destruir seus sonhos, Annie. — Sorrio enquanto levo o copo de uísque aos lábios, tomando um gole generoso. — Falando em ficar fora até tarde, já passou das dez e vocês ainda estão aqui. Deu a louca nos pais.

— Providenciamos uma babá para passar a noite.

— E providenciamos um hotel — acrescenta Ethan, agitando as sobrancelhas sugestivamente.

— Então, daqui a nove meses, vem aí a filha de número quatro. Entendi.

— Tomara. — Ethan ergue a garrafa de cerveja para um brinde.

Annie lhe dá um tapa no peito.

— Nem pensar.

— Ry, já planejou o jantar do time? — pergunta Ethan.

Eu me recosto na cadeira e bebo meu uísque casualmente. De todo mundo do time, Ethan é meu amigo mais próximo. Com ele, me sinto mais à vontade.

— Como assim?

— O jantar do time — repete ele. — O capitão organiza o jantar do time mês sim, mês não. E já faz quase um mês que a temporada começou.

— Espera. Isso é uma tradição? Achei que a gente fosse para a sua casa a cada dois meses porque sua mãe cozinha superbem.

Annie e Ethan começam a rir. Os pais de Ethan vieram para os Estados Unidos antes de ele nascer, e sua mãe prepara um monte de pratos tipicamente coreanos todos os meses para o time se reunir. Ela chegou até a me ensinar a fazer meu próprio kimchi na temporada passada. É o único evento que me empolga de verdade.

— Não, cara. Faz parte das suas responsabilidades como novo capitão do time.

— Porra. A gente não pode continuar fazendo lá na sua casa? Preciso da comida da sra. Jeong.

— Eu acho que seria muito bom se você planejasse alguma coisa por conta própria. Faria bem para o time ver quem você é fora da quadra.

— Como assim? Já faz quatro anos que jogo com alguns desses caras. — Olho para um grupo de colegas de time reunidos ao redor de uma mesa alta, jogando conversa fora e rindo juntos. — Sem falar no Dom, com quem eu jogo desde a faculdade. Eles já me conhecem.

— Eles conhecem o melhor armador da liga. Conhecem o cara que bateu o recorde de assistências em uma só temporada, mas não sabem nada sobre *você*. Você está no comando agora, cara. Precisa se conectar com eles fora da quadra.

— Está parecendo o Ron.

— Bem, talvez ele não estivesse tão errado. Quer fazê-lo mudar de ideia? O jantar do time é sua primeira oportunidade.

A ideia de receber catorze caras para jantar no meu apartamento me dá arrepios. Ethan já me visitou algumas vezes e Dom também aparece por lá de vez em quando, mas o resto do time nunca esteve no meu espaço. Eu nunca permiti.

Ninguém, a não ser Indy.

— Você ainda é bem-vindo para nos visitar e comer os pratos da minha sogra sempre que quiser — propõe Annie. — E pode levar aquela sua linda namorada de mentira quando for.

— Esse segredo fica entre nós três — lembro a eles. — Mais ninguém pode saber. Não posso correr o risco de um dos caras dar com a língua nos dentes e o Ron descobrir.

Sem dizer uma palavra, Annie finge fechar a boca com um zíper.

10
Indy

O barman me passa um gim-tônica enquanto eu procuro Ryan, Stevie, Zanders ou Rio com o olhar. Qualquer um, na verdade. Eu gosto de ter companhia, sinto necessidade de me conectar. Sou realmente uma pessoa sociável, mas sobretudo porque nunca estive sozinha e, aos vinte e sete anos, tenho medo de descobrir que não sei como ficar.

O sr. e a sra. Morgan me cumprimentam com um aceno ao passar por mim e eu torço para que eles não estranhem a ausência de Ryan.

Se eu fosse qualquer um dos dois, já teria nos desmascarado por conta da atuação patética de relacionamento falso que ele apresentou. Ryan estava todo sem jeito do meu lado. Seu grande momento de demonstração pública de afeto foi basicamente um tapinha no meu braço. Que droga foi aquela?

Considerando o início da noite, achei que fôssemos arrasar. Quando eu saí do quarto, Ryan semicerrou os olhos e ficou boquiaberto. E, enquanto eu ajustava a gravata que já estava perfeitamente alinhada antes de eu fingir que não estava, ele falava bem baixinho, de um jeito íntimo.

Naquele momento, ele parecia me desejar, mas a atuação foi por água abaixo assim que saímos do carro.

Já eu, por outro lado, achei natural até demais segurar a mão dele, me apoiar no seu peito. Tomara que meu teatrinho tenha sido tão convincente para Ryan quanto foi para o gerente-geral.

Porque a verdade é que eu gostei.

É frustrante chegar a essa conclusão, pois percebo que me sinto desleal. Amei Alex a vida inteira e agora, pela primeira vez, estou curtindo a companhia de outro homem. Alex chegou ao ponto de transar com outra pessoa, mas, mesmo assim, aqui estou eu, tão fiel ao relacionamento e ao amor que eu nutria por ele que sinto uma pontada de culpa só de aproveitar a companhia de outro homem.

— Aí está ela — diz Stevie, parando ao meu lado e apoiando os cotovelos no balcão.

E é aí que vejo seu irmão gêmeo do outro lado do recinto, interagindo com alguns homens mais velhos que parecem encantados por ele. Ryan está de pé, com a coluna reta e a postura rígida, enquanto assente em resposta a seja lá o que estejam dizendo. O ícone do basquete está aqui hoje: profissional e apreensivo.

— Atualização do dia para você, Vee.

— Não precisa, obrigada.

— Seu irmão é uma delícia e eu não me importaria nem um pouco se ele me deitasse em cima desse balcão. — Levo a bebida aos lábios sem tirar os olhos dele.

— Minha noite estava bem melhor antes de ouvir isso.

— Ele sempre foi tenso assim ou é novidade desde que eu cheguei?

— Não leva pro pessoal. Ele está assim desde que foi selecionado, mas eu só percebi como a coisa tinha ficado feia depois que me mudei para cá no ano passado e vi com meus próprios olhos.

Aqueles olhos da cor do oceano se afastam do grupinho reunido ao redor da estrela do basquete e me encontram do outro lado do salão de um jeito que me tira o fôlego. Ryan pode até estar todo tenso e desconfortável, mas, com aquele terno, é o sonho de consumo de qualquer garota. Ele está belíssimo e me faz corar ao abrir um sorriso discreto antes de voltar a se concentrar na conversa, como se simplesmente precisasse me encontrar para continuar o que estava fazendo.

De certa forma, o sorriso de Ryan Shay é ainda mais especial porque quase não o vejo, e posso até passar todos os meus momentos livres sonhando acordada com ele, mas ninguém precisa saber.

De canto de olho, vejo Stevie alternar o olhar entre mim e o irmão dela.

— Tem certeza de que isso é uma boa ideia?

Eu me viro para ela.

— Como assim?

— Fingir um namoro enquanto moram juntos. Parece meio caótico.

— Bom, a gente sabe muito bem o quanto o Ryan odeia um caos, né? — brinco.

Stevie se vira de frente para o balcão e eu faço o mesmo.

— Respondendo à sua pergunta — continua ela. — Ele não é exatamente uma pessoa tensa, mas sabe que todo mundo está de olho nele, esperando que pise na bola. Ryan não costuma demonstrar muito as próprias emoções porque é mais seguro para ele. Para sua imagem.

Não consigo nem imaginar como é mudar a própria vida e se reprimir para satisfazer todo mundo ao seu redor. Não ser entusiasmado demais, mas também não muito solene. Nem muito sério, nem muito animado. Que jeito horrível de levar a vida.

Tenta dar uma maneirada essa noite, Indy. Esses caras não gostam de mulheres escandalosas.

São meus colegas de trabalho, então dá um tempo e deixa que eu falo.

Você está linda, Indy. Hoje só precisa ser um rostinho bonito.

As palavras que Alex já me disse ecoam na minha cabeça, então talvez eu *consiga* imaginar como é, sim.

O barman nos interrompe com uma cerveja fresquinha na mão e a desliza pelo balcão.

— Essa é por minha conta — diz ele para Stevie, com um sorrisinho capaz de baixar qualquer calcinha.

De repente, vejo uma mão tatuada envolver a cintura de Stevie por trás.

— De jeito nenhum. — Zanders lança um olhar fulminante para o barman marcado para morrer. — Nem fodendo.

O atendente fica pálido.

— Foi mal, cara. — Ele levanta as mãos em um gesto de rendição antes de se retirar para atender outro cliente.

— É, acho bom. — Zanders observa o barman se afastar, depois se inclina e enche o pescoço de Stevie de beijos. — Não dá pra te levar a lugar nenhum… — murmura, sem tirar os lábios dela.

— Ind, você está linda. — Zanders se vira para mim. — É legal te ver nos eventos com a gente, não só no avião.

— Ah, então aproveita bem. Pode ser a única vez.

— Não é possível. Seu namoro de mentira já está em crise? — O celular de Zanders apita e ele o tira do bolso enquanto continua a conversa.

O comentário me pega um pouco de surpresa. Stevie contou para Zanders que eu e o irmão dela estamos fingindo um relacionamento, é claro, mas espero que a informação não tenha saído da nossa panelinha. Quanto menos gente souber, mais segura é a mentira.

— Seu amigo praticamente me ignorou desde que falamos com o chefe dele. Acho que eu poderia começar a namorar *de verdade* qualquer um desses atletas e tenho certeza de que ele nem ia perceber.

— Acho que perceberia, sim. — Zanders solta uma risadinha arrogante enquanto me mostra o celular.

Ryan: *Fica de olho na Indy por mim. Ela não faz a menor ideia de que esses caras não param de comer ela com os olhos por causa desse maldito vestido.*

Quando o localizo de novo, vejo que está de costas para mim, conversando com mais fãs, e eu não teria acreditado que ele enviou mesmo essa mensagem se eu não tivesse visto com meus próprios olhos.

— Indigo! — exclama Rio, a poucos centímetros de distância. — Você está tão…

Não completo a frase por ele. Em vez disso, lhe dou um tempinho para escolher o adjetivo. Rio é um amor de pessoa, agitado e jovial, só que precisa de umas dicas quando se trata de falar com mulheres, e temos trabalhado nisso.

— Gosto… — Ele olha para Zanders, que arqueia a sobrancelha. — … linda.

— Gostolinda? — pergunto.

— Linda. Você está linda, Indy. — Em seguida, ele se vira para a minha amiga. — E você, Stevie, está gata demais. Linda de morrer. Aposto que todos os caras aqui estão pensando em…

Tapo a boca dele com a mão, tentando não rir.

— Você só pode estar querendo morrer — digo enquanto Zanders arqueia a sobrancelha, desafiando-o a continuar do seu jeito confiante.

Os olhos verdes de Rio brilham, porque ele meio que adora causar, mas sempre de brincadeira. Ele gosta de irritar os colegas de time, e Stevie é o caminho mais fácil.

— Brincadeirinha. Brincadeirinha. Mas esse vestido azul realmente fica muito bom em você, Stevie.

— Obrigada, Rio — diz ela com uma risada.

Zanders envolve Stevie com braços possessivos.

— É — murmura. — E vai ficar ainda melhor no chão do *meu* quarto hoje.

— Vem, Rio. Vamos lá dançar antes que os Raptors percam dois dos seus melhores jogadores hoje à noite. Um por assassinato e outro por prisão.

Rio e eu nos dirigimos para a pista de dança lotada. Com um leve puxão de pulso, ele me aproxima do peito e eu apoio a mão em seu ombro. Ele é diferente na pista; me conduz com confiança e graciosidade, o completo oposto da sua abordagem com as mulheres.

— Onde foi que você aprendeu a dançar?

— Fiz seis anos de dança de salão. Por incrível que pareça, eu era um péssimo patinador na infância. Eu tinha dois pés esquerdos, então minha mãe me inscreveu nas aulas de dança para aprender a me equilibrar. No ano seguinte, virei o melhor patinador da minha equipe.

— E mesmo assim você passou mais cinco anos dançando?

Ele me afasta e me gira com total controle.

— Sabe qual era a proporção de garotas para garotos na turma? Os números estavam a meu favor.

Como sempre, Rio me faz rir.

— Tinha isso — prossegue. — E talvez eu também gostasse das aulas.

Inclino a cabeça com um sorriso pensativo.

— Por mais que a gente adore pegar no seu pé, um dia alguém vai ter muita sorte de ficar com você.

Rio abre um sorriso tímido e sua pele marrom-clara fica vermelha.

— Valeu, Ind.

Ficamos na pista por duas músicas, batendo papo e botando a conversa em dia. Eu me diverti muito esta noite. Por mais que Ryan tenha ficado todo travado e provavelmente tenha estragado nosso plano, foi divertido ver meus amigos fora do trabalho. Foi ótimo me arrumar, sair e socializar.

Mas, quando a terceira música começa a tocar, Rio fica sério e aquele sorriso bobo de sempre murcha.

— Está tudo bem? — pergunto.

Ele engole em seco e olha por cima do meu ombro enquanto seguimos dançando.

— Tenho quase certeza de que seu namorado de mentira quer me matar de verdade.

Congelo na mesma hora.

— Caramba. Todo mundo sabe que é de mentira?

— A Stevie contou para o Zanders e o Zanders me contou, porque eu estava surtando, Indy.

— Rio. Eu e você somos só amigos. Já falamos sobre isso.

Ele dá uma risada zombeteira e joga a cabeça para trás.

— Não foi por causa de você. Achei que uma das minhas melhores amigas estava namorando Ryan Shay. O *próprio* Ryan Shay. Você sabe o que eu acho dele.

Reviro os olhos antes de espiar por cima do ombro e ver Ryan numa mesa, recostado na cadeira, com as pernas esparramadas como se fosse um rei, passando o dedo pela borda do copo. Pode até parecer relaxado, mas está fulminando Rio com o olhar.

— Não se preocupa, não tem nada a ver com você. Ele não queria ficar muito tempo e acho que eu perdi a noção da hora.

— Indy. — Rio para de se mexer. — Posso até não ter experiência com as mulheres, mas ainda sou homem. Aquilo ali é puro ciúme.

— Não é, não.

— Vai por mim. Conheço aquele olhar.

— Bom, então ele está fazendo o que deve. *Fingindo* ser meu namorado.

E finalmente riscando *alguma coisa* da lista de metas dele. Teria sido uma boa noite para dançar uma música lenta juntinhos, mas aceito o ciúme.

— Caramba, então pode dar um Oscar para o cara. — Rio não para de olhar para meu colega de apartamento. — Por mais que fosse ser uma honra apanhar de Ryan Shay, não acho que um evento beneficente seja o melhor lugar para isso.

— Acho melhor eu ir — digo, abraçando Rio. — A gente se vê no avião.

Enquanto me aproximo de Ryan, ele não olha para mim. Em vez disso, continua de olho em Rio, que sai da pista de dança, e é só quando me sento de frente para ele, bloqueando sua visão, que para de encarar meu amigo.

— Ah, oi. — Ryan passa o dedo médio pela borda do copo de uísque com frieza e indiferença.

— Você está bem?

Eu me dou conta de que, enquanto o encaro, meus joelhos estão posicionados entre as pernas esparramadas dele.

— Estou.

— Está pronto para ir?

— Você quer ficar?

— Você disse que só ficaríamos aqui uma hora e meia, e tenho quase certeza de que já se passou muito mais tempo.

— Eu sei o que eu disse, mas você quer ficar? Está se divertindo?

Ele se endireita e prende meus joelhos entre as pernas. O brilho rosa do meu vestido de cetim contrasta com o preto de seu terno, mas não vou mentir: gosto da justaposição.

— Eu estou me divertindo, sim.

— Então a gente fica. — Ele toma um golinho de uísque.

Ele suaviza o olhar ao me encarar, e eu nunca vou cansar de admirar esse sorrisinho discreto.

Sem romper o contato visual, coloca algumas mechas de cabelo soltas para trás da minha orelha. O polegar roça a pele do meu pescoço com delicadeza, mas, para alguém que não se sente confortável em fingir, ele está bem confiante.

Quando dou por mim, já estou relaxada com o toque.

— O que você está fazendo? — sussurro vagarosamente.

Ele percorre meu rosto com os olhos antes de assentir de forma discreta.

— Fingindo.

Ah.

O gerente-geral deve estar por perto, de olho na gente.

Ele se levanta, tira o paletó e o coloca sobre meus ombros.

— Ryan…

— Seu vestido já teve o momento dele. Pode acreditar, ninguém desgrudou os olhos de você, mas você está tremendo. Vai ficar com meu paletó.

Não é por causa do frio que estou tremendo.

Mesmo assim, junto as lapelas e me cubro com o calor do paletó e o cheiro de Ryan — um aroma fresco e refinado.

Ryan se senta novamente e volta a prender minhas pernas com as dele.

— Qual é o nome daquele cara mesmo?

Eu me faço de desentendida.

— Que cara?

— Você sabe que cara.

— O Rio? Ele joga nos Raptors. Vocês já se viram.

— Então quer dizer que você o encontra toda vez que viaja a trabalho?

— Sim.

Ryan assente com a cabeça e me lança um olhar calmo e sereno com aqueles olhos da cor do oceano — sua marca registrada.

— Tem alguma coisa rolando entre vocês?

— O quê? — pergunto, caindo na gargalhada. — Não.

Em vez de responder, ele espera que eu dê mais detalhes.

— Mas ele é um bom amigo.

— Só amigo?

— Sim, Ryan. Só amigo. Qual é a do interrogatório?

— A ideia é que você seja minha namorada. Imaginei que eu devesse saber se você está saindo com alguém.

— Bom, não estou. Você é o único cara com quem estou saindo. De mentira ou não.

Ryan relaxa levemente os ombros tensos, mas o movimento é tão sutil que eu poderia ter imaginado. Em seguida, assente. Nenhuma palavra, apenas um movimento de cabeça para encerrar o assunto.

— Tem certeza de que está bem aqui, ou quer ir para casa?

Então, Stevie e Zanders se sentam à nossa mesa, mas não nos dão nenhuma atenção. A mudança de postura de Ryan e a tranquilidade no olhar sem dúvida se devem à presença da irmã.

— Estou bem. Até que a noite está divertida, na verdade.

Ele apoia os cotovelos nos joelhos, que ainda cercam os meus, e desliza suavemente os dedos pelo cetim do meu vestido, percorrendo o tecido de forma distraída.

Atuação. Mentira. Fingimento.

— Você é outra pessoa quando sua irmã está por perto.

— Como assim?

— Está relaxado porque ela está aqui hoje.

Ryan olha para Stevie do outro lado da mesa.

— É. — Ele limpa a garganta. — É. Acho que você está certa.

— É legal te ver assim.

Os dedos congelam no cetim enquanto ele me observa com os lábios discretamente entreabertos. Pouco depois, Ryan desliza as mãos e ocupa mais espaço nas minhas pernas.

O terno preto, o Rolex no pulso e as abotoaduras provocam fantasias das quais não consigo me desvencilhar. Como será que ele fica tirando o terno? Será que ele tem um lugar específico para guardar esses acessórios? Conhecendo Ryan, claro que tem, mas será que para e organiza tudo mesmo com uma mulher esperando na cama?

Acho que eu ia gostar dessa visão. Ver Ryan se despindo lentamente de cada camada com precisão enquanto eu fico esparramada na cama.

Limpo a garganta e tento deixar os devaneios de lado.

— Posso te contar uma coisa meio ridícula? — sussurro.

Ele ameaça um sorriso, mas tenta disfarçar.

— Por favor.

— Eu sei que é de mentira, mas esse é o primeiro date da minha vida.

— Desde o término?

— Não, desde sempre.

Ele arregala os olhos.

— Como isso é possível?

— Um belo dia, eu e o Alex simplesmente meio que decidimos que estávamos namorando. Não teve primeiro encontro, nem encontro nenhum, na verdade. Quando saíamos, era com nosso grupo de amigos. A gente morava junto, claro, mas esse é o meu primeiro date de verdade, só com duas pessoas. Que ironia ser de mentira, né?

Ryan suaviza o semblante confuso.

— Indy, eu queria ter descoberto isso antes.

— Por quê? — Dou uma risada. — Não teria mudado nada.

Um momento de silêncio se instala entre nós. Bem que eu queria ter algo para dizer, alguma coisa que aliviasse a tensão e a onda de constrangimento que nos devorou depois de eu ter admitido para a celebridade do mundo esportivo que divide apartamento comigo que nunca tive um date.

Ryan se manifesta antes que eu consiga pensar em algo.

— E essa história de Dartmouth, hein?

— Pois é.

Vejo as mãos dele nas minhas coxas e sinto vontade de entrelaçar nossos dedos, do jeito que fizemos mais cedo. Só que, ao mesmo tempo, não quero que ele pare de traçar desenhos aleatórios nas minhas pernas.

— Onde você acabou estudando, já que não passou para lá?

— Ah, eu passei.

Ele inclina a cabeça levemente para trás.

— Mas não frequentou?

Ryan volta a deslizar as mãos e se estabelece com autoridade na parte superior das minhas coxas. Eu deveria olhar ao meu redor e procurar Ron Morgan para me assegurar de que tudo isso não passa de um teatrinho, mas meu lado romântico quer continuar vivendo essa fantasia, por mais que seja mentira.

— Alex e todos os nossos amigos ficariam em Chicago. Nós meio que ainda não estávamos juntos, mas eu sabia que íamos ficar. Ele não se sentia confortável com a ideia de namorar a distância. — Dou uma risada, apesar de não achar graça. — Eu deveria ter dado ouvidos a ele na época. Assim que eu comecei a viajar a trabalho, ele ficou com outra.

Ryan me olha com pena.

— Indigo…

— Não se sinta mal por mim. Sim, eu fiquei perto de Chicago para não ficar longe do Alex, mas sou privilegiada. Estudei numa ótima faculdade mesmo assim e ainda consegui meu MBA. Claro, não o uso para nada, mas não tenho do que reclamar.

Ryan franze as sobrancelhas.

— Por que você não disse isso quando o Ron falou sobre Dartmouth? É impressionante pra caramba. *Você* é impressionante.

— Porque, ao longo dos anos, eu aprendi que às vezes as pessoas, especialmente os homens, ficam mais intimidadas do que impressionadas com a inteligência. Fui a oradora da nossa turma, mas só começaram a me notar quando ganhei corpo. Alguns homens não querem sentir que têm competição, então eu danço conforme a música. Estou tentando fazer seu chefe gostar de mim, não achar que estou me excedendo.

Sei ler muito bem as pessoas. Sei como fazer com que se sintam confortáveis na minha presença. Sei como ajustar minha personalidade de acordo com quem está comigo. Por mais que eu ame pessoas, às vezes elas são péssimas e se sentem confortáveis quando o outro parece inferior.

Fiz muito isso no meu último relacionamento.

— Indy…

— Por favor, Ryan, não diz nada. Sei tudo que você está pensando agora.

— Não. Não é assim que vamos fazer isso. Quando estiver comigo, quero você exatamente do jeito que é. Isso inclui que todo mundo saiba o quanto você é inteligente. Você não vai satisfazer a essa merda de masculinidade tóxica de ninguém. Não vai ficar quieta nem tentar agradar quando estiver comigo. Se o Ron ou qualquer outra pessoa se incomodar com o fato de você ser mais inteligente que ele, então vamos ter um problema bem maior do que ele não me considerar um bom líder.

— Ryan, não tem problema. Eu faço isso há anos.

— Pois é, essa é outra questão. O pau do Alex devia ser muito pequeno mesmo para deixar você fazer uma coisa dessas. Quer dizer, *pedir* para você fazer uma coisa dessas. Ele é um merdinha manipulador e controlador porque, deixa eu adivinhar, não gostava de saber que você era mais inteligente do que ele, quem sabe até mais bem-sucedida. Ele pedia para você baixar a bola na frente dos amigos dele? Queria que você ficasse quietinha e fosse só um rostinho bonito para que os colegas não o menosprezassem?

Que merda é essa? Sinto os olhos arderem e o nariz pinicar, porque Ryan está certo. Ele nunca conheceu Alex, e mesmo assim sabe de tudo que eu tentava ignorar.

— Não. — Ryan chega para a frente. — Não se atreva a chorar.

Respiro fundo e balanço a cabeça para cortar qualquer emoção pela raiz.

— Desculpa. Estamos em um evento do seu trabalho.

— Indy. — Ele segura meu rosto com as mãos enormes. — Estou pouco me fodendo para onde nós estamos. Você pode chorar o quanto quiser aqui. Por mim, pode gritar, gargalhar, dar um chilique na frente de todas essas pessoas. Estou pouco me fodendo, mas você não vai chorar por ele, nem aqui nem em lugar nenhum.

Ele precisa parar. Não pode ser mandão e atencioso do jeito mais sexy possível com um terno desses. A essa altura do campeonato, já deveria saber que sou uma pessoa romântica e vou acabar lhe tascando um beijo por causa disso, ou cometendo outra besteira do tipo.

E, por mais que eu já tenha imaginado como seria o toque da boca dele na minha, a maciez daqueles lábios, tudo isso não passa de encenação. Não posso me esquecer do que estamos fazendo e confundir meu coração sonhador.

Não estou em um dos meus livros de romance. Nem em um conto de fadas. E, por mais que estivesse, eu seria a pior protagonista que existe, porque só consigo me sentir despedaçada — mesmo diante deste homem tão sexy e controlador à sua maneira.

— Ryan — digo, quebrando o feitiço ao qual eu adoraria poder me entregar.

— Hmm?

— Você sabe fingir muito bem quando não tem ninguém por perto. Agora, precisamos que melhore para quando tivermos plateia.

Ryan se recosta na cadeira, abrindo uma distância necessária entre nós.

— Verdade — diz ele, antes de terminar o uísque. — Vou melhorar.

11

Ryan

Passei o treino inteiro distraído, pensando em cabelos loiros e unhas dos pés pintadas de lilás. Imaginando como aquele cetim rosa teria ficado no chão do meu quarto ontem à noite, em vez de no quarto de Indy.

Fazia anos que eu não fantasiava desse jeito com uma mulher. Normalmente, se eu me sinto atraído por alguém, a sensação passa em poucas horas, assim que me lembro de quem eu sou e por que a pessoa iria querer ficar comigo. Esse pensamento por si só já apaga qualquer fogo. Só que, nos últimos tempos, mal tenho me reconhecido em meio aos pensamentos carnais que andam invadindo meu cérebro: Indy de costas. De joelhos. De bruços, com a bunda para cima.

Porra, não consigo parar de pensar em todas as posições em que eu poderia tê-la, e me sinto um merda por isso, porque ela está tentando superar um cara que a tratava como um troféu que podia ostentar. A última coisa que eu quero é ser comparado com ele.

Sinto um nervosismo ao abrir a porta do meu apartamento, o único lugar onde consigo encontrar paz e reclusão. Mas hoje a paz deu lugar à incerteza. Parte de mim deseja que Indy esteja em casa, para que eu saiba se ela está de trança ou coque. Se está andando pelo apartamento de meia ou se está descalça para curtir o chão aquecido. Se ainda está de pijama ou se já está arrumada para sair.

E parte de mim deseja que ela já tenha saído, para que eu não descubra a resposta de nenhuma dessas perguntas. São perigosas para o nosso acordo e também para mim.

Mas todas são respondidas assim que entro no apartamento e vejo Indy sentada à bancada da cozinha diante do laptop aberto.

Com uma trança caída por cima do ombro esquerdo.

Pés descalços balançando no banco.

Blusão de moletom e short de algodão que claramente usou para dormir.

— Ah, o Ryan chegou — diz Indy para a tela do computador, mexendo as mãos depressa. Em seguida, vira-se para mim. — Ryan, vem aqui conhecer meus pais.

Ela volta a mexer as mãos e, desta vez, consigo identificar as quatro letras do meu nome graças ao meu conhecimento mínimo da Língua de Sinais Americana.

Eu paro atrás dela e me aproximo da câmera, para que seus pais me vejam.

— Oi. Eu sou o Ryan — digo com um aceno.

Vejo as quatro letras do meu nome nos movimentos das mãos de Indy outra vez.

— Prazer em conhecê-lo — diz a mãe dela, usando as mãos para falar também. — Sou Abigale.

O pai acena e se comunica apenas com as mãos.

— Esse é meu pai, Tim — diz Indy, utilizando também os sinais. — Caramba, pai! — retruca depois que o pai diz mais alguma coisa. Em seguida, se vira para mim. — Ele disse: "Tomara que nossa filha não esteja enchendo muito o saco."

Ela espera minha resposta com um sorriso bem-humorado. Indy deve ter percebido minha hesitação.

— É só falar com clareza — ela me tranquiliza. — Ele sabe fazer leitura labial e eu vou traduzir para você também.

Eu nunca conheci os pais de nenhuma mulher antes. Não que este seja aquele típico momento de conhecer os pais, mas a filha deles mora comigo e, entre isso e os pensamentos inapropriados que têm invadido minha mente, é tudo meio aterrorizante.

Mas os pais de Indy parecem gentis e acolhedores. Ela deve ter puxado a altura do pai. Dá para ver que é um homem alto, mesmo sentado no sofá de sua sala na Flórida. A mãe, por outro lado, é pequenininha, mas o cabelo loiro e os olhos castanhos afetuosos fazem com que eu me sinta em casa, do mesmo jeito que me sinto com a filha dela, que tem as mesmas características.

Eu me inclino para a frente e divido a tela com Indy.

— Ela só enche o saco quando deixa a louça na pia ou esquece as roupas na secadora por vários dias.

Enquanto traduz minha resposta na língua de sinais, Indy fica boquiaberta, fingindo estar ofendida.

Os pais começam a rir.

— Logo, logo você vai perceber que ela nunca fecha as tampas direito e esquece as portas dos armários abertas.

— Mãe! Nossa, gente, eu estou bem aqui!

— Mas falando sério — prossigo. — Estou gostando de recebê-la aqui. Vocês criaram uma ótima mulher.

Indy me lança um rápido olhar antes de desviar os olhos e traduzir minhas palavras.

— Obrigada. — Embora Indy esteja traduzindo tudo para o pai, meu conhecimento básico da língua de sinais, está sendo útil. Desconfortável, ela limpa a garganta. — Ele perguntou se você vai cuidar de mim.

Olho para Indy, mas ela não faz contato visual. Parece nervosa com o que eu possa dizer e talvez preferisse que o pai não tivesse feito essa pergunta.

Mas, independentemente do pedido dele, eu já tenho cuidado de Indy desde que ela se mudou para cá. Odeio saber que ela está passando por um momento tão difícil e minha empatia é em parte o motivo pelo qual tenho sido tão acolhedor. Mas, sendo egoísta, acho que eu já queria que Indy ficasse aqui desde a primeira noite em que dormiu no meu quarto de hóspedes. Por que outra razão eu teria comprado uma cama para ela e acrescentado substitutos vegetarianos aos meus pedidos de mercado?

— Sim, senhor. Sempre.

Pela tela do laptop, vejo Indy morder o canto do lábio, seja para conter o sorriso ou para disfarçar um leve tremor. Com ela, nunca se sabe. Minha colega de apartamento é toda sentimental.

— Ele viu seu jogo contra o Boston — prossegue Indy, traduzindo o comentário do pai. — Disse que você teve um terceiro quarto incrível. Ele é muito fã de basquete.

— Ah, é? Bem, vou fazer questão de arrumar ingressos na próxima vez que vocês vierem para cá ou quando a gente for jogar na Flórida.

Tim arqueia as sobrancelhas e abre um sorriso antes de voltar a se comunicar.

— Ele adoraria.

— Ryan, nós gostamos de você, caso não tenha percebido. — Abigale ri.

Tim faz outro sinal, um pequeno gesto que já o notei fazendo algumas vezes. Mas, antes que Indy possa traduzir, eu pergunto:

— O que esse sinal significa?

— Qual?

Repito o gesto de Tim. É bem simples: um punho fechado com o dedo mindinho levantado, traçando um pequeno círculo ao redor do peito.

— Ah, é meu nome. Na língua de sinais.

— Seu nome na língua de sinais?

— É um sinal especial para identificar alguém — diz Indy, movimentando as mãos com gestos lindos e elegantes enquanto traduz para o pai. — Assim, não precisamos soletrar nosso nome inteiro toda vez que falamos. Nem todo mundo tem um. Meu pai escolhe quem ganha e qual vai ser o sinal. — Ela fecha o punho, ergue o mindinho e traça um pequeno círculo ao redor do coração. — "I" de Indigo, e meu pai diz que eu sou o coração dele inteirinho. — Ela repete seu nome em sinais. — Indy.

A mãe entra na conversa.

— E eu sou Abigale. — Ela forma a letra A com a mão e toca a cabeça. — Porque a primeira coisa que o pai de Indy reparou em mim foi o cabelo loiro.

— Ele não costuma dar um nome em sinais para as pessoas logo de cara, mas com a minha mãe foi diferente. — Indy sorri, pensativa, e volta a mexer as mãos. — Eles já estão juntos há quase trinta anos e acho que ele soube desde que se viram pela primeira vez que ela faria parte da vida dele. Né, pai?

Tim abre um sorriso nostálgico e assente para concordar com a filha.

Indy, sempre romântica. Claro que ia chegar a essa conclusão, mas só de ver seus pais pela tela do laptop, não sei se dá para discordar. Os dois parecem perdidamente apaixonados mesmo depois de todo esse tempo, e não é de se admirar que Indy tenha noções tão idealistas do amor. Ela cresceu convivendo com isso.

Mas a maioria das pessoas não é assim. A maioria das pessoas não é digna de confiança, e imagino que ela tenha aprendido isso ao perder a vida que construiu com o ex.

Passamos mais alguns minutos batendo papo enquanto os três membros da família Ivers se comunicam em uma língua que eu não sabia que era tão linda e complexa até vê-la em ação agora. O jeito como fazem uns aos outros rir ou sorrir com simples gestos das mãos. Sinto um pouco de inveja por não poder participar e logo desejo saber mais que o básico para que o pai de Indy pudesse falar diretamente comigo, sem que a filha precisasse traduzir.

Assim que Abigale se certifica de me passar seu número para o caso de emergências, Indy encerra a chamada.

— Eles parecem ótimos.

Ela sorri.

— Eles são os melhores. Sinto saudade deles.

— É só você? Eles não tiveram mais filhos?

— Não conseguiram. Foi um pequeno milagre eles terem conseguido ter uma filha. Minha mãe tinha problemas de fertilidade.

— Ah. Sinto muito.

— Não precisa — diz Indy, dispensando meu comentário. — Eles conseguiram ter uma filha perfeita, no fim das contas.

— Uhum — murmuro, desconfiado, enquanto tento não ficar olhando para aquelas pernas compridas e o short do pijama. — Acabou de acordar?

— Sim. — Ela boceja e se espreguiça com os braços para cima. — Como é que foi o treino?

Em poucas palavras? Terrível.

Nunca sofri tantos turnovers num período de duas horas e nunca errei tantos lances livres em um só treino. Tudo porque eu não conseguia parar de pensar no que poderia ter acontecido se eu tivesse batido à porta do quarto de Indy ontem à noite em vez de ir para o meu.

Depois de hesitar por algum tempo, com as mãos no batente, a respiração pesada e um desejo avassalador de terminar a noite de um jeito que não seria nada fingido, fiz a coisa certa e dei meia-volta. Voltei para o meu quarto, entrei no chuveiro e cuidei da situação sozinho, como venho fazendo nos últimos anos.

— Foi bom.

Ela se levanta e dá a volta pela bancada até onde estou. Eu me viro na direção oposta automaticamente, mantendo distância mesmo quando tudo que eu mais quero é tocá-la.

— Você sempre soube falar daquele jeito?

— Na língua de sinais? — pergunta. — Acho que sim. Lá em casa a gente sempre se comunicou assim. Meu pai já nasceu surdo e minha mãe aprendeu a língua quando eles se conheceram.

— Como um… — Eu hesito, desconfortável. — Como um adulto aprende a língua?

Ela vira a cabeça para mim com tudo.

— Você quer aprender a língua de sinais?

Merda. Aqueles olhos castanhos voltam a brilhar. Indy, sempre romântica.

— Quero conseguir falar com seu pai sem que você precise traduzir. Assim, posso avisá-lo toda vez que a filha dele estiver me enchendo o saco.

Ela deixa escapar uma risada rápida e nada feminina. É uma graça.

— Existem alguns cursos. Ou eu posso te ensinar, se você quiser.

Indy não faz contato visual, como se esse assunto fosse novidade para ela. Como se mais ninguém em sua vida tivesse lhe perguntado como poderia aprender a se comunicar melhor com sua família.

Indy abre a geladeira e muda de assunto rapidamente.

— Está com fome? Posso fazer um… — Ela tira a caneca rosa de café que está lá dentro e a mostra para mim. — O que é isso?

— Eu, hm… — Esfrego a mão na nuca. — Fiz café para você antes de sair para o treino e coloquei a caneca dentro da geladeira para esfriar, assim não ficaria aguado quando você acrescentasse gelo.

Ela inclina a cabeça para o lado.

— Ryan, que coisa fofa. Obrigada.

Desvio o olhar para não encarar a garota que provavelmente está achando que isso foi um gesto grandioso e romântico.

— Não foi nada.

Indy volta a inspecionar a geladeira e sua trança loira desliza pelas costas. Aqueles pés descalços e as pernas compridas me distraem de novo.

— Cadê o bacon normal? — pergunta.

— Não tenho comprado. Só estou pedindo o vegetariano.

Ela olha por cima do ombro para mim, esperando uma explicação.

— Acho bem gostoso. Não tem por que comprar os dois.

Ao ouvir isso, abre um sorriso afetuoso.

Droga. Eu sei que ela vai achar isso mais profundo do que de fato é. Vai romantizar meu gesto de ter comprado essas comidas de café da manhã, porque ela é assim, mas não é nada de especial. Sério.

Eu só quero que a geladeira esteja abastecida de coisas que ela possa comer. Quero que sinta-se em casa aqui, porque a casa também é dela.

E é então que a ficha cai.

Eu a quero aqui. Quero que ela queira *estar aqui.*

Merda, quando foi que isso aconteceu?

12

Ryan

— Sofremos muitos turnovers no terceiro quarto e não conseguimos nos recuperar. Vamos trabalhar nisso nos treinos da semana.

Pelo menos trinta mãos se levantam, mas mal consigo enxergar o rosto dos repórteres, graças às luzes ofuscantes das câmeras.

— Basta de perguntas por hoje — anuncia nosso coordenador de mídia na coletiva de imprensa pós-jogo.

Eu me levanto, ajusto o terno e abro meu sorriso mais diplomático, acenando depois de ter garantido que minhas respostas foram perfeitamente adequadas para a mídia.

— Obrigado, pessoal.

O burburinho de vozes fica para trás conforme atravesso o túnel que leva ao vestiário. O restante do time já foi embora. Só eu e o técnico tivemos que ficar aqui para sermos bombardeados de perguntas sobre o motivo pelo qual jogamos tão mal em casa. Foi meu pior jogo da temporada e, como a forma como jogo influencia o time, todos nós fizemos uma partida de merda.

Bem que eu gostaria de poder dizer que minha falta de foco foi algo aleatório que não vai se repetir, mas a verdade é que eu sei bem onde minha mente estava hoje à noite.

Não consegui parar de pensar na minha colega de apartamento, com quem eu estava trocando mensagens antes do jogo, até ela soltar a informação bombástica de que ia trabalhar como motorista de aplicativo hoje à noite. Ela estava empolgada com o movimento de gente indo e voltando da arena. Mas eu só conseguia imaginar Indy dentro do carro com desconhecidos. Será que não percebe como isso pode ser perigoso? Será que não entende como alguns desses fãs enchem a cara depois dos jogos?

Para piorar, ela ainda não respondeu minhas mensagens desde que peguei o celular.

— Ry.

Saio do transe e encontro Zanders encostado relaxadamente na parede do lado de fora do vestiário, com uma perna cruzada na frente da outra.

— E aí, cara. Veio ver o jogo? Achei que a Stevie tivesse dito que você estaria fora da cidade para fechar um contrato de patrocínio.

— Acabei de chegar e vim para cá.

Abro a porta.

— Quer entrar no meu vestiário?

— No *meu* vestiário, você quer dizer. — Ele abre um sorriso presunçoso.

— Só vai ser seu amanhã à noite.

Os Raptors e os Devils dividem o United Center. Então, nas noites em que não estou jogando, há uma boa chance de que o namorado da minha irmã esteja na pista de gelo.

— Veio buscar a Stevie?

Zanders se senta em um dos bancos enquanto eu pego o celular, a carteira e as chaves, ainda frustrado com a falta de mensagens de Indy.

— Não, ela já está em casa e não sabe que estou aqui. Eu não sabia se a Indy estava no seu apartamento, e queria falar com você sozinho.

Bem, isso prende minha atenção. Ao me virar, percebo que Zanders está seríssimo, uma expressão incomum no rosto do defensor.

— Está tudo bem? — Eu me sento no banco e apoio os cotovelos nos joelhos.

— Eu não estava fechando nenhum acordo de patrocínio. Estava em Nashville.

A cidade em que eu e Stevie nascemos.

— Para falar com seu pai.

Ah. Ah, merda.

— Lembra da noite em que nos conhecemos e eu te falei que não ia pedir permissão para namorar sua irmã?

Tento segurar o sorriso ao me lembrar do evento beneficente onde conheci o arrogante jogador de hóquei oficialmente. Naquela noite, eu o detestei. Ele era um estereótipo ambulante, mas aqui estamos nós, quase um ano depois. O cara sentado no banco à minha frente é um dos meus melhores amigos e ama minha irmã do jeito que ela merece.

— Sou totalmente a favor da Stevie tomar as próprias decisões, então, mais uma vez, não vou pedir sua permissão. Só que dessa vez eu me importo com o que você acha.

— Zee, você está sendo piegas pra caralho — comento com uma risada. — Desembucha.

— Ryan Taylor Shay. — Zanders se apoia em um joelho na minha frente. — Quer ser meu cunhado?

— Seu idiota.

— Brincadeira. — Ele volta a se sentar e ri. — Mas queria saber o que você acharia se eu pedisse a Stevie em casamento. Você é um dos meus melhores amigos, mas também quero que vocês dois sejam minha família. Oficialmente.

Não sou um cara sentimental. Não costumo chorar com frequência. Quando eu era mais novo, derramava algumas lágrimas se não conseguisse fazer uma cesta decisiva ou se sentisse que decepcionei meu time. Agora, só me emociono quando envolve minha irmã. Ela é minha zona cinza em um mundo preto e branco. Quero a felicidade dela mais que a minha, e saber que o cara à minha frente a faz mais feliz do que ela já esteve na vida deixa meus olhos levemente marejados.

Respiro fundo para me controlar.

— Você está prestes a me fazer perder a compostura, cara.

— Que bom. Bem-vindo ao clube. Chorei feito doido falando com seu pai hoje.

Consigo imaginar a cena perfeitamente. Meu pai é um homem simpático, atencioso e gentil, e Zanders é uma das pessoas mais conectadas com as próprias emoções que já conheci. Bem, talvez só perca para Indy.

— E aí, o que você acha?

— O que eu acho? — Reflito por um momento. — Acho que, se você magoar minha irmã, eu te mato. — Eu me levanto com um sorriso no rosto, repetindo a frase que usei na noite em que conheci meu futuro cunhado. — Mas, sim, adoraria que minha irmã se casasse com você.

Ele também se levanta e nós nos abraçamos. Dou uns tapinhas em seu ombro antes de nos afastarmos.

Zanders me segura pelos ombros.

— Você jogou mal pra cacete hoje, aliás.

Dou uma risada baixinha. Estava quase me esquecendo da minha partida horrível, mas é só uma em oitenta e duas, e não vou deixar que isso estrague mais a minha noite.

— Valeu, Zee. Sempre me apoiando. — Saio do vestiário e ele me segue.

— Só estou mantendo você na linha. Preciso que chegue pelo menos aos playoffs, porque eu já tenho uma Copa Stanley e a barra de ser o único campeão dessa família está ficando pesada de segurar.

— Que bom que eu ganho mais dinheiro que você — rebato enquanto seguimos em direção ao estacionamento dos jogadores. — Precisa de carona?

— Não, eu vim de carro.

Assim que chegamos aos nossos carros, hesito. Sei que vou parecer um stalker, mas foda-se. Esse cara está prestes a se tornar meu irmão. Se eu não puder perguntar para ele, para quem vou perguntar?

— Ei, Zee. — Ele se vira para mim, sem tirar a mão da maçaneta do seu Mercedes Classe G. — Quando vocês viajam a trabalho, a Indy... Como ela está?

Zanders abre um sorrisinho travesso.

— Quer saber se ela é boa no trabalho? Sim, a melhor.

— Não.

— Ah, então quer saber se é boa em receber cantadas em todo bar que visitamos? Sim, também é ótima nisso.

— Vai se foder.

Ele ri com vontade.

— Ela está bem, cara. Costuma sair para tomar uns drinks comigo, com o Maddison e o Rio, quando temos a noite livre. Mas, fora isso, Indy fica no hotel lendo, costurando ou fazendo sabe-se lá o quê com os sapatos.

— Mas e os caras, eles não mexem com ela?

— Ryan, se você está querendo saber se algum dos meus colegas está ficando com ela, a resposta é não. Se tentam? Tenho certeza de que alguns já tentaram, só que ela não está nem um pouco interessada. Mas você quer saber se ela está feliz? Já fazia muito tempo que eu não a via tão feliz assim.

— Valeu, cara — respondo, assentindo com a cabeça. Entramos nos nossos carros, estacionados perto um do outro, mas eu abaixo o vidro para acrescentar: — E vê se controla os seus jogadores. Se eu souber que qualquer um deles está de gracinha com ela de novo, você vai se ver comigo.

Zanders se apoia no volante com uma gargalhada.

— Ryan, meu amigo, você não faz ideia de como está fodido.

* * *

— Indy! — Penduro as chaves no gancho ao lado da porta de entrada. — Indigo, tá em casa?

Todas as luzes do apartamento estão apagadas, o que significa que eu fui o último a sair. Sempre que sai de um cômodo, Indy deixa para trás um rastro simbólico: portas de armário abertas e luzes acesas sem necessidade.

Passo discretamente pela porta aberta do quarto dela para ter certeza, mas não tem ninguém. Os travesseiros ainda estão empilhados de um lado do colchão desde a noite de ontem — um item ainda não riscado da lista de metas.

Pego o celular e ligo para ela de novo. Já é minha terceira ligação desde que saí da arena, vinte minutos atrás.

— Você ligou para a Indy! — repete a caixa postal. — Pode deixar um recado caso queira, mas é provável que eu não retorne a ligação. Tchau!

Normalmente, eu acharia a mensagem gravada na caixa postal tão carismática quanto ela, mas hoje só consigo achar absurdamente frustrante.

— Me liga, Ind — murmuro ao telefone, andando de um lado para outro na sala e verificando o celular o tempo inteiro.

A essa altura, com certeza já era para ela ter parado de dirigir. Faz duas horas que o jogo acabou.

E se ela aceitou uma corrida que a levou para longe da cidade? E se o carro pifou? Porra, nem sei que carro ela dirige. Será que é seguro para o inverno de Chicago? Indy é do Meio-Oeste, então imagino que sim, mas e se for um carro antigo?

Sei muito bem que estou evitando a verdadeira pergunta: e se aconteceu algo pior? Os torcedores podem ser agressivos ao saírem da arena, já vi com meus próprios olhos.

Cacete, onde será que ela está?

— Stevie? Tem notícias da Indy? — pergunto assim que minha irmã atende.

— Não. Ela está dirigindo hoje à noite. Aconteceu alguma coisa?

— Ela ainda não voltou para casa. Já deveria ter chegado.

— São onze e meia. Talvez ela ainda esteja trabalhando ou vai ver foi encontrar os amigos.

— Que tipo de amigos?

Stevie ri.

— Meu Deus do céu. Amigos homens, com certeza. Amigos que têm muito dinheiro e um superpên…

— Vee.

— Brincadeira. Podem ser amigas ou o Rio.

— Por que você não está nem um pouco preocupada?

— Porque ela é uma mulher adulta que está trabalhando. Você vai se sentir melhor se eu mandar mensagem para ela?

— Por favor.

Minha irmã suaviza o tom de voz.

— Ryan, tenho certeza de que ela está bem. Falo com você assim que tiver notícias.

Mais vinte e cinco minutos se passam. Ando sem parar pela cozinha. Sirvo um copo de uísque. O colarinho da camisa está me sufocando, então troco de roupa e coloco uma bolsa de gelo no meu ombro dominante.

Stevie deve estar certa, e eu estou fazendo drama à toa, mas só de imaginar Indy sozinha no carro dela com desconhecidos no meio da noite, sou dominado por uma reação que não sinto há muito tempo: preocupação.

Faz anos que não me deixo dominar pelas emoções, incluindo essa. Eu as mantenho reprimidas, sob controle, mas agora foi tudo por água abaixo, graças à loira que mora comigo e que me enche de preocupação.

Sei bem como pode ser assustador lidar com o público. Ela não sou eu, mas e se os fãs a reconhecerem pelas fotos do banquete?

Quando meu celular apita, fica na cara que sou mesmo um atleta profissional, pois eu o pego na bancada da cozinha com uma velocidade incrível.

Indigo: *Foi mal, tô trabalhando! Tô pegando uma corrida atrás da outra hoje. Vou chegar tarde. Vou continuar dirigindo até os bares fecharem.*

Como é que é? Ela está tentando me fazer ter um ataque cardíaco? Se os torcedores já são arruaceiros após um jogo em casa, não consigo nem imaginar o estado deles quando vão para um bar depois.

Eu: *Pode vir pra casa, por favor?*

Indigo: *Não dá. Preciso ganhar um pouquinho mais de $$ antes de encerrar a noite. Peguei uma corrida! Tenho que ir. A gente se vê amanhã.*

A gente se vê amanhã? Ela pirou de vez? Em que mundo ela acha que eu vou dormir e simplesmente *vê-la amanhã*?

Vee: *A Indy tá bem. Ainda está trabalhando.*

Eu: *O que ela tem de tão importante para precisar trabalhar até altas horas? A companhia aérea diminuiu o salário dela?*

Vee: *Não, mas também não é da minha conta falar sobre isso. Se ela quiser vai te contar. Tô indo dormir. Te amo.*

Solto um suspiro longo e resignado.

Eu: *Obrigado por falar com ela. Também te amo.*

As detestáveis cortinas amarelas de Indy estão abertas, me permitindo ver a silhueta dos prédios de Chicago da minha sala. A cobertura de Stevie e Zanders fica do outro lado da rua, e vejo as luzes deles se apagarem.

Que bom que alguém vai dormir hoje, porque eu vou ficar neste sofá sem pregar os olhos até Indy voltar.

* * *

São 2h57 quando a porta de entrada se abre silenciosamente. Estou sentado no sofá da sala como se fosse um pai decepcionado porque a filha não voltou na hora combinada.

— Ainda está acordado? — sussurra Indy, como se tivesse alguém dormindo no apartamento.

— Claramente.

Ela tira o casaco e depois os tênis brancos da Converse, cheios de bordados.

— O que houve?

Tomo um gole generoso de uísque e balanço a cabeça.

— Nada.

— Tá. Quer tentar responder de novo sem mentir dessa vez? — Ela para na minha frente de braços cruzados, realçando seus peitos de um jeito que tira toda a minha concentração.

— Não posso dizer o que houve, senão vou parecer um babaca controlador.

— Controle é meio que a sua praia mesmo, Ryan. Está chateado porque o jogo foi ruim?

Com uma risada sarcástica, eu me levanto do sofá e sigo em direção à cozinha para lavar meu copo.

— Estou pouco me fodendo para o jogo.

Ela me segue e apoia as mãos na bancada à minha frente. Está vestindo uma calça jeans estilo anos de 1990 que parece curta demais para suas pernas compridas, mas, é claro, ela consegue fazer o visual pula-brejo parecer intencional. A camiseta rosa-clara de algodão, de um show bem antigo da Britney Spears, está absurdamente surrada.

Nossa, ela é linda pra caralho e isso me tira do sério.

Porque essa versão dela, a versão real, em que não precisa fingir nada para o meu gerente-geral ou para o ex e os amigos dele, essa versão em que não está se reprimindo para parecer certinha ou satisfazer a vontade dos outros, essa é a *minha* versão dela. Aquela em que se sente confortável e à vontade em casa, e eu não quero compartilhá-la com ninguém.

— Então o que houve? — insiste Indy.

Deixo o copo no escorredor e apoio as mãos na beira da pia enquanto respiro fundo.

— Passei o jogo inteiro pensando em você.

— Ah, Ry. — Ela leva a mão ao peito. — É uma honra. De verdade.

— Estou falando sério, Indigo. Não quero você dando carona para desconhecidos.

— Bem, não cabe a você decidir isso, né?

— E se Ron Morgan pedisse um carro e por acaso você aceitasse a corrida? Como é que a gente explicaria por que você está trabalhando como motorista de aplicativo enquanto seu namorado milionário está jogando uma partida?

— Tá bom. — Indy ri. — As chances de algo assim acontecer são quase inexistentes, então por que você não me conta o que realmente está te incomodando?

Ela me encara com olhos gentis e pacientes, embora eu não mereça. Eu estou agindo feito um homem das cavernas possessivo no momento, mas não sei fingir.

— Eu... sei lá. — Olho para a pia, onde os nós dos meus dedos estão brancos de tanta força que estou fazendo. Nem sei quanto tempo faz que não me importo com outra pessoa além da minha irmã, e não faço a menor ideia de como lidar com isso ou expressar meus sentimentos.

— Você o quê, Ryan? — pergunta com a voz suave.

— Eu... estou preocupado com você, Ind. Passei o jogo inteiro preocupado.

Ela abre um sorrisinho travesso e fala num tom zombeteiro:

— Ryan Shay, você *se importa* comigo?

— Não.

— Você se importa comigo.

— Não, não me importo, mas preferiria que você não fosse raptada enquanto estou jogando uma porra de uma partida de basquete.

Indy começa a mexer os ombros e a dançar ao redor da bancada.

— Ryan Shay se importa comigo!

— Você é insuportável.

Com as mãos nos joelhos, ela empina a bunda e rebola na minha cozinha.

— Sim, mas mesmo assim você se importa comigo.

Balanço a cabeça e me esforço ao máximo para não rir.

— Vou dormir.

— Admite.

— Não.

— Palavras de afirmação claramente *não* fazem parte da sua linguagem do amor.

Eu me viro para ela enquanto sigo de costas em direção ao quarto.

— Nada disso tem a ver com amor.

— Ryan Shay se importa comigo! — Com as mãos nos quadris, ela segue rebolando pela cozinha.

— Quantos cafés você tomou essa noite? Caramba.

— Nenhum. Estou chapada de alegria de viver, meu bem!

— Você não vai mais pagar aluguel, aliás. Então isso deve pôr um fim em toda essa história de pegar desconhecidos nos bares e levá-los para casa.

Ela para de dançar.

— Ryan!

Reviro os olhos.

— Eu já estava juntando para você, de qualquer maneira. Então... usa esse dinheiro para seja lá qual for seu objetivo.

— Não precisa fazer isso.

— Eu sei. — Eu me apoio na porta do quarto, sem entrar de fato. — Saber que você não está sozinha por aí dando carona para caras bêbados às duas da manhã vale bem mais para mim do que quinhentos dólares por mês. Além disso, você deveria começar a assistir aos meus jogos quando estiver na cidade. Afinal de contas, você é a namorada do armador.

— Não vou chorar por isso.

— Meus parabéns. — Aponto para a Britney Spears no peito da mulher de vinte e sete anos que mora comigo. — Bonitinha a camisa, aliás.

— Você sabe que seria bem mais barato simplesmente dizer que se importa comigo, né?

— Boa noite, sua doida. Ah, antes que eu me esqueça, o jantar com os Morgan amanhã fica a uma hora da cidade e vamos passar a noite lá. Então, leve roupa para dormir.

— Pode ser um daqueles pijamas tipo macacão?

— Sim, é claro. Tudo que eu mais quero na vida é dividir um quarto com você e seu pijama tipo macacão.

Faço menção de fechar a porta, mas Indy me impede.

— O que aconteceu? — pergunta ela, indicando meu ombro.

O gelo já derreteu há um tempão, mas ainda não tirei a bolsa dos músculos doloridos.

— Nada. Só estou meio ferrado do jogo.

— Posso ver?

Hesito, sem saber qual é sua intenção, mas tiro cautelosamente a bolsa de gelo do ombro e a coloco na pia. Indy passa os dedos delicados pela minha escápula e apalpa a região com o polegar.

Eu me encolho e me afasto um pouco.

— Ryan, você está muito tenso.

— Estou bem.

Indy acaricia meu bíceps e antebraço nus até chegar à minha mão. Depois, começa a me puxar para o sofá.

— Senta no chão. Deixa eu fazer uma massagem.

Deixa eu fazer uma massagem.

Meu Deus. Respiro fundo e torço para que a ereção vá embora. Desde o banquete, não consigo parar de me lembrar de como foi bom tocá-la, como parecia natural tê-la ao meu lado. As fantasias estão fora de controle e tenho feito de tudo para afastá-las, mas como é que vou conseguir fazer isso enquanto suas mãos macias esfregam minha pele?

Enquanto me sento no chão, Indy se acomoda no sofá atrás de mim e cruza as pernas. Suas mãos encontram meus ombros, massageando e manipulando os meus músculos doloridos até relaxá-los. A sensação me faz fechar os olhos instantaneamente.

— Esse é o seu braço dominante?

Indy massageia meu ombro direito sem pressa, pressionando os polegares na carne dolorida. Sinto meu rosto se contorcer de dor, mas o prazer equilibra tudo.

— É.

— Como foi que chegou a esse ponto?

— Imagino que seja por causa da repetição. Faço umas centenas de arremessos por dia entre os treinos programados e meu tempo sozinho na quadra. Além disso, de vez em quando, não recebo o mesmo respeito na marcação de faltas que vejo com outros caras, então acabo apanhando nos jogos.

— Por que não?

— Ainda não venci um campeonato nem um MVP e sou um dos caras mais baixos da liga. É tudo politicagem.

— Você tem 1,91 — diz com uma risada. — E você vai ter essas conquistas, é só questão de tempo.

Não respondo, mas não deixo de notar a confiança cega que ela tem em mim.

Vejo o livro que Indy está lendo no momento em cima da mesinha de centro. Como sempre, tem um homem sem camisa na capa.

— Esse aqui é sobre o quê? — pergunto, mostrando o livro a ela.

— A protagonista fica com o pai do ex-namorado.

— Que porra é essa?

— Vai por mim. Aquele bostinha mereceu.

Ainda bem que ela está atrás de mim e não pode ver o sorriso que se abre nos meus lábios. Ela é ridícula às vezes, e eu meio que amo isso.

Indy continua a me massagear com suas mãos quentinhas, fazendo meus músculos relaxarem. As pontas dos dedos percorrem os tendões do meu pescoço, traçando círculos lentos antes de arranhar levemente o contorno do meu cabelo com a beirada das unhas.

Jogo a cabeça para baixo com um gemido baixinho.

— Está bom?

— Muito bom.

Bom pra caralho. Sim, meus músculos estão relaxados, mas o toque dela me faz beirar a euforia.

— Quer vir aqui pra cima? Assim posso continuar de um ângulo melhor — pergunta, bem baixinho e um pouco rouca.

Não é uma boa ideia. É uma ideia de merda. São três da manhã, estou seminu, com o pau meio duro e minha belíssima colega de apartamento está me pedindo para sentar no sofá com ela.

— Quero — respondo, quase sem voz.

Ao me levantar e esticar o pescoço, já sinto um pouco da tensão ir embora. Conheço outro jeito de aliviar a tensão que envolve uma superfície plana e macia como este sofá e bem menos roupas. Meu corpo está ciente até demais dessa opção e a sensação aumenta ainda mais quando me sento no sofá e Indy encaixa o corpo atrás do meu.

Ela encaixa as pernas compridas ao meu redor e, porra, meu cérebro já cheio de desejo se enche de ideias.

Pressionando os ossos das palmas nas minhas costas, ela sussurra:

— Dói?

Balanço a cabeça com um gemido.

— Não. Está ótimo, Indigo.

Dá para sentir a respiração dela na minha nuca, seu cheiro na minha pele. Nessa posição, ela está quase me prendendo, com o peito nas minhas costas e as pernas ao meu redor.

Faz anos que não sou abraçado assim.

— Você fazia isso para o Alex?

Ela para o que está fazendo.

Não sei por que perguntei. Talvez porque eu quisesse ouvir que sou especial. Talvez eu quisesse ouvir que ela me trata de um jeito diferente de como o tratava.

Ou talvez eu precise ouvir que a atenção que ela dedica a mim não é nada de outro mundo.

— Não. Ele já recebia bastante atenção dos outros. Não precisava da minha.

Enquanto Indy enrosca as pernas nos meus quadris, seguro uma das coxas e puxo a perna para o meu colo, deslizando lentamente a mão do tornozelo até o joelho.

Essa garota é bonita até os dedos dos pés. Tem ossos esbeltos e pele macia.

Indy já não me massageia mais; agora acaricia meus ombros devagar, como se quisesse explorar cada parte do meu corpo.

O apartamento está escuro. É madrugada. Sua boca está a centímetros da minha.

— Você acha que um dia vai conseguir amar alguém do jeito que o amou?

— Não sei — diz Indy com sinceridade, para só eu e ela ouvirmos. — No momento, é como se ele tivesse levado tudo. Como se eu não tivesse mais nada a oferecer a outra pessoa.

Engulo em seco. Odiei a resposta.

— Eu sei que preciso seguir em frente — prossegue. — Sei que vivo fazendo piadinhas, mas estou bem abalada, Ryan. Como se isso já não tivesse ficado claro desde a noite em que me mudei para cá. — Indy solta uma risada fraca que reverbera nas minhas costas. — Como posso sair de um relacionamento de seis anos e logo me jogar nos braços de outra pessoa? Parece errado.

— Foi o que ele fez — lembro a ela.

— Eu sei. — Ela apoia a testa no meu ombro. — Parece traição, por mais ridículo que pareça, mas eu o amei por um tempão. Nunca me imaginei amando outra pessoa. Só que, sendo bem sincera, quando penso no tempo que passamos juntos, o sentimento geral que fica é que ele fazia com que eu me sentisse insuficiente e ao mesmo tempo excessiva.

Balanço a cabeça e inspiro pelo nariz porque, bem... eu odeio esse cara. Indy jamais questionaria o quanto é magnética e atraente se pudesse se enxergar do jeito que todo mundo à sua volta a vê. Do jeito que *eu* a vejo.

— Você não pode deixar de ser você mesma porque outra pessoa acha que é excessiva, Ind. Ele que procure alguém inferior.

Pelo visto, foi exatamente isso o que ele fez. É difícil encontrar alguém melhor que Indigo Ivers.

— Você me acha um desastre, Ryan?

Dou uma risada abafada.

— Está mais para um incidentezinho.

Sinto o sorriso dela na minha pele e puxo a outra perna para o meu colo, enquanto Indy abraça meu pescoço por trás.

— Você acha que ele te amava do jeito certo, Indigo?

— Não sei. Me amava de um jeito escandaloso. Acho que meu lado romântico achava que era o jeito certo. Os gestos grandiosos. As grandes declarações de amor. Ele não tinha medo de me tocar em público, mas, depois de ficar longe dele pela primeira vez na vida, estou percebendo que, muitas vezes, eu achava que estivesse demonstrando amor por mim quando, na verdade, estava só me ostentando.

Eu me reclino e a empurro suavemente para o sofá, o que só faz seu corpo se fechar ainda mais ao redor do meu.

— Eu achava que ele me amava de um jeito escandaloso, mas, quando o flagrei com outra... você estava certo quando disse que ele praticamente gritou que não me queria. Isso foi mais escandaloso do que qualquer coisa.

Minha respiração se acelera ao me dar conta de sua proximidade.

Assim que me viro, meus lábios quase roçam os dela de tão perto que estamos. Dá para sentir o ritmo descompassado de seu coração batendo nas minhas costas, os peitos colados na minha pele nua.

Quero beijá-la, mas não sei se ia conseguir parar.

Então, ela sussurra, tão baixinho que, se eu não estivesse a poucos centímetros dos seus lábios, não daria para ouvir.

— Às vezes, acho que só preciso seguir em frente de outro jeito. Do único jeito que eu consigo.

De um jeito *físico*.

Ela é a melhor amiga da sua irmã e, mesmo que não fosse, você não seria capaz de passar só uma noite com ela.

— Indy, já está tarde.

— Ryan...

— Melhor eu ir dormir.

— Por favor, não vai — retruca ela, num sussurro que me provoca arrepios.

Porra, esse pedido sussurrado, esses olhos pidões... Indy passa a língua pelo lábio inferior e não consigo olhar para mais nada além daquele beicinho brilhante, rosado, e só posso supor que também é macio.

— Ry.

Limpo a garganta, me levanto do sofá e me desvencilho do corpo dela.

— Boa noite, Indigo.

Como o covarde que eu sou, corro para o quarto e fecho a porta.

Indy não é o tipo de mulher que se apaga da mente depois de uma noite. Ela é do tipo que se entranha nas suas veias e reconfigura seu cérebro, levando a pessoa a fazer e a dizer coisas que jurou jamais dizer. Quer ela acredite ou não, Indigo Ivers é do tipo de mulher com quem se fica para sempre e, por mais que eu possa fingir ser seu namorado, é impossível fingir que uma noite com ela não me bagunçaria completamente.

13

Ryan

— Acampar? Quem é que sai para acampar em Chicago em pleno inverno? — pergunta Indy enquanto enfia mais dois moletons na mala.

— Acho que não é camping de verdade. A Annie chamou de "glamping", seja lá o que isso signifique, e o Ethan disse que o lugar é todo aquecido. Só vamos fazer um churrasco e jantar ao ar livre.

— Não acredito que você, justo você, topou uma coisa dessas. Você sabe a sujeira que é acampar? Tem certeza de que quer fazer amizade com essas pessoas? E acabar tendo que fazer esse tipo de coisa o tempo todo?

— Pelo que estou vendo, você não é muito fã de acampar.

— Ryan — diz ela, impassível. — Olha só pra mim. Acha mesmo que eu tenho cara de quem *é fã de acampar*? Eu estava esperando um jantar chique, para eu poder me arrumar e usar sapatos bonitinhos. Gosto de ter aquecedor central e um lugar para ligar meus utensílios de cabelo. Tem certeza de que quer ir?

Deixo minha mala ao lado da porta de entrada.

— Sim, tenho. Pode até parecer patético, mas sinto falta de ficar ao ar livre. Estou animado para sair desse apartamento sem que as pessoas fiquem de olho em cada movimento meu.

Indy parece compreender.

— Não, isso não tem nada de patético. Você está certo. Desculpa. Vai ser bom para você.

Indy se senta no banco ao lado da entrada e calça os tênis brancos cheios de desenhos bordados.

— Que bordados são esses nos tênis?

Ela pega um deles e o examina.

— Eu curto costurar e um dia achei que seria legal bordar uns desenhos no tecido. Representam coisas da minha vida. Meus amigos, lugares onde já estive, essas coisas.

Enquanto Indy amarra os cadarços, olho os tênis mais de perto.

Tem um avião bordado na parte externa do tornozelo do pé esquerdo. Um taco de hóquei e uma Copa Stanley no direito. Um mar e um pôr do sol que imagino ser a Flórida. Cabelos castanhos e cacheados que mesmo de longe poderia perceber que representam minha irmã. Um número trinta e oito aninhado no horizonte de Boston, representando seu amigo Rio, eu acho. Não me permito remoer muito esse detalhe, porque fico feliz só de saber que não há nada relacionado ao ex de merda. Que bom que ela literalmente não anda para lá e para cá com ele.

Não sei como se bordaria um babaca que cometeu o maior erro da vida, mas tenho certeza de que Indy daria um jeito, se realmente quisesse.

Sempre achei os tênis de Indy aleatórios e meio estranhos, mas agora estou aqui me perguntando o que preciso fazer para ser incluído neles.

— Está pronto? — pergunta Indy, com um sorriso bem mais animado que o de vinte minutos atrás, quando eu a lembrei de que ela vai dormir numa barraca hoje à noite.

Pego nossas malas, penduro as alças nos ombros e saio do apartamento atrás dela.

* * *

— Quantos carros você tem? — pergunta Indy enquanto eu dirijo igual a uma lesma pela área de acampamento, em busca do nosso número.

— Dois. Esse e o Audi.

— Não me leve a mal, tanto um Range Rover quanto um Audi são totalmente fora do meu orçamento, mas você tem grana *de verdade*. Achei que escolheria algo mais extravagante.

— Indy, que parte do meu estilo de vida te parece extravagante?

— Verdade. — Ela assente com a cabeça. — Mas por quê? Você tem mais dinheiro do que consegue gastar.

— Parece desperdício. Eu junto dinheiro e invisto. Tenho um fundo para a faculdade dos filhos da Stevie, se ela decidir ter algum. Mas duvido que vá usar esse dinheiro agora que o pai de seus filhos vai ser o cara mais exagerado e extravagante que eu conheço.

— Os filhos do Zanders irão de Tom Ford e Prada para a escola.

— A não ser que a Vee os ensine a amar brechós tanto quanto ela.

Olho de relance para Indy, que abre um sorriso discreto e apoia a cabeça no encosto do banco.

— Mas metade do que eu recebo… — prossigo. — Vai para caridade.

— Sério? Pra onde?

— Bem, no momento estou abrigando uma comissária de bordo que deixa tudo uma bagunça. Uma verdadeira obra de caridade. História trágica, sério.

Ela dá um tapinha no meu braço e ri.

— Cala a boca.

— Faço doações para a fundação do Zee, a Mentes Ativas, mas meu foco principal é o sistema de ensino público de Chicago. Garantir que os alunos tenham os livros necessários para as aulas e comida para o almoço. E uma das condições do meu contrato com a marca de tênis que me patrocina é que, todo ano, eles têm que doar o mesmo valor que eu, só que em tênis para os jovens que precisam de calçados para fazerem atividades físicas. Mas tem muito mais coisa a ser feita. É assustador.

Enquanto continuo procurando nossa área de acampamento, o silêncio começa a se instalar. Pouco depois, olho para o lado e vejo Indy me encarando com os olhos castanhos mais afáveis que eu já vi.

— Eu não te contei isso pra você me achar um cara incrível. Não falo disso com as pessoas justamente por esse motivo. Simplesmente considere que é tudo para fins fiscais, senão você vai ficar toda sentimental aí.

Ela morde o lábio inferior e balança a cabeça, mas os olhos da minha colega de apartamento sentimental brilham mesmo assim.

— Eu não te acho incrível. Não tenho opinião nenhuma a respeito. Não. Sinto. Nada.

— Seria bom você melhorar sua atuação antes de chegarmos ao acampamento.

Indy solta um suspiro entrecortado.

— Tá, vou tentar.

Entro na nossa área de acampamento e estaciono ao lado da caminhonete de Ethan. Uns seis metros à frente há três barracas posicionadas em plataformas individuais, com escadinhas que levam a cada uma. Na verdade, de barraca, elas não têm nada. Estão mais para casinhas com paredes de vidro e lonas que cobrem as laterais e o fundo, para dar a impressão de que estamos acampando ao ar livre quando, na verdade, estamos num lugar totalmente fechado.

— Cacete — diz Indy, expirando. — Então é assim que gente rica acampa.

Por sorte, o dia está mais quente do que o normal para a época do ano, mas, mesmo que não estivesse, há uma fogueira no meio do acampamento e as cabanas parecem quentinhas.

Ron está na churrasqueira à esquerda das cabanas, de calça cargo, camisa de flanela e um colete acolchoado. Talvez houvesse um jeito melhor de cair nas graças do meu chefe do que ter que passar a noite aqui com ele e a esposa, e *meu Deus do céu*. Vou ser obrigado a ver como ele fica ao acordar de manhã.

— Talvez a gente devesse ir embora. — Engato a marcha à ré.

— Você está tão apavorado com aquela calça cargo quanto eu?

— É como se ele tivesse se transformado em outra pessoa só porque estamos a uma hora de Chicago. Que péssima ideia. A gente deveria ter esperado um convite para um jantar normal. Dá pra mentir durante uma refeição, mas uma noite inteira?

— Ah, para com isso. — Indy se endireita no assento, empolgada. — Parece divertido.

— O que aconteceu com todo aquele papo de não ser fã de acampar?

— Mal dá pra chamar isso aqui de acampamento, e eu nunca recuso um pouquinho de interação social. Além disso, não tem nenhum fã por perto para ficar te encarando como se você fosse uma criatura mágica e poderosa.

Indy faz menção de sair, mas eu tranco as portas antes que alcance a maçaneta. Ela revira os olhos castanhos de forma exagerada quando a porta se recusa a abrir.

Pode me chamar de antiquado, não estou nem aí, mas nunca deixei e não vou deixar que ela abra a própria porta.

Dou a volta pelo carro, destranco as portas com o botão da chave e abro o lado do passageiro. Indy não parece nem um pouco impressionada.

— Você é muito esquisito com isso.

— Eu não sou esquisito. É que ninguém nunca cuidou de você antes, mas é melhor se acostumar.

Penduro nossas malas no ombro quando Ron acena para a gente.

— Sejam bem-vindos! Conseguiram achar fácil?

— Conseguimos, sim. Obrigado por nos convidar.

Deixo Indy passar na frente, mas, antes que se afaste demais, ela me estende a mão. É um gesto pequeno, mas reconfortante, então eu entrelaço nossos dedos e torço para que a gente consiga fingir bem.

— Que lugar incrível. Eu nem sabia que existia algo assim — comenta Indy enquanto Caroline sai da cabana.

— Ah, chegaram! O Ethan e a Annie também já estão aqui — exclama Caroline. — Como foi a viagem?

— Foi linda.

— É bom sair da cidade, né?

— É — interrompo, soltando um suspiro. — É mesmo.

Ethan e Annie vêm nos dar oi e, depois que todos se cumprimentam, Ron nos indica o caminho para nossa cabana. Com as malas a tiracolo, subo a escada atrás de Indy.

— A cabana é bem... *reveladora* — diz ela.

— Me lembra de não sair daqui a não ser que o Ron e a Caroline tenham puxado a lona deles. A última coisa que eu preciso é ver meu chefe de pijama dormindo de conchinha com a esposa.

— Você acha que ele usa pijama? Tem mais cara de quem dorme pelado.

— Credo, Ind.

Antes de entrar completamente, solto o cordão que prende a lona na frente da nossa cabana, para nos dar um momento de privacidade.

Indy para na porta.

Aconchegante.

Embora o interior da cabana seja mesmo confortável e quentinho, ela está se referindo à cama que ocupa setenta por cento do espaço.

— Fica com a cama. Eu posso dormir no chão. — Deixo minha mala no espaço de um metro onde vou dormir hoje à noite.

— Deixa de ser ridículo. — Indy joga a mala no colchão. — Eu vou empilhar travesseiros do outro lado de qualquer maneira, então pode dividir a cama comigo. Não se preocupe, Shay, eu não tenho piolho.

Não estou preocupado com piolho. Indy adora me zoar dizendo que eu tenho medo de garotas, mas a verdade é que a única mulher que já me aterrorizou de verdade é ela. Sua inteligência, seu carisma e sua perspicácia são as coisas que mais me assustam nela, porque eu nunca tinha me sentido tão fraco assim perto de outra pessoa.

Indy organiza seus produtos de higiene no menor banheiro do mundo enquanto eu me agasalho para jantar lá fora, vestindo meu casaco de lã por cima do moletom.

— Deixa eu te ajudar — insiste, tirando o capuz do moletom de dentro do casaco. Eu me viro de frente enquanto Indy começa a fechar os botões do agasalho. — Você pode começar a cumprir sua lista de metas hoje. Seria uma boa noite para treinar toques casuais em público.

— Ah, bem que você ia gostar, né?

— Toma cuidado, senão eu é que vou começar a cumprir a *minha* lista e te expulsar da cama para dormir sozinha.

Mordo o lábio para conter o sorriso e Indy faz o mesmo.

Depois de ajeitar meu gorro nas orelhas, ponho a touca lilás de Indy na cabeça dela. A cor combina perfeitamente com o cabelo loiro e com os olhos castanhos. Mas, pensando bem, qualquer coisa combina com ela.

— Vamos lá ajudar com o jantar antes que achem que estamos aqui transando.

Ela arqueia a sobrancelha.

— Vai por mim, se estivéssemos transando, eles saberiam. Não sou muito de fazer silêncio.

Eu me afasto dela na mesma hora, levando as mãos à cabeça e tentando impedir que o sangue desça.

— Caramba, Indigo. Não tem graça. Está tentando me fazer jantar de pau duro perto do meu gerente-geral?

— Seria uma boa forma de convencê-lo de que você gosta de mim. — Ela dá uma risadinha travessa.

Ninguém precisa ser convencido. Já está bem óbvio.

— Deu certo? — pergunta, curiosa.

Quando eu me viro, Indy olha para baixo imediatamente. O sorriso desaparece e vejo o movimento de sua garganta linda e delicada quando ela engole em seco.

— O que você acha? Não dá para pensar em como você deve ser escandalosa na cama sem que o sangue do meu corpo inteiro desça para o pau.

— Ah — sussurra.

Esfrego as mãos no rosto.

— Já, já eu saio. Pelo amor de Deus, mulher.

14
Indy

Eu: *Atualização do dia: só quero que você fique sabendo que vi o contorno do pau do seu irmão e quero muito transar com ele. Mas não vou. Não sou uma ótima amiga?*

Stevie: *Se eu tivesse um único desejo, seria que não tivesse Wi-Fi no seu acampamento. Assim eu nunca teria que ler essas palavras.*

Eu: *A culpa é do seu irmão. Só gente rica tem Wi-Fi no acampamento.*

Stevie: *Tô indo jogar meu celular na parede agora! Divirta-se!*

Tenho certeza de que estou corada enquanto desço a escada para o jantar. Não estou constrangida, e sim nervosa. Ele falou abertamente de sexo na noite em que temos que dividir a mesma cama e eu entrei na brincadeira.

Se estivéssemos transando, eles saberiam. Não sou muito de fazer silêncio.

Qual é o meu problema? Como se não bastasse a noite em que estávamos aninhados no sofá e ele me rejeitou depois de eu ter dado a entender que estava preparada para superar Alex fisicamente, agora aqui estou eu, contando como sou escandalosa na cama.

— Indy. — Com um aceno, Annie me chama para a fogueira que está acesa no meio do acampamento. — Estou tomando *hot toddy*. Quer que eu faça um para você?

— Quero sim.

Annie despeja o conteúdo de sua garrafa térmica numa caneca e acrescenta limão e canela em pau.

— Sei que vocês só estão fingindo — sussurra ela para mais ninguém ouvir. — Mas vocês dois formam um belo casal.

Tomo um gole do coquetel, que me aquece de dentro para fora.

— O Ryan formaria um belo casal com qualquer pessoa.

Annie arqueia as sobrancelhas com indiferença.

— Uhum. Como quiser.

— Cadê seu namorado? — grita Ethan da churrasqueira, ao lado de Ron.

— Ele está, hm… resolvendo um negócio. — *Sutil.* — Daqui a pouco ele vem.

— Espero que estejam a fim de comer hambúrguer hoje — diz Ron cheio de orgulho, comandando a churrasqueira com uma espátula de metal. — Esses aqui vão ficar levemente malpassados, no ponto perfeito.

— Que delícia — minto, torcendo para que tenha algum acompanhamento que eu possa saborear. Estou aqui para causar uma boa impressão no chefe de Ryan, e não para ofendê-lo recusando o jantar que ele preparou com tanto orgulho.

Caroline sai da cabana com um Tupperware e o sacode para nos mostrar.

— E espero que gostem de s'mores!

Não sei qual é o problema do Ryan com Ron Morgan, mas o cara parece legal. Claro, só o encontrei duas vezes, e ele estava com a esposa em ambas as ocasiões, mas parece ser supersentimental. Ryan é bem mais intimidador.

E por falar no meu namorado de mentira, ouço o bipe do carro dele no estacionamento atrás de mim. Logo depois, ele surge com um cooler na mão. O sol está se pondo, lançando um leve brilho dourado sobre ele e realçando sua beleza com aquela calça preta e justa. O gorro azul-marinho de tricô só destaca ainda mais o azul dos olhos.

Pelo amor de Deus, Indy. Controle-se. É só uma porcaria de um gorro e uma calça.

— Ron, se importa de grelhar isso aqui também? — pergunta Ryan, colocando o cooler em cima da mesa de piquenique e pegando uma caixa de hambúrgueres vegetarianos congelados. — A Indy é vegetariana.

Não é possível que ele tenha feito isso.

— Ah, eu não sabia. — Ron olha para mim em tom de desculpas.

— Foi culpa minha — interrompe Ryan. — Eu deveria ter avisado. Também trouxe salsichas vegetarianas para o café da manhã. Tem algum lugar onde eu possa guardar?

— Tem, sim! — exclama Caroline, puxando Ryan para a cozinha improvisada onde eles têm um cooler muito maior e mais chique do que o dele.

— Hmmm — cantarola Annie.

— Que foi?

— Nada, não. Não me leve a mal, eu amo o Ethan, mas meu marido de verdade não chega nem perto de ser tão atencioso quanto o seu namorado de mentira.

— Ele só está tentando convencer os dois de que somos um casal de verdade.

Neste exato momento, Ryan olha por cima do ombro e me dá o sorriso mais fofo de todos.

Annie toma um gole generoso da bebida.

— Ele está convencendo mais gente do que só eles dois.

* * *

Como sempre, Ryan toma a liberdade de lavar a louça depois do jantar. Está longe de ser a mesma estrutura que ele tem em casa, mas uma esponja e uma bica parecem ser suficientes.

Há quatro troncos de árvore ao redor da fogueira servindo de assento. Ron, Caroline e eu nos sentamos, enquanto Ethan oferece o colo para a esposa.

— Annie, como estão as meninas? — pergunto, me inclinando para assar um marshmallow na fogueira. — Deu tudo certo no recital de piano da Gemma?

Pode parecer que estou perguntando só para dar a impressão de que sou próxima de Annie, já que qualquer namorada de Ryan seria amiga da esposa de seu colega mais próximo. Mas a verdade é que eu genuinamente gosto dela e adorei conhecê-la no banquete de outono.

— Deu, sim! — Annie se ajeita no colo do marido. — Ela ficou meio nervosa antes de subir no palco, mas o Ethan a encorajou e a crise passou. Ela se saiu muito bem.

Ron entra na conversa.

— O que você disse a ela, Ethan?

— O de sempre. Disse que, se eu tenho que jogar basquete na frente de milhares de pessoas, ela tiraria de letra um salão com cinquenta. Também falei que a única pessoa que ela precisava impressionar era ela mesma, e por aí vai. Ah, e também a subornei dizendo que, se subisse no palco e tocasse, eu a levaria para tomar sorvete depois do recital.

Por trás do brilho da fogueira, vejo Ron sorrir.

— Você é um bom pai. — Então, ele se vira para mim. — E vocês dois? Planejam ter filhos no futuro?

A bebida desce pelo caminho errado e me faz engasgar sem parar, só que, sabe-se lá como, consigo me concentrar o suficiente para tirar o marshmallow da fogueira antes que queime. Enquanto isso, repito internamente a pergunta de Ron.

Annie e Ethan dão risadinhas, achando toda essa situação hilária.

Ron inclina a cabeça, como se estivesse me testando, e logo me lembro de que ainda não o convencemos totalmente do nosso relacionamento ou da mudança drástica e repentina de Ryan.

— Eu, hm... a gente... — gaguejo.

Um cobertor envolve meus ombros.

— Ainda não conversamos sobre isso — diz Ryan com muita sinceridade. Na verdade, talvez seja a coisa mais sincera que dissemos ao Ron esta noite.

— Sossega, Ronald — repreende Caroline. — Eles estão juntos faz pouco tempo, são jovens e estão apaixonados. Deixa eles aproveitarem. Os dois estão naquela fase empolgante, quando sentimos um friozinho na barriga só de pensar em ver o outro. Se bem que essa fase já deve ter passado, porque vocês moram juntos.

— Bem...

— Ainda é assim — interrompo Ryan, olhando para ele por cima do ombro. — Bem assim.

Com os lábios cerrados, ele sorri para mim, e aquelas malditas covinhas se destacam quando a luz da fogueira ilumina seu rosto.

— Posso sentar aqui com você?

Olho para os lados, mas, entre mim e todas as minhas camadas de agasalho, não há espaço para Ryan no meu banco.

Ele se inclina e fala baixinho:

— Senta no meu colo, Indigo.

Como namorada dele, claro que eu faria isso. Como colega de apartamento que está desenvolvendo uma paixonite nada saudável, é uma péssima ideia.

Termino meu drinque para que o álcool me dê um pouco de coragem e me levanto enrolada no cobertor, com o espeto e o marshmallow triste na mão. Ryan se senta com a mão no meu quadril para me conduzir para o colo dele. Em seguida, ajeita o cobertor ao meu redor e me puxa para mais perto, até minhas costas roçarem seu peito e o calor da sua respiração pairar no meu pescoço.

— Está bom assim? — sussurra.

— Aham.

"Bom" não faz jus ao que estou sentindo. Estou achando ótimo. Simplesmente fantástico. Este homem é enorme e quentinho, e essas benditas coxas são puro músculo.

Debaixo do cobertor, ele afasta a mão do meu quadril e a desliza pela minha perna, cobrindo a coxa com a palma. Com a ponta dos dedos, me toca entre as pernas, chegando perigosamente perto do ponto onde eu mais queria que estivessem, antes de apertar minha carne como se estivesse se segurando para não ir além.

Atuação. Mentira. Fingimento.

Mas o cobertor está nos escondendo, então ninguém está vendo esse gesto de autocontrole.

Sinto o coração dele acelerando nas minhas costas e, caramba, que vontade de mexer a bunda um pouco para trás e ver se…

— Indy — interrompe Annie, me passando o Tupperware. — Para os seus s'mores.

— Ah. Obrigada. — Abro o que certamente é o sorriso mais culpado que ela já viu.

Concentrada em assar meu marshmallow, tento ignorar o homem deslumbrante debaixo de mim. Os dois casais continuam conversando sobre filhos, e preciso participar do assunto antes que eu faça algo impulsivo, tipo esfregar a bunda no meu colega de apartamento para ver se ele ainda está duro.

Então, me viro para os Morgan e pergunto:

— E vocês dois? Têm filhos?

Caroline aperta a mão de Ron.

— Nós queríamos — responde ela. — Só que não era pra ser. Mas temos sobrinhos e sobrinhas que tratamos como se fossem nossos filhos. Por sorte, tanto eu quanto o Ron temos vários irmãos, então ainda temos a família que sempre quisemos.

Engulo em seco.

— Sinto muito.

— Não tem problema. A vida tem uma forma engraçada de nos satisfazer, mesmo quando não é do jeito que a gente imaginava.

Não dá para discordar. Nos últimos tempos, a vida não tem sido nada parecida com o que eu imaginava.

Ao olhar para Caroline, pode ser que eu esteja me vendo no futuro. Se bem que eu não sei se vou ter a sorte de encontrar um marido que me ame do jeito que Ron a ama. Há uma grande chance de eu também não conseguir ter filhos, mas, infelizmente, eu sou filha única e não tenho nenhuma chance de ganhar sobrinhos e sobrinhas para aplacar minha necessidade de ter uma família.

Sempre há a opção de adotar, e sou grata por essa possibilidade, mas não sei quantas agências de adoção escolheriam uma mulher solteira em vez de um casal.

— Indigo. — Ryan balança de leve minha perna, me tirando do transe. — Seu marshmallow queimou.

— Ai, merda. — Tiro o espeto da fogueira e apago o fogo com um sopro. Ryan dá uma risadinha, mas ao mesmo tempo me puxa para mais perto.

Geralmente, sou eu quem conduz a conversa. Esse é o papel que designei para mim mesma no nosso relacionamento falso, mas não consigo pensar em nada para dizer depois do que Caroline contou.

Ryan aproveita a deixa.

— Bom, vamos enfrentar Houston amanhã. O Easton está mandando muito bem nas últimas semanas. Seria bom dobrarmos a marcação nele no fundo da quadra. Tentar dar uma quebrada no ritmo dele.

Ethan limpa a garganta e olha de Ryan para Ron para alertá-lo.

— Que foi?

— Acho que já falamos bastante de basquete durante a semana, não é? — pergunta Ron. — Gostamos de dedicar os jantares em família justamente para isso: a família. Viemos aqui para sair um pouco da cidade. Aproveitar uma noite para descansar.

Ryan se enrijece debaixo de mim, e não do jeito que eu queria. Estamos aqui supostamente para mostrar ao Ron que Ryan se importa com outras coisas além do esporte que é o ar que ele respira. Que entende que são os relacionamentos e a camaradagem que fazem de alguém um ótimo líder, não só o placar no fim de uma partida. E ele acabou de começar a falar de basquete sem se dar conta.

— Ah. — Ryan hesita. — Eu sei. Eu não...

— Ainda não vi o Ryan jogar ao vivo — disparo, na esperança de salvá-lo.

— O quê? — exclama Caroline, dando um tapinha no braço do marido. — Ron, ouviu isso? Meu Deus, você precisa ver! Ele é talentosíssimo.

— Ele é incrível mesmo — concordo.

— Você vai estar na cidade amanhã à noite? — pergunta Ron. — Eu e a Caroline vamos perder o jogo. É aniversário do irmão dela. Se você quiser, pode ficar com nossos lugares. Leve uns amigos e aproveite o jogo.

— Sério? Eu adoraria. É muita generosidade sua.

— É bom se arrumar, viu? — intervém Annie. — Você vai estar na quadra, no jogo do seu namorado. Com certeza vão tirar fotos suas.

— Você pode ir comigo?

— Bem que eu queria, mas estou oficialmente naquela fase da carreira do Ethan em que as meninas acabam dormindo no nosso camarote na hora do intervalo e eu tento ficar acordada até o fim do jogo.

— Cacete. — Ethan ri. — Perdi mesmo meu apelo, hein? Você cai no sono enquanto me assiste jogar? Não fique acordada por mim, Ann.

Annie dá um tapinha no peito de Ethan.

— Não vou ficar.

O clima da conversa voltou a ficar leve e o deslize de Ryan ficou no passado. Enquanto o papo continua, volto a me concentrar no meu s'more, acrescentando o dobro de chocolate do que deveria, mas é que preciso compensar o fato de ter queimado o marshmallow.

Ryan apoia o queixo no meu ombro enquanto eu recheio os biscoitos graham.

— Obrigado — sussurra ele, para mais ninguém ouvir. — Você me salvou naquela hora.

— Somos uma equipe. Estou aqui para te ajudar.

— Gosto dessa ideia. — Eu me viro para ele com um sorriso. — Isso significa que a equipe divide os s'mores também?

Faço que não com a cabeça.

— Estão reservados para o MVP. — Faço toda uma dramatização que envolve dar uma mordida enorme na frente da boca de Ryan e soltar um gemido baixinho para mostrar como está gostoso.

— Não faz esses barulhinhos sentada no meu colo. — Ele aperta minha coxa e fala com os lábios perigosamente perto dos meus. — Senão você vai ter que passar um tempo sem se levantar.

É tudo encenação, mas, cacete, essa versão do Ryan não é a mesma que estava comigo no banquete de outono. Ele está sexy, confiante e à vontade aqui. Gosto disso muito mais que deveria.

— *Você* vai ter que passar um tempo sem se levantar.

— Dá no mesmo.

Eu me viro no colo dele, junto as pernas de um só lado e lhe ofereço um pedaço do meu s'more. Ele envolve o biscoito com os lábios, dá uma mordida generosa e fixa os olhos verde-azulados nos meus.

Uau. Mesmo ao ar livre, sinto claustrofobia.

Um pedaço de marshmallow cai no queixo dele e, sem pensar, limpo com o polegar. Mas, antes que eu possa me livrar da sujeira, ele pega minha mão e leva meu dedo à boca para chupar o que restou do doce.

Perco totalmente o ar quando sinto a língua quente rodear e roçar meu polegar, bem parecido com o que eu imagino que ele faria em outra parte do meu corpo.

Atuação. Mentira. Fingimento.

Ele está ficando muito bom nessa história de namoro de mentira e, se eu não lembrar constantemente meu coração romântico que tudo isso é falso, vou ter problemas.

15

Ryan

Enquanto Indy toma banho lá dentro, eu me certifico de que todas as lonas estejam abaixadas para cobrir as paredes de vidro durante a noite. Preciso pelo menos dormir com um pouco de privacidade. As paredes são projetadas em forma de A, e o ponto mais alto do teto aponta diretamente para o céu. Há um cordão separado ligado às lonas do telhado, então resolvo puxar uma para testar o que acontece. O tecido que cobre metade do teto se abre, revelando uma claraboia para observar as estrelas da cama. Faço o mesmo com a outra metade antes de entrar e trancar a porta.

Antes de olhar para cima e ver a vista, dou de cara com uma bem mais espetacular: nua no meio do quarto, enrolada apenas numa toalha e olhando para o céu.

— Uau — sussurra Indy, com a cabeça inclinada para trás. — Que coisa linda.

Sinceramente, não estou nem aí para a vista lá em cima. Se ela soubesse como está deslumbrante com uma leve camada de umidade no corpo e as bochechas levemente rosadas do banho quente, entenderia meu desinteresse em desviar o olhar.

— As estrelas brilham muito aqui — prossegue ela. — Eu nunca as vejo na cidade. — Seus olhos castanhos me observam. — Ryan?

Faço que sim com a cabeça.

— Uma maravilha.

Cada fibra do meu corpo quer encerrar a distância entre nós e beijá-la agora mesmo. E, se ela pedisse para continuar, não sei se conseguiria me conter. É uma revelação assustadora, ainda mais se considerarmos que, daqui a poucos minutos, vamos dividir a mesma cama.

Ela é a melhor amiga da sua irmã. Está passando por um término terrível. Porra, vocês moram no mesmo apartamento.

Este espaço é pequeno demais para compartilhar com ela pelada, com cheirinho de limpeza e sabonete tropical.

— Vou tomar banho.

De cabeça baixa, precisando me esconder atrás de uma porta fechada, dou dois passos rápidos em direção ao banheiro, mas acabo esbarrando numa loira encharcada. Nossos corpos colidem e, com o impacto, a toalha cai no chão. Sei disso porque seguro as costas nuas de Indy para equilibrá-la e sinto dois pontos rígidos colados na parte superior da minha barriga.

— Meu Deus. — Ela congela. — Meu. Deus. Do. Céu.

Olho fixamente para a paisagem que me recusei a admirar antes, por mais que a tentação de olhar para baixo seja imensa.

— Indy, o que acha que está fazendo?

— Foi mal! Estava indo tirar minhas coisas do chuveiro para você.

Meus dedos calejados apertam a pele macia e quente dela enquanto eu cerro os dentes.

— Preciso que você pegue a toalha do chão com muito cuidado. Agora.

Se eu já achava que tinha muito autocontrole antes, nada se compara ao esforço que estou fazendo agora, porque, ao se abaixar devagar, ela roça meu pau. Inspiro bruscamente, como se todo o sangue do meu corpo já não tivesse descido antes de ela tocar ali.

Sinto o constrangimento na risada dela.

— Eita. Desculpa.

Assim que intuo que ela já está coberta de novo, dou o último passo até o banheiro e fecho a porta.

Que tipo de pecado eu cometi na vida para merecer uma tentação dessas? Eu passei anos, *anos* sem me interessar por mulher nenhuma, e agora a única que não consigo tirar da cabeça está morando na minha casa.

Merda. O banheiro está com o cheiro dela. *Eu* estou com o cheiro dela depois de ter passado a noite toda com Indy no colo. Parte de mim não quer tirá-la da minha pele, mas a parte sensata sabe que preciso lidar com a ereção dolorosa que tentei esconder a noite inteira antes de me deitar ao seu lado.

Deixo a água bater nas costas enquanto apoio as mãos na parede. Não deveria fazer isso, mas a necessidade é forte demais. Mas não vou pensar nela. Não vou pensar em ninguém.

Porém, assim que boto a mão no pau, uma imagem invade os meus pensamentos. Indy ajoelhada, os olhos castanhos implorando pelo meu pênis.

Não. Não, para de pensar nela.

Os lábios de Indy formam um pequeno "O" enquanto ela pisca os olhos e me encara do chão do chuveiro. As unhas pintadas de lilás agarram minhas coxas e quadris, suplicando para que eu a deixe continuar.

Enrosco os dedos naquelas mechas loiras e puxo o cabelo dela do jeito que imaginei que faria desde o dia em que Indy entrou no meu apartamento. Ela não deixa de me olhar enquanto dá uma rápida lambidinha que aquece a parte de baixo da cabeça do meu pau.

Porra, como eu queria que fosse real. Começo a me tocar imaginando que é. Vejo o seu sabonete líquido de coco na prateleira do chuveiro e, sem pensar, despejo um pouco na palma, esfrego o produto na pele até formar espuma e a levo para o pau. Seu cheiro invade minhas narinas e cria uma fantasia ainda mais convincente.

"É melhor a gente não fazer isso", lembro a ela, puxando seu queixo com o polegar e abrindo sua boca.

Ela faz beicinho com aqueles lábios rosados.

"Mas eu quero. Eu *preciso*. Por favor, Ryan."

Cacete, eu amo o jeito como ela diz meu nome, e imaginar a voz dela me chamando me deixa ainda mais perto do limite.

"Posso fazer você se sentir melhor." Ela passa a língua ao redor da cabeça do meu pau. "Por favor, deixa eu fazer você se sentir melhor."

"Você quer, Indigo?"

Ela faz que sim, com olhos grandes e inocentes. A forma como se mostra confiante e carismática para o mundo, mas sensível com aqueles que a conhecem, é uma das minhas coisas favoritas sobre Indy.

Eu a tiro do chão, envolvo aquelas pernas compridas na minha cintura e a imprenso nos azulejos da parede.

"Então deixa comigo."

Seguro o pau com mais força e bato uma de olhos fechados enquanto a água escorre.

Quando deslizo o pau na boceta dela, Indy solta o gemidinho mais lindo que já ouvi.

Quero tanto trepar com ela que chega a doer.

"Nossa, que..." Ela respira com o peito colado no meu, tentando recuperar o fôlego. "Que delícia, Ryan."

Segundo a minha imaginação, ela também é uma delícia. Acelero o ritmo e fecho mais o punho, imaginando que é o corpo de Indy que me rodeia, não minha própria mão.

"Mete. Mete, por favor", implora ela. "Preciso de você. Por favor."

Ela afasta os quadris da parede, querendo ir de encontro aos meus e, assim que me imagino metendo nela, gozo com força no azulejo do chuveiro. Fazia um bom tempo que eu não tinha uma ejaculação tão intensa. Continuo batendo até a última gota de esperma cair e se perder no ralo, permitindo que a água leve embora o que acabei de fazer.

De repente, com muita clareza, me dou conta de que estava redondamente enganado ao achar que isso me ajudaria a tirar Indy da cabeça. Agora, meu corpo implora por uma transa real e quer saber que som ela faz ao gozar.

Se eu fosse qualquer outro homem, arrumaria outra pessoa com quem transar e tentaria resolver o problema com uma trepada rápida. Mas, sendo quem sou, e já que não posso me permitir ser vulnerável, nem por um casinho de uma noite só, o que me resta é sonhar com a loira que mora na minha casa.

Sendo sincero comigo mesmo, sei que mais ninguém seria suficiente agora. Já fazia *anos* que ninguém era, mas, mesmo assim, isso não pode acontecer. Não vou deixar. Amanhã vou acordar e a primeira coisa que vai passar pela minha cabeça é o basquete. Meu dia vai seguir assim até eu acordar na manhã seguinte e começar tudo de novo. Vou repetir o processo até voltar a me concentrar no que importa: minha carreira.

Esse devaneio fodido — que me leva a não conseguir pensar em mais nada além de ir para a cama com Indy — vai terminar no segundo em que sairmos deste maldito acampamento.

Ao sair do banheiro só de toalha, vejo Indy de costas para mim. A cabana é pequena e ela está por toda parte. As roupas. O cheiro.

— Curtiu o banho? — pergunta ela.

Melhor banho da minha vida. Considerando o tom provocativo, eu poderia apostar um bom dinheiro que ela me ouviu e já sabe a resposta.

— Sim, foi bem...

— Molhado.

Puta que pariu. Só de ouvir a palavra *molhado* saindo da boca de Indy, já me sinto preparado para mais uma rodada com a minha mão.

— Sim, Indigo. O banho foi molhado.

Ela ri baixinho com o duplo sentido da palavra e, enquanto ainda está de costas para mim, eu solto a toalha e visto um short.

— Nenhum travesseiro? — Dou a volta na cama e encontro meu lado vazio.

— Hoje não. Acho que você já serve. — Ela encara meu peito e semicerra os olhos castanhos mais do que o normal. — Você está sem camisa.

— Sorte a sua.

Ela dá uma risadinha e, enquanto levanto a colcha para me deitar debaixo do lençol, pergunto:

— Pode ser?

Ela faz que sim timidamente.

Enquanto me acomodo nos lençóis, tomo o cuidado de deixar um pouco de espaço entre nós. Em seguida, me viro de lado para encará-la.

— Obrigado de novo. Por ter me ajudado hoje.

— Foi divertido. — Ela põe as mãos debaixo da bochecha enquanto mantemos um bom espaço entre nós.

— É mesmo?

— Aham. Você está aprendendo a fingir melhor. Talvez a gente tenha uma chance real de sustentar a atuação no casamento.

Saber por que tudo isso pode estar sendo mais natural para mim agora é aterrorizante.

— Que bom. — Abro um leve sorriso antes de me virar para a parede. — Boa noite, Indigo.

— Boa noite. — Ela solta um longo suspiro e, quando também se vira para o outro lado, sinto a cama afundar de leve.

Preciso dormir. Tenho jogo amanhã e, quanto mais rápido eu apagar, mais depressa este evento vai acabar. Sei que deveria estar ansioso para o fim da noite, para poder voltar a me concentrar no motivo de toda essa farsa — provar que sou um bom líder e realmente *liderar* o time rumo aos playoffs —, mas não quero que acabe. É bom saber que as pessoas acreditam que ela é minha. Gosto da sensação de tê-la na minha cama.

Ao me deitar de barriga para cima, olho de relance para os cabelos loiros de Indy esparramados pelo travesseiro, de costas para mim. Tê-la assim tão perto, mas ao mesmo tempo estabelecer limites pelo fato de ela ser melhor amiga da minha irmã e morar comigo, talvez seja mais tortura do que qualquer outra coisa.

Indy também se deita de costas e, sem querer, encosta a mão na minha palma aberta, mas a afasta no mesmo segundo. Uma onda de constrangimento nos atinge. Por mais que a gente já tenha se tocado e se abraçado em público, isso é diferente. Não tem ninguém aqui para presenciar a cena e, portanto, deixa de ser encenação. Viramos apenas dois colegas de apartamento que tecnicamente não têm nenhum motivo para ter contato físico.

Um silêncio pesado paira no quarto, e não é do tipo que acontece quando duas pessoas estão tentando dormir. É do tipo carregado de anseio, porque ambos sabem que o outro está bem acordado.

No instante seguinte, Indy volta a tocar minha mão, insegura. É macia e pequena, e eu entrelaço nossos dedos antes que ela se afaste de novo.

Em meio ao silêncio, quase dá para ouvir meu coração batendo nervoso, até que ela roça de leve o polegar no meu. Porra, que vontade de puxá-la para cima de mim e beijá-la agora. Mas não posso. Por milhares de motivos, não posso, então nossas mãos permanecem sendo o único ponto de contato.

Olho para o céu e admiro as estrelas, aproveitando a oportunidade de estar ao ar livre. Eu estava com saudades dessa liberdade.

— Ei, Ind.

— Oi.

— Sobre ontem à noite. Não cheguei a dizer, mas me importo com você. Você sabe disso, né?

Ela aperta de leve a minha mão.

— Eu sei, sim. Mas é legal ouvir. Palavras de afirmação e tudo mais.

— Entendi. Agora é a parte em que você me diz o quanto se importa comigo.

Ela finge um bocejo.

— Caramba. Está ficando tarde. Que cansaço.

— Você é péssima.

Sinto a cama balançar com a risadinha dela. Indy se vira para mim sem soltar minha mão, enquanto mantém a outra debaixo da bochecha.

— Eu também me importo com você, Ry.

Por mais que eu esteja encarando o céu noturno, vejo de canto de olho que ela está me observando.

— Você confia em mim? — pergunta ela num sussurro quase inaudível.

Teoricamente, é uma pergunta simples com uma resposta simples. Mas confiança é a crença mais complicada no meu mundo preto e branco. Se a maioria das pessoas fizesse essa pergunta, a resposta seria não, sem dúvida. Mas, com Indy, mesmo só a conhecendo há poucas semanas, a resposta não podia ser outra:

— Sim.

Ao olhar para ela, vejo um semblante leve e esperançoso.

— Que foi?

Ela balança a cabeça.

— Nada. É que eu sei que, vindo de você, não é pouca coisa.

Acaricio o dorso de sua mão com o polegar enquanto me viro de frente para ela. O único espaço que resta entre nós é o ponto onde nossas mãos se encontram.

— Me conta um segredo? — pede ela em voz baixa. — Alguma coisa que ninguém mais saiba.

Sem hesitar, penso em Marissa e no mês seguinte à minha formatura na faculdade. É meu maior segredo. Só minha irmã sabe o que eu perdi, mas, por mais que eu confie na Indy, não sei se estou pronto para falar do assunto.

Em vez disso, revelo outro segredo, tão verdadeiro quanto.

— Você faz com que eu me sinta relaxado. Sinto que posso ser eu mesmo.

Ela fixa o olhar no meu e me analisa antes de cair na gargalhada.

— Não mente pra mim, Shay. Você vive reclamando do quanto eu sou bagunceira. É impossível que eu faça você relaxar.

— Você é caótica pra caralho, Indigo, mas me traz mais paz do que qualquer pessoa.

Ela para de rir.

— Sim, eu me preocupo com você e isso me deixa estressado. E você praticamente cagou um arco-íris no meu apartamento inteiro, o que quase me fez ter uma úlcera. Mas, quando você está em casa, não sinto necessidade de fingir. Tenho dificuldade em lidar com gente nova. Você já deve ter percebido isso a essa altura do campeonato. Mas, com você, sinto que posso ser eu mesmo, e isso pode até parecer insignificante para os outros, mas para mim é tudo.

O silêncio paira no ar, mas eu queria que ela dissesse logo alguma coisa.

— Para de ser legal comigo, senão vai me fazer chorar.

Abro um sorriso em resposta.

— Você sempre chora.

— Eu sei! Mas foi muito bom ouvir isso, Ryan.

Cerro o punho livre na lateral do corpo, me segurando para não tocá-la. Não quero que pense que me abri com ela com segundas intenções. Fiz isso simplesmente porque ela merece ouvir o quanto é especial.

— Já que você não me contou o segredo que eu queria, vou perguntar. Você decide se responde ou não.

Faço uma pausa para lhe dar tempo de fazer a pergunta que tenho certeza que está por vir.

— Por que você não namora?

Solto o ar pela boca e passo a mão livre na cabeça.

Que se foda. Já sei que um dia vou acabar contando os detalhes não tão bonitos para ela.

— A última mulher com quem namorei tentou engravidar de mim para garantir dezoito anos de pensão.

O silêncio de Indy é inquietante.

— Como se, caso ela *realmente* engravidasse de mim, eu não fosse me envolver. — Dou uma risada, apesar de não achar graça.

— Ryan...

— Está tudo bem.

— Não está, não. Você não namora por causa disso. É por isso que tem dificuldade de confiar nas pessoas? Essa é a mulher da faculdade?

Faço que sim com a cabeça, respondendo as duas perguntas sem dizer nada.

Este é um dos raros momentos em que Indy não sabe o que dizer, talvez por perceber que não quero me estender no assunto. Mas ela me oferece seu apoio silencioso apertando minha mão.

— Que tal *você* me contar um segredo agora? — sugiro.

— Não tenho muitos segredos. Sou meio que um livro aberto, caso ainda não tenha percebido.

— Para o que você está juntando dinheiro?

Quase dá para ver as engrenagens girando na cabeça dela, refletindo sobre a conversa.

— Não precisa me contar.

— Não. Não é motivo de segredo nem é nada tão empolgante. Só... promete que não vai rir.

— Bem, agora estou curioso.

Mesmo no escuro, com as estrelas iluminando levemente o rosto dela, vejo que Indy desvia o olhar de mim.

— Estou juntando dinheiro para congelar meus óvulos.

Hã?

Franzo a testa, confuso.

— Por quê? Você ainda é nova.

— Eu sei, mas meus ovários não são. Graças à minha genética, mesmo aos vinte e sete anos, tenho uns óvulos velhos pra caramba. Sempre quis ser mãe, não importa como. Madrasta. Adotiva. Mas, se eu quiser ter a mínima chance de ser mãe biológica, essa é minha única esperança. Talvez já seja tarde demais, sei lá, mas preciso tentar.

Bem, agora não tenho como não tocá-la. Acaricio a bochecha dela e afasto o cabelo para trás da orelha.

— Por que eu riria disso?

— Sei lá. Já me disseram que eu pareço desesperada. Talvez pareça mesmo, só que não estou nem aí. É a única coisa que eu sempre quis na vida. Só está se desenrolando de um jeito diferente do que eu tinha imaginado. Eu me recuso a pedir ajuda para os meus pais. Essa é a *minha* possível família e quero cuidar disso sozinha, mas significa ter que trabalhar mais para ganhar um dinheiro extra.

— Quem te chamou de desesperada?

— Não lembro — responde ela, rápido demais.

Minha colega de apartamento é uma mentirosinha. Foi o ex dela. Está na cara.

— Não quero que você me leve a mal, porque realmente só estou curioso. Mas por que você esperou tanto? Quer dizer, se está com medo de já ser tarde demais.

Ela suspira.

— Ryan, tenho certeza de que você já sabe a resposta para essas perguntas. Não fiz isso antes porque o homem que eu pensei que seria o pai dos meus filhos disse que queria começar a tentar. Quer dizer, em breve. Era sempre "em breve". Não que eu quisesse ter filhos imediatamente. Eu era nova. Ainda sou, mas eu precisava tomar uma decisão ou estabelecer um plano, e o plano dele era viver me atiçando com um "vamos tentar em breve". A culpa é minha por não ter tomado uma atitude.

Solto a mão de Indy e passo o braço por baixo do corpo dela para puxá-la para meu peito. Ela se esconde na curva do meu pescoço, então falo baixinho, com os lábios colados no ouvido dela.

— Eu não vejo nenhum desespero em ir atrás do que você mais quer na vida. Então, seu ex que se foda por ter dito isso, porque, por mais que você não queira me contar, sei que foi ele.

— Pode acabar sendo um desperdício de dinheiro.

— Dinheiro vai e vem. Estamos falando da sua vida. Seja egoísta para variar, Ind. Você passou seis anos tentando satisfazer os planos desse cara. Já passou da hora de fazer algo por você mesma.

Ela se afunda ainda mais no meu pescoço.

— E, ironicamente, você quer ter um filho para poder cuidar de outra pessoa, então, não está sendo nem um pouco egoísta.

Sinto o corpo dela vibrar com uma risada silenciosa.

— Meu Deus, qual é o meu problema?

— Nenhum. Você é uma pessoa cuidadora. É o seu jeito.

— Acho que você também é.

Deixo escapar uma risada constrangida.

— Não sei, não.

— Ah, claro, porque você não é nem um pouco atencioso, protetor e fofo. Não passa de um jogador de basquete egoísta que só pensa em si mesmo e na própria carreira.

Ela fala em tom sarcástico, mas não está tão longe da realidade. Eu sou assim.

— E aposto que está aí, concordando comigo por dentro, mas está errado. Um dia você vai ver.

Passo a mão pelas costas dela e logo reparo que Indy não trouxe aquele pijama tipo macacão que ameaçou usar. Está vestindo um conjuntinho de seda, e eu não poderia estar mais grato por não conseguir ver por baixo do cobertor. Sei que a visão é tão boa quanto a sensação do tecido, e estou aqui fazendo um esforço fodido para agir feito um cavalheiro enquanto divido a cama com minha maior fraqueza.

Indy afasta a cabeça do meu pescoço e olha para mim. O brilho suave das estrelas delineia a curva do nariz dela, o movimento dos cílios e a maciez dos lábios. Ela umedece o lábio inferior passando levemente a língua por ali.

Porra, eu a quero tanto. Por mais que ela já tenha deixado claro que não tem mais nada para dar, me pego desesperado até pelas sobras, caso as ofereça.

Já que não sei se conseguiria separar o aspecto físico do emocional como ela quer, dou um beijo em sua testa, não na boca, e ajeito seu cabelo atrás da orelha.

Indy boceja e se ajeita enquanto eu me deito de costas na cama. Ela apoia a bochecha no meu peito nu e passa o braço pela minha cintura.

— Verdade seja dita, minha pilha de travesseiros é bem mais confortável do que seu peito, mas acho que dá pro gasto. — Ela se ajeita de novo. — Sério, Ryan, é tipo dormir numa pedra.

— Você reclama demais para alguém que está praticamente tentando se embrenhar na minha pele agora.

— Cala a boca.

Com um sorriso bem-humorado, puxo a coberta para cobrir nossos corpos antes de a envolver com os dois braços para garantir que ela não fuja. Com a ponta dos dedos, eu traço desenhos invisíveis em suas costelas, memorizando o jeito como ela se encaixa em mim.

Algum tempo depois, a respiração de Indy desacelera, mas eu mesmo acho que não vou conseguir pregar os olhos. Não consigo me lembrar da última vez que dividi a cama com uma mulher e, por mais triste que pareça, não quero perder um segundo disso.

Ela respira fundo.

— Ryan?

— Oi?

— Por que você está com cheiro de coco?

16
Indy

Se tem uma coisa que eu sei fazer bem é interpretar um papel. Seja o papel da amiga otimista ou da namorada que brilha ao lado do parceiro, mas sabe quando baixar a bola para que ele se destaque diante dos colegas.

Mas, esta noite, estou interpretando o papel da namorada do armador e, tenho que admitir, é o meu favorito até agora.

Uma calça skinny preta de couro, um par de sandálias vermelhas de salto com tiras e uma blusinha minúscula dos Devils formam o figurino perfeito para o teatrinho. Prendi o cabelo num rabo de cavalo puxado para trás e arrematei a maquiagem com um toque de batom vermelho que vou atribuir ao espírito de equipe — de forma alguma minha intenção é distrair o número cinco.

— Indy, está com os ingressos? — pergunta Zanders ao descermos do carro. Por mais que não vá jogar hoje, ele ainda tem o privilégio de estacionar nas vagas dos jogadores.

— Aham. — Mostro o celular. — O Ryan enviou para mim.

— Olha só pra gente, indo ao jogo do seu namorado de mentira que nem uma família feliz. — Stevie me dá o braço e estende o outro para andar de mãos dadas com Zanders conforme nos dirigimos para a arena. — O plano do Ryan deve estar funcionando mesmo, se os Morgan te deram os ingressos deles para o camarote.

— Sou uma ótima atriz, fazer o quê.

Zanders dá um abraço no homem mais velho parado na porta antes de nos conduzir pelo longo corredor que passa pelos vestiários.

— Ali fica a área de treino dos visitantes. — Zanders aponta enquanto o seguimos pelo tour na arena. — O vestiário dos visitantes e a sala de treino do time da casa. E aqui — ele para em frente a um dos dois retratos de time na parede — estão os campeões da Copa Stanley.

Chego mais perto da foto e observo todos os jogadores com quem trabalho cobertos de confetes depois de conquistarem a Copa Stanley. Não cheguei a ver o time depois que eles venceram em casa na temporada passada, então é legal ter acesso à imagem.

Os dois filhos de Maddison estão na foto com ele. Rio sorri de orelha a orelha e os olhos verdes brilham, como se talvez tivesse chorado. Depois, avisto Zanders, que parece menos arrogante do que o normal.

— Zee, você parece meio triste na foto.

— "Meio triste" é eufemismo, Ind. Eu estava desolado. Essa foi uma das melhores e piores noites da minha vida.

Ele olha para Stevie e os dois trocam um sorriso de cumplicidade. Eles não estavam juntos quando os Raptors venceram a Copa e, pelo que sei, Zanders achou que a tivesse perdido para sempre naquela noite.

Ele a puxa para perto enquanto continuamos o passeio.

— Vestiário do time da casa — anuncia Zanders. De repente, não consigo parar de pensar que Ryan está do outro lado daquelas portas.

A ideia de vê-lo no espaço onde mais se destaca me inquietou o dia todo. Como se ele já não me fascinasse em todos os outros aspectos da vida, agora vou ter o privilégio de vê-lo ser o melhor no que faz, sentada na primeira fileira. Isso nem vai alimentar ainda mais a chama da minha atração por ele.

Acordei hoje com a perna enroscada nos quadris de Ryan, enquanto ele me segurava firme, com o nariz afundado no meu cabelo. Fomos tomados por uma onda de constrangimento ao nos desvencilharmos, mas não vou mentir: foi a melhor noite de sono que eu tive em meses.

A pele quentinha ao toque. O peito nu e largo. A mão dominadora, mas suave.

Ele é tudo que eu nunca tive em um homem antes e tudo que estou desesperada para ter, mas, assim que chegamos em casa hoje de manhã, ele pegou a bolsa e foi direto para o treino, totalmente focado no basquete outra vez. Não o vi desde então.

Zanders nos guia pelos túneis subterrâneos da arena, aos quais nenhum fã tem acesso. Acho que esse é o tipo de privilégio que se tem ao ser o capitão substituto dos atuais campeões da Copa Stanley.

E, pela primeira vez em dias, Alex passa pela minha cabeça. É rápido e inesperado, mas ainda dói pensar nele, porque teria amado isso aqui. Alex é muito fã de esportes, ainda mais dos times locais de Chicago, e pode até ser infantil ou mesquinho da minha parte, mas abro um sorriso malicioso só de saber que sou eu que estou aqui, não ele.

Quando saímos do túnel que leva à quadra, ouvimos um alvoroço na arena, em parte por conta de fãs empolgados com o jogo, mas principalmente porque reconhecem Zanders na mesma hora. Torcedores ávidos se debruçam nas grades, chamando o nome dele, vibrando e tentando tocá-lo ou conseguir um autógrafo. É estranho ver esse lado das coisas. Para mim, Zanders e o restante dos Raptors são caras normais com quem eu trabalho, não ídolos que finalmente conquistaram uma vitória para Chicago.

Mesmo depois de chegarmos aos nossos lugares, fãs com acesso à quadra continuam abordando Zanders enquanto os dois times fazem o aquecimento para o jogo.

— Que loucura — sussurro para Stevie. — É sempre assim?

Ela dá de ombros.

— Essa é a pior parte. Ele é reconhecido em Chicago, mas não são centenas de fãs no mesmo lugar, que nem aqui.

— Você acha cansativo?

— Não muito. Prefiro que gostem dele a ponto de quererem um autógrafo a sentirem o ódio de antes. Além do mais, isso não é nada comparado ao que acontece quando eu saio com o Ryan. É difícil ir a qualquer lugar com ele.

Penso na lista de metas pendurada na nossa geladeira. Pedi para frequentarmos encontros em público, em vez de reservados, do jeito que eu sei que ele preferiria. Acho melhor alterar esse item quando chegar em casa, porque até eu, que sou extrovertida, me sentiria sufocada com esse tipo de atenção, imagine alguém tão fechado quanto Ryan. Não é de se admirar que ele raramente saia do apartamento, a menos que tenha a ver com trabalho.

Stevie cutuca meu ombro e aponta para a quadra.

— Olha ele ali.

Não sei como não o vi assim que saímos do túnel, porque Ryan chama a atenção, até mesmo em meio a um público de vinte e três mil pessoas. Ele está usando uma camisa de manga comprida dos Devils em vez da regata do uniforme, e uma calça esportiva com botões nas laterais. Está longe de ser o cara mais alto na quadra, mas a confiança modesta e a concentração que demonstra fazem com que seja quase impossível desviar o olhar.

Da mesma forma que vi na TV semanas atrás, Ryan se isola do resto dos jogadores e vai para o canto com duas bolas de basquete nas mãos. Ele as dribla com facilidade e as passa de uma mão para a outra. Por mais que os fãs gritem seu nome em busca de atenção, Ryan permanece concentrado na tarefa.

Assim como conduz o restante da vida, Ryan trabalha sozinho.

O aquecimento chega ao fim, as escalações iniciais são anunciadas e todos cantam o hino nacional.

Ryan ainda não olhou para a gente e, com toda a atenção que Zanders atraiu desde que nos sentamos, é impossível que ele não saiba onde estamos. Mesmo assim, não nos dá bola. Está totalmente focado na partida, nas próximas horas.

Quando as luzes iluminam a quadra e destacam a arena, Ryan tira a calça, revelando o short de basquete por baixo. Em seguida, é a vez de tirar a camisa, e sou agraciada com a visão de seu peito nu.

É bem rapidinho, mas ele fica sem camisa por tempo o suficiente para que eu veja as gotas de suor que escorrem pelas curvas dos seus músculos e observe o movimento do seu peito, bem parecido com o que imagino que aconteceria em um outro tipo de atividade física.

Ele estava exatamente assim na cama comigo ontem à noite, e cada fibra do meu ser sentiu uma necessidade intensa de ser beijada. Só uma vez. Meu corpo arde de desejo de saber como seria, mas Ryan já deixou bem claro que beijar em público está fora de cogitação, então presumo que, infelizmente, isso também se aplique aos momentos em que estivermos sozinhos.

Mas, meu Deus, aquele homem não tem a menor ideia do que fez comigo ontem à noite. Ele pode até ter dormido ao meu lado simplesmente por ser a única cama disponível, mas eu passei horas acordada, sem conseguir parar de pensar em como eu me encaixava direitinho em seu corpo.

Em algum momento do primeiro quarto, um gim-tônica é entregue no meu assento enquanto jogadores gigantes e suados passam correndo por mim, tão perto que eu poderia estender a mão e tocá-los.

— Jogos de basquete são incríveis. Não acredito que eu nunca tinha ido em uma partida.

Zanders ri a duas cadeiras de distância.

— Você está sentada na beira da quadra, nos lugares reservados ao gerente-geral. É um pouquinho diferente nas arquibancadas.

Stevie se manifesta, sem tirar os olhos da partida:

— Acho que a gente deveria ter vindo a um jogo e sentado nos lugares normais antes de ter essa experiência. É quase como voar de primeira classe na primeira vez que viaja de avião e depois ter que ir sempre de classe econômica.

— Bom, acho que vou precisar convencer os Morgan a me trazerem de novo. — Tomo um gole do gim-tônica.

Stevie sorri.

— Pelo que fiquei sabendo, acho que não seria difícil convencê-los. O Ryan disse que a sra. Morgan amou você.

Ryan atravessa a quadra quicando a bola sem pressa e, depois, levanta três dedos para anunciar uma jogada. Como sempre, faz seu trabalho com bastante tranquilidade, mesmo com incontáveis fãs observando avidamente cada movimento dele.

O armador do Houston não está nem perto de chegar ao mesmo nível de Ryan, mas é bom. Não se movimenta com a mesma desenvoltura, e sim de forma mais brusca e menos fluida, mas percebi que os companheiros de time compensam passes que não são perfeitos ou jogadas que não saem como deveriam. Mas ele adora provocar. Fala merda na cara de Ryan sempre que encontra uma oportunidade, segura seu braço ou sua camisa durante as defesas. Gosta de gritar, como se as palavras pudessem compensar a diferença de talento entre os dois armadores.

Eu me inclino para perto de Stevie.

— Quem é aquele ali? O cara marcando o Ryan.

Stevie revira os olhos; é mais forte do que ela.

— Connor Easton. É um babaca. Jogava para a Duke quando estávamos na Carolina do Norte e os dois estavam no mesmo grupo de seleção da NBA, mas ele só foi escolhido na quarta rodada. Eu poderia até dizer que rola uma rivalidade entre os dois desde o primeiro ano da faculdade, mas a verdade é que é algo unilateral. O Ryan nunca respondeu a nenhuma palavra que ele diz em quadra, mas o Connor não sabe calar a boca.

Ela tem razão. Connor não fecha o bico e vai para cima de Ryan sempre que surge uma brecha. Parece jogar meio sujo, mas, mesmo assim, Ryan não diz uma palavra.

Calmo. Sereno. Centrado.

Connor marca Ryan no garrafão, tentando alcançar seus braços e sua camisa, só que Ryan protege a bola com facilidade e sai driblando pela área. Não dá para ouvir nada do que Connor diz, mas os lábios não param de se mexer. Depois de todos esses anos jogando em times adversários, ele já deveria ter entendido que é impossível tirar o cara do sério.

Mesmo morando há pouco tempo com Ryan, sei que é raro vê-lo demonstrar emoções. É preciso mais do que uma descarga de adrenalina e algumas provocações para desestabilizá-lo.

Ryan finge ir para a direita, desequilibrando Connor, antes de recuar e marcar uma cesta de três pontos por cima dele. Não diz uma só palavra, não esboça nenhum sorrisinho presunçoso, o que seria merecido. Simplesmente dá meia-volta e corre para a defesa, com pleno domínio do jogo.

Sinto até a necessidade de cruzar as pernas, porque isso é sexy para caramba.

A primeira metade do jogo passa voando e, em algum momento do terceiro quarto, tomo meu segundo drink da noite. Seria bem fácil me acostumar com essa vida de assistir ao meu colega de apartamento extremamente gostoso jogar enquanto saboreio um coquetel e exibo meus saltos vermelhos, sentada na beira da quadra.

Mas acho que é melhor não me acostumar. Esse relacionamento de mentira tem prazo de validade. Ele vai conseguir o apoio do gerente-geral, eu vou sobreviver ao casamento dos meus amigos e, mais cedo ou mais tarde, vou acabar tendo que me mudar.

Sinto um vazio no peito só de pensar.

Durante o jogo inteiro, ninguém foi capaz de distrair Ryan: nem os fãs, nem Connor Easton, nem eu. Podem me chamar de carente, mas eu não me importaria de ver aqueles olhos da cor do oceano voltados para cá pelo menos uma vez. Não me importaria nem um pouco de saber que consegui chamar a atenção daquele homem, mesmo que por uma fração de segundo.

E então os deuses do basquete sorriem para mim quando a bola sai da quadra e vai parar bem ao lado do meu assento. Ryan anda na minha direção para recuperar a bola, mas, mesmo assim, mantém os olhos fixos no chão, totalmente centrado. A área ao meu redor explode em urros e gritos desesperados do nome dele, na esperança de conseguirem um *high five*, um aceno ou até mesmo um breve contato visual. Mas o que não sabem é que, se nem a própria irmã gêmea, sentada à minha esquerda, consegue arrancar um mero olhar dele, um simples fã não tem a menor chance.

Ryan está logo à minha direita, tão perto que, se eu abrisse um pouquinho as pernas, encostaria nas dele. Os fãs à minha volta pegam o celular às pressas para registrar o momento em que Ryan Shay respira o mesmo ar que eles.

O árbitro segura a bola enquanto os dois times fazem suas substituições, então meu colega de apartamento aproveita o momento para se inclinar com as palmas das mãos nos joelhos e recuperar o fôlego.

Braços musculosos, decorados com veias. Dedos compridos, mãos grandes. E, pelo amor de Deus, que bunda é aquela?

Acho o cheiro do seu corpo suado estranhamente maravilhoso e… *O que está acontecendo, cacete? Controle-se, mulher.* Por sorte, a irmã dele, minha melhor amiga, está no banheiro, mas qual é o meu problema? Estou em público, tentando sentir o cheiro do meu colega de apartamento no meio do jogo, que nem uma viciada que precisa de uma dose dos feromônios dele.

— Indigo. — Desvio a atenção do traseiro de Ryan e encontro olhos verde-azulados me observando com bom humor. Ele ainda está inclinado, mas olha para trás. — Por acaso você está secando minha bunda?

Sinto o rosto ficar vermelho. Em circunstâncias normais, eu não ficaria com vergonha, mas milhares de fãs estão de olho no cara, além dos vários outros assistindo de casa.

— É uma bela bunda. — Dou de ombros, sem arrependimentos.

Ele dá uma risada e fala mais baixo:

— Está tentando me distrair hoje? Com esses saltos e essa boca? Porque você está linda pra caralho.

Antes que eu possa responder, o árbitro apita. No mesmo instante, Ryan volta a se concentrar no jogo. No entanto, Connor Easton, o homem que está em frente a ele, esperando a reposição de bola, me encara fixamente com um brilho travesso nos olhos.

A forma como me olha é desconfortável e persistente. Abro um sorriso discreto, na esperança de apaziguar o estranho interesse repentino que resolveu ter por mim. Felizmente, o jogo recomeça e ele se afasta.

— Caramba — comenta Zanders com uma risada. — Então quer dizer que você e o Ryan estão dormindo juntos, hein?

— Defina "dormindo".

Ele semicerra os olhos castanhos, irritado.

— Transando, Ind.

— Não — respondo rapidamente, sem muita convicção. — Se eu quero? — Inclino a cabeça para o lado. — Muito.

Zanders ri com vontade enquanto nos debruçamos no assento vazio de Stevie para conversar.

— Mas não posso — prossigo. — A Stevie vai ficar chateada. Eu vivo dizendo que estou planejando trepar com o irmão dela, mas ela sabe que estou brincando. Bom, ela *acha* que estou brincando.

— Nada a ver. Ela não ficaria chateada. Não sei se acharia de boa você usá-lo como tapa-buraco emocional, mas, se for mais do que isso, tenho certeza de que ela apoiaria.

Então essa é a explicação? Essa atração implacável é simplesmente o tapa-buraco que eu ando precisando para me recuperar dos últimos sete meses? Pode ser que sim. A última pessoa com quem estive foi Alex, e agora Ryan faz parte da minha rotina diária. Faria sentido essa ser a forma que meu corpo encontrou de implorar por um pouco de alívio. Será que ele ia querer? Será que eu quero? Sim, eu quero que a gente transe, mas também quero tomar café da manhã com ele todos os dias. Quero ler no sofá ao lado dele. Quero passar os dias de folga enfurnada naquele apartamento. Não sei se alguém que só quer um tapa-buraco emocional sente todas essas coisas, mas talvez eu precise de um para descobrir.

Quando Stevie volta para o lugar dela, Ryan lidera o jogo com quarenta e dois pontos, mas os Devils ainda estão perdendo por três no último quarto. Connor Easton tentou desconcentrar Ryan o tempo todo, fazê-lo reagir a alguma atitude ou algum comentário, mas não adiantou nada. O cara é uma muralha emocional e, por mais que eu pegue no pé dele por às vezes adotar uma personalidade estoica e robótica, dá para entender por que isso funciona tão bem em quadra.

Quer dizer, pelo menos até os últimos minutos, quando Houston erra o passe e a bola vem quicando na minha direção na lateral. Quando Connor se joga para tentar pegá-la, já está fora, ele não tem a menor chance. Não sei nem por que tentou. Seu corpo enorme cai no meu colo e derrama minha bebida pelo peito inteiro. A plateia à minha volta grita de susto, e o impacto meio que dói.

— Mil desculpas — diz ao se levantar do meu colo. Então, segura meus ombros e se inclina para ficar na altura dos meus olhos. — Você está bem? Deixa eu te dar outra bebida. — Ele passa o polegar pela minha bochecha. — Você é bonita demais para ficar toda suja de...

— Tira a mão, porra. — Ryan empurra Connor. — Vai se foder! Você podia ter machucado ela.

Da primeira fila, vejo Connor rir quando o árbitro apita e pune Ryan com uma falta técnica.

— Ah, que coisa ridícula! — protesta Ryan. — Ele se jogou na torcida sem nenhum motivo! A bola já estava fora.

— Falta técnica. Chicago. Número cinco.

— Caramba — diz Stevie. — O Ryan nunca tomou uma dessas antes. — Então, se vira para mim. — Você está bem?

Faço que sim em silêncio, na esperança de recuperar o fôlego que perdi.

Connor passa vagarosamente por Ryan a caminho da linha de lance livre e esbarra no ombro dele.

— Finalmente encontrei um ponto fraco, Shay.

— Vai se foder, Easton. — Ryan avança na direção do adversário, mas um colega de time o segura.

O jogador calmo, sereno e centrado com quem havia me acostumado desapareceu.

Ele fica o mais perto possível da lateral enquanto Connor marca os lances livres.

Ryan fica de olho na quadra, mas fala comigo por cima do ombro.

— Você está bem?

— Sim — disparo rapidamente. Porque estou mesmo, e toda aquela cena foi muito maior do que precisava ser. — Estou bem. Desculpa.

— Não pede desculpas. Você não se machucou?

— Não.

— Jura?

— Juro.

Ele me avalia dos pés à cabeça com seus olhos da cor do oceano, como se quisesse ter certeza de que eu estou mesmo bem. E estou, foi só um susto. Por fim, nossos olhares se cruzam e um sorriso se abre em seus lábios, formando aquelas covinhas fofas nas bochechas.

— Estou gostando de ter você sentada aqui tão perto.

Dou uma risada.

— Ryan, eu acabei de fazer você levar uma falta técnica.

Connor termina os dois lances livres.

— Valeu a pena.

A partida continua e todos voltam a se concentrar na quadra.

Eu me inclino para perto de Stevie e falo baixinho:

— Atualização do dia: espero que seu irmão use a camisa do time quando for transar comigo. — Dou de ombros. — Ou então eu posso usar.

* * *

No último minuto, Ethan, colega de time de Ryan, acerta duas cestas de três seguidas e os Devils conseguem vencer por um ponto. Foi emocionante assistir à partida e ver meu colega de apartamento brilhar naquilo que faz de melhor. Eu já sabia que ele era bom, por mais que eu tenha um conhecimento pífio do esporte, mas chamá-lo de *talentoso* e *habilidoso* não faz jus ao que eu vi.

O que ele fez foi *mágico*.

Sou invadida por uma estranha sensação de orgulho enquanto espero Ryan no estacionamento dos jogadores, ao lado de Zanders e Stevie. Alguns admiradores também vieram para cá, mas já faz um tempinho que o jogo terminou, então a maioria dos torcedores já foi embora, restando apenas uma meia dúzia de fãs que tem esperança de ver o time de basquete de Chicago.

Mais uma vez, torcedores pedem autógrafos e fotos com Zanders e ele atende todo mundo, puxando Stevie para perto.

— Indy?

A voz me paralisa, porque eu a conheço. Eu memorizei a forma como meu nome sai dos lábios dele, mas não estou preparada para isso. Nenhuma parte de mim está preparada. Preciso estar preparada até a data de casamento marcada no meu calendário, mas esse dia não é hoje.

— Indy — repete Alex, já que não me viro da primeira vez.

Infelizmente, não há escapatória, então dou meia-volta com meus saltos vermelhos para encará-lo.

— Alex. — Eu solto o ar, incrédula.

Vejo Kevin e dois caras do nosso grupo de amigos a alguns passos de distância, mas não é para eles que estou olhando.

O cara que amei a vida toda está bem aqui, na minha frente, com seus cabelos loiros e olhos castanhos. Eu não o vejo desde a noite em que saí correndo do nosso apartamento, então por que raios está com uma cara tão boa? Não deveria estar pedindo mil desculpas ou qualquer coisa que não envolva sorrir de orelha a orelha, como se tivesse encontrado uma velha amiga? Como se eu não fosse a mulher que ele conhece há vinte e dois anos e namorou pelos últimos seis?

Ele balança a cabeça, sem deixar de sorrir.

— O que está fazendo aqui? Você nunca foi fã de basquete.

— Eu, hmm... — Engulo em seco, com as palavras entaladas na garganta, enquanto aponto por cima do ombro para Stevie e Zanders, que estão atendendo os fãs e não fazem a menor ideia de que minha vida virou de cabeça para baixo nos últimos trinta segundos.

— Ah, é verdade. Sua ex-colega de trabalho é irmã mais nova do Ryan Shay.

— Eles são gêmeos.

Sério mesmo? As primeiras palavras que eu digo para ele depois de todo esse tempo são para corrigir a data de nascimento da minha melhor amiga?

— Entendi. — Alex assente com as mãos nos bolsos, me analisando dos pés à cabeça. Minha camiseta ainda está molhada de bebida e eu estou paralisada de choque. Não é bem a impressão que eu queria causar quando o reencontrasse. — E aí, quais são as novidades?

Isso está acontecendo mesmo? Como ele pode estar agindo com tanta casualidade? Será que só eu estou me sentindo completamente desorientada nesta situação?

Ele sempre odiou que eu usasse salto, porque acabávamos ficando da mesma altura ou, pior ainda na opinião dele, eu ficava mais alta. Num dia bom, ele mede 1,82 metro, mas todo mundo sabe que isso significa ter por volta de 1,78. E, no momento, Alex está em cima da calçada para ganhar uns centímetros a mais e conseguir me olhar de cima.

Metaforicamente, já me sinto com sessenta centímetros de altura.

— Indy, quais são as novidades? — repete.

— Continuo voando.

Ele assente de novo.

— Sempre viajando. — A insinuação pesa no ar, e algo na entonação dele fala por si só. *Eu te traí porque você estava sempre viajando. A culpa de ter levado outra pessoa para nossa cama é sua.* — Você vai ao casamento do Kevin e da Maggie ou vai estar trabalhando também?

Que merda é essa? Foi Alex que sugeriu que eu virasse comissária de bordo. A instituição financeira onde ele trabalha me ofereceu um emprego assim que me formei, com um salário bem maior do que o dele. Embora eu tenha estudado administração, esse tipo de trabalho não tinha nada a ver comigo, então desviei totalmente da rota e segui um caminho que me permitiria viajar e socializar. Ele ficou animado por mim quando eu consegui um emprego com o time de hóquei no ano passado, ou pelo menos era o que eu achava.

— Eu... hm... sim, eu vou ao casamento. — A situação está desastrosa. Mal consigo falar direito. — Você... você vai também?

— É claro. Eu saio com o grupo quase todo dia. Mal posso esperar. — Ele olha para baixo por um momento e chuta o cimento com o sapato. — A Maggie disse que vai te dar um convite a mais para que leve um acompanhante. Eu também tenho um e planejo usar, então achei que seria correto te avisar.

Eu não sabia que era uma pessoa tão sem importância. É uma revelação humilhante. Alex deixou uma marca indelével no meu coração e achei que o sentimento fosse mútuo. Preferiria que ele se arrependesse do nosso relacionamento ou talvez até que desejasse nunca termos nos encontrado na vida. Mas me olhar como se eu fosse a mulher mais sem importância do mundo dói mais do que todo o resto.

— Você vai levar alguém? — prossegue.

— Indigo.

De alguma forma, ouvir esse nome me traz de volta à realidade e vejo Ryan parado na entrada dos jogadores. Bolsa de ginástica pendurada no ombro e as mãos nos bolsos. Seus olhos se detêm em Alex e depois se voltam para mim, como se estivesse analisando a situação.

— Cacete — sussurra Kevin. — É o Ryan Shay.

De canto de olho, vejo Kevin, Alex e dois dos meus velhos amigos se cutucando de leve para garantir que todos vejam quem acabou de sair da arena.

Ryan olha de Alex para mim mais uma vez. Talvez seja porque estou prestes a chorar, ou pode ser que tenha percebido que estou vivendo meu pior pesadelo, mas fato é que ele larga a bolsa e se aproxima de mim.

Antes que eu possa pensar em qualquer outra coisa, ele segura meu rosto com ambas as mãos, afunda os dedos longos no meu rabo de cavalo e me beija.

Lábios macios, quentinhos ao toque. Dominadores, mas comedidos, do jeito que eu imaginava que seria beijar Ryan Shay. Minha boca cede à dele e se abre para que nossas línguas se encontrem levemente numa descarga de eletricidade. Ele abaixa uma das mãos até chegar à minha nuca, enquanto a outra puxa meus quadris para perto dos dele.

Seu toque imponente faz com que eu me sinta pequena. O jeito deliciosamente dominador com que ele me beija me desarma totalmente.

Eu sabia que ia gostar. Sabia que seria bom, mas o que eu não esperava era me sentir leve como uma pluma da cabeça aos pés. Ficar completamente enfeitiçada apenas com seus lábios, ainda mais depois de ele ter dito que eu nunca os teria.

Levo as mãos aos ombros dele e as deslizo por seu corpo largo até chegarem à nuca. Deixo escapar um gemidinho e sinto Ryan abrir um sorriso antes de se afastar.

Ele segura minha lombar e puxa meu corpo para mais perto. Depois, me dá uma série de beijos ao longo da mandíbula, até roçar os lábios no meu ouvido e sussurrar:

— Você está bem?

Não consigo parar de arfar, então não, eu não estou bem. O que foi isso? E quando podemos repetir?

Eu minto, assentindo com a cabeça apoiada nele.

Ele interrompe nossa conexão para olhar atrás de mim.

— Oi, eu sou o Ryan.

Meu Deus do céu, Alex está aqui.

Então, Ryan segue em frente:

— De onde você conhece minha namorada?

Alex solta um suspiro desconfortável enquanto desce da calçada e volta à sua altura normal.

— Eu, hm… A gente já…

Quem é que está gaguejando agora?

Ryan envolve meus ombros com o antebraço e puxa minhas costas para seu peito. Em seguida, indica a camisa de Alex com um aceno de cabeça.

— Ah — diz Ryan, com simpatia e condescendência. — Você é meu fã.

Eu não tinha reparado na camisa dos Devils que ele está usando, muito menos que na parte da frente tem um número cinco e, nas costas, o sobrenome do meu namorado de mentira.

Mordo o lábio para conter o sorriso.

— Estava esperando para pedir um autógrafo? — prossegue Ryan.

Será que é cedo demais para dizer que eu o amo? Porque, no momento, acho que é o caso.

— Sim!

— Kev — repreende Alex em voz baixa.

— É o Ryan Shay, porra. — Kevin revira os olhos, pega uma caneta permanente e se vira para Ryan autografar a camisa dele.

Ryan autografa a camisa dos dois outros caras, mas Alex afirma que a que ele está usando é emprestada e não quer devolvê-la ao "dono" com marcas de caneta.

— Melhor a gente ir pra casa. — Ryan desliza a mão até a minha lombar e me vira em direção ao carro. — A gente se vê no casamento, hein? — diz ele aos caras por cima do meu ombro, antes de dar mais um beijo demorado na minha têmpora para todo mundo ver.

Ryan abre a porta do carona e, assim que eu entro, ele se agacha para ficar da minha altura.

— Você está bem?

Não. Sim. Que raios acabou de acontecer?

Faço que sim com a cabeça. Rápido, talvez rápido demais, mas estou melhor do que imaginei que estaria cinco minutos atrás.

Olho para os lábios de Ryan e penso no item que ele se recusou a adicionar à lista de metas. *Não me sinto confortável fingindo intimidade.*

— O que foi aquilo? — pergunto em voz baixa, ofegante, na esperança de que ele se aproxime e me beije de novo.

Ryan leva uma mecha de cabelo para trás da minha orelha. Meu rabo de cavalo deve ter saído do lugar enquanto ele enroscava os dedos no penteado e me beijava.

— Eu estava atuando, Ind.

Ah.

O balão cheio de esperança imprudente estoura no meu peito.

— Achei que beijar estava fora de cogitação. Você não queria fingir essa parte.

— Abri uma exceção. Você estava sufocando ali. Além disso, eu estava te devendo um resgate depois de ter sido um desastre no banquete de outono. Estamos quites?

"Estamos quites"? Ele acabou de me dar o melhor beijo da vida e foi só para acertar as contas?

— Sim — sussurro. — Claro. Estamos quites.

— Que bom. — Ele abre um sorriso e aperta minha coxa. — Vamos para casa.

17

Indy

Eu: *Atualização do dia: aquele beijo que você viu semana passada foi falso, só que mesmo assim eu tive que trocar de calcinha quando cheguei em casa. Então, meio que foi real?*

Stevie: *Se eu te ajudar a se mudar daí, essas atualizações infernais vão acabar?*

Eu: *Já estou envolvida demais, amiga. Vale lembrar que eu avisei.*

— Tem certeza?

— Tenho. Conferi com a seguradora ontem. Nosso plano de saúde não cobre tratamentos de fertilidade, e isso não vai mudar no começo do ano. Esse gasto fica a cargo do cliente.

Desabo na cama e solto um suspiro derrotado.

— Obrigada por verificar.

— Sem problemas, Indy. Tenha um bom dia.

Assim que o chefe do departamento de RH da companhia aérea desliga o telefone, pego um travesseiro, cubro o rosto e solto um grito abafado.

Que inferno. Eu sabia que não era para alimentar esperanças.

Semana passada, durante uma viagem de trabalho, fui jantar com a tripulação e dei detalhes de por que estava querendo ganhar uma graninha extra. Uma das minhas colegas falou que tinha certeza de que nosso plano de saúde ia passar por alterações no início do ano e passaria a cobrir tratamentos de fertilidade, mas, infelizmente, o RH retornou meu contato hoje de manhã para jogar um balde de água fria nas minhas esperanças.

Agora que Ryan não me deixa pagar aluguel, meu salário está sendo suficiente, mas seria legal poder oferecer alguma coisa a ele. Sinceramente, queria que me cobrasse algum valor, por menor que fosse, para que eu pudesse comprar uma roupinha nova e não sentir culpa por estar morando de graça na casa do irmão da minha melhor amiga enquanto gasto dinheiro me divertindo.

Sigo em direção à cozinha e abro a torneira para lavar a louça. Ryan passou a semana inteira viajando e eu meio que arrumei a bagunça que fiz no apartamento, embora eu saiba que não está do jeito que ele gosta. Mas ontem à noite fiquei cansada e deixei a louça para hoje. Sinceramente, estou surpresa que ele não tenha lavado tudo ao chegar do aeroporto, mais ou menos às três da manhã.

Ryan viajou na manhã seguinte ao beijo e, se você acha que eu consegui pensar em outra coisa desde então, está redondamente enganado. Fiquei pensando no jeito como as mãos dele assumiram o controle, me pegando pelo quadril e pelo cabelo. Naqueles lábios dominadores, mas suaves o suficiente para se entregarem aos meus. E, acima de tudo, no motivo que o levou a fazer isso: ele não queria que Alex achasse que tinha saído por cima.

Claro, não passou de uma encenação, mas boa sorte tentando convencer meu corpo disso. Se aquilo foi um beijo falso, não sei se eu conseguiria lidar com um de verdade.

Ver Alex foi um choque de realidade doloroso. Até aquela noite, eu tinha o privilégio de me esquecer de sua existência. Bem, talvez eu não o tivesse esquecido totalmente, porque o estrago que ele fez é tipo uma cicatriz profunda que nunca vai sarar, vai sempre reabrir. Mas, nas últimas semanas, ele tinha ficado em segundo plano na minha mente.

No entanto, ao vê-lo aquela noite e perceber que ele me enxerga como algo descartável, como uma parte sem importância de sua vida, sendo que foi minha prioridade por tanto tempo, fui invadida por um desejo urgente de tentar seguir em frente como ele fez.

Se Alex consegue levar a vida como se eu não significasse nada para ele, então por que eu não posso? Por que ele é o último cara com quem eu estive? Por que eu não seria capaz de separar sexo de amor? Nunca fiz isso antes, mas preciso tentar. Há apenas sete meses, eu estava vivendo a vida que achei que seria meu "para sempre". Pode até ser que meu coração não esteja pronto para virar a página, mas não significa que meu corpo não possa fazer isso.

Talvez uma relação focada apenas no envolvimento físico consiga me fazer esquecê-lo, e só existe um homem com quem quero testar essa teoria.

Como se meus pensamentos carnais o invocassem, a porta de Ryan se abre enquanto carrego a máquina de lavar louça. No momento, estou inclinada e com a bunda empinada, mas, já que tudo entre a gente é fingimento, acho que isso não vai ser um incômodo. A atração é *de mentira*, né?

Ao olhar para trás, tenho uma grata surpresa: ele está encarando minha bunda com aqueles olhos verde-azulados semicerrados. Meu short é curto demais, mas o problema é dele.

Isso aí, olha bem, coleguinha. E boa sorte tentando dizer que está fingindo babar.

Mas aí eu olho para baixo e me perco no seu peito nu, porque o desgraçado está só de toalha, ainda pingando água, recém-saído do banho.

Ele se apoia no batente da porta, cruza os braços musculosos sobre o peito molhado e abre um sorriso que revela aquelas malditas covinhas.

— Indigo Ivers, você está… *lavando a louça*?

Reviro os olhos.

— Seus sonhos eróticos são assim, Shay?

— Basicamente.

Ele se afasta da porta e segue lentamente em direção à cozinha. O raro sorriso presunçoso estampado em seu rosto me diz que Ryan sabe exatamente o que está fazendo.

— Cadê suas roupas?

— No meu quarto?

— Por que não está usando elas?

— Porque estou na minha casa.

Eu o sinto atrás de mim, me observando enquanto esfrego uma tigela suja. Ryan apoia as mãos na bancada, uma de cada lado meu, colando o peito nas minhas costas, e o calor do banho quente irradia de sua pele, me envolvendo.

Ele está nu debaixo daquela toalha, e tudo que eu mais quero é me inclinar para trás e sentir seu corpo no meu.

Limpo a garganta e pergunto:

— Está memorizando essa cena para pensar nela enquanto se diverte sozinho na sua próxima viagem?

Sinto o peito dele vibrar.

— Estou — responde, deslizando a mão pela minha lombar enquanto se afasta para me dar um pouco de espaço. — Bom dia, aliás.

Eu me seguro para conter o gemido que aquele simples toque me provoca.

— Bom dia. Como foi a viagem?

— Foi tudo bem. Meio a meio. Duas vitórias e duas derrotas. Você viaja hoje?

Coloco as últimas louças na máquina, fecho a tampa e me viro de frente para ele. Músculos perfeitamente definidos num peitoral largo e no abdômen, que vão descendo e formando um caminho visual que eu adoraria seguir. Uma leve penugem abaixo do umbigo e... *pelo amor de Deus, mulher, controle-se.*

Ele ri, me tirando do transe. Amo o som, mas odeio o toque de arrogância.

— Vai botar uma roupa, cacete.

— Foi você que ficou obcecada com o fato de eu estar sem camisa na primeira vez que veio aqui.

— Pois é, isso foi antes de eu perceber como você é irritante.

Ryan roça o lábio inferior com o polegar enquanto observa minhas pernas. Ele deve saber a reação que está causando em mim e, sinceramente, não é justo. Ele já me rejeitou uma vez.

— Ryan. — Inclino a cabeça. — Sério. O que você está fazendo?

— Só estou entrando no jogo que você começou. — Ele se afasta da bancada e dá dois passos na minha direção. Depois, engancha o indicador na barra do meu short, deixando minha pele arrepiada. — Com esse short minúsculo, curvada na minha cozinha... não se faz de inocente, Indigo.

Ryan se vira e vai à geladeira pegar um iogurte enquanto eu tento respirar o ar que me falta. Como ele consegue ficar tão indiferente? Meu corpo inteiro está pegando fogo porque eu preciso transar, e a única pessoa com quem quero fazer isso é meu namorado de mentira, que no momento está andando pelo nosso apartamento só de toalha.

Será que ele realmente não sentiu nada com aquele beijo? Será que não tem a menor atração sexual por mim?

Entro na frente da gaveta de talheres antes que ele possa pegar uma colher.

Ryan suspira.

— Indy, o que está fazendo?

— Você me acha bonita?

Ele revira os olhos.

— Acha?

Ryan me lança um olhar sério e estoico.

— Eu te acho inteligente.

Ah.

— Gentil. Caótica. Meio sabichona e charmosa até demais.

Uau. Gosto bem mais dessa resposta do que a que eu estava esperando, mas desvio do assunto porque o que ele disse foi detalhado demais e mostra que me conhece.

— Você não me acha bonita, então.

Ele dá uma risadinha.

— Indy, eu não sou cego, mas, mesmo que fosse, tenho certeza de que só de tocar seu rosto já daria pra sacar que você é linda pra caralho. Só que essa não é mais a primeira coisa que eu vejo.

Puta que pariu.

Dou um passo na direção de Ryan, sem sair da frente da gaveta que ele precisa abrir, e pressiono os peitos na barriga dele, eliminando qualquer espaço entre nós. Ele não pode responder uma pergunta com tanta sinceridade depois de afirmar que o beijo daquela noite foi falso.

Ryan engole em seco.

— O que está fazendo?

— Fingindo. — Me aproximo ainda mais, enlaço os braços em seus ombros e arranho de leve o dégradé do seu corte de cabelo. — Atuando. Igual você fez na noite em que me beijou.

— Ah, é? — Ele abaixa a cabeça e seus lábios pairam sobre minha mandíbula, até que a testa cai no meu ombro. — Hmm, que delícia — murmura Ryan quando eu o puxo para mais perto.

Atuando é o cacete.

Encosto o quadril no dele, não sei se de propósito ou não, mas logo me lembro de que este homem está só de toalha.

Deixo escapar uma arfada quando ele segura minhas costas e me levanta facilmente com um braço, me colocando na bancada da cozinha. Sinto suas mãos grandes por baixo das minhas coxas, me puxando para a beirada, e, com o rosto ainda enterrado na curva do meu pescoço, ele afasta meus joelhos.

Ele chega tão perto que me sinto sufocada, mas da melhor maneira possível. Recuo levemente, para ver seus polegares subindo devagarinho pela parte interna das minhas coxas. Ryan segue em frente sem pressa, abrindo cada vez mais as minhas pernas de um jeito lento e frustrante. Quando chega na metade das coxas, enchendo meu pescoço de beijos molhados e quentes, fecho os olhos, jogo a cabeça para trás e sinto um calor crescente lá embaixo.

Eu o quero.

Para ser mais específica, quero que ele suba mais alguns centímetros. De preferência com o polegar, fazendo pequenos círculos firmes.

Eu me perco naquele mar de sensações, as pernas abertas em volta dele, sua boca e respiração no meu pescoço. Sem nem me dar conta, meu quadril procura por ele.

Quando Ryan me dá uma mordidinha na orelha, sinto uma onda de prazer no clitóris e deixo escapar um gemido.

— Não vai quer jogar esse jogo comigo, Indigo. — Ele se afasta e dá uma batidinha no meu nariz com uma colher. — Eu vou sempre ganhar.

Ele volta a pegar o iogurte e segue em direção ao quarto.

Ao olhar para baixo, vejo a gaveta de talheres aberta entre as minhas pernas. Aquele desgraçado me distraiu e abriu a maldita gaveta entre minhas coxas escancaradas.

Estou com calor, frustrada e meio irritada. É muita audácia da parte dele me deixar aqui na bancada, ofegante e querendo mais.

— Como você tem tanta certeza de que vai ganhar?

Ele arqueia as sobrancelhas e me lança um olhar que praticamente grita: *Você estava prestes a gozar na bancada da cozinha e acha que eu seria o primeiro a ceder?*

Sustento o olhar dele, sem aceitar a resposta silenciosa.

Então, ele dá meia-volta e segue em direção ao quarto, mas, antes de fechar a porta, eu o ouço dizer:

— Porque sou celibatário.

18

Ryan

— Shay, você que vai pagar, né? — grita Dom do outro lado da mesa.

Não tenho como não rir por dentro, porque o cara teria totais condições de pagar o próprio jantar.

— Vou, cara.

Ele se vira para o garçom.

— Vou querer o vinho tinto mais caro da casa, então.

Filho da puta.

Sentado à minha direita, Ethan se inclina na minha direção.

— Que lugar bacana — comenta, observando o espaço privativo de um dos restaurantes mais exclusivos de Chicago. — Chique.

Sem dúvidas é chique, mas o mais importante de tudo: é privativo. Entrada pelos fundos, paparazzi são proibidos e, aparentemente, todos os funcionários do restaurante assinaram termos de confidencialidade. Se todos os eventos públicos fossem assim, talvez eu saísse do meu apartamento para outras ocasiões além de treinos e jogos.

Ethan volta a lançar um olhar crítico ao redor do salão.

— Tá, qual é o problema do restaurante? Você disse que eu tinha que organizar um jantar para o time. Foi isso que eu fiz.

— Eu também disse para você usar o jantar como oportunidade para os caras te conhecerem melhor. Meio difícil fazer isso quando só dá para conversar com metade do time aos gritos.

O salão tem paredes pretas, luz baixa e uma mesa tão grande que acomoda catorze pessoas confortavelmente — desde que ninguém tenha intenção de conversar com metade dos convidados.

Sinceramente, quando fiz reserva no restaurante duas semanas atrás, eu já sabia que seria uma tentativa patética de jantar em equipe. A casa do Ethan é sempre acolhedora e aconchegante. A esposa e a mãe dele ensinaram pratos coreanos famosos para alguns dos caras ao longo dos anos, e as filhas quase sempre estão correndo pela casa ou ensinando atletas profissionais a pintar livrinhos de colorir.

Mas eu não sou Ethan. Meu apartamento é vazio e, admito, meio frio. Eu não tenho uma família estruturada esperando para receber o time em casa e, mesmo que tivesse, sou incapaz de conceber a ideia de deixar tanta gente invadir meu espaço, por mais que sejam meus colegas.

São poucas as pessoas que conquistaram minha confiança — Ethan, Zanders e agora Indy, mas eu não costumo confiar cegamente em ninguém, incluindo meus companheiros de time. Conheço a maioria deles há mais de quatro anos, é claro, mas eles não passam de colegas de trabalho.

Confiança é algo que se conquista, não que se dá. Mas, se eu dissesse isso em voz alta, Ethan me daria um esporro e me lembraria de que nossa sequência de quatro derrotas seguidas provavelmente se deve à minha falta de confiança no time.

Quando chegamos à metade do jantar, vejo que os caras parecem estar se divertindo o suficiente. A outra ponta da mesa está bem mais animada que a minha, todos jogando conversa fora e bebendo às minhas custas.

Um dos novatos está sentado à minha esquerda.

— Leon, quer mais uma taça de vinho? — pergunto, levantando a garrafa para servir mais um pouco.

Ele mantém os olhos fixos no prato.

— Não, obrigado.

— Tem certeza?

Hesitante, ele olha nos meus olhos, tentando me decifrar.

Ethan ri.

— Não é um teste, Leon. Ninguém vai te dar uma bronca por tomar mais uma taça de vinho. Amanhã a gente vai passar o dia viajando.

Leon esboça um leve sorriso, mas só olha para Ethan.

— Claro. Tá, aceito mais um pouco. Obrigado — diz ele, voltando a encarar o prato.

Sirvo mais vinho para o novato. Que momento bizarro.

Quando chega a hora da sobremesa, não consigo mais me controlar e pego o celular para mandar uma mensagem para Indy.

Ela chegou de uma viagem de cinco dias hoje à tarde. E, antes disso, eu passei seis dias fora. Isso significa que, nos últimos onze dias, não consegui pensar em nada que não fosse naquele beijo.

Foi perfeito, intenso e ao mesmo tempo suave. Porra, foi inebriante, e quero repetir a dose. Acho que *preciso* repetir a dose antes que eu entre em combustão. Será que existe algum estudo que analise quantas vezes é possível se masturbar antes de causar um problema duradouro? Porque, toda vez que eu bato uma, imagino aquelas pernas compridas envolvendo meus quadris, as mãos macias tocando cada canto do meu corpo e aqueles lábios. Aqueles malditos lábios explorando cada centímetro da minha pele.

Foi realmente tão falso quanto eu afirmei? Nem um pouco.

Como eu disse a ela, não me sinto confortável fingindo intimidade, então não fingi. Meu sangue ferveu ao vê-la com ele do lado de fora da arena. Entendi quem era o cara no instante em que bati os olhos nele, e minha suspeita se confirmou quando notei como minha colega de apartamento estava paralisada e gaguejando. Seus olhos castanhos brilhavam, tentando conter as lágrimas, e, sim, isso me tirou do sério, porque ele não merece nada dela.

Eu jamais deixaria aquele cara ver Indy chorando por ele, então o beijo poderia ter sido motivado por isso, mas a verdade é que, quando saí pela porta dos jogadores, não vi nada além dela. Minha Indigo, absurdamente perfeita, com aquelas sandálias de salto, calça de couro e um jeito de ser que é uma estranha mistura de simpatia e perspicácia.

Mas, quando notei a presença dele, fiquei fora de mim.

Pode chamar minha atitude de possessiva, protetora ou coisa de homem das cavernas, não estou nem aí. Eu não podia deixar aquele ser patético acreditar que "venceu". Então, sim, eu a beijei para provar um argumento.

Mas eu também a beijei porque já fazia semanas que eu queria fazer isso.

Eu: *Como estão os preparativos para o chá de panela?*

Minhas tentativas patéticas de arrumar qualquer desculpa para mandar mensagem para Indy estão ficando cada vez mais na cara. Eu mando fotos dos meus cafés da manhã solitários sem ela, pergunto o nome de algumas flores que encontro ou simplesmente escrevo para reclamar que ela não sabe arrumar a própria bagunça, embora eu já tenha me acostumado com meu apartamento um pouco mais zoneado. Parece que eu encontro algum motivo para mandar mensagem ao menos uma vez por dia, e nós já conversamos sobre esse chá de panela a semana inteira, mas que se foda, eu quero falar com ela.

Não quero nem me aprofundar no que eu acho das amigas de infância de Indy, que estão se aproveitando da sua necessidade inata de fazer de tudo por quem ela gosta. Foram comprar os vestidos sem Indy, mas, olha que conveniente, precisam dela para planejar um chá de panela. Ela jamais diria não, e vai arrasar no evento, mas a questão não é essa. Quando foi a última vez que qualquer uma dessas amigas planejou algo por *ela*?

Indigo: *Está tudo bem! Encomendei os arranjos de flores hoje. Como está o jantar do time?*

Eu: *Tranquilo.*

Espero trinta segundos antes de mandar outra mensagem contando a verdade.

Eu: *Ok, não está tranquilo. Meio que está uma bosta. Todo mundo ficava feliz quando a gente fazia na casa do Ethan.*

Indigo: *Bom, qual você acha que é a diferença?*

Eu: *Não sei. Escolhi um dos restaurantes mais caros de Chicago. A comida estava boa.*

Indigo: *Não dá pra você ver, mas estou revirando os olhos. A diferença é que o Ethan deixava o time entrar na vida dele. Talvez você devesse fazer a mesma coisa.*

Eu: *Nossa, por acaso ele mandou você dizer isso?*

Indigo: *Não, eu simplesmente sou genial por conta própria.*

O garçom me entrega a conta discretamente e eu lhe passo meu cartão de crédito black.

Eu: *A gente se vê quando eu chegar em casa?*

Ainda bem que falei isso por mensagem, porque, se tivesse sido em voz alta, com certeza minha voz teria falhado que nem a de um adolescente que vai ver a crush.

Indigo: *Sim, mas vou chegar tarde, talvez só amanhã. Tenho planos para hoje à noite.*

Como é que é? Que planos? E com quem? E, desculpa, mas "talvez só amanhã"?

Reúno todas as minhas forças para não digitar cada uma dessas perguntas, por mais que eu saiba que não tenho o menor direito de exigir respostas. A gente só divide o apartamento. Ela não precisa me contar nada.

Mas, caramba, passei a semana inteira ansioso pela volta dela. Hoje cheguei até a encomendar um buquê da sua floricultura favorita, simplesmente porque eu sabia que ficaria animada ao ver flores frescas. E também porque acabei matando o último arranjo que ela deixou aos meus cuidados.

Agora estou irritado e me sentindo imaturo, tudo porque queria que ela escolhesse ficar em casa comigo. Será que ela não está cansada de trabalhar a semana inteira? Sim, é sexta à noite, mas por que combinar qualquer coisa?

Eu fico me fazendo essas perguntas como se não conhecesse a garota que dorme no quarto do outro lado do corredor. Indy é sociável e ama gente. É claro que ela tem planos para uma sexta à noite. Ela é solteira, deslumbrante e inteligente até demais. Só porque eu tenho dificuldade de sair do apartamento não significa que o mesmo se aplique a ela. Ficar enfurnada em casa comigo nunca seria suficiente para Indy.

Eu: *Beleza. Se precisar de alguma coisa, é só avisar.*

Meu Deus, eu sou patético.

Indigo: *Valeu! Boa noite.*

A essa altura, é bem improvável que eu tenha uma boa noite.

Uma das regras do jantar de time é: quem bebe não dirige. Então, enquanto os últimos caras conseguem suas caronas, Ethan e eu esperamos nossos motoristas chegarem.

— Até que foi bom, não acha?

Ele dá de ombros.

— É, foi legal. A comida estava boa.

— Mas...

— Mas você viu como o Leon não conseguia te olhar nos olhos? Ou como metade do time estava envolvido em conversas paralelas? A ideia do jantar de time é criar laços. É um pretexto pra deixarmos os uniformes de lado e nos conhecermos como pessoas, não como jogadores. Não foi bem isso que aconteceu hoje.

Tenho noção de que meu jantar deixou a desejar em comparação com os que Ethan organizava.

— Pois é, o que foi aquilo com o Leon?

Ethan semicerra os olhos.

— Não deu pra entender? O garoto morre de medo de você.

— De mim?

Ele solta uma risada sarcástica.

— Chocante, né? Porque você é o cara mais simpático em quadra.

— Mas isso é trabalho. A pessoa que eu sou no trabalho não é quem eu sou no meu tempo livre.

— Ryan, nós somos amigos, sabe disso, mas você está comprovando o que eu tenho tentado te mostrar esse tempo todo. Ninguém te conhece fora da quadra de basquete, então é claro que a galera acha que você é um babaca mandão que vai acabar com eles se fizerem algo errado. O Leon tem medo de estar no seu time nos treinos. Sabia disso?

Eu bufo.

— Que coisa ridícula. Não tem nenhum motivo para ele levar pro pessoal o que eu digo ou faço enquanto trabalho.

— Os caras têm medo de desperdiçar um passe seu. Têm medo de errar o arremesso e acham melhor passar a bola para você arremessar no lugar deles. Nunca vamos chegar aos playoffs se eles não confiarem em si mesmos e, mais do que isso, se *você* não confiar neles.

Cacete, parece que esse cara lê mentes. Eu já sei de tudo isso. Vejo o medo nos olhos dos meus colegas de time quando eles fazem besteira e, claro, estou ciente dos meus próprios problemas de confiança.

O sedã de vidro fumê de Ethan para na nossa frente.

— Não estou querendo ser babaca…

— Não, você está certo — eu o interrompo. — Você está certo. Eu preciso trabalhar nisso.

Ele me dá um tapinha nas costas.

— Obrigado pelo jantar. A gente se vê no aeroporto amanhã.

— Até lá.

Fazemos o trajeto até o apartamento em silêncio. De vez em quando, converso com Harold, mas hoje o silêncio é necessário. Eu sei o que é preciso para ganhar um campeonato — ganhei dois títulos nacionais na faculdade —, mas não sou mais o mesmo homem daquela época. Confiar nos meus colegas de time e em qualquer outra pessoa não é nem de longe tão fácil quanto antes.

— Bem-vindo de volta, sr. Shay.

— David? Por que você está trabalhando no turno da noite? — pergunto ao sair do carro.

David, o porteiro que normalmente trabalha de dia, segura a porta do saguão para mim. E, por mais que eu já tenha pedido para ele me chamar de Ryan, é evidente que não se sente confortável me tratando de forma tão casual no trabalho, então aceito a formalidade.

— Minha neta teve um recital de piano hoje à tarde. Eu não podia perder.

David é um homem bom e tem uma família grande. Também é um cara discreto, e eu gosto dele mais do que deve imaginar. Desde que me mudei para Chicago, ele tem sido uma presença constante na minha vida, então, no ano passado, quando me disse que a neta teria que interromper as aulas de piano porque a família não tinha mais como pagar, encontrei uma fundação que oferece bolsa de estudo para cobrir seus custos pelo tempo que ela quiser continuar tocando.

Ele não sabe que a tal bolsa de estudo é simplesmente minha conta bancária pessoal, mas os detalhes não têm importância.

— Como foi?

Os olhos dele brilham.

— Maravilhoso. A Remi está ficando muito boa.

Eu lhe dou um tapinha no ombro.

— Aposto que você filmou. Que tal me mostrar amanhã?

— Pode deixar. Suas flores foram entregues. A estante também. Quer que mande alguém subir e montar para o senhor?

— Pode deixar comigo, obrigado.

Quando chego à metade do saguão, me viro para a porta.

— David, por acaso você viu a Indy essa noite?

Ele abre um sorriso.

— Com certeza. Ela estava linda, não estava?

Engulo em seco.

— Tenho certeza que sim. Ela chegou a dizer para onde ia? Foi com o carro dela?

— Não disse, mas foi de carro de aplicativo.

— Entendi. Boa noite.

Antes que eu entre no elevador, David me impede.

— Ela é boa gente, sr. Shay. Coração de ouro.

Amoleço ao ouvir essas palavras.

— Ela é mesmo.

Devo admitir que o apartamento está deprimente. É noite de sexta e a cidade lá fora está cheia de vida, de música e de gente. E eu aqui, de folga do trabalho e confinado entre quatro paredes por vontade própria. Por mais que eu quisesse sair e curtir meu fim de semana, talvez até ligar para Indy e tentar me encontrar com ela, não posso. Esse luxo não existe para mim. Privacidade é um privilégio do qual abri mão quando assinei o contrato com o Chicago Devils, quatro anos e meio atrás.

Stevie e Zanders foram para Indiana fazer uma rápida visita ao pai de Zee, então eu estou realmente sozinho hoje à noite. Não é novidade. Na verdade, era isso que eu queria e precisava. Mas, desde que minha colega de apartamento animada se mudou para cá, ficar sozinho já não é mais tão tentador. Sem Indy aqui, o silêncio é ensurdecedor.

Eu quero o conforto da privacidade, mas também quero que ela esteja comigo nesses momentos.

As flores que mandei entregar têm tons de lilás e rosa, então eu sei que ela vai amar. Não é muito racional ficar gastando dinheiro o tempo todo com flores que vão morrer logo depois de chegarem aqui, mas, quando vejo o sorriso radiante que ela dá assim que as vê, sinto que vale cada centavo. Indy merece ser mimada, e eu quero ser a pessoa que faz isso por ela. Corto os caules das flores do jeito que ela me ensinou, coloco o conservante na água e tento arrumá-las como os floristas profissionais fazem. Meu arranjo não fica tão bonito quanto os que vejo nas floriculturas, mas que se foda, eu tentei.

Troco de roupa, vestindo uma camiseta e uma calça de moletom, pego uma cerveja na geladeira e começo a montar a estante que encomendei. Eu poderia tranquilamente ter comprado uma sob medida ou até mesmo uma estante já montada, mas a ideia de montá-la por conta própria me pareceu bacana, normal até.

Parecia algo que um cara normal faria para a garota de quem gosta. Porque, no fim das contas, a estante é para ela.

Já recuperei minha estante e coloquei meus livros no lugar certo — organizados por sobrenome do autor, sem nenhum cara sem camisa tumultuando o espaço —, mas os livros de romance de Indy continuam empilhados no chão da sala desde a semana em que ela se mudou para cá. Por mais que eu goste de implicar com ela, já a peguei chorando, rindo e até mesmo apertando bem as pernas durante certas partes, e acho absurdamente cativante como o amor entre personagens fictícios pode deixá-la tão feliz.

De acordo com o manual de instruções, são necessárias duas pessoas para montar a estante, mas estou sozinho em casa, então tomo um gole da cerveja, jogo o manual fora e boto a mão na massa.

* * *

Bem, talvez eu tenha desmontado e montado de novo algumas vezes. Pode ser que eu também tenha assistido a alguns vídeos no YouTube para entender o que fazer, mas a estante de Indy está pronta e relativamente estável. A garrafa de cerveja ainda está cheia e, a essa altura, quente, mas acho que ela vai ficar feliz.

Deixo os livros dela empilhados no chão do jeito que estão, porque, por mais que eu tenha um método preferido de organização, Indy não segue os mesmos princípios, e essa área é dela.

O toque do meu celular interrompe a música que estava tocando no som da sala. Reviro a caixa de papelão até encontrar o nome da minha irmã na tela.

— Oi, Vee. Tudo bem? — pergunto, me jogando no sofá.

— Você ainda está no jantar do time?

— Não, estou de bobeira em casa.

— Que bom — diz ela, soltando o ar. — Preciso de um favor. Quer dizer, é a Indy que precisa de um favor.

Eu me ajeito no sofá na mesma hora.

— O que houve?

— Ela vai odiar saber que eu te liguei. Não é nada sério, mas...

— Stevie, o que está acontecendo?

— Ela ligou para o Rio para pedir uma carona, só que ele estava bebendo em casa enquanto jogava videogame com uns colegas de time. Aí o Rio me ligou, mas eu estou visitando o pai do Zee em Indiana, a duas horas de distância, e os carros de aplicativo estão levando quase uma hora para pegar passageiros no centro.

— Ela precisa de uma carona? — pergunto, já fora do sofá, pegando minhas chaves e seguindo em direção à porta, grato por ter me distraído a ponto de nem tomar a cerveja. — Estou indo. Onde ela está?

— Não surta.

Paro na mesma hora, com a mão na maçaneta.

— Bem, esse é um ótimo jeito de me fazer surtar.

— Ela está num date e o cara está sendo inconveniente e a deixando desconfortável. Estão no Sullivan's, na oitava avenida.

Ela está num date?

Minha boca fica seca e a raiva invade cada poro do meu corpo. Melhor eu nem me ater a como me sinto com o fato de ela estar num date, ainda mais depois de ter me dito que o *nosso* encontro tinha sido o primeiro de sua vida. Mas se ele tiver encostado um dedo nela sem consentimento, acho bom minha irmã começar a viagem de volta a Chicago para pagar minha fiança hoje à noite.

— Ryan, você está aí?

Engulo em seco e umedeço a boca para poder responder:

— Estou a caminho.

19
Indy

Ele é celibatário.

Ryan Shay é celibatário.

O que nós, da população feminina, fizemos para merecer isso?

Por mais esquisito que pareça, me sinto roubada, como se estivesse perdendo uma das melhores experiências da vida, porque tanto faz se ele está sem transar há um ano ou oito, dá para perceber que esse homem sabe muito bem o que fazer na cama. Ninguém no mundo que o tenha visto jogar basquete com tanta precisão, fluidez e controle pode dizer que Ryan Shay é ruim de cama. É impossível me convencer de que aquele beijo foi um caso isolado e que não se manifesta de outras formas.

No fim das contas, eu não estava tão errada assim naquelas vezes em que debochei dele por ter medo de mulher pelada. Pode até ser que não tenha medo, mas está evitando esse tipo de situação a todo custo.

— Indy, você ouviu o que eu disse?

Não, *Jason*, não ouvi o que você disse porque você não parou de falar de si mesmo a noite inteira e eu me desconectei totalmente no momento em que você falou que transou com a namorada do seu amigo na noite do baile de formatura.

— Aham — minto. — Fascinante.

— Pois é, né? Ela foi totalmente louca de querer que eu a acompanhasse no velório da avó, mas eu já tinha falado no dia em que a gente se conheceu que sábado é dia de ver os caras. Se você não aceita isso, não quero nada com você, sabe?

Jason pede mais uma rodada para nós.

— Não, estou satisfeita. Obrigada.

— Ah, para. Bebe mais uma. Você está bebendo muito devagar. Já estou na minha quarta dose.

Ah, jura? E a cada dose mais pegajoso ele fica. Ele não para de encostar na parte de trás do meu banco e nos meus ombros, e também não desencosta a perna da minha. Eu me afastaria ainda mais se fosse possível, mas aí eu acabaria no colo da garota ao meu lado. Sinceramente, pelo andar da carruagem, até que não seria má ideia.

— Gim-tônica? — pergunta a bartender para mim. — Por minha conta.

— Não, eu… — Paro de falar quando percebo seu discreto aceno de cabeça.

Se eu soubesse que ia tomar menos de um drinque, teria vindo de carro e ido embora uma hora atrás.

Eu nunca tinha ido a um encontro antes e, se é isso que o mercado de solteiros tem a oferecer, meu futuro vai ser tenebroso. Meu primeiro date de verdade. Meu Deus, que tragédia.

Prefiro considerar o banquete de outono com Ryan meu primeiro date, por mais que tenha sido tudo encenação.

Enquanto Jason segue tagarelando sobre sua vida amorosa, eu me desligo outra vez. O cara claramente ama tanto ouvir o som da própria voz que nem repara que estou mexendo no celular. Deixei o orgulho de lado e mandei mensagem para Rio quinze minutos atrás, mas a última notícia que tive foi que ele estava tentando arrumar um carro de aplicativo para mim.

Sei muito bem que, se eu tivesse ligado para o Ryan, ele chegaria aqui num piscar de olhos, mas eu não consegui fazer isso. Ele não precisa saber que estou num date. Das duas, uma: ou ele não ia ligar a mínima e eu ficaria triste, ou ele ia ficar chateado, o que doeria ainda mais.

Além disso, eu só baixei o Tinder e dei like no Jason porque ele era atraente. Mas, infelizmente, ele não cala a boca, e sua personalidade o transformou no cara menos atraente do recinto.

Não transo com ninguém desde Alex. Também não consigo gozar desde Alex, e já passou da hora de as coisas mudarem. Sou uma mulher de vinte e sete anos que não tem um orgasmo há quase oito meses, e fico até com medo de meu corpo esquecer como gozar se eu não fizer algo a respeito rápido. Nada tem funcionado: nem meus dedos, nem meus brinquedos. Fico desconcentrada demais quando estou sozinha, então cheguei à conclusão de que preciso de alguém comigo.

Ryan é minha primeira opção, claro. Dá até para dizer que desenvolvi uma quedinha nada saudável pelo meu colega de apartamento, o que é a última coisa de que preciso no momento. Não era para eu sentir algo real por alguém tão pouco tempo depois de ter terminado com o homem que achei que seria meu marido. Né?

Eu realmente achei que havia uma chance de acabar transando com meu namorado de mentira, o astro do basquete, até ele revelar que é celibatário naquela manhã da semana passada.

Porra, ele é celibatário. Por essa eu não esperava. Eu já sabia que ele era reservado. Sabia que não tinha namorado ninguém desde a mulher da faculdade que tentou tirar vantagem dele. Sabia que não levava mulher nenhuma para casa, mas imaginei que transasse durante as viagens, nos quartos de hotel. Imaginei que ele fizesse as mulheres com quem se envolvia assinarem termos de confidencialidade ou algo drástico desse tipo, mas não, ele também passa as noites fora sozinho. Do mesmo jeito que passava toda as noites em casa, antes de eu me mudar para lá.

Rolo a tela do celular e vejo as fotos que trocamos por mensagem — a cadeira vazia na cozinha depois de ter feito café da manhã só para ele enquanto eu viajava. O buquê de flores que viu no saguão do hotel em Denver, onde estava jogando, e queria saber qual era a espécie. E aí vêm as fotos que eu mandei para ele durante as minhas viagens — a livraria que encontrei em Columbus. A quadra de basquete ao ar livre pela qual passei em Minneapolis.

Arrumei qualquer tipo de desculpa para falar com ele esta semana e não posso botar a culpa na solidão. Eu realmente gosto mais de falar com ele do que com a maioria das pessoas. Nunca pensei que o cara recluso que divide apartamento comigo se tornaria a pessoa que mais tenho vontade de ver, mas é nesse pé que estão as coisas.

E aqui, neste bar lotado, estou me sentindo mais solitária do que nunca, porque ele está em casa e eu estou com saudade dele.

A bartender serve minha bebida.

— Saúde! — diz Jason, tomando um gole generoso do uísque com Coca antes mesmo que eu toque no meu copo.

Ao tomar um golinho, tenho a grata surpresa de perceber que é só água com gás. A bartender me dá uma piscadela e, por dentro, torço para que ela coloque na conta dele como se fosse um drinque alcoólico.

— E aí, o que acha? — pergunta Jason, passando a mão na minha coxa.

Pego a manga da camisa dele com o polegar e o indicador, como se ele tivesse uma doença, e o afasto.

— O que eu acho do quê?

— O que acha de ir lá para a minha casa? Fica a dez minutos a pé daqui.

— Na verdade, vou encerrar a noite por aqui.

— Por quê?

— Estou cansada.

Ele ri, embora não pareça achar graça.

— Claro, está, sim. Tudo bem. Já entendi. Vamos ficar mais um pouco aqui. — Ele toma mais um gole da bebida, mas logo em seguida olha fixamente para a porta atrás de mim. — Meu Deus, aquele ali é o…

Deixo de prestar atenção assim que me viro e vejo Ryan parado na porta de entrada do Sullivan's. Irritado, ele examina o salão, mas suaviza levemente o olhar assim que me encontra. Enquanto me observa, relaxa os ombros, mas, ao olhar para o meu joelho, volta a ficar tenso.

Jason voltou a pôr a mão ali e eu nem tinha percebido.

Ryan se aproxima com passos largos e autoritários, como se já não estivesse chamando a atenção de todos os presentes só por ser quem é. Mal posso acreditar que ele saiu do apartamento e, em poucos segundos, entendo por que não costuma sair. Todos os olhos se voltaram para ele, e os sussurros são baixos, mas audíveis.

— Aquele ali é o Ryan Shay?

— Meu Deus, é o Ryan Shay.

— Rápido! Pega o celular!

Ele exala uma raiva palpável ao chegar perto de mim, mas a ameaça contida no tom de voz é a parte mais assustadora.

— Tira a porra da mão de cima dela.

Eu me levanto, afastando a mão de Jason no processo, mas também me coloco entre os dois.

— Eita, cara. — Jason dá uma risadinha sem noção.

O flash de um celular me lembra de quem Ryan é, do nome que ele tem a zelar e do que está prestes a acontecer se eu não tirá-lo deste bar.

— Ryan, está tudo bem. Eu estou bem.

Ele olha ao meu redor, como se eu não estivesse presente.

— Você encostou nela? — Ele se vira para a bartender. — Ele encostou nela?

— Ryan — tento interromper.

— Fiquei de olho nela — diz a bartender.

— Ryan, está todo mundo encarando.

Finalmente, ele desvia o olhar raivoso de Jason.

— Estou pouco me fodendo, Indy. — Em seguida, volta a olhar para o cara atrás de mim. — Você encostou nela ou não, porra? — Ryan infla as narinas e, se eu não estivesse tão envolvida no que está acontecendo no momento, daria um tapinha nas costas dele para parabenizá-lo pela cena típica de "namorado literário ciumento".

— Não fiz nada que ela não tenha pedido.

Meu Deus, que cara nojento.

Não estou olhando para Jason, mas com certeza ele abriu um sorrisinho presunçoso. A julgar pela forma como Ryan partiu para cima dele, minhas suspeitas se confirmam.

Minha reação imediata é manter o corpo entre os dois. Seguro a camisa de Ryan e o puxo para baixo, na esperança de chamar sua atenção.

— Vamos para casa, Ryan. Eu quero ir para casa.

Ele finalmente olha para mim, o peito arfando contra a minha mão. Então, segurando meu rosto com as palmas, Ryan me olha de cima a baixo, como se pudesse tirar conclusões só de analisar minha aparência.

— Tem certeza de que está bem?

— Estou. Eu juro. Me leva para casa.

Ryan desliza a mão para as minhas costas e tenta me fazer andar na frente dele, mas eu reluto em sair do meio dos dois, só porque tem gente filmando. Por fim, sigo em direção à saída, porque realmente quero dar o fora daqui, mas aí ouço Jason rir e falar:

— Ryan Shay acabou de roubar meu date mesmo?

Ryan para na mesma hora e eu rezo para que ele se controle, como sempre faz. Em qualquer outra ocasião, eu adoraria vê-lo dando uma surra nesse cara, mas, seja lá o que Ryan decida fazer agora, pode acabar estampando a capa dos jornais amanhã.

Ele respira fundo para se acalmar e dá meia-volta.

— Vai por mim, ela nunca foi sua.

Ao ver o Audi com vidro fumê estacionado em um local não permitido em frente ao bar, apresso-me em direção ao carro, doida para deixar a cena caótica que causei para trás. Boto a mão na maçaneta, mas, antes que eu consiga abrir a porta, Ryan a fecha com força.

Surpreendida, vejo que ele está me encarando, ofegante de raiva, as narinas dilatadas e os lábios contraídos. Mas, em seguida, olho para cima e encontro sobrancelhas franzidas e olhos verde-azulados nadando num mar de… *dor.*

Eu o magoei. Meu Deus, eu o magoei.

Frente a frente, quase dá para ver as palavras na ponta da sua língua. Ele quer dizer alguma coisa, mas não diz nada. Prefere deixar a raiva silenciosa que irradia do seu corpo falar por ele.

Eu também quero falar. *Aquilo não foi nada. Não teve nenhuma importância. Obrigada por me salvar.* Mas nós dois permanecemos em silêncio, nos encarando e esperando o outro romper o clima tenso.

Por fim, ele desvia o olhar, como se não suportasse mais me ver, e abre a porta para me deixar entrar.

Fazemos o trajeto de volta em silêncio, só que o clima dentro do carro está tão tenso que tenho medo de ver as janelas explodindo com a pressão. Ryan apoia o braço esquerdo na lateral do carro enquanto dirige com o direito, segurando o volante com tanta força que os nós dos dedos ficam brancos.

— Ryan…

— Agora não, Indy — rebate ele.

— Agora sim. Por que você está tão bravo?

Ele respira fundo e passa a mão na boca, mas permanece quieto.

— Então tá — disparo, me virando para a janela e observando os prédios iluminados de Chicago. — Não vamos conversar. Parece um jeito bem maduro de lidar com as coisas.

Durante todo o caminho, somos envolvidos pelo silêncio mais ensurdecedor que já presenciei na vida. Ao chegarmos em casa, meus pulmões anseiam por ar fresco e distância do homem que está me sufocando com sua presença. Ryan estaciona o carro, desliga o motor e já desce antes que eu tenha a chance de sair primeiro.

— Não — ordena ele quando faço menção de abrir a porta.

Acompanho seu corpo lindamente esculpido dando a volta pelo carro e, embora eu tente fazer contato visual pela janela, ele não olha para mim. Quando chega ao meu lado, destranca a porta e a abre para que eu saia. Por mais irritado que esteja, Ryan Shay continua sendo um cavalheiro.

Desço do carro sem tirar os olhos dele, mas Ryan continua se recusando a me olhar. Enquanto ele segura a porta, pego delicadamente seu queixo, forçando-o a me olhar nos olhos.

Sim, ele está bravo, mas também vejo uma mistura de ressentimentos ali. Para um homem que não se deixa levar pelas emoções, no momento ele está mostrando várias.

Ryan suspira e suaviza o tom de voz.

— Vamos pra casa, tá?

No elevador até nosso andar, a tensão só vai se acumulando. Quando chegamos ao apartamento, ele vai direto para o quarto.

— Ryan — suplico, tentando pará-lo.

Dá certo, mas ele fica de costas para mim, parado em frente à porta do quarto.

— Eu não queria te magoar.

Ele solta uma risadinha sarcástica e se vira para mim.

— Me magoar? Você não me *magoou*. Eu estou irritado porque você foi imprudente. Saiu com outro cara em plena Chicago. Por quê? Qualquer um poderia ter te visto. As pessoas *te viram*. A gente tinha um acordo.

Dou um passo na direção dele e me arrependo na mesma hora, só de vê-lo recuar.

— Não foi bem assim. Eu não estava *saindo* com ninguém. Ia ser só uma noite, e me desculpa, não achei que alguém fosse me reconhecer.

— Uma noite? — Ele franze as sobrancelhas. — O que ia ser só uma noite?

Sinto o rosto esquentar, porque *agora* ele resolve me olhar fixamente, justo no momento em que eu queria que ele não me olhasse.

— Eu só... — hesito, mexendo na barra do vestido.

— Você o quê?

— Eu preciso de uma noite com alguém que não seja o Alex, tá? Não que isso seja da sua conta.

Ele dá uma risada seca e falsa enquanto contorna a bancada da cozinha e se serve de uma dose de uísque.

— Sinto muito, Ryan, mas eu também tenho necessidades.

— Então cuida das suas necessidades sozinha!

Viro a cabeça para trás, surpresa, e passamos alguns segundos em silêncio.

— Não é tão difícil assim, Indy. Como você acha que eu consigo ficar tanto tempo sem transar? — Ele solta um suspiro entrecortado antes de arrancar nossa lista de metas da geladeira. Em seguida, faz um adendo furioso e passa o papel por cima da bancada para mim. — Pronto, vou deixar registrado na sua lista.

Número 6. Se masturbar.

— Vai se ferrar, Ryan. E se eu acrescentasse isso na sua lista? Para você transar com alguém?

Ele arregala os olhos.

— Então foi por isso? Porque eu te disse que sou celibatário?

De repente, hesito. Detesto o rumo que essa conversa está tomando. Não quero julgar suas escolhas de vida e não o vejo com outros olhos por elas.

Mas, lá no fundo, sim, é porque ele é celibatário. Porque eu o quero e, por mais que já houvesse uma linha invisível que o tornava de certa forma um cara inalcançável, agora essa linha é nítida. Talvez me envolver com outra pessoa me ajude a esquecer que não posso ficar com ele.

— Não. Não tem nada a ver com isso, mas faz oito meses que estou solteira. Já faz oito meses que não fico com ninguém...

— Então você ia deixar aquele merdinha ser o primeiro cara a te tocar?

— É só sexo! Não significa nada!

— Significa, sim! — Ele se desespera, implorando para que eu entenda. E prossegue, quase num sussurro: — Significa algo, Indy, e talvez você tenha nos desmascarado por causa de um babaca que não merece nem respirar o mesmo ar que você.

— Ryan — digo baixinho. — Passei a vida toda ouvindo que sou sentimental demais, que sinto coisas demais, então, pela primeira vez, estou tentando ser desapegada. Olha só o que aconteceu comigo da última vez que amei alguém.

A verdade é que nunca transei só por transar na vida. Perdi a virgindade com Alex. Eu realmente não faço a menor ideia de como ser desapegada.

Ryan toma a dose de uísque em um gole só.

— Você está certa. — Ele bate o copo na bancada. — Faça o que quiser. Eu não passo de seu colega de apartamento, né? Não importa como eu me sinto a respeito da situação.

Como ele se sente a respeito da situação? Se ele está chateado porque o chefe poderia ter me flagrado, é uma coisa. Mas se está magoado porque eu não pedi que ele fosse o primeiro homem com quem ficaria pós-término, aí é outra história. Será que Ryan esqueceu que foi *ele* que *me* rejeitou no sofá algumas semanas atrás? E, agora que eu sei que ele é celibatário, jamais pediria para ele mudar o próprio estilo de vida por mim.

— Da próxima vez, que tal fazer isso em um ambiente privado? Para manter nossa farsa, sabe?

Eu deveria contar a verdade — *não quero a ajuda de qualquer um, quero a ajuda dele* —, mas isso provavelmente pioraria as coisas. Além disso, Ryan já sabe que sinto atração por ele, então duvido que ficaria chocado ao descobrir o que eu quero, e ele já deixou clara sua opinião.

Em vez disso, ofereço o máximo de sinceridade possível, impedindo-o de entrar no quarto.

— Quer saber a verdade? — Engulo em seco quando ele me olha por cima do ombro, implorando com os olhos para que eu diga algo que melhore a situação. — A verdade é que eu não gozo há oito meses. — Jogo as mãos para cima num gesto de rendição. — Acha mesmo que eu não tentei cuidar disso sozinha? Pois eu tentei, sim. Inúmeras vezes. E, toda vez que eu chego perto, a imagem do meu ex-namorado surge na minha cabeça e, sem mais nem menos, me vejo de volta ao nosso antigo apartamento, flagrando ele transando com a colega de trabalho. Ele me traiu e agora eu não consigo nem ter um orgasmo por causa disso. — Deixo escapar uma risada fraca. — Tenho quase certeza de que o meu corpo está com defeito, então, sim, achei que seria uma boa ideia testar essa teoria arranjando alguém para me distrair. Não pensei na possibilidade de ser vista em público, então peço desculpas por isso, mas não vou me desculpar por ter necessidades e por estar desesperada para dar um jeito…

Ryan envolve minha garganta com a mão, me prende contra a parede com os quadris e rouba o resto das minhas palavras com o beijo que dá na minha boca.

Eu me entrego na mesma hora e deixo que ele faça o que quiser comigo.

Ryan, por outro lado, se mostra autoritário como sempre, mas percebo um contraste na forma como me beija. Bruto, mas atencioso. Apressado, mas ao mesmo tempo curtindo o momento.

Isso… não pode ser fingimento. Não tem ninguém presenciando a cena, então deixo de lado essa insegurança.

Quando sinto sua língua se insinuar na minha boca, deixo escapar um gemidinho.

Ele solta um grunhido e cola a testa na minha.

— Porra, Ind. Se você fizer esses barulhinhos de novo, não sei se vou conseguir parar.

— Que bom, eu não quero que você pare.

Ryan hesita por um instante e olha nos meus olhos antes de trazer os lábios de volta ao lugar de onde nunca deveriam ter saído.

O uísque que ele bebeu arde na minha boca do jeito mais delicioso possível, como se eu pudesse ficar bêbada só de sentir a bebida na língua dele. Ele cola o corpo no meu com um gemido bem baixinho e solta minha garganta para apoiar a mão na parede atrás de mim com o pouco de controle que ainda lhe resta.

Eu nunca tinha sido beijada assim. Com tanta urgência. Com tanto desejo. Como se ele precisasse fazer isso desde o dia em que cheguei ao apartamento, do mesmo jeito que eu precisei.

Não faço ideia de quanto tempo faz que ninguém o toca. Esse homem solitário, tão lindo e contido, ficou tempo demais sem ter nenhum contato íntimo, e eu tenho o privilégio de ser a mulher a mudar isso.

Deslizo a ponta dos dedos no peito dele, explorando cada detalhe, e sinto seu coração bater descompassado sob minha palma. Por mais que ele seja ótimo fingindo ter autocontrole por fora, seu coração conta outra história.

Meus dedos sobem pelo pescoço de Ryan e eu seguro as laterais da sua cabeça para mantê-lo perto de mim.

Ele geme baixinho com isso. Não sei se é por conta da sensação de ser tocado ou se é por saber que tem outra pessoa compartilhando esse momento com ele, mas, de qualquer maneira, pretendo prolongar esse sentimento pelo tempo que ele me permitir.

Cada beijo é mais molhado e mais faminto do que o anterior, e meu corpo pega fogo de tanto desejo. O tesão entre as minhas pernas é tão intenso que eu preciso de algo em que me esfregar.

Com as mãos apoiadas acima da minha cabeça, ele sai da minha boca e segue para a mandíbula, deixando um rastro de beijos quentes até chegar ao meu pescoço, descendo lentamente pela garganta.

— Você não está com defeito — diz ele, com os lábios colados na minha pele. — Você só não tinha a distração certa.

Pode ser que ele esteja certo, porque, no momento, enquanto me toca e me beija, eu não consigo pensar em mais nada além de como seria senti-lo entre as minhas pernas.

Ryan me dá uma mordidinha na clavícula, provocando uma agradável ardência que ele alivia com uma lambida.

Jogo a cabeça para trás para que ele tenha melhor acesso à área e pressiono o peito no dele. Os mamilos duros roçam no tecido macio da sua camisa. Eu daria qualquer coisa para que ele rasgasse meu vestido e chupasse um deles.

Em vez disso, ele volta a beijar minha boca, cheio de desejo, me dando apenas o suficiente para saciar minhas necessidades. Consegue ser comedido até nesse momento. Quero que ele se entregue, que perca o controle do mesmo jeito que eu estou perdendo agora.

Excitada, começo a mexer o quadril, tentando achar um ponto de fricção. Puxo os antebraços dele, pedindo para que me toque sem ter que implorar, mas ele se mantém firme, as palmas apoiadas na parede acima da minha cabeça.

Ele desliza o pé até encontrar os meus e então os afasta.

— Ah — eu grito. Em seguida, começo a gemer desesperadamente enquanto ele posiciona a coxa contra o meu clitóris. — *Meu Deus.*

Por instinto, eu me esfrego nele, em busca do tão necessário alívio.

A sensação é boa. Boa demais.

Ryan recua um pouco para me observar e olha fixamente para o ponto onde estamos conectados. Pupilas dilatadas se detêm na perna dele. Então, ele levanta um pouco o meu vestido, não a ponto de me ver nua, mas o suficiente para perceber a umidade que estou deixando na sua coxa.

Não estou nem aí para as manchas que ficaram na perna dele. Fazia meses que não chegava tão perto de gozar.

— Olha só que coisa linda, Indigo.

— Por favor, não para. — As palavras saem mais desesperadas do que nunca.

— Jamais, meu bem.

Eu me esfrego cada vez mais, em busca do meu orgasmo, enquanto ele se mexe no ritmo que eu preciso.

Mas aí outra distração me desconcentra: uma estante branca ao lado da de Ryan me chama a atenção. No chão, vejo uma caixa vazia e uma chave de fenda jogadas de lado.

— Você montou uma estante pra mim? — pergunto com a voz esganiçada, tentando conter a emoção que invade minha garganta.

Ele estava em casa, pensando em mim, enquanto eu estava sendo egoísta e pensando em mim também.

Ryan desvia os olhos verde-azulados de onde nossos corpos se encontram e vê que eu estou olhando por cima do ombro dele.

Então, ele me pega pelo queixo e traz meu foco de volta para ele.

— Se concentra em mim. — Logo em seguida, me dá outro beijo ardente enquanto eu roço o corpo nos músculos da sua perna. — Se concentra na gente. *Porra.* — Então, sem afastar os lábios dos meus, ele olha para baixo. — Vai gozar na minha perna, Ind?

Ainda me esfregando, eu gemo na boca dele.

Sim, eu vou gozar porque, se antes eu já estava perto, agora estou prestes a perder o controle. Adoraria acreditar que tenho condições de separar sexo de sentimentos, mas não é o caso, e saber que Ryan estava pensando em mim hoje à noite me faz perder o controle.

Levanto a camisa dele, buscando o calor da sua barriga e acariciando os músculos definidos até sentir que se contraem ao meu toque.

Enquanto me beija, ele puxa o ar entre os dentes.

— Não tira a mão de mim.

As palavras saem tão desesperadas quanto as minhas — uma súplica silenciosa para que eu o deseje.

Acaricio as costas dele, enfio as mãos por baixo da camisa e o abraço o mais firme possível. Ele é quente, forte e tão perfeito que chega a doer.

Em resposta, Ryan pressiona a coxa no meu clitóris e esfrega bem. A reação do meu corpo é instantânea e eletrizante.

Seu nome escapa dos meus lábios como uma prece desesperada enquanto o orgasmo me atinge. Agarro sua camisa com tanta força que os nós dos dedos ficam brancos, e torço para que seja o suficiente para me manter de pé. Meus olhos brilham de euforia enquanto os espasmos me atravessam.

Mal consigo me concentrar no olhar admirado de Ryan durante meu orgasmo, mas, de qualquer maneira, ele está ali, me observando enquanto eu me entrego a ele.

Enquanto recupero o fôlego, baixo a cabeça e vejo a mancha úmida que deixei em sua calça, mas não consigo ligar a mínima.

Depois de quase oito meses, bastou a perna de Ryan para me fazer gozar.

Ele me pega pelo queixo outra vez e me beija com mais ternura do que antes. Com reverência. Com paixão.

— Da próxima vez que você decidir que precisa de ajuda com a sua... situação — murmura ele, com os lábios colados nos meus —, é só me pedir.

Assim, ele me deixa ali, atordoada e satisfeita, apoiada na parede da entrada, antes de entrar no quarto e fechar a porta.

20

Ryan

Nos últimos quatro anos, minha existência se resumiu ao basquete e tenho o privilégio de jogar na NBA. Sim, sou grato pelas oportunidades que tive, mas nunca gostei menos do meu trabalho quanto agora.

Minha profissão me forçou a sair de casa e entrar num avião apenas doze horas depois de Indy ter gozado na minha perna toda. Doze horas depois de eu ter dito para pedir minha ajuda da próxima vez que precisasse gozar.

Já faz três dias e ainda não nos falamos.

Não sei se eu a assustei ou se a fiz refletir, mas fazia semanas que andávamos flertando à nossa maneira. Ela já me disse várias vezes, sem rodeios, que sente atração por mim, então, não vou mentir: eu meio que esperava que fosse bater à minha porta e pedir outro orgasmo na mesma hora.

Já faz mais de dois anos que não transo, mas, desde o dia em que ela apareceu no meu apartamento, imaginei como seria sentir aquelas pernas em volta da minha cintura ou me esfregar na sua pele suada, então não havia a menor possibilidade de eu permitir que outra pessoa assumisse esse papel sem me colocar no páreo.

Ajudá-la a chegar lá não precisa mudar nada para mim. Posso ajudá-la nesse aspecto sem comprometer as regras que estabeleci para mim mesmo. Na verdade, se ela quiser, podemos incluir os orgasmos dela ao acordo do nosso relacionamento falso. Vou garantir que Indy goze tantas vezes que vai até perder a noção da realidade, contanto que eu seja o único a ter esse privilégio.

Porque, pode acreditar, depois da noite em que a imprensei na parede e a fiz gozar, não existe a menor chance de outro homem chegar perto dela sem que eu perca a cabeça.

Ou vá para a cadeia.

Ela acha que está com defeito. *Defeituosa*. Como se o ex dela já não fosse o primeiro nome na minha lista de desafetos, saber que ele fez essa mulher acreditar que é menos que a perfeição em pessoa me dá vontade de persegui-lo e destruir a vida dele, custe o que custar.

Depois do jogo em San Antonio na parte da tarde, conseguimos chegar em Dallas cedo o suficiente para que os caras relaxassem e tirassem a noite de folga. Eu, por outro lado, estou no meu quarto de hotel vendo vídeos de partidas desde que aterrissamos, e vou continuar bem aqui até nosso treino na manhã seguinte, sem conseguir me impedir de conferir o celular a cada meia hora para ver se minha colega de apartamento mandou alguma mensagem.

Depois de fazer uma página inteira de anotações e assistir a cerca de vinte minutos de uma partida do Dallas, o telefone do meu quarto toca. O som chega a ser irritante de tão alto e a única maneira de silenciá-lo é atendendo. Infelizmente, por mais seguros que esses hotéis sejam, pelo menos uma vez a cada viagem, alguém da recepção liga só para ouvir minha voz do outro lado da linha.

Exasperado e querendo acabar logo com isso, atendo a ligação.

— Que foi?

— Quanta educação.

— Ethan? Por que está me ligando pelo telefone do hotel?

— Porque você me ignorou no celular. Os caras vão beber no bar do hotel. Vamos.

— Eu não...

— Bar privativo. Sem fãs. Se quiser, posso até ameaçar o barman com um termo de confidencialidade.

— Estou vendo o vídeo de uma partida.

— E o vídeo vai continuar aí depois que você passar uma horinha com o time. Ryan, é desse tipo de coisa que o Ron está falando. É a oportunidade perfeita para se enturmar com os caras, e você está no hotel. Pode voltar para o quarto quando quiser.

Antes que eu possa recusar o convite de novo, meu celular começa a vibrar em cima da cama. Com o telefone do hotel preso entre o queixo e o ombro, estico o braço e vejo o nome de Indy na tela. Faz dias que não tenho notícias dela, e ela nunca me ligou na vida.

— Ethan, tenho que ir. A Indy está me ligando.

Ele ri sem vontade.

— Ah, então a ligação dela você atende, mas a minha, não.

— Pois é, ela é bem mais bonita que você. A gente se fala mais tarde.

Desligo o telefone do hotel e atendo o celular ao mesmo tempo.

— Indy? — Minha voz sai animada demais, então limpo a garganta e me recomponho. — Está tudo bem?

— Sim. Oi. Desculpa. Está ocupado? Estou te incomodando?

Deixo escapar uma risadinha.

— Não. Mas por que essa formalidade toda?

— Não sei. — Ela hesita. — Acho que estou nervosa.

Eu me sento na cama e me encosto na cabeceira.

— Nervosa com o quê?

— É só que... faz alguns dias que não tenho notícias suas.

Abro um leve sorriso ao ouvir o tom inseguro da minha colega de apartamento, que costuma ser tão confiante. Ela fica um amor quando está nervosa.

— Eu também não tive notícias suas, Ind. Estava te dando um pouquinho de espaço e deixando você tomar a iniciativa depois que te ofereci ajuda para gozar. Depois que *fiz* você gozar.

— Ryan!

— Que foi? Não me diz que ficou com vergonha depois de finalmente ter tido um orgasmo. É só sexo, lembra?

Ela sussurra, indicando que está em público:

— Não tenho... vergonha de sexo, mas achei que *você* pudesse ter.

— Só porque sou celibatário não significa que o assunto me deixa desconfortável.

Ela fica em silêncio por um instante, então eu continuo.

— Bom, você ligou. O que aconteceu?

Percebo a animação na voz dela e quase consigo imaginá-la endireitando os ombros de empolgação.

— Estou cumprindo minha lista de metas e achei que você deveria saber.

— Ah, é? Qual item?

— Estou no mercado e resolvi comprar o que eu quiser. Já enchi meio carrinho. Vou pegar três tipos diferentes de creme para café que quero experimentar. Um deles tem sabor de cereal de frutas. Sabia que isso existia? Tomara que tenha espaço na geladeira. Você acha que vai caber tudo isso na geladeira?

Ao ouvir a alegria contagiante do outro lado da linha, não consigo deixar de sorrir.

— A gente abre um espacinho. O que mais você vai levar?

— Minha sobremesa favorita é aquele folhado de framboesa que fica na seção dos congelados. O Alex gostava mais do de maçã, então eu sempre comprava esse, mas hoje vou pegar os de framboesa.

— Hmm. É. O de framboesa parece melhor mesmo.

— Vou guardar alguns pra você. Talvez um. Vou *tentar* guardar um. Na verdade, já que estou aqui, está precisando de alguma coisa? Posso comprar umas coisas para preparar um jantar quando você voltar. Está a fim de alguma coisa?

— Indy — respondo com um suspiro. — Isso é o oposto do que está na sua lista de metas. Só pode comprar o que *você* quiser. E eu sei cozinhar. O café da manhã é outra história porque é... bom, é...

É especial.

— É nosso momento — ela completa por mim.

— Sim. É nosso momento e a gente reveza, mas todo o propósito dessa lista é você ser egoísta pela primeira vez.

— Eu sei, mas não estou mais pagando aluguel. Será que eu não deveria contribuir de alguma forma? Eu posso cozinhar para você. Se precisar de ajuda para lavar a roupa...

— Nem pensar — interrompo com uma risada zombeteira. — Você não é minha mãe.

— É que estou acostumada a cuidar de alguém.

— Eu sei, Ind, vai por mim. E você ainda está cuidando de alguém, só que agora a pessoa é *você*.

— Tem razão. — Ela suspira. — Você que faça seu próprio jantar, Shay.

Deixo escapar uma risada satisfeita.

— Essa é minha garota.

Que porra foi essa que eu acabei de falar?

Arrependido, arregalo os olhos e fico escutando atentamente em um silêncio desconfortável.

— Quer dizer...

— E aí, vai fazer o que essa noite? — pergunta Indy, mudando de assunto. *Graças a Deus.*

— Estou no quarto do hotel. Vendo vídeos de partidas.

— Por quê? Você não está na sua noite de folga? Vai lá sair com o Ethan ou alguma coisa do tipo.

— Ele foi para o bar do hotel com o time.

— Você tinha que ir! É a oportunidade perfeita para passar um tempinho com o time sem ser nos treinos.

— Juro, você e o Ethan só podem estar trocando mensagens sobre mim pelas costas, porque ele me disse exatamente a mesma coisa cinco minutos atrás.

— Eu devia ter incluído isso na sua lista. — Ela muda o tom, como se estivesse anotando. — Fazer amizade com os colegas de time.

— Só que isso não tem nada a ver com virar um dos seus namorados literários antes do casamento, que é o objetivo da lista de metas.

— Não, mas tem tudo a ver com você virar um bom capitão.

Eu me viro na cama, enfio a cabeça no travesseiro e murmuro:

— *Merdaaaaaaaa.*

— Você não ama quando estou certa?

— Não — respondo rapidamente. — Mas tudo bem, você venceu. Vou descer para tomar um drinque.

— Me manda uma foto quando chegar lá. Como prova.

— Bem, falando em lista de metas, tem um item que estou pronto para riscar.

— Ah, é? Qual?

— Sábado que vem tem uma festa e preciso de uma acompanhante. Você vai estar em casa, já conferi a agenda dos Raptors. E tenho quase certeza de que vai ter dança. Acho que conseguimos encaixar nossa música lenta.

A verdade é que eu nem precisei conferir o calendário dos Raptors porque Zanders marcou a festa para uma noite em que ele e eu estaremos de folga e na cidade.

— Parece divertido. E interessante. Que festa é essa?

— Não posso contar ainda, mas acho que você deveria comprar um vestido novo.

— É festa chique?

Conhecendo Zanders, chique pra caralho.

Então, me lembro do vestido rosa de cetim. Do toque macio do tecido. De como ela estava linda.

— Algo parecido com o vestido que você usou no banquete de outono seria perfeito.

— Vou simplesmente repetir aquele vestido.

Já levei Stevie para fazer compras várias vezes, mas garantir que minha irmã esteja bem-vestida vai levantar menos suspeitas se a melhor amiga dela a levar para sair com o mesmo objetivo. Além disso, Indy não vai admitir, mas sei que ela está doida para comprar um vestido novo.

— Eu acho que você deveria comprar um novo. Tem um cartão de crédito na primeira gaveta da mesinha de entrada. Leva a Stevie para um banho de loja.

— Ryan…

— Não me vem com aquele papinho furado de "eu não posso gastar seu dinheiro". Nós dois sabemos que você quer ir, e você me disse que era uma namorada gastadeira, então é hora de provar.

— Tem certeza?

Dou uma risada.

— Para de fingir que não está animada para gastar meu dinheiro. Sim, tenho certeza. E compra o vestido da Stevie com meu cartão também, por favor. Para essa festa, quero dar o vestido para ela.

Ela fica em silêncio do outro lado da linha.

— O que tem de tão especial nessa festa?

Eu me levanto da cama.

— Tenho que ir encontrar o pessoal do time.

— Ei, Ryan, fique sabendo que você é o pior, e vou comprar sapatos novos com seu dinheiro também.

Abro mais um sorriso.

— Isso meio que diz muito sobre você, já que gosta tanto de mim.

Sua risadinha invade meus ouvidos.

Enquanto calço meus sapatos, pego a chave do quarto, com o celular ainda preso na bochecha.

— Ei, Indigo, eu meio que senti saudade de falar com você nesses últimos três dias. Vamos combinar de não fazer mais isso.

— Combinado.

— Coloca isso na geladeira. Junto com todos os outros acordos que fizemos.

Nós dois passamos alguns segundos em silêncio, sem querer desligar ainda.

Indy limpa a garganta.

— A gente se vê em casa.

Porra, como eu amo ouvir essas palavras saindo de sua boca.

— A gente se vê em casa.

* * *

O bar do hotel fica escondido em um cantinho discreto do vigésimo andar. As portas duplas não chamam a atenção, mas o burburinho de vozes dos meus colegas de time entrega o movimento lá dentro.

Fico de cabeça baixa até me aproximar do segurança parado na porta com as mãos cruzadas para trás. Ele levanta a cabeça e assente antes de me deixar entrar.

Ethan tinha razão, é um bar privativo. Isso raramente acontece, o que faz este hotel subir para o topo da minha lista no mesmo instante. Por mais privilegiada que minha vida seja, não posso simplesmente sair para tomar uma cerveja depois do trabalho como muita gente faz. Eu seria reconhecido, fotografado e, caso eu jogasse mal na noite seguinte, pipocariam acusações na internet de que eu estava de ressaca.

Ter vida social não vale essa dor de cabeça. Então, sim, por mais que meu apartamento possa parecer um cárcere privado às vezes, pelo menos mantém minha reputação a salvo.

— Shay! — grita Dom assim que tiro o capuz. — Aí sim, cara. Vem pra cá.

Ele expulsa um novato do banco ao seu lado e dá uns tapinhas no assento, como se tivesse ficado reservado para mim a noite inteira.

Dom é baladeiro. Nos eventos do time, é sempre o centro das atenções, mas também é um bom garoto que ama a mãe. Foi selecionado um ano antes de mim, mas passamos três anos jogando juntos na UNC. Ele foi escolhido na segunda leva das seleções para um time de Los Angeles, mas, um ano depois de fechar o contrato, sua mãe teve câncer e ele pediu para ser transferido para Chicago, sua cidade natal, aceitando uma redução de salário só para ficar perto dela. Ela está bem, mas, desde então, ele não quis mais deixar a cidade onde cresceu. Dom é talentoso. Poderia ir jogar em qualquer time com potencial de título, assim como eu poderia, mas resolveu ficar pela família.

Por algum motivo, eu tinha me esquecido desse detalhe sobre ele. Provavelmente porque tenho sido um egoísta do caralho e não passo muito tempo pensando nos meus colegas fora da quadra. Os treze caras ao meu redor têm suas próprias histórias, mas eu estava preocupado demais com a minha para me importar.

Dom levanta a cerveja para brindar enquanto nos sentamos ao balcão, apoiando os antebraços.

— Como está sua mãe?

Dom me olha rapidamente e uma sensação de culpa invade meu peito. Sou incapaz de fazer uma pergunta simples sem levantar suspeitas.

— Está bem. Fez os exames semestrais há duas semanas e ainda está em remissão. — Ele assente com a cabeça, como se estivesse tentando lembrar a si mesmo da boa notícia. Então, após uma pausa, franze a testa, confuso. — Valeu por perguntar, cara.

— Tenho que admitir que estou me sentindo um babaca por não ter perguntado isso antes.

— Você é gigante agora. Tem coisas mais importantes para se preocupar do que com a saúde da minha mãe.

Ele não está errado. Afinal, eu agi como se isso fosse verdade, mas a desculpa é esfarrapada. Na faculdade, eu sabia de cor o nome dos pais de todos os meus colegas de time, por mais que sempre me referisse a eles pelo sobrenome. Eu conhecia os irmãos deles. Conferia as notas de todos para ver se precisavam de ajuda para manter nosso time dentro da média exigida.

Eu sabia me importar com os outros, pensar nos outros. Eu sabia *confiar* nos outros porque fazia questão de garantir que todos pudessem confiar em mim. Deixar Indy entrar no meu mundo me fez ver, de um jeito doloroso, a bolha egoísta em que tenho vivido.

Nos últimos quatro anos, desde que tudo aconteceu, me mantive de olhos fechados e não os abri em momento algum. Não enxerguei que meus colegas de time são iguais a mim: caras normais praticando o esporte que amam e vivendo debaixo dos holofotes. Claro, talvez o meu holofote brilhe mais, mas não significa que a pressão seja diferente.

— Papo furado — admito. — Quer dizer, você tem toda razão, eu tratei todo mundo dessa forma, mas não é aceitável. Eu deveria ter me importado mais. Tenho sido um babaca desde que entrei para a liga.

Dom dá uma risadinha.

— Que coração mole, Shay. Está tudo certo. Ainda somos amigos. — Ele brinda comigo de novo. — Aquela princesa da Disney que mora na sua casa está te deixando todo emotivo.

Começo a rir.

— O nome dela é Indy, seu babaca.

— Ah, pode acreditar, eu não esqueci o nome da sua garota. Tenho quase certeza de que às vezes gemo o nome dela nos meus sonhos.

Balanço a cabeça, mas abro um sorriso bem-humorado. De todo o time, Dom é o mais pegador, mas, desde que Indy foi naquele date, alguma coisa mudou na nossa dinâmica. Tenho certeza, com cada fibra do meu ser, de que ela não vai dar pra trás no nosso namoro de mentira.

— Sem a menor chance, Dom. Ela não vai chegar nem perto de você ou do seu pau rodado.

Ele ri com vontade.

— Porra, que saudade de você, Shay.

* * *

Estou tomando minha cerveja a passo de tartaruga, mas, depois de duas horas com os caras, posso dizer que estou me divertindo de verdade. Ethan foi embora uma hora atrás, mas não antes de me lançar um olhar de pai orgulhoso do outro lado do bar. É como se eu tivesse feito meu primeiro *home run* no beisebol infantil quando, na verdade, estou só bebendo cerveja com meus colegas de time num bar de hotel.

Meu celular vibra no bolso e vejo que Stevie me mandou uma foto de Zanders e da cachorra deles, Rosie, dormindo de conchinha no sofá.

Stevie: *Olha só que linda minha família. Falando nisso, estou com saudade.*

Essa família vai se tornar oficial muito em breve, mas ela não faz ideia. Tenho mantido certa distância desde que comecei a guardar esse segredo, simplesmente porque não quero estragar a surpresa. Mas minha irmã e eu não passamos um diazinho sequer sem conversar, então mando uma resposta lembrando a ela que também estou com saudade.

Então, vejo uma mensagem de Indy. Faz mais de uma hora que ela mandou, mas eu estava distraído demais com meus colegas de time para conferir o celular. Por mais que minha reação automática seja querer pedir desculpas por não ter visto a foto que Indy me mandou do delivery de comida chinesa na bancada da cozinha, em frente às compras do mercado, tenho quase certeza de que ela talvez até fique orgulhosa de mim por estar entretido a ponto de esquecer o celular.

Eu: *Você me odiaria se eu te dissesse que esqueci completamente de te mandar uma foto minha no bar com o time?*

Indigo: *Desculpa, quem é você?*

Eu: *Gracinha.*

Indigo: *Cuidado com meu ego, Ryan. Não temos espaço infinito no apartamento.*

Envio uma foto do meu copo de cerveja vazio, com meus colegas de time desfocados ao fundo.

Indigo: *Quem é aquele alto ali? Está solteiro?*

Eu: *Todos eles são altos.*

Indigo: *Perfeito, então qualquer um serve.*

Eu: *Está tentando me deixar com ciúmes?*

Indigo: *Está funcionando?*

Eu sei que flertar com a melhor amiga da minha irmã ultrapassa os limites do meu relacionamento de mentira, mas, com Ind, não dá para evitar.

Eu: *Estou aqui tentando me enturmar com meus colegas de time, e agora preciso me segurar pra não mandar transferir todos eles só de imaginar você dando atenção para qualquer um desses caras. Está bom de ciúmes para você, Indigo?*

Vejo os três pontinhos pulando na tela, mas depois desaparecem. Voltam a aparecer. Desaparecem.

Eu: *Para alguém que sempre tem resposta para tudo, gosto de te deixar sem palavras.*

A resposta dela é quase instantânea.

Indigo: *Sei de outro jeito de você me deixar sem palavras.*

Ah, *puta que pariu.*

Bem, agora sou eu que não sei o que dizer. Como sempre, Indy bota para fora tudo que passa pela cabeça dela, e eu mal consigo acompanhar, que dirá recuperar o fôlego.

Indigo: *Espero que você e sua mão direita aproveitem o restinho de noite. A gente se vê em casa, coleguinha.*

Minha mente é invadida por todas as formas pelas quais posso deixar Indy sem palavras, mas acho que prefiro fazê-la gritar. Meu nome, de preferência. Cacete, e agora estou me lembrando de como ela fica linda quando goza. Mas e se a coisa evoluísse para mais do que uma esfregada na minha perna? Será que essa garota caótica consegue ser ainda mais intensa? Será que ela cravaria aquelas unhas pintadas de lilás nas minhas costas, talvez até arrancando sangue? Será que envolveria minha cintura com as pernas e me puxaria para mais perto com os tornozelos? Porra, tomara que eu tenha a chance de descobrir.

Sinto o sangue descendo às pressas para o meu pau enquanto estou no meio do bar com meus colegas. Não é exatamente o melhor momento para ficar de pau duro. Indy tem razão. Essa simples imagem que ela plantou na minha cabeça só pode ser resolvida com minha mão direita.

Digo a Dom que ele vai pagar minha cerveja e, quando já estou quase saindo, vejo um dos novatos, Leon Carson, meio afastado do semicírculo que o time formou em volta do balcão. A última vez que passamos um tempo juntos fora do trabalho foi no jantar do time, quando Ethan fez a gentileza de me dizer que o garoto tem medo de mim.

Sim, eu quero respeito, mas não quero que nenhum dos meus colegas sinta *medo* de mim. Isso eu espero dos meus adversários.

— Leon.

Ele se endireita e desvia o olhar. Não consegue me olhar nos olhos.

— Oi, Shay.

Meu Deus. Nem nos meus tempos de novato eu era tão tímido assim. Entrei na liga com um misto de humildade e confiança, sabendo o que eu era capaz de fazer. Mas Leon fica no banco. Ele é nosso armador reserva e só joga no último quarto, quando estamos massacrando outro time ou sendo massacrados.

— Na terça, vou ficar depois do treino para praticar uns exercícios de agilidade e fazer uns arremessos. Quer participar?

— Sério?

— Sério. Alguns dos caras da equipe técnica costumam ficar até mais tarde comigo uma vez por semana para melhorar detalhes individuais. Se você estiver com dificuldade em alguma coisa, podemos repassar juntos. Se precisar de algumas dicas sobre…

— Claro! Tô dentro. Seria incrível.

Agora ele me olha nos olhos, um pouco mais confiante.

— Legal. — Antes de seguir em direção à porta, indico a garrafa vazia com um gesto de cabeça. — Pede outra cerveja. O Dom vai pagar.

21
Indy

Eu: *Atualização do dia: já está com alguns dias de atraso, mas tenho que te contar uma coisa. Eu me esfreguei na perna do seu irmão que nem uma cadela no cio.*

Eu: *Stevie, por que não está respondendo?*

Eu: *VOCÊ ME BLOQUEOU?!*

Eu: *Stevie Renee Shay! Foi você que quis que eu fosse morar com ele!*

Eu: *Brincadeirinha. Não é culpa sua. TE AMO!! Está brava comigo?*

Já faz uma semana que Ryan se ofereceu para me *ajudar*. Demorei todo esse tempo para assimilar as palavras, para meu corpo se recuperar do orgasmo apressado que a pressão da coxa dele me proporcionou. Tive fantasias com esse cara desde o dia em que me mudei. Pensando bem, desde o dia em que nos conhecemos — o mesmo dia em que flagrei Alex com outra.

Não sei ao certo o que significa para mim ou para o nosso relacionamento o fato de eu já ter ficado de olho em outro cara horas depois do fim do meu namoro com a pessoa com quem achei que fosse me casar, mas estou começando a me perguntar se o amor que eu sentia por Alex era genuíno e verdadeiro ou apenas uma forma conveniente de alcançar a vida que eu queria.

Verdade seja dita, essa ideia me balançou bastante nesta última semana, porque, por mais que eu tenha flertado com Ryan desde o dia em que o conheci, a situação ficou real demais na noite em que eu saí com outro cara. A ideia do date era me fazer voltar à ativa. Provar a mim mesma que o que eu sentia pelo Ryan era passageiro. Era impossível eu gostar de verdade de outro cara só oito meses depois de ter terminado com o homem que achei que fosse o amor da minha vida. Qualquer um conseguiria despertar os sentimentos que o cara que dorme do outro lado do corredor desperta em mim.

Mas, para o meu choque, acabei provando o contrário.

Ryan chegou hoje de manhã, mas ainda não o vi. Ele deixou as malas em casa, fez café para mim, pôs o copo na geladeira para esfriar e depois saiu para treinar arremessos antes de dar uma coletiva de imprensa, tudo isso antes de eu acordar. Apenas mais um sábado comum para o astro Ryan Shay. Chego a me perguntar se ele não fica cansado de tudo isso. A vida dele pode até parecer glamorosa para quem vê de fora, só que, acompanhando de perto o dia a dia, me sinto exausta por ele.

Stevie e eu fomos às compras dois dias atrás e, desde então, ando sonhando com o vestido vermelho de cetim pendurado no meu armário. Vermelho não costuma ser minha cor, mas estou precisando da ousadia que ela traz. As alças são amarradas em laços nos ombros e a bainha bate no meio da canela. Convenientemente, preciso de um segundo par de mãos para me ajudar a fechar o zíper, então calço meus novos saltos nude até chegar o momento de pedir ajuda ao Ryan.

A tal festa misteriosa da qual ele se recusa a falar começa daqui a uma hora e será do outro lado da cidade, então, assim que ouço a porta do quarto dele se abrir, dou uma boa última olhada no espelho, respiro fundo e sigo em direção à sala.

O som dos meus saltos no piso de madeira chama a atenção de Ryan, que está no meio de um gole de uísque.

Olhos verde-azulados percorrem meu corpo lentamente, subindo por minhas pernas, se detendo um pouco no meu peito — não que eu tenha muito a oferecer nessa área, mas o vestido está fazendo um ótimo trabalho em exibir o que eu tenho. Ryan entreabre aqueles lábios tão beijáveis e os umedece com a língua.

Quando finalmente encontra meus olhos, ele engole em seco.

— Uau.

— Oi.

Ele assente com a cabeça, lembrando que precisa falar alguma coisa, e eu tenho que admitir: ser o alvo de toda essa atenção faz maravilhas para o meu ego.

— Indy, você está maravilhosa.

Eu me viro de costas para ele.

— Fecha pra mim?

Minhas pernas tremem levemente com a adrenalina que me atravessa e minhas mãos estão suadas de nervoso. Não me considero uma pessoa ansiosa, mas a ideia de ver esse homem tão contido perder o controle me deixou inquieta a semana inteira.

Enquanto levanto o cabelo, escuto o barulho do copo dele tocando a bancada e um, dois, três passos lentos na minha direção. A proximidade de Ryan traz um calor imediato às minhas costas e nós dois respiramos fundo ao mesmo tempo quando sua mão desliza pelo meu quadril.

Dá para sentir no ar que algo mudou entre a gente. O que antes não passava de uma amizade com momentos de flerte se transformou em algo mais e nós sabemos disso. É só questão de tempo até um dos dois decidir tomar a iniciativa.

Os dedos de Ryan roçam minha nuca quando ele afasta os fios soltos. O arrepio instantâneo que percorre meu corpo inteiro faz o desgraçado dar uma risadinha.

— Te odeio — digo, embora respire com certa dificuldade.

— Aham. Estou vendo.

A mão que estava no meu quadril aperta minha pele, amassando o tecido do meu vestido. Ele fecha o zíper com a outra, traçando minha coluna com a ponta dos dedos, sem pressa. Quando termina de fechar, os mesmos dedos exploram minha nuca e, por fim, contornam meu pescoço.

Sinto seu peito firme encaixado nas minhas costas enquanto ele usa o polegar para acariciar o ponto onde dá para sentir minha pulsação acelerada.

— Fui eu que comprei esse vestido?

Faço que sim.

Ryan solta um som grave de satisfação.

— Alguém já te disse que você é meio possessivo, Shay?

Ele ri baixinho, ainda colado nas minhas costas.

— Nunca. Mas, por outro lado, ninguém nunca me fez sentir tão insaciável quanto você faz.

Meu Deus. Eu gosto quando ele fica controlador desse jeito.

Arqueio as costas e estou a ponto de pedir para que ele esqueça a festa, me leve para a cama e cuide de todas as minhas necessidades de todos os meus desejos.

Ryan deve ter lido meus pensamentos, porque me interrompe e diz:

— Temos que ir.

Eu me viro para ele e colo o peito em seu terno azul-marinho e na camisa branca engomada. Ele fica ótimo em tons mais claros do que o preto. Com essa roupa, os olhos verde-azulados puxam mais para o safira.

— Você está lindo hoje.

Ele passa a língua pelo lábio inferior antes de mordê-lo em um sorrisinho malicioso. Quando volta a atenção para a minha boca, chego a respirar fundo, mas Ryan dá um passo para trás.

— Não podemos nos atrasar — ele me lembra.

— Já pode me contar qual é o propósito dessa festa?

Ele confere o Rolex no pulso, mas volta a olhar para mim e, após um momento de hesitação, diz:

— O Zanders vai pedir a Stevie em casamento. Essa vai ser a festa de noivado deles.

— O quê?

Ryan me encara com preocupaçao.

— Ele vai pedir hoje à noite? — pergunto, levando as mãos à boca.

— Está pedindo agora. Eles estão num avião de volta para Chicago.

Deixo escapar um soluço emocionado.

— Meu Deus.

Mais uma vez, Ryan me olha como se eu fosse uma bonequinha frágil prestes a se despedaçar.

— Você está bem?

As lágrimas queimam meus olhos porque, até quando estou absurdamente feliz, o choro é minha reação natural.

— Ei — diz Ryan, segurando meu rosto com as duas mãos e passando os polegares na área abaixo dos olhos com delicadeza. — Não chora. Vai estragar sua maquiagem.

— É mais forte do que eu.

— Está chateada?

— O quê? — Após uma pausa, pergunto: — Por que eu estaria chateada?

— Não sei.

— Por que perguntou isso? — Enquanto ele me encara, a ficha cai.— Porque não sou eu? — deduzo.

Ryan abre um sorriso discreto e pesaroso.

— As coisas ainda estão muito recentes na sua cabeça, Ind. Amanhã você vai num chá de panela e agora tem uma festa de noivado…

— Eu estou feliz. Estou feliz pra caralho por eles. Isso não tem nada a ver comigo.

Cada palavra é a mais pura verdade. Não sei se é o tempo que já passou desde que Alex e eu terminamos ou se é simplesmente porque ver minha melhor amiga feliz não me dá nenhuma margem para sentimentos egoístas, mas não estou nem um pouquinho chateada com o que perdi.

Ryan ajeita meu cabelo atrás das orelhas e termina de enxugar meus olhos.

— Você é uma boa amiga para ela, Indigo.

— Bom, ela também é uma boa amiga para mim. Você poderia ter me contado. Eu poderia ter ajudado com a festa. Poderia ter...

— Eu sei. O Zanders chegou a pensar em pedir sua ajuda, mas eu falei para ele não fazer isso. Queria que você se divertisse sem precisar se preocupar se todo mundo está se divertindo também.

Mas essa é minha função. Eu sou a pessoa que planeja as festas, a anfitriã. Eu gosto de garantir que as pessoas sejam bem atendidas e que estejam se divertindo.

— Isso mesmo, Ind. Você vai passar uma noite inteira se divertindo sem cuidar de nenhum outro ser humano. Chocante, eu sei, mas acho que você consegue.

— Tudo bem. — Dou o braço a torcer. — Só que, se essa festa for uma bosta, eu vou encher o saco do Zee por não ter pedido minha opinião.

— Estamos falando do Zanders. A festa vai ser extravagante pra caralho. — Ele afasta meu cabelo e segura meu rosto entre as mãos. — Tem certeza de que está bem?

Faço que sim com a cabeça.

— Tenho, mas obrigada por perguntar.

Volto a me concentrar nos lábios dele, mas logo em seguida Ryan limpa a garganta.

— Melhor a gente ir.

* * *

Ryan abre a porta para mim assim que o motorista nos deixa em frente a um prédio discreto, com apenas uma plaquinha mal iluminada sobre uma porta preta. Não há paparazzi nem repórteres do lado de fora — algo para o qual eu já estava preparada —, apenas um homem grande parado na entrada com uma prancheta nas mãos.

Zanders conseguiu manter isso em segredo direitinho. Nem eu fazia ideia do que ia acontecer, que dirá a mídia local.

Ryan desliza a mão pela minha lombar e me conduz até a porta da frente.

— Indy Ivers — diz ao porteiro. — E Ryan...

— Eu sei quem você é. Que loucura. — A expressão taciturna do porteiro se transforma em um sorriso e ele balança a cabeça sem acreditar, porque nem um segurança que é pago para ser discreto consegue controlar os instintos de fã diante de Ryan Shay.

Ele abre a porta e nos conduz até um corredor escuro, enquanto Ryan continua me segurando possessivamente.

Tiro o casaco e me viro para ele antes de entrarmos no salão principal.

— Já que seus colegas de time e o gerente-geral não estão aqui, acho que não temos que fingir estarmos juntos hoje.

Ryan pendura nossos casacos junto com os dos outros convidados.

— É, acho que não.

Nenhum dos dois parece muito certo disso.

— Mas — começo a dizer, e Ryan olha nos meus olhos na mesma hora, com um lampejo de esperança. — Pode ser um bom treino.

— Verdade, e o casamento está chegando.

— Isso — concordo rapidamente. — Então, será que deveríamos fingir hoje? Para treinar.

— Sim, parece ser a melhor opção.

Sem hesitar mais, Ryan pega minha mão, entrelaça nossos dedos e nos conduz até o salão principal.

O lugar é pequeno e pitoresco, com espaço suficiente para acomodar os familiares e amigos mais próximos de Zanders e Stevie. Mas, no clássico estilo Zanders, a iluminação é intimista e cara, o bar está abastecido com as melhores cervejas e outras bebidas alcoólicas que o dinheiro é capaz de comprar, e há um DJ e uma pista de dança pronta para ser ocupada.

Rio, Maddison e o restante do pessoal dos Raptors são as primeiras pessoas que vejo. Empolgado, Rio arregala os olhos verdes e acena para me chamar. Se bem que eu não sei se a felicidade é por me ver ou se está torcendo para que o homem ao meu lado, por quem ele é totalmente obcecado, se junte ao grupo também.

— Vou ali falar com o pessoal do time.

— E meus pais estão aqui — comenta Ryan. — Melhor eu avisar a minha mãe que você não é minha namorada de verdade antes que ela tenha um infarto de empolgação.

Eu até iria com ele para cumprimentar os pais da minha melhor amiga, mas não sou muito chegada na sra. Shay. O pai de Ryan e Stevie é um amor, um homem gentil e carinhoso, mas a mãe não foi legal com Stevie por muitos anos. As duas têm feito terapia de família para tentar consertar a relação entre mãe e filha, e claramente as coisas melhoraram entre elas, ou Zanders não a teria convidado para a festa.

Posso até ser muito tolerante em relação à minha própria vida, mas, se alguém mexe com meus amigos, guardo rancor até dizer chega. Então, pelo bem de Ryan, não vou falar com a mãe dele hoje, ainda mais depois de começar a beber.

— A gente se vê daqui a pouco? — pergunto.

— Eu te procuro.

Nós nos afastamos, mas, para duas pessoas que estão fingindo, nossos dedos demoram um pouco a mais do que deveriam para se soltar.

— Então você está *mesmo* transando com meu crush famoso — diz Rio ao me abraçar.

— Nós não estamos transando. Estamos aproveitando a oportunidade para treinar. Ele tem que parecer meu namorado na frente dos meus amigos de infância daqui a algumas semanas.

Rio se afasta dos colegas de time e fala baixinho:

— Você não vai conseguir me convencer de que não está transando com o Ryan. Já contou para a Stevie?

— Não, porque não estamos transando. Ainda não, pelo menos. Mas ele se ofereceu para me ajudar com aquele problema que eu te falei.

— Está falando sério? — Rio arregala os olhos. — Era só se oferecer? Eu poderia ter feito isso meses atrás!

Olho para ele com uma expressão vazia.

— Tá, tá, eu sei.

— Que loucura a gente estar na festa de *noivado* do Zanders e da Stevie, né? Você já sabia?

— O Maddison contou quando chegamos aqui.

Cumprimento Maddison, a esposa dele e os outros caras com quem viajo pelo país inteiro a trabalho, enquanto esperamos os convidados de honra chegarem. Ryan ainda está com os pais quando as portas principais se abrem, e o salão inteiro explode em aplausos e comemoração.

Stevie está completamente radiante e tenho certeza de que sorri de orelha a orelha, mas não dá para ver direito porque ela levou as mãos à boca de tanta surpresa.

Mesmo do outro lado do salão, vejo a pedra enorme na mão esquerda dela. O cara que adora mimá-la a abraça por trás, orgulhosíssimo de ter conseguido organizar essa surpresa e ainda poder ostentar a namorada no processo.

Dou um passo na direção deles, mas logo me seguro para deixar os familiares darem os parabéns primeiro.

Stevie começa a procurar uma pessoa específica no salão e, assim que bate os olhos no irmão gêmeo, dispara na direção dele. Ryan a encontra no meio do caminho com passos largos e a levanta num abraço.

Por incrível que pareça, estou conseguindo conter minhas emoções. Em vez de lágrimas, tenho canalizado tudo em sorrisos bobos e pés inquietos, doida para abraçar minha amiga. Mas, quando Ryan se afasta da irmã com o sorriso mais deslumbrante de todos no rosto, ele também enxuga as lágrimas.

Meu colega de apartamento não é emotivo. Isso já está na cara, mas Stevie é sempre a exceção. Ele a ama intensamente, e o fato de baixar a guarda a ponto de derramar algumas lágrimas por ela em público me dá esperança de que, talvez um dia, outra pessoa também desperte nele essa vulnerabilidade.

Quando Ryan a abraça outra vez, desvio a atenção para Zanders para não interromper minha sequência de dez minutos sem chorar. Ele abraça a irmã e o pai e, logo depois, os melhores amigos, os Maddison.

Rio me dá um gim-tônica e me abraça pelos ombros.

— Você está bem?

— Estou.

— É isso que eu gosto de ouvir.

Há uma pausa depois que Stevie abraça o pai, e ela olha na minha direção. Entendo isso como minha deixa, então coloco minha bebida na mesa e corro o mais rápido que meus saltos permitem para abraçá-la bem firme.

— Você sabia? — pergunta ela no meio do abraço.

— Não fazia ideia! E você?

— Nem passou pela minha cabeça! — Ela cai na gargalhada.

— Foi por isso que você não me respondeu?

— É, sobre isso…

— Deixa eu ver esse anel. — Seguro a mão dela e a interrompo, pois este momento é dela, não meu e do irmão. — Caramba, Zee.

Neste momento, Zanders me abraça pelos ombros.

— Gostou?

— Eu preferiria que você tivesse pedido minha ajuda, mas, mesmo se tivesse, acho que não tinha como ser mais perfeito.

Stevie é puxada para outro lado, então me viro para abraçar seu noivo.

— Meus parabéns.

— Obrigado, Indy. — Zanders sorri satisfeito, mas, logo depois, parece ficar preocupado e fala mais baixo, para ninguém ouvir. — Você está bem?

— Por que todo mundo fica me perguntando isso?

— Bem, porque, quando nos conhecemos um ano atrás, você já tinha escolhido a aliança e marcado uma possível data para o casamento. Não me leve a mal, estou muito feliz por você não estar mais com aquele cara, mas não faz *tanto* tempo assim. — Ele me lança um olhar cauteloso. — O Ryan disse que você ficaria feliz, e não duvido que esteja. Queria confirmar, só isso. Não quero ser insensível.

— Nossa, não mesmo. — Dispenso o comentário. — Isso não tem nada a ver comigo. Eu não poderia estar mais feliz por vocês dois. Juro. Estou bem.

— Que bom. — Zanders dá uma olhada no meu vestido. De todos os meus amigos, ele é quem mais entende meu gosto por moda. — Amei o vestido.

— Amei o terno.

Stevie e Ryan voltam a se fechar no mundinho deles enquanto brindam com as garrafas de cerveja. Do outro lado do salão, Zanders e eu observamos os irmãos Shay.

— Não acha que oito meses é tempo demais? — pergunto.

— Acho que oito *horas* já foi tempo demais para sofrer por aquele idiota, mas eu te conheço, Indy. Você sente as coisas com mais profundidade do que a maioria das pessoas, então, não, eu não acho que oito meses seja muito tempo. Você é leal até dizer chega e, quando ama alguém, cada fibra do seu corpo sente esse amor.

— Mas e se esse senso de amor e lealdade fosse uma ilusão? E se o que eu sentia pelo Alex fosse só uma forçação de barra porque achei que a gente fosse construir a vida que eu queria? Nesse caso, oito meses é tempo suficiente?

Zanders dá uma risadinha.

— Se você está me perguntando se oito meses é tempo suficiente para entender que o Alex não te merecia e que talvez, apenas talvez, você esteja percebendo que outra pessoa possa merecer, então, sim, acho que oito meses é mais que o bastante.

Quando levanto a cabeça, vejo Zanders com um sorriso de quem entendeu tudo.

— Agora vou lá dançar com minha noiva. Tem outro Shay ali que tenho certeza de que não se importaria de passar a noite com você.

Dou uma risada.

— Então tá, cupido.

— Fazer o quê? Estou apaixonado! — Zanders se afasta de braços abertos, mas em seguida dá meia-volta e olha para mim por um instante. — Divirta-se, viu?

Divirta-se.

Porra. É exatamente isso que preciso fazer. Parar de analisar incansavelmente essa situação. Parar de ficar pensando se eu já honrei meus sentimentos do passado por tempo suficiente para virar a página. Simplesmente me divertir.

E a pessoa com quem eu mais gosto de passar tempo está aqui hoje, lindo de morrer com aquele terno azul-marinho.

Sigo Zanders em direção aos gêmeos.

— Vamos dançar — diz ele para Stevie, segurando a mão dela e a conduzindo para a pista de dança.

Passo por Ryan e apoio os cotovelos na mesa de bar, de frente para ele.

Seus olhos percorrem lentamente meu corpo.

— E o que *a gente* vai fazer?

— Boa pergunta. — Tomo um gole da cerveja de Ryan. — O *que* a gente vai fazer?

A pergunta esconde outra, bem mais importante: até que ponto isso vai ser fingimento?

Ele dá uma risadinha e sorri de canto quando a música fica mais envolvente.

— A gente vai dançar.

Ryan estende a mão para mim e, assim que a seguro, ele indica que eu vá na frente. Em seguida, me abraça por trás pela cintura e me conduz para a pista de dança.

Por cima do meu ombro, ele se inclina para falar no meu ouvido.

— Você está maravilhosa, Ind. Caso eu não tenha falado isso nos últimos cinco minutos.

Cubro o braço dele com o meu e encosto nossas bochechas.

A parte mais confusa da noite é tentar entender o quanto dessa situação é mentira. Sim, nós combinamos de fingir que estamos juntos para treinar um pouco, mas por que tudo parece tão autêntico?

A pista de dança já está bem cheia, mas conseguimos arrumar um espacinho. Ryan me vira de frente para ele e posiciona meus braços nos ombros dele, acariciando a minha pele no processo. Em seguida, passa as mãos pela minha cintura e as desliza pelos quadris até parar mais embaixo do que eu esperava.

Quando ele me puxa para mais perto, não posso deixar de notar como combinamos e como nos encaixamos bem, por mais que sejamos opostos em todos os outros aspectos.

Eu sou bagunceira. Ele é obcecado por organização.

Eu sou romântica. Ele é cético.

Eu sou extrovertida. Ele é a definição da palavra recluso.

Eu quero que meu futuro envolva amor e família. Ele está determinado a passar o resto da vida sozinho.

Mas aqui, nos braços dele, nem parece que somos tão diferentes assim.

Enquanto procuro Zanders e Stevie na pista de dança com o olhar, apoio a cabeça no ombro de Ryan e danço no ritmo da música, observando o casal que acabou de noivar. Eles brilham juntos de um jeito que nunca vi um casal brilhar.

— No que está pensando? — pergunta Ryan em voz baixa.

— Eles se amam tanto.

Sinto Ryan virando o pescoço para ver quem estou olhando. Ele dá uma risadinha.

— Acho que isso chega a ser um eufemismo, Ind.

— Parece ser tão bom.

Conhecendo o homem que mora comigo, que se recusa a reconhecer qualquer forma de amor, platônico ou não, já estou mais que preparada para que ele me ignore ou pegue no meu pé por romantizar a vida dos meus amigos. Mas, em vez disso, Ryan solta um suspiro com um toque de nostalgia e diz:

— É. Parece mesmo.

Ao ouvir isso, me afasto um pouco para encará-lo, sem soltar seus ombros, e acaricio seu cabelo.

— Você já se apaixonou?

— Uma vez.

— Na faculdade?

Ele faz que sim.

— Você se sentia daquele jeito? — pergunto, apontando para a irmã e o futuro cunhado dele.

— Não.

Ryan quase não fala do próprio passado, e não quero estragar o momento me metendo demais. Mas, ao mesmo tempo, quero saber tudo sobre ele.

Minha risada faz Ryan sorrir um pouco.

— Qual é a graça?

— Passei esse tempo todo achando que você não acreditava no amor.

— Eu acredito no amor, mas sou realista. Você pode amar alguém com todas as forças, mas isso não garante que a pessoa vai retribuir o sentimento. É um jogo de sorte, e eu não gosto de fazer apostas que posso perder.

Então, me dou conta de que essa é sua versão autocontrolada: nunca se envolver a ponto de arriscar se machucar. Nunca se permitir sentir nada. Eu, por outro lado, acabei de apostar todas as fichas e perder de uma vez só, mas já estou pensando em jogar mais uma rodada.

Será que ela não correspondia ao amor dele? Foi isso? Claramente não, considerando que tentou usá-lo. Não sei como alguém que teve a oportunidade de conhecer esse homem, de ser amada por esse homem, pôde não amá-lo.

Ela nunca se deu conta do quanto era especial por ter sido escolhida por ele?

Será que Alex não se sentia especial de ser amado por mim? Pelo visto, não. Caso contrário, por que meu amor inabalável teria sido descartado dessa maneira?

Amar alguém não é garantia de que o sentimento vai ser recíproco. Mas, apesar de ter tentado e falhado, espero que um dia eu o encontre de novo. Espero que um dia Ryan queira o mesmo para ele.

Ele usa o polegar para desenhar círculos distraídos na minha lombar.

— Como você ainda consegue ser tão romântica, hein? Depois de tudo.

— Eu preciso acreditar que existe algo melhor do que o que eu tive, se é que posso chamar aquilo de amor. E é empolgante, chega a me dar esperança acreditar que existe coisa melhor por aí. Pode me chamar de sonhadora. Pode me chamar de ingênua, não ligo. Eu me considero otimista.

Ele interrompe nossa dança e para de mexer os pés. Seus olhos da cor do oceano percorrem cada detalhe do meu rosto e se demoram nos meus lábios.

— Existe coisa melhor por aí, e se tem alguém que merece tudo que desejar na vida, esse alguém é você.

— Você também merece realizar seus sonhos.

— Eu não sonho, Indy. Eu faço planos, e minha vida está seguindo esse plano. Conquistei minha carreira. É o que eu sempre quis.

Ryan não consegue me olhar nos olhos enquanto diz isso, porque não sei nem se ele mesmo acredita nessas palavras. Eu vejo o preço que ele paga por toda a expectativa que depositam nele. Ele pode até ainda amar o esporte, só que a pressão para ser perfeito é pesada e o desgasta um pouco mais a cada dia. Ryan é obrigado a ficar confinado no apartamento, a não ser que esteja pronto para ser idolatrado e analisado nos mínimos detalhes ao mesmo tempo. Ele mora numa prisão milionária no vigésimo segundo andar. Acho difícil imaginar que tenha sonhado com essa parte da carreira.

Ryan me gira com elegância, interrompendo nosso momento antes que eu me intrometa ainda mais nos assuntos dele. Ele é surpreendentemente habilidoso na pista de dança e, para um homem que não segura uma mulher nos braços há anos, consegue me conduzir sem nenhuma dificuldade.

— Podemos riscar esse item da sua lista. Com certeza vamos conseguir dançar um pouco no casamento.

Ele abre um sorriso discreto.

O DJ passa para a próxima música, que mantém o clima lento e envolvente.

— Talvez seja melhor a gente treinar mais um pouquinho. Não acha?

Amo esse tipo de treino. Todos os detalhes. Dançar. Morar no mesmo apartamento. Manter um relacionamento de mentira.

— Sim. É bom treinar mais.

Seguimos dançando pela pista, as mãos entrelaçadas ao lado do corpo, as bochechas coladas de um jeito sufocante, mas reconfortante. Volto a avistar minha melhor amiga do outro lado do salão, radiante de alegria.

— Você acha que o Zanders e a Stevie vão ter filhos?

— Não sei — admite Ryan. — A Stevie nunca falou muito disso. Entre nós, era eu que sempre falava que queria ter filhos. Minha irmã vivia ocupada demais salvando qualquer animal abandonado que encontrava. — Ele ri baixinho. — Mas talvez eles tenham. O Zee quer.

Ouvi muito bem a frase que ele soltou casualmente. *Entre nós, era eu que sempre falava que queria ter filhos.* Camada por camada, Ryan vai se abrindo para mim, e mais partes confusas do seu passado parecem ansiosas para vir à tona. Eu quero ver. Quero saber de tudo, mas também não quero assustá-lo, então fico quieta.

Ele me lança um olhar cauteloso, como se só agora percebesse que está pisando em um campo minado ao falar de casamento e filhos com uma mulher que talvez nunca tenha nenhum dos dois, mas não quer saber de outra coisa.

Felizmente, outra música começa a tocar, e é impossível não dançar ao som do ritmo que preenche o ambiente.

Ryan tira o paletó e o joga no encosto de uma cadeira próxima. Em seguida, dobra as mangas da camisa branca de botão. Neste momento, ao ver as veias saltando nos antebraços e o relógio no pulso, concluo que essa é a coisa mais sexy que um cara pode fazer.

— Chega de papo. — Ele me dá um tapinha na bunda e me leva para o meio da pista de dança. — Vem. Vamos nos divertir.

* * *

Várias músicas depois, estou empapada de suor. Todos nós estamos. A maioria dos amigos e colegas de time de Stevie e Zanders não saiu da pista de dança, e o DJ finalmente se ligou que todo mundo quer música para rebolar.

Já tirei os sapatos há muito tempo, e espero que consiga reencontrá-los. São muito bonitinhos. E caros.

A pista de dança se transformou num cenário caótico de música, suor e corpos se esfregando. O evento que começou como uma festa de gala logo virou uma boate privada com convidados muito bem-vestidos.

Mesmo no meio de toda essa loucura, fico sempre de olho para ver onde Ryan está, seja em um canto bebendo com o pai, seja dando uma escapada para pegar um pouco de ar. Ele só aguentou duas músicas antes de se retirar, mas, pode me chamar de carente, quero ele aqui de novo.

— Vem dançar comigo, Indigo! — Rio me puxa, põe meus braços nos ombros dele e mantém as mãos numa altura respeitosa em minhas costas.

Mexemos os quadris juntos, mas de um jeito completamente platônico. O espaço entre nós deixa isso bem claro.

Em meio à luz baixa e à música alta, vejo por cima do ombro de Rio que Ryan está de olho em mim no canto da pista de dança. Com uma das mãos, segura a bebida. A outra está enfiada no bolso. A última vez que ele me pegou dançando com Rio foi no banquete de outono. Agora, por mais que dê para ver o calor intenso em seus olhos, também percebo uma postura mais confiante.

Ele me observa com uma intensidade sufocante enquanto leva o copo à boca. Embora eu continue a dançar com Rio, mantenho o olhar fixo nele.

Ainda estamos fingindo? Adoraria saber.

Seu olhar percorre meu corpo lentamente, sem deixar passar nenhum centímetro, e tudo que eu mais quero é provocar meu namorado de mentira ciumento a ponto de fazê-lo vir aqui. Então, é isso que eu faço. Me viro de costas para Rio, encaixo o corpo no dele e rebolo ao ritmo da música, sem tirar os olhos de Ryan.

— Fique sabendo — diz Rio no meu ouvido, alto o suficiente para que eu consiga ouvir por cima da música — que sei muito bem que você está me usando para deixar ele com ciúmes, e estou totalmente de boa com isso.

Dou uma risadinha.

— Já esperava que ficaria.

— Foda-se. — Rio me pega pela cintura e me puxa para mais perto. — Mas se ele me bater por causa disso, acho bom que pelo menos me dê um autógrafo também.

Ele leva as mãos aos meus quadris e aproxima a boca da minha orelha. Em menos de dez segundos, um par de sapatos caros para na minha frente. Então, meu olhar percorre as pernas compridas e musculosas até encontrar o lindo rosto de Ryan, com um semblante impassível.

— Pode ir — diz ele a Rio, sem deixar de olhar para mim.

Rio levanta as mãos, rendendo-se.

— Ela me obrigou.

— Ah, sei muito bem.

— Eu vou... — Rio aponta o polegar por cima do ombro. — Então tá — diz ele, se retirando.

— Que belo showzinho.

— Obrigada. Serviu para te trazer para a pista de dança, não foi?

Posiciono os pés descalços em cima dos sapatos dele e o abraço pelo pescoço. Por mais que a música que está tocando seja feita para sarrar e rebolar, Ryan começa a mexer os pés e dançar lento comigo de novo.

— Será que precisamos incluir isso no nosso acordo? Colocar na geladeira? Porque, até onde eu sei, mais ninguém pode te tocar.

— Isso significa que *você* vai me tocar?

Meu Deus. Pelo jeito estou sem filtro hoje.

Ele arqueia as sobrancelhas, surpreso.

— Você quer que eu te toque?

Sim. Sim, por favor.

— Já falei — prossegue ele. — É só pedir minha ajuda.

Por mais tentador que seja pedir, eu hesito.

— Que foi?

— Só estou tentando entender se você é bom ator mesmo.

— Você acha que eu estou atuando?

— Não sei mais de nada.

Ele desliza a mão pelas minhas costas, desce até a bunda e me puxa para perto dele. No mesmo instante, sinto um volume no meio de suas coxas.

— Você acha que isso é falso?

Fico sem ar.

— Sentir ciúme te excita?

— Não. Não tenho por que sentir ciúme quando eu sei o que é meu. Sou eu que vou levar você para casa.

Como se todo rastro de feminismo tivesse abandonado o meu corpo, eu me derreto nos braços dele.

Um segundo se passa enquanto alterno o olhar entre os olhos e os lábios dele. Que se foda, não quero esperar até chegar em casa.

Fico na ponta dos pés e me inclino em direção à boca dele. Ele começa a se abaixar para se aproximar da minha, mas minha melhor amiga, a essa altura bêbada, pega minha mão.

— Nossa carona chegou! Tem espaço pra vocês. Vamos.

Stevie.

Merda.

Eu estava prestes a beijar o irmão de Stevie na festa de noivado dela, e ainda não lhe contei o que estou sentindo por ele. Ela recebe minhas atualizações diárias, claro, mas duvido que saiba que estou falando sério na maioria das mensagens.

Como Zanders disse, não acho que ela ficaria chateada, mas Stevie tem um histórico de amigas de merda que já a usaram para se aproximarem do irmão. Eu me recuso a dar a entender que sou uma delas. Precisamos conversar antes. Minha amizade com Stevie é bem mais importante do que a quedinha que desenvolvi pelo cara que mora comigo.

A expressão de Ryan é igual a minha, como se o mesmo sentimento o tivesse invadido.

Ele recua um passo.

— Vou pegar nossos casacos.

Eu me despeço do pessoal dos Raptors antes de sair com Stevie.

— Mal te vi hoje — ela me lembra com a voz embriagada, e então encosta a cabeça no meu ombro.

— Pois é. Desculpa. Você estava meio cobiçada.

— E você e meu irmão estavam meio obcecados um pelo outro.

Paro no meio do caminho e, ao olhar para ela, fico aliviada ao ver um brilho bem-humorado nos olhos verde-azulados.

— A gente estava treinando. Para o casamento da Maggie.

— Aham — cantarola ela, nem um pouquinho convencida. — E se esfregar na perna dele fazia parte do treino?

— Agora você resolve levar a sério?! Você nunca liga para as minhas atualizações!

Ela ri.

— Ver vocês dois juntos hoje à noite deixou bem claro que estava falando sério nas atualizações diárias. E, caso o que rolou hoje não tenha sido só um treino para o casamento da Maggie, estou de boa com isso. Não que você precise da minha permissão.

— Está?

— Estou. — Ela dá de ombros.

— Não quero que você ache que estou desrespeitando nossa amizade ou algo assim.

— Pelo amor de Deus. Nossa amizade foi desrespeitada desde a primeira atualização diária. — Ela bate o quadril no meu. — É claro que não acho isso. Você não tem um grama de maldade no corpo. Ind, você é minha melhor amiga. Só quero que você seja feliz. Mas toma cuidado com ele, tá? Ele é sensível, por mais que tente esconder.

Ouvir a pessoa que mais conhece Ryan na vida chamá-lo de sensível só confirma o que eu já sabia. Ele tem sentimentos. É emotivo, por mais que tente disfarçar.

— Vou dar uma passada na sua casa essa semana para saber dos detalhes, mas resume pra mim. Como foi que seu noivo exibido te pediu em casamento? Aposto que foi extravagante pra cacete.

— Foi surreal. Ele alugou um avião particular e me levou para várias cidades que tinham algum significado para a gente. Cidades em que nos apaixonamos no ano passado. Aí, do jeito mais discreto e perfeito possível, que parecia ter sido pensado só para mim, ele fez o pedido em casa, porque queria que a Rosie estivesse presente.

— Meu Deus. — Jogo a cabeça para trás. — Isso foi digno de namorado literário.

— Não faço ideia do que isso quer dizer.

— Basta concordar comigo.

A caminho da saída, encontramos Zanders, Maddison e a esposa dele. E, no fim do corredor, em frente à saída, vejo Ryan nos esperando com meu casaco pendurado no ombro e meus sapatos na mão.

Queria poder tirar uma foto e guardar este momento para sempre, porque ele está simplesmente lindo sob o leve brilho néon da placa que indica a saída. Ele me ajuda a vestir o casaco e, com cuidado, tira meu cabelo de dentro da gola. Ao ver meus sapatos na mão dele, trocamos um olhar e concordamos tacitamente que não existe a menor chance de eu voltar a calçá-los.

Estou cem por cento sóbria, mas me recuso a enfiar um salto stiletto nos pés a esta hora da noite.

O SUV de vidro fumê para na calçada e, sem pensar duas vezes, Ryan me levanta com um braço só. Eu envolvo sua cintura com as pernas e o seguro pela nuca para manter o equilíbrio enquanto ele me leva para o carro junto com os sapatos.

Deixamos o último banco para Zanders e Stevie, enquanto Maddison, a esposa dele, Ryan e eu nos apertamos no meio. Só tem três lugares para quatro pessoas, então, assim que Ryan fecha a porta, me puxa para o colo dele. Maddison faz o mesmo com a esposa, deixando o assento do meio livre.

— Tem espaço pra você agora, Indy — comenta Maddison, antes de se distrair com a beldade ruiva com quem é casado.

O motor liga e, conforme seguimos em frente, faço menção de sair do colo de Ryan. Mas, em vez de me deixar sair, ele me pega pela cintura para me segurar ali.

— Não — diz ele no meu ouvido.

Os outros passageiros estão distraídos demais para perceber que eu ainda estou ali, no colo dele, então me acomodo contra seu peito. Ele acaricia minha coxa e, ao me recostar, viro o rosto para ele, encontrando olhos semicerrados e lábios entreabertos.

Ele está excitado e, cacete, eu também. A noite inteira pareceu uma preliminar.

Acaricio a nuca dele e, bem de leve, Ryan esfrega os meus quadris nele, arrancando um suspiro quase inaudível de nós dois. Nossos lábios estão a centímetros de distância, e não estou nem aí para o fato de ter mais gente no carro.

— Só quero que todo mundo saiba — anuncia Zanders do banco de trás — que hoje fiz algo inédito num avião, se é que me entendem.

O carro explode em risadas bêbadas e parabenizações.

— Pelo amor de Deus — murmura Ryan só para mim, balançando a cabeça. — Tá aí um jeito eficaz de acabar com uma ereção.

Dou uma risadinha e volto a me recostar nele.

— Como ele se ajoelhou, resolvi fazer o mesmo — comenta Stevie, dando de ombros como quem não quer nada.

— Essa é minha garota! — exclamo.

— Senhor. — Ryan se inclina em direção ao motorista. — Eu vou me jogar do carro rapidinho, então se puder acelerar, seria ótimo.

Dou um tapinha brincalhão no peito dele e, ao se acomodar de volta no assento, ele me puxa para perto.

— Ótima cantada, Vee.

— Obrigada. — Ela dá de ombros. — Esperei o ano inteiro para usar.

— Você tem alguma cantada? — pergunto em voz baixa para Ryan.

Ele balança a cabeça.

— Não. Prefiro agir do que falar.

Abro a boca em choque, porque isso passou longe de ser brega. Não com a confiança que ele demonstrou. Cacete.

Ele ri da minha reação.

— Você tem que acordar cedo amanhã? — sussurra.

— Tenho, e o dia vai ser longo.

Ele suspira profundamente antes de me dar um beijinho no ombro e apoiar o queixo ali.

— Então tá.

* * *

Quando chegamos em casa, entendo o que ele quis dizer com aquele "Então tá".

Ryan não vai tentar nada. Vai me deixar dormir.

O que talvez ele não entenda é que, depois de horas de preliminares e somente um orgasmo em oito meses, não vou conseguir dormir esta noite. Pelo menos não até que algo aconteça.

Ele fecha e tranca a porta do apartamento e deixa meus sapatos na entrada. Tiramos nossos casacos, mais do que cientes da proximidade do outro, e um silêncio carregado de tensão nos envolve.

— Então, eu… — Ele aponta o polegar para o quarto. — Boa noite.

Ryan hesita na porta por um instante e, como a covarde que eu sou, não digo nada.

De cabeça baixa, ele dá um passo em direção ao quarto.

— Ryan — eu intervenho, fazendo-o parar. — Meu vestido. Pode abrir o zíper para mim?

Ele abaixa o zíper sem pressa, como se soubesse que a noite está acabando e quisesse prolongá-la. Sinto sua respiração na nuca, os dedos roçando minha coluna, e meu corpo se arrepia inteiro quando percebo como ele está perto.

Com a parte de trás do vestido aberta, Ryan acaricia meus quadris e os aperta.

— Prontinho.

Ele não sai do lugar e não se mexe enquanto o silêncio se estende.

O que estou fazendo? Por que estou hesitando? Sendo bem sincera comigo mesma, por mais que eu fale abertamente sobre sexo, a última pessoa que me tocou de verdade foi Alex, e isso me assusta. Tirar a roupa e se mostrar tão vulnerável diante de outra pessoa pode ser assustador, mas já estou cansada de deixar Alex ser meu primeiro e único. Ele não merece o título de último homem a quem me entreguei.

— Ry. — Eu o seguro na porta. Ele me encara com um olhar desesperado, como se me implorasse. — Me ajuda?

Ryan joga a cabeça para trás e solta um suspiro de alívio.

— Porra, até que enfim.

22

Ryan

Em duas passadas, eu a imprenso contra a parede enquanto ela envolve minha cintura com as pernas, e as alças do belo vestido vermelho escorregam pelos ombros. Com nossos peitos colados, sinto seu coração acelerado enquanto minha boca percorre o pescoço dela. Dou beijos e lambidas na pele delicada e ouço um gemido baixinho saindo da sua garganta e encontrando os meus lábios.

Ao descer mais, acaricio sua clavícula com a boca molhada enquanto seu peito fica corado e quente. Os mamilos despontam por baixo do sutiã e levantam o cetim vermelho. Meu Deus, quero tanto chupar e morder esses mamilos, talvez até ver se consigo fazê-la gozar só com isso.

Porque a noite é toda dela. Ela vai ter o orgasmo mais intenso da vida.

Estou tão duro pelo acúmulo de tudo que aconteceu esta noite. Porra nenhuma, é pelo acúmulo de coisas ao longo dos últimos meses, mas o fato de que vou fazer Indy gozar até perder os sentidos não muda em nada a promessa que fiz a mim mesmo. Eu consigo. Consigo tocá-la, lamber sua pele e fazê-la gritar sem transar com ela.

— Ryan — diz Indy, arfando. — Meu quarto. Me leva pro meu quarto.

Ela começa a esfregar a boceta na minha ereção e, com o vestido arriado até o quadril, pouquíssimas camadas de tecido nos separam. Respiro fundo com o atrito e a ponta do meu pau já começa a ficar molhada, até porque fazia anos que ninguém me tocava. Já fazia *anos* e agora tenho nos braços a mulher mais linda de todas, que ainda por cima é absurdamente inteligente e atenciosa, se esfregando em mim, sedenta pelo meu pau. Ela já está quente, e aposto que está molhadinha também.

Chego a me virar para o quarto dela, mas não posso fazer isso. Eu evito aquele lugar a qualquer custo, e nem pensar que aquele cômodo vai ser o primeiro lugar onde vou fazê-la gozar hoje.

Em vez disso, eu a levo para o sofá e a deito de costas, sem desgrudar os lábios do seu pescoço, da orelha e do peito. Qualquer lugar que me permita sentir o gosto dela, sem ser a boca.

Não menti quando disse que não gosto de fingir intimidade. Da última vez, o ciúme não me deixou controlar a vontade de beijá-la. Eu sei o que sinto por Indy e, porra, tive vontade de beijá-la desde a primeira vez que ela abriu aquela boca linda e começou a falar. Mas ela já deixou bem claro que não pode me dar mais nada além disso, e a ideia de me apegar a outra mulher que não corresponde às minhas intenções é aterrorizante.

Ela me pediu ajuda para gozar. Não pediu para eu me apegar a ela e beijar aqueles lábios carnudos até perder a capacidade de pensar direito. Até perder a capacidade de *andar* direito. Mas, nossa, como eu quero.

Seus longos cabelos loiros se espalham pelas almofadas e ela arqueia as costas, colando o peito em mim. Em seguida, desabotoa minha camisa enquanto eu dou uma série de beijos nas curvas dos seus ombros. Quando encontro os laços que seguram o vestido, eu os puxo com os dentes, deixando o tecido escorregar. Assim que desamarro a outra alça, Indy já abriu completamente minha camisa branca.

Ela arranha meu abdômen com suas unhas vermelhas e, caralho, fico dez vezes mais duro.

— Eu me masturbei pensando em você — admite Indy.

Puta que pariu. Meu pau chega a latejar contra o zíper só de ouvir as seis palavras mais sexy já ditas.

Ela me encara com aqueles olhos castanhos, esperando minha resposta.

— No que você pensou?

— Nas suas mãos.

— Ah, é? — Apalpo o peito dela por cima do vestido e deslizo os dedos até a base da sua garganta. — O que mais?

Aperto de leve as laterais do seu pescoço, para ver se ela curte esse tipo de coisa.

O gemidinho que solta contra a minha palma confirma que sim.

— Isso — sussurra. — Você em cima de mim. Como seria ficar debaixo de você.

Com os joelhos entre as coxas dela, puxo o decote do vestido para a barriga. Então, olho para os peitos na mesma hora e vejo os mamilos duros por baixo do sutiã — preto e tomara que caia, discreto, mas absurdamente sexy.

— Sua cor favorita.

Pelo amor de Deus.

Vou acabar sendo o cara que goza na calça só de ouvir algumas palavras. Tudo bem que são palavras perfeitas vindas da boca mais atraente de todas, mas, caso eu não consiga recuperar algum controle da situação, a noite vai acabar bem diferente do planejado.

— Você não gozou pensando em mim, Ind? Porque, toda vez que eu me masturbo pensando em você, gozo tanto que quase desmaio.

— Você se masturba pensando em mim?

Dou uma risada seca.

— Sabe aquela noite do acampamento? Pensei em você durante o banho e em praticamente todas as vezes desde então.

Ela volta a arranhar minha barriga e cada músculo do meu abdômen se contrai.

— Por que você não fez nada quando voltou para a cama?

— Eu não sabia que você queria, mas sonhei em ver você assim. Deitada de costas, com as pernas em volta de mim.

Ela começa a abrir meu cinto.

— Bom, estou aqui agora, então o que vai fazer?

— Nada.

Ela para de se mexer e, frustrada, franze as sobrancelhas de um jeito lindo.

— O quê?

Acaricio sua barriga e cintura, desfrutando de sua pele macia.

— Eu não vou fazer nada. Você que vai. Você vai se fazer gozar.

— Mas não consigo — protesta Indy. — Não dá certo. Por favor, Ryan. Você disse que ia me ajudar.

— E estou ajudando. Eu vou te distrair e você vai se tocar. — Seguro a mão dela e a guio em direção ao baixo ventre. — Confia em mim?

— Claro que confio. — Ela suaviza o olhar. — Você confia em mim?

— Confio — digo sem hesitar, e perceber que nunca confiei em outra mulher mais do que confio em Indy me deixa a um passo de pegar uma camisinha e ligar o foda-se para minha abstinência sexual de dois anos.

De repente, sou invadido por uma forte onda de possessividade. As pernas dela estão esparramadas no *meu* sofá. Ela mora na *minha* casa. E quer o *meu* pau. Ela é *minha*.

Mas me repreendo. Hoje, a noite é dela.

— Se masturba, Ind. Se dá prazer. — Então, eu me apoio nos joelhos, tiro a camisa e a jogo no chão. — Mas, pelo amor de Deus, antes me mostra o que tem por baixo.

Eu me inclino sobre Indy e me sustento com um braço, roçando o pau nela. Quase gozo no mesmo instante, e minha ereção aumenta ainda mais quando ela arqueia as costas de prazer, me dando espaço suficiente para abrir seu sutiã com a mão livre.

O tecido na minha cor favorita se solta e ela o joga no chão. Seus peitos são absurdamente maravilhosos e tentadores, como se desejassem ser chupados.

— Ind — sussurro, incrédulo, e recuo um pouco para ver melhor. — Você é linda pra caralho. Quer dizer, eu já sabia disso, mas meu Deus.

— Então você deveria me tocar, não acha?

Espertinha.

Faço que sim.

— Provavelmente.

Seus peitos são um pouco menores que minha mão, mas, quando aperto um deles, encaixa direitinho na minha palma. Passo o polegar pelo bico duro com muito apreço e gentileza. Uma forma de agradecê-la por me mostrar seu corpo, por me deixar tocá-la.

Ela solta um gemido angelical.

Sinto sua mão na minha nuca, me puxando para baixo. Então, sem hesitar mais, eu levo a boca ao mamilo dela e chupo a pontinha rosada antes de rodeá-la com a língua. Ao dar uma leve mordidinha na região, seus belos gemidos ecoam pela sala.

Ela contorce os quadris com avidez, esfregando a boceta em mim. Sem pressa, me desloco para o outro peito, dedicando a ele o mesmo nível de atenção e admiração.

Pego a mão dela e a levo para a barra do vestido, usando a minha para guiá-la para cima.

— Me mostra.

Passo a língua entre os seios dela, olhando-a nos olhos. Suas pupilas estão dilatadas e ela parece desnorteada, a pele macia sob a minha língua. Adoro vê-la desse jeito. Minha garota caótica está ainda mais fora de controle, incapaz de respirar em um ritmo constante e incapaz de conter a própria mente.

Ao olhar para baixo, observo nossas mãos erguerem seu vestido, arrastando levemente o cetim por suas coxas macias. Quando o tecido se acumula nos quadris, ela levanta a bunda do sofá para puxá-lo até a cintura.

Nunca amei tanto a cor preta quanto agora, ao vê-la molhada e entre as pernas de Ind.

Quero mergulhar nela e no seu cheiro. Quero lamber, chupar e beijar o que eu já sei que vai ser a boceta mais linda que já vi na vida, mas a ideia de hoje é fazê-la lembrar que pode cuidar de si mesma.

Enfio a cabeça na curva do pescoço dela e olho para baixo, para o espaço entre nós. Minha ereção está desesperada por um alívio, mas tento ao máximo me conter.

Sabe todo aquele autocontrole que é minha especialidade? Pois é, está prestes a ir por água abaixo. Estou a ponto de arrancar aquela calcinha, desesperado para ver tudo.

— Me mostra — imploro mais uma vez, cerrando os punhos no sofá. — Por favor, me mostra.

Ela brinca com a lateral da peça e passa as unhas vermelhas por cima do tecido que cobre a vulva.

— Não me provoca, Indigo. — É um aviso. — Me mostra.

Mexo os quadris no ar, impaciente de tanto esperar. Bem devagarinho, Indy puxa o tecido preto para o lado, me mostrando os lábios molhados da boceta mais bonita que eu já vi.

— Caramba, Ind. — Chego a engasgar de admiração. — Como você pode existir? Você é linda pra caralho.

— Obrigada — diz ela em voz baixa.

Há uma pequena área de pelos aparados logo acima da fenda. Os lábios rosa-escuros chegam a brilhar com sua excitação. Sua vulva é uma tentação e me faz chegar perto de desistir de anos de abstinência sexual, só para saber como seria sentir meu pau deslizando naqueles lábios.

Quero tocá-la, expô-la, ver cada parte dela, mas ela deveria estar se tocando. Deveria estar aprendendo, como a bela estudante de Ivy League que é.

Pego a mão dela e levo para baixo, cobrindo seus dedos com os meus. Uso nossos indicadores e dedos médios para esfregar a vulva dela antes de separar seus lábios, revelando aquele botãozinho rosa perfeito e molhado.

Indy está encharcada, e sua excitação cobre não só os próprios dedos, mas os meus também. Quero botar o dedo na boca e lamber cada vestígio do sabor dela.

De repente, seu corpo se contrai, interrompendo meus pensamentos carnais. Ao olhar para cima, vejo seus olhos castanhos me encarando intensamente e me passando toda a confiança do mundo. Porra, me derreto na mesma hora.

— Você está bem? — pergunto.

Indy faz que sim, engolindo em seco do jeito mais lindo possível, e minha mente se enche de ideias obscenas de como eu adoraria vê-la engolindo de novo.

— Estou nervosa.

— Por quê? — pergunto, franzindo a testa.

Minha colega de apartamento, tão confiante, nervosa?

Ela dá uma risada desconfortável.

— É como se eu fosse uma virgem. Já faz um tempão.

— Nem me fala.

Ela sorri ao ouvir isso, mordendo aquele delicioso lábio inferior.

— Se quiser parar, me fala. Mas não precisa ficar nervosa na minha presença. Você é perfeita pra caralho, Indigo. É só fingir que está sozinha, no seu quarto, se masturbando.

— Não quero fingir que estou sozinha.

Claro que não. Ela nunca quer.

— Eu gosto de saber que você está aqui. Que está me olhando.

— Então vou ficar bem aqui, eternamente grato por ter a chance de te ver se dando prazer. — Movo a mão dela mais uma vez, aplicando mais um pouco de pressão, e, juntos, encontramos seu clitóris.

Mostro a ela como fazer círculos ao redor do clitóris, como acariciá-lo e como pressioná-lo do jeitinho que eu faria se sua mão não estivesse entre mim e seu corpo.

— Nossa, que delícia. — Ela joga a cabeça no sofá enquanto eu continuo a ajudá-la a se estimular.

Indy fica ofegante, os peitos implorando por atenção. Chupo um deles e sigo mexendo a mão dela.

— O que te excita, hein, Ind? Gosta de ser xingada na cama? Gosta de ser humilhada?

Indy geme baixinho, mas acho que tem mais a ver com a mordiscada que dou em seu mamilo e com o toque dos nossos dedos no clitóris do que com o que eu disse. Porque eu conheço essa garota, e não existe um mundo em que ela queira ser tratada de forma degradante. Ela gosta de ouvir que é linda e inteligente.

— Não, nada a ver. Minha oradora de turma gosta de ser elogiada, né?

Ela choraminga. O som mais lindo e sexy que já ouvi na vida escapa da sua garganta.

— Esperta que nem você é, sei que quer ouvir como está se saindo bem. Como é perfeita.

Quanto mais eu falo, mais sinto nossos dedos ficando molhados.

— Bom, Indigo, você está se saindo muito bem. Está sentindo nossos dedos no seu clitóris? Está sentindo como estamos te deixando inchada? Como está molhadinha? Muito bem, linda.

Indy arfa enquanto joga a cabeça para trás e pressiona os peitos no meu rosto. Suas pernas tremem ao meu redor. Os dedos dos pés se curvam no sofá.

Caramba, eu quero tanto transar com ela. Tenho medo, mas, ao mesmo tempo, não consigo pensar em nada melhor.

Em vez disso, escorrego para a beira do sofá e esfrego o pau ali, o que praticamente não diminui em nada a intensidade do meu desejo.

Porra, a visão daqui de baixo é perigosa. Indy está tão exposta que chega a me tirar o fôlego. A calcinha está tão afastada que consigo decorar cada detalhe da sua vulva. Cada dobra. O brilho na fenda.

— Essa é a boceta mais linda que eu já vi.

Seus músculos se contraem com minhas palavras e eu morro de vontade de saber o quanto ela é apertada.

— Ryan, me faz gozar — implora ela.

— Faz você.

Mexo os dedos dela e os deslizo pelos lábios, tocando a entrada da vagina. Guio sua mão para que se penetre. Então, seu dedo médio desaparece lá dentro. Entra e sai. Molhada e lubrificada.

Os sons da sua respiração entrecortada, os gemidos incríveis e a pele suada vão me matar. Mas então ela diz mais algumas palavras lindas e posso jurar que fui parar no céu.

— Você também — suplica Indy. — Mete o dedo em mim.

— Porra, Indy. Se continuar falando assim, vou gozar antes de você.

— Segura o pau e mete o dedo em mim. Se essa for a única forma de ter você dentro de mim, então, por favor, faz isso.

Se a sensação de abrir mão do controle e receber ordens de uma mulher deslumbrante é essa, preciso me soltar mais vezes.

— Você faz ideia do quanto eu te quero, Ryan?

Do quanto eu te quero, Ryan.

Deixo as palavras me envolverem, me deleitando. Não consigo me lembrar da última vez que fui realmente desejado.

Tiro o pau da cueca, bato de leve e aperto a base, parando antes que eu exploda. Quando ela tira o dedo, eu o cubro com o meu e, juntos, a penetramos.

Ela é superapertada. Nossos dedos se espremem e suas paredes já começam a pulsar. Só consigo pensar no meu pau na mão. Que delícia deve ser ficar apertado ali dentro.

Deslizo nossos dedos lá dentro e vou explorando a área até encontrar aquele ponto.

Indy começa a se contorcer e a jogar a cabeça para a frente e para trás. Seus gritos se misturam a frases do tipo "Isso, aí mesmo", "Como pode ser tão bom" e minha favorita: "Vou gozar."

Seu corpo agitado luta contra o orgasmo, sem querer ceder por enquanto. Normalmente, eu gosto da ideia de controlar o orgasmo, de levá-la ao limite, fazê-la se acalmar e aumentar a intensidade até ela chegar lá. Mas, hoje, só quero que ela goze. Ela já passou tempo demais se segurando.

— Se solta, Ind. Preciso ver você se soltando.

— Você vai gozar?

Se eu vou gozar? Meu pau está molhado e irritado por não estar dentro de qualquer outra coisa que não meu punho. Se eu bater só mais uma vez, vou gozar na beira do sofá.

— Sim, linda. Eu vou gozar.

— Posso ver?

Cacete. Isso é bem sexy e, se é disso que ela precisa, quem sou eu para recusar?

Tiro o dedo de dentro dela e volto a me ajoelhar entre suas pernas.

Indy acompanha os movimentos do meu pau com olhos vidrados.

— Ah — sussurra ela. — Caramba, você é grande.

Dou uma risadinha.

— Ind, que tal você gozar antes de começar a inflar meu ego?

— Sim, senhor.

Não está ajudando.

Eu me inclino sobre Indy com uma mão no pau e a outra no pescoço dela. Meus músculos se contraem descompassadamente. Fico olhando ela estimular o clitóris, a mão ficando molhada, e, como o tarado que sou, também quero molhar minha mão nela e usá-la para me masturbar.

Mas não faço nada, pois já estou ultrapassando mais limites do que pretendia hoje.

Ela continua de olho em mim.

— Goza em mim — implora. — Ah, caralho. Eu...

— Isso aí. Boa garota, Indigo. Você está se saindo bem pra caralho.

Ela reage às minhas palavras na mesma hora, os pés afundam no sofá, a barriga se enrijece e os mamilos endurecem. Os lábios se abrem enquanto o corpo inteiro se contrai e, quando ela fecha os olhos e diz "Ryan" como se fosse uma prece, eu gozo junto.

Evitando o vestido vermelho, gozo na barriga dela, cobrindo-a com meu orgasmo. Chegamos lá juntos, compartilhando o momento de êxtase e euforia.

Enquanto recupero o fôlego, observo Indy se recompondo. Vejo o brilho aturdido e satisfeito naqueles olhos castanhos. A alegria inabalável no rosto. O rubor de um orgasmo mais do que necessário aquecendo sua pele. Estou fodido.

Estou completamente fodido.

Se eu pensava que já estava fodido depois da primeira vez que ela gozou em mim, agora que meus dedos contribuíram para todo esse êxtase, acabou para mim. Como posso ter achado que poderia tocá-la, vê-la se tocando, gozar nela e agir como se fosse possível viver mais um dia sem repetir a dose? Como é que eu vou viver mais um dia sem estar dentro dela?

À medida que a névoa pós-sexo se dissipa, a ficha cai. Ela é a melhor amiga da minha irmã. Minha irmã, que tem poucas amizades por minha causa. E não para por aí: Indy precisa morar aqui. Precisa juntar dinheiro, e isso pode acabar arruinando nosso esquema de moradia.

Mas não é por isso que estou começando a ficar ansioso.

Eu me levanto do sofá às pressas, visto a calça, pego um pano de prato e o molho na pia.

— Está tudo bem? — pergunta ela do sofá.

Seguro firme a beirada da pia e respiro fundo.

Recomponha-se. Que mico, porra.

O pânico começa a se apoderar de cada nervo do meu corpo, de cada centímetro da minha pele.

Solto o ar lentamente, na esperança de me acalmar.

— Está.

De volta ao sofá, evito contato visual enquanto limpo a sujeira que eu fiz.

Indy pega minha mão e me para.

— Ryan — diz ela, me obrigando a olhá-la nos olhos. — O que houve?

— Nada — disparo, rápido demais.

Continuo limpando Indy e ajeito seu vestido, puxando-o tanto para cima quanto para baixo para cobrir seu corpo lindo.

Qual é o meu problema? O que acabou de rolar foi incrível, maravilhoso e assustador pra caralho. Eu sei por que estou em pânico e pensei que, estando com Indy dessa forma, o problema fosse se resolver. Achei que fosse conseguir superar.

Que grande ilusão, achar que seria capaz de fazer isso sem querer transar com ela. Como se evitar beijá-la fosse ajudar a controlar todo esse fogo. Mas só consigo pensar no motivo que me levou a passar tanto tempo sem transar. Na sensação devastadora de descobrir que alguém em quem eu confiava me enganou. Na depressão em que me afundei por isso.

Ela encaixa a mão na minha nuca.

— Ei, olha pra mim.

Não consigo. Eu me sinto um babaca e um covarde ao mesmo tempo. Dou um beijo rápido na palma da mão dela e digo:

— Desculpa, Ind. Não tem nada a ver com você. Só preciso de um minuto.

Sem olhar para aquela linda loira, corro até meu quarto e fecho a porta. Em seguida, encosto a cabeça na madeira e tento recuperar o fôlego.

Por que eu sou assim? Sou um homem de vinte e sete anos que está entrando em pânico por conta de sexo. É uma mistura horrível de saber que o que acabamos de fazer não é suficiente para mim e, ao mesmo tempo, medo de ir além. Não é o sexo que me assusta. É confiar de olhos fechados em outra pessoa.

Eu já me apaixonei perdidamente por uma mulher, até descobrir que de amor aquele relacionamento não tinha nada. Ela mentiu para mim. Eu confiei nela acima de tudo e ela estava tentando me usar da pior maneira possível. Meu radar claramente não funciona, se eu já fui capaz de me apaixonar por alguém assim. Quem me garante que não pode acontecer de novo?

Tomo um susto ao ouvir uma batidinha na porta.

— Ryan? — diz Indy, hesitando por um instante.

Continuo em silêncio, porque sou um covarde de merda.

— Obrigada — diz ela baixinho atrás da porta, com paciência e ternura.

Neste momento, começo a me odiar. Acabei de fazer uma mulher gentil, engraçada e linda gozar no meu sofá, e então a larguei lá sozinha porque não consigo superar minhas próprias merdas. Ela não merece isso.

Tenho que consertar as coisas, mas não faço a menor ideia de como fazer isso.

23
Indy

Quando levanto da cama cada músculo do meu corpo dói. Calafrios me percorrem assim que saio do banho e uma dor de cabeça desnorteante começa a despontar por trás dos meus olhos. Estou me sentindo um lixo.

Poucas horas antes eu estava me sentindo incrível. Eufórica. Satisfeita. Mas quando acordei, senti como se meu corpo tivesse desistido de mim. Depois de tantos voos noturnos, uma festa de noivado tarde da noite e todo o estresse para que o chá de panela de Maggie saísse perfeito, a exaustão finalmente me pegou.

Seria de se imaginar que meu corpo estaria grato por eu ter lhe dado o melhor orgasmo da vida na noite anterior. Que estaria grato pelos oito meses de seca terem finalmente acabado, mas não. Ele me agradeceu com um resfriado.

Pelo menos meu vestido é bonitinho. O tecido floral roxo está folgado no meu corpo. *Graças a Deus.* A ideia de qualquer coisa tocando minha pele dolorida me dá vontade de chorar.

Espero que as garotas gostem dele.

Traduzindo: espero que elas gostem *de mim*.

O motivo pelo qual gastei tanto tempo e dinheiro planejando esse chá de panela é, em parte, porque quero que seja perfeito para Maggie, mas também porque sinto que preciso impressionar minhas amigas. O que é estranho, já que conheço essas mulheres a minha vida inteira. Nós passamos por cada fase esquisita juntas. Cada momento trágico ou feliz. Mas, desde o término, eu tenho me sentido meio deixada de lado, e sinto falta de me sentir incluída.

Será que isso me torna patética? Desesperada? Tenho certeza de que sim, mas não consigo explicar quão empolgada fiquei quando as garotas me pediram ajuda para organizar a festa de Maggie. Parece um primeiro passo para reacender nossa amizade, que tem estado fria ultimamente.

Ouvi Ryan mais cedo esta manhã, enquanto estava deitada na cama sem conseguir dormir. A noite passada foi ao mesmo tempo incrível e confusa. Para ser sincera, fiquei magoada por ele ter fugido do nosso momento para se esconder em seu quarto. Talvez para ele não tenha sido sequer um momento. Talvez tenha sido só um lapso de fraqueza em que finalmente cedeu ao desejo que sentimos. Ou talvez só tenha ficado com pena de mim e prestado um favor à sua pobre colega de apartamento ajudando-a a gozar.

Será que ele se arrependeu?

Não me passou despercebido que ele não me beijou na noite passada. Ele não gosta de fingir intimidade, foi o que disse. E mesmo que seus dedos estivessem cobertos pela minha lubrificação e que tenha gozado no meu peito, talvez aquilo, na opinião dele, não tenha sido intimidade. Foi uma rapidinha intensa. Não foi nem um pouco amorosa ou romântica, não que eu precisasse que fosse.

Porém, quanto mais a névoa pós-orgasmo se dissipa, mais clara a noite se torna.

Será que eu romantizei demais o que aconteceu no sofá? Acho que sim. Que vergonha.

Outro momento humilhante meu que Ryan Shay testemunhou, e perceber que eu entendi a nossa noite de forma completamente errada faz meu corpo doente e dolorido se sentir ainda pior.

Janeiro em Chicago é bem frio, mas o restaurante onde será a festa de Maggie fica só a alguns quarteirões de distância do apartamento. Parece desperdício ir de carro, mesmo que meus pés estejam doendo a cada passo.

Passei as últimas semanas comprando infinitas decorações, mapas de assento e lembrancinhas, e entreguei tudo ontem. Eu até encomendei um monte de flores com o cara da minha floricultura favorita, para montar arranjos de mesa lindos com peônias, rosas e cravos, para dar aquele clima de "flores recém-colhidas". Gastei mais do que meu orçamento permitia nessa festa, mas quero que Maggie se divirta.

Stevie irrompe pela porta, seu cabelo cacheado preso sob um gorro, arrancando o casaco e pronta para pôr a mão na massa. Cacete, esqueci completamente de dizer a ela que não precisava vir. Se eu soubesse que ela ia ficar noiva na noite anterior, nunca teria pedido para que me ajudasse a organizar a festa.

Ela nem conhece a Maggie, e ainda assim está aqui por mim poucas horas depois da própria celebração.

— Por onde começo? — pergunta.

— Vee, eu sou péssima. Por favor, vai pra casa. Eu me esqueci completamente de te falar para não vir. Vai pra casa transar para comemorar seu noivado como uma noiva normal.

Ela me ignora com um gesto de mão.

— Passamos a noite toda fazendo isso. Preciso de um intervalo de uma hora. Me coloque para trabalhar.

Quero me levantar e abraçá-la, mas estou me sentindo tão desconfortável que não acho que tenho energia suficiente para me mover.

Ainda sentada, eu aponto ao redor do salão.

— Precisamos pendurar os balões. Tenho que acender todas as velas e arrumar os arranjos de mesa. Vai ter um bar com mimosas ali, e eu preciso...

— Eita, Ind. — As sobrancelhas de Stevie se franzem. — Você não parece muito bem.

— Não fala isso. Olha só como meu vestido é bonito!

Ela ri em silêncio.

— Muito bonito, mas você está doente.

— É só um resfriado.

Ela me lança um olhar desconfiado.

— Acho que você devia ir para casa.

— Não posso. Por favor, só me ajuda a arrumar tudo.

Eu me levanto e o sangue foge do meu rosto conforme uma onda de tontura me atinge.

— Indy — Stevie segura meu braço, fazendo com que eu me sente novamente. — Não acho que seja só um resfriado. É melhor você ir pra casa. Eu cuido de tudo.

Eu escondo o rosto nas mãos.

— Não posso ir pra casa.

Stevie acaricia meu cabelo, me reconfortando.

— Por que não?

Porque seu irmão gozou em mim, então saiu correndo e eu sou muito covarde para enfrentá-lo.

— Eu... eu preciso que essa festa seja perfeita. É importante.

— Claro que é, mas você não vai conseguir fazer muita coisa doente desse jeito.

— Vee, a Maggie me convidou para participar do casamento quando Alex e eu ainda estávamos juntos, e tenho medo de que ela tenha se arrependido. Pelo menos isso é algo com o qual posso ajudar.

— Indy — Stevie fala baixinho, se abaixando à minha frente para poder me olhar nos olhos. — Qualquer pessoa que tenha o privilégio de te chamar de amiga é mais sortuda do que imagina, e se você acha que precisa convencê-las disso, é porque elas não são suas amigas de verdade, meu bem.

— Eu só quero impressioná-las.

Porque eu sou a chacota. Alex me traiu e ainda assim todas elas continuam sendo ótimas amigas dele. Mas se eu puder fazer com que hoje seja perfeito e me virem no casamento de braços dados com Ryan, talvez elas fiquem impressionadas com o quanto estou bem. Seja de mentira ou não.

Lágrimas ardem nos meus olhos porque, sim, eu sou uma pessoa emotiva, mas também porque estou começando a perceber o quão doente estou e o quanto meu corpo está dolorido. Também estou começando a perceber que ela está certa. Estou me agarrando com unhas e dentes à minha antiga vida e aos meus antigos amigos, mas por quê? Porque é tudo o que conheço? Porque eles são parte da imagem que criei de mim mesma?

— Será que quero saber por que não recebi nenhuma atualização do dia hoje? — pergunta ela em um tom cheio de desconfiança.

— Acho que é melhor você não perguntar.

Stevie solta uma risadinha.

— Está certo. Fique sentada aí com essa sua carinha bonita e beba um pouco de água. Você pode ir gritando instruções e depois eu te levo para casa.

— Eu não posso ir embora.

Ela deixa escapar um suspiro irritado, mas não insiste mais.

* * *

O arco de balões está parecendo mais uma torre atarracada, mas vai servir. As velas estão acesas, o banner pendurado e as flores arrumadas. Stevie foi para casa, me deixando aqui, com muita relutância.

Maggie, a família dela e as madrinhas me enchem de elogios, observando cada detalhe do espaço. A comida está deliciosa, ao menos pelo que me disseram, e as mimosas estão saindo aos montes. Preciso de cada fiapo de força que tenho só para ficar sentada aqui e me manter acordada. Sem chance de tentar comer ou percorrer o salão como anfitriã.

A conversa flui ao meu redor, as outras madrinhas falando sobre os planos da despedida de solteiro conjunta que vai acontecer em Miami no fim de semana seguinte, mas eu não vou poder ir por causa de um trabalho.

Um ano atrás, eu estaria superempolgada para ir à praia com meu namorado e nossos amigos mais próximos. Nós sempre nos divertíamos juntos e eu adoro socializar, mas sempre chegava um momento no fim de semana em que Alex acabava pedindo para que eu ficasse quieta ou não o corrigisse enquanto ele estivesse falando sobre finanças com os caras, mesmo que eu normalmente soubesse mais do assunto do que eles.

Agora eu não consigo imaginar um fim de semana melhor do que me entocar no apartamento com Ryan. Eu poderia falar o quanto quisesse ou poderíamos ficar em um silêncio confortável, lendo um do lado do outro. Eu não precisaria ser nada diferente do que eu sou, porque Ryan gosta de mim assim, muito mais do que Alex jamais gostou.

— Está tudo lindo, Indy. — Maggie se senta ao meu lado.

— Fico feliz que você tenha gostado.

— Você sempre foi boa nesse tipo de coisa. — Ela alisa a frente de seu vestido branco de chiffon. — Eu queria falar com você… — começa, hesitante. — Kev e eu temos passado bastante tempo com o Alex, e eu sinto sua falta.

— Você não precisa sentir a minha falta. Estou bem aqui. — Coloco a mão no joelho dela. — Eu sempre quero te ver. Sempre que você quiser passar um tempo comigo, eu topo.

— Você sabe o que eu quero dizer. Sinto falta de vocês *juntos*.

— Bem, não estamos mais juntos.

— Mas e se isso mudasse? Eu nunca vi o Alex tão arrasado como ele tem estado desde que te viu com aquele cara.

As palavras dela me fazem recuar na cadeira. Do que diabos ela está falando? Na última vez que vi o Alex, ele fez questão de mostrar o quanto estava bem.

— Não faz diferença o quão arrasado ele está, não é? Foram as escolhas dele que fizeram com que acabássemos assim.

— Ele cometeu um erro. *Um* erro.

— Não é possível que você esteja defendendo ele.

— Não estou defendendo ele. O que ele fez não foi legal, mas é do *Alex* que estamos falando.

Respiro fundo e tento me acalmar enquanto saliva se acumula na minha boca. Até meus dentes estão doendo a essa altura. Preciso ir para casa, mas não consigo reunir forças nem para me levantar. Estou um caco, tentando fazer com que tudo saia perfeito, e agora tenho que ficar sentada ouvindo isso? Tenho feito o melhor que posso para deixar meu futuro inexistente com Alex morto e enterrado.

— Você não pode estar falando sério. E se Kevin tivesse feito isso com você? Você o perdoaria?

— Eu não sei. Mas não ia nos descartar totalmente assim. Acabar com vinte e dois anos de amizade por causa de uma noite? E não é só sobre ele, é sobre todos nós. — Ela gesticula para as outras mulheres no salão. — Você não pode negar que a dinâmica mudou.

— Claro que mudou! Vocês todas pararam de me convidar para sair porque querem o Alex lá. — Respirando fundo, tento manter o volume da minha voz baixo. — Se me convidar para o casamento é sua tentativa de tentar consertar as coisas, acho que eu não devia ir.

— Indy, ele quer tudo que você sempre quis. Ele teve um momento de fraqueza. Mas quer se casar, quer ter filhos. Não é possível que você tenha qualquer perspectiva disso com aquele jogador de basquete. Vocês estão mesmo saindo?

— Ryan! — Eu explodo. — O nome dele é *Ryan*.

Ela olha ao redor e baixa a voz.

— Se é tudo fingimento, você precisa me contar.

— Por que acha que seria?

— Porque — ela dá uma risada incerta — você amou o Alex a sua vida inteira e é a pessoa mais leal que eu conheço. Independentemente do que ele fez, eu não consigo imaginar você seguindo em frente com outra pessoa. Sempre foi *ele*.

Estou me sentindo mal demais para essa conversa. São as mesmas palavras que repeti para mim mesma por meses, achando que era cedo demais para superar. Mas as coisas mudaram. Não sei quando meu coração e minha cabeça finalmente resolveram concordar, mas concordam agora. Agora, sou leal a outra pessoa, e não é o Alex.

— Eu preciso de um minuto.

Eu me levanto devagar e vou em direção ao bar para pegar um pouco de água. Minhas mãos e minha testa estão úmidas, meus músculos doem e eu estou desesperada para ir para a cama. Apoiando as mãos na borda do bar, eu fecho meus olhos e inspiro profundamente, tentando engolir a dor e o desconforto.

A porta da frente do salão de jantar se abre de repente quando Ryan irrompe por ela, hesitando por um momento quando os olhos de vinte mulheres pousam no único homem no salão.

— *Olá*. — Uma mulher mais velha brinca de uma mesa ao fundo. Não sei bem quem é e não tenho forças suficientes para me virar e descobrir quem está dando mole para o meu colega de apartamento.

Ryan percorre o salão com os olhos e me encontra no canto. Seus olhos azuis se arregalam de surpresa e ele acelera na minha direção. Ele está lindo e imponente, mas não tenho ideia do que está fazendo aqui.

Isso faz parte do acordo? Ele agindo feito um namorado protetor na frente dos meus antigos amigos?

Seus dedos quentes afastam o cabelo do meu rosto para que possa pousar o dorso da mão na minha testa. Afasto sua mão sem muita autoridade, mas ele me ignora e checa a minha temperatura de novo.

— O que você está fazendo aqui? — pergunto, finalmente me rendendo ao seu toque.

— Vim te levar para casa. Você está doente, Indigo.

— Estou bem, e sua irmã é uma fofoqueira.

Ryan dá uma risada calorosa.

— É, bem, a melhor amiga teimosa dela não a escuta.

— E quem disse que vou escutar você?

Não sei por que estou agindo como se tivesse energia para contestar. Estou a dois segundos de tombar de exaustão no peito dele.

— Não precisa escutar.

Com um movimento simples Ryan me levanta e me coloca contra o peito, minhas pernas envolvendo seu quadril. Sem discutir, abraço o pescoço dele e deito a cabeça em seu ombro.

Ele me carrega para a saída, pegando meu casaco no caminho e usando-o para cobrir meu corpo.

Ryan não me dá chance de me despedir de ninguém, mas percebo que não vejo problema nenhum nisso.

O ar frio de Chicago me atinge assim que saímos do restaurante, mas eu agradeço por ele, torcendo para que alivie minha pele quente. Fecho os olhos, precisando descansar enquanto Ryan nos leva de volta para o apartamento.

— Você saiu de casa por mim.

Ele suspira.

— É, parece que eu faço bastante isso por você.

Suas mãos estão sob minhas pernas, impedindo que meu corpo deslize pelo dele. Não consigo ajudar muito, estou quase sem forças, mas Ryan parece dar conta tranquilamente.

Ergo a cabeça um pouco para poder encará-lo. Ele está tão lindo como sempre esta noite, mas seus olhos estão estreitados de preocupação quando olha para mim.

— Por que você não está no treino?

— Eu faltei.

— Por quê?

— Por que você acha, Ind?

— Você não vai ter problemas por faltar? Não vai ser multado?

Ele coloca a mão atrás da minha cabeça, fazendo com que eu descanse contra seu ombro de novo.

— Que bom que eu sou rico, então.

Quando eu respiro fundo, o cheiro fresco de Ryan invade minhas narinas e, apesar de estar frustrada com a noite anterior, não consigo evitar relaxar apoiada nele.

— Eu disse que ia ser uma namorada cara.

— Boa noite, sr. Shay. — Ouço nosso porteiro cumprimentar. — Srta. Ivers.

— Boa noite, David.

— Querem que eu peça para que entreguem um pouco de canja de galinha? — Consigo imaginar o olhar de preocupação no rosto dele enquanto me avalia completamente desmontada nos braços de Ryan.

— Pode deixar comigo — responde Ryan. — Mas muito obrigada.

— Tchau, Dave. — Eu aceno fracamente por cima do ombro de Ryan, fazendo uma nota mental para trazer um café para ele em agradecimento por ser o anjo que sempre é.

No nosso apartamento, Ryan se livra do meu casaco assim que entramos e o pendura perto das chaves. Ele segue pela sala, indo em direção ao seu quarto.

— Meu quarto, por favor.

— Não.

— Ryan, eu ainda estou irritada com você.

— Ok, você pode ficar o quão irritada quiser comigo enquanto dorme na minha cama.

Não tenho mais forças para discutir, o que é realmente uma pena. Discutir com ele é uma das minhas coisas favoritas.

Ryan me carrega através da entrada de seu quarto e me deita do lado oposto ao dele no colchão. A cama é grande e luxuosa e eu afundo nela, com dor e derrotada.

Um suor frio cobre minha testa enquanto ele começa a desamarrar meus sapatos.

— Sabe como eu sei que você está realmente doente? Você nem usou saltos hoje.

Eu concordo com a cabeça.

— Isso devia ter sido sinal suficiente.

Ele coloca meus tênis bordados no chão e pega uma calça de moletom no guarda-roupa. Enfiando meus pés pelas pernas da calça, ele me veste antes de dobrar o cós algumas vezes na minha cintura.

— Tudo bem se eu tirar seu vestido?

Eu dou de ombros.

— Não é como se você já não tivesse visto tudo que tem pra ver.

Normalmente eu falaria isso em um tom de humor, mas ainda estou magoada pela noite anterior e cansada demais para tentar disfarçar isso.

Ryan expira como se as palavras tivessem sido um soco no estômago. Ele ergue meu vestido e o tira, antes de tirar a própria camiseta, ficando com o peito exposto. Então, desliza a camiseta pelo meu corpo, me envolvendo em seu calor e cheiro.

— Quer que eu tire seu sutiã?

Um sorriso surge em meus lábios.

— Ora, se essas não são as seis palavras mais sexy já usadas em uma frase.

Eu abro um olho para espiá-lo. Ryan está balançando a cabeça para mim, mas sua boca atraente está curvada nos cantos.

— Acho que a febre subiu à sua cabeça.

— Não estou com febre.

— Na verdade está, sim. Você está queimando e tenho quase certeza de que pegou algum tipo de gripe.

Sem hesitar, Ryan desliza a mão pelas minhas costas e abre meu sutiã com um único movimento, puxando-o por baixo da camiseta. Eu observo suas costas enquanto ele pendura meu vestido no guarda-roupa, colocando o sutiã por cima, e, antes de voltar para mim, ele coloca meus tênis ao lado da porta com cuidado.

Meu obcecado por organização.

Ele puxa o edredom até meu queixo.

— Tenta dormir um pouco. Eu vou fazer alguma coisa para você comer.

Afastando meu cabelo do rosto, ele beija minha testa úmida.

— Ryan — chamo, fazendo com que ele pare na porta —, por que você está fazendo isso?

— Porque eu gosto de cuidar das pessoas. Principalmente de você.

Ele fecha a porta atrás de si.

Sozinha no seu quarto pela primeira vez, eu permito que meus olhos vagueiem, analisando os arredores. Não há fotos, nem cor. Só uma enorme janela exibindo o centro de Chicago. O quarto é totalmente minimalista, como o restante do apartamento era antes de eu me mudar. É como se ele estivesse só de passagem, apesar de já viver ali há mais de quatro anos.

É triste, quando você pensa nisso. Seria de se imaginar que ele ia querer estabelecer algumas raízes. Que o lugar parecesse um lar para quando ele voltasse para casa.

A febre deve estar me causando alucinações, porque eu posso jurar que há um toque de verde na cômoda. Reconheço o vaso de terracota que usei para replantar a suculenta. Não consigo evitar sorrir ao ver esse pequeno sinal de vida naquele quarto tão solitário.

Com um sorriso no rosto, febre percorrendo minhas veias e usando as roupas dele, pego no sono olhando para o pequeno ponto de cor que Ryan roubou da nossa sala de estar.

* * *

Um pouco mais tarde, depois de tomar um pouco da sopa de legumes que ele fez, com suor cobrindo minha testa e calafrios percorrendo a minha pele sem parar, eu encontro forças para tomar um banho.

Ryan ajeita o banheiro dele, pegando meu xampu e condicionador da minha suíte antes de checar a temperatura da água e me deixar sozinha. Não me apresso, me apoiando nos azulejos frios e deixando a água quente percorrer minhas costas. Demoro muito mais do que o normal para lavar o corpo e o cabelo, mas aproveito cada segundo, deixando o calor do chuveiro penetrar meus ossos, e, quando finalmente termino, me sinto mais como eu mesma.

Por fim, depois de me vestir, eu abro a porta e encontro Ryan sentado no chão, a cabeça apoiada contra a parede ao lado do batente da porta, como se estivesse prestando atenção caso eu precisasse dele.

Ele ergue os olhos.

— Você está bem?

Concordo com a cabeça e ele se levanta, oferecendo a escova de cabelo que estava segurando enquanto acampava do lado de fora do banheiro.

Com as mãos trêmulas, eu passo ela pelos fios, mas estou cansada e fraca e, sendo sincera, não me importo se meu cabelo acabar como um ninho de pássaros se eu não escová-lo.

As sobrancelhas de Ryan se franzem com preocupação enquanto me observa.

— Deixa comigo, Indigo.

Eu permito sem discutir. Ryan indica que eu me sente no chão em frente à cadeira que ele tem no canto do quarto. Ele se senta atrás de mim, cada perna de um lado do meu corpo.

Com cuidado, começa a pentear meu cabelo.

A tensão leve no meu couro cabeludo é deliciosa demais e eu não consigo evitar me recostar na sua perna, descansando a cabeça em seu joelho.

— Por que você foi hoje? — ele pergunta baixinho.

— Eu tinha que ir.

— Por que você foi hoje, Ind? O verdadeiro motivo.

— Porque — eu fecho os olhos, me apoiando nele — elas são minhas amigas. Elas *eram* minhas amigas. Já nem sei mais.

Ele interrompe o movimento da escova e eu me recuso a me virar e ver a decepção no seu rosto bonito. Assim como eu, ele sabe que estou me agarrando a essas amizades como se estivesse me agarrando à vida que eu tinha com o Alex.

Enquanto relembro o que Maggie disse, sobre como Alex se arrepende de como as coisas se desenrolaram, uma paz inesperada me percorre.

Porque eu não me arrependo de nada.

Se o Alex não tivesse feito o que fez, eu nunca teria tido a oportunidade de conhecer Ryan como conheço agora. Eu nunca teria tido a chance de mergulhar no mundo desse homem e perceber o quanto isso parece *certo*. O quanto me sinto *em casa*.

É avassalador me dar conta de que não quero mais a vida que um dia eu desejei.

Suavemente, Ryan usa as pontas dos dedos para guiar minha cabeça para seu outro joelho para que ele possa escovar o outro lado do meu cabelo.

Ryan não faz com que eu me sinta um estorvo. Não faz com que eu sinta que sou demais ou exagerada.

Eu não ofereci a ele nada além de exatamente quem eu sou, e ele acolheu cada parte de mim, as boas e as ruins.

Eu não tinha entendido isso plenamente até agora.

— Indy — sussurra ele atrás de mim —, o que você tem a oferecer em um relacionamento, seja como amiga, mulher ou parceira, simplesmente sendo você mesma, é mais do que suficiente. E se alguém não consegue ver que você é *tudo*, então são eles que estão perdendo. Sei que você é leal. É uma das coisas que mais admiro em você, mas é preciso estabelecer um limite. Algumas pessoas não merecem sua lealdade inabalável.

Lágrimas escorrem de meus olhos fechados, em parte porque estou doente, mas também porque ninguém nunca cuidou de mim assim, não só do meu corpo, mas da minha alma. Estou ficando desnorteada com tudo que percebi hoje e, bem ao estilo Indy, chorar é minha válvula de escape favorita.

— Ninguém nunca cuidou de mim — digo, lutando contra o nó na minha garganta. — Obrigada, Ryan. — Ele hesita de novo e eu finalmente me viro para olhar para ele sobre o ombro. — O que foi?

Ele balança a cabeça, e volta a desembaraçar meu cabelo.

Ryan não gosta de fingir intimidade, mas isso, escovar meu cabelo e cuidar de mim enquanto estou doente, parece mais íntimo do que qualquer outra coisa que já tenhamos feito.

Tenho certeza de que a febre acabou com todos os meus filtros porque pergunto:

— Você está fingindo?

— Não, Indigo. Não estou fingindo nada.

Ele então desliza os dedos pelo meu cabelo molhado, separando as mechas em três partes iguais.

— Você está trançando meu cabelo?

— Sim.

Jesus. Esse homem.

— Onde você aprendeu isso?

Ryan ri baixinho.

— Minha irmã gêmea tem um monte de cabelo cacheado e você ainda pergunta onde eu aprendi a fazer trança?

E agora estou imaginando o pequeno Ryan ajudando a pequena Stevie a arrumar o cabelo. Estou desnorteada, tonta e quero chorar de novo.

Eu me deixo mergulhar no momento de vulnerabilidade.

— Fiz algo errado ontem?

— Não. Meu Deus, não. Você foi perfeita.

— Então por que você foi embora?

Ele dá um longo suspiro.

— Porque eu estou destruído, Indigo.

— Não, não está.

— Estou, sim — ele insiste. — Eu tive… — Ele se interrompe, seus dedos longos segurando meu cabelo parcialmente trançado. — Você é a porra de um presente, Ind, e não acredito que fiz você se sentir qualquer coisa menos do que isso. Me desculpa. Me desculpa mesmo.

Eu me viro e olho para ele. Aqueles olhos verde-azulados estão repletos de pedidos de desculpas, e eu já aprendi que, apesar de às vezes ser um cara de poucas palavras, Ryan é sempre muito sincero no que fala.

— Eu não sei ser descontraído com você. E isso me assusta pra caralho. Estou tentando. Você deixou claro que não tem mais nada a oferecer e, ao mesmo tempo, estou tão abalado por causa de coisas das quais você nem tem ideia. — O rosto dele se contorce de dor e rapidamente percebo que não sei quase nada do passado de Ryan. — Tudo isso me atingiu feito um trem de carga ontem à noite.

É nítido que isso está pesando sobre ele, talvez mais do que tenha me afetado desde a noite passada. Essa conversa é importante e, por mais que eu queira respostas, sei que não tenho força psicológica suficiente para dar a isso a atenção que merece. Que *ele* merece.

Eu me viro para a frente de novo, envolvendo sua panturrilha com a mão.

— Podemos conversar sobre isso outro dia — sugiro. — Quando eu estiver me sentindo melhor.

Ele desliza a mão ao redor do meu pescoço, pousando-a em minha bochecha, e beija o topo da minha cabeça, os lábios se demorando lá por um momento.

Então ele volta a trançar meu cabelo, deixando a conversa para depois.

As palavras dele estavam cheias de desespero e honestidade, mas ele está errado sobre uma coisa. Eu ainda tenho algo a oferecer. Percebi rapidamente que quando não estou fazendo uma encenação qualquer, quando crio coragem para ser eu mesma sem reservas, a exaustão de me esconder atrás de uma máscara perfeita desaparece. Eu tenho energia para amar alguém, e meu coração tem espaço para aceitar ser correspondido.

Alex talvez tenha esgotado minha antiga versão, mas ainda tenho muito a oferecer como meu eu de verdade.

E acho que gostaria de entregar meu eu de verdade para Ryan, se ele aceitar. Acho que ele trataria meu coração com bondade.

24
Ryan

O treino na parte da manhã foi tranquilo, mas cheio de repórteres esperando para falar com a gente no segundo em que pisamos fora da quadra. Fiz o meu trabalho, dando informações interessantes o suficiente antes de voltar ao microfone para as entrevistas de antes do jogo, respondendo a mais perguntas curiosas.

De tarde, eu fui para casa para um cochilo pré-jogo, e encontrei Indy fazendo as malas para outra viagem. Eu tinha esperanças de que ela pedisse dispensa e se desse mais tempo para se recuperar, mas ela jurou que estava se sentindo inteira de novo. A febre baixou no meio da noite e a infecção passageira parece ter passado.

Ela me deixou assustado quando a vi naquela festa com a pele úmida e olheiras. Eu não tinha me dado conta de que ela precisava de alguém para lembrá-la de cuidar de si mesma, mas isso não deveria ter sido uma surpresa. Ela passa tanto tempo fazendo as outras pessoas felizes que estou percebendo que tem uma tendência a ignorar o próprio bem-estar no processo.

— Shay — Ron me chama no corredor, depois de eu terminar as entrevistas preliminares. — Sentimos falta de você no treino ontem.

Ele para à minha frente em seu terno feito sob medida, a mão estendida para apertar a minha.

— Desculpe, senhor. Indy estava doente e eu não quis deixá-la sozinha. Eu sei que existe uma multa por qualquer falta sem justificativa. Entendo plenamente.

— Uma emergência de família é uma justificativa.

— Mas ela não é da minha família.

— Não é? Vocês moram juntos. Você claramente a ama o suficiente para perder tempo de treino no ginásio. Eu chamo isso de família. Ela faz bem para você, Shay. Você nunca teria faltado aos treinos na temporada passada, ou em qualquer uma das anteriores.

Ele não está errado. Eu nunca ousaria perder meu precioso tempo na quadra. Meus adversários com certeza não perderiam, e como eu posso ser o melhor se estou tirando dias de folga enquanto a concorrência está se esforçando?

Mas quando Stevie me ligou para dizer que Indy estava passando mal demais até para ficar em pé, a competição ou o jogo nem passaram pela minha cabeça. Só pensei na loira que mora do outro lado do corredor, por quem eu desistiria de quase tudo para cuidar.

— Como meu chefe, você não me quer nos treinos?

— Quero que você tenha uma vida equilibrada, e, para um atleta do seu nível, você nunca teve isso antes. Não vou mentir, eu estava desconfiado da coisa toda. Achei que fosse mentira, mas eu te conheço. Você nunca perderia tempo de treino por uma armação. Eu gosto dessa nova versão sua, Shay. Continue assim.

Meu estômago revira, inquieto com a precisão das palavras dele. Eu sabia que Ron estava suspeitando de mim e do meu relacionamento falso, e, pelo jeito, foi a parte em que não fingimos nem um pouco que o fez acreditar em nós.

Essa coisa toda está começando a parecer uma bagunça, e eu odeio bagunças. O quanto disso ainda é fingimento?

Eu me importo com Indy muito mais do que me permiti me importar com qualquer um em anos e, no fundo, tudo gira em torno do fato de que estou usando-a. Perceber isso é nauseante.

— Caroline estava olhando a agenda, tentando achar um jogo que ela quisesse viajar para assistir. Os Raptors vão estar em Phoenix ao mesmo tempo que nós. Será que Indy quer assistir ao seu jogo com a gente?

— Ah. Eu vou ter que ver se ela está livre.

Mais uma noite em que vou precisar usá-la. Que porra ela está ganhando nesse acordo? Uma companhia para o casamento, para impressionar um grupo de amigos que não merece nem um segundo da atenção dela?

— Mas — continuo — ela vai estar trabalhando, então não tenho certeza se vai poder ir.

— Claro — diz Ron, dando um tapinha no meu ombro enquanto começamos a atravessar o túnel dos jogadores em direção ao vestiário. — Queria te contar, há muito falatório nos bastidores. Sei que ainda estamos em janeiro, mas só tem um nome sendo mencionado para o prêmio MVP da liga, e é o seu.

Eu paro no meio de um passo.

— Sério?

— Você está fingindo surpresa. — Ele ri sem muito entusiasmo.

— Eu estou surpreso. Não imaginei que eles fossem considerar alguém de um time que está fora dos playoffs.

— Nós vamos para os playoffs. Do jeito que vocês estão jogando?! Não tenho dúvida. Você está indo bem, Shay. Está sendo exatamente quem eu preciso que seja nessa temporada. Um bom retorno do meu investimento. — O celular dele toca no bolso. Ele bate no meu ombro mais uma vez. — Boa sorte hoje, garoto.

É tudo que eu quis ouvir a temporada inteira, que ele acredita que sou o cara certo para o trabalho. Foi isso que motivou todo esse estratagema com a Indy, provar que o time fez a escolha certa ao me nomear capitão. Claro, muitos deles ainda recorrem ao Ethan quando precisam de alguma coisa, mas estou a dois meses de conseguir nos colocar nos playoffs, algo que não é conquistado pelo time há anos.

Os elogios de Ron me invadem enquanto me aqueço e carrego suas palavras comigo para o jogo. Eu não necessariamente preciso ouvir que estou fazendo um bom trabalho. Eu sei que estou fazendo um trabalho bom pra caralho. Estou a ponto de quebrar meus recordes pessoais tanto em assistências quanto em pontos em uma única temporada, mas não vou mentir e dizer que receber a aprovação do cara responsável pelo meu salário não infla meu ego.

É para isso que estou trabalhando. É por isso que estou mentindo.

* * *

No meio do terceiro quarto, estamos vencendo por dezoito pontos e a torcida do Chicago anima o ginásio. Os caras estão jogando muito bem, em completa sincronia. Ninguém está perto do limite de faltas e todos os titulares estão na casa dos dois dígitos de pontuação.

Se conseguirmos manter esse ritmo, vou estar sentado feliz no banco durante todo o último quarto, enquanto Leon assume como armador pelo restante do jogo.

Meus braços estão cobertos de arranhões vermelhos graças aos dribles e ao fato de que os árbitros não estão marcando nada. Meu corpo está dolorido da constante disputa para me manter em pé contra caras muito maiores do que eu. Eu sou rápido, porém, e costumo conseguir evitar os golpes contra meu corpo. Só que, algumas vezes, acabo em uma situação em que qualquer outro candidato a MVP receberia um apito interrompendo a jogada.

Mas não eu. Não sei se é por causa do meu tamanho ou porque meus dedos ainda não estão cobertos de anéis de campeão, mas raramente sou respeitado o suficiente para receber uma falta protetiva.

Me movendo devagar pela quadra, eu ergo o punho acima da cabeça, pedindo por uma tática ofensiva.

Nosso ala-pivô arma um bloqueio atrás do meu marcador, me dando espaço para me mover antes de correr em direção à cesta. Eu lanço a bola para ele bem a tempo de Ethan deslizar para o canto, aproveitando um bloqueio de Dom no garrafão. A bola é quicada para ele, então passada para mim, ficando livre na cabeça do garrafão, e eu marco uma cesta de três pontos.

A multidão explode em comemoração quando passamos a liderar por vinte e um pontos. Bastante folga para eu tirar o restante da noite para descansar e, depois de ficar acordado até tarde, cuidando de Indy, eu não poderia estar mais empolgado para ir para o banco.

— Esse é o cara! — Ethan me segura pela nuca, sacudindo minha cabeça enquanto voltamos para a linha de defesa.

— Jesus — bufa Dom, passando correndo por mim. — Andou transando? Você acabou de marcar um triplo duplo pelo segundo jogo seguido.

Dou risada, me virando para jogar na defesa, pensando no quão certeira a acusação é. Sem dúvidas, estou relaxado.

O técnico se levanta do banco, indo em direção à lateral da quadra, e sei que assim que o jogo estiver parado ele vai me substituir.

— Na esquerda — grita Dom, e eu fecho a marcação no armador do Memphis.

Estou tão perto dele que quando o pivô do outro time tenta me bloquear, eu consigo contornar seu corpo enorme, me mantendo um passo à frente do meu oponente. O jogador grande abandona o bloqueio inútil e Dom é rápido o suficiente para entrar na frente dele, roubando a bola e interrompendo o passe.

Eu me adianto no segundo em que Dom coloca as mãos na bola. Ethan percebe e de repente estamos no contra-ataque, e o caminho até a cesta está livre. O armador do Memphis está na minha cola, mas Ethan passa a bola à minha frente, me dando espaço para controlá-la e chegar à cesta.

Uma rápida olhada por cima do ombro me confirma o quão perto meu marcador está, então eu driblo uma vez antes de pular e colocar a bola através do aro em uma enterrada certeira. Nada muito espetacular, afinal já estamos à frente por vinte e um pontos, mas é o suficiente para dispersar qualquer esperança de recuperarem a vantagem.

Assim que meus dedos seguram a borda da cesta, eu volto para o chão. Claro, os fãs pagaram por um show, mas há uma linha tênue entre marcar com confiança e ser um babaca com um time que agora está perdendo com uma diferença de vinte e três pontos.

Eu não vejo acontecer.

Eu não o vejo chegar. Como imaginar que outro jogador não ia diminuir o ritmo depois que eu já tinha feito uma cesta fácil?

O armador do Memphis me atropela enquanto estou descendo, atingindo minhas pernas e me fazendo girar no ar. Eu me vejo ir de cabeça em direção ao chão de madeira, mas continuo girando, flashes de cores passando com tudo pelos meus olhos, enquanto rezo para que meu corpo encontre o lado certo para cair.

De alguma maneira, a frente dos meus pés e meus dedos atingem o chão primeiro. O impacto inesperado com a madeira dura dispara uma explosão de dor aguda no meu joelho direito. Há uma dor inconfundível na articulação, e a percepção imediata do que aconteceu faz um som agudo eclodir em meus ouvidos, abafando a multidão barulhenta.

Meu corpo tomba para a frente, caindo no chão enquanto eu agarro o joelho, a dor me atravessando, a articulação imediatamente latejando.

No momento em que vejo o médico do time perpassar fileiras de assentos, correndo na minha direção, eu sei que estou completamente fodido.

25
Indy

Enquanto empurro minha mala através do terminal privado do Aeroporto Internacional O'Hare de Chicago, eu aceno para a equipe de funcionários, pronta para começar essa viagem noturna para Columbus de uma vez.

— Oi, Margie. — Eu me apoio sobre o balcão. — Preciso embarcar.

Eu lhe mostro meu crachá, como se ela não soubesse quem eu sou.

— Os pilotos já estão lá. — Ela aperta o botão que destranca a porta que leva à pista. — Pode ir.

— Obrigada. Uma boa semana para você.

Pego minha mala e minha bagagem de mão e me dirijo para a saída.

— Ah, Indy! — Ouço atrás de mim. — Que bom que você chegou. Eu ia te ligar.

Yvonne, a única funcionária do nosso departamento de RH, sai de seu escritório às pressas para me encontrar.

— Tenho boas notícias — fala baixinho, puxando-me para longe de qualquer um que possa ouvir. — Nossa cobertura do plano de saúde foi ajustada no início do ano e agora cobre…

— Tratamentos de fertilidade? É sério? Cobre quanto?

— Cem por cento.

— Você só pode estar brincando.

Sorrindo, ela balança a cabeça para me dizer que não, não é nenhuma brincadeira.

— Ótimas notícias, não é?

Eu me curvo e a envolvo em um abraço. Eu mal conheço essa mulher, só por acenos nos corredores, mas ela me trouxe a melhor notícia que recebi em muito tempo.

— Ah, meu Deus — solto o ar, aliviada, recuando para olhá-la nos olhos e ter certeza de que não está mentindo para mim.

— Que bom que pude contar a você pessoalmente. — Ela empertiga os ombros. — Isso foi divertido. Tenha uma ótima viagem.

Deixo escapar uma risada incrédula.

— Terei. Obrigada!

Atordoada, faço o caminho até o avião onde encontro os dois pilotos fazendo as verificações pré-voo. Aceno para eles sem dizer nada, totalmente absorta no que acabou de acontecer.

Isso pode mudar toda a minha situação. Eu não preciso mais contar moedas. Eu poderia oferecer a Ryan um dinheiro pelo aluguel.

Eu poderia *me mudar*.

Essa descoberta amarga me imobiliza.

Eu odeio a ideia de sair daquele apartamento. Eu sabia que uma hora o momento de me mudar chegaria, e Ryan foi bem incisivo sobre eu economizar para ter um lugar meu, desde nossa primeira manhã juntos. Mas a ideia de acordar e não tomar café da manhã com ele, não encontrar um café gelando para mim na geladeira e não jogar fora os restos de uma flor que ele matou tentando ao máximo fazê-la vingar parece o pior cenário possível. Não ser sufocada pela sua presença a cada segundo que estou em casa parece... solitário.

E não do jeito que eu já senti a solidão antes, simplesmente por não ter outros por perto, mas por estar sem a única pessoa que faz com que eu me sinta apreciada e merecedora do espaço que estou ocupando. Que faz com que eu sinta que minha voz merece ser ouvida.

Eu deveria dar a notícia para ele? Será que ele vai querer o apartamento dele de volta se eu contar?

Coloco minha bolsa em um compartimento no alto e começo a organizar o avião para nossa viagem. Um tempo depois, as outras duas garotas se juntam a mim e a tripulação começa a chegar. Vou para a frente do avião, meu posto de trabalho, recepcionando cada passageiro a bordo.

— Seja bem-vindo! — digo com um aceno para cada pessoa que embarca.

Os jogadores chegam por último, subindo um por um.

Fico empolgada ao ver os cachos escuros de Rio balançando enquanto ele sobe as escadas, como sempre carregando sua caixa de som.

— Oi, Ind — cumprimenta ele, em um tom muito mais solene do que o normal. — Você falou com ele?

— Falei com quem?

— Com o Ryan.

Hã? Como diabos Rio sabe que eu preciso falar com ele? Ele não tem ideia do que aconteceu no sofá na outra noite.

— E como ele está?

— Bem, eu acho.

Zanders se apressa escada acima atrás de Rio, enquanto ele continua parado na frente do avião ao meu lado.

— Ind, eu tentei te ligar. — Ele está sem fôlego, como se tivesse corrido do carro até o avião.

— Meu celular está na bolsa. — Eu o pego e encontro várias chamadas e mensagens perdidas, tanto de Stevie quanto de Zanders. — O que aconteceu?

É então que Rio percebe o quão perdida eu estou na conversa. Ele lança um olhar para que Zanders me explique tudo.

— É o Ryan. Ele se machucou no jogo.

O tempo congela enquanto repito as palavras várias vezes na minha cabeça até absorvê-las.

— Foi grave?

— Ele está no hospital agora. Stevie está com ele. Ele vai fazer uma ressonância magnética do joelho. Eles estão preocupados que ele tenha rompido o ligamento cruzado anterior.

Não. Não, isso é impossível. Ryan é estável. Constante. Inquebrável.

Eu não sei o suficiente sobre lesões esportivas para entender a gravidade do que Zanders está tentando me contar, mas vendo a forma como seus olhos verdes estão implorando silenciosamente, fica claro que o momento é tão crítico que eu não deveria estar neste avião.

— É melhor eu ir, não é?

Ele assente.

— Sim, é melhor.

Com as mãos tremendo, eu recolho minhas coisas, olhando ao redor do avião completamente perdida.

— Eu... é... — O que eu devia fazer? Eu nunca abandonei um voo antes. Coloco a cabeça para dentro da cabine, me dirigindo aos pilotos. — Eu... é... Eu tenho que ir. A comissária reserva vai precisar me cobrir nessa viagem.

O piloto olha para mim por cima do ombro.

— Está tudo bem?

— Não, não está. Quero dizer, vai ficar. Sim.

Como diabos eu vou explicar minha situação complicada com Ryan? *Meu colega de apartamento se machucou? Meu namorado de mentira se lesionou? O cara por quem eu com certeza estou me apaixonando está no hospital e eu preciso vê-lo?*

Eu me recomponho e tento de novo.

— É meio que uma emergência familiar.

Não sei o quanto isso é verdade, mas soa correto quando sai da minha boca.

— Vou ligar para a central e pedir que te substituam.

— Tem certeza?

— Sim, é pra isso que temos comissárias reservas de prontidão. Vai cuidar do seu assunto.

Eu me viro para o restante da tripulação, já completa, e chamo uma das outras meninas até a frente e a coloco no comando, passando todas as informações das quais pode precisar.

Zanders carrega minha bagagem degraus abaixo para mim.

— Talvez seja difícil entrar no hospital. Tenho certeza de que já vai ter um circo da mídia do lado de fora. Liga pra Stevie. Ela vai te colocar pra dentro.

— Como ela está?

— Ela está bem. Preocupada com ele, claro, mas do jeito que Ryan foi atingido, ele poderia ter batido de cabeça e não caído em pé. Então, levando tudo em consideração, ela está ok.

Ele me entrega minha mala, me abraça e volta para o avião, mas antes de chegar muito longe, se vira de volta.

— Indy, eu não quero te assustar, mas se ele realmente rompeu o ligamento, a temporada acabou para ele. E mais do que qualquer um que eu conheço, Ryan acredita que jogar é tudo que ele tem. Cuida dele, ok?

Eu aceno com a cabeça, concordando. Isso é o que eu faço de melhor.

* * *

Zanders tinha razão. O hospital está lotado de repórteres acampados do lado de fora, tentando ser os primeiros a ouvir o prognóstico do astro Ryan Shay. Como se os Devils não fossem ser os primeiros a soltarem um comunicado. Com certeza o médico do time está lá dentro agora.

Enquanto espero que Stevie me responda e me diga para onde ir, fico parada no carro, em frente ao hospital. Pego meu celular e pesquiso o nome dele.

Incontáveis artigos surgem na minha tela com especulações sobre sua lesão, incluindo muitos vídeos do ocorrido. Respirando fundo, eu escolho um deles e dou play.

Só na terceira tentativa eu consigo assistir até o fim sem virar o rosto. É difícil não desviar os olhos quando vejo o jogador de cinza avançar sob ele bem quando seus dedos soltam o aro.

Zanders tem razão. Ryan podia ter caído de cabeça, mas, de alguma maneira, graças a sua habilidade atlética, ele quase conseguiu se firmar de pé. Eu quero me sentir aliviada por isso, mas é quase impossível enquanto o observo se contorcer de dor no chão.

Ele é a força em pessoa e eu odeio vê-lo em um momento de fraqueza.

Enquanto o médico do time se aproxima dele na tela, uma mensagem de Stevie chega indicando uma entrada particular. Tentando ser o mais discreta possível, vou até a porta secreta e espero ela me encontrar do outro lado.

Ela a abre um pouquinho, só o suficiente para que eu deslize para dentro.

— Como ele está? — É a primeira coisa que pergunto.

Ela encolhe os ombros.

— É o Ryan. Ele está tentando parecer o mais calmo possível, mas está prestes a receber a merda de um diagnóstico de perder o controle. — Ela para no corredor para me abraçar. — Você não precisava ter vindo.

— Precisava, sim — respondo entre os braços dela.

Ela me dá um sorriso sugestivo enquanto se afasta e continuamos pelo corredor.

— Está se sentindo melhor?

Neste momento estou me sentindo bem mal.

— Não sei como responder a isso ainda.

O corredor está apinhado de membros da equipe do time. Eles ainda estão usando suas camisas polo dos Devils, verificando coisas em seus notebooks, alguns no celular no meio de conversas agitadas e outros perambulando pelo corredor.

Ron me vê enquanto fala ao telefone com uma carranca. Ele só me lança um olhar sério e um aceno desanimado.

Neste momento, eu me dou conta de que a organização inteira depende dos resultados dessa ressonância. A organização inteira depende do próprio Ryan. Um homem mais frágil desabaria sob toda essa pressão, mas tenho certeza de que quando abrir a porta do quarto vou encontrá-lo calmo, frio e composto.

Stevie abre a porta e prova que estou certa. Ryan está sentado em um quarto particular, o joelho erguido e coberto por gelo, olhos fechados, a cabeça recostada no travesseiro, fones de ouvido bloqueando qualquer barulho externo.

Consigo ver a camada de suor secando em sua testa, que ele ainda não foi capaz de lavar, e suas bochechas cheias de sardas ainda estão coradas do esforço. Fora isso, nada indica que ele tenha passado por algo que pode encerrar sua temporada.

— Ryan. — Stevie sacode o braço dele, chamando a sua atenção, e ele tira os fones de ouvido.

Ele abre os olhos para olhar para ela, impassível e sério, não demonstrando nenhum sinal de emoção até que ela dá um passo para o lado e ele me vê.

A expressão vazia se transforma instantaneamente quando ele franze o cenho o máximo possível, então morde o lábio inferior em uma tentativa de esconder o pequeno tremor que surge ali.

— Eu vou... hmm... — Stevie faz um sinal por cima do ombro. — Vou esperar no corredor.

Assim que Stevie fecha a porta atrás de si, Ryan me contempla com o olhar, se demorando no meu uniforme.

— O que está fazendo aqui?

— Zanders me contou o que aconteceu.

— Mas por que você está aqui?

Os olhos verde-azulados dele estão pedindo, implorando que eu dê a resposta certa. Porque, tirando sua irmã, absolutamente ninguém naquele corredor está ali por ele. Estão ali para ver se seu patrimônio vai ficar bem, não ele como pessoa.

Assim que abro a boca para responder, a porta se abre de novo e um homem em um jaleco branco entra, seguido por Stevie e por outro homem que eu deduzo ser o médico do time. Eles passam rápido pela porta, deixando o caos do corredor para trás.

Stevie contorna a cama de Ryan para o lado oposto ao meu enquanto o médico coloca as imagens da ressonância na tela que se ilumina. Todos olhamos para as imagens como se fizéssemos alguma ideia do que estamos vendo. Mesmo estreitando os olhos, eu não consigo entender nada das imagens em preto e branco.

— Obviamente, esse é seu joelho...

O médico começa sua explicação, mas eu sem querer paro de ouvi-lo quando sinto a mão de Ryan procurar a minha, que está pendendo ao lado da cama. Olhando para nossas mãos, eu o vejo entrelaçar nossos dedos enquanto mantém a atenção no médico.

Eu aperto a mão dele levemente para encorajá-lo, antes de voltar a prestar atenção.

— Como podem ver aqui — o médico aponta para uma parte específica da imagem —, o ligamento anterior cruzado foi distendido, mas não há nenhum sinal de rompimento.

Ryan solta um suspiro de alívio, recostando a cabeça na cama e fechando os olhos.

— É uma lesão de grau um, mas você teve muita sorte. Se suas pernas não fossem tão fortes, o resultado seria um rompimento total e cirurgia, uma lesão que poderia custar sua temporada. Vai precisar cuidar bem dela.

Ryan assente antes de o médico do time assumir.

— Estamos falando de três a quatro semanas fora da quadra, se você seguir o tratamento direito. Vamos fazer fisioterapia todo dia. Vou criar um plano de tratamento para que você não tenha que pensar em mais nada que não seja voltar à quadra.

Olho para Ryan com uma expressão animada. As notícias são boas, mas ele não parece estar vendo desse jeito. Sua expressão severa e impenetrável está de volta.

— Um mês?

— Um mês — o médico confirma.

Um silêncio denso paira sobre o quarto.

Ryan solta a minha mão.

— Posso ir para casa agora?

Todos no quarto trocam olhares nervosos, até que Stevie interrompe.

— Seu agente está tentando encontrar uma forma segura para que entre no seu prédio. A mídia está em todo lugar, incluindo no condomínio.

Ele meneia a cabeça, irritado.

— Claro que está.

— Ron vai entrar em uma coletiva de imprensa para fazer um comunicado. Assim que liberarem as notícias, o caos vai diminuir — explica o médico do time, entregando a Stevie uma receita com o tratamento a ser feito em casa esta noite. — Vamos ficar aqui por mais algumas horas, até a barra estar limpa, e então você pode ir para casa.

* * *

Eu nunca tinha visto tanta gente do lado de fora de um prédio quanto vi quando cheguei em casa do hospital. Até o coitado do Dave estava sendo bombardeado de perguntas sobre a lesão de Ryan, enquanto estava apenas tomando conta da entrada, tentando fazer seu trabalho.

Eu assisti à coletiva de imprensa que Ron deu pela televisão enquanto me trocava e desfazia a mala. Pareceu haver um suspiro de alívio coletivo da parte dos torcedores, bem como especulações sobre o que ficar sem seu maior astro por um mês inteiro significaria para as chances do time de ir aos playoffs.

Eu não entendo muito bem como isso tudo funciona. Tudo que sei é que a expressão de Ryan quando pediu que o deixássemos sozinho no quarto não era de alívio. Era de desapontamento e frustração.

Tentei pesquisar sobre lesões no ligamento cruzado anterior para saber o que esperar do processo de recuperação, mas não há muita informação sobre o que isso significa para um atleta profissional, ainda mais um com a performance de Ryan. Mas, pela minha pesquisa, descobri que ele teve muita sorte de não ter sido pior.

Algumas horas depois de eu chegar, a multidão em frente ao prédio se dispersou e Stevie recebeu o sinal verde para trazer o irmão para casa.

O que eu não esperava era que ele entrasse pela porta da frente de muletas.

— Oi. — Meu olhar se demora no joelho enfaixado.

— Oi. — Ele solta o ar, incapaz de olhar para mim, mancando em direção ao seu quarto. — Vou pra cama.

Stevie e eu trocamos um olhar tenso. É a cara do Ryan querer ficar sozinho quando a última coisa de que precisa é se martirizar em silêncio.

— Na verdade — eu interrompo o percurso dele —, ajeitei o sofá para você.

Eu gesticulo em direção ao móvel. Tem uma almofada macia na otomana para que ele possa apoiar a perna, e o livro que ele está lendo está no braço do sofá.

Ele me lança um olhar.

— Só quero ficar sozinho.

— Mas eu não. — Gesticulo para o sofá de novo. — Vamos?

Relutante e revirando os olhos, Ryan manca até o sofá e desaba no lugar que arrumei para ele, erguendo o joelho até a almofada com cuidado.

— Perfeito — digo, juntando as mãos.

Stevie ri baixinho da porta de entrada e deixa as orientações médicas na bancada da cozinha.

— Eu vou deixar isso com você, Ind. Vou dar uma olhadinha em Rosie, mas volto assim que pegar os remédios de Ryan. Te amo, Ry — diz por cima do ombro antes de fechar a porta atrás de si.

Depois de checar minhas obrigações da noite, pego uma bolsa de gelo e desenfaixo o joelho de Ryan de maneira hesitante, vendo que está mais parecido com um pequeno balão do que com uma parte do corpo.

— Eu sei — Ryan resmunga. — Tá feio pra caralho.

Segurando a bolsa de gelo sobre a lesão, eu me sento ao lado dele no sofá.

— Poderia ter sido bem pior. Você teve boas notícias, afinal. Não sei por que está tão chateado.

— Boas notícias? — Ele deixa escapar uma risada incrédula. — Chama isso de boas notícias? Vou ficar fora da quadra por um mês, Ind.

— Bem, poderia ter sido por uma temporada inteira — retruco. — Ou pior, você poderia ter aterrissado de cabeça, e eu não quero nem pensar em quais seriam as consequências disso.

Ele balança a cabeça, desviando os olhos de mim.

— Você não entende.

Eu seguro seu queixo, fazendo-o me encarar.

— Então me explica.

Ryan fecha os olhos por um momento, inspirando.

— Eu fiquei a isso aqui de um rompimento do ligamento. O que significaria um ano inteiro em recuperação. E sabe o que acontece com a maioria dos caras que tentam voltar a jogar depois disso? Eles arrebentam o tendão de Aquiles na temporada seguinte porque a musculatura da perna está uma merda. Então passam a ser *dois* anos de recuperação. À essa altura, já vou estar quase com trinta anos. Seria impossível voltar ao nível em que estou agora. Minha carreira estaria arruinada.

— Sim? Mas nada disso aconteceu.

— Mas podia ter acontecido. Assim. — Ele estala os dedos. — Minha carreira poderia ter terminado e o basquete é tudo que tenho. É só isso. É tudo que tenho na vida.

Eu tento disfarçar a pontada de dor que suas palavras me causam.

— Vou ficar de fora por um mês. O que pode parecer nada para você, mas um mês no meu mundo pode muito bem custar o resto da temporada. Eu sou o motivo pelo qual estamos no caminho de chegar aos playoffs. Ficar sem jogar por um mês? Estamos fodidos. É mais fácil darmos isso por encerrado.

— Ok, isso é bem pretensioso para um cara que até agora eu só vi ser humilde.

— Não estou sendo pretensioso, Indy. Estou reconhecendo os fatos. O time inteiro, a *organização* inteira, depende de mim e eu acabei de falhar com todos eles. — Ele meneia a cabeça desapontado. — Toda merda de noticiário tem minha cara estampada, tem a porra daquele vídeo sendo reprisado.

Eu me levanto, pronta para passar o resto da noite sozinha no meu quarto.

— Aonde você está indo?

Eu dou de ombros.

— Eu realmente não quero ficar ouvindo isso. Sim, é uma merda, Ryan, mas do jeito que eu vejo as coisas, você teve sorte. Desculpa se não entendo toda a coisa do basquete, mas como meu... — Eu gesticulo em direção a ele. — O que quer que você seja, estou feliz que seu cérebro esteja intacto.

— Meu cérebro não faz merda nenhuma por mim neste esporte. Meu corpo faz.

Além de essa ser uma declaração completamente absurda, ele está errado. Eu não sei muito sobre basquete, mas, pelo que tenho visto, Ryan é sempre o cara mais inteligente em quadra. Ele antecipa cada jogada, cada movimento. Ele vê tudo antes que aconteça. O cérebro é a parte mais especial que tem como jogador, seu corpo só acabou conseguindo acompanhar esse talento.

Eu passo pelo sofá, mas ele segura meu pulso.

— Desculpa. Eu... eu não sei como vou ficar um mês sem jogar.

Ryan me puxa em direção ao seu colo e eu me sento de frente para ele. Suas mãos me envolvem, me segurando firme, como se ele não pudesse suportar a ideia de me ver tentando deixar a sala de novo.

— Por que você foi ao hospital? — pergunta baixinho.

— Porque você se machucou.

— Foi porque Ron estaria lá e pareceria suspeito se você não aparecesse?

Eu me sobressalto de leve.

— É isso que você acha?

Ele encolhe os ombros, desviando os olhos.

— Eu fui para ver *você*. Acredite ou não, eu não dou a mínima para seu chefe e não poderia me importar menos com o que você significa para qualquer um dos outros. Para mim, você é... bem, eu não sei o que você é, mas é... *importante*. Você, como pessoa, não o jogador, é importante para mim.

Eu passo a mão pela lateral do rosto dele suavemente, mas mais uma vez ele não me olha nos olhos, e vira o rosto na direção da cozinha.

Movendo-me um pouco, eu encontro seu olhar. Ele está coberto por uma camada brilhante, deixando as cores ainda mais vivas.

Tirando algumas lágrimas por causa da felicidade de Stevie, eu nunca vi Ryan chorar. Eu já o vi demonstrar outras emoções de forma relutante: mágoa, ciúmes, preocupação, alegria, humor. Mas eu nunca o vi demonstrar tristeza.

Ele engole as lágrimas.

— Acho que você devia pegar um voo e encontrar com o time de hóquei no caminho. Stevie pode cuidar de mim.

— Não.

— Indy, por favor — ele implora, ainda se recusando a fazer contato visual. — Eu não quero que você me veja assim.

— Assim como?

Seguro seu queixo gentilmente, fazendo-o olhar para mim. Lágrimas se acumulam nos seus cílios, mas elas não caem.

— Assim como? — insisto. — Humano?

— Eu não posso me dar ao luxo de ser humano.

As lágrimas caem, mas eu logo as seco com os meus polegares antes que ele entre em pânico ao senti-las nas bochechas.

— Não posso me dar ao luxo de errar. Não posso me dar ao luxo de sair da linha. Não posso me dar ao luxo de me lesionar e passar o mês sem jogar. Eu não posso me dar ao luxo de voltar para tudo aquilo. A pressão sobre mim… — ele inspira de um jeito brusco e trêmulo — é sufocante. Eu sinto como se estivesse sufocando.

Seu peito treme enquanto ele tenta respirar sem chorar de verdade. Eu nunca imaginei que o veria nesse estado, e me sinto tanto honrada quanto apavorada de estragar tudo e fazer com que ele rasteje de volta para sua concha impassível.

— Voltar para tudo aquilo o quê, Ry?

— Tudo. Desejar coisas que eu sei que não posso ter. Sentir coisas que eu sei que não vão ser correspondidas. Desejar um futuro que não tenha nada a ver com basquete. — As lágrimas continuam a escorrer pelos cantos de seus olhos. — Isso é tudo que tenho nesta vida e tem que ser o suficiente.

Do que ele está falando?

— Ryan — falo com carinho, passando os polegares em suas bochechas cheias de sardas. — Não sei se entendi do que você está falando.

Mantendo contato visual comigo de forma propositada, ele respira fundo e inclina a cabeça para beijar a palma de minha mão.

— Posso explicar para você?

26

Ryan

Indy assente, oferecendo sua atenção total.

Virando sua cintura, faço com que ela se sente com as pernas ao meu redor, de forma que não fique apenas sentada no meu colo, mas olhando diretamente para mim. Eu tenho fugido de falar sobre isso por tempo demais, e não consigo mais evitar. Ela me abalou, entrando na minha vida com todo esse caos e bondade. E entre perceber o quanto a quero e quase perder tudo hoje, estou destruído. Emocionalmente desestruturado.

É surpreendentemente libertador. Por anos eu estive anestesiado emocionalmente e, de certa forma, me recusar a sentir qualquer coisa — alegria, tristeza, amor, ou, neste caso, medo — parecia uma sentença de morte.

Eu não quero mais estar anestesiado.

Respiro fundo e tento reunir o pouco de força que ainda tenho.

— Quando eu era mais novo e pensava sobre meu futuro, eu me via jogando na NBA, mas, ao mesmo tempo, eu também me via tendo uma família enquanto isso. E não estou me referindo à Stevie e aos meus pais; eu queria uma parceira. Queria uma esposa, filhos, toda aquela coisa de comercial de margarina.

Os olhos castanhos de Indy se arregalam de leve, antes que ela se contenha, a expressão voltando a ficar neutra.

— Sei que agora não parece, mas eu era bem parecido com você quando mais novo. Eu costumava confiar nas pessoas, amar as pessoas. Stevie sempre me zoou por ser um romântico incorrigível porque eu via sempre o melhor nas pessoas e, quando eu me apaixonava, me apaixonava de verdade. Eu tive umas duas namoradas no ensino médio, mas foi só na faculdade que eu me apaixonei pela primeira vez. Pela única vez, na verdade.

Eu olho com atenção para a garota linda no meu colo, procurando por qualquer sinal de que ela esteja desconfortável com o assunto, mas Indy parece tão imersa nessa conversa quanto eu esperava que ficaria.

— Você sabe o que aconteceu, mas não sabe da história toda. O nome dela era Marissa. Nos conhecemos no fim do terceiro ano de faculdade e eu me apaixonei bem rápido por ela, mas ela não queria que as pessoas soubessem que estávamos juntos, então mantivemos nosso relacionamento em segredo. Para ser sincero, eu gostei. Meu time havia acabado de ganhar o campeonato nacional e as pessoas estavam começando a me ver mais como astro do basquete e menos como um cara comum. Eu comecei a reparar que as pessoas ao meu redor estavam querendo aproveitar um pouco disso antes que eu entrasse na temporada de recrutamento da NBA. Mas Marissa… — balanço a cabeça. — Ela não era assim. Ela não queria toda a atenção que vinha com o fato de ser minha namorada, e os pais dela eram extremamente religiosos, então, por causa disso tudo, não contamos que estávamos juntos para muitas pessoas. Eu sabia que, quando me formasse, a pediria em casamento e muito daquilo que a preocupava não seria mais um problema. Você sabe que ela estava tentando engravidar. Bem, ela engravidou. Durante o último ano.

Indy se ajeita de leve no meu colo, inspirando bruscamente.

— Eu fiquei superfeliz, e ela também. O bebê ia nascer no verão, logo depois das seleções. Eu sabia que estaria financeiramente estável o suficiente para cuidar deles, e essa família era tudo que eu sempre quis. A única pessoa para quem eu pude contar que ia ser pai foi a Stevie. Marissa não queria contar para ninguém, não queria que os pais soubessem antes que o bebê nascesse, estivéssemos casados e morando em qualquer que fosse a cidade onde eu acabasse sendo contratado.

"Na semana do recrutamento, acabei sendo o primeiro a ser selecionado para Chicago. No dia seguinte, eu peguei um voo para cá e comprei este apartamento à vista, mobiliei e o deixei pronto para minha futura noiva e meu filho que ia nascer. Então Marissa entrou em trabalho de parto. Eu voei de volta para a Carolina do Norte imediatamente e corri para o hospital. Cheguei tarde demais para que me deixassem entrar na sala de parto, então fiquei andando de um lado para outro na sala de espera, um anel de noivado pesando no meu bolso pelo que pareceram horas. A vida parecia um sonho naquela semana. Eu ia conquistar tudo que sempre quis em um período de cinco ou seis dias.

"Eu lembro que tinha um cara que ficava olhando pra mim, mas eu não dei muita atenção a isso. Cada vez mais gente estava começando a me reconhecer, então achei que fosse isso. Eu estava praticamente saltitando, Ind. Estava muito empolgado, nervoso, feliz e preocupado. Estava sentindo tudo que você possa imaginar naquele momento. Uma enfermeira veio me chamar quando a bebê nasceu. Ela era saudável e Marissa estava bem, mas assim que entrei no quarto alguma coisa pareceu estranha.

"Marissa mal conseguia me encarar, mas eu estava desnorteado demais para dar muita atenção a isso, até que ela me ofereceu a filha dela para que eu segurasse, e no segundo em que eu peguei aquela garotinha no colo, soube que ela não era minha.

Indy ofega, cobrindo a boca com as mãos com aquelas unhas pintadas de vermelho.

— Marissa também sabia, e eu não sei o que a levou a fazer isso, mas ela resolveu contar tudo ali mesmo. O cara na sala de espera? Era a porra do namorado de verdade dela. A bebê era dele. Ele sabia de tudo. Nosso suposto relacionamento era uma armação. Eles me enganaram, ela só queria engravidar para arrancar dezoito anos de pensão alimentícia de mim. — Solto uma risada incrédula, percebendo o quão absurdo tudo isso soa sendo dito em voz alta, enquanto me lembro daquele dia há mais de quatro anos. — Ela nunca teve medo dos holofotes e os pais dela não eram religiosos. Ela não queria que ninguém soubesse da gente porque estava me enganando o tempo todo.

Eu abaixo a cabeça.

— Eu queria tanto aquilo, Indigo. Toda aquela situação era a vida dos meus sonhos. Eu estava tão pronto. Eu me imaginei sendo o pai jovem e legal que pega o filho da arquibancada e o carrega ao redor da quadra. Eu queria chegar em casa todos os dias e encontrar eles lá. E fui feito de trouxa.

Indy coloca a mão no meu pescoço, acariciando minha pele de leve.

— Ryan — diz, aparentemente sem saber como continuar.

Eu parei de chorar há alguns minutos, mas Indy assumiu a função.

— Essa é uma das coisas mais horríveis que eu já ouvi.

Eu seco as lágrimas dela.

— É por isso que tenho tanta dificuldade de confiar nos outros. Eu fui manipulado pela única pessoa que eu achava que me amava. Imagine quantas outras pessoas do meu dia a dia não tentariam me usar se eu as deixasse se aproximar o suficiente?

— Você comprou esse apartamento para começar uma família. — Ela leva a mão à boca. — Ah, meu Deus, meu quarto está pintado de amarelo. Aquele era para ser o quarto…

— Eu odeio aquele quarto pra caralho.

Ela esconde o rosto nas mãos.

— Por que você continua morando aqui? Esse apartamento é como se fosse uma prisão para você. Você já mal pode sair, então está preso aqui. No lugar que você comprou para começar a vida que havia planejado.

Eu continuo em silêncio enquanto vejo ela conectar todos os pontos.

— É por isso que você… Você não ficou com mais ninguém desde então?

Com as mãos no quadril dela, eu percorro a legging que está usando, tentando acalmar a nós dois.

— Fiquei. Eu tentei toda a coisa do sexo casual, mas isso nunca foi muito meu estilo. Nos dois anos depois que tudo aconteceu, acho que fiquei com três mulheres no total. Mulheres aleatórias. Ninguém que eu conhecesse de verdade.

Eu seco o rosto dela.

— Por favor, continua — ela pede, os olhos castanhos cheios de lágrimas.

Soltando o ar, eu continuo:

— Era estranho demais ser um cara na casa dos vinte e não transar, certo? Então eu tentei. Mas toda vez que eu estava com alguém, eu ficava completamente preso na minha cabeça, tentando imaginar como elas iam usar aquilo contra mim. Eu estava tão destruído, Indigo, que nas poucas vezes em que acontecia eu levava a porra da camisinha usada comigo e a jogava fora em outro lugar. Eu era paranoico nesse nível. Chegou a um ponto em que nada daquilo valia a pena. Eu estava transando porque achava que devia, então eu me permiti parar de tentar.

— Foi por isso que você fugiu na outra noite?

Eu concordo com a cabeça.

— Aquilo me assustou.

— Você não acha que eu…

— Não — interrompo antes mesmo que ela possa terminar a frase. Não, eu não acho que ela tentaria me usar de maneira alguma. — Fazia muito tempo que eu não me permitia desejar alguém. Foi *isso* que me assustou.

Indy sorri suavemente, me incentivando a continuar.

— Mas, hmm… — Eu hesito. — Mesmo que aquele dia tenha sido um dos piores da minha vida, não foi necessariamente ela que me destruiu. Foi passar a entender quem eu era para o mundo que me fodeu mais do que tudo. — Eu desvio o olhar, sem conseguir encará-la. — Eu nunca tinha tido nenhum problema de saúde mental antes, mas eu caí em uma depressão terrível por uns bons dois anos depois do que aconteceu. Tudo que eu sempre desejei foi tirado de mim naquele dia, mas eu também percebi que eu nunca conseguiria conquistar aquilo.

Ela recua um pouco.

— Ryan, você pode ter o que quiser. Se você quer uma família, você pode ter isso.

— Sério, Ind? Eu não consigo nem fazer o que fizemos aquela noite sem entrar em pânico. Como você acha que eu seria capaz de confiar em alguém o suficiente para ir além disso? Para ter uma família com ela? — Eu abaixo a cabeça de novo. — Meu Deus, que vergonhoso.

— Por que está com vergonha? Você não fez nada de errado.

— Porque eu não posso me dar ao luxo de fazer nada errado! Ninguém pode saber sobre nada disso. As pessoas esperam que eu seja perfeito, que nunca dê um passo em falso. Mas ninguém tem ideia de que por dois anos a única coisa capaz de me tirar da cama era uma obrigação contratual de comparecer aos treinos e jogos. Tirando isso, eu passava os dias dormindo, comendo só quando era lembrado de que precisava. Meu apartamento — eu gesticulo ao redor — era um completo caos. Por que você acha que sou tão neurótico com limpeza agora? Por dois anos eu vivi na imundície porque não tinha a capacidade mental de encontrar energia para limpar. Eu estava em uma escuridão sem fim, e ninguém sabia que depois dos jogos o menino de ouro do basquete voltava para casa para viver em sofrimento.

Meus olhos finalmente encontram os dela.

— Merda. — Expiro, segurando o rosto de Indy e secando as lágrimas com os dedos. — Não chora, Indigo. Eu não quis te chatear.

Indy se deita no meu ombro, escondendo o rosto. Eu aproveito a oportunidade para envolvê-la com os braços, sentindo-a derreter encostada em mim.

— Eu queria ter sabido antes — ela lamenta. — Eu teria me esforçado mais para manter as coisas arrumadas. Achei que você só estivesse implicando com o quanto sou bagunceira. Não quero ser um lembrete daquele tempo.

— Ah, Ind. Não, não, você não é. Eu estava só te provocando com isso. — Eu me viro de leve, falando baixo enquanto a abraço. — Acho que é bom pra mim. Ter você aqui tem me ajudado a relaxar um pouco com meu controle.

Ela envolve meu pescoço com os braços, esconde ainda mais o rosto no meu ombro e aperta as coxas em volta de mim.

— Mas eu quero me explicar. Quando digo que o basquete é tudo que eu tenho, estou falando a verdade. Embora isso possa soar patético, foi o que me salvou, mesmo que tenha sido o motivo pelo qual tudo acabou dando errado pra começar. Eu estava ficando cada vez pior até alguns anos atrás quando eu mergulhei de cabeça nisso. Eu saí daquele buraco, segurei minha onda e coloquei um sorriso no rosto para as câmeras. Parei de deixar gente nova entrar na minha vida, mas, ao mesmo tempo, fiz minha irmã se mudar para Chicago para que eu não ficasse sozinho. Comecei a passar todo meu tempo no ginásio porque ninguém ia ser capaz de foder comigo lá. Eu recuperei o controle. O mundo esperava que eu fosse o melhor, então eu me tornei o melhor, mas eu não ia deixar ninguém chegar perto o suficiente para se aproveitar disso. De mim.

Erguendo o corpo, Indy limpa o rosto.

— Por que precisa ser oito ou oitenta? Por que você não pode ser o melhor e acreditar que há pessoas por aí que não querem nada de você, além de apoiarem da primeira fileira da arquibancada?

— Porque isso não existe. Ninguém nunca entrou na minha vida sem procurar uma maneira de ganhar alguma coisa de mim. De me usar. De tirar vantagem.

Até você, eu quero acrescentar. *Até você entrar no meu apartamento e virar meu mundo de cabeça para baixo, desfazendo qualquer ideia da qual eu tenha me convencido. Apagando cada crença à qual me agarrei.*

— Ah — ela solta com dificuldade, piscando várias vezes. — Ok. — Assente. — Bem, acho que tenho uma boa notícia para você, então. O procedimento que eu preciso fazer no verão vai ser coberto pelo meu plano de saúde, então não preciso mais economizar. Vou poder me mudar.

— Espera. O quê?

Ela limpa a garganta, colocando o cabelo para trás das orelhas e se recompondo.

— Eu não quero que você pense que estou tentando tirar vantagem de você. Meu Deus, essa é última coisa que eu quero, Ryan, mas eu quero te ajudar. Foi por isso que pedi dispensa da minha viagem de trabalho. Então, vou ficar aqui por alguns dias, se estiver tudo bem pra você. Só para garantir que você consegue andar sem essas muletas, e aí vou procurar um lugar para mim.

— Não. Cacete. Indy, não foi isso o que eu quis dizer.

— Ah, merda — diz Stevie da porta, os olhos cravados em nós. — Eu não deveria estar aqui.

Viro a cabeça com tudo na direção dela. Nenhum de nós a ouviu destrancar a porta. Indy sai apressada do meu colo, se sentando na outra ponta do sofá.

Puta que pariu. Ainda não tive a chance de contar para Stevie sobre os meus sentimentos pela melhor amiga dela, e agora ela a encontrou sentada no meu colo. Não só isso, mas minha colega de apartamento está ali dizendo que vai se mudar porque eu não consegui explicar que as minhas inseguranças não se aplicam a ela.

Stevie vai entender. Inferno, ela vai me apoiar totalmente, mas nesse momento eu preciso me explicar para Indy antes que ela comece a pensar ainda mais besteira.

— Estou indo — continua Stevie, apontando por cima do ombro.

— Boa ideia.

— Não! — interrompe Indy. — Por favor, fica.

Ela não me olha nos olhos quando me viro para ela. Está sentada na ponta do sofá, os joelhos recolhidos contra o peito, claramente consternada por nossa conversa. Eu nunca joguei toda essa informação em cima de alguém antes, e agora ela está sentada ali, achando que eu considero a estadia dela aqui como uma maneira de tirar vantagem de mim.

Isso não poderia estar mais longe da verdade.

27
Ryan

Passar o dia no ginásio e não poder fazer nada além de assistir foi uma tortura. Os médicos e treinadores do time cutucaram e remexeram no meu joelho enquanto eu fiquei sentado lá na mesa e assisti ao treino do time através de uma janela de vidro.

É só o primeiro dia e já estou louco para voltar à quadra. Não tenho certeza se vou conseguir aguentar quatro semanas assistindo de fora.

Ron e o técnico me deram a opção de ficar em casa durante as viagens enquanto estou fora de quadra, e acho que vou aceitar a oferta. Mesmo nos jogos em casa, não sei se vou aguentar ficar no banco. É difícil demais e, honestamente, minha péssima postura talvez seja pior do que minha ausência.

Stevie está esperando por mim bem em frente ao nosso centro de treinamento, no carro de Zanders. Eu não posso dirigir por mais alguns dias, mas os técnicos ficaram impressionados com o quanto o inchaço diminuiu nas últimas vinte e quatro horas. Eu devo isso a Indy. Ela foi cuidadosa e me paparicou, toda preocupada, no melhor estilo Indy, tomando conta de todo mundo ao redor. Mas não vou mentir, eu gostei de ser o centro da atenção dela durante a noite.

Estou bem o suficiente para apoiar um pouco de peso no joelho e andar sem as muletas, mas sou lento para caralho, me erguendo para entrar no Mercedes Classe G de Zee.

— Olha só, sem muletas! — Stevie comemora do assento do motorista.

— Não acho que seja motivo para tanta comemoração, Vee.

— Certo, rabugento. Te trouxe um café. — Ela gesticula para o descanso de copos entre nós. — O que eles disseram?

— Ficaram impressionados com o quanto desinchou. Eles querem que eu ande um pouco, mas sem exagerar na movimentação até semana que vem.

— Isso é ótimo! — Ela dá partida no carro e começa a nos levar para casa.

— É?

— Ok. Claramente nada vai ser bom o suficiente para você no momento. — Ela muda de assunto. — A que horas você precisa estar no jantar do time? Precisa de carona ou o Harold vai te levar?

— Eu cancelei.

— O quê? Por quê?

Mantendo meus olhos na janela do passageiro, eu observo Chicago passar num borrão.

— Por que você acha, Vee? Não estou muito animado. A última coisa que eu quero é levar os caras para jantar e fingir que não deixei todo mundo na mão.

Ela fica em silêncio, olhos na pista, a boca em uma linha severa.

— Tá vendo? — eu continuo. — Nem minha própria irmã gêmea tá me aguentando. Imagine como vai ser pior para outras pessoas.

Isso faz com que ela abra um sorrisinho.

— Não estou irritada, mas seu time ainda precisa de você. Continua sendo o capitão deles.

Eu a ignoro.

— Ethan é o capitão deles. Eu só uso o título para o público.

Stevie não insiste nem me diz o quão errado estou, o que é outro sinal de que se minha melhor amiga não consegue me aguentar, ninguém consegue.

— Então — ela muda de assunto. — Devíamos falar sobre ontem à noite?

Vejo que nossos cérebros de gêmeos estão em sincronia quando a encaro pelo canto do olho, encontrando minha expressão no rosto dela, sorrisinho travesso e tudo.

— Sobre o que você quer falar? — pergunto, fingindo inocência.

Ela ri.

— Você é muito cara de pau. É óbvio que você me pediu para te levar para casa, em vez de Harold, para que pudéssemos conversar sobre isso. Então pode começar a falar, superastro.

Porra, às vezes é meio assustador o quanto a gente se conhece.

— Talvez eu tenha uma quedinha pela sua melhor amiga.

Ela ri.

— Por Deus, Ry. Quer tentar de novo?

Eu reviro os olhos.

— Eu talvez esteja levemente apaixonado pela loira morando na minha casa.

Stevie ri para si mesma.

— Você agarrou a mão dela para ouvir a notícia mais importante da sua carreira. Acreditaria mais se você dissesse que está completamente apaixonado.

— Contei a ela sobre a Marissa.

Graças a Deus estamos parados no sinal vermelho, porque a cabeça da minha irmã se vira com um estalo na minha direção.

— Contou?

— Noite passada. Foi no meio disso que você chegou.

— Ryan. — O olhar dela fica mais gentil. — Esse é um passo enorme.

Eu não entro em mais detalhes — sobre como foram os anos depois daquilo. Eu amo Stevie mais do que qualquer um no mundo inteiro, mas nem ela teve acesso aos dias mais sombrios. Indy é a primeira a saber, e eu quero chegar em casa para que possamos conversar sobre o restante. Ela precisa saber o quanto quero que ela fique. O quanto eu *preciso* que ela fique.

— Quero ficar com ela, Vee. Eu não sei como ela está ou o que ela é capaz de sentir depois de tudo pelo que passou, mas vou aceitar o que ela tiver a oferecer. — Eu olho para Stevie enquanto ela continua concentrada na estrada. — Tudo bem por você?

Eu consigo ver a leve contração nos lábios dela.

— Vocês não precisam da minha permissão para ficarem juntos.

— Bem, eu quero mesmo assim. Ela é sua melhor amiga, e nós dois sabemos que foi por minha culpa que suas outras amizades não deram certo.

— Olha, você podia estar falando sobre qualquer uma e eu estaria empolgada por estar se abrindo novamente, mas com Indy? — Ela dá uma olhada para mim. — Não há ninguém em quem eu confie mais para proteger você tão bem quanto você a protegeria.

Eu abro um sorriso fraco.

— Obrigado, Vee.

— Mas você deveria resolver logo isso. Já viu aquela mulher? — Provoca minha irmã. — O time de hóquei inteiro está apaixonado por ela.

— Ok. Ok. Não precisa me lembrar.

— Só estou dizendo. Faz logo alguma coisa, cara. Vocês já moram juntos e eu quero outra cunhada.

— Meu Deus. — Eu deixo escapar uma risada. — Nunca mais te conto nada. Você não tem um pingo de sutileza.

Stevie para em frente ao meu prédio.

— Você não precisa me contar nada. — Ela dá uma batidinha na lateral da cabeça. — Conexão de gêmeos. Eu já sei de tudo.

* * *

Consigo ouvir a voz de Indy antes mesmo de colocar o pé no apartamento. Quando abro a porta percebo que minha casa está um caos. Há cadeiras dobráveis enfileiradas contra a parede e duas enormes mesas dobráveis no meio da nossa sala de estar. O sofá foi empurrado para a parede. Há caixas de papelão espalhadas pelo chão.

Tem um celular apoiado na bancada da cozinha e Indy fala com ele. Ela não deve ter me ouvido porque não se vira, embora sua mãe chame a atenção para mim da tela.

— Oi, Ryan — ela acena.

Indy se vira e me vê na porta.

— Oi, Abigale. O que vocês duas estão fazendo?

— Estou passando uma receita para Indigo.

Indy gesticula em direção à tábua de corte em frente a ela, minha cozinha está repleta de comidas que preparou.

Com um sorriso radiante, ela parece infinitamente mais feliz do que estava quando terminamos a conversa na noite passada.

— Como você está se sentindo? — continua a mãe dela.

— Estou melhorando. Com sorte estarei de volta à quadra quando você e Tim vierem nos visitar.

— Bem, vamos te apoiar de um jeito ou de outro. Vou deixar vocês dois em paz. Até mais, Ryan. Tchau, querida.

Indy desliga a chamada.

— Por que minha mãe está agindo como se fosse sua nova melhor amiga?

Eu dou de ombros.

— As mães me amam.

Ela me lança um olhar desconfiado, mas não se dá conta de que sua mãe e eu estamos tão confortáveis assim porque eu já conversei com os pais dela mais que algumas vezes desde que conheci eles por chamada de vídeo nesta mesma cozinha.

— Sei que o apartamento está um caos, mas vou arrumar tudo no fim da noite. — Indy passa os olhos por mim. — Sem muletas? Que ótimo!

— Você tá bem? — pergunto, confuso. Na noite anterior, ela parecia desnorteada e distante. Agora é como se a conversa nem tivesse acontecido.

— Claro. Por que não estaria?

Talvez porque você tenha entendido o que eu disse ontem errado e ache que eu quero que você se mude?

Olhando em volta para o apartamento lotado de coisas, eu pergunto:

— O que está rolando?

— O jantar do time vai ser aqui.

— Hm, não vai, não.

— Annie me ligou e disse que você cancelou tudo.

— Cancelei.

— E eu fiz Ethan descancelar e convidar o time para cá.

— Indy, por que você faria isso? Você sabe como me sinto sobre deixar as pessoas entrarem no meu espaço pessoal. Sem mencionar que eu deixei cada um desses caras na mão ontem. Não estou pronto para encarar eles.

Ela solta a faca que está usando para picar legumes enquanto inclina a cabeça para mim e tenta uma estratégia mais gentil.

— Ryan, você não deixou ninguém na mão, e temos um acordo. Teoricamente eu devo te ajudar a ser um líder melhor.

— Não, você tem que me ajudar a convencer Ron de que eu sou um líder melhor.

— Por que não fazer isso de verdade? Vai passar um mês sem poder jogar. Por que não usar isso como uma oportunidade para mudar as coisas e contribuir de outras maneiras? Você é o cara mais inteligente do time. Ainda pode usar seu cérebro do banco.

Eu não posso argumentar contra isso. É o que um bom líder faria.

— Não sei não, Ind. Isso de receber todo mundo aqui.

Sem mencionar que eu esperava ter um tempo sozinho com ela para que pudesse convencê-la a não se mudar. A noite inteira. Usando a língua talvez.

— Pode confiar em mim? — pede. — Se eles chegarem e tudo ficar demais para você, eu mando todo mundo embora. Mas acho que vai ser ótimo. Eu comprei pratos e talheres novos, assim temos o suficiente para todos. Bem, *você* comprou. Eu usei seu cartão de crédito, obviamente.

Deixo escapar um sorrisinho.

— Obviamente.

Ela fecha bem os olhos, arrependida, como se tivesse acabado de se pegar fazendo besteira.

— Vou pagar por eles depois.

— Por favor, não faça isso. Por favor, não fique pisando em ovos. Você não vai pagar pelo jantar que está oferecendo ao meu time.

— E eu aluguei umas cadeiras e mesas. — Ela me oferece um sorriso brincalhão incerto. — Você precisa parar de tratar esse apartamento como uma prisão e começar a viver de novo. Essa noite é uma boa maneira de começar.

Claro, eu já deveria ter esperado que no segundo em que Indy soubesse sobre o meu passado ela ia tentar me ajudar a começar a me recuperar de tudo aquilo. Ela é bondosa desse jeito, atenciosa desse jeito.

A casa está pronta e ela está obviamente empolgada. O que quer que esteja fazendo no forno está com um cheiro fenomenal e, conhecendo as intenções puras dessa garota, ela acredita que esta noite vai me fazer bem.

É bem provável que eu exploda de ansiedade ao receber tanta gente em um espaço que considero seguro para mim, mas, por ela, eu tentarei.

Eu tiro os ímãs que prendem nossos acordos na cozinha. Não preciso que os meus colegas de time vejam que eu tenho uma lista para aprender a ser um namorado aceitável, ou que a mulher que supostamente é minha namorada tem um contrato de aluguel.

— Vou esconder isso. — Eu ergo os pedaços de papel aleatórios que definem todo o nosso relacionamento.

Ela ri, mas antes de voltar a picar os legumes, vejo um sorriso triste surgir em seus lábios. Eu quero tirá-lo dali com um beijo e dizer que ela não pode ir a lugar nenhum. Não quando se encaixa tão bem aqui, quando faz este lugar parecer um lar, mas a batida na porta me impede de fazer isso.

* * *

Dom está mastigando o frango à parmegiana mais incrível que eu já comi. Ele revira os olhos enquanto deixa escapar um som alto de prazer.

— Caramba, Shay. Ela é só sua namorada e você ganha tudo isso? Essa é pra casar — diz. Indy tenta não rir enquanto serve outra taça de vinho para ele. — Indy, se ele não quiser se casar com você, eu caso. Agora mesmo.

Ele se levanta do assento como se fosse se ajoelhar em frente a ela.

— Senta a bunda de volta na cadeira — mando da ponta da mesa.

Ele me ignora, olhando de novo para a loira estonteante. Ele indica os dois com o dedo antes de mover os lábios para ela. *Você e eu. Me liga.*

Ela dá risadinhas, e esse é meu som favorito.

Indy mal conseguiu se sentar, indo e vindo constantemente entre a cozinha e a sala de jantar improvisada para pegar mais comida e bebida para o time. Eu não me lembro de ver esses caras tão relaxados assim desde os jantares na casa de Ethan. A comida está fenomenal, mas eu queria que Indy se sentasse no lugar vago ao meu lado e comesse conosco. Ela se serviu de uma porção de berinjela à parmegiana, mas ainda nem a tocou.

— Shay, seu apartamento é incrível — diz Leon, muito mais à vontade do que no último jantar do time.

Eu queria começar a treinar com ele em particular, mas agora, com a lesão, isso está fora de cogitação.

— Valeu, cara.

— Por que você nunca nos convidou antes? Essa comida… — Ele meneia a cabeça em apreciação. — Caramba.

— Não sei direito. Acho que só recentemente pareceu certo.

Meus olhos desviam até a cozinha para encontrar o motivo pelo qual estou tão relaxado. Surpreendentemente, não senti muita ansiedade desde que os caras começaram a chegar. Eles falaram sobre os próximos jogos e as garotas com quem estão saindo. Ninguém tentou bisbilhotar meu apartamento. Eles estão só aproveitando a companhia uns dos outros fora do trabalho.

Tanto o meu quarto quanto o de Indy estão trancados, mantendo todos restritos à cozinha e à sala de estar, sem ter nem ideia de que temos quartos separados.

— Há quanto tempo você mora aqui? — continua Leon.

— Quatro anos e meio.

— Uau. — Ele sacode a cabeça. — Eu adoraria ter um apartamento assim um dia.

Um apartamento assim faz sentido para um cara como ele. Solteiro. Jovem. Bem, imagino que eu seja solteiro e jovem também, mas um apartamento como este já não faz mais tanto sentido na minha vida. Estou cada vez mais querendo um lugar maior. Um lugar com espaço externo e reservado. Um lugar que pareça menos um lembrete da vida que eu achei que teria um dia.

— Faz a gente aguentar esse próximo mês e tenho certeza de que vai ter um aumento te esperando no próximo contrato — garanto.

Ele dá uma risada desacreditada.

— É, não vai rolar. Não estou pronto para substituir logo Ryan Shay.

Ethan ouve a conversa e trocamos um olhar.

Eu pouso meus talheres, me recostando.

— Está, sim. Tem que estar.

Leon olha para o restante da mesa antes de voltar a atenção para mim.

— Eu não consigo. Sou um cara que fica no banco — diz em voz baixa.

Leon é meu reserva, só joga no último quarto, se o jogo estiver indo bem. Eu me inclino de forma que só ele e Ethan possam me ouvir.

— Consegue, sim. Eu vou te ajudar.

— Você faria isso?

— Somos um time e você precisa ser o líder em quadra agora. Nós ainda vamos ficar no ginásio depois dos treinos, como combinamos. Vamos repassar tudo. Eu vou estar na lateral durante os jogos para ajudar. Você consegue.

Eu não tinha me dado conta de que decidira tudo isso até as palavras saírem da minha boca, mas eu sei que é a coisa certa a fazer. É o que um bom líder faria. É o que o líder que eu era na faculdade, aquele que conquistou dois campeonatos nacionais, teria feito.

— Você vai nos colocar nos playoffs e eu vou te ajudar.

Leon respira, confiante, assentindo.

— E aí — continuo — daqui a um mês eu roubo meu lugar de volta.

Uma risada fácil percorre nós três. Eu vejo Ethan olhando para mim, assentindo, os olhos cheios de orgulho.

Dando um tapinha em seu ombro, eu passo por eles e pelo restante dos rapazes se divertindo na mesa. Encontro Indy na cozinha, servindo mais comida para os catorze jogadores de basquete infinitamente famintos em nossa casa.

Eu prendo seu corpo por trás, minhas mãos se apoiando no balcão em frente a nós.

— Você está bem? — sussurra ela.

— Estou ótimo.

Quando ela vira a cabeça para olhar para mim, seus lábios quase roçam os meus. Os olhos dela se voltam para minha boca, mas, antes que eu possa pensar "foda-se" e beijá-la, ela se vira de volta para a comida, concentrada.

— Eu disse que você podia confiar em mim.

Beijo o seu ombro, sem ter muito o que dizer além de estar eternamente grato por ela ter me forçado a sair da concha esta noite. De um jeito estranho, receber visitas parece libertador. Eu achei que ia me sentir fora do controle, paranoico, mas não. Eu me sinto estranhamente… calmo.

Cobrindo a mão dela com a minha, eu interrompo seus movimentos.

— Vem comer comigo.

— Ainda não posso. Tenho que servir mais comida e bebidas.

— Todos estão bem. Faça uma pausa e venha jantar comigo.

Ainda relutante, ela apoia os utensílios no balcão e me segue até a mesa, onde eu puxo a cadeira para que ela se sente entre Ethan e eu. Coloco mais travessas de comida na mesa, e acrescento umas duas garrafas de vinho. Os caras já são grandinhos, eles podem se servir.

Ficar sentado ao lado de Indy é bom como sempre, mas essa noite, enquanto ela conversa com meu time, há um senso de orgulho fluindo através de mim por eles acreditarem que ela é minha. Ela poderia ser. Eu quero que seja. Quanto mais vejo ela enfrentar a vida de guarda baixa, mais preciso que seja minha.

Ela não é só uma garota otimista, sem noção das partes horríveis da vida. Ela não vomita arco-íris ou acredita em unicórnios, mas ela sente tudo. Cada emoção, boa ou ruim, e só por esse motivo ela já é uma lufada de ar fresco em minha vida. Ela está vivendo e eu tanto a admiro por isso, quanto a invejo em um nível inacreditável.

Alguma coisa se encaixou na noite passada, enquanto ela estava sentada no meu colo, me ouvindo falar sobre a pior parte do meu passado, que me fez perceber que eu quero que ela seja meu futuro.

— Indy — chama Dom do outro lado da mesa. — Você está me convencendo de que eu preciso de uma namorada.

— Você já tem namoradas suficientes — retruca ela.

Eu só mencionei Dom uma ou duas vezes, mas logo aprendi que Indy se lembra de quase tudo que eu digo, da mesma forma que eu me lembro de tudo que ela me diz.

— Não, eu quero dizer uma namorada *de verdade*.

Uma onda de risadas percorre o time porque, bem... Dom não é muito o cara de uma mulher só.

— Vão se foder. Eu posso mudar. Shay mudou. — Ele gesticula na minha direção. — Olha pra esse filho da puta todo apaixonadinho. Agora ele tem uma gata incrível morando na casa dele. E eu quero uma Indy andando pela minha.

— Olha a boca — alerto. — Indy tem um MBA e é engraçada pra caralho.

As bochechas de Indy coram, morrendo de vergonha por ter sido elogiada por seu cérebro e não só pela aparência.

Dom para com uma garfada de comida no ar e sorri de um jeito travesso.

— E é uma cozinheira incrível.

— Sou mesmo — ela concorda.

— Minha casa é muito maior do que a do Shay. Você é mais do que bem-vinda.

Encrenqueiro do caralho.

— Ela não vai a lugar nenhum. — As palavras são para Dom, mas mantenho meus olhos em Indy conforme as digo.

Ela não olha pra mim.

Parece certo demais ter ela aqui. Este é o lugar dela, comigo, neste apartamento. E se ela pensa, mesmo que por um segundo, que vai se mudar, é porque perdeu a cabeça.

28
Indy

Eu: *Atualização do dia: preciso sair do apartamento. Posso passar a noite na sua casa?*

Stevie: *Tá tudo bem?*

Eu: *Não.*

Stevie: *Até daqui a pouco, então.*

Eu arrumei minha mala enquanto Ryan estava no treino, e meu plano era já ter ido embora quando ele chegasse. Mas quando Annie me ligou para contar que ele havia cancelado o jantar do time, eu sabia que não podia ir embora ainda.

Eu provavelmente devia ir para mais longe do que a cobertura de Zanders e Stevie se minha intenção fosse mesmo fugir, mas eu não sei se é. Não sei o que estou fazendo. Tudo que sei é que o apartamento está tão repleto dele que é sufocante.

O quanto eu o quero é sufocante.

O quanto me importo com ele é sufocante.

O quanto eu amo esse homem depois de só alguns meses é sufocante.

Pode me chamar de dramática, mas o que descobri noite passada me deixou completamente desnorteada. Ryan acompanhou uma gravidez com uma mulher que ele acreditava amar, ansiando pelo futuro deles juntos e por uma família. Ele passou nove meses amando uma criança que não era dele. Como alguém se recupera disso? É de se esperar que ele seja tão resguardado e desconfiado.

Foi penoso para mim, apenas como espectadora, ouvir como alguém tentou manipular Ryan da forma mais dolorosa que existe, como ele acha que todos ao seu redor querem se aproveitar dele.

Não deixei de notar que ele não me excluiu desse parecer, e eu me recuso a não perceber os sinais óbvios de novo. Eu me recuso a ficar em um espaço que não é meu, como fiquei em um relacionamento que não era mais meu futuro.

A última coisa que eu quero é ser comparada à minha antecessora. Eu me importo demais com Ryan para deixar que ele acredite nisso, então vou provar a ele. Vou me mudar. Assim ele não será mais capaz de acreditar que eu estava tirando vantagem dele.

Assim que Ryan ficou distraído e todos com exceção de Ethan e Dom foram embora, eu fui também. Mas, enquanto remexo na minha mala no quarto de hóspedes de Stevie, e antes mesmo que tenha colocado o pijama, eu ouço a voz dele vindo do corredor.

— Será que você viu uma loira tagarela essa noite? Com umas pernas compridas e um cérebro impressionante? — Ryan pergunta à irmã e ao Zanders.

Consigo ouvir o sorriso na voz de Zanders quando ele se dirige à esposa.

— Adoro isso, Vee. Assistir seu irmão se contorcer feito um cachorrinho apaixonado. Que coração mole.

— Vai se foder.

Stevie ri de onde está sentada no sofá com Zanders e a cadela deles, Rosie.

— Ela está no quarto de hóspedes. Aposto que vai sair em um minuto.

Eu sabia que ele viria aqui ou ao menos ligaria, mas ele foi mais rápido do que eu esperava.

Eu tinha acabado de pegar minha escova de dentes para me aprontar para dormir, então, com ela na mão, caminho timidamente pelo corredor.

Ryan não parece chateado, só um tanto apático. Encostado contra a parede do canto da sala de estar, ele está com as mãos no bolso e com um pé apoiado sobre o outro, nem um pouco abalado.

— Aí está a fugitiva.

— Oi.

O olhar dele fica mais gentil.

— Oi, Indigo.

Zanders solta um gritinho adolescente de seu lugar no sofá.

— Eu só queria te dar um pouco de espaço — explico, antes que ele pergunte.

— Por que eu iria querer espaço? E ainda mais de você?

— Noite passada…

— Na noite passada, você não me deixou terminar o que eu estava tentando dizer.

Ele se afasta da parede, rapidamente diminuindo a distância entre nós e me encontrando no meio da sala. Seu corpo lindo se agiganta sobre o meu, invadindo meu espaço enquanto eu recuo no mesmo ritmo.

Ryan desce os olhos para mim, mordendo o lábio inferior.

— Podemos terminar nossa conversa agora?

Eu engulo em seco e concordo com um movimento de cabeça.

— Ninguém nunca entrou na minha vida sem procurar uma maneira de conseguir alguma coisa de mim — ele repete as palavras da noite anterior, como se eu pudesse esquecê-las. — Até você chegar.

Eu recuo e meus ombros atingem a parede onde Ryan apoia as mãos acima da minha cabeça, me prendendo ali e garantindo que eu escute suas palavras.

— Até você, toda colorida, bagunceira e tentadora, chegar no meu apartamento. Em nenhum momento eu senti que você estivesse tentando tirar vantagem de mim. Na verdade, se você se lembra, fui *eu* que não quis que você pagasse aluguel. Eu não ligo a mínima para o fato de você não precisar mais economizar, você não vai embora.

— Está parecendo um sequestrador.

— Não me provoca.

Ao olhar para baixo, eu encontro a escova de dentes rosa ainda na minha mão. Meu cérebro romântico imaginou uma cena bem diferente. Talvez sua confissão viesse no meio de uma tempestade, ou fosse anunciada publicamente, na frente de milhões de pessoas. Não enquanto eu estou segurando minha escova de dentes no meio do apartamento da minha melhor amiga.

— Temos plateia — sussurro, indicando os fofoqueiros no sofá com a cabeça.

— Ótimo. Eles podem assistir à vontade. — Ryan gentilmente tira a escova de dentes da minha mão e a apoia em uma mesinha próxima, antes de puxar meus braços para cima de seus ombros. — Depois do que eles me fizeram passar ano passado? É o mínimo que merecem.

Deixo escapar uma risadinha.

O som faz um sorriso suave e lindo surgir na boca de Ryan, expondo suas covinhas.

— Então, resolvemos toda essa conversa idiota sobre se mudar?

Seus olhos da cor do oceano fixam-se na minha boca.

— Mas eu gasto muito seu dinheiro.

— Alguém tem que gastar.

— E eu sou bagunceira. Você não gosta de bagunça.

— Eu gosto da sua bagunça.

— E eu sou carente. Eu não faço ideia de como passar tempo sozinha.

— Ótimo. Não quero que você passe tempo sozinha. Quero que passe tempo comigo.

Os olhos descem para minha garganta, acompanhando enquanto tento engolir.

— Volta pra casa comigo, Indigo.

Aparentemente meio segundo é hesitação demais, porque Ryan continua:

— E vamos deixar isso bem claro, mesmo que você diga não, eu *vou* jogar você sobre o meu ombro e te levar comigo. Mas estou lidando com uma lesão no joelho aqui, então preferiria que você fosse de livre e espontânea vontade.

A boca dele treme enquanto tenta mantê-la em uma linha reta para reforçar sua ameaça.

Eu não acho que esse homem tem ideia do quanto consegue ser engraçado. Ele gosta de pensar que é sério e impassível, mas ele me faz rir mais do que qualquer outra pessoa que eu conheça.

— Me leva pra casa, Shay.

Os pulmões de Ryan se enchem com uma respiração profunda antes que ele pegue minha bolsa, segure minha mão e me guie até a porta.

— Indy, só pra deixar bem claro, eu não quero nem sequer uma atualização do dia amanhã! — anuncia Stevie do sofá.

— Vou te mandar mensagem contando todos os detalhes!

— Eu vou trocar de número.

— Não somos o quarteto familiar mais fofo que já existiu? — comenta Zanders.

— Amo vocês — finaliza Ryan da porta, puxando-me atrás dele. — A Rosie mais do que todo mundo, é claro.

O que é irônico já que Ryan precisa tomar antialérgico toda vez que vai chegar perto dela, mas ele faz isso sem nenhuma reclamação, só para poder passar um tempo na casa deles.

Do outro lado da rua, ele empurra a porta do nosso apartamento, me pega no colo e me leva até sua cama, me jogando no colchão. Mas não antes de eu ter tido tempo de reparar que os pedaços de papel que são a base do nosso relacionamento estão de volta à geladeira.

O peito dele sobe e desce aliviado, como se me ver em sua casa e em sua cama lhe trouxesse paz.

— Agora você está no lugar certo. — Seu olhar me percorre. — Obrigado.

— Pelo quê?

— Por tudo. Por essa noite. Acho que eu sempre quis convidar o time para vir aqui em casa, ter visitas, mas isso me assustava. Deixar as pessoas entrarem na minha vida me assustava. — Devagar, ele começa a desabotoar a camisa, me olhando de cima. — Mas com você, tendo você aqui, quero que todo mundo veja o quão sortudo eu sou por ter você na minha casa.

Deitada de costas, vejo Ryan pendurar a camisa no armário. Eu imaginei isso várias vezes, sabendo que ele não seria capaz de se despir sem colocar tudo nos seus devidos lugares, mas saber por que ele faz isso me faz apreciar sua organização de um modo diferente. A visão também não deixa a desejar. Tudo o que isso faz é me dar mais tempo para admirar seu peitoral largo e seus braços definidos e musculosos.

Ele é tão lindo e protetor e esforçado. Alguém não ter dado valor a ele é incompreensível para mim.

Ryan volta, subindo no colchão como um homem faminto. Suas mãos afastam o cabelo do meu rosto, as palmas parando nas minhas têmporas.

— Então, obrigado, Indigo.

Minhas pernas se abrem em volta de seu corpo sem hesitação enquanto apoio os braços em seus ombros.

— De nada.

— Agora, por favor, pelo amor de Deus, me beija.

— Tem certeza? Porque na outra noite quando nós… bem, não nos beijamos

Seus olhos se desviam dos meus enquanto ele paira sobre mim.

— Foi porque eu não sabia o que você queria. Eu não sabia se você só queria gozar ou se você queria a mim.

Eu franzo as sobrancelhas. Como não percebi isso antes? Como não me dei conta de que ele precisava ouvir o quanto é desejado? Quando alguém finge que te ama, finge que te quer, é claro que você vai precisar de reafirmação.

Segurando o queixo dele, eu forço nossos olhos a se encontrarem.

— Eu quero *você*, Ryan. Eu sempre quis você, mas eu não sabia que podia ser tão sortuda a ponto de te ter.

Aquele sorriso lindo está de volta.

— Então me beija, Indigo.

Então, eu o beijo, devagar e com cuidado, as unhas percorrendo seu pescoço. Ele segura meu rosto, os dedos entrelaçados no meu cabelo e seguimos com menos pressa do que nunca. Pela primeira vez não há dúvidas de que isso é verdadeiro. Eu sei que é.

Mas eu pergunto mesmo assim.

— Você está só fingindo?

Ryan se afasta com uma risada profunda e alta.

— Eu parei de fingir há muito tempo, Ind.

— Eu… Eu não quero fazer isso só porque é conveniente. Sabe, só porque eu moro aqui.

Pode me chamar de insegura, mas eu passei tempo demais em um relacionamento que era conveniente e confortável, e me recuso a passar por isso de novo.

Os olhos dele, curiosos, aquecem enquanto ele me observa.

— Falo isso com carinho, mas, Indigo, você é a coisa mais inconveniente que já me aconteceu.

Meu coração oscila, me deixando sem palavras.

— Se eu estivesse procurando por conveniência, eu não teria passado anos sem tocar uma mulher. Acordar pensando em você, adormecer desejando que estivesse comigo, tem sido muito perturbador, cansativo e frustrante pra caralho, mas eu não abriria mão disso por nada no mundo.

Já me disseram coisas bonitas, adoráveis e românticas. Mas que sou uma inconveniência simplesmente porque fiz Ryan perceber que ele não podia mais continuar vivendo a vida solitária a que ele achou que estava destinado é uma das coisas mais românticas que já ouvi.

Sua boca volta à minha, devoradora e possessiva, até que beija minha mandíbula, meu pescoço, meu colo.

— Obrigado por me ouvir na noite passada — murmura ele contra minha pele.

A culpa me atormenta.

— Não agradeça. Eu me fechei. Você me contou algo extremamente importante, algo essencial sobre quem você é, e eu me fechei.

Ele se ergue, apoiando o peito contra o meu, deitando o corpo com as pernas estendidas para fora da cama. Percebo que ele não dobrou o joelho direito, e tenho que me lembrar de que logo precisaremos de uma pausa para que eu possa colocar uma bolsa de gelo nele.

— Você foi perfeita — garante ele.

— Quero que você saiba que não foi sua história que me deixou nervosa. Foi a ideia de que você queria que eu fosse embora.

— Eu sei.

Meu polegar percorre a bochecha cheia de sardas dele.

— Como você se sente depois de ter falado sobre isso?

— Mais leve. Como se isso importasse menos hoje.

E importa menos mesmo, na verdade, eu poderia até dizer que não importa nem um pouco. Que só porque alguém fez com que ele acreditasse que seu valor está atrelado ao quanto ele ganha de dinheiro ou ao seu nome, e não a quem é como pessoa, não significa que seja verdade. E talvez ele esteja começando a ver isso.

Ele se inclina para beijar o sorriso em minha boca. Nossas bocas se encaixam, as línguas se buscando, minhas mãos percorrem seu corpo e eu aperto seus quadris com as pernas. Ele me mantém parada com uma mão envolvendo minha bochecha enquanto puxa meu lábio inferior entre os dentes.

O jeito que ele me beija me deixa louca. Não saberia dizer quando foi a última vez que peguei alguém, mas ficar assim na cama com Ryan Shay faz com que eu me sinta como uma adolescente que finalmente conseguiu dar seu primeiro beijo.

De certa forma é uma primeira vez. Nunca fui vista do jeito que Ryan me vê. Nunca fui apreciada da maneira como seus olhos me idolatram. Nunca fui encorajada a ser eu mesma do jeito que Ryan me elogia por ser.

— O que você quer, Indigo? — Sua voz sai em um sussurro rouco, mas não preciso perguntar nada para saber a que ele está se referindo. Nossos corpos se esfregando e se contorcendo um contra o outro também sabem.

Quero que ele me coma. Posso sentir o volume de sua ereção roçando contra minha perna, buscando por fricção. Quero tê-lo dentro de mim, mas, mais do que qualquer outra coisa, depois da noite passada, eu prefiro que sigamos um ritmo que o faça perceber que eu não sou ela.

— Quero que você determine o ritmo.

Ele congela, franzindo as sobrancelhas antes de baixar a cabeça até o meu peito e me beijar ali. Seus dedos se entrelaçam nos meus, erguendo minhas mãos acima da cabeça e contra o colchão enquanto seu corpo desliza contra o meu. Ele continua descendo até o meu estômago, depositando beijos demorados sobre meu vestido enquanto também levanta o tecido.

A perna lesionada de Ryan está esticada, pendendo para fora do colchão, enquanto usa a outra para sustentar seu peso. Suas mãos envolvem a parte de baixo das minhas coxas, me mantendo parada ao mesmo tempo em que abrem mais as minhas pernas.

— Você não faz ideia, Indy. — Ele me dá outro beijo reverente no meu estômago coberto. — Do poder que você tem sobre mim.

Meu corpo arqueia, se contorcendo sob seu corpo enquanto ele ergue meu vestido até minha cintura.

— Tudo em que eu consigo pensar é em ver você sorrir e tentar ser o motivo desse sorriso. — Desta vez, sua boca quente encontra a pele macia acima do cós da minha calcinha. — Em tentar molhar a droga daquelas flores na medida certa para que eu possa ver seu rosto se iluminar quando você chega em casa. — Ele morde o canto da minha calcinha, fazendo-a estalar contra a pele. — Em fazer você gozar só para ouvir meu nome saindo dessa sua boca espertinha.

Ryan dá um beijo demorado bem no meio da minha boceta. Um grunhido escapa de sua garganta enquanto ele inspira meu cheiro, seu rosto se demorando contra minha abertura.

Arqueando o quadril contra ele, eu não consigo evitar buscar mais contato.

— Você está encharcada, Ind. Minha garota inteligente gosta de ouvir o quanto penso nela o tempo todo?

Eu aperto as coxas em volta dele, incapaz de articular o quanto eu gosto de toda essa adoração.

— Use palavras, Indy.

— Sim — eu ofego. — Gosto.

Não que eu queira pensar em com quem eu estava antes, mas eu fiquei com aquele cara por seis anos e as únicas vezes em que ele me chupou foram quando eu implorei por isso. Aparentemente, para ele, sexo oral não precisava de retribuição. Eu logo desisti de pedir. Ele nunca fez um trabalho muito bom de qualquer maneira, e com certeza nunca conseguiu usar a boca para me fazer gozar.

Ryan, por outro lado, tem o rosto pressionado no centro das minhas pernas de um jeito entusiasmado, como se pudesse passar a noite inteira lá e ficar feliz por isso.

Espero que ele passe.

— Ry, você gosta de fazer isso?

— Se eu gosto de chupar boceta? — Sua língua desliza pela minha vulva, o tecido da calcinha criando uma fricção deliciosa contra o meu clitóris. — E se eu te disser que todas as manhãs enquanto tomamos café juntos, eu penso em colocar você na ilha da cozinha e te devorar? Ou que todas as vezes em que você usou um daqueles seus vestidos bonitos, eu fiquei sonhando em cair de joelhos, entrar debaixo dele e experimentar a bocetinha gostosa da minha colega de apartamento. — Se sentando, ele segura as laterais da minha calcinha, deslizando-a pelas minhas pernas, suspirando de um jeito satisfeito quando volta a atenção para o meu sexo nu. — Então, claro, pode-se dizer que eu gosto de chupar boceta, mas não é isso que você está realmente perguntando, é? Faça a pergunta verdadeira, Indigo. Você quer saber se eu gosto de chupar a *sua*.

Deus, essa boca. Falar putaria é algo que sempre funciona comigo, mas vindo de Ryan, do homem que só fala quando é realmente necessário, me afeta de um jeito diferente.

— Pergunta, Indy. — A boca dele paira contra o meu sexo. — Ou a melhor aluna da turma prefere uma aula prática antes? — Com suavidade e de um jeito cuidadoso, ele beija meu clitóris exposto. — Uma exposição oral?

Um soluço escapa pela minha garganta ao ver a cabeça dele entre minhas pernas, os lábios carnudos brilhando com minha lubrificação.

Ele contorna o clítoris, sugando-o e fazendo com que meu corpo salte na cama de leve.

— *Ah, porra.* — Eu deixo a cabeça cair de volta nos travesseiros.

Olhando para baixo, eu observo sua boca se abrir em um sorriso enquanto sua língua se move, saboreando minha pele sensível com lambidas.

Ele está sorrindo. *Sorrindo* enquanto me lambe.

Eu nunca senti nada tão atordoante quanto a língua de Ryan Shay no meu corpo.

Lambidas demoradas e controladas percorrem cada centímetro meu. Ele geme, sugando, provando e me provocando. Com as mãos em minhas coxas, ele me puxa contra sua boca, como se não conseguisse chegar perto o suficiente. Sua língua, com uma precisão controlada, foca a atenção no meu clitóris, alternando entre massageá-lo e sugá-lo.

Eu começo a gemer. Solto gritinhos. Estou completamente à mercê desse homem porque tenho certeza de estar tendo uma experiência extracorpórea.

Erguendo-me da cama, ele percorre a língua molhada da minha bunda até o clitóris.

Fico sobressaltada, surpresa, mas descubro que adoro a sensação, nunca antes tendo sido provada com tanto afinco.

— *Porra*, Ryan.

— Fala de novo.

— O quê?

— Meu nome. Fala de novo. Quero ouvir meu nome enquanto minha língua estiver dentro de você. Quero que você se lembre de que é minha. Então, fala meu nome de novo.

Depois de descer os olhos para mim, Ryan os ergue de novo, me observando e esperando pelas minhas palavras com aquelas mãos que eu amo tanto segurando minhas coxas.

Eu me sento, dobrando os joelhos para tirar o vestido por cima da cabeça, atraindo sua total atenção.

— Ryan — falo no tom mais inocente que consigo. — Eu sou sua e você pode fazer o que quiser comigo. — Abrindo o sutiã, eu o deixo cair no chão também, de um jeito lento e deliberado. — Pode me usar como desejar.

— Você só pode estar brincando comigo. — Ele baixa a cabeça, rendido, mas não antes que seus olhos verde-azulados escureçam, assumindo um tom de azul-marinho. — Você vai me fazer gozar só de me esfregar na cama e olhar pra você.

Eu vejo os quadris dele roçando o colchão e não consigo deixar de sorrir.

Acariciando seu cabelo, eu passo as unhas em seu couro cabeludo.

— Por favor, me faz gozar.

— Está tão educadinha essa noite, linda. — Ele beija a parte interna da minha coxa, percorrendo o caminho de volta até minha boceta. Uma de suas mãos avança para apertar meu seio, esfregando meu mamilo, então coloca o indicador e o dedo do meio contra meus lábios, pedindo passagem. — Abre a boca pra mim e chupa.

Eu coloco os dedos dele na boca, chupando-os como se fossem uma parte diferente de seu corpo.

— *Isso.* — Ryan me observa boquiaberto.

Correndo a língua por ele, eu contorno as pontas de seus dedos, então os coloco completamente na boca, até tocarem a minha garganta.

— Porra — ofega ele, admirado. — Você devia ver a cena que criou na minha cabeça. Você vai ficar tão linda de joelhos pra mim. — Ele tira os dedos da minha boca. — Mas, antes, deita e goza na minha língua como a garota obediente que eu sei que você é.

Enquanto ele me empurra de volta para o colchão, sua boca me encontra de novo, agora em sincronia com seus dedos molhados. É a primeira vez que ele me toca de verdade, sem meus dedos no caminho, e a sensação é tão boa que quase chega a ser insuportável. Ele me acaricia com os dedos e a boca ao mesmo tempo, antes de deslizá-los para dentro de mim, curvando-os e encontrando meu ponto G sem nenhuma dificuldade.

Eu arquejo quando ele o massageia em um ritmo perfeito.

Para um homem que não transa há anos, ele com certeza não parece nem um pouco enferrujado.

— Você é tão apertadinha, Ind — diz, admirando seus dedos entrando e saindo de mim. — Perfeita pra caralho.

O calor irrompe no meu baixo ventre, minha boceta latejando.

Ele é incrível. Habilidoso. Lindo entre minhas pernas e, quando seus dedos deslizam mais uma vez para dentro de mim e me tocam de novo naquele ponto específico, cada músculo do meu corpo se contrai com o orgasmo que se aproxima.

Estou a meio segundo de gozar quando Ryan se afasta, seus dedos diminuindo o ritmo e fazendo meu orgasmo se afastar.

— Ryan — choramingo. — Não. Não, não para.

— Diz que não vai se mudar.

— O quê?

— Você ouviu. Quer gozar? Me diz que não vai se mudar.

Eu me contorço de tesão, tentando forçar o quadril contra seu único dedo em busca de algum alívio.

— Ryan, você precisa fazer compressa no seu joelho. Por favor, me faz gozar pra eu poder cuidar de você.

— Diz que não vai se mudar e é exatamente isso que vou fazer.

A quem estou tentando enganar? Não vou a lugar nenhum, especialmente agora que eu sei como ele fica entre minhas coxas. O quão macia e firme sua língua é ao mesmo tempo.

— Anda, Indigo. Me diz o que eu preciso ouvir.

Ele respira contra o meu clitóris, me levando próximo ao limite mais uma vez.

— Eu… — Mal consigo respirar, meu orgasmo por um fio. — Eu não vou a lugar nenhum.

O filho da puta tem a audácia de abrir um sorrisinho travesso.

— Por favor — imploro.

— É assim que faço você ser educada? Provocando você com um orgasmo?

— Cala a boca e me faz gozar.

O peito dele estremece com uma risada e ele acrescenta mais um dedo, me chupa e me leva direto a um orgasmo que me tira completamente do ar.

É o som que escapa dele que faz com que eu perca o controle. A risada, a tranquilidade em seu rosto. O sorriso lindo que ele exibe, que eu não costumava ver muito logo que me mudei. Ver Ryan relaxado comigo é o que faz com que eu exploda.

Sua boca me guia através do orgasmo enquanto minhas coxas apertam suas bochechas, meu corpo arqueando. Ele não para. Continua a me lamber, a me provar, como se estivesse completamente disposto a passar a noite toda ali.

Meu corpo fica mole contra o colchão, satisfeito e saciado. Não consigo evitar sorrir quando me lembro de que há poucas semanas eu achava que meu corpo estava com defeito. Eu com certeza não estou com defeito nenhum, e não era de uma distração que eu precisava, era dele.

Ryan lambe minha lubrificação, provando-a dos próprios lábios com um sorriso convencido e dando um tapinha na minha bunda.

— Meu tipo favorito de bagunça.

— Toque físico — ofego, de alguma maneira encontrando forças para falar.

— O quê?

— Toque físico. Acho que sua linguagem do amor talvez seja toque físico.

Ele deixa escapar uma risada sexy.

— É, amor, acho que tem razão.

Seus olhos semicerrados percorrem meu corpo com um olhar de admiração, e eu não sinto nenhuma necessidade de me esconder. Sendo sincera, nunca senti a necessidade de me esconder com Ryan Shay. Desde o dia em que cheguei aqui, eu tenho sido completamente eu mesma.

Ele para aos pés da cama, as mãos espalmadas sobre minhas coxas.

— Como está? — Eu meneio a cabeça em direção as pernas dele.

— Ind, você ainda está toda molhada e está preocupada com meu joelho?

— Quem disse que eu estava perguntando sobre seu joelho?

Um sorrisinho impressionante curva o canto de sua boca.

— Se estiver falando do meu joelho, ele está bem. Se estiver falando sobre meu pau, ele está doendo de tão duro.

Eu vou até a beirada da cama, mantendo as pernas abertas em volta dele. Ele estende a mão e toca meu rosto, colocando os dedos no meu cabelo enquanto inclina minha cabeça e me beija, deixando eu sentir meu próprio gosto em seus lábios.

Ele geme na minha boca.

— Porra, como eu adoro te beijar.

Mergulho a língua em sua boca, engolindo cada som que faz.

Enquanto estamos ocupados, eu levo a mão ao seu cinto. Meus dedos roçam a linha de pelos acima da pelve e o abdômen de Ryan se contrai ao toque.

Inspirando bruscamente, ele afasta os lábios, apoiando a cabeça na minha e olhando para os meus dedos curiosos.

— Me diz o que você quer, Ind.

Eu o pressiono sobre a calça.

— Com palavras, Indigo.

— Eu quero ele.

— Onde?

— Na minha boca.

— Hmm… — Ele solta um sonzinho de satisfação, afastando meu cabelo do rosto. — Então o coloque para fora e me mostra o que você sabe fazer.

Ryan desata o cinto rapidamente e assim que sua calça atinge o chão, meus dedos vão para o cós de sua boxer, puxando-a para baixo e libertando seu pau.

Ele faz uma careta quando precisa apoiar todo o peso na perna machucada para tirar completamente a calça.

— Ryan, senta ali pra mim. — Eu indico a cadeira no canto do quarto.

Um ar de alívio o percorre. Sei que ele está tentando estar completamente presente no momento. Sei que ele quer estar no controle, mas ele também está sentindo dor.

Ryan se senta, se recostando, um braço apoiando no encosto. Ele está sentado com as pernas abertas como se fosse um rei esperando que chupem seu pau, e, na minha cabeça, é isso que ele é.

Meu Deus, ele é lindo. Tão másculo. Tão meu. Pernas grossas, braços definidos, sombras exibindo os músculos definidos do abdômen. Ele é grande e macio e duro e eu nunca quis tanto alguém.

Quando meus olhos finalmente encontram os dele, ele morde o lábio inferior, abrindo um sorriso travesso.

— Tá olhando o quê?

Ele envolve o pau com uma mão, movendo-a algumas vezes.

Eu me recuso a fazer qualquer joguinho ou a fazê-lo duvidar de quanto eu o quero.

— Você.

O peito dele infla.

— Você criou uma bela cena na minha mente agora há pouco, mas agora eu quero de verdade.

Eu me sinto radiante sob seu olhar de admiração enquanto vou até o meio de suas pernas, me ajoelhando. Passando as palmas das mãos nas coxas dele, eu o observo, o memorizo. O tamanho é intimidador desse ângulo, a ereção projetando-se para cima, implorando por alívio.

Meu polegar percorre a glande, recolhendo uma gota de pré-gozo.

— *Porra.* — A cabeça de Ryan cai contra a cadeira.

Seus gemidos e grunhidos me lembram de que ele não é tocado há muito tempo, e eu sou a mulher que tem o privilégio de mudar isso.

Eu vou aproveitar cada segundo.

Deixo minhas mãos percorrerem suas coxas e estômago, apreciando cada curva de seu corpo musculoso. Ryan me observa com os olhos semicerrados enquanto passa as mãos pelo meu cabelo, acariciando-o suavemente, antes de segurá-lo na mão.

Finalmente, deslizo os dedos por sua ereção. É quente e macia, dura. Ryan dá um grunhido só com o toque. Não há nenhuma chance de que ele dure muito, e eu não quero que dure. Ele estremece quando eu o envolvo com a mão, e quando minhas unhas vermelhas não se encontram ao contornar seu volume, são como um aviso luminoso de que ele é maior do que qualquer outro que eu já tenha experimentado.

— Olha como sua mão fica linda em volta do meu pau, Ind.

Não dá pra negar. Eu adoro vê-la ao redor dele e adoro ainda mais o jeito como ele está observando, como se precisasse se lembrar de cada momento.

Gentilmente, eu pouso um beijo na cabeça antes de percorrer a língua da base à ponta.

— *Ah, porra* — ele pragueja e não consigo evitar sorrir contra ele ao ver esse homem tão controlado a ponto de perder a cabeça. — Sua língua fica ainda melhor.

Meus lábios formam um círculo, colocando-o na boca o máximo que consigo, chupando-o de baixo para cima. A glande já está deixando escapar gotas, mas eu as recolho com uma lambida. Movendo a cabeça, eu o coloco novamente na boca, contornando-o com a língua.

— Olha pra mim, Indy. — Suas palavras saem ofegantes e a voz rouca.

Eu o observo e o encontro me encarando com os olhos escurecidos e a mandíbula travada, tentando manter algum resquício de controle. Os quadris dele tremem, tentando se conter e não meter na minha boca de um jeito descontrolado. Uso a mão espalmada em sua coxa para me equilibrar, percebendo que ele vai gozar em breve.

— Porra — ele ofega. — Eu sabia que você ia ficar linda de joelhos, Indigo.

O elogio faz com que eu gema contra o pau dele, antes de sugar de novo, movendo a mão na base que não consigo alcançar.

As mãos de Ryan tocam minhas bochechas.

— Você aguenta mais. — Ele move o quadril de leve, colocando mais do membro dentro da minha boca. — Eu sei do que você é capaz. Eu coloquei os dedos na sua garganta. Vai, Ind. Você consegue.

Ryan tem o maior pau que eu já vi, que dirá coloquei na boca, mas pelo jeito que meu corpo reage, parece que eu fui feita para ele, então relaxo meu maxilar e engulo mais fundo.

— Isso — elogia ele. — Essa é minha garota.

Eu fico toda envaidecida com a frase. Derreto inteira.

Amo ter esse tipo de controle. Ele é um homem forte, mas eu sou o seu ponto fraco.

Movendo meus joelhos, eu encontro o ângulo certo para me esfregar contra o calcanhar.

— Isso, Indy. Se masturba enquanto eu não posso cuidar de você. Assim mesmo. Que boca deliciosa, amor.

Eu movo a língua contra a glande dele, ansiosa para ver esse homem perder o controle.

Então ele perde e começa a foder na minha boca de verdade. Com força. Tudo que eu posso fazer é manter meus olhos nele e deixar que me use da maneira que precisar.

— Indigo — ele avisa, tentando me afastar, mas eu cravo as unhas em seu quadril e continuo ali.

Assisto enquanto ele explode. Esse homem, tão comedido e dominador, começa a perder o controle ao meu redor. A ideia de que ele não consegue se conter por *minha* causa me faz trazê-lo ainda mais fundo em minha boca, tão fundo quanto eu consigo.

— Merda, Indy. — Seus dedos se fecham no meu cabelo, me mantendo no lugar.

Ele pulsa em mim, jatos quentes atingindo o fundo da minha garganta. Ryan me observa até que finalmente tem a necessidade de fechar os olhos, jogando a cabeça para trás. Eu bebo cada gota que ele tem a oferecer, adorando o gosto na minha língua, precisando dele de todos os jeitos que ele puder se entregar para mim.

Quando ele fica mole, eu o tiro da boca, mantendo-a fechada com seu líquido ainda na língua.

Arfando e com a mandíbula relaxada, ele olha para mim.

— Engole — comanda. Ele se inclina, os lábios pairando sobre os meus. — Engole — murmura de novo. Envolvendo minha garganta gentilmente, ele move a mão pelo meu pescoço enquanto me ajuda a engolir. — Essa é minha garota — elogia, olhos brilhando de admiração. — Você foi ótima.

Mudando rapidamente de dominante para carinhoso, ele segura minha mão e faz com que eu me sente em seu colo. Suas mãos acariciam meu quadril e costas, percorrendo minha pele quente.

— Obrigado — sussurra contra minha boca.

Tudo que ele consegue com isso é que eu esfregue meu corpo nu e cheio de tesão contra o dele.

Estou obcecada por esse homem, eu faria qualquer coisa por ele e ele acabou de me agradecer por uma chupada.

Estou tentando me acalmar e seguir no ritmo dele, mas quando ele percorre minhas costas, deslizando seus dedos sob mim e encontrando meu clitóris inchado, é difícil pensar em qualquer coisa que não seja querer mais.

— Ryan, se você quer parar, acho que o momento é agora porque você é gostoso demais, e eu te quero demais e eu estou tentando ser respeitosa…

— Indigo, não tenho nenhuma intenção de parar se você não quiser que eu pare.

— Não? — Passando as mãos pelos seus ombros, eu envolvo sua nuca.

— Não, Ind. Você trouxe tudo de volta e eu não tenho como voltar a fingir que não te quero. — Ele me beija devagar, saboreando o momento antes de sorrir contra meus lábios. — Só seja cuidadosa comigo, tá?

Sei que ele está brincando, mas não há dúvidas de que serei cuidadosa com o coração de Ryan Shay pelo tempo que ele me deixar tê-lo.

Encostada nele, eu concordo com a cabeça.

— Agora me diga exatamente como você quer que eu te foda pela primeira vez.

29

Ryan

Deitado de costas no colchão, eu estico as pernas na cama porque foi isso que ela pediu. Ela por cima, me cavalgando. Vou transar com ela da maneira que ela quiser, mas eu também sei muito bem que ela está tomando cuidado com a minha lesão. Embora eu não esteja sentindo nenhuma dor neste momento, só uma necessidade desesperadora de estar dentro dela.

— Vem aqui — eu peço, minha voz rouca.

Indy é espetacular, sempre foi, mas agora que eu a conheço, que eu vi as partes mais vulneráveis dela, tenho certeza de que nunca vi um ser humano mais bonito. E quando ela coloca seu corpo nu sobre o meu, já era para mim.

Ainda bem que ela acabou de me fazer gozar porque nem em sonhos eu aguentaria mais que dez segundos dentro dela de outra forma.

Usando meu polegar, eu acaricio seu clitóris em círculos firmes, ganhando tempo até estar pronto para ela novamente.

— É isso que você quer? — pergunto, precisando ter certeza.

As pálpebras de Indy tremem, as palmas de suas mãos contra o meu peito.

— Eu quero você.

Eu quero você.

Eu já ouvi essa frase muitas vezes, mas as palavras nunca tiveram o mesmo significado que ganharam hoje. Times me quiseram por meu talento, agentes me quiseram pelo meu nome e mulheres me quiseram pelo que eu podia dar a elas.

Indy me quer por *mim*.

— Se é isso que você quer, então eu quero também — ela continua, distribuindo beijos quentes pelo meu maxilar enquanto move os quadris contra meus dedos. — Se você quiser esperar, podemos esperar, mas, Ryan, eu nunca quis tanto nada nem ninguém quanto eu quero você. — Ela enfatiza a declaração segurando meu rosto, se inclinando e me beijando como se aquela fosse sua última chance.

Mas depois desta noite, não tem mais volta. Estou totalmente entregue.

Eu tentei tanto negar isso. Eu havia me convencido de que não havia mulher nenhuma no mundo que me mudaria, me distrairia, que me lembraria de tudo o que eu já desejei. Mas então chegou Indy Ivers, a distração em pessoa, e eu sou um homem fraco demais para fingir que ela não está, sozinha, consertando tudo que está quebrado em mim.

Achei que tivesse amado alguém antes, mas se essa é a sensação certa, agora eu sei que nunca entreguei meu coração de verdade antes. Eu amava a ideia da vida que achava que teria, mas com Indy, mesmo que passemos o resto de nossos dias só entre nós dois neste apartamento, eu morreria um homem feliz com uma vida plena.

— Indy. — Eu recuo para olhar para ela, as sobrancelhas franzidas e os olhos implorando. — Eu sei que você queria que isso fosse simples, mas eu não vou conseguir ter nada casual com você. Estou envolvido demais para fingir que você não é a mulher certa para mim.

— Eu não quero que seja casual. — Ela meneia a cabeça rapidamente. — Nunca quis, não com você. Desculpa por ter deixado você acreditar nisso. Você atingiu meu coração feito um raio, e isso me deixou perdida. Foi confuso.

As palavras fazem meu pau endurecer, crescer contra a bunda dela.

— Mas você não está mais confusa?

— Não. Porque ficou perfeitamente claro que você foi feito pra mim.

— Porra, Ind. — Eu volto a deitar a cabeça no travesseiro. — Essas são as palavras mais bonitas que eu já ouvi saindo da boca mais bonita que existe.

Ela parece ficar radiante com o elogio, mais uma vez se esfregando em mim.

Estendo a mão para a mesinha de cabeceira e pego a camisinha que Dom me deu depois do jantar. Eu não podia dizer que eu não tinha uma porque não transava havia uns dois anos, então falei que as minhas haviam acabado e que, como tinha me machucado, não tinha tido tempo de comprar mais. O cara tem um estoque à mão o tempo todo.

Deslizando minha mão pela coluna dela, eu envolvo sua nuca e levo seus lábios até os meus, trocando alguns beijos úmidos e ansiosos. Os seios dela roçam meu peito, sua bunda se esfrega no meu pau, e eu preciso dela.

— Por favor — peço, entregando a camisinha na mão dela.

— Tá implorando, Shay?

— Sim. — Eu dou uma risada. — Estou desesperado por você, Indigo.

— Ótimo. — Ela abre a embalagem. — Eu gosto que você seja tão controlado com todo mundo, mas eu quero você completamente ensandecido por mim. — Ela desliza pelo meu corpo, se sentando nas minhas coxas. — Pode ser assim pra mim?

— Posso ser qualquer coisa para você, amor.

Gosto que ela expresse o que precisa. A vida de Indy gira em torno de fazer todos felizes, mas comigo, quero que ela seja egoísta. Quero que ela tome o que quer.

Nós dois observamos com atenção enquanto ela posiciona a ponta da camisinha, e preciso respirar fundo quando seus dedos me envolvem para rolá-la até o final.

— Vai com calma comigo — pede ela. — Eu nunca transei com alguém tão grande.

— Pode continuar falando, Ind. Você sabe como inflar o ego de um homem.

Ela sorri, subindo no meu colo de novo, e eu me demoro um momento acariciando suas coxas e apreciando o corpo dela. Meus polegares acariciam seus mamilos rígidos. As palmas das minhas mãos cobrem seu estômago e os quadris. Meus dedos contornam sua bunda.

Ela é espetacular e inteligente e quer a *mim*.

Indy com certeza poderia ter homens aos seus pés se ela desejasse, mas ela quer a *mim*.

Ela ergue o quadril, esfregando a boceta contra o comprimento do meu pau. Só isso já é bom pra caralho.

Eu não falo nada porque, fisicamente, não consigo. Cravo os dedos nos quadris dela, e eu não ficaria surpreso se tiverem deixado marcas. A expectativa é quase dolorosa e, quando a ponta do meu pau pressiona o clitóris dela, extraindo o gemido mais adorável que eu já ouvi, preciso pensar em qualquer coisa que não seja a mulher mais sexy que eu já vi sentada nua no meu colo ou vou acabar gozando antes mesmo de estar dentro dela.

Eu não transo há anos, e essa mulher vai me enlouquecer.

Quando se ergue nos joelhos, ela encontra meu pau e o posiciona no lugar certo. Joga a cabeça para trás assim que a cabeça do meu pau roça contra sua entrada, mas ela se demora ali por tempo demais. Ao parar de encarar o ponto onde nossos corpos se encontram, eu ergo os olhos e encontro-a me observando, e, conhecendo ela, sei que quer ter certeza de que estou bem.

Estou mais do que bem, então, enquanto nos encaramos, seus olhos castanhos fixos em mim, eu seguro seus quadris e meto nela.

O gemido que nós dois soltamos é o único som no quarto silencioso.

— Porra, você é apertada pra caralho — falo entre os dentes, preenchendo-a devagar.

— Ryan, é grande demais.

— Você aguenta — garanto, mas ao mesmo tempo interrompo meus movimentos, deixando que ela se acostume.

Quando está pronta, ela segura a cabeceira atrás de mim, descendo os últimos centímetros, até estar completamente sentada e aberta em volta de mim.

— Isso. Você é tão boa pra mim, Ind.

O peito dela cai contra o meu, nossas respirações pesadas em uníssono enquanto a mantenho ali.

— Eu sabia — falo sem fôlego em seu ouvido.

— Sabia do quê?

— Que você foi feita pra mim. Consegue sentir como nos encaixamos perfeitamente?

Ela concorda com a cabeça, então move os quadris devagar. Ela está indo sem pressa e eu vou deixá-la seguir o próprio ritmo, mesmo que isso me mate por dentro, preciso me controlar. Quero que ela saiba que está no comando porque não sei se um dia ela já acreditou que poderia estar.

Afasto seu cabelo e busco sua boca enquanto ela acelera o ritmo, subindo até a cabeça, e então descendo de novo.

— Porra — ofego. — Você é tão gostosa.

Ela geme na minha boca e eu devoro o som, saboreando-o como um homem faminto. Para ser honesto, considerando os gemidos e grunhidos ecoando nas paredes à nossa volta, nenhum de nós é muito discreto.

Se segurando no meu abdômen e nos meus braços, ela se inclina, expondo o peito e jogando a cabeça para trás, me dando a visão mais espetacular que já tive na vida.

De baixo, eu assisto enquanto os seios de Indy balançam junto de seu corpo, sua pele bronzeada, corada e úmida. O cabelo loiro está colado à testa, os lábios estão inchados e vermelhos.

Deus, ela é magnífica.

Ao vê-la assim, emoções desnorteantes fazem os meus olhos arderem. Eu percebo que estou prestes a chorar como uma garotinha porque, pela primeira vez em quatro anos, não estou pensando em nada além do quanto desejo essa mulher.

Eu me sinto livre.

Eu me sinto como eu mesmo de novo.

— Fica comigo, Ryan. — Indy segura meu rosto, seus polegares acariciando minhas bochechas. — Fica comigo.

Eu abraço suas costas, puxando-a contra mim, afastando qualquer emoção persistente.

— Estou com você, Indigo. Não precisa se preocupar com isso.

Ind soluça quando eu movo meu quadril e invisto contra ela, atingindo o ponto certo, então envolve os braços no meu pescoço e se segura para me acompanhar.

O som de pele molhada preenche o quarto enquanto seguro os quadris e a bunda dela, movendo-a pela minha ereção. Uma mistura de respiração morna e beijos quentes se espalham pelo meu pescoço e bochecha. Eu chupo seus seios e ela arranha minha pele enquanto a preencho uma vez após a outra.

Cada músculo do meu corpo está tenso enquanto movo nossos corpos, mas mentalmente eu nunca estive mais em paz. Nada nunca pareceu tão certo quanto este momento.

Nunca me senti tão em sintonia com alguém como me sinto com ela.

Não há como confundir o que está acontecendo. A gente não está fodendo. Isso é especial demais, íntimo demais, para ser chamado de uma foda.

E é quando ela sussurra para me lembrar do quanto sou importante para ela, sobre como ela vai me escolher em cada oportunidade que tiver, e o quanto ela me quer, que eu sei que nada nunca mais vai ser igual.

— Ry — ela geme, a respiração presa na garganta.

Meu polegar encontra seu clitóris, massageando-o, levando-a ao limite comigo.

— Espera. Eu quero que você goze — diz.

— Não pense em mais ninguém, Ind. Aproveita o momento. Já vou te alcançar.

Ela joga a cabeça para trás, a garganta exposta implorando para ser beijada e mordida, e quando ela goza, gemendo e chamando meu nome, eu consigo sentir a vibração das palavras contras meus lábios.

Indy se contrai em volta de mim, sua boceta apertada me engolindo ainda mais, e, quando abre a boca em êxtase, eu explodo com ela. Meu pau espasma e se derrama na camisinha. Eu me solto, me entrego totalmente, cedendo ao controle de outra pessoa pela primeira vez em muito tempo. Junto com alguns xingamentos seletos, o nome dela escapa da minha boca como uma oração de gratidão, porque é exatamente isso que estou.

Grato.

30

Ryan

Uma batidinha suave e ritmada toca minha bochecha, me acordando da noite de sono mais revigorante que eu tive em um bom tempo.

Começo a me situar e encontro Indy sob mim, me abraçando enquanto dorme. Meu corpo inteiro está cobrindo o dela, precisando ficar em seus braços como o idiota carente em que eu rapidamente me transformei. Não consigo conter um sorriso ao ver o cabelo loiro e bagunçado dela em contraste com minha fronha preta. Seus lábios inchados. A pele corada, ainda brilhando depois dos quatro orgasmos que ela teve na noite passada.

Estou um pouco orgulhoso disso. Para uma mulher que não conseguiu gozar nenhuma vez nos últimos oito meses, eu não tive nenhuma dificuldade em fazê-la chegar lá.

O cheiro de Indy é como uma droga para mim e seu gosto está rapidamente se transformando em meu vício favorito. Foi por isso que ontem, quando ela estava dando uma de enfermeira e colocando uma bolsa de gelo no meu joelho depois que transamos, eu a fiz se sentar no meu rosto e providenciei o orgasmo de número três. Depois, no meio da noite, com o corpo dela todo moldado ao meu, eu a acordei, deslizei minha mão entre as pernas dela e a fiz gozar pela quarta vez.

Passar a noite inteira com Indy na minha cama e ter a mente livre de pensamentos ansiosos foi totalmente libertador.

— Hmm — murmura ela, começando a despertar. — Você é pesado.

— Não ligo. — Eu roço o nariz na curva de seu pescoço, envolvendo-a com os braços.

— Sai de cima de mim. — Ela finge me empurrar.

Eu me agarro ainda mais firme a ela.

— Sem chance.

Ela dobra os joelhos, apertando as pernas em volta do meu quadril e cruzando os tornozelos para me puxar mais para perto. O resultado disso é pressionar minha ereção matinal, coberta apenas pela boxer, contra o centro de suas coxas, me lembrando de que ela não está usando nada além de uma camisa minha.

Um grunhido gutural escapa da minha garganta quando movo o quadril contra o dela mais uma vez.

Se eu tivesse tempo e uma camisinha, transaríamos de novo.

— Quando você vai me deixar retribuir? — sussurra ela no meu ouvido, o que só me deixa mais duro.

De um jeito meio desesperado, eu ergo a cabeça, levando a atenção para o relógio na mesinha de cabeceira, rezando para ter acordado cedo o suficiente para ter o privilégio de assistir a boca de Indy no meu pau de novo. Ela tentou me chupar noite passada, mas depois de me fazer gozar duas vezes, eu quis que o foco do restante da noite fosse ela.

Porém estou me sentindo um pouquinho mais egoísta agora que a manhã chegou, principalmente por saber que depois do jogo, vou embarcar em um avião e fazer outra viagem.

Deixo escapar um gemido desesperado, apoiando a cabeça no peito dela quando vejo a hora.

— Quando não estiverem vindo me buscar para uma coletiva de imprensa em menos de vinte minutos.

Ela suspira sob mim.

— Você faz o café ou eu faço?

* * *

Com o notebook aberto à minha frente, fico de olho nos ovos que estão no fogo.

— Ei, Ind. Pode vir aqui um segundo?

Posso sentir ela andando pela cozinha usando apenas minha camisa, mas ela desliza as mãos em volta da minha cintura nua, apoiando a bochecha no meu ombro para que eu saiba que está ali.

— O que você acha desses tênis? — pergunto, indicando a tela do computador onde há uma imagem ampliada do protótipo do possível tênis do ano.

— Eu... *gostei.*

— Você mente muito mal.

— Como é? Eu venho mentindo para o seu chefe por meses.

— E quanto daquilo era mentira?

Ela me dá um tapa brincalhão na bunda.

— Cala a boca.

Eu indico a tela do computador de novo.

— Eles são um pouco sem graça — ela admite com sinceridade. — Acho que um pouco mais de cor seria bom.

Eu não consigo conter meu sorriso. Sabia que minha garota radiante não ficaria muito impressionada por aqueles tênis todo em preto e branco.

— Claro que acha. Qual cor você acha que funcionaria?

— Vermelho, quem sabe. A cor do time.

— Ou azul?

— Por que azul? Vermelho faz mais sentido que azul.

Virando minha cabeça, eu roço os lábios no topo de sua cabeça.

— Porque azul meio que está se tornando minha cor favorita.

— Qualquer uma das duas. — Ela dá de ombros, claramente não entendendo o comentário. — Qualquer uma que você ache que vai ficar legal.

Indy se inclina, depositando um único beijo em meu braço antes de se afastar.

Eu envolvo a cintura dela com uma das mãos, fazendo-a se virar para mim novamente. Meus olhos percorrem os dela porque, apesar de termos tomado café da manhã juntos nesta cozinha incontáveis vezes, hoje é diferente e nós dois sabemos disso.

Sentindo a necessidade de garantir que o que aconteceu na noite passada continue fora do quarto, eu entrelaço os dedos no cabelo dourado dela, puxando-o para que ela incline a cabeça para trás.

— Bom dia — falo em um tom rouco, pressionando minha boca contra a dela, sentindo o gosto de pasta de dente em sua língua.

Embevecida e entregue, ela se derrete contra a lateral do meu corpo.

— Você não faz ideia de quantas vezes eu quis que você me beijasse no café da manhã.

Então faço exatamente isso, uma vez e outra e mais uma, até a omelete que estou fazendo ficar pronta.

Ela pega o café da geladeira, acrescentando um daqueles cremes terrivelmente doces.

— Talvez seja por atos de serviço. Essa pode ser sua linguagem do amor. Toda manhã você garante que meu café esteja frio, para que ele não fique fraco quando eu colocar o gelo. Sempre notei isso. — Ela olha para mim, inclinando a cabeça para o lado antes de acrescentar em um tom suave: — Obrigada.

Talvez ela esteja certa. Talvez essa seja minha linguagem do amor, porque mesmo que eu possa muito bem comprar café gelado e deixar na geladeira, gosto de como ela sorri quando pega a xícara e vê que eu fiz o café para ela.

Em algum momento é melhor eu contar a ela que minha linguagem do amor é qualquer uma que ela quiser que seja e que ela pode parar de tentar adivinhar. Vou garantir que essa garota se sinta amada da forma que precisar.

Indy senta-se ao meu lado e coloca uma pasta ao lado do meu prato.

— O que é isso?

Ela cora.

— Pode ignorar se você achar que estou me intrometendo, mas, quando fomos acampar, você me contou que queria criar sua própria instituição, e eu não consegui tirar isso da cabeça. Você disse que parecia algo difícil de fazer, então achei que talvez eu pudesse ajudar a encontrar a direção certa.

Ao abrir a pasta, eu encontro papéis intermináveis detalhando uma nova organização não lucrativa. Os custos de abertura, projeções de arrecadação de fundos, descrição e um plano de marketing completo. Cada detalhe foi cuidadosamente pensado e organizado, a única coisa que falta é um nome para que se torne um plano de negócios completo.

Saber o que isso significa faz minha garganta travar, me impedindo de falar.

Indy continua:

— Começamos devagar. Muitas dessas crianças não têm nenhum lugar para ir durante o verão, como têm durante o ano escolar. Eles não têm as refeições que a escola oferece também e, imagino que, por causa disso, algumas delas não tenham o que comer nesse período. Então, o que acha de criarmos um acampamento de verão, algo que as mantenha em um ambiente com uma rotina? Oferecemos alimentação e um lugar seguro para brincar. — Ela começa a virar as páginas, mas não estou lendo uma palavra sequer. Estou olhando para ela. — A gente pode limpar algumas das quadras ao ar livre de Chicago. Seu acordo com a marca de sapatos inclui doações de tênis. Eles vão ter o que calçar. Conforme formos crescendo, avançamos para o período escolar, criando programas de atividades extracurriculares. Aqui está a projeção. — Ela gesticula para um gráfico. — Em cinco anos, esse é o número de crianças que podemos ser capazes de ajudar, se realmente crescermos nesse ritmo.

Eu continuo em silêncio, encantado por cada palavra que sai de sua boca.

O nervosismo e as inseguranças arraigadas tomam conta dela. Ela recolhe as mãos para o colo, abandonando a pasta no balcão da cozinha.

— Bem, só se você quiser. É só um rascunho inicial e...

Eu a interrompo com um beijo intenso antes que a necessidade inata dela de se diminuir entre em ação. O nervosismo evapora conforme ela se derrete encostada em mim.

— Você é incrível — murmuro contra seus lábios.

— Não é nada.

— É perfeito.

— Você gostou?

Se eu gostei? Eu amei. Amei especialmente a quantidade de vezes que ela usou a palavras *nós* ao explicar o plano.

— Gostar não é uma palavra forte o suficiente, Indigo. Isso significa tudo pra mim, sério. Obrigado.

Eu não deixo de notar o sorriso orgulhoso que surge em seus lábios por ser elogiada por sua mente brilhante em vez de ser reprimida. Ele faz com que eu queira passar cada dia do restante da minha vida lembrando-a do quão incrivelmente inteligente ela é até conseguir ver essas inseguranças se desfazerem.

O nível de detalhe e cuidado que ela colocou em cada página se reflete nas palavras enquanto eu as viro.

— Foi nisso que você se formou na faculdade?

—Aham. Minha graduação foi em administração com ênfase em finanças. Eu planejava trabalhar na área depois de me formar.

— E por que não trabalhou?

— Porque logo percebi que na maior parte do tempo eu estaria trabalhando com gente rica para deixá-los ainda mais ricos, e os números ficaram um saco nesse contexto.

Indy come uma garfada de seu café da manhã e eu não consigo evitar encará-la. Ela é mais inteligente do que deixa a maioria das pessoas verem. Ela é ótima em colocar uma máscara de felicidade e garantir que todos ao seu redor se sintam bem consigo mesmos. Imagino que tenha se tornado exaustivo massagear o ego e os bolsos dos ricaços.

Ela é, como sempre, uma mistura muito interessante de idealismo e racionalidade, com uma tendência para o lado romântico da coisa. O lado mais gentil. O lado amoroso, onde ela se permite sentir tudo e se importar com todos. Com certeza foi difícil para ela encontrar muitos sentimentos em meio a números.

Mas isso, encontrar uma maneira de ajudar crianças, dá para mostrar a paixão que ela colocou nesse plano de negócios.

— Então você resolveu ser comissária de bordo?

— Uhum — responde ela em um tom feliz. — Eu amo meu trabalho. Passo o dia com outras pessoas e tenho a chance de viajar pelo mundo. Eu queria ver o máximo que conseguisse dele antes de formar uma família um dia. — Os olhos dela se desviam dos meus e ela rapidamente muda de assunto, pigarreando. — Vai ao jogo essa noite?

É o primeiro desde a minha lesão e, apesar de ter permissão para faltar, eu prometi a Leon que estaria lá para ajudá-lo. Eu quero ajudá-lo. Quero que ganhemos, mesmo que não seja eu fazendo os pontos.

— Eu vou. E você?

— Quer que eu esteja lá?

— Eu quero que você esteja lá.

Eu quero você em todo lugar.

— Então estarei lá.

* * *

A coletiva de imprensa desta manhã foi a primeira desde a lesão e sem dúvida a mais longa da minha carreira. Como sempre, respondi perguntas intermináveis, da maneira mais diplomática possível.

Quando você vai voltar à quadra? Esperamos que dentro de três a quatro semanas.

Como está se sentindo? Ótimo. Já fiz um grande progresso nesses poucos dias desde que me lesionei.

Você acha que o time vai ser capaz de segurar as pontas sem você por um mês? Eu tenho fé nos caras.

Se eu pudesse ser honesto, eu diria a verdade: que eu sinto como se tivesse falhado com uma organização inteira, com uma *cidade* inteira. Mas eu preciso ser perfeito em todos os momentos, o que inclui entrevistas. Não posso deixar que percebam que estou nervoso.

Eu não poderia estar mais feliz por não precisar mais de muletas enquanto fico na lateral da quadra. Já há olhares e especulações o suficiente. Eu quase consigo sentir as câmeras dando zoom em mim, os repórteres falando a meu respeito em suas transmissões.

Eu odeio isso.

— Você está bem, cara? — Ethan bate a mão em meu ombro.

— Tão bem quanto possível.

— É incrível da sua parte estar aqui. É em momentos assim que você pode descobrir que tipo de líder é. Você não está fingindo para o Ron. Está mostrando apoio a eles. — Ele gesticula em direção ao time.

Passei os últimos meses manipulando a minha vida para convencer meu chefe de que eu sou um bom líder. Mas hoje ele nem passou pela minha cabeça quando tomei a decisão de vir, e, pela primeira vez em muito tempo, estou começando a me sentir como a pessoa que eu era na faculdade de novo. Aquele cara que levou o time a dois campeonatos nacionais. O cara que confiava nas pessoas sem questionar suas motivações.

Eu sinto falta do meu antigo eu, mas meu corpo parece estar leve com a esperança de que estou voltando a encontrá-lo.

Minha cadeira é a primeira no banco depois dos técnicos, e meus pés passam o primeiro quarto inteiro balançando de nervosismo enquanto tento me manter sentado.

Leon deu início ao jogo, mas está com dificuldades. Mais na defesa. Ele é um lançador de primeira e sabe criar uma jogada, principalmente com os outros talentos que tem dentro de quadra, mas ele está enfrentando um dos melhores armadores da liga, o titular do Toronto. É muito mais difícil para ele ver a quadra do jeito que eu vejo, mas isso é o que você conquista com anos de experiência. Por enquanto, eu posso ser os olhos dele.

Leon é tirado de quadra no fim do primeiro quarto para fazer sua primeira pausa. Com um simples e mandão "sai pra lá" para o cara que está sentado ao meu lado, de repente a cadeira à minha direita fica livre e ele pode se sentar.

Ele se aproxima, tentando me ouvir em meio à arena lotada.

— Você está indo bem — garanto.

Ele deixa escapar o ar de um jeito pesado.

— Ele está sempre um passo à frente toda vez que invade o garrafão.

— É porque você sempre espera que ele vá para a direita, mas ele prefere a esquerda. Toda vez. E sim, ele é mais rápido que você. Isso é um fato, então, se arrisque e abra caminho à força. Na melhor das hipóteses, vai impedir que ele entre no garrafão. Se não der certo, deixe que ele avance pela direita e use isso como aprendizado. Ele também dá muita bandeira. Sempre coloca o peso no pé da direção em que pretende driblar discretamente. Mal dá pra ver. Preste atenção. — Eu dou um tapinha nas costas dele. — Você dá conta.

Quando volta à quadra, Leon toma a esquerda e desequilibra o armador do Toronto por tempo suficiente para roubar a bola. Na vez seguinte, ele observa os pés de seu adversário com atenção e, assim que ele coloca o peso para um lado, Leon consegue interceptar um passe ruim, causando um turnover do qual os Devils se aproveitam.

Eu posso não estar lá, mas, cacete, a sensação é quase tão eufórica quanto se fosse eu mesmo fazendo as jogadas.

Quando a bola sai de jogo, Leon olha para mim feito um garotinho empolgado por ter acabado de marcar sua primeira cesta. É encantador e fofo, e estou orgulhoso pra caralho dele.

Meu técnico passa por mim e me dá um tapinha no ombro.

— Bom trabalho, Shay.

* * *

Depois das entrevistas pós-jogo e dos discursos comemorativos no vestiário, saio de lá arrastando minha mala, determinado a encontrar Indy antes de embarcar no ônibus do time e ir para o aeroporto. Eu quero vê-la no meu espaço. Ela fica tão linda aqui.

Ela fica linda em qualquer lugar.

E quando eu viro o corredor do lado de fora do vestiário, tenho uma surpresa agradável ao ver Indy do lado da sala de espera das famílias.

Stevie e os meus pais já estiveram aqui inúmeras vezes, mas eu nunca imaginei que teria outra pessoa esperando por mim. Ainda mais Indy, a melhor amiga da minha irmã. Deslumbrante pra caralho usando minha camisa do time.

— Eu não sabia para onde ir. Annie me disse para descer aqui com ela, mas ela e as crianças já foram para casa e agora eu sinto como se estivesse me intrometendo — explica Indy apressada enquanto reduzo o espaço entre nós.

— Você está no lugar certo.

Largo a mala e coloco os braços sobre os ombros de Indy, que passa as mãos nas minhas costas.

— Foi um bom jogo.

— Obrigado. — Eu quase quero lembrá-la de que não joguei, mas ela sabe. Em vez disso, eu aceito o elogio.

Recuando, afasto os cabelos de seu rosto e pressiono minha boca na dela. Ela sorri para mim, instantaneamente tranquilizada sobre o quanto eu a quero ali.

Eu me inclino um pouco para trás para poder dar uma olhada nela de novo.

— Você fica maravilhosa exibindo meu sobrenome, Indigo.

Aquele sorriso deslumbrante aparece enquanto Indy me puxa para perto, aprofundando nosso beijo, suas costas atingindo a parede da sala de espera, e eu não poderia estar mais grato pelos filhos de Ethan já terem ido embora.

Nada sobre este momento parece muito adequado para menores, mas eu não poderia me importar menos. Ninguém está por ali para ver e eu vou ter que pegar um avião e ficar sem ela por uma semana.

— Shay — ouço no corredor. Ao me afastar de Indy, olho sobre o ombro e encontro Ron Morgan.

Pigarreando e passando a mão pelos lábios, eu me empertigo.

— Senhor.

— Bom trabalho essa noite. Carson jogou bem pra caralho graças a você. Esse é o tipo de líder pelo qual eu estava procurando. — Ele acena a cabeça na direção da minha garota. — Indy, que bom te ver.

Ela se encolhe, tentando disfarçar o rosto corado por ter sido pega pelo meu chefe no meio de um amasso.

— Bom te ver também, sr. Morgan.

— Muito bem, garotos. — Ele faz um sinal displicente, se virando e indo em direção à entrada. — Não quero atrapalhar vocês. Espero vê-la em Phoenix, Indy!

Rimos um para o outro, a testa dela apoiada em meu peito. Ironicamente, pela primeira vez, não planejamos que Ron visse nada disso.

Era para nós.

Ela dá um pequeno suspiro feliz, envolvendo meu pescoço com os braços.

— O que tem em Phoenix?

— Você. Eu. Nossas viagens convergem lá por um dia. Ele e Caroline estavam querendo se encontrar conosco, se você estiver livre.

— Você quer?

Se ela tivesse me perguntado isso uns dois meses atrás, eu provavelmente diria sim imediatamente. Eu queria impressionar meu chefe, tentar mostrar a ele que eu não sou tão solitário quanto ele parece achar que sou. Agora, eu ainda quero dizer sim, mas só porque significa passar mais tempo com ela.

— Só se você estiver a fim. Eu sei que vai estar trabalhando, mas se você estiver livre, então sim. Eu adoraria te ver.

— E os Morgan.

Eu reviro os olhos.

— E os Morgan.

Quando olho para baixo, vejo que Indy está usando seus tênis bordados. Eu adoro vê-la em saltos e vestidos, mas também amo vê-la em roupas mais casuais.

Deslizo o pé entre os dela, os afastando, e vejo uma nova adição aos tênis. Bem ali, na parte interna do tornozelo esquerdo, está bordada uma bola de basquete com meu número e um coração bem no centro.

— Quando isso foi parar aí? — pergunto, adorando vê-la exibir meu número e nome.

— Hoje à tarde. Achei que estava na hora.

Desloco os olhos dos tênis e a vejo sorrindo orgulhosa, exibindo minha emoção favorita nela: alegria.

— Estava mais do que na hora.

Eu me inclino e tomo a boca dela de novo. Acho que nunca vou me acostumar com o fato de que tenho o privilégio de beijar essa garota. Eu não beijava uma mulher há tanto tempo que ser tocado por ela, desejado por ela, é quase demais para suportar. O que eu posso ter feito para merecer que ela deseje a *mim*?

— Vai comigo até o ônibus do time? — Eu pego a mala com uma das mãos e a mão dela com a outra.

Mal passamos pela entrada dos fundos da arena quando eu o ouço, bem antes de vê-lo. Ele segura o braço de Indy sem que eu tenha chance de entender o que está acontecendo.

— Indy.

Ela aperta a minha mão ao ouvir o próprio nome.

— Alex — ofega ela. — O que tá fazendo aqui?

Ele continua segurando o cotovelo dela, de forma gentil e ansiosa.

Eu afasto a mão dele, mantendo minha voz calma e controlada.

— Tira as mãos dela.

Por instinto, eu movo o corpo, me colocando entre os dois.

Metafórica e fisicamente, eu quero estar entre eles. Vai precisar passar por mim para chegar até ela e nem a pau que vou deixar isso acontecer.

— Ok. — Ele ergue as mãos em rendição, antes de voltar a atenção para a loira bonita atrás de mim. — Indy, precisamos conversar.

— Não, não precisam — respondo por ela, feito um homem das cavernas descontrolado. Ela pode responder sozinha, mas não deveria precisar fazer isso quando se trata dele. Não há nada que precise ser dito.

— Ryan, tá tudo bem. — Indy me tranquiliza, sua mão acariciando a lateral do meu corpo. — Alex, não acho que precisamos conversar. Nem agora nem nunca.

— Nunca falamos sobre aquela noite. Eu preciso me explicar.

Ela ri, mas eu posso perceber o quanto a risada a fere quando escapa.

— Explicar o quê? Por que você dormiu com outra pessoa?

Alex baixa os olhos para o chão, as mãos nos bolsos.

— Bem, sim, exatamente. Mas eu gostaria de falar com você em particular.

— É, não vai rolar — interrompo.

— Indy. São vinte e dois anos. Pelo menos me ouça, você deve isso a si mesma.

Lixo manipulador, usando o passado deles como se fosse uma peça de xadrez com a mulher mais leal que já conheci.

Indy respira fundo, e eu sei que ele conseguiu atingi-la. Odeio que isso tenha acontecido.

— Certo. Cinco minutos.

— Indigo — protesto.

— Está tudo bem, Ryan. — O foco dela está de volta em Alex. — Não significa nada.

Eu me recuso a me mover, a deixar qualquer espaço livre entre eles, mas não importa, porque Indy contorna meu corpo e para de frente para mim.

— Está tudo bem. Te ligo assim que puder. Tenha um bom voo.

Fuzilo o babaca atrás dela com o olhar. *Encoste um dedo nela e eu vou te matar. Diga algo que a deixe chateada e eu vou acabar com a sua vida. Olhe para ela de qualquer jeito inapropriado e eu vou acabar com a sua raça.*

Eu não sei se ele foi capaz de captar tudo isso do meu olhar, mas espero que tenha entendido o suficiente.

Seguro o rosto de Indy enquanto eu imploro, sem dizer nada, para que ela simplesmente vá para casa, mas ela se mantém firme, determinada a ter essa conversa.

Eu sou um cara possessivo quando se trata dela, não tem como negar, e mesmo que eu seja controlador em minha própria vida, eu nunca a controlaria ou controlaria suas decisões.

Cedendo, eu pressiono os lábios contra sua têmpora e me demoro ali o máximo que posso.

— Ryan! — chama Ethan do ônibus do time, atrás de mim. — Precisamos ir!

Quero dizer tantas coisas para ela neste momento, mas, acima de tudo, quero saber se seus sentimentos por mim são suficientes para que eu não precise me preocupar. Também quero saber se ela realmente se sente confortável em fazer isso. Não faz muito tempo que ela estava chorando na nossa sala de estar e arremessou um sapato contra minha porta, depois de ficar sem um lugar para morar por causa dele.

Mas não tenho tempo para perguntar nada, já que há um ônibus esperando por mim, e um avião aguardando na pista, pronto para nossa viagem.

— Me liga assim que puder? — peço antes de começar a ir de costas na direção do ônibus.

Indy assente e eu mantenho os olhos nela até precisar subir os degraus do ônibus, onde eu praticamente corro até meu assento para olhar pela janela, vendo os dois se sentando no meio-fio do lado de fora da arena.

Por que eles estão se sentando? Não precisam de tanto tempo assim. Na verdade, não precisam de tempo nenhum.

Nenhuma parte de mim está calma, tranquila ou equilibrada. Estou completamente fora de controle. De certa forma, eu tenho estado fora de controle desde que essa garota apareceu no meu apartamento, mas, desta vez, a impotência não parece libertadora. Minha cabeça está girando enquanto o ônibus começa a se afastar.

O que quer que esteja acontecendo entre nós dois é muito recente. Nem tivemos a oportunidade de discutir isso direito, e naquele momento pareceu estranho dar um rótulo a algo tão espontâneo.

Mas agora eu queria ter dado. Assim ela poderia dizer a ele, mas, mais importante, ela poderia dizer a *mim* em que pé estamos.

Todas as minhas inseguranças inundam meu corpo, sobrepujando qualquer senso de racionalidade que eu ainda tenha.

Será que eu significo o suficiente para ela?

Ela vai voltar com ele?

Será que sempre foi ele?

Será que ela me quer mesmo?

Essas quatro perguntas me consomem, me cegam ao se repetirem uma vez após outra enquanto observo a mulher por quem estou completamente apaixonado com outro homem. E eu tenho que embarcar em um avião, deixar Chicago e rezar para que eu seja o bastante.

* * *

O percurso até o aeroporto dura vinte minutos, e é esse o tempo que dou a ela antes de ligar.

— Oi — ela responde, engolindo em seco.

E eu a conheço bem o suficiente para saber que Indy está engolindo as emoções.

— Você tá bem?

Desço do ônibus e me demoro na pista de pouso enquanto o restante dos caras embarca no avião.

Um soluço escapa de seu peito.

— Sim.

— Indy. — Eu fecho os olhos, suspirando. — Merda.

Não só eu odeio ouvi-la chateada, mas saber exatamente o motivo está me devorando por dentro.

Esfrego a mão na cabeça enquanto ando de um lado para outro na pista já vazia, ouvindo sua respiração entrecortada e as fungadas do nariz.

— Estou bem, Ryan — diz ela, por fim.

Há uma mordacidade em seu tom, e eu não tenho certeza se ela quer que eu a deixe em paz ou se está simplesmente tentando não parecer muito abalada.

Uma tensão permanece na ligação.

— Ele quer voltar com você, não é?

Ela não responde e meu coração parece despencar com aquele silêncio agudo.

— O que exatamente ele disse?

— Não importa.

— Como você pode dizer que não importa, Ind? É óbvio que importa. Você está chateada.

— Estou processando. São anos demais para se despedir assim.

Porra. Nada disso era o que eu queria ouvir, mas não sei o que eu estava esperando. Eu realmente achava que ela ia atender o telefone e dizer que mandou o cara se foder e que ele não a afetou nem um pouco?

Indy é sensível. No início, isso me desanimou, mas foi o que acabou fazendo com que eu me apaixonasse tão intensamente por ela, sua entrega aos sentimentos. Claro que essa conversa ia afetá-la. Ela não seria ela mesma se não afetasse.

Mas o que eu preciso que ela me diga é que nada vai mudar entre nós, e claramente ela não pode.

— Shay, vamos! — Um dos membros do time grita do topo das escadas do avião.

— Indigo… — começo, mas parece que não consigo encontrar as palavras.

Eu preciso dizer a ela o quanto a desejo. Eu preciso dizer a ela que posso dar a vida que ela sempre quis, se ela deixar. Eu preciso dizer a ela qualquer coisa que a faça esquecer essa porra dessa conversa com o cara que não conseguiu nada além de fazer com que ela se sentisse insuficiente e um estorvo ao mesmo tempo.

— Você tem que ir, Ryan.

— Shay! — ouço de novo.

— Merda. — Respiro fundo e começo a subir as escadas para o avião. — Leve o tempo que precisar, Indy. Eu entendo, ou pelo menos vou tentar entender. Bom voo amanhã.

Desligo porque me importo o suficiente com ela para entender que esse momento não é sobre mim. Sim, a impossibilidade de controle e a incerteza talvez me matem, mas o quão egoísta eu seria se não desse a ela ao menos um momento para processar?

Mas mesmo que eu esteja tentando ser o cara legal, a ideia desnorteante de que talvez eu tenha entendido tudo errado, como um idiota apaixonadinho, exatamente como fiz antes com outra mulher, me corrói por dentro enquanto eu afundo no meu assento para que possamos decolar.

31
Indy

Eu: *Preciso de uma atualização diária sua. O Ryan tá bem? Ele mal falou comigo.*

Stevie: *Acho que ele tá assustado, mesmo que não queira admitir.*

Eu: *Ele não tem nenhum motivo para estar assustado e saberia disso se falasse comigo.*

Stevie: *Eu sei, Ind, mas não é bem assim que inseguranças funcionam.*

Os últimos dias têm sido solitários, mesmo eu estando em uma viagem a trabalho, rodeada de amigos.

Não importa mais se estou em uma sala cheia de gente. Se Ryan não estiver por perto, eu me sinto solitária. E, neste momento, além de não estar por perto, ele também não está falando muito comigo.

Ele não está irritado, nem me afastando, está simplesmente me dando espaço para processar a conversa com Alex. Não preciso de espaço. Eu disse isso a ele, mas nos falamos muito brevemente nos últimos dias para que eu pudesse explicar o que aconteceu.

Parte de mim acredita genuinamente que ele acha que, se me der tempo suficiente para explicar, eu vou dizer que vou voltar com meu ex. Mas se Ryan me desse a chance, eu diria a ele como estou orgulhosa de mim mesma pela forma com a qual lidei com aquela conversa, e reafirmaria o quanto estou obcecada pelo cara com quem estou morando.

Eu diria que quando Alex começou a chorar, meu eu antigo teria corrido para salvá-lo no momento em que visse que estava chateado, que teria feito tudo ao seu alcance para fazê-lo feliz, mas esta minha nova versão não sentiu mais o peso dessa responsabilidade.

Eu contaria que Alex explicou por que dormiu com outra pessoa — porque estávamos juntos por muito tempo, porque tínhamos sido melhores amigos desde os cinco anos e eu era a única garota com a qual ele tinha estado. Porque ele queria explorar um pouco mais antes de se comprometer de vez e que esse era o maior arrependimento de sua vida. Eu diria a Ryan o que disse a Alex: que aquela foi a melhor coisa que já me aconteceu.

Eu explicaria que quando Alex me perguntou se ele foi a última pessoa com a qual eu tinha ficado, porque para ele não havia tido ninguém antes ou depois da noite em que eu o flagrei, eu respondi que aquela era a pergunta errada. Ele deveria ter perguntado se era a última pessoa que eu amei, mas que de qualquer forma a resposta para as duas perguntas seria não.

E eu contaria para Ryan que quando Alex me pediu para ir para casa com ele, eu falei que minha casa ficava no vigésimo segundo andar de um prédio no centro. Que é um apartamento que até há alguns meses era vazio e triste, mas que agora é repleto de cafés da manhã compartilhados na ilha da cozinha e mais livros do que qualquer um de nós tem tempo de ler.

Eu também diria a ele que eu não senti nada sentada naquele meio-fio, mas que fiquei desnorteada quando ele me ligou. Eu não estava exatamente triste, mas pela primeira vez desde que as coisas terminaram, eu tive a chance de lamentar aquele relacionamento. Que as respostas que recebi me deram a oportunidade de colocar um ponto-final nesse capítulo da minha vida. Naquele momento, eu estava lamentando a garota triste de meses atrás que precisava tanto daquelas respostas, mesmo que a mulher que eu sou agora não se importe muito com os motivos dele. As lágrimas não significavam que eu queria aquela vida de volta.

— É a primeira vez que venho a essa arena. — Caroline junta as mãos, empolgada, me tirando dos meus pensamentos, enquanto estamos sentadas na lateral da quadra do jogo de Ryan no Arizona.

— É meu primeiro jogo fora de Chicago. — Eu forço um sorriso, como se não estivesse completamente distraída, olhando para o túnel de acesso do time visitante, esperando pela aparição de Ryan.

Tanto os Raptors quanto os Devils estão jogando em Phoenix esta noite. Ron e Caroline me ligaram e me chamaram para me sentar com eles, mas só posso ficar até o fim do primeiro tempo. Tenho que chegar ao aeroporto durante o intervalo para preparar o avião para o time de hóquei voar de volta para casa esta noite.

Ryan me tranquilizou, dizendo que eu não precisava vir. Que recusar um convite dos Morgan não deixaria eles desconfiados. Mas eu não vim por causa de uma farsa ou para convencê-los de que nosso relacionamento é de verdade. Eu vim por ele.

Finalmente, ambos os times aparecem para o aquecimento, a quadra sendo tomada por jogadores enormes se alongando e praticando bandejas. Mas, atrás deles, eu vejo Ryan do outro lado da quadra, em pé de frente ao banco, vestido com roupas normais, os olhos fixos em mim.

Ele é um homem tão bom e meu coração dói ao vê-lo tão preocupado. Ele não parece feliz. Parece estressado.

Com os braços cruzados em frente ao peito largo, Ryan sorri de leve, mas não o suficiente para exibir suas covinhas.

— Ryan está bem? — pergunta Caroline do meu lado.

— Não tenho certeza. — Mantenho a atenção nele, mas ele se desvia para o time e o jogo que ele não pode jogar. — Eu tive uma conversa com uma pessoa do meu passado há alguns dias e não tive a oportunidade de explicar para Ryan que isso não significou nada. Acho que ele está preocupado.

— Bem — ela coloca a mão sobre a minha e a aperta —, isso é porque ele te ama. Ele não quer te perder.

Uma risada desconfortável escapa de mim.

— Ele ainda não me disse isso.

— Não?

Ah, merda. Talvez eu não devesse ter admitido isso para Caroline. Ela acha que Ryan e eu estamos apaixonados e morando juntos. As coisas foram meio ao contrário para nós. Morar juntos, então fingir que nos amamos, e aí desenvolver sentimentos verdadeiros.

Talvez eu não devesse ter dito isso em voz alta, mas estou me sentindo vulnerável demais para mentir neste momento.

— Sabe, Indy, Ryan não me parece o tipo de cara de fazer alardes. Talvez ele não diga, talvez não grite para todo mundo ouvir, mas eu poderia apostar que ele diz que te ama sem usar palavras todos os dias.

Café frio me esperando na geladeira.

Flores frescas, mesmo que às vezes mortas porque ele tentou com *muito* afinco mantê-las vivas, me esperando na ilha da cozinha sempre que eu volto de uma viagem.

Garantir que sempre tenha comida que eu possa comer.

E até mesmo me dar tempo para processar minha conversa com Alex.

— Algumas vezes o amor mais silencioso é o que faz mais alarde — continua ela.

Sinto uma ardência nos olhos e no nariz, enquanto estou sentada ali, rodeada por oito mil torcedores. Nunca pensei nisso dessa forma. Houve um tempo em que pensei que as declarações de amor chamativas de Alex, me exibindo e dizendo que me amava o tempo todo, eram o que significava ser amada. Mas essa crença logo desapareceu quando as atitudes dele não condiziam mais com suas palavras.

Embora eu seja uma romântica incorrigível, não preciso mais de declarações a plenos pulmões. Nem mesmo preciso ouvi-las. Eu quero simplesmente sentir o amor, ser consumida por ele. E Ryan tem me consumido desde o dia em que me mudei.

Chegar a essa conclusão arrebatadora faz meu corpo inteiro esquentar enquanto o aquecimento termina. Ron se senta em seu lugar ao lado de Caroline, e, depois da apresentação dos times, cerca de vinte crianças do ensino fundamental são guiadas para a quadra.

Os jogadores, incluindo Ryan, são pareados com cada uma das crianças que devem ter entre sete e onze anos. Aparentemente elas são de uma escola primária local e estão sendo premiadas por serem as melhores de suas turmas.

Os estudantes recebem uma camisa do jogador ao lado deles enquanto um fotógrafo circula o grupo, capturando o momento.

Tenho que admitir que é bem fofo. Esses caras são enormes, têm entre 1,80 metro e mais de 2 metros de altura. Algumas dessas crianças não chegam à altura da cintura dos jogadores, mas poses estranhas, para que ambos sejam enquadrados nas fotos, tornam o momento ainda mais bonitinho.

Ryan está com uma garotinha que parece ser a mais nova do grupo. Ela não diz uma palavra sequer para ele enquanto fica parada ao seu lado, não diz o próprio nome ou pergunta o dele. Ela só o encara com os olhos arregalados. Talvez ela esteja nervosa. Deve ser intimidador para uma criança de sete anos ficar em frente a uma multidão de milhares de pessoas, ainda mais ao lado de Ryan Shay.

Mas quando o fotógrafo continua tentando chamar a atenção dela e ela não se vira até que Ryan aponte na direção dele, eu percebo que os olhos arregalados dela estão fixos nos lábios dele, preparados para lê-los quando ele falar. Ela é surda.

Surpreendentemente, Ryan percebe isso também.

Assim que o fotógrafo consegue tirar a foto, Ryan se abaixa, ficando no nível dos olhos dela.

Ele faz o sinal para "Oi", movendo a mão em um círculo com os dedos fechados em um "o" com apenas o mindinho erguido. Ele continua, apontando para si e erguendo dois dedos e os movimentando de um lado para outro na frente do peito. O sinal para "meu nome".

Então Ryan soletra o próprio nome em língua de sinais. Devagar e com cuidado.

Qualquer um na comunidade surda perceberia que ele é iniciante pela forma como demora um pouco para se lembrar de cada sinal, mas não é isso que importa.

O rosto da garotinha se ilumina enquanto ela o assiste, percebendo o quão novo ele é naquilo quando soletra o próprio nome de volta devagar.

Sarah.

Ele repete o nome dela com sinais e com a boca, para confirmar.

O sorriso dela aumenta enquanto ela assente empolgada.

Ryan aponta para si de novo, e logo depois abre e fecha a mão direita contra a testa, seguido pelo sinal de "língua de sinais" — as duas mãos espalmadas circulando uma à outra.

Estou aprendendo a língua de sinais.

Ele também fala as palavras, mas sua sinalização foi tão clara que Sarah entende sem nenhum problema.

Ela segura as mãos dele, dando pulinhos nas pontas dos pés, incapaz de conter a alegria; então faz sinal de positivo com as duas mãos, dizendo que ele está indo bem.

O sorriso lindo de Ryan desabrocha, os dois compartilhando um momento especial. Eu não sei o quanto ele já se comunicou com alguém surdo. Eu nem sabia que ele estava aprendendo língua de sinais, mas dá para ver que este momento é especial para ele. O orgulho em seus olhos, a alegria irradiando dele por conseguir falar com outra pessoa usando as mãos.

— Eu não sabia que Ryan sabia língua de sinais — diz Caroline ao meu lado.

— Ele não sabe. Ele *não sabia*, quero dizer. Não sabia que ele estava aprendendo. — Meus olhos estão cravados nele. — Eu me ofereci para ensinar, mas ainda não tivemos tempo de começar. — Eu respiro fundo, tentando me recompor. — Meu pai é surdo.

— Ah, Indy. — Ela coloca a mão sobre a minha enquanto observamos Ryan e Sarah. — Esse homem ama você. Aquilo ali é amor silencioso.

Quando eu volto a me concentrar, Sarah está contando algo para Ryan. Depois de passar o polegar na lateral do queixo, ela leva o punho fechado em frente à boca. Então passa os dedos pelo queixo e leva o punho à boca novamente. Ryan está confuso, ele ainda não sabe os sinais para mãe e pai, então ela puxa a manga dele e aponta para a lateral da quadra onde os pais dela estão, acenando e felizes pela filha.

— Com licença. — Eu me levanto rapidamente, saindo do meu assento e me apressando em direção ao banheiro antes que comece a chorar na frente de oito mil pessoas e do chefe de Ryan.

Segurando a pia com as duas mãos, eu desabo. Lágrimas escorrem pelo meu rosto ao me dar conta, de forma avassaladora, de que passei vinte e sete anos sem ser amada da forma que Ryan Shay me ama. E agora eu tenho o privilégio de ser amada com tanta generosidade e cuidado.

Ninguém nunca fez qualquer esforço para se comunicar com meu pai em sua língua. Nem os amigos que tive durante a vida inteira, nem meu namorado de seis anos. E então chega esse homem, que eu conheço apenas há alguns meses, e vira minha vida de cabeça para baixo, me provando o que significa ser amada.

Ele não precisa dizer isso em palavras e eu não preciso ouvir. Eu já sei. Tudo aconteceu de forma tão tranquila, tão espontânea.

E ele está lá se perguntando se eu voltei com o meu ex. Como ele poderia imaginar que eu escolheria outra pessoa depois de passar meses sendo amada da forma como ele me ama?

Eu preciso dar um jeito nisso porque, mesmo que eu não tenha feito nada que o levasse a questionar minha lealdade desde que as coisas se desenrolaram entre nós, eu sei que Ryan enfrenta algumas inseguranças sérias. E, mesmo que eu tenha passado por coisas parecidas, elas nunca me impactaram da mesma forma que as inseguranças dele o impactam. Eu preciso ser a pessoa que o tranquiliza, que o lembra do quanto ele é desejado até que ele não tenha mais nenhuma dúvida.

Talvez palavras de afirmação sejam a linguagem do amor dele. Talvez seja tempo de qualidade. Eu não tenho certeza, mas vou me tornar fluente em todas elas até Ryan entender o quanto o amo. O quanto eu o quero por seu coração, não pelo seu nome.

Mas eu não me importaria de ficar com seu nome um dia também.

Quando consigo me recompor o suficiente para deixar o banheiro, o jogo já está bem avançado no primeiro quarto. Meus olhos estão tão vermelhos e meu rosto tão inchado que não tem nenhum jeito de disfarçar o quanto chorei. Minha maquiagem já era, mas se eu achar necessário, posso retocar antes do voo.

Ryan me vê assim que eu me sento. Suas sobrancelhas se franzem, mas seu olhar está sereno enquanto o jogo se desenrola à volta dele. Sentado na primeira cadeira depois da equipe de treino, ele se inclina para a frente com os cotovelos nos joelhos, como os outros caras no banco, mas diferente deles, ele não está assistindo ao jogo à sua frente.

Eu abro um sorriso leve para tranquilizá-lo.

— *Você tá bem?* — ele gesticula com a boca do outro lado do ginásio.

Assentindo, eu sorrio um pouco mais, me contendo para não gritar *"Eu te amo!"* a plenos pulmões ou mesmo gesticular isso com a boca para ele. Quero falar isso quando estivermos frente a frente. Quero que ele enxergue isso nas minhas ações diárias. Quero que ele sinta a sinceridade por trás das palavras.

Ryan morde o lábio inferior como se quisesse dizer mais alguma coisa, mas, em vez disso, torna a focar a atenção no jogo.

No intervalo, eu saio para o aeroporto apressada, certa de que assim que eu voltar para Chicago vou contar a ele.

32

Ryan

Eu sou um covarde.

Passei dias evitando as ligações de Indy, incapaz de encontrar forças para atender, sabendo que há uma chance de ela estar me ligando para contar que voltou com o ex, que não merece nem mesmo estar no mesmo cômodo que ela.

Mas vê-la duas noites atrás, sentada assistindo ao meu jogo, foi um lembrete de que preciso encontrar coragem e garantir que ela saiba. Mesmo que ela não me queira, mesmo que ela decida voltar para a vida que tinha antes de mim, eu não vou ficar em paz comigo mesmo se não disser o quão importante ela é. Tanto para mim quanto para o resto do mundo.

Indy, a romântica.

Ela merece o gesto. Merece ser amada sem hesitação. Merece ser amada de qualquer forma que ela queira.

E tomando a liberdade de ser um pouquinho prepotente, ela merece ser amada por mim.

Vou tratá-la como prioridade. Vou dar a vida com a qual ela sempre sonhou. Vou garantir que ela saiba o quanto é especial, que ela não precisa colocar uma máscara para as outras pessoas. Que eu gosto dela caótica e emotiva. Que eu gosto da bagunça dela.

Mas é claro, eu ainda não tive coragem de dizer nada disso, com medo de que sua resposta seja a única coisa que vai me destruir.

Será que as lágrimas que ela derramou enquanto corria para o banheiro no jogo eram de culpa? Por saber o quanto vai me magoar quando terminar comigo? As inseguranças dentro de mim querem gritar que eram.

Eu deveria tê-la impedido de falar com ele. Eu deveria ter lembrado que foi só com a ausência dela que ele compreendeu o presente que tinha, enquanto foi sua presença na minha vida que abriu meus olhos para tudo o que eu sempre quis.

Indy partiu para o casamento dos amigos ontem, depois de voltar para Chicago um dia antes mim. O jantar de ensaio foi na noite passada, e eu não deixei de pensar em como estava sendo covarde em não dizer a ela o quanto significa para mim antes que ela passasse um dia inteiro com Alex.

Como se eu precisasse acrescentar algo mais à ansiedade que me domina.

O percurso até o hotel onde o casamento vai acontecer demora duas horas, e eu quase me atrasei por causa da minha sessão de fisioterapia. Mas a boa notícia é que estou liberado para começar a fazer treinos leves a partir da próxima semana e se tudo correr bem, e meu joelho continuar a se recuperar direito, voltarei para as quadras pouco depois disso.

Alguns convidados passam apressados pelo meu carro estacionado, correndo em direção ao hotel com medo de se atrasarem. Eu, por outro lado, continuo sentado no Audi, respirando fundo e tentando me acalmar. Eu não dei à Indy a chance de dizer que ela não me queria aqui, então não faço ideia no que vou me meter.

O impulso de dar a ré e sair dali vibra por todo o meu corpo, mas fizemos um acordo. Eu seria seu acompanhante nesse casamento, e, embora talvez ela não precise mais de mim para provar nada, ou convencer seus amigos de que está tudo bem, eu prometi que estaria aqui. Sempre vou cumprir minhas promessas a ela, mesmo que ela não me queira da mesma forma que eu a quero.

Mantendo a cabeça baixa, passo pelo lobby do hotel antes de ir até um dos grandes salões nos fundos. Talvez eu seja o último convidado a chegar, todo mundo está sentado quando eu tento entrar discretamente.

Não funciona.

Os poucos convidados que me veem entrar logo comentam com quem está ao redor e, de repente, está todo mundo olhando para mim enquanto estou parado nos fundos do salão.

Eu odeio isso.

Enquanto sussurros percorrem os assentos, eu entro na penúltima fileira, tentando me esconder. Há tanta gente ali, gente que eu não conheço, gente prestando atenção em cada movimento que faço. Pessoas que não são Indy e não me trazem a calma que ela traz. Balançando os pés, eu mantenho a cabeça baixa, fingindo ler o programa em minhas mãos e tentando ignorar o ruído de vozes cochichando.

A música muda e imediatamente a multidão se acalma, o foco retornando ao verdadeiro motivo pelo qual todos estão ali.

Os padrinhos entram e ele é o primeiro que vejo. O merdinha loiro que não conseguia aceitar que sua namorada fosse mais inteligente que ele. O cara que fez com que Indy acreditasse que havia algo de errado nela, que ela era exagerada e incômoda.

O mesmo cara que entregou a melhor coisa que já aconteceu comigo bem na porta da minha casa.

Ele tem um sorriso presunçoso no rosto, e não sei dizer se é de sua natureza ser irritante ou se a arrogância é por ter recuperado alguém que nunca deveria ter sido dele para começar.

Então outra porta se abre e ela aparece. Um anjo vestido de lavanda. O cabelo loiro está cacheado e parcialmente preso, enfeitado com flores brancas, que também leva nas mãos. Ela está mais alta também, e eu adoro quando usa saltos.

Indy passa pelo corredor bem ao meu lado e eu não consigo tirar meus olhos dela. Ela caminha com um ar de confiança, a cabeça erguida e aquele sorriso radiante nos lábios.

Ela está deslumbrante.

Quando alcança o altar improvisado, ela para no canto esquerdo enquanto as outras mulheres, vestidas da mesma forma, se alinham ao seu lado.

Alex está com os olhos grudados em Indy, e eu não posso culpá-lo. Ela é magnética.

Em lados opostos do salão, os dois estão praticamente de frente um para o outro e eu vejo quando a atenção dela vagueia para ele, mas não consigo ler sua expressão. Não sei o que aquele olhar significa.

Ela não sabe que estou aqui, me escondendo nas últimas fileiras, mas ela é tudo que eu consigo ver. Mesmo quando as portas se abrem e a música muda para que a noiva caminhe até o altar. Eu me levanto com os outros convidados, mas a única pessoa para qual estou olhando é a loira alta na frente do salão, aquela que tem meu coração.

Indy sorri, assistindo ao momento da amiga, mas eu percebo seus olhos percorrendo a audiência enquanto faz isso. Demora um pouco para que seu olhar vague por toda a multidão, mas, por fim, aqueles olhos castanhos se cravam nos meus.

Seu sorriso educado se transforma em um sorriso radiante, e eu não sei em que pé estamos ou o que isso significa, só sei que Alex não recebeu aquela reação.

Ela mantém o foco em mim, corando de leve.

— Oi. — Ela move os lábios silenciosamente enquanto ninguém está prestando atenção a nós.

— Você está linda — respondo, apenas gesticulando com a boca.

Ela volta sua atenção para a noiva e a minha cai nos padrinhos. Eu não deveria ter presumido que ninguém estava prestando atenção em nós, porque Alex está me encarando e, porra, eu adoro esse tipo de atenção.

Dou uma piscadela para ele e meus olhos imediatamente se voltam à minha garota.

Em um salão cheio de sua vida passada, ela é tudo que eu vejo durante a cerimônia inteira. Sua pele dourada brilhando sob a luz ambiente, o queixo erguido e o sorriso gentil enquanto seus amigos dizem os votos.

Enquanto pronunciam as palavras convencionais, que falam da alegria ou tristeza, saúde ou doença, riqueza ou pobreza, Indy olha para mim. Sua atenção está completamente focada em *mim*. Eu adoraria saber o que ela está pensando porque meu coração, que não era nada romântico, está criando todos os tipos de cenários nos quais ela não deu a mínima para aquela conversa com o ex e só vê a mim como a pessoa para quem poderia dizer aquelas palavras.

A cerimônia se encerra com o aplauso dos convidados, mas mesmo enquanto me levanto e bato palmas, meu corpo ferve ao perceber que seus supostos amigos decidiram que Indy e Alex sairiam juntos do salão. Não sou estúpido o suficiente para não entender o que está acontecendo aqui. Os amigos querem que eles voltem a ficar juntos.

Alex se inclina para dizer algo em seu ouvido enquanto seus braços estão entrelaçados, mas ela não responde. Apenas exibe um sorriso para os convidados. Sua máscara perfeita de felicidade.

Mas eu sou privilegiado o bastante para saber o que há sob a garota educada, e recebo um último olhar antes que ela saia do salão.

* * *

O período entre a cerimônia e a recepção é agonizante, saber que ela está ali em algum lugar, tirando fotos, e não comigo. Quero falar com ela, abraçá-la, me esconder de todas essas pessoas que não me deixam em paz.

Dei inúmeros autógrafos e exibi meu sorriso profissional, respondendo às perguntas curiosas deles de maneira diplomática.

Logo estarei de volta à quadra.

Meu joelho está ótimo.

E *minha colega de apartamento é uma das madrinhas* quando perguntam como conheço os noivos. Sei que não somos apenas colegas de quarto, mas não tenho ideia de como Indy quer que eu me apresente.

Essas pessoas são amigas dela, *eram* amigas dela, e não sei bem no que ela quer que acreditem.

Nós dois não somos tão diferentes quanto eu acreditei que erámos. Ambos exibimos uma fachada para os outros, sabendo o que eles querem ouvir e ver, mas, em casa, somos nós mesmos e eu adoro ter acesso a essa parte dela.

Depois de trinta minutos em estado de alerta, eu encontro um canto para me esconder do lado de fora da área da recepção. É difícil satisfazer as expectativas dos fãs de quem o Ryan Shay é na vida real quando tudo em que consigo pensar é em descobrir se Indy quer ficar comigo.

Com as mãos nos bolsos e a cabeça baixa, tiro alguns momentos para me recuperar, sabendo que preciso ser profissional quando voltar para lá, quando for a *qualquer lugar*.

Há tantos estranhos no salão que minha pele formiga, sabendo que cada movimento meu está sendo observado, mas eu faria isso mais uma centena de vezes e viria aqui de novo se Indy precisasse.

— Está se escondendo, Shay?

Quando ergo os olhos, vejo Indy colocando a cabeça para dentro do local afastado onde estou, o buquê de flores brancas em mãos. Mais linda do que nunca. Feliz também. Só posso desejar que eu seja a razão para isso.

— Você me conhece bem demais, Ivers.

— Posso me esconder aí com você?

Encosto a cabeça na parede e respiro fundo graças à proximidade dela.

— Você pode se esconder comigo para sempre, amor.

Ela entra no esconderijo comigo para que ninguém nos veja.

— Você não atendeu às minhas ligações.

— Eu sei.

— Eu tenho uma coisa para te falar.

— Eu primeiro.

— Ryan...

— Tem algumas coisas que eu preciso dizer, Ind. Preciso que você saiba como me sinto e o que eu quero, caso não tenha deixado isso claro. Preciso aproveitar minha chance.

— Você não precisa dizer nada.

Mas eu preciso, sim. Em um salão cheio de pessoas de seu passado, há algumas coisas que ela precisa saber.

Eu seguro a mão dela, entrelaçando nossos dedos, memorizando como parecemos nos encaixar.

— Eu quero ficar com você, Indy. Quero que fiquemos juntos. Quero a vidinha que construímos, mesmo quando pensamos que estávamos fingindo. Quero você na nossa casa, porque você a transformou em um lar. Eu quero sua bagunça e seu caos. Quero seus sorrisos sinceros, aqueles que você abre quando está com a minha irmã, com o time de hóquei e comigo. Eu quero que você seja feliz e quero ser a razão da sua felicidade. Eu quero que você me escolha.

— Ry...

— Eu sei contra o que estou competindo. Eu sei que não tenho o passado que vocês têm, mas eu quero seu futuro.

— Ryan...

— Você merece os grandes gestos, os grandes momentos. Eu não sou muito bom em fazer cena. Eu não gosto da atenção, mas se é disso que você precisa para entender o quanto eu te quero na minha vida, vou fazer. Porra, devia ter feito isso na frente de um monte de gente ou na chuva ou alguma coisa romântica desse tipo e não escondido num cantinho. Meu Deus... — Eu dou uma risada sem humor. — Estou dizendo que você é a melhor coisa que já surgiu na minha vida, escondido numa sala com um carpete terrível e um papel de parede ridículo...

— Ryan!

Eu engulo em seco.

— Sim?

Os lábios dela se curvam, um sorriso enorme surgindo em seu rosto.

— Nunca pensei que diria isso, mas para de falar.

Uma risadinha ecoa no meu peito enquanto ela diminui a distância entre nós. Com a mão na lateral do meu pescoço, ela guia meus olhos até encontrarem os dela.

— Você não precisava dizer nada. Eu já sei. E eu sou a tagarela nesse relacionamento, caso você tenha esquecido, mas hoje só tem três palavras que eu preciso dizer.

Ela fica nas pontas dos pés, sua boca na altura da minha enquanto sussurra as palavras mais altas que eu já ouvi.

— Eu te amo.

Os olhos castanhos dela passeiam pelos meus.

— Se você tivesse atendido uma única ligação minha essa semana, eu teria te dito exatamente o que eu disse a Alex. Meu lar, meu coração, é tudo seu. Nunca tive um momento de dúvida, Ryan. A única razão pela qual você me ouviu chorando no telefone depois daquela conversa foi porque eu finalmente me senti livre e, mais do que isso, eu me senti vendo as coisas com clareza. Eu não quero que você mude. Eu não preciso que você saia gritando seus sentimentos por aí ou me exiba. Eu só preciso do seu amor calmo, porque esses momentos são as declarações mais intensas que eu já ouvi. Quero você exatamente como você é. Estou apaixonada por você, Ryan Shay, e eu não preciso que o mundo inteiro saiba disso para que seja verdade.

Um suspiro de alívio me percorre, mas fora isso, estou completamente paralisado.

Durante todas essas semanas eu me convenci de que Indy levaria algum tempo para corresponder meus sentimentos. Nunca imaginei que ela seria a primeira a admitir. Minha intenção era continuar em silêncio, mostrando meu amor através de ações até que eu tivesse certeza de que a confissão não ia assustá-la, mas aqui está ela, minha garota romântica, tirando *meu* chão.

Meu silêncio faz o nervosismo se abater sobre ela enquanto volta a se apoiar nos saltos. Sua garganta se move quando ela engole.

— Sei que eu disse que gosto do seu jeito quieto, mas esse seria um bom momento para você dizer alguma coisa.

Eu dou uma risada. Minha garota confiante, toda vulnerável e nervosa.

Colocando o cabelo dela atrás das orelhas, eu seguro suas bochechas e garanto que ela esteja olhando para mim.

— Que bom que finalmente estamos na mesma página.

Um sorriso surge em seu rosto.

— Sinto muito que alguém tenha feito você acreditar que te amar é difícil, porque, Indigo, essa é a coisa mais fácil que eu já fiz. — Meneio a cabeça. — Meu Deus, eu te amo. Acho que, de certa forma, eu te amo desde o nosso primeiro café da manhã juntos. Você me devolveu a vida, Ind, e eu vou te amar enquanto você me permitir.

— Promete?

Puxando-a para mim, eu a beijo.

— Vou até acrescentar na geladeira.

* * *

Indy tentou ficar ao meu lado durante a recepção, mas, sempre que estamos sozinhos, a noiva decide que precisa dela.

Quando começamos a dançar, Maggie pede ajuda com o vestido.

Quando ela se senta no meu colo para assistir ao bolo ser cortado, Maggie pede ajuda para retocar a maquiagem.

Também não nos colocaram na mesma mesa para o jantar, mas isso não nos impede de trocar olhares nada apropriados através do salão, mesmo que ela esteja na mesma mesa que o ex.

As medidas drásticas que as amigas dela tomaram para fazer com que os dois voltassem são hilárias. Isso teria me enchido de ciúmes antes. Mas hoje, Indy me ama.

Ela *me* ama.

Eu preciso que esse casamento acabe logo para que eu possa levá-la para casa. É nítido que Indy não aguenta mais. Eu posso ver com clareza a diferença entre a pessoa que ela é agora e quem era no passado. Acho que devo isso a Alex. Se ele não tivesse propiciado a ela aquele encerramento, não tenho certeza de quanto tempo demoraria para que minha garota realmente seguisse em frente.

Suas amigas estão tão ocupadas mantendo-a longe de mim, como se não morássemos juntos, que eu tenho tempo o suficiente para agradecer a ele pessoalmente.

— Vou querer o mesmo que ele — digo ao bartender, apoiando meus cotovelos no balcão do bar.

— Ah, puta que pariu — resmunga Alex ao meu lado.

Alguns amigos dele estão do seu outro lado, boquiabertos.

Em geral, eu odeio as encaradas, a atenção. Mas eu adoro o quanto ele odeia o fato de ser meu fã. Ele e todos os seus amigos.

O bartender coloca um copo com um líquido âmbar e uma única esfera de gelo na minha frente. Quando dou um gole, o sabor amadeirado queima minha língua e minha garganta de um jeito delicioso.

O cara tem bom gosto, preciso admitir. Como se isso já não fosse óbvio considerando quem é sua ex-namorada.

Eu me inclino para ficar na altura dele e falo baixo, mas claramente:

— Infelizmente, os amigos antigos de Indy são seus amigos. Você vai estar por perto, eu entendo. Mas se você alguma vez, *uma* única vez, a fizer chorar de novo, eu vou fazer de tudo para transformar sua vida em um inferno. Minha cara vai aparecer em todo canto que você estiver. Você vai me ver na porra dos seus pesadelos. Eu vou me tornar um lembrete diário de que você destruiu a melhor coisa que já teve na vida. Entendeu?

Ele continua olhando para a frente, mas percebo seus olhos tremerem, nervosos.

— Entendeu? — repito.

Alex assente em confirmação e minha ideia é deixar as coisas nesse pé, mas então ele decide abrir a boca.

— Não era para você ser o cara bonzinho da NBA? Duvido que me perseguir faria bem pra sua imagem de menino de ouro.

Uma risada condescendente escapa de mim.

— Diz o cara que ficou plantado do lado de fora do meu local de trabalho para falar com uma garota que não quer mais nada com ele. Mas deixa eu esclarecer as coisas, quando se trata dela, não vejo problema nenhum em arruinar minha reputação. Eu deixaria o mundo em cinzas para protegê-la e ainda exibiria o fósforo com orgulho, para que todos soubessem que fui eu.

Começo a me afastar do bar para ir procurar Indy, mas antes disso acrescento uma última coisa:

— Sabe a camisa que você tem estampada com meu sobrenome? Quando você a vir pendurada no seu armário, deixe que sirva de lembrete de que muito em breve esse vai ser o sobrenome dela também.

Eu brindo, tocando meu copo no dele porque, às vezes, eu sou um babaca, então vou procurar minha garota.

Indy está sozinha porque suas amigas não têm nenhuma razão para fazerem companhia a ela quando não precisam distraí-la da minha presença, então eu me aproximo dela por trás em silêncio, enquanto ela exibe aquele sorriso forçado e conversa com os convidados.

Assim que a palma de minha mão envolve sua cintura, ela me dá a mão e entrelaça nossos dedos.

— Caramba, não acredito — interrompe o senhor com quem ela está falando. — Ryan Shay. Eu sou um grande fã seu. Mal posso esperar para que você volte à quadra. O time precisa de você.

Eu volto a usar meu sorriso profissional.

— Os caras estão se saindo bem sem mim.

— Bem, isso é porque você está ali na lateral, ainda comandando todos os jogos. — Ele solta uma risada calorosa. — Não nos decepcione, garoto. Precisamos chegar nos playoffs. Já faz muito tempo e estou ficando velho demais.

— Sim, senhor. Farei o meu melhor.

— Com licença — Indy interrompe. — Vou roubar meu namorado um pouquinho.

Namorado.

Ela me puxa em direção à saída.

— Namorado, hein?

— Ah, não gostou? Prefere outra coisa? Meu querido? Bebê? Que tal meu amor? Pessoal — ela se vira, fingindo anunciar para a multidão atrás de nós —, estou indo dar para o meu amor!

Eu seguro os ombros dela, virando-a para a frente de novo.

— Ok, você não pode me dar apelidos.

— Então só você pode dar apelidos?

— Bem, sim. Os meus são bons.

Indigo.

Ind.

Amor quando estamos na cama.

Sra. Shay é outro que gostaria de adicionar à lista futuramente.

— Como você quer que eu te chame então? — pergunta ela, parando de andar.

Segurando seu rosto entre as mãos, eu a beijo na frente de todos que queiram ver.

— Pode me chamar de seu.

Ela sorri contra minha boca.

— Pode me levar pra casa?

— Você não quer ficar aqui?

Ela tem um quarto no hotel reservado para a noite e eu tenho uma bolsa de viagem no carro que trouxe só para o caso de as coisas terminarem a meu favor.

— Quero voltar para a cidade onde somos só eu e você na nossa casa.

Nossa casa.

— Estão indo embora? — Maggie nos interrompe antes que cheguemos à porta.

A noite acabou, a maior parte dos convidados foi embora e eu não vejo a maioria das outras madrinhas há bem mais de uma hora, então suponho que já tenham ido também.

— Mags, você realmente me quer aqui?

— Claro que quero.

— Quero dizer, *eu*. Você *me* quer aqui? Não como a namorada do Alex e não como parte do grupo.

Maggie fica em silêncio por tempo demais para o meu gosto.

— Olha, eu amo você. Somos amigas desde sempre, mas eu não me encaixo mais, e estou tranquila quanto a isso. Se você quiser ser minha amiga, minha amiga de verdade, sem nenhum objetivo oculto, vou adorar isso, mas se você acha que não podemos mais passar tempo juntas porque seu marido é amigo do meu ex, eu vou entender. — Indy acaricia o braço de Maggie. — Você está maravilhosa hoje e eu estou muito feliz por você.

E ela está mesmo. Consigo ver isso em seu rosto. Não há nenhum tipo de inveja ou tristeza. Indy parece realmente contente.

Indy se inclina para abraçá-la.

— Podemos conversar sobre isso em outro momento, se você quiser, mas eu estou feliz, Maggie, e adoraria que você ficasse feliz por mim também. Vai se divertir, tá bom?

Eu seguro a mão dela e a guio para a saída.

— Indy — chama Maggie. — Eu estou feliz por você.

Indy oferece a ela um pequeno sorriso e finalmente nos livramos da porra desse casamento.

33
Indy

Eu: *Atualização do dia: estou apaixonada pelo seu irmão.*

Stevie: *Melhor atualização do dia que eu já recebi.*

Assim que chegamos ao quarto do hotel para buscar minhas coisas e irmos para casa, os braços de Ryan envolvem minha cintura, sua boca percorrendo a minha nuca.

Para um cara que eu achava que morria de medo de mulheres, ele não parece ter nenhum problema em me tocar sempre que pode.

— Vamos arrumar sua mala pra eu poder te levar pra casa e pra minha cama.

Ele pega minhas coisas no banheiro enquanto eu guardo as roupas que usei no dia anterior na bolsa de viagem.

— Ryan? — chamo.

— Sim?

— Quando você começou a aprender língua de sinais?

Ele coloca a cabeça para fora do banheiro, o batente cobrindo metade de sua altura.

— Sua mãe me mandou mensagem para saber como você estava alguns dias depois que conheci seus pais. Perguntei a ela a melhor maneira de começar a aprender, já que ela também era adulta quando aprendeu. Nós temos feito videochamadas uma vez por semana desde então e os dois têm me ensinado.

Lágrimas fazem meus olhos arderem antes de se acumularem nos meus cílios, porque esse homem me transforma em um caco emocional da melhor maneira possível.

— Sua mãe também me ajudou a me matricular em um curso on-line no qual estou passando com ótimas notas. — Os lábios de Ryan se curvam em um sorriso lindo enquanto me olha do outro lado do quarto. — Não chora, Indigo.

— Não consigo evitar. — Inspiro profundamente. — Eu adoro você.

Ele solta uma risadinha, se aproximando de mim devagar e secando as lágrimas com os polegares.

— É por isso que você pareceu tão à vontade com minha mãe naquele dia em que você chegou no meio da nossa chamada de vídeo — suponho.

— Ela é engraçada. Gosto muito dela.

— Mas não tão engraçada quanto eu, não é?

Ryan dá uma risada de novo.

— Claro que não.

As pontas de seus dedos percorrem minhas bochechas antes de acariciarem as laterais do meu pescoço.

— Por quê?

— Por que o quê, amor?

— Por que você está aprendendo língua de sinais?

Tenho quase certeza de que sei o motivo, mas quero ouvi-lo dizer.

— Porque eles são sua família e você é a minha, e o simples fato de você me perguntar isso é inacreditável. Aprender a me comunicar com sua família é o mínimo, Ind.

Acho que é mesmo, mas eu não sabia que meus parâmetros estavam no chão até Ryan Shay aparecer na minha vida e discretamente erguê-los até a lua.

— E porque eu amo você e quero ser a pessoa que vai contar isso ao seu pai.

Os dedos dele percorrem minhas clavículas, descendo até roçar a curva dos meus seios. Os olhos de Ryan passeiam por cada centímetro meu, suas pupilas dilatando, os olhos escurecendo. As mãos dele são tão dominadoras e controladoras no trabalho, mas ele me toca com uma delicadeza suave, como se saboreasse cada centímetro da minha pele.

Seu dedo do meio percorre o vale entre meios seios, mergulhando no recorte em "V" do meu tomara que caia com decote de coração.

— Duas horas é bastante tempo.

A voz grave dele faz o calor se acumular entre minhas pernas.

— Tempo demais — concordo, dando um passo em direção a ele, colocando a palma da mão no zíper de sua calça, onde um volume impressionante me espera. — Seria bem desconfortável dirigir com isso.

— Vai cuidar disso, Indigo?

Eu abro seu cinto.

— Desde que você cuide de mim.

A boca quente dele encontra a pele macia sob minha orelha.

— Eu sempre vou cuidar de você.

E mesmo que estejamos falando de coisas sexuais aqui, não me passa despercebido que Ryan vai sempre cuidar de mim e me proteger, da mesma forma que vou fazer com ele.

É da minha natureza cuidar das pessoas, e agora que consigo olhar para trás com clareza, vejo que essa parte de mim foi explorada no passado, mas Ryan nem sequer uma vez tirou vantagem de mim. Ele passou tempo demais sozinho, e é um privilégio cuidar dele.

Deslizo as mãos sob sua camisa e a tiro de dentro da calça, tocando sua pele quente com as palmas das mãos. Eu nunca vou me cansar de tocar esse homem. Ele é grande e macio, e eu pretendo decorar o jeito como seus músculos se contraem quando minhas unhas percorrem seu abdômen.

Ele espalha beijos na minha garganta e clavícula enquanto rapidamente abre o zíper da minha roupa de madrinha. Por causa do enchimento embutido do vestido, fico nua quando ele cai até minha cintura.

Ryan murmura em apreciação, descendo os olhos para os meus seios nus e meus mamilos rígidos. Ele percorre um deles com o polegar.

— Esses peitos, Ind. — Ele me belisca, fazendo com que eu solte um gemido baixo. — E esses mamilos perfeitos. Tão bonitos entre os meus dedos.

— Mais bonitos ainda na sua língua.

Ele ri sem som.

— Está carente essa noite, Indigo? — Tirando uma única flor branca do meu cabelo, ele brinca com ela, girando-a entre os dedos antes de roçar as pétalas no meu peito. — Porque não tem nada nesse mundo que eu adoraria mais do que ouvir você implorar, e pode acreditar, amor, não vou parar até escutar.

Há uma energia diferente em Ryan esta noite, e começo a perceber que a noite em que transamos foi só um aquecimento. Como se ele estivesse espanando as teias de aranha depois de seus anos de celibato. Chegar a essa conclusão me deixa eufórica e apavorada.

A maciez das pétalas percorre meu mamilo suavemente, a sensação delicada é quase demais na minha pele quente.

Estremeço, mas não falo nada.

Ele move a flor para o outro seio.

— Eu vou te dar tudo o que quiser, mas você vai ter que usar essa sua boca talentosa e pedir. Eu gostei de como você foi educada na outra noite, então não esqueça de ter modos e pedir "por favor".

Respirando fundo para me controlar, eu deslizo meus braços até seus ombros enquanto ele continua brincando com a flor contra minha pele tensa.

— Vai fazer o que quiser comigo, Ryan? Vai fazer tudo que sempre quis fazer comigo?

Ele ergue uma sobrancelha.

— Por favor — acrescento.

— É uma quantidade enorme de coisas, Indigo.

— Que bom que moramos juntos e temos todo o tempo do mundo, então. Mas, Shay, se você não substituir essa flor pela sua boca, não vai haver mais nenhum "por favor" essa noite, só uma sequência de xingamentos criativos direcionados a você.

Ele dá uma risada abafada antes de me erguer do chão, minhas pernas envolvendo seu quadril.

— É fofo que você ache que vai conseguir falar enquanto eu estiver metendo em você.

Ryan me carrega através do quarto, minhas costas batendo contra a parede quando pressiona a boca na minha. Beijos frenéticos, dentes batendo. Eu adoro o Ryan dominador, mas o Ryan descontrolado me deixa fraca.

Não há nada calculado no jeito que ele me beija e esfrega o corpo no meu. É uma bagunça total e eu adoro.

Finalmente, ele toma meu seio na boca, o calor úmido me envolvendo. Ele me arranha com os dentes, puxando minha pele e me mordendo. Meu corpo vai estar cheio de marcas amanhã, e eu não vejo nenhum problema nisso. Roxo é minha cor favorita, afinal.

— Se eu tocar sua boceta agora, ela vai estar molhada pra mim?

Assinto rapidamente.

— Me toca e descobre.

— Isso foi um pedido?

— Jesus — ofego. — O que é isso? Um programa de perguntas e respostas?

Ryan gargalha.

— Quero que você se escute pedindo, Ind.

Eu abro mão da disputa porque, mais do que qualquer coisa, eu preciso que ele me toque.

— Pode me tocar e descobrir como estou molhada pra você?

Usando o quadril para me manter contra a parede, ele levanta meu vestido, a seda embolando em volta do meu quadril. Ele se ajeita, olhando para o espaço entre nós enquanto empurra o tecido para fora do caminho. Não é nenhuma surpresa que minha calcinha bege esteja molhada.

— Hmmm — murmura com satisfação. — Boa menina. Você está encharcada.

Minha cabeça cai contra a parede atrás de mim enquanto o vejo percorrer o dedo pela minha abertura. Ele usa o mesmo dedo para empurrar minha calcinha para o lado, expondo meu clitóris latejante. Ele o circula antes de levar o dedo coberto com a minha lubrificação até a boca.

— Meu Deus — ofego enquanto o vejo provar meu gosto.

— Pra quem está rezando?

— Não sei bem.

Ele geme com meu gosto.

— Apenas se lembre de usar meu nome verdadeiro quando eu fizer você gritar.

Ryan me leva até a cama, praticamente me jogando no colchão. Eu sou alta para uma mulher e nunca tinha tido o prazer de ser jogada de um lado para outro. Quero que ele me curve em posições diferentes. Quero que me segure e me levante. Quero me sentir dominada.

Pelo jeito predatório com que Ryan está se aproximando da cama, eu não tenho dúvidas de que serei.

Ele desabotoa a camisa e se assoma sobre mim, revelando devagar o peitoral rígido e o abdômen definido.

— Diga o que você quer.

— Quero que você me foda.

Ele não reage, só continua se despindo pra mim.

— Me fode, por favor? — me corrijo sem precisar de lembrete.

Seus olhos da cor do oceano cintilam com um brilho orgulhoso.

— Parece que minha garota esperta está aprendendo.

— Você gosta disso, Ryan? Gosta de me ver implorar por cada coisinha?

Ele joga a camisa no chão — surpreendentemente.

— Você gosta?

Uma onda de calor cobre meu rosto.

— Sim.

Ele abre o zíper e se livra da calça, mais uma vez me lembrando de como é grande.

— É porque você sabe que eu vou te dar tudo o que pedir. Você parou de se preocupar com as suas próprias necessidades há muito tempo, Indy, mas eu quero que você se ouça pedindo e quero ver você conseguindo o que deseja.

Porra. Tenho quase certeza de que esse homem poderia me fazer ter um orgasmo só com palavras.

Mas ele está certo. Eu nunca pensei nisso dessa forma, mas há uma vulnerabilidade em pedir pelas coisas que eu quero e espero recebê-las. Passei muitos anos pedindo e esperando pela vida que eu queria. É quase como se minhas palavras nunca tivessem sido ouvidas, então simplesmente desisti.

Ryan quer que eu expresse o que quero e espere um retorno porque ele vai me atender, e eu sei que ele não está se referindo apenas à cama, mas também às nossas vidas fora dessas paredes.

— Então me pede o que você quer, Indy.

— Você pode explicar, em detalhes, tudo que você vai fazer comigo? — Passo a língua pelos lábios e percebo que gosto dessas palavras.

Ele segura o vestido embolado em meu quadril e o puxa, me fazendo ir até a beirada da cama antes de deslizá-lo pelas minhas pernas. A peça se junta à camisa e à calça dele no chão, e eu quero parabenizá-lo por estar imerso no momento e não dar a mínima para isso.

Um sorriso maquiavélico surge nos lábios dele.

— Primeiro — Ryan me puxa pelos pulsos até que eu me sente —, você vai tirar isso aqui de mim. — Ele coloca meus dedos no cós de sua cueca boxer. — E aí você vai fazer aqueles sons deliciosos que eu tanto amo quando colocar meu pau dentro da sua boceta. Eu vou puxar seu cabelo. Vou dizer como está recebendo ele bem, como fica bonita me envolvendo. Eu vou foder você de costas e então de joelhos. E quando você gozar, vai ser porque eu te dei permissão.

Aperto as coxas uma na outra, mas Ryan as separa, avançando na minha direção.

— E vou passar o tempo todo dando tudo o que você precisa porque eu te amo.

Com as mãos entrelaçadas no meu cabelo, ele faz exatamente o que promete, inclinando minha cabeça para trás para me beijar. Sua língua percorre a minha lentamente e seguimos com paciência, saboreando cada lambida e cada sabor. Não é nem um pouco apressado, até que eu puxo sua cueca e envolvo a base de seu pau com os dedos.

Conforme eu o aperto e acaricio, os beijos de Ryan ficam mais intensos, mais passionais, pontuados por gemidos e grunhidos. Mesmo que ele esteja no controle, nós dois sabemos muito bem quem realmente está no comando. Se eu quisesse tomar as rédeas, ele deixaria com satisfação, e eu adoro essa dinâmica. Eu *escolho* deixar que ele me use como queira.

Ryan tira minha calcinha, se livrando dela rapidamente, e minhas pernas o envolvem no mesmo momento, puxando-o para mim. Eu me deito enquanto o pau de Ryan desliza contra mim.

Nós dois gememos.

Ele repete o movimento, observando minha lubrificação cobrir seu pau. Pele contra pele. Duro e macio. Eu quero tanto ele nu assim dentro de mim que dói, mas eu nunca vou dizer isso. Não ainda, pelo menos.

— *Porra* — ele ofega, esfregando a ereção contra mim. — Olha como fica perfeito com você me melando, Indigo.

O pau dele está rígido e quente, veias marcadas percorrendo o comprimento. Um simples deslizar e ele estaria dentro de mim, me preenchendo. Consigo ver que ele está pensando, assistindo com admiração. Ele não quer parar para pegar uma camisinha.

Tento ficar o mais imóvel possível, deixando que ele tome a decisão, mas minhas costas arqueadas e a respiração pesada tornam isso difícil.

Eu recuo o quadril e ele se esfrega em mim mais uma vez antes de praguejar baixinho, fechando os olhos e se afastando.

Ele coloca a camisinha antes que eu perceba. Eu me arrasto para trás, apoiando a cabeça no travesseiro enquanto Ryan engatinha pelo colchão entre minhas pernas.

— Abra bem pra mim, Ind. — Sentando-se sobre os joelhos, com as mãos envolvendo minhas coxas, ele abre minhas pernas. — Boa menina. Você fica linda pra caralho assim de costas. Agora coloca dentro.

— *Você* não tem que pedir?

A risada que ele dá é sombria.

— Não existe uma realidade em que você queira que eu peça permissão para algo que já me deu. Você age como se eu não te conhecesse, mas eu aprendi tudo sobre você, Indigo. Eu vejo como fica molhada quando eu te digo o que fazer. Quer que eu mande em você e quer ser elogiada quando obedece. Não precisa que eu implore em voz alta porque já sabe como estou completamente louco por você.

Ele tem razão. Eu não quero gentileza. Quero que ele exija e então me diga como estou me saindo bem.

— Agora coloque meu pau dentro da sua boceta. Quero assistir enquanto meto em você.

Eu seguro seu membro, esfrego-o no meu sexo para melar a camisinha, e quando pressiono a cabeça contra o meu clitóris algumas vezes, Ryan joga a cabeça para trás.

— Pode olhar para mim, Ryan?

Sem hesitação, suas pupilas dilatadas encontram as minhas. Seu peito se move com a respiração pesada e ele mantém um olhar intenso fixo em mim enquanto o guio para dentro.

Nossas bocas se espelham, as duas se abrindo.

Ele encontra um pouco de resistência da parte do meu corpo porque, depois de apenas uma vez juntos, não tem jeito de eu já ter me acostumado ao seu tamanho. Ryan acaricia meu clitóris, fazendo com que eu relaxe enquanto me penetra devagar, deixando meu corpo ir se ajustando.

— Que delícia — diz ofegante, olhando para nossos corpos unidos. — Você me recebe tão bem, Ind. Tão apertada, tão perfeita.

A sensação é maravilhosa quando fico perfeitamente encaixada ao redor dele. Ele entrelaça nossas mãos, empurrando-as contra o colchão. Ele beija minha boca e não se move até que eu contorça o quadril, pedindo por isso.

Ele recua e investe contra mim, a cabeceira batendo na parede do hotel.

— Ah, *porra*, Ryan.

Ele geme e é o som mais sexy que eu já ouvi.

— Você é tão gostosa, Indigo.

Movendo o corpo, ele me penetra de novo. A parede vibra com o movimento, e parte de mim sente pena dos vizinhos, mas a maior parte de mim não tem a capacidade de sentir muita empatia enquanto estou tão preenchida por ele.

Sem desviar os olhos, observamos o efeito que temos um no outro.

As mãos dele soltam as minhas, segurando minhas coxas de novo e empurrando meus joelhos contra meu peito. A leve mudança de ângulo faz com que ele vá ainda mais fundo e meus olhos reviram quando penso que não consigo aguentar mais nenhum centímetro.

— Gostou? — pergunta ele com estocadas profundas, firmes.

E Ryan não estava errado quando disse que eu não conseguiria falar enquanto ele estivesse metendo em mim. As palavras ficam presas na garganta por causa da sensação avassaladora quando ele atinge no ponto certo. Eu não consigo ver direito. Não consigo pensar direito. Tudo que consigo fazer é sentir. Há tanto dele em mim.

Ryan diminui a intensidade quando eu não respondo, mantendo o ritmo, mas de forma mais fraca.

— Mais forte — imploro, meus calcanhares contra os ombros dele. — Pode me foder mais forte?

Ele me observa por um momento, um brilho leve de suor na testa. Depois de um momento, um sorriso malicioso se espalha pelos seus lábios.

— Você não tem ideia do que acabou de fazer.

Ele sai de dentro mim, me virando de bruços instantaneamente.

— Fica de joelhos.

Suas mãos seguram meu quadril, erguendo-o, e eu fico de quatro. Mas não é isso o que Ryan quer, o que fica evidente pelo jeito como ele empurra o centro das minhas costas até eu ficar com a cabeça enfiada no colchão e apenas minha bunda erguida.

Ele circula meu clitóris.

— Está tão molhada, Ind. Você gosta de ser tratada assim?

Virando o rosto para olhá-lo sobre o ombro, assinto com a cabeça.

Os olhos dele ficam mais gentis e ele passa uma mão pela minha bunda e coluna de forma apreciativa.

— Queria que você pudesse se ver agora, amor. Está deslumbrante pra caralho.

— Ryan?

Os olhos dele encontram os meus.

— Pode me foder agora?

Ele ri e então a atmosfera muda novamente e aquela fera indomada volta à ação. Passando a mão pelo meu cabelo, ele o enrola no punho uma vez. Duas vezes.

Levo a mão para o meio das minhas pernas, seguro o pau dele e o posiciono, guiando-o para dentro.

Sua mão livre segura meu quadril enquanto ele investe contra mim. Seu pau chega tão fundo nessa posição que os ossos de sua pelve se chocam com minha bunda.

O quarto se preenche com o rangido da cama e nossos gemidos juntos. Suor brota da minha testa e, apesar de Ryan estar dominante e controlador nessa posição, os sons que escapam de sua garganta lembram a nós dois que ele não tem nenhum controle quando se trata de mim.

Ele puxa meu cabelo, me erguendo contra seu peito. Um braço envolve minha cintura enquanto sua boca encontra minha orelha.

— Estou maluco por você, Ind. Eu te amo pra caralho.

Nossos lábios entreabertos se encontram.

— Eu também te amo, amor.

Ele geme com o apelido, a testa colada à minha.

Toda essa vulnerabilidade me faz contrair ao seu redor.

— Ainda não. Nem ouse gozar antes que eu diga que você pode.

— Ryan — digo em um gemido quando ele muda o ritmo.

Ele me vira, mantendo minhas pernas abertas enquanto me penetra de novo.

— Me pede, Indigo. Pede que eu dou tudo que você quiser.

Mantendo-se sobre mim, cada músculo do seu peito e abdômen está contraído, franzindo sob a pele. Ele claramente está à beira do orgasmo também, mas está tentando manter sua promessa de me fazer gozar só depois de eu pedir.

Eu o envolvo com os braços e o puxo para mim, precisando sentir sua pele contra a minha, querendo-o tão perto quanto possível.

— Ryan, me faz gozar, por favor?

Ele investe contra mim uma vez após a outra, e, apesar de não dizer nada, quando ele circula meu clitóris com a ponta do dedo, eu sei que é sua permissão silenciosa.

— Essa é minha garota — elogia ele. — Pronto. Muito bem.

Uma euforia ofuscante me atravessa enquanto arqueio as costas da cama e ele me fode durante o orgasmo, e assim que volto a mim, ele tira o pau de dentro antes de gozar.

Ele inverte nossas posições, deitando de costas e me colocando sobre ele. Com uma única mão, ele segura meus pulsos e os leva às minhas costas, me posicionando para sentar em seu rosto.

— Ryan. — Dou um gemido alto quando sua língua devora meu clitóris inchado e sensível. — Ah, meu Deus, não aguento.

Ele não me ouve e não para, porque mesmo reclamando por causa do outro orgasmo que está se formando imediatamente depois do último, continuo esfregando minha boceta em sua cara.

Ryan suga e lambe, mantendo-me contida e sob seu completo controle.

Ele me inclina para a frente e eu choramingo quando sua língua mergulha em mim. Ele dá um grunhido satisfeito, fazendo meu corpo todo vibrar.

— Goza pra mim de novo, Indigo. Você consegue.

Depois de me dar permissão, ele esfrega meu clitóris e eu gozo em sua língua.

Ainda estou tremendo por ter tido dois orgasmos em menos de dois minutos quando ele me vira e me deita de costas na cama, abrindo minhas pernas. Devagar, Ryan volta a me penetrar, e o jeito que meu sexo se contrai faz seus olhos revirarem enquanto pulso em volta dele.

Ryan cai sobre mim, os dedos entrelaçados nos meus. Ele se inclina perto do meu ouvido, mantendo o ritmo, se demorando e então não estamos mais transando. Nossas peles úmidas deslizam uma contra a outra e o espaço ao nosso redor é preenchido com promessas e sussurros do quanto amamos um ao outro.

— Ind, preciso de mais um.

— Não consigo.

Meu corpo está drenado e assoberbado, mas mesmo após dois orgasmos intensos, ele trai minhas palavras, se preparando para um terceiro.

— Me dê mais um, e eu gozo com você dessa vez.

Ele me beija, sua língua me devorando enquanto seu pau entra e sai, me preenchendo e sendo minha perdição ao mesmo tempo.

Eu amo tanto esse homem, e eu amo vê-lo perder todo o controle por minha causa.

— Me faz gozar, Ryan? — sussurro contra sua boca.

Suas mãos apertam as minhas, os dedos se contraindo antes que ele mova o corpo, o osso de sua pelve atingindo meu clitóris de forma ritmada.

E então eu gozo de novo, e, assim que isso acontece, o corpo dele inteiro começa a tremer, músculos tensionando, abdômen contraindo. Enterrando o rosto no meu pescoço, ele ejacula, me segurando com força enquanto goza, repetindo sem fôlego o quanto me ama.

Estamos um caos, suados e completamente perdidos em nosso próprio mundo, onde apenas nós dois existimos. Felizes, despreocupados e completamente apaixonados um pelo outro.

34
Indy

Eu: *Atualização do dia: seu irmão quase me quebrou ao meio quando cheguei do aeroporto ontem. Puta que pariu, que homem!*

Stevie: *Indy, para de me torturar. Achei que ia parar com as atualizações agora que vocês estão juntos.*

Eu: *Nem pensar, amiga. Sem chance.*

Stevie: *E eu aqui planejando te convidar para ser minha madrinha de casamento quando te visse de noite.*

Eu: *QUÊ? Por favor, me convida! Eu vou ser a melhor madrinha do mundo. Vou planejar a melhor despedida de solteira e vou até segurar seu vestido pra você fazer xixi. Por favor!*

Stevie: *Você é bem convincente.*

Eu: *Vou poder entrar com seu irmão?*

Stevie: *Depende. Promete que não vai dar pra ele no meio do altar?*

Eu: *Não posso garantir.*

Eu: *Espera. Vou te ver de noite?*

Stevie: *O Ryan está em casa?*

Eu: *Ainda não…*

Algumas semanas se passaram desde o casamento de Maggie, e minha vida com Ryan não mudou muito de como era antes.

Só que agora falamos abertamente como nos sentimos, não fingimos nada e dormimos na mesma cama toda noite. Meu quarto se transformou em um closet gigante, o que é ótimo, já que tenho uma quantidade enorme de roupas.

Continuamos a tomar café juntos todas as manhãs em que estamos os dois em casa, mas, agora, na maioria das vezes, ficamos praticamente nus e eu me sento no colo dele enquanto comemos.

E quando nós quatro estamos na cidade, jantamos com Zanders e Stevie quase todo dia, seja na casa deles, seja na nossa. É o mais perto que chegamos de ter encontros fora do apartamento.

Determinado a tirar esse item da lista, que poderia muito bem ser anulada já que ele é páreo duro para meus namorados literários, Ryan planejou um encontro para nós. Em público. Logo fomos cercados por fãs e pela imprensa e todo o estresse de Ryan por ter que assumir a máscara profissional acabou com a diversão da noite.

Não é fácil para ele sair do apartamento, mas tudo bem. Eu amo nossa vidinha entre essas quatro paredes.

— Ind! — chama ele assim que entra pela porta, voltando de seu treino matinal.

— Tô aqui!

Ele vai até o quarto, onde estou enfiada debaixo das cobertas, nada pronta para começar o dia ainda. Cheguei de viagem quase às duas da manhã na noite anterior. Ryan estava me esperando e só preciso dizer que ainda estávamos acordados quando o sol nasceu.

Um sorriso suave se forma em seus lábios quando ele se apoia no batente da porta com um buquê de flores na mão.

— Olha ela, toda confortável.

— Isso é pra mim?

Ele dá de ombros antes de colocar o buquê na mesinha de cabeceira.

— Talvez.

— Que romântico, Ryan. — Nunca imaginei dizer essas palavras. — Eu amo peônias. Obrigada.

Abro os braços e Ryan se enfia na cama, se aninhando a mim.

— E eu amo voltar para casa e te encontrar.

Acaricio seu couro cabeludo e lhe dou alguns beijos na bochecha.

— Que bom, porque eu não vou a lugar nenhum.

— Não?

— Tá de brincadeira? Tirei a sorte grande aqui. Recebo flores toda semana, transo com frequência. Estou vivendo um sonho.

O peito dele sobe e desce contra o meu.

— E ainda tem toda a coisa de eu estar apaixonado por você.

— Tem esse pequeno detalhe.

A boca sorridente dele toca a minha.

— Vai ao jogo essa noite? — ele pergunta.

— Claro. — Eu ainda não perdi nenhum do time quando estou na cidade. — Vou ficar com Annie e as meninas no camarote da família deles essa noite.

— Certo, bem, imagino que você não vai querer os ingressos para a lateral da quadra dos Morgan, então.

Eu me afasto pra olhar melhor para ele, tentando não ficar muito empolgada.

— Eles te deram os ingressos deles?

— Sim, acharam que talvez você, Zanders e minha irmã fossem querer lugares bons, já que essa noite vou voltar a jogar.

— Ryan! — Eu dou um tapinha no peito dele. — Tá falando sério?

Ele ri da minha reação.

— Fui liberado essa manhã.

— Ryan Shay! Isso é incrível! Você tá empolgado? Eu tô tão empolgada! — Eu me desvencilho dos braços dele, me apressando até meu antigo quarto. — Preciso decidir o que vestir!

Posso ouvir a risada tranquila dele enquanto continua na cama.

Eu me viro e volto até a porta do quarto dele.

— Você tá feliz, Ry?

Com as mãos sob a cabeça, ele cruza os tornozelos, um sorriso calmo no rosto.

— Tenho tudo que eu poderia querer. Nunca estive mais feliz na minha vida, Indigo. Agora só preciso nos levar aos playoffs.

35

Ryan

"Os Devils precisam vencer quatro das próximas cinco partidas para conseguirem chegar aos playoffs. Você está confiante?"

"Você tem muito o que recuperar agora que voltou à quadra. A cidade inteira está contando que você leve o time aos playoffs e você acabou de passar um mês em recuperação. Você se sente pressionado a voltar como se nunca tivesse saído e conquistar algumas vitórias?"

"Ryan, você não tem tempo para um retorno tranquilo às quadras. Vocês estão em uma situação em que precisam vencer. Como você se sente sobre isso?"

Como eu me sinto sobre isso? Ansioso e estressado pra caralho. Não preciso ser lembrado constantemente de quantas pessoas estão contando comigo. Eu mesmo coloco essa pressão sobre mim todo os dias, mas, ainda assim, me lembram disso o tempo todo durante minha primeira coletiva de imprensa antes do jogo, desde que me recuperei da lesão.

Eu queria passar despercebido hoje. Tirar um tempo para sentir o jogo e ter certeza de que estou no ritmo, que não perdi muita força. Mas estou voltando ao time em uma situação em que precisamos vencer. Eu não tenho tempo para voltar devagar, e a coletiva de imprensa antes do jogo é um lembrete dessa realidade.

As perguntas ficam girando em minha cabeça, sendo reprisadas enquanto eu me aqueço no corredor, pronto para entrar com o time.

Leon Carson fez um trabalho incrível ao me substituir nas últimas quatro semanas. Tivemos a mesma quantidade de vitórias e derrotas, e isso é tudo que eu poderia pedir de um novato que recebeu a missão de carregar o jogo quando ainda não estava totalmente pronto para isso.

Mas esta noite? Esta noite, vou recuperar meu lugar. Esta noite, eu vou passar as próximas duas horas jogando o esporte que amo com os caras que se tornaram meus amigos. Esta noite, eu vou tentar não me preocupar com as pressões externas, mesmo que possa senti-las em cada fibra do meu corpo.

— É bom tê-lo de volta, capitão. — Ethan dá um tapinha na parte de trás da minha cabeça. — Preparado?

Alongo o pescoço e sacudo os ombros enquanto o restante do time se agrupa para algumas palavras de incentivo antes de sairmos do corredor e entrarmos em quadra.

Assentindo, eu estendo meu punho. O restante do time se junta a mim, nossas mãos em punhos se unindo no centro de um círculo.

— É isso, pessoal — anuncio. — Estou de volta.

O time dá gritos de comemoração.

— Obrigado por nos trazerem até aqui, mas temos trabalho a fazer. Precisamos vencer hoje.

O time fica em silêncio, concentrado. Acenos focados e contatos visuais intensos tomam conta da roda.

— Mas que tal a gente se divertir um pouco e jogar do jeito que sabemos, hein?

Olhares confusos se voltam a mim. Esses caras estão acostumados comigo sendo exagerado e implacável, mas ser um babaca com meus colegas de time e colocar mais pressão sobre eles não vai fazer com que joguem melhor, então, por ora, vou carregar esse fardo sozinho.

— Vocês ouviram o capitão! — Ethan acrescenta, quebrando o silêncio desconfortável.

A energia se transforma de novo, catorze caras explodindo de adrenalina.

— Devils no três.

O corredor ecoa com gritos e comemorações enquanto corremos para o aquecimento.

A multidão é barulhenta, mas se torna ensurdecedora quando corro para fora do túnel. Faz muito tempo desde que entrei em quadra em vez de ficar sentado no banco. Senti falta da sensação da madeira sob as solas dos meus tênis. Senti falta da sensação de vestir vermelho, preto e branco por Chicago.

É como voltar para casa, e esse sentimento só se amplifica quando vejo minha garota usando minha camisa, de pé e comemorando com o resto da multidão, alvoroçada pelo meu retorno. A única diferença é que Indy está desvairada, como se tivesse enlouquecido.

Bem do jeito que eu gosto de vê-la.

Estou completamente concentrado para o aquecimento, ignorando a algazarra, e focado no meu ritual pré-jogo de fazer exercícios de manejo de bola nas laterais da quadra. Só que agora, em vez de fazer isso sozinho, Leon se junta a mim e nos aquecemos juntos.

O hino nacional é tocado, o aquecimento termina e a adrenalina retorna quando começam a anunciar os titulares.

Não sei por que estou nervoso. Meu nome já foi anunciado inúmeras vezes, mas as últimas quatro semanas em que estive fora de quadra me relembraram do quanto isso é especial. De como sou privilegiado por poder trabalhar com algo que amo tanto. De como senti falta disso e como quero aproveitar cada segundo.

E, claro, eu ainda quero vencer. Mais do que tudo.

A luz da arena é reduzida, holofotes correm pelo piso escuro enquanto o restante da formação inicial é anunciada. Ethan bate contra minha perna, me deixando para trás como o último jogador no banco antes de correr através do túnel que o restante do time formou, encontrando os outros titulares no fim.

— E por último, mas definitivamente não menos importante, voltando à quadra essa noite — o locutor berra pelos alto-falantes. — Número cinco, senhoras e senhores, o armador titular, Ryan Shay!

As comemorações ensurdecedoras dos fãs se tornam ruído branco em meus ouvidos, enquanto me levanto do banco. A arena parece sacudir, vibrações correndo pelo piso do estádio lotado, me aplaudindo de pé e gritando por causa do meu retorno.

Correndo pelo túnel feito por meus colegas de time, faço questão de tocar em cada uma das mãos, e quando alcanço o restante dos titulares de pé no outro lado, corro direto por eles até o lado oposto da quadra.

Quando estou de uniforme, nunca perco o foco. Eu não olho para a multidão. Eu não presto atenção em ninguém fora do jogo. Mas se as últimas quatro semanas me ensinaram alguma coisa, é que esse esporte não importa muito sem aquelas três pessoas sentadas na lateral da quadra por mim.

Indy não precisa que o mundo saiba que a amo, ela mesmo disse, mas isso não significa que eu não queira que eles saibam.

Ergo a mão e conecto o punho com o de Zanders.

Me curvo para tascar um beijo na bochecha de Stevie.

— Eu te amo — ela diz.

— Amo você, Vee.

Ao lado de minha irmã está sentada sua melhor amiga. A garota linda de olhos castanhos que é dona do meu coração. Com os nós dos dedos, ergo o queixo dela e me inclino para beijar sua boca.

— E eu amo você.

Ela sorri na minha boca.

— Acaba com eles, número cinco.

Enquanto eu corro de volta para o time, Zanders grita atrás de mim:

— Ei, e eu? Você não me ama?

— Também te amo, cara!

* * *

Só pego o ritmo na metade do primeiro quarto.

Meu joelho está recuperado. Ele parece forte e estável, mas eu não consigo evitar colocar mais peso no lado esquerdo por medo de me machucar de novo. Logo me lembro, graças a muitos turnovers, de que não posso bancar o medroso a essa altura, e no segundo quarto já me sinto eu mesmo de novo.

Estamos vencendo por dez pontos no final do último quarto. Vou jogar cerca de dez minutos a menos que meu tempo normal de quadra. Meu técnico está claramente tentando facilitar meu retorno ao jogo, mas, graças aos lembretes constantes, não temos tempo para fazer nada com calma. Só temos cinco jogos adiante e precisamos vencer pelo menos quatro deles para conseguir ir aos playoffs.

Apesar de Leon ser capaz de segurar a onda aqui, eu não estou pronto para encerrar a noite. Senti falta demais dessa adrenalina.

Nas duas vezes seguintes na defesa, Dom bloqueia um arremesso e Ethan consegue roubar a bola, nos colocando à frente por catorze pontos com quatro minutos restantes de jogo. Sem dúvida, nós três vamos ser substituídos assim que a bola sair de jogo, mas eu quero me sentir eu mesmo mais uma vez antes que a noite acabe.

Endureço minha defesa, testando minha velocidade, e estou bem ali, bem como costumava ser. Meu oponente conduz a bola, passando-a para outro jogador fora do perímetro. Ele arremessa, mas erra, e Dom está lá pronto para o rebote.

Fazemos uma transição rápida. Corro em direção ao ataque, deixando Dom passar a bola para Ethan, que a arremessa rapidamente à frente para mim.

Consigo sentir meu marcador me seguindo, e a cena que se passa na minha cabeça enquanto alcanço a bola a caminho da cesta é familiar demais. Eu não quero saltar. Quero fazer uma jogada segura, parar completamente, garantir que ele não está se atirando por baixo de mim antes de arremessar a bola com segurança.

Todos esses pensamentos correm pela minha cabeça no meio segundo que eu tenho para tomar uma decisão.

Não posso demonstrar medo.

Com um drible rápido, eu estou no ar, agarrando o aro com uma mão e enterrando a bola na cesta. Um suspiro de alívio escapa de mim quando meus pés retornam ao chão em segurança.

O meu marcador com certeza comete uma falta quando pulo, segurando meu outro braço e me puxando para baixo, mas alguém marca? Não, e isso não é nenhuma novidade para mim.

Orgulhoso de mim mesmo por simplesmente conseguir fazer o ponto e não ceder ao medo, eu volto à defesa sem dizer nada. Eu nunca fui do tipo que reclama com os árbitros mesmo quando eles estão fazendo um trabalho de merda.

— Ei! — Indy salta de seu lugar, gritando com os árbitros enquanto eu passo correndo por ela. — Que porra foi essa? Você é cego? Aquilo foi um *and-one*! Ele cometeu falta no meio do arremesso! Vai usar esse apito ou só deixar o jogo desandar?

Minha garota está vermelha e raivosa, pisando firme em seus saltos vermelhos enquanto continua a xingar os árbitros.

Enquanto espero o outro time colocar a bola em jogo, eu paro com as mãos no quadril, assistindo ela. Ethan e Dom se juntam a mim, cada um de um lado.

— Ele é candidato ao MVP, porra! Dá um crédito ao cara! Pra que caralhos você está sendo pago mesmo? — Ela continua antes de acrescentar mais alguns xingamentos criativos. — Porra. Não tá com a mão doendo de tanto puxar saco?

Um sorriso de diversão quer me escapar, mas eu só meneio a cabeça enquanto a assisto.

— Sua gata é meio assustadora às vezes, Shay — comenta Dom do meu lado.

Ethan ri do outro.

— Eu sei — admito, todo orgulhoso. — E eu adoro isso pra caralho.

Vencemos com uma vantagem de dezessete pontos.

36
Indy

Pego minhas chaves e sigo em direção à porta.

— Ry, estou indo no Michael.

Sentado no sofá, com um livro na mão e os pés apoiados na mesa de centro, Ryan se empertiga antes de baixar o livro para o colo.

— Repete.

— Estou indo no Michael.

— E quem caralhos é Michael?

Hã?

A compreensão me atinge e preciso me esforçar para não rir. Ryan fica muito sexy ciumento, então deixo a coisa se desenrolar sem admitir que Michael é o nome da loja de artigos para artesanato onde compro minha linha para bordado ponto-cruz.

— Não precisa se preocupar.

Suas sobrancelhas quase desaparecem na testa.

— Ah, não preciso me preocupar? Ok, então.

— Você não pode me dizer o que fazer a menos que estejamos os dois nus.

Ele ergue o livro de novo, voltando a atenção às páginas.

— Divirta-se, mas fique sabendo que você é responsável pelo que quer que aconteça com *Michael* esta noite. Na verdade… — Ele se recosta no sofá, como se não estivesse nada abalado. — Pelo menos, vou ter algo pra fazer mais tarde.

Então eu começo a rir.

— Você é maluco — digo. Ryan olha para mim por cima do livro. — Michael é uma loja de artesanato, seu psicopata.

Ele dá de ombros, sem negar a acusação, e não parece arrependido pelo fato de que se eu fosse mesmo encontrar um homem chamado Michael, ele não teria nenhum problema em cumprir sua promessa.

Sem conseguir conter as risadas, eu me sento no colo dele.

— Quer vir comigo para poder brigar com Michael enquanto eu escolho um bastidor novo e agulhas?

Ele deixa o livro cair no sofá, envolvendo minha cintura com os braços.

— Eu estava pronto para derrubar Michael no chão. — Deito a cabeça em seu ombro e, finalmente, Ryan consegue rir de si mesmo. — Quer que eu vá com você?

Quero que ele vá a todo canto comigo, mas já é difícil o bastante para ele sair de casa normalmente e agora, com o final da temporada, é quase impossível.

Sem mencionar que toda a atenção o deixa assoberbado e a pressão da mídia, dos fãs e dos diretores do time desde seu retorno já está pesando. Ele tem tentado fingir que está tudo bem, mas eu percebi que isso o está consumindo.

— Tá tudo bem. Vou deixar pra ir amanhã, depois que você viajar.

O sorriso lindo de Ryan se abre.

— Lê comigo?

— *Meu Deus.* — Minha cabeça cai de volta no ombro dele. — Falando putaria assim, é?

Movendo uma perna, eu sento de frente no colo dele.

Com a mão nas minhas costas, Ryan se inclina para pegar minha leitura atual da mesa de centro.

— Esse é sobre o quê? — pergunta, me entregando o livro.

— Um chefão da máfia faz um acordo com outro chefão da máfia usando a própria filha como pagamento. Casamento de conveniência. Só o básico.

Abro o livro e me preparo para retomar de onde parei.

— Por que você gosta tanto de ler ficção? — pergunta ele sem nem um tom sequer de julgamento.

— Como mais eu poderia viver mil vidas em uma só? A beleza da ficção é que ela faz com que você sinta coisas em um nível visceral. Você pode chorar com esses personagens, rir com eles. Te ensina a ver as coisas por outra perspectiva, a ter empatia. Em livros de não ficção, você simplesmente aprende sobre algo, mas não sente.

— Você já sente mais do que a maioria das pessoas que eu conheço. — Ryan fecha seu livro, inclinando a cabeça, e me observa com um carinho que eu não sabia que existia quando me mudei para cá. — Você não tem lido muito ultimamente.

Eu dou de ombros.

— Bem, acho que é porque não tenho sentido muita necessidade de viver a realidade de outra pessoa. Tenho aproveitado bastante a minha vida nesses últimos dias.

O lindo sorriso dele está de volta, as covinhas surgindo enquanto Ryan passa as mãos pelas minhas coxas.

— Posso ler um pouco do seu livro?

— Sério?

Ele assente, empolgado.

— Ok. Deixa eu achar algo de que você vá gostar…

Ele me impede de folhear o livro.

— Deixa eu ler a página em que você está.

Bem… isso vai ser interessante.

Entrego o livro a ele, observando com cautela enquanto Ryan se recosta no sofá e começa a ler. Seus olhos verde-azulados se arregalam assim que ele começa, porque eu parei no meio de uma cena detalhada em que a personagem principal é chupada na mesa do chefe da máfia depois de ele matar um homem a sangue-frio.

— Porra — Ryan suspira, se acomodando mais no sofá, como se planejasse ficar ali por tempo suficiente para terminar a leitura. — Isso é sexy.

— Eu disse!

Com uma das mãos segurando o livro, ele usa a outra para pegar minha cintura, puxando-me contra ele. Minhas pernas o estão envolvendo, então acabo pressionada contra ele, o que percebo bem rápido que é sua intenção.

— Isso é praticamente um manual de como satisfazer uma mulher. Por que mais homens não estão lendo isso?

Eu me inclino para a frente e uso um braço para me apoiar no encosto do sofá, pairando sobre ele. Os olhos de Ryan continuam grudados nas páginas até que eu rebolo o quadril contra ele e recupero sua atenção. Aqueles olhos diligentes da cor do oceano escurecem quando ele olha para mim.

— Acho que essa é a coisa mais sexy que eu já vi — admito.

— Ah, é? — Ryan larga o livro, suas mãos deslizando pelo meu cabelo para me puxar para um beijo tão profundo que eu consigo sentir sua intensidade em cada nervo do meu corpo.

Ele geme na minha boca e o som desesperado faz com que eu me esfregue nele. O fato de Ryan ser tão expressivo e não reprimir os sons que faz é parte do que o torna tão sexy para mim. Ele é confiante e não tem medo de me deixar ver o efeito que tenho sobre ele.

Minha mão desliza sob sua camisa, mas assim que a palma toca sua pele quente, uma batida soa na porta.

— Não — contesto com a boca grudada na dele. — Nada disso. Você vai ficar quatro dias fora. Não atende essa porta.

Ele ri na minha boca.

A batida soa de novo.

Revirando os olhos, desço do colo dele e caio ao seu lado no sofá, deixando que se erga para atender à porta.

— É estranho que David não tenha interfonado. — Ryan comenta enquanto espia pelo olho mágico. — Ah, é o Kai.

Faz sentido que Dave não tenha interfonado. Kai também mora no prédio.

— Oi, cara.

— E aí. — Kai acena para mim. — Oi, Indy.

— Ora, se não é o próprio Clark Kent do beisebol. A que devemos a honra?

Enquanto ele continua em pé na porta, um sorriso convencido surge nos lábios de Kai ao ouvir o apelido. Kai Rhodes é lindo. Muito alto, cabelo escuro cacheado e óculos de armação preta. Isso sem mencionar o sorriso encantador que derreteria a maioria das mulheres imediatamente. Tudo isso, e o fato de que ele é um dos grandes nomes do beisebol, sempre me deixou confusa em relação ao fato de ele ainda estar solteiro.

Isso sem falar do bebê adorável apoiado em seu quadril que é, sem dúvidas, minha visita favorita.

— Eu tenho um grande favor pra pedir a vocês. Temos um jantar de pré-temporada com alguns dos torcedores VIPs, e eu despedi minha babá.

— De novo?

— Sim, de novo. — Kai desvia os olhos porque essa é a sexta babá que ele despede, e isso é só no tempo desde que eu o conheci.

Ryan, o técnico e o agente de Kai, e até o restante de seu time, têm insistido que ele encontre uma babá em quem confie o suficiente com seu filho e não demita depois de uma semana. E agora, com a temporada de beisebol prestes a começar, é ainda mais importante que ele encontre uma candidata adequada. Ele precisa de alguém disposto a viajar com o time para a programação insana da MLB já que Kai é pai solo e, para ser honesta, eu já perdi as esperanças de que ele encontre a pessoa certa para o trabalho.

— Eu volto em menos de duas horas. Vou ser rápido. Max vai dormir a maior parte do tempo — continua Kai.

Ryan olha para mim, esperando que eu opine. Mesmo que nossa noite estivesse prestes a tomar um rumo completamente diferente, eu aproveito qualquer oportunidade de agarrar Max.

— Sim! — digo do sofá. — Vamos adorar cuidar dele. Leve o tempo que precisar, Kai.

— Vocês são incríveis. — Kai tira a bolsa de bebê do ombro, entregando-a a Ryan. — Tudo que ele precisa está aí. Ele deve mamar daqui a uma hora e depois disso provavelmente vai dormir até eu voltar. Por favor, podem me ligar por qualquer coisa. Se ele não quiser comer ou dormir, eu volto imediatamente. Tem uma lista de contatos de emergência na bolsa, mas, por favor, me ligue se…

— Kai. — Eu me levanto do sofá. — Ele vai ficar bem. Vá trabalhar e não se preocupe conosco.

Eu gostaria de acrescentar que nasci para fazer isso, mas dizer qualquer coisa do tipo provavelmente deixaria Ryan em pânico.

— Preciso da minha dose. — Estico os braços e Kai me passa o bebê sonolento.

— Me liguem — implora ele.

— Vamos ligar. — Ryan o tranquiliza. — Até mais.

Fechando a porta, Ryan coloca a bolsa na ilha da cozinha enquanto me balanço, tentando manter Max tranquilo agora que o pai foi embora.

— Bem, não foi exatamente assim que imaginei essa noite.

Abro um sorriso compreensivo para Ryan, porque ele está prestes a ficar fora por quatro dias e com certeza esperava transar esta noite. Várias vezes.

Enquanto embalo Max e continuo me movendo pelo apartamento, Ryan me beija na têmpora.

— Vou fazer o jantar.

Ele está cozinhando há menos de dez minutos quando Max começa a chorar alto. Tento acalmá-lo, falando baixinho em seu ouvido, acariciando suas costas, mas nada adianta. Ele está irritado.

Ryan olha por cima do ombro, de pé em frente ao fogão.

— Quer que eu tente?

Nós já cuidamos de Max algumas vezes desde que eu me mudei, e Ryan nunca o pegou no colo antes.

— Sério? Eu meio que achei que você tinha medo dele.

Ryan dá uma risada.

— Fala sério. A única razão pela qual eu nunca o tirei de você é porque eu sei o quanto adora ficar com ele. Mas eu cuidei de Max sozinho várias vezes antes de você se mudar pra cá. Eu não tenho medo, Indigo.

Eu realmente não tenho ideia de quantas vezes mais esse homem vai me surpreender, mas é bem típico de Ryan se manter quieto até que seja necessário falar.

Max continua berrando, e, por mais que isso me doa, não sou eu quem ele quer agora.

Estendendo os braços, Ryan o pega do meu colo, apoiando a cabeça de Max em seu ombro. Sem esforço, ele o segura com um braço e continua a preparar nosso jantar como se nada tivesse acontecido. Uma voz muito doce ecoa pela cozinha enquanto Ryan canta no ouvido de Max, e eu posso jurar que meus ovários entram em alerta máximo porque Ryan Shay segurando um bebê enquanto faz o jantar para mim deve ser a coisa mais sexy que eu já vi.

Ele o acalma, dando beijinhos em sua cabeça enquanto canta e, dentro de um ou dois minutos, Max fica completamente contente, aninhado na curva do ombro de Ryan.

Meu namorado me lança um sorriso travesso por cima do ombro, morrendo de orgulho de si mesmo, e eu preciso admitir que também estou.

Ryan continua cozinhando enquanto observo os dois, e até consegue arrancar risadinhas de Max algumas vezes. Eu me ofereço para ajudar, mas Ryan recusa, dizendo que tem tudo sob controle, e não é difícil me convencer de que tem mesmo. Ele tem um talento natural com Max, e a única coisa que perceber isso me causa é uma ideia eufórica de que eu quero ter essa vida com ele.

Eu sempre quis ser mãe. É óbvio, o principal motivo pelo qual eu me mudei para o apartamento dele em primeiro lugar foi para economizar o suficiente para transformar esse sonho em realidade. Mas a questão não é mais só esse desejo inato de ter um filho. Em vez disso, eu quero ter um filho *com ele*.

Talvez seja horrível admitir isso, mas, de certa forma, eu estava sendo egoísta em querer filhos. *Eu* queria ser mãe. *Eu* queria ter filhos, e, pela primeira vez na vida, existe alguém com quem eu consigo me imaginar fazendo isso.

Levamos a comida para o sofá e, quando eu me ofereço para dar a mamadeira a Max enquanto Ryan come, ele recusa. Ele alimenta o bebê e insiste que eu coma enquanto ainda está quente.

Max adormece antes de terminar a mamadeira, exatamente como o pai disse que aconteceria, e Ryan o reposiciona no colo, deixando que aquela gracinha de bebê durma em seu peito enquanto ele come seu jantar agora morno.

Pegando um pouco da massa, Ryan sorri para mim com a boca cheia e um bebê dormindo contra o peito.

Eu quero falar. Quero dizer alguma coisa sobre como ele parece ter um talento natural para isso e como é sexy vê-lo tão confiante com um bebê, mas fico de boca fechada. Eu tenho muito medo de assustar Ryan, de dar a ele qualquer razão para me questionar. Esse é o homem que se absteve de sexo por anos porque não queria dar a alguém a chance de tirar vantagem dele.

Porque ele estava com medo.

Mas eu estou igualmente apavorada de que ele nunca queira as coisas pelas quais eu tanto anseio na vida, e vê-lo assim esta noite é um lembrete de que há não muito tempo ele expressou como o futuro que imaginava era diferente daquele que eu quero.

37

Ryan

— Você sabe que perderam noite passada.

— Obviamente. — Eu tento ao máximo não revirar os olhos para o repórter sentado na terceira fileira da coletiva de imprensa desta manhã, como se essa não fosse a declaração mais óbvia que eu ouvi.

— O que significa que se vocês perderem qualquer uma das próximas duas partidas, o Chicago Devils está fora da corrida aos playoffs.

— Tem alguma pergunta nisso?

Uma pequena onda de risadas percorre a sala cheia de repórteres. Essa é a coisa mais rude que eu já falei para a imprensa em toda a minha carreira. Normalmente sou equilibrado e diplomático, mas perdemos na noite passada, peguei um voo noturno de volta a Chicago logo depois e então fui imediatamente jogado em uma coletiva de imprensa esta manhã, sem nem sequer ter passado em casa.

E a última coisa de que eu preciso enquanto estou sem dormir e chateado com a derrota é um repórter qualquer fazendo afirmações óbvias.

— Como você está se sentindo sobre isso? — acrescenta ele.

— Não muito bem. A derrota foi culpa minha, eu sei. Entendo a responsabilidade que carrego depois de me recuperar da lesão e não estive à altura dela.

Perdemos por dois para o Sacramento, e fui eu quem perdeu a cesta de três pontos que nos levaria à vitória.

Mãos se erguem pela sala e o coordenador de imprensa do time escolhe o próximo repórter para fazer uma pergunta.

— Há rumores circulando pela liga sobre uma possível negociação se o time não chegar aos playoffs. Está sentindo muita pressão para conquistar as próximas duas vitórias?

Meus olhos disparam para Ron Morgan, de pé nos fundos da sala, de braços cruzados. Seu rosto não exibe nenhuma expressão e é impossível dizer o que ele está pensando. Será que ele está pensando mesmo em me vender? Os rumores sobre isso têm circulado a semana inteira.

Então, sim, não só eu sinto a pressão da cidade e dos diretores dos Devils para finalmente nos levar aos playoffs, mas tem o peso adicional de saber que minha namorada, minha irmã e meu futuro cunhado estão estabelecidos em Chicago.

Eu nunca me senti tão estressado a respeito de duas partidas na minha vida.

— Não me sinto pressionado — minto. — Sei o que tenho que fazer, o que o time tem que fazer para atingirmos nosso objetivo. E nós vamos atingi-lo.

Olhando de volta para Ron, percebo que ele me dá um aceno breve com a cabeça.

— Próxima pergunta — continua nosso coordenador enquanto afundo no meu assento, pronto para ser encurralado por perguntas que não quero responder.

* * *

Arrasto minha mala pela porta da frente e finalmente chego em casa.

Estou completamente morto, não dormi nem um pouco no voo enquanto a derrota da noite era reprisada em looping na minha mente. Tudo que quero é encontrar Indy, levá-la para minha cama e dormir o dia inteiro.

— Ind! — chamo. Mas ela não responde. — Indigo, cheguei. Cadê você?

Verifico o quarto, o antigo quarto dela, o banheiro e a cozinha. Ela não está em casa. Pego o celular para ligar para ela e já encontro uma mensagem me esperando.

Indigo: *Eu tenho uma coisa pra te contar quando chegar em casa e estive tão empolgada pra te ver que não consegui dormir! Fui buscar cafés para nós e para o Dave, caso você chegue antes de mim.*

Com um sorriso, eu me sento no banco ao lado da porta e tiro os sapatos. Estou exausto demais para fazer isso de pé, e tenho quase certeza de que ficarei sentado bem aqui até minha garota voltar para casa e me levar para cama.

Eu me abaixo e empurro os sapatos para debaixo do banco, mas enquanto estou curvado encontro um palito branco com uma tampa azul, atrás de uma das pernas de madeira. Como se tivesse caído ali e sido esquecido.

Eu mantenho minha casa um brinco, e até mesmo Indy tem ficado melhor nisso, então alguma coisa tão obviamente fora de lugar é fácil de ver.

Assim que minha mão o alcança, eu sei o que é, e meu coração descompassado tem a impressão de já saber o que diz. A confirmação está bem ali, na minha frente, quando eu ergo o objeto na frente dos olhos, completamente em choque.

Isso não pode estar acontecendo. *Como* isso poderia acontecer? Quer dizer, eu sei *como*, mas sempre tomamos precauções. Sempre somos cuidadosos. Ela me disse que seria preciso um milagre para que isso acontecesse naturalmente. Como caralhos isso foi acontecer? E por que isso estava ali embaixo? Para que eu não visse?

Claramente, ela não estava mentindo quando disse que tinha algo para me contar quando chegasse em casa, porque tenho em mãos um teste de gravidez que praticamente grita *positivo* em letras garrafais.

Um teste de gravidez positivo da *Indy.*

38

Indy

Eu quase corro de volta para casa com uma bandeja com copos de café na mão porque não vejo Ryan há quatro dias e eu sou uma garota carente que quer a atenção dele. Além disso, vou contar a ele que meus pais compraram uma passagem e virão nos visitar em breve. Mal posso esperar para que eles se conheçam pessoalmente.

Mas não preciso ir muito longe para encontrá-lo porque ele está sentado no banco da entrada, os cotovelos apoiados nos joelhos e a cabeça baixa.

— Oi! Senti saudades!

Ele ergue a cabeça, mas não olha para mim, focando no teto em vez disso, aqueles olhos da cor do oceano repletos de tantas emoções que eu nem consigo interpretar.

— O que aconteceu? — Apoio a bandeja na ilha da cozinha e volto até parar entre as pernas dele e passar minha mão por seu cabelo. — Está chateado por causa do jogo de ontem?

Ele dá uma risada sem humor, sem nenhum sorriso acompanhando.

— Não.

— Ok — falo. — O que está te incomodando?

Ele mencia a cabeça, incapaz de encontrar as palavras para falar.

Respiro fundo e tento mudar o tom da conversa.

— Bem, eu tenho uma coisa muito legal pra te contar!

Esticando a mão entre nossos corpos, ele ergue um palito de plástico branco para que eu veja.

— Eu já sei.

— O que é isso?

Ele não diz nada.

— Isso é um teste de gravidez?

— Obviamente, Ind. Há quanto tempo você sabe?

Espera. O quê?

Os olhos dele finalmente encontram os meus. É evidente que ele não está com raiva por causa do jogo da noite anterior. Na verdade, ele não parece com raiva alguma. Ele está assustado. Como se cada uma das suas inseguranças tivesse se tornado realidade neste momento e eu represente todas.

Eu mantenho meu tom calmo.

— Não há nada a dizer, Ryan.

— Você fez isso de… — ele começa antes de se interromper, balançando a cabeça.

Arregalo os olhos e dou um passo para trás, para longe dele, erguendo as mãos em defesa.

— Merda. — Ele tenta me alcançar, a voz cheia de arrependimento, mas eu me mantenho fora do alcance. — Não, Ind, eu não quis dizer isso.

— Faz a pergunta, Ryan.

Ele se levanta, balançando a cabeça enquanto se aproxima de mim devagar, mas eu o imito, recuando no mesmo ritmo.

— Não, amor. Eu não quis dizer isso.

O medo borbulha dentro de mim.

— Faz a porra da pergunta, Ryan!

Eu me recuso a chorar enquanto ele se recusa a falar. Estou com raiva demais para chorar. Irritada demais comigo mesma por ter me apaixonado por um homem que deixou claro que não quer as mesmas coisas que eu desde o início.

— Pergunta se eu fiz isso de propósito — digo por ele. — É isso que você está achando, não é?

Os olhos de Ryan ficam úmidos, o arrependimento cobrindo todos os seus traços.

— Eu não estou jogando a culpa em você, Indy. Só estou completamente apavorado e exausto pra caralho e não estou pensando direito. Não estou reagindo do jeito certo.

Pela primeira vez no nosso relacionamento, eu não sou a parte emotiva. Ele está à beira das lágrimas e eu não tenho certeza se é porque ele acha que estou grávida, ou se é porque essa é última coisa que ele quer ou se é porque ele acha que eu o traí ao engravidar.

Ele contorna a ilha da cozinha para se aproximar de mim, mas eu mantenho distância, as costas contra a porta da frente.

— Indigo, por favor.

Ele parece tão triste quanto ferido e parte de mim quer abraçá-lo, mas a maior parte de mim está com raiva que ele possa ter pensado, mesmo que por um segundo, que eu iria prendê-lo assim.

— Não precisa ter medo, Ryan. Eu não estou grávida. Será um milagre se acontecer um dia, então obrigada por me lembrar disso e obrigada também por me lembrar de que a última coisa que você quer na vida é o que eu mais desejo. — Deixo escapar uma risada sem humor. — Nunca estivemos na mesma página, não é?

Com a boca entreaberta, Ryan franze a sobrancelha.

— Indy. — Ele aperta a ponte do nariz. — Eu só preciso de um momento pra assimilar isso… Eu… eu não estava esperando.

Claramente, Ryan está ignorando a parte em que eu disse que *não* estou grávida. Talvez ele esteja em choque. Talvez não esteja entendendo nada. Estou tentando ser compreensiva com os medos dele, mas me recuso a passar a vida tentando convencer um homem a querer as mesmas coisas que eu quero.

— Às vezes eu queria que você tivesse um emprego normal, porque talvez assim acreditasse que não tenho nenhuma motivação oculta para te amar. — Pego as chaves de cima da ilha da cozinha e rapidamente saio para o corredor. — Leve o tempo que precisar, Ryan.

— Indy! — Eu o ouço gritar através da porta, mas não me viro.

39

Ryan

Eu devia ir atrás dela, mas não consigo. Tudo que meus pés conseguem fazer é andar de um canto ao outro da sala de estar enquanto entro em pânico.

Apaguei completamente. Não consigo me lembrar de metade do que ela disse, mas sei que fodi com tudo.

Eu não queria ter reagido desse jeito, mas, meu Deus, o olhar dela. Ela não estava nem chorando, e essa é a parte mais assustadora de tudo. Minha garota, que é sempre tão sentimental, não estava nem um pouco emotiva. Ela estava magoada, e fui eu quem causou isso.

Isso é o que eu queria. Eu só não esperava que fosse acontecer tão cedo. Eu planejo as coisas, eu me preparo. Eu ia conhecer os pais dela, pedi-la em casamento, e então fazer tudo que estivesse ao meu alcance para torná-la mãe. Não estou acostumado com os meus planos fugindo do previsto. Não sou do tipo que só sonha com as coisas e torce para que dê certo.

Pelo menos não era, antes dela.

Por um milésimo de segundo, eu vi Marissa parada em frente a mim. Revivi o dia em que ela me contou que estava grávida. Passei por cada emoção que senti durante aqueles nove meses em que achei que ia ser pai. Fui arremessado de volta àquela noite no hospital quando descobri que a filha dela não era minha. Cada segundo doloroso daquele dia passou diante dos meus olhos antes que a névoa se dissipasse e eu visse Indy na minha frente.

Elas não são a mesma pessoa. Elas nunca seriam a mesma pessoa e eu tratei Indy como se fossem.

Meu Deus, qual é o meu problema? Agora que a ficha está caindo estou tão eufórico quanto apavorado que eu tenha estragado o que deveria ter sido um dos melhores dias de nossas vidas.

Ela deve estar muito chateada. Isso é tudo que ela sempre quis, e eu a fiz acreditar que não compartilho do sentimento.

No momento em que estou indo em direção à porta, ela se abre de supetão. Mas, em vez da minha namorada, é minha irmã que passa por ela, entrando no apartamento.

— Vee? O que está fazendo aqui?

Ela não ergue os olhos ou me responde, simplesmente anda apressada pelo apartamento, levantando almofadas, abrindo gavetas. Ela corre até o banheiro e eu a sigo, assistindo enquanto remexe em cada canto. Por fim, a interrompo quando ela começa a revirar freneticamente a lixeira do banheiro.

Eu me abaixo ao seu lado e tiro a lixeira de suas mãos.

— Stevie, o que está acontecendo?

Ela se ergue comigo, o pânico e a preocupação estampados no rosto. Seus olhos verde-azulados ficam marejados e seu queixo treme.

— Ryan, eu… — A atenção dela vai até minha mão. — Onde você achou isso?

Olho para baixo e vejo que ainda estou com o teste de gravidez de Indy no punho fechado.

Porra. Não era para ela descobrir assim. Indy deveria estar aqui também, mas não posso exatamente mentir para minha irmã no momento em que me sinto mais vulnerável.

Ela me encara e estreita os olhos.

— Você estava chorando?

— Vee, a Indy está grávida.

Stevie fecha os olhos, respirando fundo enquanto lágrimas correm pelo seu rosto cheio de sardas.

— Não, ela não está, Ryan. — Ela abre os olhos com os cílios cobertos de lágrimas e abre um sorriso. — Eu que estou.

— O quê?

— O teste é meu. — O sorriso dela aumenta, mas a expressão também carrega um pouco de culpa. — O Zee estava em casa ontem e Indy saiu para resolver algumas coisas. Eu sabia que o apartamento estava vazio, então vim aqui para fazer o teste. Bem, seis testes. — As lágrimas continuam escorrendo enquanto ela ri, secando-as com a manga da blusa. — Hoje de manhã só consegui achar cinco e não queria que Indy fosse a pessoa a achar o sexto.

Um buraco estranho se forma em meu estômago quando a compreensão de que o teste não é de Indy me atinge. A decepção cai sobre mim, mas eu a afasto, assimilando o que minha irmã acabou de dizer.

— Stevie. — Minha voz falha quando lágrimas começam a encher meus olhos. — Você está grávida?

Ela assente com uma risada que rapidamente se torna um choro descontrolado.

— Ei, ei. — Eu a acalmo, abraçando-a, apoiando sua cabeça no meu peito. — Por que você está chorando?

— Eu não sei. Por que você está chorando?

— Porque minha irmã gêmea vai ser mãe e eu vou virar tio.

— Estou apavorada.

— Por quê?

— Porque não passei a vida inteira sonhando com isso, como você. Nunca pensei em ter filhos até conhecer o Zee.

— Stevie. Vocês vão ser os melhores pais do mundo. Quer dizer, se a criança puxar o pai, vamos estar ferrados, mas…

Finalmente, Stevie ri no meu peito.

— Espero que a criança seja igualzinha a ele.

— Ele já sabe?

Ela meneia a cabeça.

— Ainda não. Vou contar a ele hoje. — Stevie seca o rosto enquanto se afasta. — Me faz um favor? Deixa eu contar a Indy. Eu… sei lá. Quero que ela ouça de mim. Estou feliz, tão feliz, mas não quero esfregar na cara dela. Isso é tudo que ela sempre quis.

Um tsunâmi de arrependimento me atinge quando a névoa entorpecedora se desfaz, cada uma de suas palavras voltando à minha mente.

Eu não estou grávida.

Será um milagre se isso acontecer um dia.

Obrigada também por me lembrar de que a última coisa que você quer na vida é o que eu mais desejo.

Nunca estivemos na mesma página, não é?

— Stevie. — Coloco as mãos na cabeça, me viro e começo a andar de um lado para outro no quarto, tentando respirar fundo o suficiente para preencher meus pulmões. — Stevie, eu fiz merda. Indy chegou em casa toda empolgada para me contar alguma coisa, e eu achei que o teste era dela. Eu não reagi bem. Ela pensou que eu ia perguntar se ela tinha feito isso de propósito. Eu não acho que ia perguntar isso, mas não tenho certeza.

— Ah, não, Ryan.

— O que passei com Marissa voltou feito um tsunâmi e eu fiquei assustado. Entrei em pânico. E ela ficou muito magoada. Ela nem chorou, Vee. Só olhou pra mim como se eu tivesse traído completamente a confiança dela. E eu traí. Eu acho que traí mesmo. Isso é tudo que ela sempre quis e eu a fiz acreditar que não quero.

Minha irmã cobre o rosto com as mãos.

— Ryan, Indy provavelmente não pode engravidar de forma natural.

— Eu sei! Meu Deus, eu sou um idiota. Eu não estava pensando direito.

Ela fecha os olhos, aflita.

— Ela deve estar megachateada.

— Eu a fiz pensar que não quero o mesmo futuro que ela quer. Ela provavelmente acha que passei esse tempo todo a enrolando, sem intenção de dar a vida com a qual ela sonha.

— E você está? — pergunta Stevie com cuidado. — Ryan, eu te amo. Você é mais importante para mim do que qualquer pessoa nesse mundo, mas se houver qualquer parte de você que não quer as mesmas coisas que ela, então precisa abrir mão dela. Indy perdeu tempo demais com alguém que só a enrolou, e eu não posso deixar você fazê-la passar por isso de novo.

Não importa o quanto Stevie seja minha outra metade, há coisas que nem minha irmã sabe. Passos que eu dei para dar a Indy o futuro que ela quer. O futuro que *eu* quero também. Eu sempre quis ter uma família, mas saber que posso fazer isso ao mesmo tempo que minha irmã, somado à breve e efêmera ideia de que Indy estava grávida, me faz querer isso mais do que nunca.

— Eu nunca nos deixaria chegar a esse ponto se não estivéssemos na mesma página. Eu vi pelo que Indy passou, eu nunca faria algo assim com ela.

Stevie assente.

— Preciso encontrá-la. Falar com ela. Pedir desculpas. Acha que ela foi para sua casa?

— Duvido. Sabe como ela é inteligente. Tenho certeza de que ela chegou à conclusão de que o teste era meu imediatamente. Acho que sei onde ela pode estar, mas, Ryan, eu preciso falar com ela primeiro.

Abraço minha irmã de novo e beijo o topo de sua cabeça cacheada.

— Eu estou muito feliz por você, Vee. Você vai ser uma mãe incrível e o Zanders vai ser um pai do caralho.

— Você também, Ryan. Quando chegar a hora. — Ela me abraça mais apertado. — E enquanto isso, você vai ser o melhor tio do mundo. Tenho certeza.

40
Indy

A casa de Rio fede a garoto.

Há pilhas de roupas sujas e latas vazias de cerveja decorando o lugar, e a casa estava barulhenta enquanto ele e outros três caras do time de hóquei jogavam Xbox na tela gigante da sua sala de TV.

Mas não posso reclamar. Assim que abriu a porta e viu meus olhos vermelhos, ele expulsou seus colegas de time e me arrumou roupa de cama limpa para o quarto de hóspedes.

— Indy, você tem visita — diz Rio da porta de entrada.

Deitada na cama mesmo que já seja o meio da manhã, eu continuo de costas para a porta.

— Não quero falar com o Ryan.

— E comigo?

Olho por cima do ombro quando ouço a voz de Stevie e a vejo apoiada no batente da porta, ao lado de Rio. Seus cachos soltos estão cheios de vida, mas aqueles olhos idênticos ao do irmão gêmeo só me lembram do medo que vi no olhar de Ryan esta manhã.

Eu não sei se algum dia vou ser capaz de esquecer o terror absoluto no rosto de Ryan, e não poderia estar mais grata por aquele teste não ser meu. Por mais que eu queira uma família, prefiro fazer isso sozinha a ter um parceiro que se sinta preso a mim.

— Com você até pode ser.

Um sorriso surge nos lábios dela enquanto Rio nos deixa sozinhas.

Stevie se deita atrás de mim na cama e me envolve com os braços.

— Isso é bom. — Suspiro. — Seu irmão sempre quer ser a conchinha menor.

O peito de Stevie vibra nas minhas costas.

— Você não me mandou uma atualização do dia hoje.

— Atualização do dia, Vee: seu irmão não quer as mesmas coisas que eu e eu não sei como seguir a partir disso.

Ela acaricia meu braço de um jeito relaxante.

— Ele disse isso?

As lágrimas escorrem pelo meu rosto, atingindo o travesseiro.

— Você tinha que ter visto ele, Stevie. Ficou apavorado. — Ofegando, eu tento encontrar oxigênio o suficiente para continuar. — Eu evitei tocar no assunto esse tempo todo, acreditando que quando o momento chegasse, ele estaria mais aberto à ideia. Mas essa manhã ele deixou bem claro que nunca vai estar.

Stevie não diz nada e o silêncio se estende por um longo tempo.

— Eu te amo, mas eu não devia estar tendo essa conversa com você — continuo. — Ryan precisa de você.

— Indy, você ainda é minha melhor amiga.

— E ele também. Você pode garantir que ele vai ficar bem? Pode ficar de olho nele? Eu não consigo fazer isso agora.

Ela me aperta mais.

— É claro que sim.

Eu me viro na cama, encarando-a.

— Você está mesmo grávida?

Os olhos da cor do oceano de Stevie ficam marejados. Incapaz de falar, ela simplesmente assente.

— Vee… — Eu a envolvo em um abraço. — Isso é incrível. Estou tão feliz por você. A genética desse bebê? Meu Deus, ele vai ser incrivelmente lindo.

Nós duas rimos e choramos ainda abraçadas. No caso dela, provavelmente, por conta dos hormônios e no meu porque, bem, sou eu.

Ela funga.

— Eu estava com tanto medo de te contar.

— Por quê?

— Por que você acha, Indy? E então Ryan vai e deduz que… Meu Deus, eu me sinto péssima.

— Não se atreva. — Eu me afasto para encará-la e coloco seus cachos atrás da orelha. — Estou tão feliz por você e pelo Zanders.

— Está?

— Claro que sim! Eu vou mimar muito esse bebê. Espero que ele tenha um closet grande o suficiente porque entre mim e Zee, ele vai ter o guarda-roupa *mais* extravagante que você possa imaginar.

Um sorriso se forma nos lábios dela, e embora eu nunca vá dizer isso porque me recuso a fazer com que ela se sinta mal, saber que minha melhor amiga — a irmã gêmea do amor da minha vida — está prestes a começar uma família me faz desejar o mesmo.

— Me promete que mesmo que eu não esteja com Ryan, ainda vou poder ser a titia Ind.

— Você sempre vai ser a titia Ind. — Ela me oferece um sorriso triste. — Só converse com ele, tudo bem? Quando estiver pronta.

Eu assinto e seco o rosto enquanto ela faz o mesmo.

— A gente não é patética? — Eu dou uma risada.

— Mais patéticas impossível. — Ela me puxa para outro abraço. — Eu te amo.

— Eu amo você também.

— Isso é o que eu chamo de uma fantasia se tornando realidade! Vocês duas agarradinhas na *minha* cama? Deus tenha piedade de mim!

Eu arremesso um travesseiro em direção à porta.

— Rio, sai!

Ele deixa o travesseiro atingir seu rosto brincalhão.

— Tem outra pessoa aqui querendo ver você.

Stevie me dá um sorriso compreensivo.

— Você não precisa fazer isso se ainda não estiver pronta.

Eu olho de volta para Rio.

— E eu não estou. E ele não pode ficar aqui. Precisa ir para o treino.

Rio respira fundo, como se precisasse mandar seu ídolo embora, o que é exatamente o que ele vai ter que fazer. Se preparando, ele nos deixa sozinhas de novo.

— Você precisa de alguma coisa? — pergunto. — Água? Comida? Como você está se sentindo?

— Preciso contar ao Zee que ele vai ser pai.

— O quê? — Eu me sento. — Stevie Renee Shay, você está brincando? Eu fiquei sabendo antes dele?

Ela se senta na cama também.

— Eu tinha que garantir que você estava bem.

— Por favor, vai contar ao Zee (Daddy) Zanders que ele vai ser pai *de verdade*.

— O nome com que salvei o contato dele vai ganhar um novo significado, né?

* * *

— Qual é, cara. Só me deixa falar com ela. Você já me despachou uma vez essa manhã.

Eu ouço a voz de Ryan do quarto de hóspedes de Rio, onde me permiti chorar um pouquinho antes de passar a tarde dormindo. Eu não faço ideia de que horas são, meu celular ficou desligado o dia inteiro. Acontece que tentar se conformar de que não vai passar a vida com a pessoa que você ama é exaustivo.

— Ryan, você sabe que eu idolatro o chão que você pisa, então estou precisando de todos os meus esforços para te dizer para não entrar na minha casa ou resistir a te pedir para autografar o pôster com sua foto que está na minha sala de jogos. Mas Ind não está pronta, e ela é uma das minhas pessoas favoritas no mundo, então vou ficar do lado dela nessa.

— Eu sei que ela está chateada, mas se você só me deixar falar com ela, vai ficar tudo bem…

— Ela não quer falar com você.

Ryan hesita.

— Ela disse isso?

— Com essas exatas palavras. — Outro silêncio desconfortável. — Dê um tempo a ela. Tenho certeza de que ela vai te procurar quando estiver pronta.

— Porra. — Ryan suspira e outro período de silêncio se estende enquanto ele parece se conformar de que não conversaremos esta noite. — Fica de olho nela por mim? Pra ter certeza de que ela vai ficar bem?

— Claro.

— Você tem comida para ela? — Só posso imaginar o horror no rosto dele enquanto seus olhos percorrem a bagunça daquela casa, que parece uma república de jogadores de hóquei. — Eu vou mandar algumas coisas. Ela é vegetariana. E gosta de café gelado, então de repente coloca um pouco de café na geladeira para ela de manhã. E pode entregar isto a ela por mim?

A última coisa que eu ouço é a porta da frente se fechando antes que a porta do meu quarto se abra.

Rio está parado no corredor com uma bolsa de viagem na mão.

— Eu sei que você está com raiva dele, mas deixa eu fazer com que esse momento seja sobre mim. Indy, essa foi a coisa mais difícil que eu já tive que fazer. A *porra* do Ryan Shay estava na minha porta pedindo para entrar e eu disse não. Stevie realmente devia me dar o lugar dela, porque se isso não me garante o título de melhor amigo, não sei o que garante.

— Obrigada. Desculpa ter feito você fazer isso.

Ele coloca a bolsa de viagem na cama.

— Ele te trouxe isso. — Rio se vira para sair e para de novo na porta de seu quarto de hóspedes. — Ele parece devastado, Ind.

Eu assinto, entendendo o sentimento muito bem.

— Eu também estou.

Com um sorriso compreensivo, ele me deixa sozinha.

A triste realidade é que eu não amo Ryan nem um pouco menos do que amava esta manhã, mas perceber isso só faz com que o fato de que não estamos na mesma página doa mais. Só porque nossos futuros não se alinham, não significa que o amor avassalador que eu sinto por ele desapareceu.

Quando abro a bolsa, encontro um par de pijamas em cima. O conjunto de seda que eu usei na noite em que fomos acampar e dividimos a cama pela primeira vez. Sob ele há mais roupas, roupas íntimas e meias. A nécessaire que uso quando viajo a trabalho. Ele também colocou meu último projeto de ponto-cruz e meu livro atual.

E enquanto tiro cada item, mais lágrimas escorrem pelo meu rosto, porque eu o amo, e eu amo o jeito que ele me ama. De forma tão cuidadosa. De forma tão silenciosa.

Mas, hoje, justamente as palavras causaram o problema.

Palavras que estavam na ponta de sua língua, quando ele se perguntou se eu havia engravidado de propósito. Eu mal consigo compreender que ele tenha me comparado com a pessoa que causou a pior dor da vida dele.

Ele sabe o quanto eu desejo essa vida, e foi como um tapa na cara ser acusada de tentar roubá-la.

Precisando de um escape, eu abro o livro e começo de onde parei. Mas o que está mantendo a página marcada não é meu marcador e sim um pedaço de papel rasgado, com uma escrita rápida.

Indigo,

Eu não sou muito bom com palavras, então vou tentar fazer com que isso seja breve. Eu amo você. Eu vou amar você enquanto me permitir ter esse privilégio, e mesmo depois disso. Eu tenho todas as intenções de te dar a vida que você quer. Espero que você me permita. Posso até acrescentar essa promessa à geladeira quando você voltar pra casa.

– Ryan

* * *

Praticamente não durmo. Em uma cama que não é dele. Em uma casa que não é nossa. A pilha de travesseiros não ajudou nem um pouco porque cada parte do meu corpo sabia que Ryan não estava ali.

Eu me arrasto para fora do quarto de hóspedes escuro e solitário e encontro Rio na cozinha com sua caixa de som tocando no último volume.

Ver Rio na cozinha fazendo café da manhã faz meu peito doer com as memórias que isso traz.

Faz vinte e quatro horas e eu sinto mais falta de Ryan do que jamais senti de outra pessoa, e uma noite separados me faz questionar se o futuro que imaginei para mim vale mesmo a pena sem ele.

Rio abaixa a música antes de entregar, orgulhoso, uma xícara para mim.

— Café gelado.

Dou um gole e quase engasgo com o quanto está amargo, isso sem mencionar que está cheio de pó. Mas eu ofereço um sorriso a ele, porque o cara está tentando.

— Está ótimo.

— Tá uma merda, né?

— Bem, agora que você mencionou...

— Eu nunca fiz isso. Não bebo café. Olha bem pra mim. — Ele gesticula em direção ao próprio corpo. — Já sou elétrico o suficiente sem ajuda externa. A única razão para eu ter uma cafeteira é para quando os outros caras do time aparecem aqui e querem uma xícara.

Como sempre, Rio me faz sorrir. Depois de uma noite inteira chorando no travesseiro, parece estranho ter um sorriso em minha boca.

— Você não precisava ter se incomodado, mas obrigada. Eu agradeço mais do que você pode imaginar. E obrigada por me deixar ficar.

— Claro, Indigo. Você é minha garota, pode contar comigo.

Ele se vira de volta para o fogão onde algumas salsichas vegetarianas estão chiando no fogo, e, mesmo sem perguntar, sei que Ryan tomou a liberdade de mandar mantimentos.

— Você está errada, aliás — diz ele.

— Errada sobre o quê?

— Sobre eu não precisar me preocupar com o café. Ryan Shay estava parado na minha porta me dizendo como a namorada dele gosta do café e pode apostar que o olhar que ele me lançou dizia "*é melhor você fazer a porra do café dela quando Ind acordar*".

Deixo escapar uma risada alta e fico quase chocada com o som. Rio sempre sabe como colocar um sorriso no meu rosto. Assim como Stevie e Zee. Da mesma maneira que estou sempre sorrindo perto de Ryan. Essa família que eu criei no último ano e meio ainda é recente, mas é muito mais significativa do que os amigos que tive durante uma vida inteira.

Algumas vezes ter um passado não significa nada quando as pessoas certas surgem em sua vida.

— Falando de Ryan Shay — Rio começa de novo. — Tem um jogador de basquete que vale mais dinheiro do que eu jamais vou ver na vida dormindo na minha calçada.

— Ele voltou?

— Ele nem foi embora. O cara dormiu no carro e, honestamente, se eu gostasse de homens, isso teria me conquistado.

— Ele já tem dona, então pode tirar o cavalinho da chuva.

Eu ainda não faço ideia do que dizer a Ryan. Todas essas horas longe dele só me deixaram ainda mais confusa. Será que isso tudo vale a pena sem ele?

De qualquer forma, ele não pode ficar dormindo no carro. Dois dos jogos mais importantes da carreira dele estão se aproximando, e eu me recuso a permitir que algo tão trivial quanto a privação de sono seja o motivo pelo qual ele não esteja em seu melhor desempenho.

Pego meu casaco e vou em direção à porta de entrada.

— Por favor, não conta a ele o quanto meu café estava ruim! — grita Rio da cozinha.

O Range Rover de Ryan está estacionado em frente da casa com as janelas fechadas, mas eu o vejo no banco reclinado, um casaco enrolado no corpo.

Ao bater no vidro, eu o acordo.

Ele tem um sobressalto, demorando um momento para se localizar até que sua atenção cai em mim, do lado de fora. Suas sobrancelhas se arqueiam, mas um suspiro de alívio escapa pelos lábios.

Imaginei que ele fosse abrir a janela para conversarmos, mas em vez disso Ryan abre a porta e me puxa para si instantaneamente. Ficando de pé e se balançando de leve, ele mantém o queixo no topo da minha cabeça e me abraça como se planejasse não me soltar nunca mais.

— Conseguiu dormir? — pergunta ele.

— Não muito. E você?

— Não muito.

— Eu te ofereceria uma xícara de café, mas o café de Rio é péssimo comparado com o seu.

Uma risada faz o peito dele vibrar, e então ele finalmente se afasta o suficiente para olhar para mim.

— Por favor, volta pra casa.

As lágrimas fazem meus olhos arderem.

— Ryan, eu não posso.

— Por favor, Ind.

— Se lembra do que você me disse na primeira vez que tomamos café da manhã juntos? Disse que eu nunca deveria precisar implorar para alguém estar pronto para um futuro comigo. E eu não vou implorar. Não de novo. Essas foram suas palavras, Ryan.

Os olhos dele se fecham e ele passa a mão pelo rosto. Quando eles se reabrem, estão tão marejados quanto os meus.

— Você não precisa implorar, Ind. Eu vou te dar tudo que você quiser.

Eu adoraria acreditar nele. Eu me sentiria bem melhor se acreditasse, mas eu sei, lá no fundo, que isso só consertaria a mágoa superficialmente. Ryan nunca antes mostrou qualquer sinal de que quisesse a família que eu quero, e eu ignorei isso cegamente, como se não tivesse percebido. Sempre que filhos surgiam nas conversas, seu desejo por eles era mencionado no tempo passado.

— Mas é isso que *você* quer? Ou você teria filhos comigo só porque é o que *eu* quero? Ryan, eu te amo demais para permitir que você passe o resto da sua vida satisfazendo cada desejo meu se esses não forem os seus sonhos também.

— Mas são — ele implora para que eu entenda. — Eu te disse. Estou dentro.

Talvez doa, mas eu não consigo pensar em outra forma de fazer com que ele entenda meu medo de que essas sejam apenas as palavras que ele acha que eu quero ouvir.

— Ryan, eu passei seis anos ouvindo exatamente isso.

Ele recua e encosta a cabeça no carro.

— Eu não sou como ele.

— Eu sei que não. Só quero que você entenda de onde tudo isso está vindo. Ontem me assustou, Ry.

— Eu não queria dizer aquilo. Comparar você a ela. Não é o que realmente penso.

Como se fosse apenas instintivo para ele, Ryan passa os polegares sob meus olhos, mais preocupado com minhas emoções do que com as próprias.

— Você pode me dizer o quanto quiser que quer ter filhos comigo, mas e se aquele teste *fosse* meu? E se eu estivesse mesmo grávida? Você ficou em choque, quase chateado, quando pensou que eu estava. Ryan, promessas não significam muito quando aquela reação foi nossa realidade.

Seu pomo de adão se move quando ele engole em seco.

— Eu sei. Eu estraguei tudo e admito isso.

— Vamos pensar um pouco, ok?

— Eu não preciso pensar! Eu sei o que eu quero.

— Mas eu preciso pensar — falo calmamente. — Eu amo você, Ryan. Tanto que não posso voltar àquele apartamento agora porque sei que no segundo que eu passar por aquela porta, vou esquecer de tudo isso simplesmente porque estar lá com você me faz feliz. Eu devo a mim mesma um tempo para pensar claramente. É o restante da minha vida que está em jogo. Da sua também.

Ele respira fundo, desviando os olhos de mim enquanto tenta se conformar com o fato de que eu não vou voltar para casa com ele hoje.

Ryan envolve meus ombros com os braços, beijando minha têmpora, os lábios se demorando ali.

— Eu amo você. — Ele coloca os dedos em meio ao meu cabelo e inclina minha cabeça para que eu o encare. — Me prometa que não está desistindo de nós.

— Não estou.

Ele se curva e me beija com carinho, e eu me inclino na direção dele, aprofundando o beijo. Os dedos de Ryan se enrolam no meu cabelo, me mantendo ali, e eu cedo, memorizando cada movimento dos lábios dele, cada som satisfeito que escapa da sua garganta.

Ele se afasta e me beija outra vez no rosto e na testa antes de me deixar voltar para a casa.

Ele observa enquanto eu volto para dentro, os braços apoiados no carro.

— Diz pro Rio que se ele não sabe fazer café, precisa pedir que entreguem um decente para você.

Com um sorriso breve, eu fecho a porta, sabendo que em menos de trinta minutos o homem lá fora vai mandar café para mim.

41 Indy

A sala de espera da clínica de fertilidade não é muito diferente do que a de um hospital. Paredes totalmente brancas, assentos com um estofado péssimo, móveis de mogno antiquados e revistas de seis meses atrás.

Eu me sento, segurando minha papelada, pernas balançando enquanto espero ser chamada. O momento dessa consulta não poderia ser pior, mas com a temporada de hóquei chegando ao fim, preciso estar pronta assim que os playoffs acabarem, seja na semana que vem, seja depois das finais da Copa Stanley.

A consulta de hoje é só um exame de rotina para garantir que estou saudável e que todas as minhas partes reprodutivas estão funcionando. Assim que a temporada de hóquei terminar, vou começar a tomar as injeções. Honestamente, é um monte de papo de médico que eu não entendo completamente, mas eu sei que o processo faz com que meus óvulos amadureçam para que eles possam colhê-los e então colocá-los no gelo.

Há outras três famílias na sala de espera. Uma com um bebê recém-nascido, outra com um bebê mais velho e a outra é um casal que parece estar tentando ter seu primeiro filho. Eu sou a única pessoa ali sozinha.

Eu não contei a Ryan que minha consulta era hoje, porque, honestamente, não sei nem se devia estar aqui.

Se Ryan não vai estar envolvido, então para que fazer isso? Sim, eu sempre quis ter filhos, mas não sem ele. Essa compreensão me atingiu feito um trem desgovernado esta manhã quando entrei no carro para vir até aqui, e agora, enquanto espero sentada sozinha, continuo me perguntando a mesma coisa.

Se ele não quer isso, *eu* ainda quero?

Eu já estava preocupada que isso fosse ser um desperdício de dinheiro antes de saber que o plano de saúde ia cobrir porque não há garantia de que vai funcionar. Mas agora estou aqui pensando se também não é um desperdício de tempo. Já que eu não consigo me imaginar fazendo isso sem ele.

— Indigo Ivers. — A mulher mais velha na recepção me chama.

— Sou eu. — Ergo os formulários antes de ir até ela.

Ela digita algumas informações enquanto espero em frente ao balcão.

— Como você está? — pergunto, tentando me distrair dos meus pensamentos.

— Estou ótima, querida. E você?

— Não tenho muita certeza.

Ela ri.

— Está nervosa, querida?

— Acho que sim.

— Está sozinha?

Um nó se forma em minha garganta.

— Sim.

— Que bom — diz ela, impressionada, enquanto continua a digitar, suas unhas longas estalando contra o teclado. — É inteligente planejar com antecedência. Nunca se sabe quando a pessoa certa vai aparecer.

— Já apareceu.

Os olhos dela se erguem rapidamente para mim e um pequeno sorriso curva um dos lados de sua boca. Na mesma velocidade, sua atenção volta à tela do computador onde ela digita, digita e digita, adicionando todas as minhas informações pessoais no sistema.

— Acho que preciso pagar a coparticipação hoje.

Ela olha para a tela com atenção, meneando a cabeça.

— Não.

— Sério? Que estranho. Sempre pago a coparticipação quando uso meu plano de saúde.

— Ah, você não está usando o plano de saúde.

— Eu deveria estar. Pode checar, por favor?

Digita. Digita. Digita.

— Não, querida, seu plano de saúde não cobre nada do tratamento.

Tá de sacanagem? Vai ser impossível pagar por isso por conta própria. Eu parei de economizar meses atrás, em janeiro, quando me disseram que a cobertura do plano de saúde tinha sido alterada no início do ano.

Respiro fundo, meu corpo inteiro parece amolecer.

— Tem certeza?

— Sim. Posso te mostrar se você quiser.

— Não, tudo bem.

Merda. Estou a ponto de ligar para os meus pais para pedir um empréstimo, mesmo que eu tenha prometido a mim mesma que não faria isso. Parece errado precisar dos meus pais para começar minha própria família, mas estou desesperada. O tempo para juntar dinheiro acabou.

E mais uma vez estou me perguntando se isso vale mesmo a pena.

Nervosa, eu reviro meu cartão de débito nas mãos.

— Quanto preciso pagar hoje?

Digita. Digita. Digita.

— Nada. Está coberto.

— Mas você disse…

— Não pelo plano de saúde. O tratamento todo foi pago com cartão de crédito meses atrás.

Ele não fez isso.

Fecho os olhos e repito as palavras dela na cabeça várias vezes, até assimilá-las. Ela não precisa me dizer o nome do titular do cartão de crédito no sistema, eu já sei.

Apoio os cotovelos no balcão e escondo o rosto nas mãos.

— Pode me dizer quando foi pago?

— Parece que foi no meio de dezembro.

Logo depois de termos ido acampar, quando eu contei a ele por que estava economizando. Logo antes de haver uma "mudança na cobertura do plano de saúde".

— Querida, você está chorando?

Com as mãos cobrindo o rosto, eu concordo com a cabeça.

— É meio que uma mania minha.

Ela ri, de um jeito sincero e caloroso.

— Parece que você estava certa quando disse que tinha encontrado a pessoa certa.

* * *

— Indy. — Rio se inclina sobre o sofá atrás de mim e fecha o livro que tenho nas mãos. — Olha, você sabe que eu te amo, mas não pode ficar aqui pra sempre.

— Eu só estou aqui há alguns dias e você disse que eu podia ficar o quanto quisesse.

— Mudei de ideia.

Olho para ele por cima do ombro, confusa.

— Minha corretora está vindo para te levar para ver alguns apartamentos hoje.

— O quê? Não, eu não quero procurar apartamentos. — Eu me levanto para encarar ele. — Eu nem sei se quero sair da casa do Ryan. Eu só precisava de alguns dias.

— Já se passaram alguns dias.

Eu recuo, olhando para ele.

— Vai receber uma garota aqui? Você está tentando me tirar de casa? É isso que está acontecendo? Posso me esconder no quarto de hóspedes se você quiser.

Ele ri.

— Bem que eu queria que tivesse uma garota vindo pra cá. Agora, vai tomar um banho, veste alguma coisa que não seja o moletom que você usou por três dias e que está com mancha de molho de espaguete. — Ele se retrai. — Você precisa ficar bonita… pra minha corretora.

Indo devagar em direção ao quarto de hóspedes, eu estreito os olhos para ele.

— Você tá muito estranho.

* * *

— Eu adoro essa parte da cidade — diz a corretora de Rio, Cindy, enquanto nos leva a trinta minutos de distância da cidade. — É bem calmo. Um bom lugar para crianças. As escolas são ótimas.

— Estou procurando um lugar só para mim.

Na verdade, não estou nem procurando.

— Aqui é muito seguro. Você pode andar por aqui tranquilamente. Tem mercadinhos tradicionais e muito espaço. Muitos locais para fazer trilha também. Daqui a alguns meses tudo isso vai estar coberto de verde e flores. É lindo.

— Parece ótimo mesmo.

Se eu estivesse procurando.

Ela continua a dirigir pelo lugar, e tem razão. Parece mesmo tranquilo, trinta minutos de distância da agitação de Chicago. Ryan ia gostar daqui. Ele provavelmente conseguiria ir ao mercado sozinho sem ser cercado por pessoas ou passear pelas ruas sem a imprensa colada nele.

— Chegamos.

Ela estaciona na entrada enorme de uma casa fenomenal. O exterior branco tem acabamento em preto. Ulmeiros ladeiam a entrada e estão voltando a ter cor depois de um inverno rigoroso. Uma varanda aconchegante envolve a casa inteira, e há um balanço ao lado da porta de entrada. Não há nenhuma outra casa à vista, e dá para ver, só pela frente, que a propriedade atrás é vasta e interminável.

— Acho que estamos no lugar errado — digo a ela. — Sou só eu. Não estou procurando por nada tão grande e, mesmo que estivesse, não poderia pagar. — Uma risada desconfortável escapa da minha garganta e eu mantenho o cinto no lugar, pronta para que ela nos leve para o lugar *certo*.

— Bem, que tal a gente entrar e dar uma olhada? A casa é linda. Eu odiaria que você não a visse.

Cindy já está saindo do carro antes que eu tenha a chance de protestar. Solto o cinto de segurança e a sigo devagar por uma escada larga que nos leva à varanda da frente.

A área ao redor da casa é silenciosa a não ser pelo cantar dos pássaros. É uma mudança chocante em relação ao apartamento no vigésimo segundo andar no centro de Chicago. Não consigo deixar de pensar em como as estrelas devem ficar visíveis ali, sem toda a poluição luminosa da cidade.

Os canteiros cheios de brotos que ladeiam a escada estão prontos para que a terra e a chuva criem alguma coisa linda.

Cindy não usa uma chave para abrir as portas duplas que levam ao interior da casa. Simplesmente gira a maçaneta e as abre. Continuo na varanda e ela me incita a entrar.

O cheiro de café recém-passado me atinge, bem como o cheiro doce de rabanada.

Uma enorme escada dupla emoldura o enorme hall de entrada. Há cômodos à minha direita e esquerda. A casa parece estar no meio de uma reforma, mas um dos cômodos é definitivamente uma sala de estar e o outro uma sala de jantar.

Ouço o fogão estalar mais à frente e posso ver fumaça mesmo de onde estou.

Cindy fecha a porta e quando olho para trás, ela não está em nenhum lugar à vista. Ela me deixou sozinha ali dentro.

Sigo o cheiro até a cozinha gigante na parte de trás da casa. Armários brancos, eletrodomésticos de aço inoxidável e uma bancada grande o suficiente para uma família de seis pessoas tomarem o café da manhã.

Mas a coisa mais bonita na casa é o homem de costas para mim, mexendo no fogão. Ele está com um boné virado para trás e um conjunto de moletom. Parece relaxado e confortável, como se estivesse em casa, e eu não posso me sentir mais grata por Rio ter feito eu me arrumar e pentear o cabelo.

E logo cai a ficha de que não havia nenhum apartamento a visitar com sua corretora. Ele só queria me levar até ali.

— Ryan? — Eu olho ao redor. — O que está acontecendo?

Quando ele se vira para me encarar, aquele seu sorriso lindo surge em seu rosto, exibindo as covinhas.

— Senta. — Ele indica a bancada da cozinha.

Desnorteada, eu puxo um banquinho e me sento, meus olhos indo ao buquê colorido no centro.

— Gostaria de informar que já estou mantendo elas vivas por três dias.

A tranquilidade em sua voz me faz abrir um sorriso.

Ryan pousa um prato à minha frente. Rabanadas, ovos e uma porção de frutas. Mas ele não parece ter mais nada para si mesmo. Ele me entrega um café gelado e coloca um novo creme na bancada para que eu experimente — menta com gotas de chocolate.

— O que está acontecendo? Por que estamos aqui?

Ele não responde às minhas perguntas.

— Eu disse as palavras erradas naquele dia — responde, em vez disso. — E tenho algumas outras que você precisa ouvir.

Eu engulo e dou a ele toda a minha atenção.

— Eu não tinha me dado conta do quanto era solitário até você aparecer. Esse tempo todo, você existia fora das paredes do meu apartamento. Tudo que eu sempre precisei existia fora daquele apartamento. Então você apareceu e me trouxe de volta à vida, e eu me recuso a voltar ao que o mundo era antes de você. Eu não vou voltar à vida que eu tinha antes de você, Ind.

— Eu também não quero uma vida sem você, Ryan, mas às vezes as coisas não são simples assim. A vida não é preto no branco.

— E acha que eu não sei disso? Eu não tenho visto preto no branco desde que você pisou no meu apartamento. Agora tudo é unhas pintadas de rosa, roupas roxas, plantas verdes e aquelas malditas cortinas amarelas. — Ele meneia a cabeça. — E tanto azul. Tudo que eu vejo é azul. Azul-índigo.

Tradução: Tudo que eu vejo é *você*.

As lágrimas ardem em meus olhos e estou chocada que ainda tenha alguma a verter.

— Adoro o fato de que você lê romances para sentir coisas. Eu adoro que você ame flores e plantas porque cuidar de algo, fazer algo crescer, é instintivo para você. Eu adoro que você sinta cada emoção com tanta intensidade que elas tomam conta do seu corpo todo. Mas, amor, eu quero ser a pessoa a causar em você as mesmas sensações dos seus livros favoritos. Eu quero ser a pessoa a te dar filhos para cuidar e criar. Quando você pensar em mim, a única coisa que eu quero que você sinta é um amor incondicional, colossal. Porque quando eu olho para você, vejo todo o meu futuro e não posso suportar um mundo onde você olhe para mim e não veja o mesmo.

Passo as mãos pelo rosto, secando minhas bochechas.

— Eu vejo, Ryan, você sabe disso. Eu só estou com medo de estar te induzindo a uma vida que você não quer. Ou *não queria* até outro dia. Isso não fazia parte dos seus planos.

— Mas e se eu tiver mudado meus planos por você?

Uma contestação se agarra à minha garganta.

— Eu ouvi você, Indigo. Naquela manhã, quando disse que palavras eram só palavras, você estava certa. Nós dois já ouvimos um monte de coisas que não se provaram reais e, por causa disso, eu demonstrei o meu amor pelas minhas ações. Deixei que elas falassem por mim.

Seu amor silencioso. Sempre o mais audível.

Meus olhos se movem rapidamente para a geladeira, onde nosso contrato de aluguel e lista de metas estão pendurados, acompanhados por mais alguns papéis.

— Eu sei com o que estava concordando quando me apaixonei por você. Desde o início, você deixou perfeitamente claro como você queria que sua vida fosse, e eu tenho dado passos para fazer isso acontecer, mesmo sem você saber. Então não, Ind, você não precisa me implorar por um futuro, porque isso é o que eu quis esse tempo todo.

Ele pega os papéis que eu nunca tinha visto da geladeira e os coloca ao lado do meu café da manhã.

— Eu comprei essa casa para nós em janeiro. — Ele vai até a última página do que agora reconheço como o contrato de compra e aponta para a última linha. — E se você não acredita em mim, seu nome está bem aí.

E está. Ele colocou meu nome ao lado do dele no contrato, com uma data de janeiro. Poucos dias depois de sua lesão no joelho.

— Eu sempre soube, Ind. Eu quis tudo que você quer desde o momento em que você entrou na minha vida e me lembrou de quem eu sou. Você me devolveu a esperança de ter essas coisas, uma parceira de verdade, uma família, filhos. Partes da vida das quais eu havia me convencido de que nunca teria, porque ninguém nunca me amaria de verdade pelo homem que eu sou e não apenas pelo nome que eu carrego.

"Eu quero que esse lugar seja o ponto de encontro de todo mundo. Quero fazer jantares do time aqui. Quero que nossos amigos nos visitem. Quero que nossos filhos tragam os amigos deles. Aqui podemos respirar, Ind. Não tem fãs ou a imprensa esperando do lado de fora do prédio. Você precisa ver as estrelas à noite. É incrível e tem tanto espaço lá fora. Você pode ter um jardim completo e até uma estufa. E eu mal posso esperar para ver você transformar essa casa em um lar, exatamente como fez com o apartamento."

Ele parece tão tranquilo ali, um sorriso enorme no rosto lindo. O peso da cidade e o fardo dos jogos parecem muito distantes, e eu adoro vê-lo tão livre.

— Acho que parte de mim sempre vai querer se esconder, mas eu quero me esconder aqui, com você. — Ryan contorna a bancada e seca minhas lágrimas. — Amor, você não pode manchar o contrato de compra com lágrimas e maquiagem.

A tensão se quebra quando eu rio.

Ele me puxa para si e beija minha têmpora.

— Mandei fazerem algumas reformas na casa desde que a comprei. Ainda não está pronta. Alguns cômodos ainda precisam ser pintados e obviamente precisamos de mais mobília, mas dá pra morar. Sua cama está no quarto principal e algumas das suas roupas também. Eu vou mandar trazer seu carro hoje, mas pode ficar aqui enquanto pensa? Esse lugar tem cinco quartos e eu o comprei com a intenção de ocupá-los. Eu quero que você veja essa casa enquanto se pergunta se está me prendendo a uma vida que eu não quero, ok?

Em meio a respirações trêmulas, eu assinto.

— Palavras de afirmação.

— O quê?

— Você disse que não é bom com palavras, mas acho que palavras de afirmação talvez sejam sua linguagem do amor. Ou atos de serviço. Ou presentes. Meu Deus, nem sei mais.

Ele ri.

— Eu te amo.

— Eu amo você, Indigo. Te amo tanto que lutaria por você para sempre, mas preciso que lute por nós também. Agora tome seu café da manhã, está esfriando.

Ele acrescenta um último beijo na minha testa antes de ir em direção à porta.

— Ryan.

Ele se vira para me olhar.

— Por que você pagou pelo meu tratamento de fertilidade? Eu não queria que ninguém pagasse por isso.

— Não, você não queria que seus *pais* pagassem pelo tratamento. Você disse que se sentia desconfortável com outra pessoa pagando para que você começasse uma família. Bem, vai ser minha família também, então eu não conto.

— Mas isso foi em dezembro. Mesmo naquela época?

Ele já sabia naquela época?

— Mesmo naquela época.

Com isso, ele me deixa sozinha com meu café da manhã e uma casa gigante que ele quer preencher com nossa família.

42
Indy

Só consigo comer metade da rabanada que Ryan fez para mim. Queria que ele tivesse ficado para comer a outra metade.

Estou desnorteada e impactada com as palavras dele, com a informação de que ele comprou esta casa meses atrás. De que pagou pelo meu tratamento de fertilidade meses atrás. Não tem nada a ver com dinheiro. Eu posso fazer piada sobre ser uma namorada gastadeira, mas eu não poderia me importar menos com o quanto ele ganha. Eu ficaria feliz em morar com esse homem em uma caixa de papelão.

Mas o significado por trás do gesto, é isso que é tão desnorteante. O fato de ele saber esse tempo todo que queria ter uma família comigo. Eu só queria que estivéssemos na mesma página, mas isso? Isso é muito mais do que meu coração romântico poderia sonhar.

Finalmente saindo da cozinha depois de uma hora inteira sentada em completo choque, eu parto em um tour pela casa. O primeiro andar flui de um cômodo a outro, separado por paredes só quando necessário. É aberto e arejado. O espaço perfeito para convidados se misturarem. Posso imaginar os jantares do time de Ryan aqui, e noites com os nossos amigos. O chá de bebê de Stevie e, com sorte, um dia, o meu.

As paredes ainda cheiram a tinta e o piso parece ter sido trocado recentemente. O térreo tem uma sala de TV, uma sala de estar, uma sala de jantar e um canto alemão. Mesmo que eu tivesse escolhido a casa dos meus sonhos em uma revista, não seria tão perfeita quanto essa.

Eu subo as escadas e chego ao segundo andar. Quatro quartos estão conectados por dois banheiros compartilhados. Nesse andar também há um loft espaçoso, e tudo que consigo imaginar é o potencial que ele tem para ser uma brinquedoteca.

Subindo mais um lance de escadas, eu acabo no quarto principal que ocupa todo o terceiro andar. As janelas altas têm vista para o jardim, deixando entrar muita luz e calor. Há um banco sob uma delas e eu não consigo evitar me imaginar lendo ali ou assistindo à minha família brincar junta no quintal. Minha cama está nesse quarto, bem como meus livros e roupas, tudo em seus devidos lugares.

O quarto é enorme, a casa é enorme e eu consigo sentir o espaço explodindo com energia, exigindo ser preenchido com família e amigos.

E quando saio para a varanda dos fundos, preenchendo meus pulmões com o ar fresco da primavera, consigo imaginar tudo isso. Mas parece estranho estar aqui sem ele, o que tenho certeza de que era sua intenção quando me pediu para ficar e pensar.

Não preciso pensar. No segundo que as ações dele corroboraram as palavras, não precisei ponderar mais nada. Ryan foi feito para mim. E não precisei de seis anos para saber disso.

Não precisei nem de seis meses. Meu coração se tornou de Ryan mesmo quando eu achei que não tinha mais nada sobrando dele.

Ele o curou depois de outra pessoa o ter partido, e agora é dele para sempre.

Eu jamais gostei de ficar sozinha. O silêncio dá permissão para que as inseguranças se instalem. De que eu não sou suficiente, ou que sou exagerada. De que eu não mereço a vida que quero. Eu me esforçava para vestir aquela máscara de perfeição em público, garantindo que os outros ficassem confortáveis ao meu redor. Nem muito feliz. Nem muito triste. Sem falar demais, mas não muito quieta também. Era exaustivo.

Mas aqui, sentada na varanda dos fundos da casa que Ryan comprou para nós, estou contente. Estou em paz.

Estou em casa.

Passei a gostar mais do silêncio desde que conheci Ryan. O silêncio permite momentos de introspecção. Agora esse silêncio grita lembretes de que sou valorizada. Que eu mereço o amor sobre o qual tanto leio. Que eu mereço a família que desejo, e eu sei disso porque me apaixonei por um homem enquanto estava sendo completamente eu mesma e ele se apaixonou por mim também.

Sentada no primeiro degrau da varanda dos fundos, ouço a porta da frente se abrir com um rangido. Quando olho por cima do ombro, encontro minha melhor amiga de cabelos cacheados vindo na minha direção, com duas garrafas na mão.

Ela se senta bem ao meu lado e nós duas nos demoramos observando a quantidade enorme de espaço à nossa frente.

— Trouxe seu carro — diz Stevie finalmente, antes de me entregar uma garrafa de cerveja.

— Obrigada, Vee.

Ela bate a garrafa dela na minha.

— Sou mais do tipo que bebe gim-tônica — falo, como se ela não soubesse, então bebo um gole.

— Mesmo às dez da manhã?

— Não tem hora certa para um bom drinque.

— Bem, agora que sua melhor amiga está grávida, você é do tipo que bebe cerveja sem álcool. — Os olhos verde-azulados dela se voltam para mim enquanto um sorriso brota em sua boca.

— É esquisito falar isso? — Eu rio.

— Muito esquisito.

Voltando a atenção ao gramado à minha frente, nós duas ficamos em silêncio por alguns minutos, aproveitando a brisa, os cheiros frescos. A liberdade que o lugar parece oferecer.

— No que está pensando, Ind?

Estou pensando em criar filhos junto com a mulher ao meu lado. Em poder chamar minha melhor amiga de cunhada. Em ser tia do bebezinho que ela está gestando. Em passar nossos dias juntas no United Center assistindo a Ryan ou Zanders jogar e então passar as noites reunidos aqui.

Eu levo a garrafa à boca.

— Estou pensando em como vou ficar sexy como esposa de uma estrela da NBA.

Stevie ri, sua cabeça se apoiando em meu ombro.

— Sou tão sortuda por minha melhor amiga e meu irmão se amarem tanto.

Apoio a cabeça na dela.

— Então, vamos fazer isso para sempre? Nós quatro. Criar filhos, envelhecer juntos?

— Me diz você, Indy. Vamos fazer isso para sempre?

Tudo que eu consigo ver neste quintal é o resto de nossas vidas. Cada aniversário. Cada feriado. Cada tarde quente de verão e manhã fria de inverno. E cada uma dessas imagens giram em torno do homem que meu coração, mente e alma amam.

Pela primeira vez na vida, não preciso romantizar nada disso. Ryan transformou meu sonho em realidade.

Eu sonhava com ele.

— Atualização do dia, Vee: vamos fazer isso para sempre, mas antes eu preciso da sua ajuda com uma coisa.

43

Ryan

— Me avisa quando estiver pronto — diz David, meu porteiro. — Harold deve estar chegando a qualquer momento.

De pé no lobby, nós dois observamos a multidão de fãs do lado de fora do prédio. Depois da vitória da noite passada, estamos a apenas um jogo de garantir um lugar nos playoffs pela primeira vez em seis anos. Não é nem de longe o equivalente a vencer um campeonato, mas ainda é algo importante para esta cidade.

— Não vejo a srta. Ivers há quase uma semana, e vi uma empresa de mudança tirando as coisas dela no outro dia.

David é um cara discreto, mas nos conhecemos há tempo demais para que ele finja ser discreto comigo.

— Comprei uma casa a trinta minutos da cidade. Indy está ficando lá.

As sobrancelhas grisalhas dele se erguem.

— Vocês vão se mudar?

— Não sei ainda. Eu comprei a casa para ela e não vou morar lá sem ela.

Ele assente, os lábios apertados como se estivesse pensando se deveria falar, mas decide fazer isso de qualquer forma.

— Sr. Shay, em quase quatro décadas nesse trabalho, o senhor foi meu morador favorito. O senhor é gentil, generoso e mais pé no chão do que qualquer cara de vinte e sete anos que ganha tanto dinheiro quanto o senhor deveria ser. Mas, filho, nos quase cinco anos em que morou aqui, os únicos momentos em que conseguiu pisar do lado de fora foi para correr até um carro ou até o outro lado da rua para ver sua irmã. O senhor não está *morando* aqui. Está sendo vigiado. — Ele gesticula em direção à multidão de fãs esperando por mim em frente ao prédio. — Vou sentir muita falta do senhor, mas espero que o senhor e a srta. Ivers metam o pé daqui para um lugar onde possam ter um momento de paz.

Isso é exatamente o que aquela casa significa para mim. Eu senti isso no segundo em que pisei nela. Tem o potencial de ser um lar, e eu fui capaz de imaginar Indy em cada cômodo. Eu consegui vê-la no jardim e na cozinha. Eu pude vê-la descansando na sala de estar ou no nosso quarto.

É o lugar perfeito para se esconder e eu espero que ela decida se esconder comigo.

Dou um tapinha no ombro de David.

— Dave. — Com uma pausa, nós dois rimos quando eu sem querer uso o apelido que Indy deu a ele. — *David*, se eu me mudar, você e sua família vão ter que vir me visitar, está bem?

— Vai ser um prazer.

Harold estaciona em frente ao prédio e David abre a porta para mim.

Mantenho a cabeça baixa e dou alguns autógrafos enquanto sigo rapidamente em direção ao carro. Assim que me acomodo, Harold dá partida para o centro de treinamento, onde vou ser enfiado em outra coletiva de imprensa antes mesmo de poder colocar os pés na quadra.

Com a cabeça apoiada no banco, observo a cidade passar pela janela.

Não dormi muito bem esta semana graças à combinação da saudade que estou sentido de Indy e do arrependimento de como eu lidei com aquela manhã alguns dias atrás. Estou orgulhoso dela, no entanto. Se eu estivesse vendo as coisas de fora e visse a forma como reagi ao achar que ela estava grávida, iria querer que ela me deixasse também. Ela merece ter tudo o que quer na vida, e, um ano atrás, não tenho certeza se ela teria tido força suficiente para se afastar como fez.

A última coisa que eu quero é que ela termine comigo, mas eu amo vê-la ser corajosa o suficiente para lutar por si mesma e exigir o que quer.

Mas eu *sou* o que ela quer. Sei disso sem sombra de dúvida.

Agora, se ela pudesse só me ligar e me chamar para me mudar para aquela casa com ela, seria ótimo.

Ela já está lá há três dias e, sim, eu enchi minha irmã de mensagens e ligações. Stevie se recusa a dizer qualquer coisa além de que minha namorada está bem, então estou tentando não insistir.

* * *

Na coletiva de imprensa, Ethan senta de um dos meus lados e o meu técnico do outro. É bom não ser a única pessoa atrás do microfone, mas isso não importa muito, a maioria das perguntas ainda é direcionada a mim.

— Shay — diz um repórter na primeira fileira, se levantando para falar no microfone. — Como está lidando com a pressão?

— Não estou me sentindo pressionado.

Mentira. Ethan olha para mim de lado, confirmando que ele sabe disso.

— Se vocês conseguirem vencer essa noite, será a primeira chance do time de ir aos playoffs em seis anos. Você não sente nenhuma pressão?

Como sempre, eu coloco a máscara. *Calmo. Tranquilo. Controlado.*

— Não.

Outro repórter se levanta.

— O que acha que vai significar para o seu futuro na NBA se vocês não conseguirem ir aos playoffs esse ano? Você está na liga há cinco anos e ainda não conseguiu levar seu time ao campeonato principal.

— Não pensei sobre isso, já que pretendo nos levar aos playoffs.

As perguntas continuam e eu não seria capaz de dizer quais foram as minhas respostas para metade delas.

— Desde que estava na faculdade, as pessoas têm se referido a você como o próximo Michael Jordan. Quando acha que os fãs vão parar de fazer essa comparação?

— Você acha que está apresentando um rendimento condizente com o salário que recebe?

— Você quer ser transferido? Há times mais fortes que adorariam a chance de te contratar se você ficasse disponível. Acha que talvez seja melhor para o Chicago recomeçar com talentos mais jovens?

— Falando em transferências, você acha que, se vocês não conseguirem uma vitória, esta vai ser sua última noite usando a camisa dos Devils?

— Não — diz Ethan no microfone, mesmo que a pergunta tenha sido dirigida a mim. — Ele tem contrato para mais três temporadas. Ele não vai a lugar nenhum. Ninguém tem uma pergunta pra mim? Sabe, eu estou aqui também.

Uma rodada de risadinhas percorre a audiência, tirando um pouco do peso do meu peito, mas não dura muito.

— Shay, você sente a pressão de estar sempre bem? De ser constantemente perfeito?

Ethan lança um olhar para mim antes de se inclinar para a frente para dominar a coletiva.

— Sim — digo antes que ele possa me interromper. — Sinto essa pressão todos os dias.

As palavras ecoam do microfone enquanto os repórteres ficam bizarramente quietos com a minha franqueza. Eu nunca fui tão honesto com a imprensa na vida.

— Eu amo esse time e amo ainda mais o basquete. Mas, nas últimas quatro temporadas, parte de mim odiou tudo isso. Há uma pressão constante para não mostrar nenhuma fraqueza, não deixar vocês todos saberem como tenho medo de falhar e decepcionar a cidade.

O repórter que fez a pergunta se senta ao lado dos colegas. As câmeras continuam rodando, e as cabeças se curvam na direção dos blocos de anotações, enquanto eles registram minha declaração.

Limpando a garganta, eu me sento mais ereto e me aproximo do microfone.

— Existe uma pressão insana para que os atletas profissionais sejam perfeitos o tempo todo. Para que sejam máquinas. Milhares de pessoas acompanham cada movimento meu para saber se eu mereço meu salário, e eu não posso reclamar. Eu tenho o melhor trabalho do mundo, e eu amo nossos torcedores, mas sou humano. Por mais que eu tenha tentado me convencer de que não sou, não dá para negar. Eu cometo erros. Eu tenho jogos ruins. Eu erro arremessos importantes e me martirizo por essas falhas mais do que qualquer torcedor, técnico ou gerente poderia.

Ethan aperta meu ombro de forma encorajadora, bem quando eu capto a atenção de Ron Morgan, de pé nos fundos da sala.

— Já fiz coisas chocantes para convencer outras pessoas de que sou o cara certo para o trabalho. — Desvio os olhos de Ron e volto a atenção aos repórteres. — E mais do que isso, eu convenci a mim mesmo de muitas coisas para que eu pudesse ser essa máquina que nunca perde a calma, que não tem medo de falhar. Encerrei amizades e relacionamentos. Eu me isolei, e o único resultado foi transformar esse esporte que eu amo em algo de que me ressinto.

Pigarreio de novo enquanto a sala continua em silêncio.

— Meus primeiros dois anos na liga foram os mais difíceis da minha vida. As vendas de ingressos dispararam e minha camisa estava vendendo loucamente, então do que eu poderia reclamar, não é? — Dou uma risada sem humor. — Porra, aqueles anos foram uma merda. Eu estava em um lugar muito sombrio. Entrar para a liga fez com que eu me desse conta de que eu não era mais um homem, mas simplesmente um investimento, e eu não reagi muito bem ao perceber isso. Passei anos mentindo para vocês. Eu sinto a pressão todo maldito dia, mas nessa temporada, pela primeira vez em muito tempo, jogar voltou a ser divertido.

"Então, é, eu espero vencer essa noite, mas o sol ainda vai nascer amanhã se não vencermos. Eu ainda vou ter minha família, meus amigos e meus colegas de time, se isso não acontecer. E eu espero não ser vendido porque eu amo pra caralho esse time e essa cidade, mas isso não está em minhas mãos. Então vou pra quadra essa noite e dar o meu melhor enquanto me divirto com os caras.

Eu me levanto da cadeira e aceno.

— Obrigado.

Há uma onda de barulho atrás de mim, repórteres chamando meu nome, câmeras disparando, mas eu não paro nem me viro. Saio para a entrada privativa bloqueada pela segurança.

Ron entra no corredor por uma porta lateral. Está de costas para mim, sem saber que estou logo atrás dele conforme começa a andar.

— Sr. Morgan — chamo, me apressando para alcançá-lo. — Senhor.

Ele para, se virando para trás, seu terno engomado perfeitamente ajustado.

— Eu peço desculpas se o que eu disse causar qualquer problema à organização — falo. Ele meneia a cabeça, confuso. — Sei que não costumo admitir esse tipo de coisa, mas...

— Graças a Deus você finalmente admitiu. — Ele ri. — Esse é o Ryan Shay que eu queria que as pessoas vissem todos esses anos. Esse é o Ryan Shay que descobri na faculdade. É bom vê-lo de novo.

Ele bate no meu ombro, virando-se para o corredor de novo.

— Vai me transferir se perdermos essa noite? — pergunto.

Ele ri tão alto que ecoa nas paredes do corredor vazio.

— Nem pensar. Eu tenho o melhor armador da liga. Cacete, talvez eu tenha o melhor armador que esse esporte já viu, e ele está na *minha* folha de pagamento. Acha mesmo que vou abrir mão disso? Sem mencionar que estou começando a me apegar a você, garoto.

Como eu continuo em silêncio, Ron olha para mim de um jeito curioso antes de acrescentar:

— Isso provavelmente não é algo que um gerente-geral de sucesso diria, mas eu não estou preocupado com a pontuação. Quero caras que queiram estar aqui. Que gostem de seus colegas de time. Quero que o resto da liga olhe para o Chicago Devils e se pergunte como pode fazer para ser transferido para cá, porque os caras que jogam pra mim amam seus empregos. *Isso* é o que vai nos fazer ganhar qualquer campeonato. *Isso* é o que vai nos fazer ser bem-sucedidos. E, Shay, pela primeira vez em cinco anos, acho que você ama seu emprego.

— Eu amo, senhor.

— Ótimo.

Ele se demora como se eu tivesse algo mais a dizer, e talvez eu tenha. Talvez tenha a ver com essa coisa de honestidade absoluta.

— Posso te contar uma coisa que talvez o faça mudar de ideia sobre me transferir?

Ele solta uma risadinha.

— Vai fundo.

— Indy não era minha namorada quando eu contei sobre ela ao senhor pela primeira vez. Fingimos ser um casal para convencê-lo de que eu tinha amolecido o suficiente para ser o tipo de capitão que o senhor queria que eu fosse. Eu menti na sua cara.

A expressão de Ron se torna fria e estoica.

— Ela era só a melhor amiga da minha irmã que se mudou para o meu apartamento porque eu tinha um quarto vago.

A expressão séria de Ron se dissolve em um sorriso que então se transforma em risadas incontroláveis.

— Impossível! — Ele coloca a mão no peito. — Caroline tinha razão o tempo todo. Meu Deus, vou ter que ouvir tantos "eu te disse" essa noite quando chegar em casa.

— O quê?

— Minha esposa, ela sabia que vocês estavam mentindo assim que os viu juntos no jantar de outono. Eu, por outro lado, caí direitinho. O único motivo para eu ter qualquer dúvida era porque ela continuava tagarelando no meu ouvido.

— Ela sabia?

— Claro que ela sabia! Quem diabos vai acampar no meio do inverno em Chicago? — Ele ri de novo. — Ela presumiu que se fizéssemos com que vocês continuassem saindo juntos, talvez ficassem juntos de verdade, e ficaram. Shay, você pode até ter mentido para me convencer de que era alguém diferente, mas você se tornou essa pessoa mesmo assim.

— Então o senhor não está irritado?

— Não. — Ele ri ainda mais. — Acho isso tudo hilário.

Eu sorrio, me sentindo muito mais leve agora que toda essa mentira foi tirada do meu peito.

— Mas eu realmente a amo agora.

— É, não brinca, Shay. Ninguém muda dessa forma por qualquer outra razão que não seja amor.

Ele oferece a mão e, quando a aperto, ele me puxa para um abraço.

— Então, só pra ficar claro — insisto. — O senhor não vai me transferir?

— Tenho quase certeza de que Caroline *me t*ransferiria e arranjaria outro marido se eu fizesse isso. Ela adora ter Indy por perto e eu não poderia desejar um capitão melhor para esse time.

Com os lábios pressionados, eu inclino a cabeça.

Ele vai em direção ao corredor de novo.

— Os jantares não terminam quando a temporada acabar! — ele grita. — Espero ver você, Indy, Ethan e Annie pelo menos uma vez por mês durante o verão.

Um sorriso se espalha pelo meu rosto.

— Será na nossa casa.

É o que eu espero.

44

Ryan

Eu vejo um cabelo loiro de relance no meio do terceiro quarto, quando me permito um momento para dar uma olhada na arquibancada.

Indy está ali com Zanders e Stevie, e só isso já parece uma vitória. A segunda vitória vai chegar em quinze segundos quando o tempo do último jogo da temporada acabar, com os Devils ganhando com catorze pontos de vantagem.

Nossa primeira chance de ir aos playoffs em seis anos.

Já está mais do que na hora. Para mim. Para este time. Para a cidade.

Pela primeira vez desde que entrei na liga, meu futuro nesta organização parece promissor. Como se pudéssemos realmente lutar pelo título nos próximos anos. Nossa atenção não está mais focada em não sermos os piores da liga, mas sim em descobrir como sermos os melhores.

Por ora, vamos agradecer pelo oitavo lugar e ver o que acontece nos playoffs quando jogarmos contra o líder da Conferência Leste. Pensando de forma realista, não vamos durar muito mais nesta temporada, mas cumprimos uma das coisas que nos propusemos a fazer, e isso por si só parece nossa própria conquista de título.

Quando o alarme soa, eu me levanto do banco, onde passei a maior parte do último quarto, e Ethan é o primeiro cara que vejo. Ele me dá a mão e me abraça.

— Fez um trabalho do cacete — diz no meu ouvido, dando um tapinha na minha nuca.

— Você também, cara. Obrigado.

Não vou me permitir ser sentimental demais agora, mas ele entende o que eu quero dizer. *Obrigado por ser meu mentor. Por cuidar de mim e me apoiar na transição da liderança do time. Por ser meu amigo quando eu achei que não precisava de nenhum.*

Não há grandes comemorações, banners ou desfiles por esta vitória. Não é a conquista de um título. No grande esquema das coisas da NBA, é só outra vitória, mas aqui em Chicago significa tudo.

Leon se joga em cima de outro novato, e parecem duas crianças na manhã de Natal. Nossa equipe técnica se abraça e parabeniza uns aos outros, e Dom corre até sua mãe, que está na terceira fileira.

Ainda temos uma longa estrada pela frente, mas essa é uma grande conquista na minha carreira e vou comemorá-la.

Meu banho é tão rápido quanto nossa reunião de pós-jogo, e eu praticamente corro até a sala de espera dos familiares assim que sou liberado. Stevie e Zanders são os únicos esperando por mim, e não importa o quanto os ame, a decepção é óbvia.

— Ótima partida! — exclama minha irmã.

Eu a envolvo em um abraço antes de fazer o mesmo com meu futuro cunhado.

— Até que você não foi tão ruim — diz ele.

— Não posso dizer o mesmo de você. O que você tinha no jogo de ontem?

— Eu estava distraído! Acabei de descobrir que vou ser papai. Desculpa se hóquei era a última coisa na qual estava pensando.

Eu dou um tapinha brincalhão na bochecha dele.

— Bem, pelo menos vai ter alguém pra te chamar de papai, então pode parar de pedir pra minha irmã fazer isso.

O olhar de Zanders vai até Stevie.

— Eu nunca vou parar de implorar, querida.

Ela morde o lábio inferior.

— Eu realmente adoro quando você implora.

— Ok — interrompo. — Será que um cara não pode ter uma noite de paz? Nem em seu local de trabalho?

— É meu local de trabalho também, parceiro.

Virando-me para minha irmã, eu vou direito ao ponto.

— Onde ela está?

Ela dá de ombros.

— Ela tinha alguma coisa para fazer.

— O que poderia ser tão importante que ela precisou ir embora assim que a partida acabou?

— Talvez ela apareça lá no nosso apartamento hoje. Você vem essa noite, não? Depois de ir em casa.

— Sim. — Suspiro, derrotado. — Só vou em casa me trocar e então vou para lá.

* * *

Deixar a arena sem nenhum tipo de comemoração de verdade parece estranho, e a viagem até o apartamento foi solitária. Tão solitária quanto todas as vezes em que tive que entrar no apartamento vazio nos últimos dias. Sem ver a bagunça dela quando passo pela porta, sem encontrá-la lendo no sofá. Todas as luzes apagadas porque eu fui o último a sair.

Passei a odiar este apartamento quase imediatamente depois de comprá-lo, mas, nos últimos meses, a mudança de energia me deixava empolgado para estar em casa, para estar com ela. Agora, eu o odeio mais do que nunca.

Mas quando abro a porta da frente, não é a falta dos livros dela, ou de suas roupas, ou de flores que faz com que eu pare assim que entro. É a falta de tudo. Meu apartamento está completamente vazio e, se não fosse pelo alto nível de segurança do prédio, eu acharia que fui roubado.

Meu sofá e minha televisão desapareceram. Minha estante se foi. Nem minha cafeteira está ali.

O cheiro de tinta fresca paira no ar e eu o sigo até o quarto de Indy. Está vazio também, mas porque eu enviei todas as coisas dela para a casa nova dias atrás. A única diferença é que as paredes amarelas que tanto me assombraram agora estão cobertas por uma camada fresca de tinta branca.

Meus olhos começam a arder com a compreensão e eu atravesso a sala de estar vazia, correndo, e vou até meu quarto, que está completamente vazio também.

Não há nada aqui. Nem uma única peça de roupa ou prato na pia. Está completamente inabitável, e eu acho que essa foi a intenção. Acho que a noite passada foi a última vez que precisei dormir neste apartamento, que pareceu uma prisão por muito mais tempo do que pareceu um lar.

Eu não esperava me sentir leve, mas meu peito relaxa com o peso que sai dos meus ombros, não tendo mais que ver a representação física das minhas inseguranças todos os dias.

Em vez de atravessar a rua para ir até minha irmã, eu entro no carro e dirijo trinta minutos para fora do centro da cidade. Eu me lembro da primeira vez em que fui até essa casa. Da percepção avassaladora de que era ali que eu queria passar o resto das nossas vidas me atingir feito um trem descarrilhado; e o percurso esta noite me causa a mesma sensação.

Todas as luzes da varanda da frente estão acesas, assim como as da casa inteira, e quando eu entro nela, parece completamente diferente do lugar que eu deixei três dias atrás. Há tapetes e cortinas e tantas almofadas no sofá da sala de estar que eu não faço ideia de como seria possível sentar nele. Uma mesa de jantar nova preenche a outra sala, e é grande o suficiente para pelo menos doze pessoas. Há fotos emolduradas de nós e de nossos amigos. Há arte nas paredes, vívidas e coloridas, exatamente como a garota que as colocou ali.

O lugar está explodindo de amor e cuidado. Eu não sei outra maneira de explicar isso além de dizer que parece como a definição exata de lar.

Atravesso o hall e passo sob as escadas, sem perder tempo olhando para mais nada enquanto procuro por ela. No meu íntimo, eu sei onde está. Sou atraído a ela como sempre, encontrando-a na cozinha, onde costumamos ter todas as nossas conversas importantes.

As flores que eu deixei no vaso no centro da bancada estão prosperando, e minha cafeteira está ligada na parede, com minha caneca sob ela e a xícara rosa dela ao lado.

E ali está ela, cabelo loiro, vestido cor de lavanda e o tênis bordado. Linda como sempre com aquele sorriso que mais parece o nascer do sol e para o qual eu nunca vou me cansar de olhar. Minha melhor amiga e a pessoa que é dona de cada parte de mim.

— Oi.

Eu quero ir até ela, abraçá-la, beijá-la, mas eu também estou paralisado por vê-la nesta casa. A fantasia que eu revivi tantas vezes em minha mente por meses está agora diante de mim.

— Parabéns pelo jogo — continua ela. — Estou tão orgulhosa de você.

— Obrigada, amor. — Com cautela, passo os olhos pelo cômodo, notando as mudanças que ela fez. Os panos de prato pendurados no fogão. O tapete colorido onde está pisando. A cortina cobrindo a janela atrás da pia da cozinha. — O que está acontecendo?

Ela sinaliza para que eu me sente do outro lado da ilha da cozinha, exatamente onde ela se sentou dias atrás enquanto eu falava. Mas agora é a vez dela.

— Vamos falar sobre o contrato de aluguel?

Dou uma risada.

— Sobre o quê?

— O contrato de aluguel.

Mal dá para ver a geladeira atrás dos papéis que cobrem a porta, graças a todas as promessas que fizemos um ao outro. O contrato de compra da casa, nossas listas de objetivos, nosso primeiro contrato de aluguel, que eu fiz quando ela se mudou para o apartamento, sabendo, desde a manhã em que o redigi, que não passava de uma bobagem. Aquela garota não precisava seguir regra nenhuma, não precisava pagar um centavo, porque no fundo eu sabia que havia uma parte solitária em mim desesperada para que ela ficasse.

Indy pega o mais recente adendo aos papéis.

— Primeiro item da lista — diz ela, pegando uma caneta e pousando-a sobre o papel. — Pagamento do aluguel.

— Indigo, somos donos da casa.

Ela me ignora.

— Vou precisar de pelo menos dois "eu te amos" toda manhã e outro antes de dormir. Sou meio carente, sabe. Palavras de afirmação e tal. E devíamos realmente construir uma biblioteca e, talvez, uma estufa nos fundos, para o inverno.

Uma risada escapa do meu peito.

— Acho que dou conta dessa forma de pagamento.

— Bem, essa foi fácil. Vamos seguir em frente. Regras. — Ela escreve a palavra, exatamente como eu fiz com o contrato dela.

— Quais são suas regras, Ind?

Os olhos castanhos dela encontram os meus, derretendo diante de mim.

— Devemos viver os momentos mais felizes possíveis aqui. Você e eu. Mesmo que seja só você e eu para sempre. Mesmo que não haja filhos no nosso futuro, vamos sempre nos lembrar de como somos gratos por termos encontrado um ao outro.

Eu não poderia concordar mais.

— Combinado.

— Mas, ao mesmo tempo — ela ergue o dedo —, vamos tentar ao máximo preencher todos os quartos dessa casa. Estou falando de manhãs, tardes e noites. Você acha que treina demais para o basquete? — Ela ri de um jeito condescendente. — Isso não é nada, Shay.

Eu não consigo mais evitar e me levanto, contornando a ilha para alcançá-la. Segurando o quadril dela, beijo a curva de seu ombro.

— Combinado.

Ela se vira para mim.

— Ryan, preciso que você saiba, quando eu estava na casa do Rio, não precisei pensar se você era a pessoa certa pra mim. Nunca tive dúvidas do quanto te quero, do quanto te amo. Você sabe disso, não sabe?

Surpreendentemente, essa nunca foi minha preocupação. Indy sempre fez com que eu me sentisse desejado, e tenho certeza de que isso só tornou as coisas mais difíceis para ela, por querer estar comigo enquanto acreditava que nossos futuros se encaminhavam para direções diferentes.

— Eu sei.

— E eu não te liguei esses dias porque eu queria te surpreender com uma casa pronta, mas assim que você foi embora, não havia mais o que pensar.

— Está tudo incrível.

— Bem… — Ela abre um sorriso culpado. — Eu tive só três dias, então talvez haja bagunça escondida nos quartos do segundo andar.

Eu apoio minha testa na dela.

— Amo você.

— Meu Deus, eu te amo tanto — responde ela, envolvendo meu pescoço com as mãos, entrelaçando os dedos na minha nuca. — Senti tanta saudade. Obrigada por entender meus medos e me tratar com paciência. Você faz com que eu sinta que mereço tudo que quero na vida. Eu não sei de onde você veio ou como posso ter tido tanta sorte de ser amada por você, mas, Ryan, eu te adoro.

— Você é amada. Você merece conquistar cada coisinha com a qual conseguir sonhar. Eu odiei ficar longe de você, Ind, mas amei ver você se posicionar pelas coisas que quer. Não pare de fazer isso. Mesmo que seja a mim que você precise enfrentar, não aceite menos do que quer.

Ficando na ponta dos pés, ela me dá um beijo leve e rápido.

— Nem sei como começar a te agradecer. Por essa casa, por planejar nosso futuro.

— Você podia começar pedindo para eu vir morar aqui com você.

Ela inclina a cabeça, pensando no assunto.

— Não sei. Não estamos namorando há tanto tempo assim. Não acha que é cedo demais para morarmos juntos?

Conforme ergo minha sobrancelha, Indy não consegue conter um sorriso travesso.

— Ah, você acha que é engraçada, não é?

Ela ri, se divertindo enquanto eu a ergo e a sento na bancada. Parando entre suas pernas, eu mantenho minha boca a centímetros da dela.

— Pede.

Ela apoia os braços nos meus ombros.

— O que você acha, Shay? Quer ser meu colega de apartamento? Se esconder comigo aqui nessa casa enorme e linda?

— Acho que me parece a jogada certa.

Com os dedos entrelaçados no cabelo dela, eu a puxo para mim, nossas testas e nossos narizes se tocando.

— Eu vou amar você pelo resto da minha vida — ela sussurra na minha boca.

É uma promessa, vinda da mulher mais leal que eu conheço.

— Para sempre, Indigo.

Eu me perco completamente quando nossas bocas se encontram. Os lábios dela contra os meus, a língua dela roçando a minha. Ela está quente e tem gosto de paraíso. O cheiro do seu sabonete com essência de coco perdura em sua pele, eu o inalo o máximo possível, lembrando meu corpo de que ela está ali. De que estamos bem.

Eu já passei muito mais de três dias sem beijar Indy, quando um de nós está viajando, mas essa distância intencional foi uma tortura. Beijá-la agora, na nossa cozinha, parece a primeira vez de novo, agora com a garantia de que nunca vai haver um fim.

As pernas dela envolvem minha cintura, puxando-me contra si. O vestido bonito se embola ao redor do quadril enquanto eu pressiono minha ereção contra seu sexo, e, embora o primeiro plano de Indy para esta casa seja decorar cada cômodo, o meu é batizar cada superfície plana que eu puder encontrar. A casa é pelo menos dez vezes maior do que o apartamento, então talvez demore alguns dias, mas estou pronto para o desafio.

Deslizando a palma da mão pela coxa dela, eu aperto e massageio o músculo até que meus dedos estejam sob o seu vestido. Estou procurando por seda ou renda, algo que eu possa tirar, mas não há nada além de pele macia acima de seu púbis.

— Nada de calcinha essa noite?

Ela desliza para a beirada do balcão, esfregando o meio das pernas contra minha ereção, e agora que sei que ela não está usando nada por baixo, ergo o vestido, vendo sua boceta macia e ansiosa se contorcer contra mim.

— Assim fica mais fácil para você — ela ofega.

Os lábios dela percorrem meu pescoço e mandíbula, beijando e mordendo enquanto ela desata meu cinto. Eu a seguro contra mim, jogando a cabeça para trás e deixando que ela faça o trabalho. Ela me liberta do zíper e enfia a mão apressadamente na minha cueca, agarrando meu pau.

— *Porra* — ofego.

— Você levou seu time aos playoffs essa noite.

— Essa é minha recompensa?

— Uma delas. — Ela beija minha garganta. — Você vai ter muitas recompensas, Shay. Já que você me comprou uma casa, acho que é justo eu te chupar em cada cômodo dela.

— Bem, você fica linda de joelhos, amor.

— Hmmm... Obrigada.

Ela me envolve com os dedos, depois me apalpa e move o punho, mas antes que possa tirar minha cueca, eu a pego do balcão e a carrego pelas escadas. Embora eu queira muito fodê-la na ilha da cozinha, no chão, no sofá, na porra da varanda, não quero que a primeira vez que vamos fazer isso seja frenética ou apressada. Quero saborear cada momento.

Carregando-a, eu subo na cama do nosso novo quarto. *Da nossa nova casa.*

Porra, é tão bom dizer isso.

Virando, eu a coloco em cima de mim e deito de costas na cama.

— Que porra...?

Ela congela, as mãos no meu peito.

— O que foi?

— Por que essa cama é tão confortável? Ela sempre foi confortável assim?

Ela ri.

— Sim, sempre foi confortável assim. Vou perguntar ao meu colega de apartamento onde ele comprou o colchão e aí te digo.

Encontro a barra do vestido dela e o tiro por cima da cabeça.

— Não acredito que eu comprei uma cama cem vezes melhor do que a minha para você e nunca dormi nela.

Os seios de Indy balançam de leve enquanto ela leva as mãos às costas para abrir o sutiã e minhas mãos correm instantaneamente para eles. Acaricio os mamilos com os polegares antes de beliscá-los. Ela morde o lábio, movendo o quadril contra o meu pau.

— Tira minha calça, Ind.

Ela obedece, arrancando minha cueca junto. Eu tiro minha camisa e com um único movimento a deito de costas e coloco meu rosto entre as pernas dela. Com lambidas longas e lentas, eu a provo e lambo. Beijo a boceta dela. Chupo o clitóris.

Ela aperta meus antebraços enquanto se arqueia contra a cama, os quadris se movendo contra o meu rosto. Indy está molhada e ansiosa. O clitóris está inchado e morrendo de vontade de ser tocado, mas antes que eu possa fazê-la gozar, ela me interrompe, puxando meu cabelo.

— Quero que você goze comigo — diz com a respiração entrecortada.

Os olhos castanhos de Indy estão implorando, as bochechas e o peito vermelhos. Eu me ergo sobre ela, beijando o caminho por sua barriga, os seios, a garganta. Meu pau desliza contra o sexo dela, se cobrindo com sua lubrificação.

Nós dois olhamos.

— Eu te amo, Ryan — diz ela, aparentemente do nada.

Mas não é do nada. Ela sabe que estamos prestes a fazer algo que eu passei anos dizendo a mim mesmo que nunca faria. Que eu nunca teria uma mulher em quem confiaria o suficiente para isso. Que eu nunca teria uma família. Não é fácil como apertar um interruptor, mas assim que deslizo a minha pele nua contra a dela de novo, quaisquer medos antigos que eu ainda tenha estão fora de jogo.

— Coloca dentro, Indigo. Me deixa assistir.

Mas, antes disso, ela se ergue e me beija. Lenta e profundamente. Então ela segura meu pau, o posiciona e eu a penetro sem nenhuma barreira entre nós.

Ela ofega e eu quase perco completamente o controle, só com a cabeça dentro dela.

Ela é tão apertada, quente e molhada, e a sensação é quase insuportável. A pele úmida dela na minha.

— Porra, Ind. Sentir você é tão gostoso.

— Mais — implora ela, sem saber que estou prestes a gozar ali mesmo.

Ela envolve meu quadril com as pernas e eu não tenho escolha senão afundar dentro dela. Indy deixa escapar o gemido mais bonito que eu já ouvi, e eu quero ouvi-lo de novo. Mais alto desta vez. Não há ninguém em quilômetros que possa ouvi-la recebendo meu pau.

Movendo o quadril, eu recuo e meto outra vez, garantindo que minha pelve pressione o clitóris dela toda vez que faço isso. Ela pressiona a cabeça contra o travesseiro, me dando a chance de sugar e mordiscar a curva de sua garganta.

— Você vai acabar comigo — geme ela.

— Eu já fiz isso. Você é minha. — Eu me empurro contra ela e ela geme. — Fala. — Eu invisto novamente. — Fala que cada parte sua é minha.

— *Sim*. Eu sou sua. Vou ser sempre sua.

Controlando o ritmo, eu pressiono meu peito contra o dela, beijando sua boca e sussurrando todas as coisas que eu adoro sobre ela em seu ouvido. Ela me abraça e eu faço o mesmo, colocando minhas mãos entre seu corpo e o colchão, abraçando o mais apertado possível, enquanto permito que meu corpo mostre o quanto eu a amo.

E então ela goza.

De um jeito tão bonito. Tão silencioso, como se quisesse que apenas eu testemunhasse isso com ela.

Ela mantém os olhos em mim enquanto goza, e eu assisto. A boca entreaberta, os músculos contraindo. Então esses músculos se contraem em volta de mim, apertando meu pau e causando meu próprio orgasmo.

Eu me impulsiono contra ela mais uma vez e gozo.

É avassalador. A pele dela contra a minha. O quanto eu amo essa mulher. Fico quase tonto, com a visão turva, enquanto seu corpo suga cada gota que eu tenho para dar. É eufórico e calmante ao mesmo tempo. Essa mulher acabou comigo no dia em que entrou no meu apartamento, então ela me trouxe de volta à vida logo depois, e eu sou dela. Sempre fui dela.

Quando desmorono sobre seu corpo, ela me abraça, nossos peitos subindo e descendo um contra o outro.

— Eu te amo — murmuro contra o pescoço dela.

— Eu te amo.

Devagar, eu tiro o meu pau de dentro dela e vejo minha porra pingar e escorrer pelo seu corpo. Com um único dedo, eu recolho o líquido e empurro-o de volta, adorando ver que estou dentro dela.

Tenho quase certeza de que dou um grunhido ou algo assim. Não sei. Algum ruído possessivo digno de homem das cavernas escapa da minha garganta com a cena.

— Você acabou de desenvolver fetiche em reprodução, Shay?

Assentindo rapidamente, eu mantenho os olhos nas suas pernas abertas.

— Acho que sim. Me dê dez minutos e vamos pra mais uma rodada.

Ela ri, o som é adorável aos meus ouvidos.

Eu vou ficar aqui a noite toda, nu com o amor da minha vida, na nossa casa. Ou pelo menos é o que estava planejando até a campainha tocar.

Meus olhos se erguem para os dela.

— Quem é?

Indy vira a cabeça rapidamente para o relógio na mesinha de cabeceira.

— Ah, merda. Eu devia ter falado para eles virem uma hora depois do que combinei!

Ela pula da cama apressada, pegando o sutiã e o vestido.

Não tenho certeza do porquê, mas eu a acompanho, me vestindo o mais rápido possível.

— Falado para quem?

Ela me lança um olhar culpado por cima do ombro.

— Todo mundo.

— Todo mundo?

— Bem, todo mundo do nosso círculo. Você comprou essa casa para fugir do caos da cidade, mas também porque queria um lugar para passar tempo com seus amigos e família sem sentir que está sendo constantemente vigiado. Eu só imaginei que — ela hesita — não havia maneira melhor de inaugurar essa casa do que comemorando a ida do Chicago Devils aos playoffs pela primeira vez em seis anos.

A campainha toca de novo e eu a sigo pelas escadas. Enquanto abre a porta, Indy ajusta o sutiã e eu termino de fechar meu zíper, encontrando Zanders e minha irmã esperando no degrau da frente.

— Olha só quem parece que acabou de foder — diz Zanders, dando um tapinha no meu rosto antes de entrar na casa.

— Eu daria um abraço nos dois — minha irmã ergue as duas mãos em rendição —, mas acho que vou passar dessa vez.

Os dois se dirigem à cozinha, deixando Indy e eu sozinhos no hall.

— Podemos comemorar? — pergunta ela com um brilho empolgado no olhar.

Comprei esta casa para que ela pudesse receber pessoas. Para que pudesse receber quantas pessoas quisesse. Eu com certeza vou continuar sendo um pouco introspectivo, mas só quero passar tempo sozinho se esse tempo sozinho incluir ela. Mas Indy, embora tenha aprendido a ficar contente com a calmaria, vai ser sempre a alma da festa.

Eu não comprei esta casa para escondê-la do mundo, eu a comprei para que ela pudesse trazer o mundo até nós.

— Por favor?

Não vou mentir e dizer que esta noite pareceu completa quando saí do estádio. Embora essa seja apenas outra vitória para o restante da liga, ela foi tudo o que meus colegas de time e eu poderíamos querer e não conseguimos sequer celebrar nossa conquista ainda.

Eu seguro o queixo dela e a beijo mais uma vez, sorrindo na sua boca.

— Sim, Indigo, vamos comemorar.

* * *

A casa está cheia com meus colegas de time. As bebidas estão circulando e a comida não para de rodar pela casa conforme Indy traz da cozinha bandejas com aperitivos para serem distribuídos.

Dom e sua mãe estão aqui, assim como Leon e o restante dos caras. Até os Morgan apareceram. Ethan e Annie trouxeram suas três filhas, que estão correndo pelo quintal com uma energia interminável. A sogra de Ethan está na cozinha ensinando Indy a receita secreta do *kimchi jjigae* que ela costumava fazer aos montes para que os rapazes e eu pudéssemos levar para casa depois dos jantares que Ethan oferecia. É meu prato favorito e Indy devia ter cautela ao aprender as receitas da sra. Jeong, porque, se tiverem metade do sabor das originais, ela vai acabar tendo que cozinhar pra gente pelo restante de nossas vidas.

A campainha toca de novo, mas não sei quem mais poderia ter chegado. Todo mundo que é importante para nós em Chicago está aqui, mas conforme vou em direção à porta, Indy corre até mim para que possamos abri-la juntos.

— Mãe! — ela exclama assim que a abre, se atirando nos braços de Abigale.

— Ah, senti tanta saudade, Ind!

Ao me virar para o pai dela, eu imediatamente me concentro, tentando me lembrar de tudo que aprendi. Faço um círculo no peito com minha mão dominante, sinalizando "prazer em conhecer", antes de apontar para Tim.

Prazer em conhecer você.

Continuo falando em voz alta, caso Indy precise me corrigir, se eu fizer o gesto errado.

— *Bem-vindo à nossa casa.*

Tim sorri orgulhoso antes de sinalizar devagar para mim.

— *Minha filha tem dado trabalho?*

— *O melhor tipo de trabalho.*

Ele ri.

— *Obrigado por cuidar dela.*

Desta vez eu não uso minha voz enquanto sinalizo, querendo que a conversa seja apenas entre mim e o pai de Indy.

— *Eu a amo. Ela é tudo para mim. Minha melhor amiga.*

Tim assente pensativo antes de me abraçar.

— Ryan. — Abigale abre um sorriso quando Tim passa a dar atenção à filha. — Já estava na hora.

Eu abraço a mulher com quem tenho passado cada tarde de terça-feira em videochamada há meses.

— Eu não sabia que vocês iam chegar hoje.

— Devíamos vir em algumas semanas, mas quando Indy nos contou sobre a casa e a festa, mudamos de planos. A casa é linda, Ryan. Bom trabalho.

Ela sinaliza suas palavras para o marido enquanto fala, antes de dar um tapinha no meu peito como se fôssemos velhos amigos e, honestamente, sinto como se fôssemos. Os Ivers são muito bons em fazer com que aqueles ao redor se sintam confortáveis e bem-vindos.

A mão de Indy segura a minha enquanto mostramos nossa nova casa aos pais dela.

Tim mantém seus sinais lentos e claros para mim enquanto conversamos. Ainda estou aprendendo, então Indy e a mãe traduzem para mim quando necessário, mas há muitos momentos em que consigo me comunicar com ele sozinho.

Uma onda de orgulho e realização me percorre quando nossa conversa flui sem ajuda, e mal posso esperar até estar fluente.

Ele sinaliza novamente, mas desta vez não consigo entender completamente. Reconheço os sinais para *vencer* e *partida*. Mas Tim faz um sinal que nunca vi antes.

É parecido com o sinal para *protetor*, mas, com a mão dominante, seus dedos formam a letra "R".

— *Ah* — diz Indy. Ela engole em seco. — *Sim, Ryan venceu a partida.*

Ela sinaliza de volta para o pai e eu vejo de novo o mesmo sinal desconhecido, mas percebo que ela o usou em vez de soletrar meu nome.

Tim se vira para mim, aponta, então sinaliza a palavra *protetor* de novo, com os dedos formando um "R" ao mesmo tempo. Ele aponta para mim de novo.

— *Eu sou Ryan?* — pergunto, usando o sinal que ele fez para o meu nome.

Ele assente, sorrindo.

Abigale apoia a cabeça no ombro de Tim enquanto olha para mim.

— *Esse é o meu nome na língua de sinais?* — pergunto a ele, usando o máximo das minhas habilidades.

— *Sim.*

As palavras ficam presas em minha garganta, então simplesmente assinto, sinalizo e movo a boca.

— *Obrigado.*

— *Não. Eu que agradeço.*

Ele não precisa dizer mais nada. Eu sei o que significa. Obrigado por proteger minha filha, por amar minha filha. Mas mais tarde, nesta mesma noite, espero ser eu agradecendo depois que pedir sua bênção para *casar* com sua filha.

Foi a primeira pergunta que eu aprendi a sinalizar, então podemos dizer que estou praticando há algum tempo.

* * *

Pego uma caneta permanente na minha bolsa de ginástica e encontro Rio sentado na varanda dos fundos com minha irmã, Zanders, Kai e o filho dele, Max.

— Certo. O que quer que eu autografe?

A cabeça dele se ergue de supetão, os olhos verdes brilhando de empolgação.

— É sério?

— Você deixou minha namorada ficar na sua casa, cuidou dela e fez com que ela viesse até aqui. É o mínimo que posso fazer.

Rio dá de ombros, tentando fingir tranquilidade, como se não estivesse pensando sobre este momento desde que eu o conheci.

— Não tenho nada comigo que você possa autografar.

— Não? Bem, eu tentei.

— Espera! Tenho duas camisas e um pôster no carro. Também tenho aquela caixa de cereal em que você aparece. — Ele se levanta apressado. — Não guarda essa caneta!

O restante de nós cai na gargalhada, assistindo seus cachos escuros balançarem enquanto ele corre pela casa, desviando dos meus colegas de time para chegar à porta da frente.

Eu roubo o lugar dele e me sento junto a Kai, Zanders e minha irmã, completa e perfeitamente em paz.

— Você está feliz. — Stevie sorri carinhosamente. — Fica bem assim, Ry.

Inclino a cabeça para trás, deixando os sons das filhas de Ethan brincando no gramado e dos meus colegas de time se divertindo preencherem meus ouvidos.

— Eu estou. Isso é tudo que eu achei que não poderia ter.

Olho pela porta dos fundos e vejo Indy servindo mais bebidas, e aquela garota não poderia parecer mais feliz por estar dando uma festa na própria casa.

— Indy está feliz também, não é? — Eu não sei por que sinto que preciso perguntar, acho que só preciso ouvir a confirmação.

— Ela ficou tão empolgada planejando essa noite pra você. Você devia tê-la visto nos últimos três dias, Ryan.

— E se tivéssemos perdido?

— Ela ia fazer uma festa de qualquer maneira. Mas talvez tivesse um pouco mais de bebida envolvida.

Ethan e Annie se juntam ao grupo.

— A casa é incrível, Ryan — diz Annie.

— Foi a Indy quem escolheu tudo.

— As meninas adoraram aqui. — Ethan indica o gramado onde as três filhas não pararam de brincar de pega-pega desde que chegaram.

— Vocês deviam se mudar para cá. Sair da cidade. Aqui tem ótimas escolas.

As sobrancelhas de Annie se erguem.

— Aqui tem ótimas escolas? Por que você se preocuparia com isso, hein?

Eu encolho os ombros.

— Ryan Shay, Indy está grávida?

— Ainda não.

Ethan congela

— Ainda não?!

Eu dou de ombros de novo.

— Estamos tentando.

Faço contato visual com Stevie quando digo isso e os lábios dela se curvam em um sorriso gentil. Eu não preciso dizer. Nossos cérebros de gêmeos conseguem se comunicar apenas com um olhar, que eu não quero perder a oportunidade de criar uma família junto da dela.

— Vou me mudar do prédio, também — anuncia Kai. — Acabei de comprar uma casa.

Todos os olhos se viram para ele, enquanto Max está completamente adormecido no seu colo.

— Comprou?

— Max está crescendo. Daqui a pouco vai estar andando, e, com a temporada de beisebol começando, vou precisar de muito mais ajuda. Não dá mais para ficarmos no prédio.

— Ann, devíamos nos mudar para cá — diz Ethan. — As garotas iam amar.

— Que tal você se aposentar e então nos mudamos?

Ethan olha para mim.

— Isso é com você, Ryan. Vou precisar que você me arrume um anel de campeão para que eu possa parar de vez.

Eu bato a garrafa de cerveja na dele.

— Vamos nessa.

Enquanto a conversa continua à minha volta, eu observo Indy batendo papo com meus colegas de time e os Morgan. Ela percorre a casa de novo. Minha namorada confiante não tem nenhum problema em passar pelos grupinhos de jogadores de basquete espalhados pela casa dela para ver se precisam de mais alguma coisa.

— Ind! — chamo quando ela passa pela porta aberta. — Vem se sentar comigo.

Ela larga o que está fazendo e sai para sentar no meu colo. Fazendo-a flexionar os joelhos, eu a abraço, tentando mantê-la quente no vestidinho que está usando.

— Precisa de ajuda com alguma coisa? — sussurro.

Ela meneia a cabeça antes de deitá-la no meu ombro.

— Estou me divertindo muito.

— Eu também.

Ela ergue os olhos para mim.

— É?

Concordo com a cabeça.

— Obrigado por planejar isso pra mim.

— Fico feliz que você esteja feliz.

— Estou feliz que *nós* estejamos felizes.

Indy e eu podemos ser opostos, mas somos mais parecidos do que pensei a princípio. Nos importamos com aqueles que amamos. Ela gosta de cuidar e eu sou protetor, mas tudo se resume a um denominador comum: amamos intensamente.

Ela coloca os braços nos meus ombros conforme retomamos a conversa com nossa família e nossos amigos.

— Kai, quando você vai viajar para a pré-temporada? — pergunta ela.

— Vamos para o Arizona na semana que vem.

— E Max?

Esta é a primeira temporada de beisebol de Kai desde que ele descobriu que o bebê deixado na porta dele é seu filho, e apesar de ser um dos maiores nomes da MLB, Max é sua prioridade. Eu imagino que coordenar a intensa programação de beisebol com a criação de um filho completamente sozinho deva ser complicado.

— Ainda estou procurando por uma babá que dure.

— Bem, pare de demitir todas. — Eu rio.

— Não consigo evitar. — Ele dá um beijo na cabeça de Max. — Eu não confio em ninguém com ele. — Ele lança um olhar para Indy. — Ei, Ind…

— Nem pensa em pedir isso — interrompo antes que ela concorde.

— Mas ele é muito fofo — argumenta Kai, inocentemente.

Indy suspira.

— A coisa mais fofa que já vi.

Ele faz um gesto displicente com a mão.

— Preciso de alguém que esteja disposto a viajar com o time e seguir a programação insana de jogos, de qualquer forma. E eu duvido que seu namorado deixasse eu te roubar por um verão inteiro.

Eu a abraço mais forte.

— Pois é, nem pensar.

O grupo continua a conversar entre si enquanto Indy apoia a cabeça contra a minha, falando baixinho:

— Estou empolgada para passar o verão inteiro em casa com você, sem nenhum de nós precisar viajar a trabalho.

— Estou empolgado para ficar em casa com você para sempre, Indigo.

Ela sorri, os olhos castanhos repletos de tanto amor.

— Para sempre parece perfeito.

Para sempre parece mesmo perfeito.

Eu não poderia estar mais contente, com meus amigos, com a minha garota e com meu time a caminho dos playoffs. Esta vida, esta casa e este relacionamento são tudo que nunca me permiti querer, e muito mais do que eu achei que poderia sonhar em ter.

Epílogo Indy

QUATRO ANOS DEPOIS

Iverson ergue a cabecinha suada do meu ombro. Minha camisa deixa uma marca em sua bochecha quando ele acorda da sua soneca da tarde. A irmã, Navy, já está acordada há uma hora, correndo pelo camarote da família no United Center.

Não acontece com muita frequência, mas pelo menos uma vez por temporada, Ryan e Zanders jogam em Chicago no mesmo dia. Eu pretendia passar a tarde em casa enquanto eles transformam a arena de um rinque de hóquei em quadra de basquete, mas as crianças pegaram no sono depois do jogo do tio, e eu não quis arriscar bagunçar a rotina de sono.

— Como está minha sobrinha favorita? — pergunta Zanders, entrando na sala enquanto carrega *minha* sobrinha favorita.

Taylor Shay Zanders é minha *única* sobrinha, da mesma maneira que Navy é a única dele.

— Ela está um pouco agitada. — O cabelo da minha garotinha está uma bagunça da soneca e seus olhos ainda estão inchados de chorar. — Navy, vamos ver o papai antes do jogo dele começar, prometo.

Ela é a filhinha do papai e odeia quando Ryan tem que trabalhar. Mesmo que ele ainda esteja no vestiário no andar de baixo e os dois tenham passado a manhã juntos, assistindo ao jogo do tio, nunca é tempo suficiente para ela.

Nunca é o suficiente para ele tampouco.

Iverson é meu carinha tranquilo e Navy é minha garota emotiva. Os dois têm pouco mais de dois anos e já revelam personalidades completamente definidas e opostas.

Zanders entrega sua filha, Taylor, para mim para que possa consolar a minha.

— Oi, Tay Tay.

— Biscoito? — pergunta ela, estendendo a mão para Iverson.

Ele sorri e pega um da mão dela.

— O neném Iverson tá dormindo? — ela pergunta para mim.

— Estava. Acabou de acordar.

Tay acaricia a cabeça dele, como se estivesse colocando-o para dormir de novo. A garota ama os primos.

Ela o chama de neném Iverson, mas ele só é o bebê da família por uma diferença de três meses. Ryan e eu começamos a tentar engravidar assim que nos mudamos para a casa, mas, sem nenhuma surpresa, não conseguimos. Quando fiz minha primeira coleta de óvulos, terminamos o processo com apenas um embrião, então eu fiz uma segunda coleta mais tarde naquele ano. De novo, depois de tudo, conseguimos apenas mais um embrião apto.

Transferimos um deles imediatamente e, infelizmente, nossa primeira tentativa não deu certo.

Aquilo me abalou demais. Foram meses difíceis. Era como se eu tivesse decepcionado a mim mesma, decepcionado Ryan, mas ele não poderia ter me apoiado mais. Ele nem mesmo pestanejou antes de começar a pesquisar sobre opções de adoção e lar temporário. Não queríamos nada além de prover um lar seguro e amoroso para alguém que precisasse. Mesmo que fosse apenas por um tempo até que os pais biológicos estivessem prontos para recebê-los de volta. Nunca vimos nenhuma diferença entre biológico e adotivo. Nós os amaríamos de todo coração.

O processo todo foi longo e cansativo e, enquanto passávamos por ele, eu cheguei ao ponto em que me senti mentalmente preparada para tentar transferir nosso último embrião.

Funcionou. Eu finalmente estava grávida do nosso filho e nunca tinha sentido o tipo de alegria e empolgação que senti no dia em que nos disseram que seríamos pais.

Isto é, até umas duas semanas depois, quando recebemos uma ligação dizendo que uma futura mãe queria nos conhecer. Depois de conversas intermináveis e de considerar cada opção, garantindo que fôssemos não só a melhor opção para o bebê, mas também para a mãe, aquele mesmo amor inexplicável me dominou novamente.

Navy Renee chegou ao mundo só três meses antes do irmão. Os novos irmãos Shay podem não ser gêmeos biológicos, mas vão ser criados como se fossem. Estarão na mesma turma na escola e espero que no mesmo grupo de amigos. E se tivermos sorte, eles vão ser tão próximos quando Ryan e Stevie.

Bem quando eu estava pensando na minha melhor amiga, ela e Rio se juntam a nós.

Durante toda a temporada, esse é o camarote das famílias Zanders e Shay no United Center. Não importa qual time de Chicago esteja jogando, ele é nosso.

Quando entra, Stevie tasca um beijo na bochecha da minha filha, que agora está feliz e sorridente com o tio, enquanto eles dançam pelo lugar.

— Uma vitória já foi. Só falta mais uma. — Ela se senta ao meu lado. — Tay Tay, quantos pontos o tio Ry vai fazer essa noite?

Ela ergue as mãozinhas.

— Cem!

— Cem? Quanta confiança.

Esse é o eufemismo do século. Não existe ninguém mais confiante que Taylor Zanders, mas ela é igualmente carinhosa.

— Sim, e eles vão vencer igual ao papai.

— E igual ao tio Rio — acrescenta Rio, sentando-se do meu outro lado. — Não esquece de mim, Tay.

— Tio Rio não fez ponto.

A mais nova comediante da família faz um belo trabalho em manter nós todos humildes, e eu não consigo evitar rir às custas do meu amigo. Rio raramente pontua. Ele divide a defesa com Zanders. Não é comum que jogadores da linha defensiva marquem pontos, mas Taylor raramente relembra o pai de que ele não pontuou depois de um jogo, como faz com Rio.

— É, bem, Tay, o tio Rio não marca um ponto há um bom tempo.

Ele me lança um olhar significativo, para me lembrar de que não está falando apenas do rinque de hóquei.

Rio DeLuca é um dos meus melhores amigos, nossa relação só ficou mais próxima desde que nos conhecemos há cinco anos, mas o cara é um crianção. Ele tem vinte e sete anos, joga na NHL há seis anos, e sua casa *ainda* é o lugar onde o time vai para farrear.

Ele tem um coração de ouro e absolutamente nenhuma ideia de como falar com mulheres. Com um pouco de sorte, um dia alguém vai ver além da aparência fanfarrona e perceber o potencial dele, mas, ao mesmo tempo, ele talvez tenha que amadurecer um pouco para que isso aconteça.

— O que achou da tripulação desse ano? — perguntou.

Ele dá de ombros.

— Não são vocês duas.

— Meu bem, saímos anos atrás. Você precisa superar.

Os olhos verdes dele se concentram na quadra à sua frente.

— Me recuso a aceitar que vocês saíram.

— Há três anos — acrescento.

— Tá bom. Tá bom.

Embora eu sinta falta do time toda vez que eles viajam, estou feliz por ter saído no momento certo. Eu viajei com eles por mais uma temporada de hóquei antes de decidir me demitir. Ryan e eu estávamos tentando engravidar e, no fim daquele ano, conseguimos. Além disso, a Fundação Ryan Shay estava saindo do papel e eu estava comandando tudo.

Quando Navy e Iverson chegaram, meu trabalho nela era de tempo integral e exigia minha atenção. Amei cada segundo em que trabalhei na fundação de Ryan. O que costumava ser um acampamento de verão, se tornou um projeto ao qual me dedico o ano inteiro. Temos conseguido manter as quadras ao ar livre de Chicago limpas e utilizáveis, as doações de tênis de Ryan triplicaram desde que começamos, e o que antes era um projeto que fornecia almoço durante o verão, se transformou em refeições diárias para os estudantes que necessitam.

Nosso projeto mais recente é um dos meus favoritos. Conseguimos aprimorar trinta por cento das bibliotecas das escolas públicas de Chicago com livros didáticos novos e ferramentas de pesquisa. Também há livros suficientes para as crianças que querem ler por diversão, e esperamos alcançar mais trinta por cento este ano.

Ler é algo que ajudou Ryan e eu a nos conectarmos no início, e, apesar de não termos o mesmo gosto em livros, ser capaz de se colocar no lugar de outra pessoa e ler uma história da perspectiva dela não apenas ajuda com o aprendizado e conhecimento literário, mas também cultiva empatia.

As crianças enlouquecem quando Ryan Shay, campeão da NBA e duas vezes MVP da liga, aparece na escola delas ou nas quadras e faz arremessos, lê com elas ou garante que tenham um tênis com o qual jogar. Ele faz um trabalho fantástico não apenas sendo o rosto da Fundação Ryan Shay, mas também se doando para retribuir a cidade que o ama.

— Atualização do dia, Vee.

— Não, nem pensar.

— Hoje de manhã, no banho...

— Pelo amor de Deus, chega.

Eu cubro as orelhas das crianças.

— Seu irmão me pressionou contra o vidro com tanta força que tenho certeza de que tem uma marca permanente dos meus peitos na parede do box.

— Já faz mais de quatro anos, Ind. Acaba com meu sofrimento.

— Eu te fiz uma promessa anos atrás — eu a relembro. — Não estou sendo nada além de leal às minhas palavras.

Stevie pega Iverson do meu colo, e Tay se acomoda melhor ali, apoiando a cabeça no meu peito.

— Como está meu carinha favorito? — pergunta Stevie ao sobrinho.

— Estou ótimo, querida! — grita Zanders do fundo da sala.

As risadas de Navy preenchem meus ouvidos enquanto ela brinca com o tio.

— O tio Zee não se acha demais? — Stevie fala em uma vozinha aguda que Iverson adora. Ele sorri para ela, cheio de covinhas e dentinhos de leite. — Sim, ele se acha. Ele é um convencido, não é?

Ela cobre as bochechas do sobrinho de beijos, e eu nunca vou conseguir expressar o quanto nossos filhos amam a família. O quanto *eu* amo minha família. E como tenho sorte por estar rodeada pelas minhas pessoas favoritas, por eles amarem meus filhos da mesma maneira que eu amo os deles.

Eles têm avós que os adoram, tias e tios que os tratam como se fossem seus próprios filhos e um pai que passa cada momento livre que tem garantindo que eles saibam o quanto ele os ama.

No meu colo, Taylor ri da voz de Stevie.

— Tay, sua mãe está falando como um bebê?

— Sim! — Ela cobre a boca para conter a risada. — Iverson é um neném, mas eu não sou mais um neném.

— Você não é? — Stevie suspira. — Mas você ainda é *meu* neném.

— Não! — Taylor ri. — Tenho três anos. — Ela ergue os dedinhos para garantir que a mãe entenda. — Iverson e Navy têm dois. Eles são nenéns.

— Ah. Então acho que que você não vai querer ir ver o Diabo Danny no intervalo. Acho que só bebês gostam de mascotes.

Ela se senta no meu colo, o cabelo cacheado balançando com o movimento.

— Não! Eu quero ir!

— Ah, ok. Eu devo ter entendido errado quando você disse que não era mais um neném.

Ela inclina a bochecha em direção aos ombros, exibindo o sorriso atrevido que herdou do pai.

— Eu sou o *seu* neném.

Stevie ri antes de se inclinar para beijar a bochecha dela.

— É mesmo.

Stevie e Zanders decidiram ter apenas um filho. Taylor nasceu e foi isso, a família deles estava completa. Rosie ficou completamente obcecada por ela desde o momento em que a criança nasceu. Recentemente, se mudaram para uma casa perto da nossa e adotaram mais alguns cachorros, mas Taylor é o centro do universo deles, e isso funciona perfeitamente para eles. Ela é inteligente, encantadora, carinhosa e muito esperta. É uma combinação perigosa, e os dois vão ter trabalho quando ela ficar mais velha. Ela também é linda, com olhos castanho-esverdeados e cabelo cacheado. Zee vai provar um pouco do próprio veneno quando a filha crescer e todos na escola ficarem a fim dela.

— Navy! — chamo. — Quer ir ver o papai antes do jogo começar?

Ela tira os pés descalços de cima dos de Zanders, parando a dança entre eles.

— Sim!

— Papai? — pergunta Iverson baixinho. — Basquete. — Ele faz o sinal de basquete com as mãos.

É a nova palavra favorita dele, tanto de falar, quanto de sinalizar. Ele não consegue pronunciar todas as sílabas ainda, mas sabe que começa com um som de "b" e termina com "te", mas ele aprendeu o sinal facilmente. Meus dois filhos estão aprendendo a língua de sinais enquanto aprendem a falar, e Ryan é basicamente fluente agora também. Eu adoro que meu pai possa ver seus netos aprendendo palavras novas do mesmo jeito que ele aprendeu.

— É, neném, ele vai jogar basquete e você vai poder ver o Dom.

— Dom!

Outra palavra que ele ama.

Dando uma mão para Navy e a outra para Iverson, descemos devagar até a quadra no ritmo de seus passinhos pequenos, usando os túneis dos fundos para atravessar a arena. Nós nos demoramos porque praticamente todo o pessoal que trabalha aqui conhece as crianças e Navy precisa mostrar seus tênis decorados e Iverson quer jogar para todos a bola de basquete de pelúcia que carrega para todo lado.

Eles dão *high fives* e acenam até finalmente chegarmos à quadra, onde os Devils ainda estão treinando arremessos antes da hora oficial de aquecimento.

— Papai! — Navy se balança na ponta dos pés assim que o vê.

Ali está ele, o número cinco, todo suado e todo meu. Ryan Shay só ficou mais sexy com a idade. Ele ainda é o mesmo jogador confiante e controlado em quadra e eu amo lhe assistir em cada jogo. Mas quando está em casa, ele é tranquilo e sabe relaxar. Mudar para aquela casa tem sido incrível por muitos motivos, mas realmente deu a Ryan a distância necessária da cidade para que ele possa deixar a estrela da NBA, escolhida como melhor da liga duas vezes, na porta de casa.

Quando está em casa, ele é pai e marido, e é excelente nas duas posições.

— Papai! — Iverson nos alcança, usando uma pequena camisa escrito Shay e o número de Ryan nas costas.

Ryan está completamente concentrado, como sempre fica em quadra, treinando o domínio da bola com Leon, que nos vê primeiro e, enquanto continua a driblar, chama a atenção de Ryan, apontando para nós com a cabeça.

Ryan ergue os olhos e a expressão séria e impassível se derrete, meu sorriso favorito se abrindo em seus lábios. Ele larga as duas bolas com as quais está treinando e corre até nós sem pensar duas vezes. Solto as mãos das crianças e elas correm a toda velocidade, o que, para ser sincera, não é muito rápido com aquelas perninhas. Ryan se agacha e os pega no colo, um em cada braço, cobrindo os dois de beijos.

É minha visão favorita, os três juntos. Eu poderia ficar sentada olhando para eles o dia inteiro sem nunca me cansar. Ryan Shay não é só fofo e divertido como pai, mas também fica sexy pra caramba na função. Já viu um jogador de basquete de mais de um metro e noventa deitado sem camisa com os filhos recém-nascidos ou em um quarto montando berços com as próprias mãos? Porque eu já, e, cá entre nós, é uma cena que fica para sempre guardada na memória.

— Tá me secando, sra. Shay? — pergunta Ryan, exibindo um sorriso convencido e me tirando das minhas fantasias.

Não tem muito como negar.

— Sim.

O sorriso dele só aumenta enquanto os olhos percorrem cada centímetro meu, da minha cabeça até os tênis nos meus pés. Embora eu ainda ame saltos, com uma dupla de bebês para perseguir, eles ultimamente só veem a luz do dia quando Ryan e eu vamos a eventos ou saímos para encontros.

— Papai jogando basquete agora? — Iverson interrompe a apreciação descarada que o pai faz do meu corpo.

— Sim, parceiro, igual a você.

Iverson balança a bola de pelúcia. O garoto já é assustadoramente atlético mesmo com dois anos, acertando a maioria dos arremessos que faz na minicesta de basquete que temos em casa e aprendendo truques novos no patinete todos os dias. O equilíbrio e a coordenação dele são fora de série, e está entre os 1% mais altos da sua faixa etária. Tenho a leve suspeita de que a miniatura de Ryan vai seguir os passos do pai um dia.

Dom surge atrás deles, abrindo os braços à frente do corpo, criando um aro gigante para ele.

— Pode marcar para mim, rapazinho?

Iverson joga a bola de pelúcia através dos braços abertos de Dom.

— Belo arremesso, cara! — comemora Ryan cheio de orgulho.

Iverson aplaude a si mesmo e então aponta para o colega de time de Ryan.

— Dom! Dom!

Ryan passa nosso filho para ele e Dom imediatamente o leva à cesta de verdade, ajudando-o a jogar a bola através da rede e depois colocando suas mãozinhas no aro, para se balançar, enquanto Dom segura suas pernas.

Navy aproveita a rara oportunidade de ser a única filha do pai e envolve o pescoço dele com os braços, enterrando a cabeça em seu ombro.

— Tá carente hoje? — Ryan pergunta baixinho a ela. — Aprendeu isso com a mamãe?

Os olhos cor de oceano de Ryan se voltam para os meus, me provocando.

— Sim.

— Eu te amo, Navy.

Eu vejo a boquinha dela se curvar enquanto fecha os olhos.

Navy é minha bebê perfeita. Emotiva, mas corajosa. Ela ama intensamente e é uma ótima amiga para o irmão. Nós duas adoramos usar vestidos e laços, e nossa atividade favorita durante as manhãs é escolher nossas roupas juntas. Mas quando se trata da hora de dormir, a única maneira de ela pegar no sono é com o pai contando uma historinha. Não importa se ele está do outro lado do país a trabalho, ela tem que ver o rosto de Ryan antes de dormir. Já perdi a conta de quantas vezes ele leu para ela em uma videochamada enquanto estava no vestiário antes de um jogo.

Ryan adora isso. Ele valoriza as noites quando está em casa e faz um esforço ainda maior quando está na estrada. Eu realmente não poderia querer um pai melhor para nossos filhos.

Navy vê as filhas de Ethan passarem correndo. Ela ergue a cabeça do ombro de Ryan antes de se contorcer para descer ao chão, querendo brincar com elas. Nossa filha não chega nem perto de alcançar o ritmo das meninas mais velhas, mas elas são boazinhas e desaceleram para que ela se sinta incluída.

Eu vejo Ethan conversando com Ron Morgan, mas Annie acena para mim enquanto fica de olho nas filhas dela e na minha.

Ethan foi fiel à sua palavra e se aposentou depois que os Devils conquistaram seu primeiro título na temporada passada. Eles tinham chegado perto no ano anterior, perdendo no sexto jogo das finais, mas Ethan permaneceu por mais um ano e fechou sua carreira com chave de ouro.

Ryan sente falta dele na quadra e no vestiário, mas Ethan ainda vem assistir à maioria dos jogos em Chicago e comparece aos jantares do time na nossa casa. Sem mencionar todos os fins de semana que nossas famílias passam juntas, agora que eles se mudaram da cidade para mais perto de nós.

Ryan desliza a mão pela minha cintura, descendo até os dedos pousarem na minha bunda.

— As crianças dormiram?

— Iverson dormiu um pouco mais que Navy, mas sim. Ela estava chorando e querendo você.

— Até parece a mãe dela.

Enlaço o pescoço dele com os braços.

— Pois é.

Em paz e completamente satisfeito, ele sorri.

— Adoro dias na arena, quando vocês estão todos aqui.

— Não estaríamos em nenhum outro lugar. Acaba com eles esta noite.

— Vou fazer o meu melhor. — Ele me beija na boca. — Amo você, Indigo. É melhor eu ouvir você gritando meu nome lá de cima.

— Pode deixar. E mais tarde, você vai me ouvir gritando seu nome de um jeito diferente.

— Jesus, amor. Estou usando shorts de basquete, sabe? Será que você pode não me deixar duro em rede nacional?

— Não garanto nada. — Dou um último beijo nele. — Amo você. Boa sorte.

Eu me viro para pegar nossos filhos e voltar lá para cima para que possamos assistir ao jogo que ele tanto ama.

— Ah, a propósito — eu o chamo. — Tay disse a todo mundo que você vai marcar cem pontos essa noite, então acho que vai ser meio constrangedor se você não conseguir.

Ele ri.

— Vou ver o que consigo fazer. — Os olhos dele percorrem a camisa que estou usando. — Você fica linda vestindo nosso sobrenome, sra. Shay.

Por cima do ombro, eu o vejo me olhar de cima a baixo enquanto volta lentamente para a quadra.

Eu o observo do mesmo jeito. A pele brilhando, o rosto sardento e a aliança de silicone que ele tem permissão de usar no anelar durante os jogos.

— Digo o mesmo de você, Camisa Cinco.

Ele pisca para mim de um jeito brincalhão antes de correr para a quadra e voltar a se concentrar na partida.

As crianças e eu voltamos a nos reunir com o restante da família no camarote, e eu não consigo deixar de pensar em como sou sortuda. O homem que eu amo me deu a vida com a qual eu sempre sonhei, mas tudo isso é muito mais do que um dia imaginei para mim mesma.

Ele arrebatou meu coração romântico e, no dia em que me mudei para a casa dele, eu nem podia imaginar que meu novo colega de apartamento seria a razão principal do meu felizes para sempre.

FIM

Agradecimentos

Vamos começar com o agradecimento mais importante de todos: a você, leitor ou leitora! Muito obrigada por dar uma chance às minhas palavras.

Muito obrigada ao BookTok, Bookstagram, e a cada leitor ou leitora que já compartilhou sobre o meu trabalho. É por causa de vocês que eu tenho sido capaz de continuar a fazer algo que amo, e eu espero ter retribuído com algo que *vocês* amam. Nunca vou deixar de ficar maravilhada com a motivação e a gentileza que vocês me oferecem, e sou muito grata por terem tirado tempo para ler, avaliar, fazer resenhas e compartilhar o que eu escrevo. Essa carreira tem sido uma bênção em minha vida, e é tudo graças a vocês.

Allyson: Você aguenta meses de mensagens e e-mails constantes, me aguenta sendo carente por feedback e conselhos. Então, não tenho certeza se um "obrigada" é o bastante, mas, como você foi a primeira pessoa a ler este livro enquanto ele ainda era uma enorme bagunça que precisava ser organizada, não tenho como agradecer o suficiente pelo encorajamento que você me deu para continuar. Tenho muita sorte em poder te chamar de uma das minhas melhores amigas.

Megan: Você ajudou a trazer este romance à vida. Eu estava me sentindo perdida na primeira versão e precisava de outro par de olhos nela. Eu não poderia desejar uma leitora alfa melhor. Ter outra pessoa corroborando com a direção desta história me deu o empurrão e o ânimo que eu precisava para continuar escrevendo. Eu espero que você queira ser leitora alfa para sempre porque você não tem muita escolha agora.

Samantha: Tenho tanta sorte não só por ter você como minha assistente pessoal, mas também como minha amiga. Obrigada por estar sempre ao meu lado e cuidar de coisas com as quais às vezes eu simplesmente não tenho a capacidade mental para lidar. Você tem sido meu alicerce, seja checando meu número de palavras, ajudando com minhas redes sociais, ou simplesmente me dizendo para sair e beber alguma coisa. Ter você para trocar ideias ou simplesmente desabafar transformou totalmente a minha carreira. Este lançamento foi muito mais divertido com você ao meu lado, então, obrigada por tudo que você faz!

Kristie: Minha torcedora número um. Você mudou de verdade a direção da minha carreira, e eu não poderia ser mais grata a você! Obrigada por ser minha leitora beta e me dar a validação de que eu precisava antes do lançamento. Quer você queira, quer não, agora vai ter que me aguentar sempre.

Marc: Obrigada pelas músicas e pelo esforço e cuidado que você dedica em montar as playlists. Vamos precisar que todos os artistas lancem algum grande hit em 2023, ou teremos que apelar para o country no volume três da série Wind City.

Erica: Obrigada pela edição e por entender do que esta história precisava. Estou ansiosa para trabalharmos em muitos mais livros juntas!

Cat: Obrigada por me apresentar à comunidade de surdos. Você foi tão atenciosa, gentil e informativa. Adorei aprender sobre suas histórias e experiências. Obrigada por ser uma parte essencial em trazer esta história à vida!

E agora… É hora do livro três!

Impressão e Acabamento
GRÁFICA GRAFILAR